Ach, hört mit Furcht und Grauen

Thomas Quasthoff
mit Michael Quasthoff

Ach, hört mit Furcht und Grauen

Mein Brevier der schönsten Balladen

Ullstein

ISBN 978-3-550-07886-6

Gesetzt aus der Stempel Garamond
Satz: Pinkuin Satz und Datentechnik, Berlin
Druck und Bindearbeiten: Bercker, Kevelaer
Printed in Germany

Inhalt

Fünf Treppen hoch, fünf Treppen hoch, / O Volk, da wohnet dein Poet! / Der Sturmwind nur ist sein Gesell, / Der rau durch die Mansarde weht.

Heinrich Leuthold: *Auf den Tod eines jungen Dichters*

Gott sagt zu Abraham: »Kill mir 'nen Sohn« / Abe sagt: »Mann, du willst mich wohl verarschen« / Gott sagt: »Nein«, Abe sagt: »Was?« / Gott sagt: »Mach, was du willst, Abe, aber / Wenn du mich das nächste Mal kommen siehst, renn lieber weg« / Abe sagt: »Wo willst du das Schlachten haben?« / Gott sagt: »Draußen auf dem Highway 61.«

Bob Dylan: *Highway 61 Revisited*

Vorwort

In seinem Buch *Basement Blues* beschreibt der Musikjournalist Greil Marcus die Entdeckung eines neuen Kontinents. Er hat den Umfang von sechs Langspielplatten, die 1952 unter dem Titel *Anthology of American Folk Music* auf dem Smithsonian Folkways Label herauskamen. Verantwortlich zeichnete ein gewisser Harry Everett Smith, den San Franciscos Intellektuellenzirkel bis dato nur als verkrachten Avantgardefilmer, Quartalssatanisten, kauzigen Bohemien und ebenso manischen wie ewig klammen Sammler von Schellackplatten kannten, wenn nicht fürchteten. Auf den ersten Blick sah sein neuestes Projekt kaum so aus, als müssten sie ihre Meinungen über Harry Smith ändern. Jedes LP-Cover zierte, gerahmt von alchimistischen Zeichen und apokryphen Esoterika, das Monochord, ein aus dem vierten vorchristlichen Jahrhundert stammendes Zupfinstrument. Es war ein treffliches Symbol. Denn auch die 84 Songs der Anthologie schienen aus der Zeit gefallen. Genau genommen aus den späten zwanziger und frühen dreißiger Jahren des 20. Jahrhunderts, als die Große Depression das Land verheerte.

Die meisten Interpreten – Bluesmen wie Blind Lemon Jefferson und Furry Lewis, Banjospieler wie Buell Kazee, der Hillbilly Dock Boggs oder Ken Maynard, der erste singende Cowboy des Hollywoodfilms – waren im chromblitzenden Amerika Ike Eisenhowers, Bob Hopes und Joe DiMaggios so fremd wie Pythagoras, der das Monochord erfunden haben soll. Ihr Repertoire bestand aus trunken schlingernden Walzern, aus Gospels und rohen Stomps, vor allem aber aus Balladen, die dem Hörer Schauer über den Rücken jagten. Sie erzählten von Schlagetots und Wiedergängern, Selbst- und Kindsmördern, von Entwurzelten und Deklassierten, von Schmugglern, Bankrotteuren, Zuhältern und Schwarzbrennern, von Schiffskatastrophen, Zugunglücken, vom Wüten der Natur, von brennendem Hass und sengender Liebe, von Wahn, Weltekel und Lebensgier.

Es war, als habe Smith wie Lewis Carrolls *Alice* hinter die Spiegel geblickt und Amerikas zweites Gesicht gesehen: eine Landmasse von archaischer Wucht und Kantigkeit, durchweht von Tragik, Düsternis und schartigem, oft bösem Humor. Smith betonte das Sinistre noch, indem er Inhalt und Themen der Lieder im Booklet in absurd komische Schlagzeilen presste: »Kapitalistentraum vom großen Geld an Eisberg zerschellt! Mann und Maus auf billigen Plätzen ersaufen zuerst!«; »Zoologische Rassenvermischung bei Maus-Frosch-Hochzeit vollzogen, Angehörige einverstanden«; »Vater entdeckt Leiche der Tochter mit daran befindlichem Zettel, wonach sie von einem jungen Eisenbahner geschändet wurde«.

Für Kulturgut aus den Hinterhöfen der USA hatten sich lange Zeit nur die Ethnologen interessiert. Männer wie Alan Lomax, der während der großen Depression begann, seine Feldstudien zu betreiben. Lomax zog mit zentnerschwerem Equipment durch die Bergarbeitersiedlungen der Appalachen, über die Viehweiden des Südwestens und die Baumwollfelder am Mississippi, er zog in die Camps der Wanderarbeiter, in die Straflager und Gefängnisse Louisianas, immer auf der Suche nach authentischer Folkmusik, hinter deren grober Oberfläche er eine »eigenständige demokratische Kunstform« witterte. Auf seinen Expeditionen fand Lomax nicht nur großartige Lieder, die längst zu Klassikern des *Great American Songbook* geworden sind, er förderte auch ihre Sänger, darunter spätere Folk-Ikonen wie Woody Guthrie, Pete Seeger oder Leadbelly, und konnte ihnen ein wenig Renommee verschaffen. Das ging gut, bis sein Name Anfang der fünfziger Jahre in den Listen von *Red Channel* auftauchte, einer Denunzianten-Postille, die sich auf die Fahnen geschrieben hatte, den Einfluss angeblicher Kommunisten auf Radio und Fernsehen aufzudecken. Lomax entzog sich der drohenden Befragung im

Senatsausschuss für unamerikanische Umtriebe und ging nach Europa, ehe er seine Aufnahmen herausbringen konnte. Das zweite Gesicht Amerikas existierte weiterhin nur auf verstreuten Schellackplatten.

Dann kam Harry Smith. Seine *Anthology of American Folk Music* bündelte die Stimmen der marginalisierten Minderheiten, verschaffte ihnen Zugang zum Radio und damit landesweit Gehör. Aber sie bewirkte noch mehr. Sie »stiftete Identität, die Identität eines facettenreichen, gebrochenen Bildes einer Nation«, schreibt der Musikkritiker Karl Bruckmaier. Greil Marcus spricht von einer »unsichtbaren Republik«, deren Bewohner erstmals ihre Gemeinsamkeiten jenseits aller Milieu- oder Rassenschranken entdeckten – Smith hatte wohlweislich jeden Hinweis auf die Hautfarbe seiner Interpreten getilgt. Die Qualität der Aufnahmen bestätigten Alan Lomax' Vision. Sie waren so eigenständig wie eigenwillig, zutiefst demokratisch, und sie waren tatsächlich weltbewegende Kunst.

Smith, der Folkways seine Sammlung ursprünglich aus reiner Geldnot angeboten hatte, behauptete später, schon bei der Zusammenstellung habe ihm gedämmert, was für ein gesellschaftliches Beben das Material verursachen könnte. Wenn das stimmt, hatte er prophetische Gaben. Die Songs verbreiteten sich im Nachkriegsamerika wie ein Buschfeuer. In ihrem Gefolge schwappte eine Folk- und Bluesbegeisterung über das Land, die nicht nur maßgeblich die Bürgerrechtsbewegung inspirierte, sondern mit Bob Dylan auch einen der einflussreichsten Dichter und Populärmusiker der Gegenwart hervorbrachte. Als man Harry Everett Smith 1991 kurz vor seinem Tod einen Grammy verlieh, kommentierte er die Ehrung völlig zu Recht mit den Worten: »Es freut mich, dass aus meinem Traum Wirklichkeit wurde: Musik hat Amerika verändert.«

Rund zweihundertdreißig Jahre zuvor segelte der Theologe und Philosoph Johann Gottfried Herder über die Ostsee und hegte ähnliche Umsturzpläne. Das Werkzeug dazu passte bequem in seine Reisetasche: zwei ledergebundene Bände mit Balladen des sagenhaften keltischen Barden Ossian. *Fragmente alter Dichtung, im schottischen Hochland gesammelt, aus dem*

Gälischen oder Ersischen übersetzt und *Ossians Werke*, zwischen 1760 und 1765 zu Papier gebracht von Herders schottischem Kollegen James Macpherson. Herder kannte die Bücher schon länger. Für Nicolais *Allgemeine Deutsche Bibliothek* hatte er die deutsche Übersetzung rezensiert. Doch erst hier, auf »offnem allweiten Meere«, fern von »Geschäften, Tumult und Rangespossen der bürgerlichen Welt«, sollten sich ihm Magie und Potenzial der Ossianschen Verse vollends erschließen. »Die rohe einfältige, aber große, zaubermäßige, feierliche Art, die Tiefe des Eindrucks, den jedes so stark gesagte Wort macht, und der freie Wurf, mit dem der Eindruck gemacht wird«, all das schien ihm auf einmal wie das Urgestein einer elementaren Volks- und Dichtkunst.

Von da an brauchte Herder genau sechs Jahre, um die geistige Landkarte Deutschlands umzupflügen. Nach Ansicht des Kant-Schülers war das auch bitter nötig. Der Mensch schmorte nicht nur in »selbstverschuldeter Unmündigkeit«, wie sein Königsberger Professor meinte. Es war viel schlimmer. »Jeder Kopf ward verwirret, alles wurde Falschheit, Schwäche, Künstelei.« Vor allem die Dichtkunst, resümierte Herder, »die die stürmendste, sicherste Tochter der menschlichen Seele sein sollte, ward die ungewisseste, armste, wankendste; die Gedichte fein oft korrigierte Knaben- und Schulexercitien«.

Kaum von Bord gegangen, reiste er nach Straßburg, wo er 1770 auf den jungen, damals noch gänzlich unbekannten Goethe traf. Mit dem Hinweis, solche Gedichte müsse man künftig schreiben, drückte Herder dem begabten Nachwuchspoeten den Ossian nebst einer Balladensammlung des englischen Geistlichen Thomas Percy in die Hand, dann schickte er das keimende Genie ins Elsass zum Volksliedersammeln. Eine Aufgabe, die deutsche Dichter und Denker noch weitere fünfzig Jahre beschäftigen sollte. Er selber fuhr nach Bückeburg. In der Residenzstadt des verschlafenen Zwergfürstentums Schaumburg-Lippe erwarteten ihn eine Hofpredigerstelle, eine gemütliche Schreibstube und viel freie Zeit. Herder wusste sie zu nutzen. Ab 1772 erschienen fünf Abhandlungen, die ihn zum Cheftheoretiker der »Sturm und Drang«-Epoche avancieren ließen: *Über den Ursprung der Sprache*, *Shakespeare*, *Von deutscher Art und Kunst*, *Ursache des gesunkenen Geschmacks bei den verschiedenen Völkern, da er geblüht* und *Ossian und die Lieder alter Völker*. Allen gemeinsam war die zentrale Botschaft, vorrangig eine »natürliche«, ungekünstelte Poesie könne den Menschen bewegen, wider Fürstenwillkür, Unfreiheit und Philisterei zu streiten, sprich, eine humane Gesellschaftsform zu entwickeln.

Mag diese These auch umstritten sein – von dem, was Herders Schriften auslösten, weiß heute jeder Schüler ein Lied zu singen. Balladen wie Schillers *Glocke*, Goethes *Erlkönig*, Heines *Lorelei* oder Fontanes *Herr von Ribbeck auf Ribbeck im Havelland* gehören zum deutschen Bildungskanon. Es gibt nicht wenige, denen das sauer aufstößt. Zum Beispiel dem Literaturkritiker Burkhard Müller. Rechtzeitig zum Schillerjahr 2005 trat er dem toten Dichter mit der Bemerkung vors Schienbein, die klassische Ballade sei ein »Irrweg der Literatur« gewesen, »ein Stück nagelneues Altertum« schon zu Zeiten der Weimarer Dichterfürsten. Sie sei »naiv«, »sentimentalisch« und habe, da sie nun einmal aus der Ära mündlicher Überlieferung stamme, im Zeitalter der Schriftlichkeit nichts mehr zu suchen. »Die Restauration«, doziert Müller, gelinge nie; »und zwar darum, weil sie absichtsvoll zurück in eine ältere Unschuld strebt, die unschuldig war, eben weil sie von Absichten nichts wusste.«

Das ist schön gesagt und wäre klug gedacht, hätten Herder & Co tatsächlich nur die schlichte Rekonstruktion, den »Genuss« am historischen »Aroma« im Sinn gehabt. Zweifellos langten Stürmer und Dränger wie später die Romantiker in den Fundus, weil sich homerischer Sänger-Gestus, Naturburschentum und Geniekult höchst effektvoll in Stellung bringen ließen gegen den profanen Rationalismus und die erstarrten Rituale der Ständegesellschaft – und überdies Balsam waren auf die schmerzlichste Wunde jedes revolutionär gestimmten Skribenten: ihre faktische politische Machtlosigkeit.

Aber wir glauben, sie taten es in erster Linie, weil sie spürten, dass die Ballade eine Ausdrucksform ist, welche die Menschenseele gerade in Zeiten gesellschaftlicher Umbrüche auf besondere Weise berührt. Ein Indiz für diese These ist das erstaunliche Faktum, dass die klassischen Balladendichter ebenso wie die Interpreten der Smithschen Anthologie aus denselben Quellen schöpften. Nämlich aus den *Reliques of Ancient English Poetry* des schon erwähnten Thomas Percy (Erscheinungsjahr 1765), dessen Material wiederum die Basis der Sammlung *The English and Scottish Popular Ballads* bildete, die der Harvard-Professor F. J. Child 1889 drucken ließ. Childs bis heute gültiges Standardwerk stellte die von Percy und anderen gesammelten Poeme neben jene Balladen, die mit den Emigranten auf den amerikanischen Kontinent oder bis nach Australien gewandert waren. Sie bilden bis heute das Wurzelwerk moderner Dichtung und Popular-Musik.

Ob die Vorlagen nach literaturwissenschaftlichen Kriterien authentisch waren, hat dabei nie eine große Rolle gespielt. Balladen wurden zu allen Zeiten umgearbeitet, den neuen Lebensbedingungen angepasst und mit anderen kulturellen Einflüssen legiert. Selbst Herder wusste am Ende, dass Ossians Gesänge Fälschungen waren. Dennoch hat er sich nicht gescheut, sie weiterhin als große Dichtung zu verteidigen. Auch Clemens Brentano und Achim von Arnim machten nie einen Hehl daraus, dass sie die »alten« Volksweisen ihrer berühmten *Wunderhorn*-Sammlung (ebenso wie Percy die seinigen) publikumswirksam aufpoliert hatten. Was es letztlich zu bewahren und fruchtbar zu machen galt, war der harte Kern, die mythische Dimension der Erzählungen. Sei es durch Transformation der alten Stoffe oder durch ironische Brechung, wie es die deutsche Romantik vorexerziert und die Moderne vollendet hat.

Bob Dylan, der es wieder einmal satt hatte, sich dafür zu rechtfertigen, dass er nicht täglich zwei Protestsongs schrieb, erklärte das so: Gute Songs und Balladen, ja, Folkmusik allgemein, handelten im Grunde nie »von Arbeit oder sich totschuften müssen oder etwas in der Art«, sie basierten »schlicht und einfach auf Mythen, auf der Bibel, auf Pest und Hungersnot und all so Sachen, auf nichts anderem als auf Mysterien«. Dichterfürst Goethe sah es ganz ähnlich. Auch für ihn haben Balladen »etwas Mysterioses«, allerdings »ohne mystisch zu sein«. Letztlich sind sie »verständlich, weil die Geister in gewissen Zeitaltern entweder contemporan oder successiv bei gleichem Geschäft immer gleichartig verfahren«. Der Philosoph Hans Blumenberg hat für diese anthropologische Konstante eine simple Erklärung. Erzählten Geschichten, schreibt er in *Arbeit am Mythos*, wohne immer ein Bann- und Vertreibungsritual inne. »Im harmlosesten, aber nicht unwichtigsten Falle« gehe es nur um die Zeit, meistens jedoch um das Vertreiben der Furcht. Archaisch und damit mythisch befrachtet sei die Furcht »nicht so sehr vor dem, was noch unerkannt ist, sondern schon vor dem, was unbekannt ist«.

Es braucht also niemanden zu wundern, dass der von undurchsichtigen Weltläufen geschüttelte Mensch so gern auf die Ballade zurückgreift, repräsentiert sie doch das Narrative schlechthin. Der Geheimrat aus Weimar nannte sie das »Urei der Dichtung«, weil sie die einzige Form sei, der alle poetischen Gattungen – die Epik, die Lyrik und die Dramatik – offen stehen. Der Dichter, dekretierte Goethe weiter, könne sich dabei auf eine Gattung beschränken, müsse aber nicht. »Die drei Dichtweisen können zusammen oder abgesondert wirken. In dem kleinsten Gedicht findet man sie oft beisammen, und sie bringen eben durch diese Vereinigung im engsten Raume das herrlichste Gebild hervor, wie wir an den schätzenswertesten Balladen aller Völker deutlich gewahr werden.«

Eine derartige Variationsbreite ist an sich ja hocherfreulich, leider hat sie aber auch eine der längsten Fehden der verbeamteten Germanistik verschuldet. Die Experten streiten nämlich seit den Tagen der Brüder Grimm, woran man Form und Wesen der Ballade eigentlich erkennt. Im Angebot sind Begriffe wie Erzählgedicht, kurze Versnovelle oder episches Gedicht, mancher mag nur die sogenannte Kunstballade in der Ausprägung bis 1900 gelten lassen, andere haben kein Problem, auch Volkslied, Schwank, Moritat oder Bänkelsang unter dem Begriff zu subsumieren. Ist die Ballade düster, heißt sie nordisch, wahlweise numinos, besitzt sie eher heiteren Charakter, darf man auch Romanze sagen. Akribisch vermessene Subgenres kennen Heldenballaden, Ideenballaden, historische Balladen, volksliedhafte Erzählballaden, Sozialballaden, Märchenballaden, Monologballaden et cetera pp.

Es gibt immerhin ein paar Merkmale, die unumstritten auf ein balladeskes Gebilde weisen. Etwa, wenn man es mit einem fiktionalen Text kürzeren Umfangs zu tun bekommt, der eine merkwürdige oder konflikthafte Begebenheit erzählt. Oft tritt er in Strophenform auf, spricht in Reimen und beschreibt mehr, als dass er psychologisiert. Man sollte sich aber von Ungereimtheiten nicht irritieren lassen. Idealtypisch ist ferner eine dramatische Zuspitzung des Geschehens, obwohl die moderne Ballade auch gerne mit einer gewissen Coolness prunkt, die ein Aktivist der Leistungsgesellschaft gemeinhin Fatalismus oder Phlegma schimpft. »Die Typenvielfalt der Ballade entspricht ihrer Formenvielfalt«, wie es Winfried Woesler in den *Formen der Literatur* resolut auf den Punkt gebracht hat.

Gleiches gilt auch für das Themenspektrum. Es dürfte schwerfallen, in der Sparte »menschlich/allzumenschlich« irgendetwas zu finden, was die Ballade im Laufe ihrer langen Geschichte nicht verhandelt hätte. Sie war Tragödie und Klatschorgan, Nachrichtenkanal und Groteske, politisches Pamphlet und Geschichtsbuch, Schlager und Chanson, Geisterbahn und Trauerflor, Kitschroman und Sexblatt, Krimi und Western, kurz: »ein Welttheater in drei Minuten« (Kurt Tucholsky).

Diesen Lobpreis verdankt das Genre den Troubadours und Trouvères, die ihre Verse an den Höfen des provenzalischen Adels zum Besten gaben. Schon im 13. Jahrhundert hatten sie aus der ursprünglichen *balada*, einem mediterranen Tanzlied (abgeleitet vom griechischen *ballizein*: tanzen), aus lyrischen Bruchstücken der Völkerwanderungszeit und den Frühformen höfischer Unterhaltung ein ausdifferenziertes Repertoire an musikalisch unterlegter Minnepoesie entwickelt. Sie waren Dichter, Komponisten und Vortragskünstler in einer Person – die ersten Songwriter der Geschichte. Obwohl ihre Poeme artifiziell und für ein exquisites Publikum gemacht waren, also eher mit dem romantischen Kunstlied zu vergleichen sind, führt von ihnen eine direkte Linie in die Gegenwart, zu Sängern wie Ricky Lee Jones und Randy Newman, zu Dichtern wie H.C. Artmann oder Peter Rühmkorf. Doch der Weg dorthin war weit, staubig und voller Hürden.

Renaissance und Barock hatten für Balladen wenig übrig. Mal herrschte das Primat der Geistlichkeit, mal strebte man nach antikisierenden Idealen. Die Dichter schrieben Sonette und Elegien, die Komponisten verlegten sich auf Motetten und Madrigale. Diese kunstvoll gesetzte mehrstimmige Vokalmusik wurde zwar gern mit Texten versehen – in Italien vertonte man Dante, Petrarca und Boccaccio –, aber das Wort spielte nur mehr eine Nebenrolle, war Ornament.

Doch die Ballade ist robust. Sie ging zurück in den Untergrund, in die Schänken und Kaschemmen, auf die Landstraßen und Marktplätze, wo sie wie das Chanson ihre Wurzeln hat. Sie überwinterte als Bänkelsang und Moritat, Protest-, Tanz-, Trink-, Spott- oder Liebeslied. Folgerichtig ist ihre Erzählstruktur traditionell populär, das heißt schlicht, klar und leicht erfassbar. Das sollte ihr während der Reformation und im Dreißigjährigen Krieg das Überleben sichern. Während die Kunstmusik an Kirche und Hof gebunden blieb, gab es jedoch immer wieder bedeutende Künstler wie Oswald von Wolkenstein, François Villon oder Meistersinger Hans Sachs, die Balladen verfassten und ihre Ausdrucksmöglichkeiten erweiterten.

Als die Epoche des Absolutismus ihrem Ende entgegendämmerte, begann das Comeback der Ballade. Künstler und Publikum interessierten sich plötzlich für ihre nationalen Wurzeln und Überlieferungen, für historische Helden, regionale Sagen und Spukgeschichten. Das bürgerliche Ich begann zu singen. Es sang, befeuert von Rousseau und Gestalten wie dem Ossian-Fälscher Mcpherson, empfindsam und volkstümlich, es sang allein, zu zweien, mit und ohne Klavier, und es sang Balladen: Goethes *Erlkönig*, Schillers *Taucher*, Höltys *Nonne* und die *Altschottische Ballade* von Herder. Franz Schubert hat daraus Kunstlieder gemacht und damit eine neue Gattung in den europäischen Formenkanon gemeißelt – durch bis dato ungehörte Raffinesse und Expressivität von Singstimme und Musik. Von Schubert angeregt, komponierte Mitte des 19. Jahrhunderts unter anderen Carl Loewe seine dramatischen Schauerstücke nach Uhland, Schreiber, Herder oder Freiligrath. Modest Mussorgski setzte die *Tänze des Todes* von Golenischtschew-Kutusow in Musik um, Robert Schumann vertonte Heine und Chamisso, Hugo Wolf vielfach Mörike, am liebsten aber den alten Goethe. Selbst Richard Wagner schnitzte sich nach französischer Textvorlage einen balladesken *Tannenbaum*.

Es war die Hochzeit der Ballade und ein gesamteuropäisches Phänomen. Das oft Düstere und Verhangene, manchmal Tragisch-Melodramatische der Stimmung, das Schlaglichthafte und abrupt Zupackende der Handlung passten in eine Epoche, die schwanger ging mit Revolutionswirren, napoleonischem Gemetzel, sogenannten Befreiungskriegen und dumpfster Restauration. Um 1860 avancierte der reine Liederabend zum Top-Event öffentlicher Freizeitgestaltung. In deutschen Konzertsälen stand immer noch Schiller auf dem Programm, der wie kein Zweiter die entfesselte Schicksalsmacht in Verse bannen konnte, man schätzte die Balladen Goethes, Mörikes und Eichendorffs, die das magische Band zwischen Mensch und Natur beschworen. Man liebte Uhlands berserkernden Nationalismus, seine biederen Schwabenstreiche, bestaunte Heines feinnervige Historien, goutierte später die *Wunderhorn*-Lieder Gustav Mahlers und die Villon-Adaptionen Debussys.

Der letzte Großmeister der klassischen Ballade war Theodor Fontane. Er sympathisierte einerseits mit den altenglischen Volkslieddichtern, war aber Realist und Genie genug, um angesichts des heraufziehenden Maschinenzeitalters der Ballade den Weihrauchdunst auszutreiben, indem er Technik und Natur – wie in *John Maynard* – lustvoll aufeinanderhetzte. Er fand leider nur minderbegabte Nachfolger. Börries von Münchhausen und seine Jünger versuchten zwar noch einmal, die alten Heldenepen im Dienste des Wilhelminismus zu reanimieren, ernteten aber von helleren Köpfen nur Hohn und Spott. »Ausgeseufzt hat die Romanze, / die Ballade hat gebumst. / Ach die schöne Pomeranze / ist ins Wasserloch geplumpst!«, reimte Arno Holz 1902. Das 19. Jahrhundert hatte die Urform der Ballade zu Tode geritten. Der Erste Weltkrieg und Arnold Schönberg gaben ihr den Rest. Sie tauchte wieder mal ab, dieses Mal ins Kabarett und ins Vaudeville, und erholte sich erstaunlich schnell.

In Deutschland schufen Arno Holz, Bertolt Brecht und Frank Wedekind aus Brettlkultur, Revueflair, Chanson, Couplet und Bänkelsang eine neue Balladendichtung. Sie war antibürgerlich, gesellschaftskritisch, manchmal amoralisch, oft vulgär und fast immer sehr unterhaltsam. Dafür sorgten die besten Köpfe der

Weimarer Republik: Walter Mehring, Kurt Tucholsky, Christian Morgenstern, Joachim Ringelnatz, Erich Kästner, Igor Strawinsky, Hanns Eisler und Kurt Weill. Die beiden Letztgenannten arbeiteten vorzugsweise für Brecht, dem das Verdienst zukommt, die Ballade wieder zum Gassenhauer, zur Volkskunst im besten Sinne gemacht zu haben. Allein die *Dreigroschenoper* und *Mahagonny* versammeln Klassiker im Dutzend: *Mackie Messer*, *Seeräuber Jenny*, *Moon of Alabama*, *Die Ballade von der Unzulänglichkeit des menschlichen Strebens* und so weiter und so fort.

Womit wir wieder am Ausgangspunkt unserer Überlegungen wären. Denn auch die folgende Strophe wäre ohne die europäische Balladentradition nicht denkbar. »Die Bäume im Süden tragen seltsame Früchte / Blut an den Blättern, Blut an den Wurzeln / Schwarze Körper schwingen im südlichen Wind / Seltsame Früchte hängen an den Pappelbäumen.« Die Verse über einen weißen Lynchmob stammen aus dem Song *Strange Fruit* und führen direkt nach New York, ins Herzland der afroamerikanischen Kultur. Billie Holiday, die Queen of Jazz, sang ihn 1939 in den Swing-Lokalen der 52sten Straße, wo man Schwarze meist nur auf der Bühne duldete. *Strange Fruit* war ein unerhörter Affront, sollte aber im Laufe der Jahre Holidays größter Erfolg werden. Der Texter und Komponist hieß Abel Meeropol. Meeropol war ein jüdischer Lehrer aus der Bronx, verehrte Bert Brecht über alles und schrieb das Protestlied aus Wut über die rassistischen Auswüchse in den Südstaaten.

Wie wir anhand der *Anthology of American Folk Music* gezeigt haben, schöpft die populäre amerikanische Ballade aber auch aus einem weit archaischeren Erbe. Die statuarische Wucht und schlichte Größe Johnny Cashs, der von allen Teufeln gepeinigte Genius eines Hank Williams oder die blitzgescheite *sophistication* der Tin-Pan-Alley-Balladen, die Cole Porter, Irving Berlin, Ira Gershwin und Johnny Mercer wie am Fließband produzierten, weisen nach Ellis Island, auf die Migranten aus Europa, auf die uralten Pfade der fahrenden Sänger.

Von hier aus, verehrter Leser, möchten wir Sie einladen, uns auf einem sehr persönlichen Streifzug durch die Geschichte der Ballade zu begleiten. Wir präsentieren Ihnen unsere Lieblingsstücke, verfolgen Hintergründe und Entwicklungslinien, ohne Sie mit germanistischen und musikwissenschaftlichen Spitzfindigkeiten zu traktieren. Sie werden manches entdecken, vielleicht einiges vermissen, aber wir hoffen, Sie werden sich nie langweilen.

Hannover im April 2007
Thomas und Michael Quasthoff

1. Volksballaden und Bänkelsang

Der Gesang des Orpheus, so erzählt es der römische Dichter Pindar, bezauberte nicht nur Götter und Menschen, Drachen und wilde Tiere. Er konnte auch Bäume und Felsen derart erweichen, dass sie, nur um ihn ein zweites Mal zu hören, auf die Naturgesetze pfiffen und sich auf Nimmerwiedersehen davonmachten. Sein Meisterstück lieferte Orpheus bekanntlich in der Unterwelt. Er wurde dort vorstellig, weil Hades und Persephone, die Herrscher des Totenreiches, Gattin Eurydike nach einem finalen Schlangenbiss in Verwahrung hatten. An den Fluss Styx gelangt, dessen Ufer die Lebenden von den Toten trennt, griff Orpheus zur Leier und begann zu singen. Die Wirkung war beeindruckend. Tantalus vergaß seinen ewigen Durst, Sisyphos seinen rolling stone, selbst Adler Ethon, der nimmersatte Quälgeist des Prometheus, unterbrach die Atzung an der offenen Leber. »Blutlos horchten die Seelen und weineten«, heißt es in den *Metamorphosen* Ovids, »nicht die Königin kann, nicht kann der untere König weigern das Flehn«. Die Macht der Musik hatte den Tod bezwungen, Eurydike kam frei. Dass die Geschichte dennoch böse ausging – Orpheus wandte beim Verlassen des unwirtlichen Ortes entgegen der Absprache den Kopf, um die geliebte Frau anzusehen –, tat der Apotheose des Sängers keinen Abbruch.

Die Antike verehrte den Sohn des thrakischen Königs Oiagros und der Muse Kalliope als Magier, Heilkundigen und Sternendeuter, als Erfinder von Schrift und Wissenschaft, als priesterlichen Mittler zwischen Göttern und Menschen. Seine siebensaitige Leier erhielt Orpheus von Apollon persönlich, was ein weiteres

Wunder war. Denn die musizierende Gottheit pflegte sich Konkurrenz gemeinhin auf drastische Weise vom Leib zu halten, wie das traurige Schicksal des Marsyas zeigt. Apollon hängte den Flötenspieler kurzerhand an eine Fichte und zog ihm die Haut ab. Orpheus' Ende war allerdings nicht weniger grausam. Dionysos, Erzfeind des Apollon und Anhänger der Sippenhaft, ließ Griechenlands größten Sänger von einem Trupp rasender Weibsbilder, den Mainaden, in Stücke reißen. Kopf und Harfe warfen sie in den Fluss Hebros, aber beide trieben – der Schädel unter stetem Singsang – ins Meer und schwammen bis an die Gestade der Insel Lesbos. Den Kopf beerdigte man in einer Höhle, Orpheus' Leier heftete Zeus auf Bitten Apollons unter die Sternbilder.

Seitdem leuchtet sie zwischen 90° nördlicher und 29° südlicher Breite, zum Gedenken an jene Zunft, die die Gesänge und Mythen der Völker über Generationen sammelte und weitertrug. Wir finden ihre Vertreter in den frühen Ackerbaugesellschaften, in den Palast- und Stadtkulturen des Vorderen Orients, sie begegnen uns auf den Felszeichnungen von Lascaux und im *Buch der Könige* des Alten Testaments. Homer ließ den Aöden Phimenos von der beschwerlichen Rückkehr des Odysseus aus Troja singen. Später sangen hellenische Rhapsoden, indische Bhopas, keltische Barden, skandinavische Skalden und in Germanien die Skopen, allesamt Männer (halt, nicht ganz, im Skaldenfach reüssierten auch einige Frauen), die ihre Profession mit der Aura des Orpheus versahen. Ein Abglanz seiner magischen Fähigkeiten hat sich bis in die mittelhochdeutsche Literatur erhalten. Das Langgedicht *Hetel und Hilde* erzählt von Horant, der so betörend sang,

> … dass alle, die Kranken wie die Gesunden,
> nicht aufhören konnten, seinen Melodien zu lauschen.
> Die Tiere im Walde verließen ihre Wiese,
> die Würmer vergaßen, sich durch das Gras zu winden,
> die Fische schwammen nicht mehr durch das Wasser,
> sondern verharrten still,
> so vortrefflich verstand er seine Kunst.

Durchaus zeitgemäß indes klingt dieses Künstlerlob:

Was er auch vortrug, niemand langweilte sich.
Dagegen verblasste sogar der Chorgesang der Geistlichen,
und die Glocken klangen nicht mehr so schön wie früher.
Alle, die Horant hörten, verspürten Sehnsucht nach ihm.

Vorrangig galt das für Hilde, die schöne Königstochter, welcher der Brautwerber Horant die Vorzüge König Hetels anzupreisen hatte. Ob Horant die Jungfer auch mit Balladeskem unterhielt, wird nicht erwähnt. Ob er es gekonnt hätte? Vielleicht wüssten wir mehr, wenn die *Barbara et Antiquissima Carmina*, eine Sammlung alter Heldenlieder, die Karl der Große zusammentragen ließ, erhalten geblieben wäre. Leider hat sein Bruder und Nachfolger Ludwig, der nicht umsonst »der Fromme« hieß, die »barbarischen Gesänge« vernichtet, berichtet sichtlich enerviert Karls Biograf Einhard. Wir können also nur spekulieren, da die frühesten schriftlich niedergelegten Balladen aus dem 15. Jahrhundert stammen und bis dato mündlich überliefert wurden. Das *Kudrun*-Epos, dem die *Hetel und Hilde*-Episode angehört, wurde sogar erst 1504 auf Anregung Kaiser Maximilians im *Ambraser Heldenbuch* fixiert. Entstanden ist das Werk wahrscheinlich Mitte des 13. Jahrhunderts im süddeutschen Raum, doch der Stoff weist zurück auf weit ältere britische und skandinavische Überlieferungen. Damit repräsentiert das Gedicht eine der drei Quellen, aus denen sich Volksballaden und Bänkelsang speisen, als da wären: das Ritterepos, die Troubadour-Lyrik und die Tanzlieder der fahrenden Sänger und Vaganten.

Das Ritterepos

Wenn wir Egon Friedell folgen, der das Mittelalter die »Pubertät des mitteleuropäischen Menschen« genannt hat, dann könnte man sagen, dass im heidnischen Stoff-Fundus der Ritterepen unsere Kindheitserinnerungen lagern. Vieles davon ist verweht, manches undeutlich. Was wir heute wissen, ist dies: Die Ritterepik verwandelte heidnische Fruchtbarkeits- und Opferkulte in Aventiuren und Mutproben, sie tradierte mythisch verklärte Historien, im Nibelungen-Epos etwa die Vernichtung des rheinischen Burgundenreiches durch Römer und hunnische Hilfstruppen im Jahr 436, und sie projizierte das Wirken diverser Stammesfürsten auf Phänotypen wie den Ostgotenkönig Theoderich alias Dietrich von Bern, um daraus Heldenlegenden im Breitwandformat zu pinseln. Fehlt nur noch jene Eigenschaft, die uns Quasthoff-Brüder fasziniert, seit wir mit einer Taschenlampe unter die Bettdecke krochen, um halbe Nächte in Gustav Schwabs *Deutschen Heldensagen*, den *Sagen des klassischen Altertums* oder Hal Forsters *Prinz Eisenherz*-Comics zu schmökern. Das ist die Selbstverständlichkeit, mit der die Ritter-Aventiuren ebenso wie die *Ilias* und die *Odyssee* von einem märchenhaft-unbehausten Zeitalter erzählen, als die Quälgeister des Homo sapiens noch nicht aussahen wie Josef Ackermann, Kai Diekmann, Eva Herman oder Heinz Rudolf Kunze, sondern hinter jedem Baum ein Elementargeist, in jedem Sumpf ein Fabelwesen und hinter jeder Tür ein Wunder wohnte.

Es wimmelte von Gestalt gewordenen Schicksalsmächten, von Magiern und Zauberinnen, von Untoten, Erzschurken, sprachbegabten Tieren und diskussionsfreudigen Mordwerkzeugen, deren einziger Daseinszweck darin bestand, furchtlosen Männern in die Suppe zu spucken, Liebende zu verwirren und sensible Gemüter in den Wahnsinn zu treiben. Kein Monat verging ohne dröhnenden Gefechtslärm, kein Jahr ohne Ehebruch, Frauenraub, Kinds- oder Vatermord. Selbst im Reich der Götter herrschten Wirrnis und Zwist. Während Odin, Hammermann Thor und Loki, der Einäugige, die Schädelbecher krachen ließen und zusahen, wie die Nornen um das Glück der Menschenwesen würfelten, war vor Asgard, der nordischen Götterburg, längst die katholische Liga aufmarschiert, auf dass den Heiden das Evangelium respektive Mores gelehrt werde, wenn es sein muss mit Feuer und Schwert.

Die Historiker teilen die legendenschwangere Epoche in Spätantike, Völkerwanderung und Frühfeudalismus. Sie war auch realiter mehr als blutig, höchst unübersichtlich und endete erst, als

Franken, Normannen und Wikinger um das Jahr 800 begannen, die Landkarte mit königlicher Zentralgewalt neu zu ordnen. Die Mythen und Kodizes dieser rauen Kriegerkaste spiegelten sich in den Versen der Barden, Skopen und Skalden. Und sie besaßen lange nach der Christianisierung ihre Wirkungsmacht, wie folgende verbürgte Geschichte über das *Rolandslied* demonstriert. Es erzählt vom sagenhaften letzten Gefecht des Titelhelden, eines Neffen Karls des Großen, der im Kampf gegen die Mauren fällt. Als Wilhelm der Eroberer 1066 bei Hastings zur Entscheidungsschlacht antrat, ließ er seinen Truppen das *Rolandslied* vorsingen, weil er, statt auf Gottes Segen, lieber auf die heidnische Beschwörung gefallener Recken baute. »Karl der Große und seine Helden«, sagt der Musikwissenschaftler Peter Gülke, »waren nicht nur im Liede gegenwärtig, sie standen nahezu realiter in den normannischen Reihen.« Den Angelsachsen ist ihr Mittun bekanntermaßen schlecht bekommen.

Snorri Sturluson, einer der letzten Skalden Islands, mochte sich zweihundert Jahre später über die Historizität der altnordischen Legendengesänge keine Illusionen mehr machen. Gesammelt und ediert hat er sie trotzdem, weil er die Geschichten seiner Ahnen für unentbehrliche Bausteine des Kollektivgedächtnisses hielt: »Obwohl wir nun nicht genau wissen, was Wahres daran ist, so wissen wir doch sicher, dass kundige Männer aus alter Zeit diese Überlieferung für wahr gehalten haben.« Allzu viel merken mussten sich die Altvorderen allerdings nicht. Das Personal ist wie gesagt phänotypisch und damit übersichtlich.

Hagen, Siegfried und Hunnenkönig Etzel zum Beispiel stiefeln nicht nur durch den Sagenkreis der *Nibelungen*, sie bevölkern auch die Geschichten um Recke *Walther* und den spanischen König *Biterwolf*. In der isländischen *Edda* ist Siegfried als Sigurd präsent, im *Kudrun*-Stoff hat er einen Auftritt als Mohrenfürst, während Hagen zum irischen König befördert wird. Nur der Drache bleibt stets, was er ist: ein dramaturgischer Gimmick, ein zur ruhmlosen Schlachtung freigegebener Stichwortgeber, ob im *Nibelungenlied*, im finnischen *Kalevala*-Epos, in der *Tristan*- oder in der angelsächsischen *Beowulf*-Sage. Dietrich von Bern dagegen bringt es von einer *Nibelungen*-Nebenrolle zum Hauptdarsteller in eigener Sache, was auch für Erec, Iwein, Parzival oder Lancelot gilt. Die Protagonisten der *Artus*-Legende erfreuten sich so großer Beliebtheit, dass die *Tristan*-Überlieferung keinesfalls auf die Ritter der Tafelrunde verzichten mochte. Ihre Abenteuer wurden überdies in zahlreichen Solo-Varianten verewigt. Man kannte sie am Hof des Angelsachsen Aethelbert und in den Kaiserpfalzen der Karolinger, sie unterhielten Wilhelm Eisenarm, den Grafen von Apulien, ebenso wie den Normannen Knut, der »der Große« hieß, weil er 1030 über England, Dänemark und Norwegen herrschte.

Zu dieser Zeit war die Christianisierung Europas so gut wie abgeschlossen. Aus frühfeudalen Herrschaftsformen hatte sich eine höfische Gesellschaft herausgemendelt und mit ihr – neben einem verfeinerten Rezeptionsverhalten – auch das Bedürfnis nach angemessener Repräsentation. Die heidnischen Gesänge kamen etwas aus der Mode, nicht aber die überlieferten Figuren und Motivkreise. Sie wurden neu kombiniert und dramatisiert, mit antiken Mythenstoffen gedüngt und in großem Stil katholisiert. So konnten die in jeder Hinsicht gewaltigen Ritterepen wachsen. Aufgrund ihres Volumens (Wolfram von Eschenbachs *Parzival* bringt es auf 26000 Verse, Schillers *Wallenstein* auf gerade mal 7500) hat man sie nicht mehr gesungen, sondern coram publico erzählt. Besonders spannende oder ergreifende Episoden kursierten freilich weiterhin in liedhafter Form, wie der Seufzer des Troubadours Marner bezeugt: »Sing ich den Leuten meine Lieder, so will der Erste, wie Dietrich von Bern auszog, der andere, wo König Rother saß: der Dritte will den Reußensturm, dagegen will der Vierte Eckarts Not, der Fünfte den, den Kriemhild verriet.«

Die christliche Umdeutung der heidnischen Überlieferungen wird uns auch in der Balladendichtung wiederbegegnen. Wie sie funktioniert, lässt sich am *Erec*-Epos demonstrieren. Hartmann von Aue hat die Geschichte 1185 nach einer Vorlage des französischen Troubadours Chrétien de Troyes gestaltet. Es geht, kurz gesagt, um die antike *Pyramus und Thisbe*-Romanze. Das Paar heißt in der katholisierten Fassung Erec und Enite. Die beiden heiraten, haben viel Spaß miteinander, doch mit der Zeit wird getuschelt,

Erec vernachlässige über den neuen Ehe- seine angestammten Ritterpflichten. Also geht er mit Enite auf Tournee, um möglichst viele Standesgenossen aus der Rüstung zu klopfen. Dabei wird er schwer verletzt. Enite hält den Geliebten für tot und will sich in sein Schwert stürzen. Dasselbe tut Pyramus in Ovids antikem Original. Er glaubt, ein Löwe habe Thisbe gefressen, zieht die Waffe und bringt sich tatsächlich um. Chrétien und Hartmann zaubern jedoch im letzten Moment den fürsorglichen Christengott aus dem Helm. Er beordert einen gewissen Graf Oringles an den Tatort, der Enite in den Arm fällt und Erec zusammenflickt.

Im Gegenzug mussten auch die katholischen Historienmaler einige Kompromisse machen. Denn der Versuch, Werte wie Demut, Barmherzigkeit und Güte in Normannen- und Teutonenschädel zu implantieren, verursachte aufseiten der zu Bekehrenden nicht unerhebliche »Kollisionen im Bewusstsein«, wie der Mediävist Aaron J. Gurjewitsch ausführt. Da dem Aberglauben weder mit Verboten noch mit drakonischen Strafandrohungen, sei's ante, sei's post mortem, beizukommen war, beschlossen die Missionsbischöfe das, was Gurjewitsch die »Germanisierung des Christentums« nennt. Man darf auch praxisnahe Verkündigung sagen. Die *Heliand* (Heiland)-Dichtung aus dem 9. Jahrhundert präsentierte Jesus in Gestalt eines Kriegerfürsten, der mit zwölf bewaffneten Gefolgsmännern durch die Lande zieht. Die Kirchenväter wurden dem Publikum als vom Heiligenschein gekrönte Merlin-Doubles anempfohlen. So verfügte Erzbischof Hinkmar im Vorwort seiner Lebensbeschreibung des Heiligen Remigius ausdrücklich, den einfachen Barbaren nicht mit theologischen Feinheiten wie Taufe und Beichte zu belästigen, sondern lieber gleich Remigius, den Wundermann, »den Apostel der Franken, Patron gegen Pest, Schlangenbiss, Fieber, Halskrankheiten, Verzagtheit, Versuchungen und religiöse Gleichgültigkeit« (*Ökumenisches Heiligenlexikon*) in Stellung zu bringen. Missverständnisse waren an der Tagesordnung. Um nur eines zu nennen: Aus der Emilia Romagna ist ein Anschlag auf den berühmten Eremiten Romuald überliefert, nur weil er ankündigte, seine Klausnerei in die Nachbarprovinz zu verlegen. Das war weniger Romualds einnehmender Persönlichkeit geschuldet, die Mordbuben hatten es vielmehr auf die Reliquien, die wundertätigen Knochen des heiligen Mannes, abgesehen.

Findige Skalden wie der schon erwähnte Snorri Sturluson konterten die Apotheose des Missions-Personals, indem sie die allmächtigen Asengötter auf menschliches Maß reduzierten. Snorri erklärte 1220 in der sogenannten *Snorra-Edda*, einem Lehrbuch über Mythologie und Dichtkunst, Odin & Co seien nur ihrer Fähigkeiten wegen als höhere Wesen verehrt worden. Mithilfe dieses Kniffs, den die Religionswissenschaft heute als Euhemerismus (nach dem altgriechischen Philosophen Euhemeros) bezeichnet, bugsierte Snorri sein Buch an der kirchlichen Zensur vorbei und trug dazu bei, dass die heidnische Wunderwelt in den Epen und Volksballaden überleben konnte. Denn wenn sie Menschenwerk war, konnte der Christengott nichts dagegen haben, dass man ihre Legenden aufschrieb und weitertrug.

Die Troubadour-Dichtung

Snorri und die Dichter der klassischen Ritterepen wandten sich an eine höfisch kultivierte Elite, deren Vertreter sich – im Gegensatz zur Volksmehrheit – durchaus der Tatsache bewusst waren, dass die Legenden und »âventiure (Abenteuer) niht wâr« sind. Nachzulesen im *Welschen Gast*, einem weiteren pädagogischen Standardwerk aus Snorris Zeit. Der Autor, ein Kleriker namens Thomasin von Zerklaere, wollte das keinesfalls als Kritik verstanden wissen. Im Gegenteil. Für ihn liegt in der neumodischen Fabuliererei ein höherer Sinn, nämlich »vrume (fromme) rîtr, guote vrouwen und wîse phaffen« zu belehren, »waz ein ieglîch (jeglicher) man tuon soll, der nâch vrümlichkeit will leben wol«.

Dieser Subtext prägt in weiten Teilen auch die lyrische Schwester der Epik, die Troubadour-Dichtung, und hier vor allem die hohe Minne. Diese spezielle Kunst des libidinösen Verseschmiedens war weniger eine emotionale Angelegenheit als ein Sprach- und Musik-Ritual, ein galanter Jägerzaun, der den anarchischen Furor des Sexus mit Begriffen wie êre, triuwe, mâze, milte und zuht (Ehre, Treue, Bescheidenheit, Milde und Zucht) einzuhegen hatte. Sie bezeichneten nicht von ungefähr auch die Kernkompetenzen der hochmittelalterlichen Feudalgesellschaft. Der Troubadour (wie auch sein deutsches Pendant, der Minnesänger) warb um eine »lieb vrowe«, die im Übrigen nie die eigene sein durfte, wie der Vasall um den Lehnsherrn kreiselte. Und wie meistens im Leben saß der Lehnsherr, in diesem Fall also die Frau, am längeren Hebel. Sie ließ ihn abblitzen, woraufhin sich der Verschmähte in Liebes- und Selbstmitleid wälzte, aber dennoch nie aufhören durfte zu hoffen. »Vergeblich wân« oder »Minnekrankheit« hieß die masochistische Pein unter Zeitgenossen. Sie gehörte zum Spiel und wurde komplettiert durch des Sängers Pflicht, die inneren und äußeren Werte der Kaltmamsell über den grünen Klee zu rühmen, egal, wie viele Körbe er schon eingefahren hatte.

Ach, warum hege ich eine so törichte Hoffnung,
die mich so sehr in Not bringt?

hören wir Heinrich von Morungen lamentieren.

Ich schied von ihr ohne jede Freude,
da sie mir niemals Trost noch Hilfe schenkte.
Doch ihr Antlitz war lilienweiß und rosenrot,
so saß die schöne Geliebte vor mir,
aufgeblüht wie der volle Mond:
Das war der Augen Freude und des Herzens Tod.

Die Ästhetisierung des Frauenbildes und die »veredelte Erotik« (Johan Huizinga) solcher Verse durchwehen noch im 19. Jahrhundert die balladeske Lyrik von Bürger bis Baudelaire.

Kundigen Deutern des Hochmittelalters gilt die hohe Minne als normierende Katharsis, wahlweise ideologisch motivierte Ersatzhandlung in einer unter christlichem Banner befriedeten und ständisch wohlgeordneten Welt. Für den Beutegreifer alter Prägung, der von Nachbars Gattin bis zur Wehrburg alles einsackte, was ihm vors Streitross lief, hatte man keine Verwendung mehr. Lästige Schlagetots schickte man zwecks Aggressionsabbaus auf Kreuzfahrt, und wem es gelang, seine Knochen halbwegs unversehrt wieder nach Hause zu tragen, der sollte die höfische Courtoisie (Artigkeit) zum Maßstab seines Handelns machen. So lautete jedenfalls die Theorie. In seinem Standardwerk *Herbst des Mittelalters* nennt Huizinga die Minne »den schönen Schein, nach dem man zu leben wähnte«, und fügt hinzu: »Im Grunde aber blieb auch in den höheren Ständen das Liebesleben ungemein roh.« Nicht nur das Liebesleben. Schon 1095 hatte der Geschichtsschreiber Bertrand de Born der Ritterinnung hinterhergeflucht: »Diese Erpresser von Lösegeld, diese Mörder, diese sich immer am Rande des Kirchenbanns bewegenden Kampfhähne, diese brutalen Vergewaltiger und Wegelagerer! Sie vertreiben sich die Zeit mit Feuer und Blut, mit zermalmenden Keulenschlägen.« Sieben Kreuzzüge und zweihundert Jahre später klang das kaum besser. Resigniert vermerkte Troubadour Giraut de Bornelh: »Schande dem Ritter, der den Artigen macht und doch mit seinen Händen blökende Hämmel anrührt und Kirche und Wanderer beraubt.«

Da passt es ins Bild, dass die eben noch waidwund schmachtenden Minnesänger ungestraft die Tonart wechseln, sprich, das Objekt der Begierde mit Versen traktieren konnten, die unser säkularisiertes Zeitalter als kaum tolerable Zote identifizieren würde (»Seht, ich brachte es sogleich / schob ihr ganz nach ihrem Wunsch, / meinen Oymel zwischen ihre Beine. / Als sie das spürte, staunte sie«, Neidhart von Reuenthal).

Um sich auf derartige stilistische Achterbahnfahrten einen Reim machen zu können, betrachtet man am besten eine Figur wie Guilhem IX., seines Zeichens Graf von Poitiers und Herzog von Aquitanien. Er stammt nicht nur aus jener Gegend, die die Troubadoure hervorgebracht hat, er ist überhaupt der Erste, dem die Literaturwissenschaft diesen Titel verliehen hat. Sein Herzogtum lag im Süden Frankreichs, im alten Okzitanien, und umfasste ein riesiges Gebiet, das später durch den Vernichtungskreuzzug gegen die »ketzerischen« Albigenser traurige Berühmtheit erlangen sollte. Guilhem, Jahrgang 1086, war ein Kind seines Standes und seiner Zeit: trinkfester Raufbold und Streithansel, gefürchteter Wüstling und Bauernschinder, zweifacher Kreuzfahrer und mehrmals exkommunizierter Ehebrecher. Aber unter der rauen Schale wohnte eben auch eine genialische Poetenseele.

»Er verstand ausgezeichnet zu dichten und seine Kompositionen vorzutragen«, heißt es in einer Chronik, »lange Zeit wanderte er durch die ganze Welt, um den Frauen den Kopf zu verdrehen.« Vielleicht verdankt Guilhem seine diesbezüglichen Erfolge der Tatsache, dass er nicht mehr die Kultursprache Latein benutzte, sondern auf Okzitanisch schrieb und sang, was vor ihm, jedenfalls soweit man weiß, noch niemand gewagt hatte. Leider haben nur elf Lieder aus Guilhems Feder die Jahrhunderte überdauert. Die ersten sechs sind virtuos gedrechselte Obszönitäten, mit denen er seine Amouren flankierte (»Für meinen Sattel habe ich zwei Stuten …«). Als der Prediger Robert d'Arbrissel ihn deshalb an den Pranger stellte, erweiterte Guilhem das Repertoire um antiklerikale Schmähgedichte, die er auf bekannte Melodien frommer lateinischer Gesänge setzte.

Dann steht plötzlich, wie unvermittelt, der Minne-Ton in der Welt. Guilhem, der Macho und Frauenverächter, singt eine erwählte »Herrin« an, unterwirft sich ihr in höfisch-formvollendeter Reim- und Strophentechnik, ist also recht eigentlich nicht mehr wiederzuerkennen. Sein berühmtestes Poem heißt *Farai un vers de dreyt nien* (Ich werde ein Lied machen aus reinem Nichts). Ein Lied …

… weder über mich noch über andere,
weder über Liebe noch über Jugend,
noch über irgendetwas anderes,
es ist nämlich im Schlaf gedichtet worden,
auf dem Pferd.

Das sechsstrophige Gedicht verhandelt einen nicht genauer umrissenen Liebesschmerz und endet ebenso dunkel und verrätselt, wie es beginnt:

Ich habe ein Lied gemacht,
doch ich weiß nicht über wen;
und ich werde jenem singen,
der es weitertragen wird nach Anjou,
damit dort vielleicht einer seinen Sinn enthülle.

Die Literaturwissenschaft hat von Nonsens und Parodie bis zum existenzialistischen Weltzweifel eine Menge hineingeheimnist. Über die Qualität indes lässt sich nicht streiten. Das Meisterwerk gilt denjenigen als Beleg, die meinen, der Minnesang sei ein Gebräu aus arabischen, lateinischen und frühchristlichen (hier vor allem der Marienverehrung geschuldeten) Ingredienzien und müsse an den Höfen des südfranzösischen Adels schon länger existiert haben. Ein Rohling wie Guilhem schaffe so etwas keinesfalls aus dem Nichts.

Wir mischen uns da nicht ein und zitieren lieber noch einmal Friedells famose *Kulturgeschichte der Neuzeit*. Über »die seelische Palette des mittelalterlichen Menschen« heißt es dort: »hart und unvermittelt lagen die grellsten Farben nebeneinander: das purpurne Rot des Zorns, das strahlende Weiß der Liebe und das finstere Schwarz der Verzweiflung. Züge von höchster Zartheit und Milde finden sich neben Handlungen gedankenloser Rohheit.« »Ja, so warn's, ja, so warn's, ja, so warn's die alten Rittersleut«, spottete Karl Valentin und hat wie immer recht.

Festzuhalten bleibt, die Troubadour-Lyrik tauchte um 1100 an den Fürstenhöfen Südfrankreichs auf, wanderte über die Loire nach Norden (hier hießen die Troubadoure Trouvères), um im Gepäck reisender Ritter und Sänger von Burg zu Burg über Rhein, Alpen und Ärmelkanal zu springen. Hundert Jahre später hatten sich die Gesänge flächendeckend von Spitzbergen bis Palermo etabliert.

Wie ihr Vortrag klang, lässt sich nur schwer rekonstruieren, da die Notation damals recht unpräzise war und nur einige wenige Partituren erhalten geblieben sind. Bildlichen Darstellungen ist immerhin zu entnehmen, dass der Troubadour seine Lieder mit Drehleier, Laute, Schoßharfe oder Fiedel begleitete, es sei denn, er hatte zusätzlich einige Spielleute mit Pfeifen, Dudelsäcken, Hörnern oder Trommeln engagiert. Versuche, diese Darbietungen akustisch nachzustellen, gab und gibt es immer wieder. Aber sie können uns nur einen vagen Eindruck vermitteln. Am sinnfälligsten vergleicht man den mittelalterlichen Ensembleklang wohl mit der Spielweise (nicht mit dem Sound) der Marching-Bands, die am Mardi Gras, am Fetten Dienstag, dem letzten Tag vor der Fastenzeit, in New Orleans durch die Straßen ziehen. Ihre Spezialität ist es, ein monophones (einstimmiges) Thema improvisierend zu umspielen. Gleiches gilt für die mittelalterlichen Instrumentalisten. Als die Troubadoure zu singen begannen, war Polyphonie noch Zukunftsmusik, rudimentäre mehrstimmige Elemente erprobte man ausschließlich in der kirchlichen Liturgie. Infolgedessen wurde die klassische zwei- bis siebenstrophige Minne-Kanzone (Kanzone = Strophenlied) einstimmig und syllabisch (der Sänger betont eine Note pro Silbe) vorgetragen, wobei Originalkompositionen bis weit ins 13. Jahrhundert nicht die Regel waren. Stattdessen arbeiteten Troubadoure mit zahlreichen Kontrafakturen, das heißt sie schrieben neue Texte auf alte Stücke (ein im Jazz-, Blues- und Folkgenre bis heute angewandtes Verfahren) oder sie schraubten ihre Chansons (im Altfranzösischen der Oberbegriff für alle Arten von Liedern) aus einem gut gefüllten Pool musikalischer Versatzstücke und Mustermelodien zusammen. Die Kunst bestand darin, die genormten Bauteile möglichst fantasievoll zu variieren. Der melodische Spielraum war anfangs nicht sehr groß. Die uns bekannten Lieder basieren auf Kirchentönen, oder man verwendet die Quart von c – f, mit kleinen dramatisch motivierten Überschreitungen.

Neben der klassischen Minne-Kanzone sangen Troubadoure zarte Frauenlieder, die die höfische Liebe aus weiblicher Sicht beleuchten, man bedichtete Morgenrot und Wächterruf (Tagelied), gern in melancholisch gefärbter Tonlage, weil sie dem ehebrecherischen Paar mit Abschied oder Entdeckung drohen; man schrieb Lob-, Streit- und geistliche Lieder, verherrlichte im *Chanson de geste* die Kriegszüge Karls des Großen und die Kreuzzugsidee, und man schnitzte sogenannte Pastourellen. Diese meist derben Burlesken schildern den erotischen Zusammenstoß des Edelmannes mit einem Mädchen vom Land und sind eine wahre Fundgrube frivoler Metaphern und Synonyme.

Zwei besondere Genres sind Tanzlied und Spruchdichtung. Auf dem Tanzboden kannte man rein instrumentale Nummern und verschiedene Formen von Wechselgesängen zwischen Troubadour und Chor, meist mit einem von allen Beteiligten wiederholten Refrain. In diese Kategorie gehört auch die *balada* (deutsch: Ballade), ein dreistrophiges volkstümliches Lied, das in Südfrankreich seinen Ursprung hat und von vergangenen Ereignissen erzählt. Genauere Bewegungsabläufe sind leider nicht überliefert, aber der Adel bevorzugte wohl die slow motion, wie man der Einleitung von Boccaccios *Decamerone* (1348) entnehmen kann. »Dioneo (nahm) eine Laute und Fiammetta eine Geige, um in süßen Weisen einen Tanz zu spielen. Sogleich stellte sich die Königin mit den anderen Damen und den zwei jungen Männern zum Reigen an. Und sie begannen langsamen Schrittes zu tanzen.« Die gesungene Spruchdichtung ist dagegen ein Ausbund an Lebhaftigkeit. Hier finden sich politischer Kommentar und religiöser Disput, Kunst- und Zeitkritik, Polemik, Scherz, Satire und Ironie. In Verbindung mit proletarischen Formen des balladesken Tanzliedes werden aus dem Erbe von Spruchdichtung, Minnelyrik und Heldenepik im 15. Jahrhundert Volksballade und Bänkelsang hervorgehen. Bis wir dort ankommen, merken wir uns: Die Spruchdichtung war das Feuilleton des Mittelalters, das Revier der professionellen Edelfedern.

Auch in diesem Fall machen es die wenigen, meist bruchstückhaft überlieferten Quellen nicht ganz leicht, zwischen Berufs-Troubadouren und Amateuren zu unterscheiden. Der Troubadour bezeichnet im Okzitanischen schlicht den, »der ein Lied erfindet«. Das konnte jeder tun, unabhängig von seinem Stand, sofern er die Gattungsgesetze beherrschte. Könige wie Richard Löwenherz, Hochadelige wie Bertrand de Born, der Kleinadelige Walther von der Vogelweide und der Ministeriale Wolfram von Eschenbach; sogar Mönche wie der spätere Bischof und Albigenserschlächter Folquet de Marseille fungierten als Troubadoure oder Männer aus dem Volk wie Bernart de Ventadorn, »dessen Vater ein Knecht war, der gut mit dem Bogen aus Eschenholz schoss«. Was sie in der Blütezeit des Minnesangs verband, war das Bewusstsein, einer Elite anzugehören, die ritterlich-adelige Hochkunst produzierte, ob einzig für Beifall und Ruhm oder – wenn man es nötig hatte – für Geld, ein Reitpferd oder einen warmen Wintermantel. Das Ideal des mittellosen Troubadours war eine Festanstellung als minstrel (Hofsänger), ein verarmter Adeliger konnte auf Entlohnung durch Grundbesitz spekulieren.

»Ich hân mîn lêhen«, jubilierte Walther von der Vogelweide, als Kaiser Friedrich II. ihm endlich eine eigene Burg zuwies. Damit hatten sich nicht nur die gröbsten Existenzsorgen erledigt, Walther musste nun auch nicht mehr fürchten, mit gewöhnlichen Spielleuten und Vaganten auf eine Stufe gestellt zu werden.

Spielleute- und Vagantenpoesie

Für das Elitekorps der Troubadoure waren die Kollegen gemeine »pierloter« (Kneipensänger), »unhövesche« oder »valsche hunde«. Die Kunst der Vaganten und Spielleute galt ihnen als minderwertig. »Da ist chain nucz nit bpey, es ist nur falsch gedone«, giftete noch im 15. Jahrhundert der »Meistersinger« Michael Belheim. Doch die so Geschmähten waren ihrerseits nicht aufs Maul gefallen. Der Archipoeta, um 1150 berühmtester aller Vagantendichter, schrieb den Minnejüngern Folgendes ins Stammbuch:

> Ja, es fasten und kasteien sich der Dichtkunst Meister,
> meiden scheu des Tages Lärm und der Gasse Geister,
> dass ihr Name in dem Werk nimmer mög vergehen,
> sterben sie vor Eifer noch in den Schaffenswehen.

So etwas konnte dem Archipoeta nicht passieren.

> Mein Begehr und Willen ist in der Schänke sterben,
> wo mir Wein die Lippen netzt, eh sie sich entfärben.

reimte der Saft- und Kraftlyriker in seiner *Vagantenbeichte* und war sicher, dass sich auch ein »mit Haut und Haar« dem »Spiel und Weine« geweihtes Dichterleben am Ende bezahlt macht:

> Aller Engel froher Chor wird dann für mich flehen:
> Lasse diesen Zecher, Herr, in dein Reich eingehen.

Man ahnt, hier tobt der ewig junge Streit zwischen E- und U-Kultur, zwischen den Durs Grünbeins und Charles Bukowskis des Mittelalters. Dabei war die Heftigkeit der Anwürfe nicht zuletzt einem sich stetig verschärfenden Konkurrenzverhältnis geschuldet. Die Vaganten oder Goliarden rekrutierten sich aus der Masse entlaufener Klosterinsassen, streunender Studenten und verkrachter Scholaren, die es zu keiner Anstellung gebracht hatten. Vaganten schrieben meistens in lateinischer Sprache und waren alte Hasen im Showgeschäft. Schon im 10. Jahrhundert strichen sie um die Fleischtöpfe adeliger Gönner, buhlten also um dieselbe Klientel wie die professionellen Troubadoure. So galt der Archipoeta als Protegé Rainald von Dassels, des Erzbischofs (archiepiscopus) von Köln und Erzkanzlers (archicancellarius) des Heiligen Römischen Reiches, woher sich auch der stolze Künstlername ableitet.

Wir kennen seine Verse aus der *Göttinger Handschrift* und der *Carmina Burana*. Diese mittelalterliche Anthologie, bekannt durch die Orffsche Bearbeitung, wurde 1803 im bayrischen Kloster Benediktbeuren (Beuren/Buran) entdeckt und enthält 250 überwiegend lateinische Vaganten-Texte des 11., 12. und 13. Jahrhunderts. Das Spektrum reicht von moralistisch-satirischen Dichtungen und geistlichen Schauspielen bis zu volksliedhaften Liebes-, Tanz- und Trink-Gesängen. Die *Carmina Burana* verzeichnet aber auch einige Troubadour-Strophen, was die ästhetischen Rangeleien ebenfalls relativiert.

Die qualitativen Unterschiede lagen denn auch eher im poetischen Habitus. Vagantenlyrik war von Haus aus derb, sarkastisch, komisch und unbotmäßig, sie korrespondierte trefflich mit dem Auftreten der rauen Gesellen. Zum Beleg sei ein Edikt des Pariser Magistrats erwähnt, welcher ihnen 1218 in Erinnerung rufen musste, dass Meuchelmord, Diebstahl, Ehebruch oder das Schänden von Jungfrauen gemeinhin nicht zu den christlichen Tugenden gerechnet werden. In Adelskreisen betrachtete man das Dichten und Treiben der Vaganten naturgemäß mit etwas mehr Toleranz. Für Irritationen sorgte allenfalls, dass sie ihre Lieder auch vor einfachen Volksgenossen zum Besten gaben. Wie den spilman oder – im romanischen Sprachgebrauch – den jogleur traf man Vaganten überall da, wo handfestes Entertainment gefragt war: auf Jahrmärkten, in den Herbergen entlang der Pilgerstraßen, in Kneipen, Gast- und Tanzhäusern, in Badestuben und Bordellen (was damals oft auf das Gleiche hinauslief).

Der Spielmann sorgte dabei nicht nur für den guten Ton. Troubadour Guiraut de Chalancon hat in einem *Dienstlied* aufgelistet, was so ein schlichter Kneipensänger an Fertigkeiten mitbringen musste, um »fröud und kurzwil zemachen«: »Wisse gut zu erfinden und zu reimen und im Wettstreit gut aufzugeben. Wisse Trommel und Cymbel frisch zu rühren und die Bauernleier wohl zu spielen. Wisse kleine Äpfel zu werfen und mit Messern aufzufangen, den Vogelsang nachzuahmen, Kunststücke mit Karten zu machen und durch vier Reifen zu springen. Wisse die Ztole und die Mandoline zu spielen, das Manichord und die Gitarre zu handhaben, die Rotte mit siebzehn Saiten zu beziehen, die Harfe zu behandeln und auf der Geige gut zu begleiten, um den Sprachgebrauch gefälliger zu machen. Jogleur, du sollst neun Instrumente (Fiedel, Dudelsack, Pfeife, Harfe, Bauernleier, Geige, Dekachord, Psalter und Rotte) wohl instand setzen können. Wenn du selbige gut spielen lernst, wirst du allen Bedürfnissen zu genügen wissen. Lass auch die Leier ertönen und die Schellen klingen.«

Darüber hinaus lieferten die Spielleute kleine Schwänke und Bonmots, Nachrichten und Klatsch, waren Alleinunterhalter, Stegreifdichter und wie die Troubadoure originäre Songschreiber. Sie traten bei Familienfeiern auf, begleiteten das Erntedankfest und die Bürgermeisterwahl; sie untermalten Passions- und Fastnachtsspiele; Fronleichnamsprozessionen ebenso wie große Heereszüge, Krönungsfeierlichkeiten oder Ritterturniere. Wie es scheint, war der Spielmann im mittelalterlichen Leben allgegenwärtig. Und doch stand er, um mit Wolfgang Borchert zu reden, meist draußen vor der Tür. Wer kein festbesoldeter Hofmusikant oder bei einem berühmten Troubadour angestellt war, zählte zu den Fahrenden, zum Bodensatz der Feudalgesellschaft, wo sich alles sammelte, was aus der ständischen Ordnung fiel. Neben Vaganten, Musikern und verarmten Adeligen betraf das in erster Linie Berufsgruppen aus dem niederen Unterhaltungsgewerbe, aus dem bunten Haufen der Gaukler, Possenreißer, Akrobaten und Tänzer, der Tierbändiger, Quacksalber, Feuerfresser und Taschenspieler. Die Fahrenden waren »nymant gern unterthan«

und gewiss keine Chorknaben. Das konnten sie sich gar nicht leisten. Spielmannsnamen wie Bastart, Nimmerselich, Sawermilich, Suchendank oder Suchsbrot erzählen vom Überlebenskampf in einer Welt, deren Legislative sie schlicht als Taugenichtse und Parasiten abgebucht und zu Vogelfreien erklärt hatte. Wer ihnen etwas antat, brauchte Strafe nicht zu fürchten. Man stellte den Übeltäter lediglich vor eine Wand und prügelte seinen Schatten. »Mit der rache sol im gebüezet sin«, verfügten Gesetzeswerke wie der *Sachsenspiegel*, selbst wenn ein Kapitalverbrechen vorlag.

Das war kein schöner Zug, entsprach jedoch durchaus dem stets wankelmütigen Volksempfinden, das sich gerne unterhalten lässt, aber mit dem sogenannten Lottergesinde bitte schön nicht in einen Topf geworfen werden will. »Spielleute und Lumpen / wachsen auf einem Stumpen«, hieß es im Schwäbischen, in Magdeburg reimte man »Gigel, geigel Fidelboge / was der Spielmann sägt, des ist derloage«, während das *Mittelalterliche Hausbuch* indigniert vermerkt: »der spilman war des weines vol«. Ein gewisser Ambrosius Pape verfasste noch 1586 ein ganzes Traktat wider jene »unstet mensch«, die »einen Psalm oder Liedlein daher klingen lassen, und was sie damit sammeln, verspielen, versaufen und mit ihren Madunnen verzehren und alle Büberei damit treiben helfen«.

Als wir auf diese Quelle stießen, fielen uns ähnlich gelagerte Anwürfe ein, die vor Kurzem noch auf Soul-Ikonen wie Ray Charles oder die frühen Beatles niedergingen – immerhin nicht mit den gleichen juristischen Konsequenzen, was uns manchmal tatsächlich an so etwas wie zivilisatorischen Fortschritt glauben lässt. Dagegen spricht, dass solch üble Nachreden damals wie heute aus den gleichen Modergruben wuchern. Sie heißen religiöser Wahn und Bigotterie.

Der mittelalterliche Klerus hielt weltliche Musik grundsätzlich für »sundliches tiufelswerk«, ihre Protagonisten entsprechend für »des tiufels messener« oder »ministri Satanae«. Hieronymus Bosch hat diese Musikantenhölle vorbildlich illustriert. Auf seiner Holzschnittserie *Der Teufel und die sieben Todsünden* sieht man Beelzebub mit Einhandflöte und Tamburin, darunter stehen die Verse: »Ich pauck vnd pfeyff euch allen her ein, / Hintten in dye helle meyn.« Daher rühren auch die Vorstellungen vom sprichwörtlichen Totentanz. Konsequenterweise führten die Kirchenregister »pfiffer und lûtenslaher« (Pfeifer und Lautenschläger) gleich neben Totengräbern, Henkern, Dirnen und anderen »unehrlichen Berufen«. Viele Bischöfe verweigerten ihnen die Kommunion und ein Grab in geweihter Erde. Das hatte auch ganz praktische Gründe.

Die Geistlichkeit sah in den Spielleuten einerseits Sendboten des Heidentums, die Vertreter ungezügelter Lebenslust und verderblicher Riten. Andererseits sah sie in ihnen Konkurrenten, das heißt Mitbewerber um die Gunst des Publikums. Befürchtungen, Musik und Tanz könnten ihre Schäfchen aus dem frommen Gleichgewicht bringen, waren nicht aus der Luft gegriffen. Bei Mittelalterforscher Walter Salmen lesen wir, Gottesdienste fanden oft zur selben Zeit statt wie Tanzveranstaltungen; diese Vergnügungen waren meistens auch besser besucht und uferten nicht selten zu Stunden dauernden Ekstasen aus. Die Kirche förderte bald selbst religiös motivierte Varianten wie die St.-Veits-Tänze oder Springprozessionen und versprach den Teilnehmern lindernde Wirkung bei Epilepsie und psychischen Defekten. Diese Praxis änderte aber nichts daran, dass die Verbindung des Spielmanns zu Körperlichkeit und magischem Rausch Gottesmännern wie Laien (in nüchternem Zustand) nicht ganz geheuer vorkam. »Spileute und gaugkler sind nicht leut wie andere Menschen«, behauptet eine Chronik, »denn sie nur ein schein der Menschheit haben und fast den Todten zu vergleichen sind.«

Aber so, wie der Mensch andererseits nur »ein Dreck, sein Leben ein Gelächter ist« (Heiner Müller), waren Theorie und Praxis schon im Mittelalter zwei sehr verschiedene Paar Schuhe. Die viel geschmähten Spielleute beehrten regelmäßig Mönchs- wie Nonnenklöster, und selbst ein hoher Geistlicher wie Bischof Leonard von Passau beschäftigte »Schalksnarren, Gaukler und dergleichen Possenreißer zu seiner Lust«. Dort saßen sie zwar am untersten Ende der Tischplatte und mussten oft genug um Lohn oder Obdach betteln. Dafür rächten sich die Spielleute mit drastischen Schimpf- und Rügliedern, die sie anderntags unters gemeine Volk brachten. »Wir wollen Gott vom Himel klagen/

Kyrie eleyson / dass wir Pfafen nit sollen zu todt schlagen / Kyrie eleyson«, sang Hans Böhm, der »Pauker von Niklashausen«, und konnte allseits auf Beifall rechnen. Antiklerikale Protestsongs erfreuten sich größter Beliebtheit. Zum einen, weil die priesterliche Verkommenheit sprichwörtlich war, zum anderen, weil schimpf und rueg meist als balladeskes Tanzlied vorgetragen wurden. Allerdings mit weit mehr Schmiss als die Ballade für gehobene Stände. Auf diese Weise könnte auch *Der Karmeliter*, ein anonymes spätmittelalterliches Werk, populär geworden sein. Das Lied geht so:

War einst ein Karmeliter,
Der Pater Gabriel,
Versprach der Anna Dunziger
Ein' nagelneue Seel'.
Nahm sie in seinen Beichtstuhl,
Setzt sie auf seinen Schoß.
Da dacht' die Anna Dunziger:
Das Beichten geht famos!
Nicht nur auf Haupt und Glieder
Ruht die geweihte Hand,
Er senkt sie langsam nieder
Bis ins Gelobte Land.
Ei, spricht er, liebes Annerl,
Greif in die Kutten, Maus,
Und hol' mir meinen Priesterstab,
Den Segen Gottes 'raus.
Bald schwanden ihr die Sinne,
Wie leblos sank sie hin,
Da hat's 'nen kleinen Knacks gegeb'n –
Die neue Seel' war drin!

Das ist knackig formuliert und bündig auf den Punkt gebracht. Wie ein guter Rock-'n'-Roll-Song. Dieter Kühn, Autor von *Ich Wolkenstein* und anderer rühmenswerter Minnesängerbiografien, hat darauf hingewiesen, dass es zwischen mittelalterlicher Tanzmusik und unseren rockigen Gassenhauern durchaus Parallelen gibt. Etwa die »Anfeuerungsrufe von Tänzern«, die in einigen alten Liedtexten verzeichnet sind, oder ein »starkes rhythmisches Element«, das sich »zwar nicht aus der Notation erschließen lässt, aber aus dem Verhältnis von Text und Musik«. Über Neidhart von Reuenthal, dessen Ruhm jahrhundertelang den Namen Walthers von der Vogelweide überstrahlte, sagt Kühn: »Neidharts Musik, und auch das wird den großen Erfolg dieses Mannes (und seiner Nachfolger) ausgemacht haben, ging nicht nur ins Ohr, sie fuhr auch in die Beine.«

Neidhart ist einer der ersten Troubadoure, die Elemente der lebensprallen Volks- und Spielmannskultur in ihre Lieder integrierten. Er war ein Mann des Übergangs. Ebenso wie Walther von der Vogelweide spürte er, dass die höfische Kultur zu Beginn des 13. Jahrhunderts erste Auflösungserscheinungen zeigte. Ihr Niedergang hatte viele Ursachen: eine rasante Verarmung der adeligen Auftraggeber durch Verschwendungssucht; sinnlose Kriegszüge und Aufsplitterung ihrer Lehen; das wirtschaftliche und kulturelle Aufblühen der Städte; die verheerenden Pestepidemien, die Anfang des 14. Jahrhunderts durch Europa fegten und ganze Landstriche entvölkerten. Dazu kamen Missernten, Hungersnöte und das heraufziehende päpstliche Schisma. Das alles führte zu einer allgemeinen Krisenstimmung, die sich in Flagellantentum, in Judenpogromen und Bauernaufständen Luft machte. Das aufgereizte Klima konnte nicht ohne Einfluss auf den Kulturbetrieb bleiben. An den Adelshöfen wurde die hohe von einer niederen, wesentlich handfesteren Minne verdrängt, man liebte es jetzt alles in allem etwas gröber. Dieses Geschäft war aber eine angestammte Domäne der Vaganten, die den Minnesängern immer häufiger die Bühne und den privilegierten Status streitig machten.

Die Minderbegabten traten eine Lawine von Klageliedern los, die in Selbstmitleid badeten und heute zu Recht vergessen sind. Größere Geister wie Neidhart von Reuenthal oder Walther von der Vogelweide machten sich daran, ihr künstlerisches Besteck neu zu sortierten. Walther nutzte die Spruchdichtung (wir erinnern uns: das Feuilleton der Troubadourlyrik). Er legte das Florett eine Weile aus der Hand und griff wie Zorro, der Rächer der Enterbten, zum poetischen Degen, um dummen Fürsten, untreuen Mäzenen und schlechten Sängern sein Monogramm aufs Wams zu ritzen. Neidhart kreierte, inspiriert von der Spielmannslyrik, eine grelle und hochkomische Liederart, die als dörpeliche Dichtung (Bauerntölpel-Dichtung) ein breites Publikum und viele Nachahmer fand. Er verlegte die Minne in Scheunen und ländliche Schänken, parodierte ihre Rituale und zog dabei Nähr- und Ritterstand gleichermaßen durch den Kakao. Die Suche nach neuen Ausdrucksmöglichkeiten rückte auch das balladeske Tanzlied als sowohl volksnahe wie formbare Gattung ins Blickfeld der Minnesänger und ihrer Nachfolger wie Eustache Deschamps, Oskar von Wolkenstein und François Villon.

Eustache Deschamps, der Visionär der Ballade

Da Villon und dem Wolkensteiner ein eigenes Zwischenspiel gewidmet ist, wollen wir an dieser Stelle ein paar Worte über Deschamps verlieren. Eustache Deschamps, verdienter Beamter und hochdekorierter Offizier in Diensten der Valois-Könige Charles V. und VI., zählt als Dichter sicherlich nicht zu den Top-Genies seiner Zunft. Aber er war ein Visionär, einer der Ersten, die die Ausdrucksmöglichkeiten der Ballade erkannten und dem Genre eine höhere Bestimmung zudachten. Das passierte nicht zufällig im Frankreich des 14. Jahrhunderts, wo der Niedergang der Minnekultur, mithin auch die Auflösung ihrer dichterischen Formen, am weitesten gediehen war. Recht eigentlich starb sie 1356 auf dem Schlachtfeld von Poitiers, als ein Scherflein englischer Bogenschützen das größte bis dato gesehene Ritterheer pulverisierte. Mit ihm versanken auch die Troubadoure im Nebel der Geschichte. Die Wirren des Hundertjährigen Krieges schärften im Linksrheinischen den Dichterblick für soziale und politische Missstände. Gefragt waren neue zeitkritische und moralisierende Töne, aber auch strenge poetische Regeln, mit deren Hilfe man den chaotischen Zeitläufte zu trotzen gedachte. Da kam die beliebte, seit ihrer Erfindung stoisch dreistrophige Ballade gerade recht. Nur mit der Musik wussten die Poeten, die ihren avantgardistischen Standpunkt mit einem Hang zu Stilisierung und gravitätischer Deklamation unterfütterten, nichts Rechtes mehr anzufangen.

Eustache Deschamps war der Mann, der den Kollegen zurief: Lasst sie einfach weg! Die Begründung lieferte er 1392 mit seiner Poetik *L'art de dictier et de fere chansons* (Die Kunst vom Schreiben und Vortragen der Lieder). Sie basiert auf der antiken Lehre von den sieben freien Künsten und lautet in aller (für unsere Zwecke aber völlig ausreichenden) Kürze: Die Dichtung gehört, wie die Sprache im Allgemeinen, zur Kategorie musique naturelle, die Melodie in die Schublade musique artificielle. Das heißt, Deschamps erklärte das Gedicht zum autonomen Gebilde, es sollte von der Musik nicht mehr belästigt werden. Damit war auch die Gestalt des Dichter-Komponisten, die der Troubadour in Reinkultur verkörpert hatte, vorerst obsolet geworden. Die allgemeine Verbreitung der Polyphonie, ebenfalls ein Phänomen des 14. Jahrhunderts, tat ein Übriges, um das Spezialistentum zu fördern. Schon Francesco Petrarca, Dichter der berühmten *Canzoniere*, eines an die Geliebte Laura gerichteten Zyklus aus 366 Gedichten, war nur mehr ein Mann des Wortes, obwohl seine Verse, die um 1350 troubadoureske Formen mit einer neuen, von antiken Vorbildern geprägten Sinnlichkeit verbanden, ideales Material für Komponisten von Monteverdi bis Liszt abgaben.

Nachdem Deschamps der Ballade die Musik amputiert hatte, ging er daran, ihre Form zu kanonisieren. Sie sollte drei Strophen mit sich wiederholendem Reimschema umfassen, wobei die letzten Zeilen der ersten Strophe als Refrain verwendet wurden. Die Nachhut bildete das envoy, eine Geleitstrophe, die das Reimschema der zweiten Hälfte einer vollen Strophe zu repetieren hatte. Reglementiert waren auch die Anzahl der Verse pro Strophe (neun bis elf) und die Silbenzahl pro Vers (zwischen acht und elf). So zugerüstet deklarierte Deschamps die Ballade vierhundert Jahre vor Goethe zur »poetischen Universalform«, zu einem Gefäß, das bereit sei, jeden vorstellbaren Inhalt aufzunehmen.

Deschamps ließ keinen Zweifel daran, dass er gewillt war, seine Behauptung zu beweisen. Als man ihn 1406 begrub, hatte er 1100 Balladen hinterlassen. Der Themenpark glich dem der troubadouresken Spruchdichtung. Deschamps schrieb gereimte

Feuilletons über alles, was die Zeitgenossen beschäftigte: über das Essen, über Tischsitten, über das Wesen der Liebe, über die Ehe, über Kirchenfragen, über neue und alte Kriegszüge, über die Valois-Könige, und er schrieb über das bunte Treiben in der Metropole Paris, über Reich und Arm, Bürger, Gauner, Priester und Dirnen. Aber dem Kunst-Balladier ging es wie jedem ernst zu nehmenden Visionär, er war seiner Zeit weit voraus. In François Villon würde Deschamps zwar einen gelehrigen Schüler (und seinen Meister) finden, aber mit diesem genialischen Windbeutel und Galgenstrick rutschte das Genre aus hochkulturellen Sphären zurück in den literarischen Untergrund. Für dreihundertfünfzig Jahre wanderte die Ballade erneut durch Herbergen und Spelunken, über Tanzdielen, Pilgerwege und Marktplätze, wo sich Spielleute, Vagabunden und Bänkelsänger der verlorenen Tochter annahmen. Man könnte sagen, die Ballade genehmigte sich, bevor sie tatsächlich zur Kunst- und Universalform werden konnte, eine ordentliche Brotzeit mit Musik in der Volksküche des Welttheaters.

Volksballade und Bänkelsang

Dort saß der gemeine Mann und versuchte, dem göttlichen Spielplan zu folgen, den eine luzide Regie nach Mephistos Gusto (»Gib nur erst acht, die Bestialität wird sich gar herrlich offenbaren«) inszenierte: janusköpfigen Lehrstücken, die Renaissance, Reformation und Aufklärung hießen, geschmacklosen Grotesken wie Inquisition und Hexenjagd, bluttriefenden Tragödien aus Bauern-, Türken- und Religionskriegen, dem Gesamtkunstbaukasten des Barock, den Luftnummern des Rokoko und dem Klassenkampfdrama der Französischen Revolution.

Schritt zu halten mit dem verzwickten Weltgebrumm, fällt heutzutage selbst ausgebufften Medien-Usern nicht immer ganz leicht. Man kann sich ausmalen, vor welchen Schwierigkeiten die Menschen vergangener Epochen standen. Die Informationswege waren bis ins 19. Jahrhundert beschwerlich und gespickt mit Hindernissen. Selbst auf engstem Raum. So verloren die haushoch überlegenen Russen und Österreicher die Schlacht von Austerlitz, weil die Vorposten, die den heimlichen Anmarsch Napoleons auf die zentrale Stellung der Allianz bemerkt hatten, im dichten Nebel vergeblich nach ihren Generälen suchten. »Ein Handy, ein Handy, mein Königreich für ein Handy«, hätte Zar Alexander I. rufen können, wenn denn die Technik am 2. Dezember 1805 sehr viel weiter gewesen wäre als zu Luthers Zeiten. Die Erfindung beweglicher Lettern durch Johannes Gutenberg ermöglichte es ab 1450 immerhin, Bücher, Flugschriften und erste Zeitungsblätter schnell und in großer Stückzahl herzustellen. Das Problem war nur: Die wenigsten Menschen konnten lesen. Aber sich einen Reim auf alles machen, das wollten sie schon.

Um zu demonstrieren, wie die Ballade aus Wissbegier und Analphabetismus Kapital schlagen konnte, wollen wir einen Blick auf Simplicius Simplicissimus werfen, den Helden des gleichnamigen, heuer immer noch knackig frischen Schelmenromans von Hans Jakob Christoffel von Grimmelshausen (Erstdruck 1669). In einer Fortsetzungsgeschichte, die Grimmelshausen für seinen *Wundergeschichten-Calender* schrieb, beschließt Simplicius, einen finanziellen Engpass durch das »Zeitungssingen« zu überbrücken. Sein Quartierwirt nennt ihm einen geeigneten Platz für diese damals weit verbreitete Tätigkeit. »Ich sollte nicht weit von seinem Haus, das ohnediesem dem öffentlichen Markt nahe gelegen war, meine Kalender auf einem Tischlein, das er mir dazu leihen wollte, auslegen und, hinter dasselbe auf einer Bank stehend, frisch, getrost und unverzagt meine wohlinventierte Zeitung auf das beweglichste absingen. Wie nun der angenehme Tag erschienen war, an welchem ich von meiner Sache eine löbliche Probe tun sollte, da befliss ich mich nicht anders als ein Meistersänger, um meine Kehle hell und geläufig auszurüsten, zu welchem Ende mir denn mein Wirt mit etlichen Kannen Bier behülflich war.«

Zeitungs- oder Avisensänger waren die Vorläufer der Bänkelsänger – Simplicius steht sogar schon auf dem obligatorischen Bänkel – und traten um 1500 in Erscheinung. Sie priesen ihre Nachrichten in Gedichtform oder singend an, um anschließend für die gehobene Kundschaft eine gedruckte Fassung feilzubieten.

In der Reformationszeit waren das meistens Flugschriften – in England hießen sie Broadsides –, einzelne Blätter, die das öffentliche Wohl und Wehe aus katholischer oder protestantischer Sicht kommentierten. Aber weit beliebter waren Boulevard-Themen: Exotika, Liebesdramen höherer Stände oder »traurige Mord-« und »große Seeschlachtzeitungen«, wie sie Simplicius zu verkaufen gedachte.

Wie wir gleich sehen werden, galt diese Frühform des Journalismus nicht gerade als Hort der Seriosität. Simplicius fährt fort: »Ich machte mich im Namen ›Mercurius‹, des Gottes aller Quacksalber und Leutebetrüger, auf den Markt und legte meine herrlichsten Autoren auf das zierlichste aus, verfügte mich auf eine Bank, wie auf einen Predigerstuhl, und machte mit Hin- und Herstreichung meines Bartes solche Miene, dass auch die meisten vorübergehenden Leute nur diesem zu Gefallen still standen, um zu sehen, was ich doch, nach langen Räuspern, endlich anfangen und verrichten würde.«

Doch schon die ersten Töne sorgen für Heiterkeitsattacken. Die Aussichten auf gute Geschäfte sind scheint's perdu. Bis Simplicissimus im Publikum jemanden entdeckt, der sich angesichts seines Vortrages eine Maulsperre angelacht hat. Sofort empfiehlt er sich den »lieben Herren und anwesenden guten Freunden« als »wohlapprobierter Wundarzt, Stein- und Bruchschneider«, der »manchem Menschen mit Gottes Hilfe von seiner Leibsgebrechlichkeit geholfen«. Er versetzt dem Patienten eine Backpfeife und behebt den Schaden anstandslos.

Unter »Quacksalbern und Leutebetrügern« finden wir im 17. Jahrhundert dann auch den Bänkelsänger. Die Ära der von Mansfelds, Tillys und Wallensteins war grausam, Brot wie Arbeit ein knappes Gut. Folglich hatte sich das Milieu der Fahrenden seit dem Mittelalter kaum verändert, eher noch mehr Zulauf erhalten, und das sollte bis zur Französischen Revolution so bleiben. Wie Gerichtsakten zu entnehmen ist, bestand die Bande des berüchtigten Schinderhannes, der sich um diese Zeit durch den Hunsrück gaunerte, zum Gutteil aus verarmten Krämern, Bänkelsängern und Spielleuten. Wer sich an die Verfilmung des Schinderhannes-Stoffes nach Zuckmayers Bühnenstück mit Curd

Jürgens und Maria Schell erinnert, weiß, dass die redlichen Vollzeit-Bänkelsänger ihr Angebot inzwischen entscheidend erweitert hatten. Am Anfang sieht man den Mimen Carl-Heinz Schroth in Spielmannsmontur die Ballade vom findigen Räuberhauptmann singen. Neben dem Bänkel komplettieren seine Ausrüstung ein Zeigestock, ein Leierkasten und das sogenannte Schild, eine bemalte Leinwand, die die vorgetragenen Lieder in Einzelbildern illustriert. Gemalte Farbtafeln zu Reklamezwecken nutzten Bärenführer, Seiltänzer und andere Jahrmarktsartisten zwar schon zu Zeiten der Troubadoure. Aber die comichafte Prägnanz der Bänkelschilder im Verbund mit einem neuen Balladenstil machte großen Eindruck, ähnlich der Laterna magica, die ein dänischer Mathematiker namens Walgenstein ab 1670 vorführte.

Musikalisch profitierten die Bänkelsänger-Balladen von einer wachsenden Begeisterung für das Volkslied. Im skandinavischen Sprachraum waren aus dem erzählenden Tanzlied und den heidnischen Sagenstoffen schon Mitte des 13. Jahrhunderts die ersten epischen Balladen im Volkston hervorgegangen. Sie wanderten hundert Jahre später nach Süden und wurden vielfach nachgesungen. Aus dieser Zeit stammen auch die populären Gesänge der Geißlerbruderschaften, die in der Limburger Chronik aus dem Jahr 1402 verzeichnet sind. Kaum hatte sich Gutenbergs revolutionäres Druckverfahren durchgesetzt, erschienen in schneller Folge weitere Sammlungen wie das berühmte *Locheimer Liederbuch* (1452) oder Johann Otts *121 neue Lieder lustig zu singen und auf allerley Instrument dienstlich* (1534). Sie enthielten einfache, aber kunstvoll mehrstimmig gesetzte Weisen aus dem Mittelalter für gebildete Stadtbewohner. Aus ihren Reihen waren im 14. Jahrhundert die Meistersinger hervorgegangen, eine Bewegung, die dem exzentrischen Irrglauben anhing, die Deutschen hätten den Gesang erfunden, und die ihren Namen von zwölf verehrten Meistern des Minnesangs – darunter Walther von der Vogelweide und Neidhart von Reuenthal – herleitete. Sie hatten sich nach dem Vorbild der Handwerkerzünfte streng hierarchisch organisiert und pedantischen, fast schon geheimbündlerischen Statuten unterworfen. Böse Zungen behaupten, genauso musizierten sie auch: bürokratisch, solide, aber etwas uninspiriert. Das mag sein.

Aber immerhin haben sie einen Künstler wie Hans Sachs hervorgebracht, dem wir urkomische Fastnachtsspiele in Neidharts dörpeliger Manier oder die Schwankdichtung vom *Schlaraffenland* verdanken.

Wichtig in unserem Zusammenhang sind eigentlich nur zwei Dinge. Im Kreis der Meistersinger wurde das Musizieren in nicht öffentlicher, fast privater Sphäre erstmalig zur Regel, was der Musik bei aller formalen Steifheit eine bis dato in Deutschland unbekannte intime Prägung gab. Darüber hinaus bewahrten sie das Erbe der Troubadoure und trimmten es auf gefühlsechtes frühbürgerliches Format. Das sollte nicht ohne Einfluss auf den Kirchenliedton der Reformationszeit bleiben, der wiederum aus dem Gotteshaus heraus ins Volk sickerte und sich verselbstständigte. Ein Beispiel für dieses Phänomen ist Martin Luthers *Vom Himmel hoch da komm ich her*. Der Choral wurde auch als weltliches Volkslied unter dem leicht veränderten Titel *Ich komm aus fremden Landen her* überaus populär. Beide Varianten fanden 1544 Eingang in das Kompendium *Gesänge für gemeine Schulen*.

Ein ähnlicher Prozess beförderte im Laufe der Zeit die Lieder der Zeitungs- und Bänkelsänger von einer profanen geldwerten Dienstleistung zum geschätzten Allgemeingut. Die Sänger spielten gekonnt auf der Klaviatur des Volksliedbooms, indem sie ihrer überwiegend proletarischen Kundschaft wie die Minne- und Meistersinger Kontrafakturen bekannter Melodien servierten; will sagen, man plünderte die Volksliedercharts – und sparte sich so obendrein den teuren Druck neuer Noten –, während ihre Texte alles abdeckten, was dem Zeitgeist lieb und ein paar Groschen wert war: Sagen- und Märchenstoffe, Liebesromanzen, Übersinnliches, Heldenlegenden, Kriegsepisoden und das ganze Spektrum der alten Spruchdichtung von der Satire bis zur religiösen Erbauungsliteratur. Weil dieser Themenpark gereimt viel schöner klingt, zitieren wir den Puppenspieler und Bänkelsänger Niklas, der in Friedrich Wilhelm Glotters Singspiel *Die Dorfgala* (1772/74) auftritt. Seine Lieder, selbstredend immer »extrafrisch wie die hamburgischen Austern«, erzählen …

Von dem Kaiser Tamerlan,
Von Prinzessin Aschenbrödel,
Von dem blauen Fliegenwedel,
Rotem Käppchen, goldnem Hahn.

Und von Warschaus Blutgerüst,
Beil und Folter, Angst und Reue;
Und vom armen Alibeie,
Der einst war ein deutscher Christ.

Und vom Brand zu Amsterdam,
Wie daselbst ein Satanstempel,
Allen Sündern zum Exempel,
Weggeglommen ist, wie Schwamm.

Und wie an dem Hochzeitsfest
Sich ein Bräutigam ersäufet,
Und vom Stern, der, langgeschweifet,
Zu Berlin sich blicken lässt.

Und wie Räuber hie und da
Post und Passagiere plündern,
Und ein Stamm von Jakobs Kindern
Blühet in Amerika.

Und von einem großen Hause
In Hannovers großer Stadt,
Wo der Geist beim Abendschmause
Stuhl und Tisch verrücket hat.

In Strophe zwo und vier offeriert Niklas eine Spezialität, die schon der Zeitungssänger Simplicius auf Lager hatte. Sie wird im 19. Jahrhundert zum Synonym für alle Bereiche des Bänkelsangs werden und das Genre endgültig zur Volksballade machen: Die Rede ist von der Moritat. Über die Bedeutung des Wortes ist viel gestritten worden. Wir glauben Reinhard Döhl, der die Moritat von dem »akustisch zerdehnten Wort Mordtat« herleitet, so wie es das *Grimmsche Wörterbuch* nahelegt. Dort heißt es über das liederliche Um-die-Ecke-Bringen der Bänkelsänger: »die leute laufen zu den mordthaten; eine mordthat singen«. Und »von ›eine mordthat singen‹«, sagt Döhl, »zu ›eine Morithat deklamieren‹« sei der Weg kurz, zumal »die Stoffe der Bänkelsänger durch das ganze 18. Jahrhundert als ›Mordgeschichten‹ bzw. ›Mordthaten‹ charakterisiert werden«.

Kein Zweifel, das Genre war nicht zimperlich. Aber das war das Leben auch nicht. Immer mehr Menschen lernten lesen und machten es sich immer häufiger am häuslichen Herd bequem, um in Gazetten, Abenteuerromanen, Kalendergeschichten oder Volksbüchern wie *Till Eulenspiegel*, *Dr. Johann Fausten* und den *Schildbürgern* zu schmökern. Da mussten sich die Bänkelsänger anstrengen, um noch jemanden hinter dem Ofen hervorzulocken. Und die Moritat war ein passendes Werkzeug. Sie garantierte dem Publikum Action, Sensationen, Naturkatastrophen, Unglücke und Kapitalverbrechen – und den Bänkelsängern volle Kassen. In den *Nachtwachen von Bonaventura* (erschienen 1804/05), einem Schlüsselwerk der Schwarzen Romantik, lässt Autor Friedrich Klingemann den Nachtwächter Kreuzgang, seines Zeichens Ex-Dichter und Ex-Bänkelsänger, aus der Schule plaudern:

»Blut lieben sie über die Maßen, und wenn sie es auch nicht selbst vergießen, so mögen sie es doch für ihr Leben überall in Bildern, Gedichten und im Leben selbst gern fließen sehen; in großen Schlachtstücken am liebsten. Ich sang ihnen daher Mordgeschichten und hatte mein Auskommen dabei, ja ich fing an, mich zu den nützlichen Mitgliedern im Staate, als zu den Fechtmeistern, Gewehrfabrikanten, Pulvermüllern, Kriegsministern, Ärzten usw., die alle offenbar dem Tode in die Hand arbeiten, zu zählen, und bekam eine gute Meinung von mir, indem ich meine Zuhörer und Schüler abzuhärten und sie an blutige Auftritte zu gewöhnen mich bemühte.«

Das war natürlich romantische Ironie, traf aber dennoch den Nagel auf den Kopf, wenn das Bild in diesem Zusammenhang erlaubt ist. Wie punktgenau Kreuzgang die menschliche Natur einschätzt, zeigt die Hinrichtung des fränkischen Ritters Grumbach. Als man ihn 1567 erst gerädert, dann gevierteilt hatte, wurden binnen weniger Stunden 1400 Bänkelbroschüren abgesetzt, die den detailgetreuen Ablauf der blutigen Angelegenheit in Schrift und Bild wiedergaben. Die Bänkelsänger versuchten, die Drastik ihrer Darstellungen mit lauwarmen moralischen Appellen zu rechtfertigen, die sie an den Anfang oder das Ende ihrer mit Leichen gepflasterten Lieder und Broschüren setzten. Das klang dann vorne so:

Menschen, höret die Geschichte,
Die erst kürzlich ist gescheh'n.
Die ich treulich euch berichte,
Lasst uns dran ein Beispiel seh'n.
Lasst uns redlich hier nur handeln,
Treu erfüllen unsere Pflicht.
Stets der Tugend Pfad nur wandeln.
Tugend gibt uns reines Licht.

Und hinten so:

Tief im Kerker und in Ketten
Warteten der Strafe sie,
Die vor Basel sie erreichte. –
Mensch, vergiss dies Beispiel nie!

Gern führte man auch einen pädagogisch wertvollen Realismus ins Feld. Balladenspezialist Leander Petzoldt referiert in diesem Zusammenhang eine behördliche Eingabe des Bänkelsängers Johann Heinrich Heydenreich vom 2. Mai 1827. Heydenreich schreibt dort, »dass er durch Bild und Schrift auf das gemeine Volk einwirken wolle. Wenn auch das Bild schlecht sei (...), so sei doch die Schrift, die er verkaufe, die Hauptsache, da sie nur geschichtlich wahre Tatsachen enthalte.« Besonders schön ist der im Brustton der Überzeugung vorgebrachte Verweis des Bänkelsängers auf den *Österreichischen Beobachter*, dem er seine Gräuelgeschichte entnommen hatte. Denn dieses Blatt »fördere niemals Unwahrheiten zu Tage«.

Die Obrigkeiten mochten der Argumentation nicht folgen. Wo

die Bänkelsänger auftraten, hagelte es Verbote, Behinderungen und Zensur-Erlasse, und zwar in derartigem Ausmaß, dass diese amtlichen Schikanen neben der literarischen Produktion »die wichtigsten Quellen für den Bänkelsang« bildeten (Petzoldt). Hier ist eine aus Wien, datiert vom 30. Juni 1812: »Das Ausrufen und Hausieren mit Liedern, Mordgeschichten und dergleichen Flugblättchen nimmt seit einiger Zeit wieder überhand. (...) Die Pol. O. Dir. wird daher die nötigen Verfügungen treffen, damit diesem Unfuge gesteuert werde.« Wie in Hamburg und anderswo war man der Meinung, dass die Horror- und Splattershow »nachteilig für die Moralität und unsittlich ist«.

Obwohl uns gerade der Gedanke durchs Hirn schwappt, es könne auch nicht schaden, ab und an mal ein paar Sudel-Ausgaben der *Bild*-Zeitung aus dem Verkehr zu ziehen, müssen wir sagen, so geht es natürlich nicht; die Pressefreiheit ist ein hohes, absolut schützenswertes Gut.

Erstaunlicherweise fiel dieser Umstand den meisten Intellektuellen des aufgeklärten 18. Jahrhunderts, die selber unter scharfen Zensurmaßnahmen litten und dagegen Sturm liefen, im Casus der Bänkelsänger gar nicht auf. Es regte sich jedenfalls nirgends nennenswerter Protest. Im Gegenteil. Wenn überhaupt, hatte man für das verwandte Gewerbe nur abfällige Randbemerkungen übrig. Der Berliner Kritiker und Verleger Friedrich Nicolai echauffierte sich über »dumme Reflexionen und ekelhaft grässliche Beschreibungen«, Johann Christoph Gottsched befand, man müsse sich über diese Kretins keine Sorgen machen. Sie wären ja »bey der einfältigen Welt« richtig aufgehoben, wo sie »itzo auf Messen und Jahrmärkten (...) den Pöbel einzunehmen pflegen«. Im *Grammatisch-kritischen Wörterbuch der hochdeutschen Mundart*, das der Germanist Johann Christoph Adelung 1789 herausbrachte, firmiert der Bänkelsänger unter »schlechter Dichter«, der gegen Geld »gemeine Gegenstände auf gemeine Art« besingt. Und was sagt Goethe? Der Geheime Rat schlägt in dieselbe Kerbe: »Es ist an Mord und Totschlag noch nicht genug, an Brand und Untergang; die Bänkelsänger müssen es an jeder Ecke wiederholen.«

Die wenigstens hatten ein feineres Sensorium für die poetischen Möglichkeiten, die unter der rauen Schale des Genres steckten.

Einer davon hieß Johann Wilhelm Ludwig Gleim, ein anderer Johann Friedrich Löwen. Löwen, Dichter und Theatermann, schrieb in den 1760er Jahren Parodien auf Bänkelgesänge, die großen Einfluss auf die klassischen Balladendichter haben sollten. Ein Exempel, *Die wahrhafte Geschichte von dem Ende eines geplagten Ehemanns,* findet sich im folgenden Brevier. Die Ballade beginnt mit der Zeile »Ach, hört mit Furcht und Grauen«, der dieses Buch den Titel verdankt. Johann Wilhelm Ludwig Gleim, ein Vertreter der anakreontischen Lyrik, die den heiter bukolischen Lebenskult des Rokoko mit aufklärerischen Gedanken verknüpfte, war in Deutschland der erste waschechte Dichter, der die Stilmittel des Bänkelsangs aufgriff, was man unschwer an der Vorrede zu seiner (mit 35 Strophen doch etwas arg ausufernden) Ballade *Marianne* erkennt. Das Werk verspricht dem Leser »Traurige und betrübte Folgen der schändlichen Eifersucht, wie auch heilsame(n) Unterricht, dass Eltern, die ihre Kinder lieben, sie zu keiner Heirat zwingen, sondern ihnen ihren freien Willen lassen sollen; enthalten in der Geschichte Herrn Isaac Veltens, der sich am 11. April 1756 zu Berlin eigenhändig umgebracht, nachdem er seine getreue Ehegattin Marianne und derselben unschuldigen Liebhaber jämmerlich ermordet«. Die Bänkelsänger nahmen die Hommage gelassen, aber dankbar auf. Die *Marianne* wurde in Bilder gesetzt, mit Musik unterlegt und bei nächster Gelegenheit auf eigene Rechnung zu Markte getragen. Johann Wilhelm Ludwig Gleim unternahm noch weitere Versuche, das verrufene Jahrmarktsgewerbe für seine Dichtung fruchtbar zu machen, plante sogar, Mozart für diesbezügliche Projekte einzuspannen. Leider zerschlug sich die Sache. Wir würden zu gerne wissen, was das Wolferl aus den Moritaten gemacht hätte.

Nichtsdestotrotz waren Gleims Experimente das Startsignal für den Aufstieg der Bänkelsänger zu Kultfiguren der Romantik. Das erste Etappenziel erreichte die Zunft 1774. In diesem Jahr fand sich in ihrem Repertoire ein »von unserm vortrefflichen Dichter Bürger verfasste(s) Lied, das in und außerhalb Deutschlands so große Berühmtheit erlangt, von allen Ständen so gern gelesen, gesprochen und gesungen wird und alle Gemüther tief ergriffen hat«, wie eine zeitgenössische Broschüre trompetete.

Wir hoffen, sie ist weggegangen wie warme Semmeln. Denn für seine *Lenore* hatte auch Gottfried August Bürger kräftig aus dem Fundus des Bänkelsangs geschöpft und das Material zum Prototyp der Kunstballade geformt. Aber wie es dazu kam, gehört in ein anderes Kapitel.

Brevier

Sagenhaftes und Legenden

Während einer Show des von den Quasthoff-Brüdern hochverehrten Riley Ben »they called him the Blues Boy« King gerieten einmal zwei Männer in heftigen Streit um eine Frau. Im Zuge der Keilerei brach ein Feuer aus. Bald stand das Lokal in hellen Flammen und alles rannte hinaus. Nur B.B. King stürzte sich in das Inferno, um seine Gibson ES 335 zu retten. Als er leicht angesengt, aber mit unversehrter Gitarre wieder auftauchte, wollte er wissen, wer die Dame war, die um ein Haar sein geliebtes Instrument auf dem Gewissen gehabt hätte. Man stellte ihm ein sehr schönes Mädchen vor. Sie hieß Lucille. King befand, das sei die Sache wohl wert gewesen, und taufte fortan alle seine Gitarren auf ihren Namen. Er war der festen Überzeugung, eine Gibson ES 335 habe, wie jedes gottgefällige Wesen, eine Seele. Zweiflern und Spöttern hielt King das kaum zu schlagende Bonmot entgegen: »Abgesehen von richtigem Sex mit einer richtigen Frau gibt es nichts, was mir solch eine innere Ruhe gibt wie Lucille.«

Die animistische Vorstellung beseelter Instrumente, Waffen oder Werkzeuge ist so alt wie die Menschheit und bildet ein unerschöpfliches Reservoir an wundersamen Geschichten. Eine haben wir eben gehört, eine andere, grausige Legende erzählt die Ballade von den *Zwei Schwestern*. Es geht um Eifersucht, Geschwistermord und eine zauberische Harfe, welche, bespannt mit den Haaren des ertränkten Mordopfers, den Täter verrät. Die hier abgedruckte Version ist schwedischen Ursprungs. Auch F.J. Childs Sammlung *The English and Scottish Popular Ballads* verzeichnet einige Varianten, die in ganz Europa gesungen wurden. Die früheste Child-Fassung übertrifft die schwedische noch in der Ausbreitung grausiger Details, wenn der Spielmann das verräterische Instrument nicht nur aus Brustbein, Fingern und dem Haar des toten Mädchens zusammenschraubt, sondern obendrein Auge, Zunge, Nase und Schienbein verwendet.

Neben dem Kain-und-Abel-Motiv transportiert die *Schwestern*-Ballade den heidnischen Glauben, in Blut, Speichel, Haar und Knochen, mithin auch in Friedhofspflanzen, konzentriere sich die Seele und Lebenskraft eines Menschen. Diese Grundzüge prägen auch das genetisch verwandte Volksmärchen vom *Singenden Knochen*. Hier müssen zwei Brüder einen wild gewordenen Keiler töten, um die Hand der Königstochter zu erlangen. Der jüngere erschlägt den Keiler, der ältere stößt den des Schwimmens unkundigen Bruder in den Fluss und macht es sich im Schloss bequem. Heraus kommt die Sache, weil ein Schäfer aus dem Knöchel des Opfers eine Flöte für den König schnitzt, die – man ahnt es – alles ausplaudert, als der Herrscher den Schwiegersohn hineinblasen lässt:

O Bruder mein, o Bruder mein,
Du bläst auf meinem Beinelein.
Du arger Bruder schlugst mich tot,
Es floss mein Blut so rot, so rot;
Der andre Bruder grub mich ein.
Was mochte des wohl Ursach sein?
's war um das Wild, 's war um das Schwein,
's war um des Königs Töchterlein.

In einer siebenbürgischen Variante ist das Flötenmaterial ein Schilfrohr, das dem Grab des Opfers entsprießt, was wiederum auf den griechischen Pan-Mythos verweist. Der bockshörnige Halbgott mit dem Ziegenbein fertigt die nach ihm benannte Flöte aus dem Körper der Nymphe Syrinx, die ihre Schwestern, um sie vor den Nachstellungen durch Pan zu schützen, in ein Schilfbündel verwandelt haben.

Die norwegische Ballade vom *Rächerschwert* führt uns in die

Welt der mit Eigenleben (und noch mehr Eigensinn) ausgestatteten Tötungswerkzeuge. Der nordische Saga-Kreis ist voll von Wunderwaffen und adelt sie durch Eigennamen wie Sigurds Klinge Gram (das germanische Pendant ist Siegfrieds Balmung), Arthurs Excalibur oder Tyrfingr. Das verfluchte Schwert aus der *Hervarar*-Saga zwingt seinen Besitzer zum Verwandtenmord – und ist nicht der einzige Stahl mit diesem Hobby. Die *Geschichte vom Weisen Njál* weiß wiederum von einer Hellebarde zu berichten, die jeden Totschlag mit einem feinen hellen Ton anzukündigen pflegt. Auch anderen Kulturkreisen ist das Phänomen magischer Waffen nicht fremd. An der Weichsel verehrt man Szczerbiec, den Schartigen (seit der Inthronisation Wladyslaws des Ellenlangen im Jahr 1320 das Krönungsschwert der polnischen Könige), in Japan die Edel-Klinge Kusanagi, die über den Wind herrscht. Kusanagi bedeutet »Schwert aus der Schlange«, weil der Gott Susanoo das Mordinstrument im Körper eines achtköpfigen Exemplars gefunden hat.

Das Rächerschwert unseres norwegischen Helden Alv kann sogar sprechen. Die Ballade spielt »auf dem Dalebuthing«. »Dale« ist wahrscheinlich eine Ortsbezeichnung, »Thing« heißt die Versammlung freier Männer unter Vorsitz des Stammesfürsten oder Königs. Sie fand oft unter einer Gerichts-Linde statt und dauerte drei Tage. Wie Tacitus' Schrift *De origine et situ Germanorum* (Über Ursprung und geographische Lage der Germanen) berichtet, wurde am zweiten und dritten Tag Gericht gehalten bzw. Politik gemacht, am ersten aber zunächst fulminant gebechert und debattiert, was dazu führte, dass man sich mit schwerer, Tacitus schreibt höflich »freier Zunge«, die Meinung an den Kopf warf.

So hält es auch Alv. Mittrinken möchte er allerdings nicht, ihn dürstet nur nach Rache für den erschlagenen Vater. Doch von dem Moment an, als der König die Tat gesteht, ist Alv nicht mehr Herr des Geschehens. Um sofort dreinzuhauen, sei sie viel zu schwach, nörgelt die Klinge. Mit »neun Pfund Stahl und zehn Pfund Eisen« soll Alv ihr das Heft stärken, auch ein neuer, »in Drachen- und Heldenblut« gehärteter Griff muss her. Entsprechend aufgerüstet wütet das Schwert dann wie toll durch die Versammlung, bis seinem Besitzer »das Blut in den Schuhen« steht. Selbst vor einem

Kinde will die Raserei nicht haltmachen. Erst in letzter Sekunde kann Alv das Schwert durch die Anrufung Gottes stoppen.

Wir kennen diese christliche Umdeutung heidnischer Stoffe aus dem vorherigen Kapitel und vermuten mal, Alv und sein Schwert verkörpern ursprünglich eine individualisierte Form der Berserkerwut. Die Berserker sind zwölf legendäre Krieger, denen der Ruf besessener Blutsäufer vorauseilt. Humanistisch gebildete Leser denken sich am besten eine männliche Ausgabe der Erynnien, allen anderen sei Robert Aldrichs Kriegsfilm-Klassiker *Das dreckige Dutzend* empfohlen. Er erzählt, wie US-Army-Major Reisman (Lee Marvin) 1944 versucht, zwölf im Straflager schmorende Psychopathen für ein Himmelfahrtskommando gegen die SS zu trimmen. In heidnischen Sagas kämpfen die Berserker stets in der ersten Reihe und firmieren als eine Art Prätorianergarde des Götterchefs Odin. Später dienen sie auch weltlichen Herrschern. Snorri Sturluson, der verlässliche Begleiter unserer Recherchen, beschreibt sie in seiner *Heimskringla*, einer Geschichte der norwegischen Könige: »Aber seine (Odins) eigenen Mannen gingen ohne Brünnen, und sie waren wild wie Hunde oder Wölfe. Sie bissen in ihre Schilde und waren stark wie Bären oder Stiere. Sie erschlugen das Menschenvolk, und weder Feuer noch Stahl konnte ihnen etwas anhaben. Man nannte dies ›Berserkergang‹.«

Mit der *Edward*-Ballade wechseln wir vom marziale furioso wieder zum Familiendrama. Das Katz-und-Maus-Spiel zwischen dem Vatermörder und seiner Mutter, die ihm das Verbrechen eingeflüstert hat (was man aber erst am Schluss erfährt) und nun herauszukitzeln versucht, ob es vollbracht ist, hat Carl Loewe 1818 kongenial – und weit ausdrucksvoller als Schubert – in Musik gesetzt. G-moll und ein verzwickter Sechsachteltakt untermalen die Fragen der Mutter, Edward antwortet im selten verwendeten es-moll und gedrängten Zweivierteltakt. Das klagende »O« am Ende jeder vierten Zeile ist mal als kurzer Seufzer, mal als gedehnter Schmerzensausbruch komponiert. Eine brillante Lösung entwirft der Schluss. Das finale »Denn ihr rietet's mir«, die Entlarvung der Mutter als Schreibtischtäterin, lässt Loewe im zweitaktigen Rezitativ vortragen, das nachhallende letzte Klage-O rasiert ein harter Cut-Akkord. Dass der *Edward* in Loewes

Werkverzeichnis die Nummer Opus 1, 1 trägt, mag man kaum glauben. Das Erstlingswerk des Zweiundzwanzigjährigen ist in jeder Hinsicht eine reife Leistung.

Er hatte sich dafür eine der berühmtesten schottischen Volksballaden ausgesucht. Sie findet sich in Percys *Reliques of Ancient English Poetry*, hat aber sicher viel ältere Wurzeln. Wir geben Johann Gottfried Herders Nachdichtung wieder, die er 1793 für die erweiterte Ausgabe seiner Ossian-Briefe angefertigt hat. Im Original lautet die Antwort auf die erste Frage der Mutter nach dem blutigen Schwert des Sprösslings: »O ich habe geschlagen meinen Falken tot.« Ob Herder das edle Tier mit Vorsatz oder aus Versehen in einen leichenfleddernden Geier verwandelt hat, wissen wir nicht. Aber es passt ins poetische Bild.

Hier belauern sich zwei Aasvögel auf höchstem theatralischem Niveau. Die Absenz von Vorgeschichte und Tatmotiv, der gepresste, unterschwellig von Schuldgefühlen, Panik und Aggression bebende Dialog, die Eiseskälte des Sohnes in den sogenannten Testamentsstrophen (»Und was soll werden dein Hof und Hall?«), die spannungsgeladenen Wiederholungen, die den Dialog zweimal auf eine Klimax zu treiben – auf das Mordgeständnis in der Mitte und den Fluch gegen die Mutter am Schluss –, das alles schafft eine Atmosphäre finsterer Ausweglosigkeit. Der Anglistin Gisela Hoffmann verdanken wir den Hinweis, dass mit Edwards Buße, der Fahrt über das Meer, auf mythische Todesvorstellungen und altskandinavische Bestattungsriten angespielt wird. Wer ins Land der Toten wollte, musste die See überqueren. Deshalb begruben Wikinger und Normannen ihre Toten in echten Drachenbooten, oder man umgab ihre Grabstätten mit einem angedeuteten Schiffsrumpf aus aufrecht stehenden Steinen.

Erlkönigs Tochter hätte auch in die Rubrik »Drama, Liebe, Wahnsinn« gepasst, verhandelt die Ballade doch die Versuchung des Bräutigams kurz vor dem Jawort. Anscheinend bot das Thema schon bei den Kelten Konfliktstoff, denn in ihrem Territorium war das Elfen-, Elben- oder Albenvolk, also auch das Lied von Herrn Oluf, ursprünglich zu Hause. Von hier wanderten die sagenhaften Elementargeister, zu denen auch die Zwerge gerechnet werden, im Laufe der Zeit bis nach Dänemark, wo Herder den

Stoff schließlich gefunden, übersetzt und 1774 in den *Stimmen der Völker* publiziert hat. Dass er dabei die dänische Eller, also die Elfe, mit der Erle verwechselte und »hernach Göthen verführte« (Brüder Grimm), seinen Fauxpas im *Erlkönig* unsterblich zu machen, kann man ihm nicht übel nehmen. Elfen und Erlen – das gehört ohnehin zusammen. Erlenbrüche finden sich nicht nur in der Nähe gefahrvoller, nebelverhangener Moore, wo es irrlichtert und gruselig kauzt; dem Menschen gilt der ganze Baum von jeher als Auswuchs von Tod und Verderben. Das liegt nicht zuletzt an seinem rötlichen Holz. Im Fränkischen gab es den Brauch, beim Tod eines Verwandten Erlenzweige zu zerbrechen und in alle Winde zu zerstreuen, in Brandenburg assoziierte man die Erle gleich mit dem Beelzebub. Der Däne wiederum glaubte, dass man neben Mördern, Schurken und Untoten auch die rothaarige Ellefru in der Erle bannen könne. Wenn man sie fällte und ihr Holz zum Vorschein kam, hieß es, die Ellefru blute.

Der Schlag, mit dem das Elfenmädchen Herrn Oluf umbringt, verweist direkt auf den alten Volksglauben. Wenn Mensch und Tier plötzlich erkrankten oder starben, hieß es, sie habe der Elfenschuss, ein bösartiger Verwandter des Hexenschusses, getroffen. Es gibt selbstverständlich auch gutmütige Elfen. Einige Exemplare von großer Weisheit und angenehmer Gestalt bevölkern J. R. R. Tolkiens *Herr der Ringe* (detailliertere Ausführungen zum Elfen-Wesen finden sich im Brevier der Kunstballaden), aber des *Erlkönigs Tochter* ist ein ausnehmend übles Früchtchen. Carl Loewe hat ihren Charakter in seiner Vertonung sehr schön herausgearbeitet. Das erotisch tändelnde Auftrittsthema der Dame wird so lange wiederholt, bis sich der süße Ohrwurm als maliziöser Quälgeist entpuppt. Wenn dann der Kampf zwischen Zivilisation und Naturgewalt, zwischen gesellschaftlich sanktioniertem Sex im Ehebett und ungezügelter Sinnlichkeit beginnt, weiß man sofort, dass der basslastig und moralbeschwert durchs Leben trabende Oluf keine Chance besitzt.

Last but not least kommen wir zur amerikanischen Volksballade, genauer gesagt, zu einer Subspezies, der murderer ballad. Die gibt es zwar auch anderswo, aber in den USA in so epidemischem Ausmaß, dass man ein eigenes Genre pflegt. Im Titel führen sie entweder den Tatort (z. B. *Banks of Ohio*), den Namen des Opfers (z. B. *Little Sadie* oder *Lily Of The West*) oder den des Täters. Die Frage, ob *Tom Dooley* in letztere Kategorie gehört, ist formal zu bejahen, aber historisch umstritten. Die Ballade beruht auf einer wahren Geschichte, die sich 1866, kurz nach dem Sezessionskrieg, im Wilkes County, North Carolina, abspielte. Sie geht so:

Tom Dooley war ein Bruder Leichtfuß und Liebling der Damenwelt. Besonders zugetan waren ihm die Cousinen Laura und Ann Forster, die er gleichzeitig beglückte, bis der Sezessionskrieg der Ménage à trois ein Ende setzte: Dooley wurde eingezogen und spielte Banjo in einer Militärkapelle der Konföderiertenarmee. Als er nach fünf Jahren zurück nach Wilkesboro kam, hieß Ann Forster Mrs Milton. Cousine Laura dagegen hatte alle Verehrer abgewehrt, darunter den besonders hartnäckigen Bob Grayson, den manche Quellen als Schullehrer, die meisten aber als Sheriff ausweisen. Laura war glücklich. Sie nahm an, mit der Heirat ihrer Cousine sei die einzig ernst zu nehmende Konkurrenz vom Markt. Aber sie sollte sich irren. Kaum hatte Ann den smarten Tom die Straße herunterschlendern sehen, entflammte die alte Liebe aufs Neue. Dooley seinerseits hatte Laura inzwischen einen Antrag gemacht. Die beiden beschlossen, heimlich in Tennessee zu heiraten, weil Laura fürchtete, die Eifersucht könnte den jähzornigen Gunman Grayson außer Kontrolle geraten lassen. Als der verabredete Termin gekommen war, packte sie ihre Siebensachen und ritt in die Nacht, um sich mit ihrem Verlobten zu treffen. Danach hat sie niemand mehr lebend gesehen. Drei Wochen nach Lauras Verschwinden trabte ihr Pferd mit zerrissenem Steigbügel in die Stadt zurück. Man schrieb Dooley zur Fahndung aus und verhaftete Ann aufgrund einer Aussage ihrer Schwester Perline, die behauptete, Dooley sei der Mörder von Laura und Ann habe ihr die Lage des Grabes verraten. Tatsächlich lotste Perline den von Grayson geführten Suchtrupp an den Fuß eines Hügels am Ufer des Yadkin River, wo die Leiche verscharrt war und der seitdem als Laura Forster Hill auf der Landkarte steht.

Zehn Wochen später hatte Grayson Dooley in Tennessee geschnappt. Er wurde vor Gericht gestellt, obwohl Ann Milton, Schwester Perline, ihr Mann und mindestens ein Dutzend stadtbekannter Verehrer Lauras, darunter Grayson, ebenso verdächtig waren. Dooley erklärte, er sei unschuldig und zur Tatzeit in Tennessee gewesen, weigerte sich aber, irgendetwas betreffs seiner Beziehung zu Ann Milton zu sagen, obwohl ihm der Richter breite Brücken baute, die ihm den Gang zum Galgen erspart hätten. Dooley verließ die schnöde Welt, so wie er gelebt hatte: mit Stil und einem Scherzwort auf den Lippen. Als ihm Sheriff W. E. Watson die Schlinge umlegte, sagte er: »Wenn ich gewusst hätte, dass Sie so einen schönen neuen Strick benutzen, hätte ich mir noch den Hals gewaschen.«

Aus diesem Holz werden Balladenhelden geschnitzt. Im Fall des *Tom Dooley* besorgte das ein lokaler Poet namens Thomas C. Land gleich nach der Hinrichtung. Das Lied war und blieb in den Apalache Mountains, wo es in unzähligen Versionen kursiert, äußerst populär. Zu einer amerikanischen Legende machte die Ballade jedoch erst eine Single des Kingston-Trios. Sie schoss 1958 in die Hitparaden und wurde zu einem der Songs of the Century gewählt. Wir haben den Text dieser Aufnahme ausgewählt, weil seine prägnante Kürze und Lakonie unserem Gefühl nach den größten lyrischen Eindruck machen.

Die zwei Schwestern

Es wohnte ein König in Engeland,
– hörte ich ein Vöglein singen –
zwei jungfräuliche Töchter sein Eigen er nannt'.
– Denn nun steht der Wald in Blüte.

Und die eine Schwester sprach zu der andern:
»Komm lass hinab zum Strande uns wandern.«

Die Jüngste glänzte wie Sonnenschein,
die Älteste war schwarz wie der Erde Gestein.

Voran ging die Jüngste mit wellendem Haar,
die Älteste voll böser Gedanken war.

Und als sie am grünen Meeresrand ruhten,
stieß sie ihre Schwester in die wilden Fluten.

Und die Schwester streckte die schneeweiße Hand:
»Lieb Schwesterlein, hilf mir wieder an Land.

Ach liebe Schwester, hilf mir an Land,
und ich gebe dir mein goldenes Band.«

»Auch so wird dein rotes Goldband mein,
doch auf Gottes Erden sollst nie mehr du sein.«

»Ach Schwester, hilf aus den Fluten mir,
meine rote Goldkrone gebe ich dir.«

»Auch so wird deine rote Goldkrone mein,
doch auf Gottes Erde sollst nie mehr du sein.«

»Ach liebe Schwester, hilf mir an Land,
ich gebe dir auch meines Bräutigams Hand.«

»Und ich helfe dir nicht wieder an Land,
bekomme auch so des Bräutigams Hand.«

In die dunkle Nacht die Fischer zogen,
sie fanden die Jungfrau in den Wogen.

Als sie den traurigen Fund gemacht,
Auf den Strand legten sie den Leib gar sacht.

Und des Weges kam ein Spielmann daher,
eine Harfe aus ihrem Leib schuf er.

Der Jungfrau schneeweiße Brust er nahm,
der Harfe gab er so lieblichen Klang.

Er nahm die Fingerlein so klein,
fügte der Harfe als Wirbel sie ein.

Und aus der Jungfrau goldenem Haar,
machte er Saiten wunderbar.

Mit seinem Arm er die Harfe umfing,
und zu dem Hochzeitshause er ging.

Vor des Königs Hof ihr Spiel erklingt:
Hör, junge Braut, was die Harfe singt.

Beim ersten Schlag der Harfe es klang:
Die Braut trägt heute mein goldenes Band.

Und der zweite Klang von der Harfe kam:
Verlobt war mir einst der Bräutigam.

Und als zum dritten die Harfe schlug:
In die Wogen stieß mich die Schwester voll Trug.

Am Sonntag trug die Schwester die Goldkrone rot,
– hörte ich ein Vöglein singen –
am Montag starb sie den Flammentod.
– Denn nun steht der Wald in Blüte.

Schwedische Volksballade

Das Rächerschwert

Düster kam ein Mann daher,
auf dem Dalebuthing –
nicht ein einziges Wort sprach er.
– So müde ward mein Traber.

Im Silberhorn brachten sie Met herbei,
er schlug es auf dem Boden entzwei.

In der Silberschale brachten sie Met herbei,
er schlug sie an dem Schrank entzwei.

»Übel nimmst du es entgegen,
willst den Met nicht, den wir dir geben.

Was bist du für ein stolzer Mann,
der den Met nicht trinken kann?«

»Weit bin ich gelaufen, weit geritten,
hab' mein treues Pferd zu Schanden geritten.

Weit bin ich geritten, weit gerannt,
des Vaters Mörder ich niemals fand.«

»Was aber willst du geben dem Mann,
der des Vaters Mörder dir weisen kann?«

»Stets würde ich ihm zu Diensten stehen,
immer als sein Gefolgsmann gehen.

Immer würde ich Dank ihm wissen,
ich würde ihm Socken und Schuhe lösen.

Und mehr noch will ich erdenken,
ich werde ein Schiff ihm schenken.«

Im blauen Mantel der König aufsteht:
»Hier Ihr des Vaters Mörder seht.«

Zur Wand wendet Alv gleich sein Gesicht,
mit seinem scharfen Schwert er spricht:

»Mein scharfes Schwert, wie soll es gehen,
wagst du im Kampfe zu mir zu stehen?«

»Wohl stünde ich im Kampf zu dir,
wäre das Heft nicht so schwach an mir.

Neun Pfund Stahl und zehn Pfund Eisen
sollst in meinen Griff du schweißen.«

Zur Schmiede ging Alv mit seinem Schwert,
einen neuen Schwertgriff er begehrt.

Einen neuen Schwertgriff, stark und gut,
gehärtet in Drachen- und Heldenblut.

»Und betrittst du nun gleich das Gemach,
führ gegen den Türring einen Schlag.

Führ gegen den Türring einen Schlag,
und dann umher im ganzen Gemach.«

Gegen den Türring Alv nun schlug,
und hinein ins Gemach sein Schwert er trug.

Sein Schwert über Tische und Bänke er hieb,
kein kleiner Knappe am Leben blieb.

Über Tische und Bänke hieb er sogleich,
gab König Salomon den Todesstreich.

Alv hieb, bis ihm ermattet die Hand,
das Blut in seinen Schuhen stand.

Aus seiner Wiege spricht das Kind:
»Welcher Spielmann solchen Scherz ersinnt?«

»Schweig doch, schweig, du Kind so klein,
meine Herzallerliebste sollst du sein.«

Aus der Scheide sprang das Schwert,
herab auf des Kindleins Decke es fährt.

Aus der Scheide sprang das Schwert,
herab auf des Kindleins Brust es fährt.

»Mein Gott, das scharfe Schwert halt an,
ich selbst es nicht mehr lenken kann.«

»Hättest du nicht Gottes Namen genannt,
so hätte dich selbst meine Spitze durchrannt.

Hättest du das heilige Wort nicht gefunden,
auf dem Dalebuthing –
so hätte ich jetzt dein Herzblut getrunken.«
– So müde ward mein Traber.

NORWEGISCHE VOLKSBALLADE

Edward

Dein Schwert, wie ist's von Blut so rot?
Edward, Edward!
Dein Schwert, wie ist's von Blut so rot,
Und gehst so traurig her? – O!
O ich hab geschlagen meinen Geier tot,
Mutter, Mutter!
O ich hab geschlagen meinen Geier tot,
Und keinen hab ich wie Er – O!
Dein's Geiers Blut ist nicht so rot,
Edward, Edward!
Dein's Geiers Blut ist nicht so rot,
Mein Sohn, bekenn mir frei – O!
O ich hab geschlagen mein Rotross tot,
Mutter, Mutter!
O ich hab geschlagen mein Rotross tot.
Und 's war so stolz und treu – O!

Dein Ross war alt und hast's nicht not,
Edward, Edward!
Dein Ross war alt und hast's nicht not,
Dich drückt ein ander Schmerz – O!
O ich hab geschlagen meinen Vater tot,
Mutter, Mutter!
O ich hab geschlagen meinen Vater tot,
Und weh, weh ist mein Herz – O!
Und was für Buße willst du nun tun?
Edward, Edward!
Und was für Buße willst du nun tun?
Mein Sohn bekenn mir mehr – O!
Auf Erden soll mein Fuß nicht ruhn,
Mutter, Mutter!
Auf Erden soll mein Fuß nicht ruhn,
Will gehn fern übers Meer – O!
Und was soll werden dein Hof und Hall?
Edward, Edward!
Und was soll werden dein Hof und Hall?
So herrlich sonst und schön – O!
Ich lass es stehn, bis es sink und fall,
Mutter, Mutter!
Ich lass es stehn, bis es sink und fall,
Mag nie es wieder sehn – O!
Und was soll werden dein Weib und Kind?
Edward, Edward!
Und was soll werden dein Weib und Kind,
Wann du gehst übers Meer? – O!
Die Welt ist groß, lass sie betteln drin,
Mutter, Mutter!
Die Welt ist groß, lass sie betteln drin,
Ich seh sie nimmermehr – O!
Und was willst du lassen deiner Mutter teur?
Edward, Edward!
Und was willst du lassen deiner Mutter teur?
Mein Sohn, das sage mir – O!
Fluch will ich Euch lassen und höllisch Feur,

Mutter, Mutter!
Fluch will ich Euch lassen und höllisch Feur,
Denn Ihr, Ihr rietet's mir!

SCHOTTISCHE VOLKSBALLADE

Erlkönigs Tochter

Herr Oluf reitet spät und weit,
Zu bieten auf seine Hochzeitsleut;

Da tanzen die Elfen auf grünem Land,
Erlkönigs Tochter reicht ihm die Hand.

»Willkommen, Herr Oluf! Was eilst von hier?
Tritt her in den Reihen und tanz mit mir.«

»Ich darf nicht tanzen, nicht tanzen ich mag,
Frühmorgen ist mein Hochzeitstag.«

»Hör an, Herr Oluf, tritt tanzen mit mir,
Zwei güldne Sporne schenk ich dir.

Ein Hemd von Seide so weiß und fein,
Meine Mutter bleicht's mit Mondenschein.«

»Ich darf nicht tanzen, nicht tanzen ich mag,
Frühmorgen ist mein Hochzeitstag.«

»Hör an, Herr Oluf, tritt tanzen mit mir,
Einen Haufen Goldes schenk ich dir.«

»Einen Haufen Goldes nähm ich wohl;
Doch tanzen ich nicht darf noch soll.«

»Und willst, Herr Oluf, nicht tanzen mit mir,
Soll Seuch und Krankheit folgen dir.«

Sie tät einen Schlag ihm auf sein Herz,
Noch nimmer fühlt er solchen Schmerz.

Sie hob ihn bleichend auf sein Pferd.
»Reit heim nun zu deinem Fräulein wert.«

Und als er kam vor Hauses Tür,
Seine Mutter zitternd stand dafür.

»Hör an, mein Sohn, sag an mir gleich,
Wie ist dein' Farbe blass und bleich?«

»Und sollt sie nicht sein blass und bleich,
Ich traf in Erlenkönigs Reich.«

»Hör an, mein Sohn, so lieb und traut,
Was soll ich nun sagen deiner Braut?«

»Sagt ihr, ich sei im Wald zur Stund,
Zu proben da mein Pferd und Hund.«

Frühmorgen und als es Tag kaum war,
Da kam die Braut mit der Hochzeitsschar.

»Sie schenkten Met, sie schenkten Wein;
Wo ist Herr Oluf, der Bräutigam mein?«

»Herr Oluf, er ritt in Wald zur Stund,
Er probt allda sein Pferd und Hund.«

Die Braut hob auf den Scharlach rot,
Da lag Herr Oluf, und er war tot.

Dänische Volksballade
(übertragen von Johann Gottfried von Herder)

Tom Dooley

Es hat viele Lieder gegeben, die über das ewige Dreieck geschrieben wurden. Das folgende erzählt die Geschichte von Mr Grayson, einer schönen Frau und einem verurteilten Mann namens Tom Dooley. Wenn morgen die Sonne aufgeht, muss Tom Dooley hängen.

Häng deinen Kopf runter, Tom Dooley
Häng deinen Kopf runter und weine
Häng deinen Kopf runter, Tom Dooley
Armer Junge, dir ist bestimmt zu sterben.

Ich traf sie auf dem Berg und dort nahm ich ihr Leben
Ich traf sie auf dem Berg und erstach sie mit meinem Messer.

Häng deinen Kopf runter, Tom Dooley
Häng deinen Kopf runter und weine (ah-uh-eye)
Häng deinen Kopf runter, Tom Dooley
Armer Junge, dir ist bestimmt zu sterben.

Ich schätze, wo ich morgen um diese Zeit sein werde, wäre ich für Grayson nicht zu packen gewesen, aber ich war nun mal in Tennessee. (tja, Jungs)

Häng deinen Kopf runter, Tom Dooley
Häng deinen Kopf runter und weine (ah, armer Jung, ah well ah)
Häng deinen Kopf runter, Tom Dooley
Armer Junge, dir ist bestimmt zu sterben.

Ich schätze, morgen um diese Zeit baumele ich in einer
einsamen Senke an einem weißen Eichenbaum.

Häng deinen Kopf runter, Tom Dooley
Häng deinen Kopf runter und weine (ah-uh-eye)
Häng deinen Kopf runter, Tom Dooley
Armer Junge, dir ist bestimmt zu sterben.

Häng deinen Kopf runter, Tom Dooley
Häng deinen Kopf runter und weine (armer Junge, ah well ah)
Häng deinen Kopf runter, Tom Dooley
Armer Junge, dir ist bestimmt zu sterben.
Armer Junge, dir ist bestimmt zu sterben.
Armer Junge, dir ist bestimmt zu sterben.
Armer Junge, dir ist bestimmt zu sterben.

Amerikanisches Volkslied

Ritter, Recken und Rebellen

Brütendes Schweigen liegt über der Hunnenburg und beißender Rauch. Man sieht zwei Männer, die mit suchendem Blick durch die Reihen der gefallenen Krieger streifen. Ab und an bleiben sie stehen und murmeln einen Namen. Gernot, Gunther oder Giselher, Dankwart oder Rüdiger, Hagen oder Wolfhart. »Hier hat die Mär ein Ende«, wird Dichtermund später resümieren, »das ist der Nibelungen Not.« Dietrich von Bern und Hildebrand schütteln die Köpfe. Die erprobten Haudegen haben vom Töten die Nase gestrichen voll. Sie bitten König Etzel, Abschied nehmen zu dürfen, und reiten donauaufwärts in den Sonnenuntergang.

Aber man weiß ja, wie es zugeht bei Recken und Rittersleuten. Kaum ist eine Aventiure überstanden, da steht die nächste vor der Tür. Der Berner muss Freund Heime rächen und den Riesen Aspilian erschlagen, ehe ihn ein himmlischer Rappe in die ewigen Jagdgründe entführt. Auch sein alter Waffenmeister sattelt auf, um mal wieder bei der Familie vorbeizuschauen. Es ist höchste Zeit.

Die seind mir unkund gewesen vil manchen lieben Tag:
In zwei und dreißig jaren Fraw Utten ich nie gesach (gesehen).

Aber das Wiedersehen mündet in eine Katastrophe, wie der Prolog des *Älteren Hildebrandsliedes* kolportiert:

Ich hörte (glaubwürdig) berichten
dass zwei Krieger, Hildebrand und Hadubrant, (allein)
zwischen ihren beiden Heeren, aufeinanderstießen.
Zwei Leute von gleichem Blut, Vater und Sohn, rückten da
ihre Rüstung zurecht.
Sie strafften ihre Panzerhemden und gürteten ihre
Schwerter über die Eisenringe, die Männer,
als sie zu diesem Kampf ritten.

Mit der schriftlichen Fixierung dieses Duells – zu unserer stillen Freude auch gleich in Balladenform – tritt die deutsche Literatur erstmals sichtbar in die Welt. Benediktinermönche haben den Tathergang vor mehr als 1200 Jahren im Kloster Fulda aufgezeichnet. Heute liegt das Pergament wohlbehütet in der Handschriftensammlung der Kasseler Universitätsbibliothek. Berühmt wurde das Dokument 1812, als die Brüder Grimm das *Ältere Hildebrandslied* edierten und damit die grassierende Mittelalterbegeisterung der Romantiker nachhaltig befeuerten.

Dass der finale Showdown nicht überliefert ist, störte niemanden. Man ahnte, es würde kein gutes Ende nehmen. »Wer sin fater war«, fragt Hildebrand, der den Sohn nicht erkennt. Als er es erfährt, enthüllt auch er die eigene Identität, doch Hadubrand glaubt ihm nicht. Er hält den Vater für tot und seinen Gegner für einen lügnerischen alten Hunnen. Nun kann Hildebrand nicht mehr zurück, die Ritterehre verbietet ihm, den Kampf zu verweigern. »Wohlan nun, waltender Gott, Unheil geschieht«, murmelt der Kämpe und zieht den Helmgurt fester. Wie recht er hat, belegen ergänzende Quellen wie *Hildebrands Sterbelied*, das sich in der nordischen *Edda* findet. Dort heißt es, der Vater habe seinen Sohn erschlagen.

Die Germanistik sieht im ersten Zeugnis deutscher Dichtung einen von »barbarischer Ethik bestimmten Verhaltenskodex« wirken und rühmt die »kunstvoll stilisierte Selbstdarstellung der führenden Kriegerschicht«. Aber wir haben doch lieber eine versöhnlichere Fassung abgedruckt. Das sogenannte *Jüngere Hildebrandslied* ist eine volksliedhafte Ballade aus dem 16. Jahrhundert. Über einige logische Brüche sollte man nonchalant hinweglesen.

Sie werden allemal aufgewogen durch den burschikosen, zuweilen sogar komödiantischen Ton und ein Happy End, für das jeder Soap-Autor seine Großmutter verkaufen würde.

Damit kann, wie schon der Titel sagt, *Robin Hoods Tod* nicht aufwarten. Als wir die Ballade zum ersten Mal lasen, fehlte nicht viel, und es wären Tränen geflossen. Das ist uns keineswegs peinlich. Schließlich gehörte der in neckisch grüner Strumpfhose durch Michael Curtiz' Hollywood-Epos *The Adventures Of Robin Hood* turnende Errol Flynn zu den prägenden Figuren unserer frühen Jugend neben *Donald Duck*, der *Bezaubernden Jeannie*, Günter Netzer, *Creedence Clearwater Revival*, den *Cartwrights* und *Oblong Fitz Oblong*, dem kleinen dicken Ritter aus der Augsburger Puppenkiste.

Mindestens zweimal im Jahr wird die DVD in den Recorder geschoben. Wenn Maid Marian (Olivia de Havilland) dem Geliebten ihr schnippisches »Du lügst!« an den Kopf wirft, Flynn ein trockenes »Fließend!« zurückgibt und dazu Erich Korngolds Mahler-meets-Gershwin-Gebläse jubiliert, dann wissen wir, der *Motion Pictures Guide* von 1938 liegt mit seinem Urteil auch heute noch ziemlich richtig: »Eine Augenweide, eine Stimulanz für Herz und Geist. Ein Meisterwerk.«

Dass der Beschützer der Witwen und Waisen, der Rächer der Enterbten und erklärte Feind aller Raffgier und Hartleibigkeit sterben kann, war also schwer zu verkraften. Zumal wir uns auf den britischen Historiker James C. Holt verlassen hatten, der schon in der mittelalterlichen *Robin Hood*-Legende »eine Vorahnung der Welt von Superman und Comic Strip« schimmern sieht.

Die erste schriftliche Erwähnung Hoods datiert aus dem Jahr 1377. Sie steht in einem allegorischen Moralkompendium und wird der Trägheit in den Mund gelegt: »Ich kann mein Vaterunser nicht so vollkommen wie die Priester, aber ich kenne Verse über Robin Hood.« Dieselben müssen folglich schon eine ganze Weile mündlich tradiert worden sein. Das gilt auch für *Robin Hoods Tod,* der sich in schriftlicher Form erst in Percys Sammlung auffinden lässt. Diese frühen Quellen präsentieren den Outlaw als charmanten, lebensfrohen, aber in Jobfragen nicht gerade zimperlichen Beutel- und Halsabschneider mit einem gewaltigen Rochus auf faule Äbte und andere Soutanenträger. Wie so oft ist der Name dabei Programm. Hood bezeichnet die Kapuze, den Umhang, auch die Verhüllung, mithin Utensilien und Begriffe, deren Konnotationen nicht ausschließlich, aber dennoch stringent ins Ganovenfach weisen wie heutzutage die Strumpfhose, die Skimaske oder das Consulting. Vielleicht ist der Name aber auch nur eine Verschleifung von wood wie Wald, seinem angestammten Revier.

Wenn wir ehrlich sind, geht es uns mit Robin Hood nicht besser als dem Sheriff von Nottingham: Der Mann ist schwer zu fassen. Ob er wirklich existiert hat, bleibt umstritten. Alle Versuche, die Legende mit historisch verbürgten Personen wie dem Gauner Hobbehod oder realen Schauplätzen in Verbindung zu bringen, haben sich bisher als trügerische Fährten entpuppt. So kann man im Kloster Kirklees zwar die angebliche Grabstätte des Geächteten besichtigen. Aber sie liegt so weit entfernt, dass es schon einen Titanenbogen bräuchte, um, wie Robin es in unserer Ballade tut, einen Pfeil vom Kloster aus dorthin zu befördern.

Immerhin gibt es auch ein paar gesicherte Erkenntnisse. Sein Alias Robert Locksley, Earl von Huntington, ist eine Erfindung des Renaissancedichters Anthony Munday. Hood trieb sich ursprünglich auch nicht im Sherwood Forest oder in Nottingham herum, sondern in der Grafschaft Yorkshire in der Umgebung von Barnsdale. Wirklich überrascht hat uns die Information, dass Robin Hood jahrhundertelang ein frauenloses Dasein führte. Lady Marian gehörte nämlich von Haus aus in die französische Pastoraldichtung und betrat erst im Tross der Maifeste englischen Boden, wo sie, bis Robin ihr tief in die Augen blickte, mit Bruder Tuck ein seltsames Tanzpaar bildete. Sein Image als edler Freiheitskämpfer wider die normannische Tyrannei erhielt der Räuberhauptmann übrigens erst 1820 von Walter Scott. Er gab ihm und seinen Mannen eine tragende Nebenrolle im *Ivanhoe*-Roman, verlegte die Legende zurück in die Zeit von Richard Löwenherz und brachte sie insgesamt auf ein so elegantes Format, dass Robin Hood keine Mühe hatte, von den Toten aufzuerstehen und in Hollywood zu reüssieren.

An einen anderen großen, weniger glücklichen Verblichenen erinnert *Wallensteins Epitaphium*. Die Flugschrift aus dem Jahr 1634 beweist, dass die Spruchweisheit »Wer den Schaden hat, braucht für den Spott nicht zu sorgen« am Grabesrand nicht haltmacht. Das hämische Pamphlet, von einem Anonymus kurz nach der Ermordung des Generalissimus am 25. Februar 1634 verfasst, ist durchaus mit Sachkenntnis gedüngt. Wenn Wallenstein, der unter chronischer Hyperakusis (Geräuschphobie) litt, Quartier machte, hatte für alle Hähne, Hühner und Hunde das letzte Stündlein geschlagen. Er ließ sie abmurksen. Auch gegen diesen Schmäh

Durch Sternegucken und Taktieren
Tät er viel Land und Leut verlieren

würden weder Historiker noch die Zeitgenossen des Friedländers ein Veto einlegen. 1633 wundert sich Maximilian, der Kurfürst von Bayern, dass »seine actiones und der Catholischen Religion wohlfahrt mehrer auf die betriebliche Astronomie, alß auf dass verthrauen zu Gott fundieret«. Auch Golo Manns Wallenstein-Biografie beklagt nicht nur an einer Stelle die sinistre Rolle seines Hof-Astrologen Battista Senno. »Die junge Sumpfblüte aus Padua. Immer in des Herzogs Nähe, stattlich ausgehalten mit Honorar, Pferden und Dienerschaft, zu Rate gezogen mit seiner Sternenkunde (…), heimlich in der Gunst des Grafen Gallas, der ihm seit wenigstens einem Jahr periodische Geldgeschenke machte, 3000 Gulden mit einem Mal. Für welche Gegenleistungen? Man weiß es nicht; Berichte aus Wallensteins innerstem Kabinett vermutlich.«

1608 hatte der Astronom Johannes Kepler dem fünfundzwanzigjährigen Condottiere, damals Obristen eines Regimentes »deutscher Knechte«, ein Horoskop erstellt. Seitdem hing Wallenstein der astrologischen Temperamentslehre an, die die mentale Konstitution des Menschen von den Planetenbewegungen herleitet. In seiner Novelle *Schwere Stunde*, die Schillers Arbeit an der *Wallenstein*-Triologie zum Thema hat, beschreibt Thomas Mann den mächtigsten Kriegsfürsten seiner Zeit als Saturngeschädigten Zwangscharakter: »Saturn: das ist brütende Melancholie, es sind die abseitigen und im Verborgenen gärenden Gedanken, das selbstherrliche Sich-Erheben über menschliche Gebote, die skeptische Indifferenz in religiösen Dingen, dunkle Verträumtheit, Ehr- und Machtbegierde, Phantastik und nachtwandlerische Verwegenheit.«

Tragischerweise hielt sich Wallenstein selbst für »ein heiteres Jovis(=Jupiter)kind«. Und so passierte das Unvermeidliche. Der auf dem Schlachtfeld unbesiegte Stratege berechnete alle Planetenkonstellationen falsch und interpretierte die ihm von Kepler für den März 1634 prophezeiten »fürchterliche(n) Wirren« als irdische Malessen. Doch die hatten sich für ihn zu diesem Zeitpunkt längst erledigt.

Der Kurzgeschorene ist eine der zahllosen Balladen aus dem Milieu der irischen Unabhängigkeitsbewegung. Die Kulisse bilden die Bauernaufstände von Wexford. Sie brachen 1798 aus, als die englischen Besatzer den Iren die Ausübung des katholischen Ritus untersagten. Wer das Verbot umging, wurde verprügelt und auf dem Schandkarren zur Schau gestellt. Wolfe Tone, einer der Anführer der Society of the United Irishmen, schaffte es sogar, Napoleon I. in den Konflikt zu ziehen. Doch seine 2000 Mann starken Kontingente wurden wie die Bauernverbände vernichtend geschlagen.

Es folgten Verhaftungswellen und Todesurteile im Dutzend. Einer der Delinquenten war der Kurzgeschorene – the croppy Boy. Für Gisela Hoffmann, Herausgeberin des Sammelbandes *Englische und amerikanische Balladen*, lässt der radikale Scherenschnitt zwei Deutungen zu. Entweder die Rebellen trugen ihr Haar kurz (croppy) als Hommage an die Männer der Französischen Revolution, oder die Schur war Anspielung auf eine Foltermethode, die die British Army speziell den Iren angedeihen ließ. Ihnen wurde »eine Schale mit heißem Teer auf den Kopf gestülpt und nach Erkalten des Teers abgerissen, wobei die Kopfhaut sich löste«.

Das tut schon beim Lesen weh. Wir ahnen, da kann der Verrat nicht weit sein, dem der *Kurzgeschorene* ja auch wie bestellt zum Opfer fällt. Auch sonst ist er ein typischer Protagonist der irischen Rebellenballaden (die, nebenbei gesagt, oft so herzerwärmend gut waren, dass englischen Soldaten die Lektüre verboten wurde). Er berichtet in der Ich-Form und stirbt, wie es dem Märtyrer geziemt, für die gerechte Sache, ohne abzuschwören. Eine präzisere Durchleuchtung der justiziablen Umstände wird nicht erwartet. Seine Stationen vom Verhör bis hinauf zum Wexford Hill ähneln einem Kreuzweg, der ihn nicht nur an der trauernden Verwandtschaft, sondern auch an dem schuftigen Judas vorbeiführt und in ein letztes Wechselbad der Gefühle stürzt. Unterm Galgen muss er obendrein erfahren, dass es weit Schlimmeres gibt als den Tod:

Als ich auf das Blutgerüst gestiegen war, / stand mein alter Vater dort; / mein alter Vater verleugnete mich / und nannte mich den Kurzgeschorenen.

Wen diese Zeilen nicht rühren, dem soll bis in alle Ewigkeiten nie mehr ein Guinness durch die Kehle fließen.

Mit *Jesse James* werfen wir einen Blick auf die Karriere des berühmtesten Bank- und Zugräubers der Geschichte. Die Ballade, behauptet der Verfasser in der letzten Strophe, habe er 1882 geschrieben, unmittelbar nachdem Jesse James einer Kugel zum Opfer fiel. Die Autorenkennung Billy Gashade ist allerdings ein Pseudonym. Der Filmhistoriker Joe Hembus hält die Angaben des Mannes dennoch für glaubhaft. In seiner *Geschichte des Wilden Westens 1545–1894. Chronologie, Mythologie, Filmografie* heißt es: »Die Nachricht vom Tod des großen Banditen war für die Vereinigten Staaten eine Sensationsmeldung, die eine Lawine von Berichten und Gedichten, Groschenheften und Biografien auslöste; allein die *New York Detective Library*, ein Groschenheft-Verlag, brachte in kurzer Zeit achtzehn James-Titel heraus. Und diese ganze Publizistik stimmte in den Chor der Ballade ein, die kurz gefasst und lyrisch wirklich sehr schön die gute Meinung reflektierte, die alle außer den direkt Betroffenen von Jesse James hatten.«

Das ist noch zurückhaltend formuliert. James hatte das Kunststück fertiggebracht, schon zu Lebzeiten eine Robin-Hood-

Gestalt zu werden, obwohl er in vier Staaten wegen mehrfachen Mordes gesucht wurde. Die Legende entstand in Kansas City, wo seine Bande 1872 mitten am Tag die Hauptkasse eines gut besuchten Jahrmarktes klaute. Die *Kansas City Times* rezensierte den Coup anderntags als Heldenstück: »Eine Leistung, die mit so stupendem Nerv und solcher Unerschrockenheit ausgeführt wird (...) und die mit einer Spur von Kriminalität gewürzt ist, wird ritterlich, poetisch, superb.« Jesse und sein Bruder Frank setzten noch eins drauf. Sie schickten der *Times* einen Brief, in dem sie ungeniert flunkerten: »Wir nehmen von den Reichen und geben den Armen.« Fortan beurteilte die Presse die Taten der James-Gang nach dem Motto, das John Fords Meisterwestern *Der Mann, der Liberty Valance erschoss* beschließt: »If the legend becomes fact, print the legend« (Wenn die Legende zur Wahrheit wird, druck die Legende).

Das ist zwar journalistisch nicht korrekt, aber menschlich verständlich. Im vom Sezessionskrieg ausgebluteten Süden waren Bankiers und Eisenbahnbarone, die nach General Lees Kapitulation wie die Heuschrecken einfielen, allseits verhasste Gestalten. Wenn einer wie Jesse James es den Landräubern und Leuteschindern ordentlich besorgte, nahm man Kollateralschäden billigend in Kauf. Ihr blutiges Handwerk lernten die James-Brüder in der konföderierten Guerillaarmee des William Clarke Quantrill, die für ihre Brutalität gefürchtet war. Ihre Rekrutierungsabteilung pflegte mit dem Slogan zu werben: »Join Quantrill and rob the banks!« (Mach mit bei Quantrill und raube Banken aus!) Viele von Quantrills Leuten blieben nach dem Krieg in der Branche. Die wenigsten allerdings mit so viel Erfolg wie Jesse James. Am 13. Februar 1866 holte er 6000 Dollar aus der Clay County Saving Bank in Lyberty, Missouri. Es war sein erster Raubüberfall auf eigene Rechnung und es gab den ersten Toten. Ein unschuldiger Passant starb, als sich die Bande den Fluchtweg freikämpfte. Den Kassierer hatten sie in den Kassenschrank gesperrt, der Legende nach mit den Worten: »Vögel gehören in den Käfig«.

Sein Kollege in Gallantine hatte zwei Jahre später weniger Glück. Er wurde getötet, und Jesses Konterfei erschien zum ersten Mal auf einem Steckbrief. Nach dem Kansas-City-Raub taten sich Jesse und Frank James mit den Younger-Brüdern zusammen. Sie begingen zahlreiche spektakuläre Überfälle und dezimierten dabei das Personal der Pinkerton-Detektei, die ihnen im Auftrag der Eisenbahn auf den Fersen war. Das ging gut, bis die Bande 1876 vor der National Bank in Northfield, Minnesota, von alarmierten Bürgern zusammengeschossen wurde. Frank und Jesse James waren die Einzigen, die entkommen konnten. Wie die Ballade korrekt erzählt, nahm Jesse den Namen Thomas Howard an und tauchte in St. Joseph, Missouri, unter. Als er eine neue Gang gründete, bestach der Gouverneur von Missouri die Brüder Robert und Charlie Ford, zwei ehemalige Mitglieder der James Bande, um das Problem endgültig aus der Welt zu schaffen. Bob Ford, »der dreckige kleine Feigling«, tötete den unbewaffneten Jesse James am 2. Apri 1882 in seinem Haus mit einem Schuss in den Hinterkopf.

Ein so schnelles und wahrscheinlich schmerzloses Ende war dem Wildschützen Matthias Klostermayr, genannt der bayrisch Hiasl, nicht vergönnt. Man flocht ihn 1771 aufs Rad, brach seine Beine, schlug ihm den Kopf ab, riss das Gedärm heraus und ließ den Rumpf von vier Pferden in alle Himmelsrichtungen verteilen. Die Einzelteile wurden später eingesammelt und in den Gemeinden Dillingen, Schwabmünchen, Oberndorf und Füssen zur Schau gestellt. Der Hass der Obrigkeit verhielt sich umgekehrt proportional zur Verehrung, die Klostermayr im Volk genoss. Für die einen war er ein gemeiner Wilddieb und Mörder, für die anderen ein bayrischer Robin Hood, dessen Tun und Treiben in zahlreichen Anekdoten, Geschichten und Balladen verherrlicht wurde.

Dass es so weit kommen konnte, verdanken wir den Jesuiten. Klostermayr, der aus Kissingen stammte, arbeitete für die Patres im benachbarten Mergentheim als Jagdaufseher. Als er einen der Geistlichen, der auf der Pirsch versehentlich eine Katze erschossen hatte, als Katzenschützen verspottete, warfen sie ihn hinaus. Klostermayr verdingte sich als Bauernknecht, merkte aber bald, dass diese Branche für einen ehrgeizigen und freiheitsliebenden jungen Mann nicht das Richtige war, und verlegte sich auf die Wilderei.

Dieses Gewerbe galt damals als durchaus ehrenwert. Das Wild, von den adeligen Hobbyjägern mittels Jagdprivileg eifersüchtig gehegt und ständig vermehrt, war zu einer echten Plage geworden, denn es richtete auf den Feldern erhebliche Schäden an. Die Bauern erhielten oft einen Anteil an der Jagdbeute und boten den Wildschützen Unterschlupf. Klostermayr, der schon immer die Meinung vertreten hatte, das Wild gehöre allen, genoss unter der Landbevölkerung bald einen legendären Ruf. »Um das ein Ruh' wird zu Kissing«, beschlossen die Behörden, ihn unter die Soldaten zu schicken. Klostermayr entzog sich der Einberufung, durchschwamm im Frühjahr 1761 den reißenden Lech und floh ins Schwäbische.

Hier sollte er den Spitznamen Bayrischer Hiasl erhalten und zu ganz großer Form auflaufen. Das bayrisch-schwäbische Grenzgebiet, wo sich auf engstem Raum zahlreiche Duodez-Herrschaften drängelten, war das ideale Terrain für seine Aktivitäten. Um sich den Häschern zu entziehen, brauchte er nur in ein anderes Hoheitsgebiet zu wechseln. Klostermayr und seine Spießgesellen schossen nicht nur den Wildbestand zusammen, sie überfielen Amtsstuben, erpressten Steuergeld, das sie an die Armen verteilten, und lieferten sich wilde Gefechte mit den Jägern der Herrschaften, die dabei, wie unsere Ballade berichtet, meistens den Kürzeren zogen.

Es dauerte nicht lange, da kursierten die ersten Wundergeschichten über den charismatischen Hiasl. Man erzählte sich, in seinem Hut säße ein Schutzgeist, der ihn vor den Verfolgern warnt, und dass er Kugeln mit der bloßen Hand fangen könne.

Aber das half ihm alles nichts, als die geschädigten Territorialherren beschlossen, gemeinsame Sache zu machen. Am 14. Januar 1771 umstellte der Fürstlich-Dillingische Premier Leutnant Schedel mit 300 Mann das Osterzeller Wirtshaus und überwältigte die Bande. Sein Ruhm war da längst gesichert. Zehn Jahre nach Klostermayrs Hinrichtung backte sich Friedrich Schiller aus der Biografie des Outlaws seinen Räuberhauptmann Karl Moor.

Das Attentat auf Preußenkönig Friedrich Wilhelm IV. wurde 1844 in Berlin verübt. Übeltäter war der Bürgermeister des Städtchens Storkow, »jener politische Rechtsfanatiker«, über den sich noch fünfzig Jahre später Fontanes Kommerzienrätin Jenny Treibel echauffiert. Sie erinnert obendrein ein »eigentümliches Lied, das damals auf den Vorfall gedichtet wurde«. Gemeint ist die hier vorliegende Ballade. Sie parodiert die Form des Bänkelsangs, ist aber wahrscheinlich das Werk eines vom lyrischen Vormärz inspirierten Studenten. Bevor Friedrich Wilhelm IV. 1840 den Thron bestieg, hatte er Hoffnungen auf Pressefreiheit und eine konstitutionelle Verfassung geweckt, doch seine Versprechungen entpuppten sich schnell als hohle Phrasen. Stattdessen ließ er 1844 den Aufstand der schlesischen Weber brutal zusammenkartätschen. Seitdem galt der Monarch den fortschrittlichen politischen Köpfen als Inkarnation des reaktionären Autokraten.

So ist das »Gott schützt unsern Fürstenstamm« in der zweiten Balladenstrophe nur ätzende Ironie. Preußens Gloria wird als lachhaftes Duo schlafmütziger Eierköpfe vorgeführt. Die Königin lutscht Bonbons, ihr Gatte hat die nette Idee, die hungernden Weber mit Pfefferkuchen zur Räson zu bringen. Auch die Ordnungsmacht bekommt in Gestalt des Polizeidirektors Duncker ihr Fett weg: Er erkennt jeden Attentäter gleich an den Pockennarben im Gesicht.

Die erste Aufzeichnung des Liedes findet sich im Tagebuch des schriftstellernden Diplomaten Varnhagen von Ense. Demnach war die Ballade schon kurz nach dem Anschlag ein Gassenhauer. Dort ist auch zu lesen, dass die Hinrichtung des Attentäters Tschech das Image Friedrich Wilhelms IV. nicht gerade verbessert habe. Von Ense notierte »Missstimmung« und »übelste Nachrede«. Und die hatte Seine Majestät mehr als verdient.

Lied vom alten Hildebrand

»Ich wil zu Land ausreiten«, sprach sich Meister Hildebrand,
»Der mir die Weg tet weisen gen Bern* wol in die Land,
Die seind mir unkund gewesen vil manchen lieben Tag:
In zwei und dreißig jaren Fraw Utten ich nie gesach.«

* Stammsitz Dietrichs in der deutschen Epik

»Wilt du zu Land ausreiten«, sprach sich Herzog Abelung,
»Was begegent dir auf der Heiden? Ein schneller Degen jung.
Was begegent dir auf der Marke? Der jung Herr Alebrand;
Ja, rittest du selbzwölfte, von im wurdest angerant.«

»Ja, rennet er mich ane in seinem Ubermut,
Ich zerhaw im seinen grünen Schild, es tut im nimmer gut,
Ich zerhaw im sein Brinne mit einem Schirmenschlag,
Und dass er seiner Mutter ein ganz jar zu klagen hat.«

»Das solt du nicht entun«, sprach sich [von Bern] Herr Dieterich,
»Wann der jung Herr Alebrand der ist mir von Herzen lieb;
Du solt im freundlich zusprechen wol durch den Willen mein,
Dass er dich wöl lassen reiten, als lieb als ich im mag sein.«

Do er zum Rosengarten* ausreit wol in des Berners Marke,
Do kam er in große Arbeit von einem Helden starke,
Von einem Helden junge da ward er angerant:
»Nun sag an, du vil Alter, was suchst in meines Vatters Land?«

»Du fürst dein Harnisch lauter und rain, recht wie du seist eins Königs Kind.«
»Du wilt mich jungen Helden mit gesehenden augen machen blind;
Du soltest da heimen bleiben und haben gut Hausgemach
Ob einer heißen Glute.« Der Alte lachet und sprach:

»Sölt ich da heimen bleiben und haben gut Hausgemach?
Mir ist bei allen meinen Tagen zu raisen aufgesetzt,
Zu raisen und zu fechten bis auf mein Hinefart,
Das sag ich dir vil jungen, darumb grawet mir mein bart.«

* Der sagenhafte Rosengarten König Laurins, dem ein eigenes Gedicht in der Dietrichsepik – *Der Rosengarten* – gewidmet ist.

»Dein Bart will ich dir ausraufen, das sag ich dir vil alten Man,
Dass dir dein rosenfarbes plut uber dein wangen muss abgan;
Ein Harnisch und dein grünen Schild must du mir hie aufgeben,
Darzü must mein gefangner sein, wilt du behalten dein leben.«

»Mein Harnisch und mein grüner Schild, die teten mich dick ernern,
Ich traw Christ vom Himel wol, ich wil mich dein erweren.«
Sie ließen von den Worten, sie zugen zwei scharpfe Schwert,
Und was die zwen Helden begerten, des wurden die zwen gewert.

Ich weiß nit, wie der Junge dem Alten gab einen Schlag,
Dass sich der alte Hildebrand von Herzen sere erschrack.
Er sprang hinter sich zu rucke wol siben Klafter weit:
»Nun sag an, du vil junger, den Streich lernet dich ein Weib!«

»Sölt ich von Weibern lernen, das wer mir immer ein Schand,
Ich hab vil Ritter und Knechte in meines Vatters Land,
Ich hab vil Ritter und Grafen an meines Vatters Hof,
Und was ich nit gelernet hab, das lerne ich aber noch.«

Er erwüscht in bei der Mitte, da er an dem schwechsten was,
Er schwang in hinder sich zu rucke wol in das grüne Gras:
»Nun sag mir, du vil junger, dein Beichtvater wil ich wesen:
Bist du ein junger Wölfinger*, von mir magst du genesen.

Wer sich an alte Kessel reibt, der empfahet gern Rame,
Also geschieht dir, vil jungen, wol von mir alten Manne;
Dein Beicht solt du hie aufgeben auf diser Heiden grün,
Das sag ich dir vil eben, du junger helde kün.«

»Du sagst mir vil von Wölfen, die laufen in dem Holz:
Ich bin ein edler Degen aus Krichenlanden stolz,
Mein Mutter die heißt Fraw Utte, ein gewaltige Herzogin,
So ist der Hildebrand der alte der liebste Vater mein.«

---

* Wölfing/Wülfig: Sippenname Hildebrands

»Heißt dein Muter Fraw Utte, ein gewaltige Herzogin,
So bin ich Hildebrand der alte, der liebste Vatter dein.«
Er schloss ihm auf sein gulden Helm und kust in an seinen Mund:
»Nun müss es Gott gelobet sein, wir seind noch beid gesund.«

»Ach Vater, liebster Vater, die Wunden, die ich dir hab geschlagen,
Die wolt ich dreimal lieber in meinem Haubte tragen.«
»Nun schweig, du lieber Sune: der Wunden wirt gut Rat,
Seid dass uns got all beide zusammen gefüget hat.«

Das weret von der None bis zu der Vesperzeit,
Bis dass der jung Her Alebrand gen Bern einhin reit.
Was fürt er an seinem Helme? Von Gold ein Krenzelein.
Was fürt er an der Seiten? Den liebsten Vater sein.

Er fürt in mit im in seinen Sal und satzt in oben an den Tisch,
Er pot im Essen und Trinken, das daucht sein Mutter unbillich.
»Ach Sune, lieber Sune, ist der Eren nicht zu vil,
Dass du mir ein gefangen Man setzst oben an den Tisch?«

»Nun schweige, liebe Mutter, ich will dir newe Mer sagen:
Er kam mir auf der Heide und het mich nahent erschlagen;
Und höre, liebe Mutter, kein Gefangner sol er sein:
Es ist Hildebrand der alte, der liebste Vater mein.

Ach Mutter, liebe Mutter mein, nun beut im Zucht und Er!«
Do hub sie auf und schenket ein und trug ims selber her;
Was het er in seinem Munde? Von Gold ein Fingerlein,
Das ließ er inn Becher sinken der liebsten Frawen sein.

Deutsches Heldenlied

Robin Hoods Tod

Als Robin Hood und Little John / hei ho, hei ho / über den Ginsterbach gingen, / sagte der kühne Robin zu Little John: / »Wir haben manches Pfund verschossen.« / hei ho, hei ho.

Aber ich kann keinen Schuss mehr tun, / meine großen Pfeile wollen nicht fliegen; / doch habe ich eine Base, die dort unten lebt, / so Gott will, lässt sie mich zur Ader.«

Nun ist Robin nach Kirkly gegangen, / so schnell es ihm möglich war. / Doch bevor er dort ankam, so hören wir, / wurde er sehr krank.

Und als er zum Kloster Kirkly kam, / klopfte er an mit dem Ring, / aber niemand war so schnell wie seine Base selbst, / den kühnen Robin einzulassen.

»Setz dich doch, Vetter Robin«, sagte sie, / »und trink etwas Bier mit mir!« / »Nein, ich will weder essen noch trinken, / bis du mich zur Ader gelassen hast.«

»Ich habe ein Zimmer, Vetter Robin«, sagte sie, / »das du noch nie gesehen hast, / und wenn du dort hineingehen willst, / will ich dich zur Ader lassen.«

Sie fasste ihn an der lilienweißen Hand / und führte ihn in ein Geheimzimmer, / und dort ließ sie den kühnen Robin zur Ader, / wobei ein Tropfen Blut herunterfloss.

Sie nahm ihm das Blut aus der Vene im Arm / und sperrte ihn ein in dem Zimmer; / da blutete er den lieben langen Tag / bis zum nächsten Mittag um zwölf.

Dann erinnerte er sich eines Fensters dort / und wollte dadurch entfliehn; / aber er war so schwach, er konnte nicht springen, / er konnte nicht hinunterkommen.

Darauf fiel ihm sein Jagdhorn ein, / das tief bis zum Knie herunterhing. / Er setzte das Horn an seinen Mund / und tat drei schwache Stöße.

Da dachte Little John, als er ihn hörte, / er saß unter einem Baum: / »Ich fürchte, mein Herr ist jetzt bald tot, / er bläst so kümmerlich.«

Da lief Little John nach Kirkly, / so schnell es ihm möglich war, / und als er in Kloster Kirkly ankam, / brach er zwei Schlösser auf oder drei:

Bis dass er den kühnen Robin sah, / dann fiel er auf sein Knie. / »Einen Gefallen, einen Gefallen«, weinte Little John, / »Herr, erbitt ich von euch.«

»Was ist das für ein Gefallen«, sagte Robin Hood, / »Little John, um den du mich bittest?« / »Ich möchte Kloster Kirkly niederbrennen / und das ganze üble Nest.«

»Aber nein, aber nein«, sagte Robin Hood, / »den Gefallen gewähr ich dir nicht; / mein Lebtag hab ich nie eine Frau verletzt, / noch Männer in Frauengesellschaft.

Ich verletzte nie ein schönes Mädchen mein Leben lang, / und es soll auch nicht an meinem Ende geschehen. / Aber gib mir meinen gespannten Bogen in die Hand, / ich will einen großen Pfeil abschießen, / und wo dieser Pfeil gefunden wird, / da grabe man mir mein Grab.

Legt mir ein Rasenstück unter den Kopf / und ein anderes an die Füße. / Legt meinen gespannten Bogen an meine Seite, / der mir süße Musik war, / und macht mein Grab aus Kieseln und Gras, / wie es richtig und passend ist.

Lasst mir Länge und Breite genug / und grünen Rasen unter dem Kopf, / damit man sagen kann, wenn ich tot bin: / Hier liegt der kühne Robin Hood!«

Englische Volksballade

Wallensteins Epitaphium

Und kurze Verzeichnus des Verlaufs, mit dem Kaiserlichen Generalissimo Herzogen von Friedland und anderen vornehmen Grafen und Obristen so auf Befehl Kaiserlicher Majestät zu Eger den 27. Februari im Jahr 1634 jämmerlich sind hingerichtet worden.

Hier liegt und fault mit Haut und Bein
Der mächtig Kriegsfürst Wallenstein,
Der groß Kriegsmacht zusammenbracht,
Doch nie geliefert hat ein Schlacht.
Vielen tät er groß Gut schenken,
Aber mehrerteils unschuldig henken,
Durch Sternegucken und lang Taktieren
Tät er viel Land und Leut verlieren.
Gar zart war ihm sein böhmisch Hirn;
Konnt nicht leiden der Sporen Klirrn.
Hahn'n, Hühner, Hund er bandisiert'
Aller Orten, wo er logiert';
Doch muss er gehen die Todesstraßen,
Die Hahnen krähn, d'Hund bellen lassen.

DEUTSCHE SPOTTBALLADESKE

Der Kurzgeschorene

Es war zu Beginn des Frühlings, / die Vögel pfiffen und sangen süß / und tauschten ihren Gesang von Baum zu Baum, / und das Lied, das sie sangen, war: Alt-Irland ist frei.

Es war zu Beginn der Nacht, / die berittene Miliz jagte mir Furcht ein; / die berittene Miliz war mein Verderben, / und verhaftet wurde ich von Lord Cornwall.

Ich wurde ins Wachhaus gelegt / und in einem Zimmer verhört; / mein Urteil wurde gesprochen, und mein Mut sank tief, / als ich gezwungen wurde, nach Dungannon zu gehen.

Als ich an der Tür meines Vaters vorbeikam, / stand mein Bruder William davor, / mein alter Vater stand in der Tür, / und meine liebe Mutter raufte sich das Haar.

Als ich die Wexford Street hinaufging, / traf ich zufällig meinen Vetter; / mein Vetter hat mich verraten / und für nur eine Guinea mein Leben zerstört.

Meine Schwester Mary hörte die Nachricht, / sie lief im Morgenkleid die Treppe hinauf: / »Ich werde fünfhundert Guineas zahlen, / um meinen Bruder sicher in Wexford zu wissen.«

Als ich den Wexford Hügel hinaufging, / weinte ich jämmerlich – wer könnte mir's verübeln? / Ich schaute zurück, und ich schaute nach vorn, / aber meine liebe Mutter werde ich nie wiedersehen.

Als ich auf das Blutgerüst gestiegen war, / stand mein alter Vater dort; / mein alter Vater verleugnete mich / und nannte mich den Kurzgeschorenen.

In Dungannon starb dieser junge Mann, / und in Dungannon liegt er begraben, / und ihr guten Christen, die ihr vorübergehet, / vergießt eine Träne für den Kurzgeschorenen.
Irische Volksballade

Jesse James

Jesse war ein Bursche, der manch einen umlegte. / Er raubte den Zug nach Denville aus. / Aber der dreckige kleine Feigling, der Mr Howard* erschoss, / hat den armen Jesse ins Grab gebracht.

Robert Ford war der dreckige kleine Feigling, / ich frage mich, wie ihm zu Mute ist; / denn er aß von Jesses Brot und schlief in Jesses Bett / und brachte den armen Jesse ins Grab.

---

* Unter diesem Pseudonym lebte Jesse James jahrelang in St. Joseph, Missouri.

Der arme Jesse hatte eine Frau, die um ihn trauerte, / seine Kinder waren tapfer. / Dieser dreckige kleine Feigling, der Mr Howard erschoss / und den armen Jesse ins Grab brachte!

Sein Bruder Frank überfiel die Bank von Gallatin / und schaffte das Geld aus der Stadt. / Genau an dieser Stelle gab's eine kleine Jagd; / denn sie schossen Captain Sheets nieder.

Sie gingen zu der Kreuzung hier ganz in der Nähe / und taten dort das Gleiche. / Der Angestellte übergab auf Knien die Schlüssel / an die Gesetzlosen Frank und Jesse James.

Mittwoch Nacht, der Mond schien hell, / da raubten sie den Zug nach Glendale aus. / Die Leute sagten im Umkreis von Meilen, / Frank und Jesse James hätten ihn beraubt.

Es war an einem Samstag Abend / Jesse war zu Hause / und unterhielt sich mit seiner wackeren Familie. / Da kam Robert Ford wie ein Dieb in der Nacht / und brachte den armen Jesse ins Grab.

Die Leute hielten den Atem an, als sie von Jesses Tod hörten, / und fragten sich, wie er hatte sterben können. / Einer aus der Bande, der kleine Robert Ford genannt, / erschoss heimtückisch den armen Jesse James.

Dieses Lied wurde von Billy Gashade gemacht, / sobald die Nachricht eintraf. / Er sagte, kein Mann mit dem Gesetz in der Hand / könne Jesse James lebendig fassen.

Amerikanische Volksballade

Da boarisch Hiasl

I bin da boarisch Hiasl, setz auf den greana Huat,
und schiaßn gehn i, wons mi gfreit, koan Jaga scheuha tua.

In Augsburga Woid, do homma unsa Gäu.
Do schiaß mar ins de Hirschelein, fost olle Tag a drei,

Und d'Hirschelein sant gschoßņ, des Fleisch des essen wia.
D'Häut dö toama vakaffn, zan Vasaufn homma s Göid.

»O Resl, o Resl, heint war i wieda do.
Wanst mi heint no ghoitn tatst, von Herzen war i froh.«

»O Hiasl, o Hiasl, ziag aus den greana Rock!
Muaßt no a bißei woachtn, bis i s Küahei gmoicha hob.«

Und s Küahei is gmoicha, und d'Mille is scho gsien,
iatz is hold da Hiasl zo da Resl einistiegn.

Se liegant beisomma de ganzi langi Nocht.
Un d'Vögelein homt gsunga, un d'Hirschelein homt grost.

D'Resl wui aufsteh, wui Suppn kocha –
Sechs Jaga stegant draußn: Se soll s Türli afmocha!

»I moch ja net auf, un i loß enk net ei.
Wos werdt s denn bei mia do alloane toan?«

»Wia wolln ja nur an Hiasl, denst drinnat bei dir host.
Dea muaß heint mit ins geh i Augsburga Woid.«

»Un ehs i mit enk geh, loß i mei Leben,
un soit i mei Bluat eich Jaga hergebn.«

Söu zwengant und drengant un schiaßn oissamt.
Un wia homt olle gschoßn ghot, aft schiaß hold erst i.

Un drei hob i troffn, un drei sant davo grennt.
»Galts, ös meine liabn Jagaburschn, ös hobts s mi na no net kennt!«
BAYRISCHE VOLKSBALLADE

Das Attentat

Leute, tretet rings heran,
Hört euch die Geschichte an,
Hört, was neulich an der Spreen
In der Hauptstadt ist geschehn.

Jedes brave Preußenherz
Richt' die Blicke himmelwärts,
Denn man sieht wie wundersam
Gott schützt unsern Fürstenstamm.

Friedrich Wilhelm hat gehört,
Dass die Weber sich empört.
Wollt' in Schlesien sie besuchen
Und traktiern mit Pfefferkuchen.

Unten also in dem Schloss
Steht dem König sein Kaross,
Das war morgens um die achte,
Als noch niemand Böses dachte.

Neuchâteller stehn umher,
In dem Arm ihr klein Gewehr,
Und ein Mann, ganz eingemummelt,
Ist ins Schloss hineingebummelt.

Pocken hat er im Gesicht,
Das bedeutet Gutes nicht;
Duncker hätte gleich erraten,
Dieser würde attentaten.

Seht, die edle Königin
Setzt sich in den Wagen rin!
Redern reicht ihr eine Tüte
»Schmeckstduprächtig« erster Güte.

Auch der König tritt heraus,
Sieht noch ganz verschlafen aus,
Tut sich rechts und links verneigen
Und dann in den Wagen steigen.

Wie er nun darinnen sitzt,
Tschech sein Terzerol abblitzt,
Zweimal schießt er ungerührt,
Bis man endlich ab ihn führt.

Dass er doch am leben blieb,
Dieses war dem König lieb,
Und dem Kutscher lässt er sagen,
Auf die Pferde loszuschlagen.

Vor dem Schlosse macht er halt,
Zeigt dem Volk sich von Gestalt,
Sprechen tut er diesmal wenig,
Und man ruft: Es leb der König!

War wohl je ein Mensch so frech
Wie der Bürgermeister Tschech?
Der verfluchte Übeltäter,
Hochverräter, Attentäter.

Fast den König bracht er um
Vor dem ganzen Publikum,
Schoss sogar der Landesmutter
Durch den Rock ins Unterfutter.

Leute tretet näher ’ran,
Höret die Moral auch an,
Die man zieht aus dem Gedicht:
Traut keinem Bürgermeister nicht!

Bänkelsangparodie

Von Mördern, Beutelschneidern und Vaganten

Warte, warte nur ein Weilchen,
dann kommt Haarmann auch zu dir
mit dem kleinen Hackebeilchen
und macht Dosenfleisch aus dir.

Mit wohligem Schauer besang man Fritze Haarmann, den sogenannten Werwolf von Hannover, der in den frühen 1920er Jahren zwei Dutzend junger Männer durch einen Biss in die Kehle meuchelte und das Leichenfleisch als Konserve verhökerte. Die Bereitschaft, sich vom Homo delinquens (Cesare Lombroso), vom Rechtsbrecher, faszinieren zu lassen, ist zweifellos auf der menschlichen Festplatte gespeichert, auch wenn es nicht um Sozialrebellen à la Robin Hood oder Jesse James geht. Die Frage, warum das so ist, hat Dichter und Denker immer wieder beschäftigt. Der Idealist Friedrich Schiller argumentierte mit dem Drang nach Selbsterkenntnis (»In der ganzen Geschichte des Menschen ist kein Kapitel unterrichtender für Herz und Geist als die Annalen seiner Verirrungen«). Alfred Hitchcock bemühte die Theologie (»Das absurde Verbrechen ist wie Religion. Unglaublich, aber faszinierend«), Gottfried Benn hielt sich lieber an die Tradition (»Vergessen Sie nie, der menschliche Geist ist als Totschläger entstanden«). Für einen Existenzial-Philosophen wie Friedrich Nietzsche basierte das Phänomen auf dem Minderwertigkeitskomplex des vermassten Individuums (»Ein tugendhafter Mensch ist eine niedrigere Spezies, weil er keine ›Person‹ ist und seinen Wert dadurch erhält, dass er in ein Schema Mensch passt; er kann verglichen werden, er soll nicht einzeln sein«). Ein Argument, das Kollege Michel Foucault sofort unterschrieben hätte. Seiner Meinung nach wird das Verbrechen verherrlicht, »weil es eine der schönen Künste ist, weil es nur das Werk von Ausnahmenaturen sein kann, weil es die Monstrosität der Starken und Mächtigen enthüllt, weil auch noch die Ruchlosigkeit ein Privileg ist«.

Mag sein, sagt das materialistische Denken. Aber vergesst nicht, sein Movens ist doch meistens die Aussicht auf Zugewinn.

Schließlich bedeutet Geld nichts weniger als »gepresste und getrocknete Freiheit«. Dies treffliche Aperçu Arno Schmidts gehört in eine Reihe mit Honoré de Balzacs Diktum »Hinter jedem großen Vermögen steht ein Verbrechen« oder Brechts berühmtem Bonmot »Was ist ein Einbruch in eine Bank gegen die Gründung einer Bank?«.

Aber keiner der zitierten Herren würde leugnen, dass der größte Profiteur menschlicher Niedertracht letztlich die Kunst selbst ist. Das steht schon in Shakespeares *Hamlet* (»Denn Mord, hat er schon keine Zunge, spricht mit wundervollen Stimmen«) und beruht, dessen war sich Film-noir-Veteran John Cassavetes ziemlich sicher, auf Gegenseitigkeit (»Gangster sind Vollidioten, die davon profitieren, dass wir über sie Filme machen«).

Ein schönes Beispiel für die Koinzidenz von Kunst und Verbrechen ist *Der Räuber von Halberstadt.* Die satirisch gefärbte Moritat spielt im Huywald, den uns der herzoglich-braunschweigische Landschaftsgärtner Johann Royer (1574–1655) so vorstellt: »Dieser schöne lustige waldt, von allerley guten fruchtbarem geholtze ist gelegen im Stifft Halberstadt, anderthalbe meile von dem Fürstlichen hause Hessem, auch ligt oben auf diesem waldt ein schönes Closter, Hüseburg genandt.« Wann der legendäre Beutelschneider dort gehaust hat und ob überhaupt, ist nicht mehr auszumachen. Sonnenklar ist nur, wer eine arme alte Butterfrau um ihr Handelsgut erleichtert und auch noch grob wird, weil »Brot und Schlackwurst« nicht im Angebot sind, ist keine Zierde seiner Zunft.

Doch ausgerechnet diesem zweitklassigen Strauchdieb verhilft Wilhelm Raabe zu hochliterarischem Nachleben. *Der Räuber von Halberstadt* spukt 1876 durch seinen *Horacker*-Roman und bringt das Kreisstädtchen Quedlinburg um den Schlaf. »Ein lustigerer panischer Schrecken hatte sich selten der Bevölkerung einer Gegend bemächtigt als hier von dem Tage an, seit Horacker aus Gansewinckel im großen Walde als kühner Räuber und blutiger Mörder sein Geschäft aufgetan hatte, also seit ungefähr vierzehn Tagen oder drei Wochen.« Dabei ist der vermeintliche Unhold nur ein aus Liebessehnsucht der Besserungsanstalt entlaufener, noch dazu völlig verängstigter Knabe. Horacker hatte sich im Wald verborgen, und erst als er vor Hunger nicht mehr ein noch aus wusste, war er im Stil des Halberstädter Räubers »einem alten Butterweibe aus Dickburen unter den ›Uhlköpfen‹ über den Weg« gesprungen. Die Beute, ein Schmalztopf, ist karg, die Folgen sind grotesk.

Denn Raabe hat die Vorlage genutzt, um ein heiter besinnliches Lehrstück über Leichtgläubigkeit und die Macht des Gerüchts zu erzählen, über epidemische Hysterie und ihre »vielen tausend Zungen«, die jedes zweite laue Lüftchen zum medialen Tsunami aufblasen. Dass der Staatsanwalt im Quedlinburger Kreisblatt versichert, an den Gerüchten sei »wenig oder eigentlich gar nichts«, der Räuber Horacker also »unbedingt als Mythos aufzufassen«, kann die »Fama« nicht mehr stoppen. Als der verlorene Sohn nach 330 Seiten endlich »von der Witwe Horacker am Jackenflügel aus dem Dunkel des Waldes hervorgezogen« wird, gibt es noch einmal eine Anspielung auf die Halberstädter Räuber-Moritat: »Wenn der Frevler ebenso blutgierig als fressgierig war«, orakelt Autor Raabe in Boulevard-Manier, »so dürfen sich unsere Leserinnen auf eine fürchterliche Szene im nächsten Kapitel Hoffnung machen.« Aber sie muss ausfallen, das fiebergeschüttelte »Jammerbild« drängt einfach nur an die Mutterbrust.

Da ist der arme Schwartenhals schon von anderem Schrot und Korn. Was nicht verwundert, treibt sich diese Spezies doch den lieben langen Tag an der frischen Luft herum. Wer im *Deutschen Wörterbuch* nach ihm sucht, findet folgenden Eintrag: »*SCHWARTENHALS, m. von einem hals, besonders hinterhals mit schwartiger haut:* schwartenhalsz, ein groszer gestockter vollkomner halsz, *plurima cervix MAALER* 366[b]. *im* 16. *jahrh. übertragen auf einen herumziehenden bettler oder landsknecht, der den nackten groben hals zeigt, nicht durch kragen oder krause gedeckt.*« Das hier vorliegende Exemplar fällt ins vagabundierende Räuberfach, weshalb sich vor unserem inneren Auge sofort Bill Bo und seine Bande materialisieren, ein aus grobem Holz geschnitzter Trupp, der sich 1968 in der Augsburger Puppenkiste mit diesem Song vorstellte:

Bill Bo und seine Bande,
Die ziehen durch die Lande
Und weil man sie nicht fangen kann,
Hängt keiner am Galgen dran.

Am Ende saßen sie natürlich doch in der Zelle. Denn alle Versuche, Burg Dingelstein einzunehmen, verliefen nach dem Muster: erst hatten wir kein Glück, dann kam auch noch Pech dazu, was der cholerische Hauptmann jedes Mal mit einem kernigen »BombenGranatenElementBlitzBlotzDonnerwetterNochaMal« kommentierte. Das machte die Sache nicht besser, hatte aber Stil und passt daher gut zum *Armen Schwartenhals.*

Die Ballade aus dem 17. Jahrhundert ziert alle maßgeblichen Sammlungen volksnaher Dichtung von *Des Knaben Wunderhorn* bis zu Wolfgang Steinitz' 1954 im Ostberliner Akademie Verlag erschienenem Werk *Deutsche Volkslieder demokratischen Charakters aus sechs Jahrhunderten.* »Vagabundisch, launig, lustig«, lobte Goethe das Stück etwas oberlehrerhaft anlässlich einer *Wunderhorn*-Rezension in der *Jenaischen Allgemeinen Literatur-Zeitung*. Heinrich Heine dagegen, der es in seinem Großessay *Die romantische Schule* als Prototyp deutscher Balladenkunst präsentierte, geriet ins Schwärmen: »Welch ein ehrlicher Kerl ist der arme Schwartenhals, obgleich er Straßenraub treibt! Hört einmal die phlegmatisch rührende Geschichte, die er von sich selber erzählt (...). Welche Ruhe, welche bewusste Kraft herrscht in diesem Gedichte!«

Über der *Abschilderung des schmählig zugerichteten Cörpers* schwebt eher das kalte Grauen. Zu dieser Zeitungs-Mord-Ballade aus der Lutherzeit, die man eigentlich schon eine ausgewachsene Moritat nennen kann, gehört eine Bild-Tafel. Sie zeigt den Leib des geschundenen Mordopfers, »wie er auf einem Tische liegend ausgesehen, nachdem er aus dem Bette genommen und vom Blute gereiniget ward; woran die nach solcher Lage bemerkten Wunden-Mahle deutlich zu sehen sind«. Nachdem die Vorgeschichte und der Tathergang geschildert worden sind, dekliniert der Bänkelsänger erbarmungslos die »über dreißig« Wundmale durch, bevor er, ganz wie der Fernseh-Pastor Fliege (»Passen Sie gut auf sich auf«), mit dem moralischen Gemeinplatz schließt, »ein jeder nehme sich in acht fuer Satans bösen Wegen«.

Die Ballade mag uns grausam vorkommen und die Sensationsgier kitzeln. Die drastische Darstellung des toten Körpers ist aber auch das Erbe spätmittelalterlicher Befindlichkeiten, Ausdruck der Weltverachtung und eines zutiefst pessimistischen Lebensgefühls, das sich in Traktaten, Gedichten und bildender Kunst niederschlug. »Keine Zeit«, konstatiert Johan Huizinga, »hat mit solcher Eindringlichkeit jedermann fort und fort den Todesgedanken eingeprägt wie das fünfzehnte Jahrhundert. Unaufhörlich hallt durch das Leben der Ruf des Memento mori.« Darstellungen von Totentänzen, Todesarten, von wurmzerfressenen Leichen und körperlichem Verfall fanden sich nicht nur auf Grabsteinen, in Kirchen oder hinter Klostermauern, sie prangten an den Wänden der Privathäuser, schmückten Volksbücher und Flugblätter und geisterten durch die amouröse Lyrik. Ein allegorisches Poem über Frauenkleidung konnte dann so enden:

Diese süßen Blicke, diese Augen, geschaffen zur Lust,
Bedenkt es wohl! werden ihren Glanz verlieren;
Nase, Braue, der wohlberedte Mund
Werden vermodern.

Wo der Mensch hinsah, sah er Vergänglichkeit; er mochte sich aber, anders als zu Zeiten der Troubadoure, als die Vorfreude auf das Paradies die Tristesse im irdischen Jammertal kompensierte, nicht mehr damit abfinden. So gerinnt der Blick in den *Spiegel des Todes*, den Olivier de la Marche einer Dame vorhält, zur sauertöpfischen Elegie über das Altern:

Eure Schönheit wird sich in Hässlichkeit wandeln,
Und Eure Gesundheit in düstere Krankheit,
Und Ihr werdet hinieden nur ein Hindernis sein.
Habt Ihr eine Tochter, so werdet Ihr für sie ein Schatten sein;
S i e wird gesucht und begehrt werden,
Die Mutter aber von jedem verlassen.

Dieses präsenile Orakel klingt dann schon gar nicht mehr so mittelalterlich, sondern wie ein Werbetext des Zentralverbandes Plastischer Chirurgen.

»Nun zu etwas ganz anderem.« (Monty Python) *Der schlaue Tom Clinch auf dem Weg zur Hinrichtung* ist eine Broadside- oder Broadsheet-Ballad, das englische Pendant zur Zeitungsballade und Bänkel-Moritat. Broadside bezeichnet ein Papiermaß, auf dem zwei Kolumnen pro Seite Platz hatten. Das beidseitig bedruckte Blatt heißt broadsheet. Wie ihre deutschen Verwandten tauchten Broadsides im 16. Jahrhundert auf und wurden mit groben Holzschnitten illustriert, doch anstatt sie mit Bildtafeln zu kombinieren, heftete der britische Balladenhändler seine Drucke zu Werbezwecken an eine Mauer.

Außerdem gibt es einen weiteren gravierenden Unterschied. Während Ballade und Bänkelsang bis Ende des 18. Jahrhunderts ein rein proletarisches Vergnügen blieben, interessierten sich britische Intellektuelle früh für das Medium. Die erste Broadside, *A Ballad of the Scottish Kynge* (Eine Ballade vom schottischen König), kam 1513 aus der Feder John Skeltons, seines Zeichens Poeta Laureatus der Universitäten von Oxford und Leuven; Samuel Pepys, um 1680 Präsident der Royal Society und berühmtester Tagebuchschreiber vor Hitler und Thomas Mann, hat sie gesammelt, und John Gay schrieb 1728 eine ganze Balladenoper (*Beggar's Opera)* über Englands berühmtesten Verbrecher Jonathan Wild. Dieser Hehler und Meisterdieb begegnet uns auch in Jonathan Swifts Poem vom *Schlauen Tom Clinch.*

Swift (1667–1745), irischer Sturkopf, Teilzeit-Domherr, Autor des Jahrhundertbuchs *Gullivers Reisen* und so exzentrischer Abhandlungen wie *Human Ordure* (Menschlicher Kot), das er unter dem sinnigen Pseudonym Dr. Shit veröffentlichte, war ein begnadeter Spötter. Seine Broadside-Ballade karikiert das bizarre Treiben in Tyburn, Londons berüchtigtem Galgenplatz. Den dicken Pinsel konnte Swift dabei zu Hause lassen. Am »Execution Day« herrschte unter den »Tyburn Triple Trees« (den drei Bäumen von Tyburn), einer Spezialkonstruktion aus Holzbalken, welche ein großes Dreieck bildeten, karnevaleske Ausgelassenheit. Die Fahrt im Ochsenkarren, der Abstecher in die Schänke,

Tom Clinchs forsche »last dying speech« (letzte Sterbesrede) und seine lässige Todesverachtung, das alles gehörte in Tyburn zum Programm. »Good dying« (gutes Sterben) war Ehrensache und wurde vom fachkundigen Publikum, sobald der »Tyburn jig« (der finale Seil-Hüpfer) erfolgte, mit ebendiesem Ruf honoriert. Um ja keine Langeweile aufkommen zu lassen, arbeiteten die Henker wie am Fließband. Horace Walpole berichtet, es sei im Jahr 1752 gang und gäbe gewesen, siebzehn Verurteilte nebeneinander aufzuknüpfen. Dabei habe man sich zu Tausenden auf den Tribünen gedrängelt, sodass es kein Wunder war, wenn diese gelegentlich zusammenbrachen und Hunderte unter ihren Trümmern begruben. Bad dying!

Unter dieses Rubrum lässt sich getrost auch das Ableben durch eine Überdosis toxischer Substanzen fassen, wenn man nicht gerade Sokrates heißt. *Der sechsfache Giftmord von Otterndorf* verdient sogar das Etikett very bad dying, sofern man dem Verfasser des Bänkelheftes glauben will. Die Moritat verhandelt den Fall der achtundvierzigjährigen Wilhelmine Woltmann aus Otterndorf, die zugab, Mitte der 1850er Jahre (genauere Zeitangaben fehlen) zwei Ehemänner nebst ihren vier Kindern mit Arsenik aus der Welt geschafft zu haben, und dafür vom Schwurgericht in Stade zum Tode verurteilt wurde. Im begleitenden Prosatext wird noch eine zweite Mordserie aufgerollt, die eine gewisse Gesine (Gesche) Margarethe Gottfried ins Werk setzte. Besagte Dame hatte gleich fünfzehn Menschen mit arsenhaltiger Mäusebutter hinweggerafft. Auch sie verlor dafür den Kopf vor fünfunddreißigtausend Zeugen auf dem Bremer Domhof. »Seit den Zeiten der berüchtigten Gottfried in Bremen ist eine solche Giftmischerin nicht mehr da gewesen«, resümiert der anonyme Verfasser, »wenn wir nicht sagen müssten, diese Wilhelmine Woltmann übertrifft noch die Gesche Gottfried.«

Wir fragen uns, darf man das? Kann man das? Ist es moralisch erlaubt, die Schwere solcher Untaten gegeneinander aufzuwiegen? Verbrecherrankings aufzustellen wie die FIFA ihre Weltranglisten? Noch dazu ohne Kenntnis der Tatmotive, ohne tiefere Einblicke in Umfeld, Sozialisation, genetische Prägungen aller Beteiligten? Und eingedenk der Tatsache, dass die Täter und

Täterinnen sowieso und überall immer toller und dreister in Chemiebaukästen – wir sagen nur Plutonium (!) – in Waffenschränke, Dynamitkoffer und Autobombenarsenale greifen. Muss man es nicht vielmehr halten wie Alfred Döblin? Der praktizierende Arzt dokumentierte 1924 unter dem Titel *Die beiden Freundinnen und ihr Giftmord* den Casus zweier lesbischer Frauen, die den gewalttätigen Ehemann der einen mittels Arsen aus dem Wege schafften. Im Epilog bekennt Döblin: »Die Schwierigkeiten des Falles wollte ich zeigen, den Eindruck verwischen, als verstünde man alles oder das meiste an solchem massiven Stück Leben.«

In dieser undurchsichtigen Gemengelage ist es erfreulich, dass es Instanzen gibt, die nie um ein klares Schlusswort verlegen sind. Zum Beispiel das Verbandsblatt des bayrischen Einzelhandels, das eine Entscheidung des Bundessozialgerichts folgendermaßen zusammenfasste: »Ehefrauen, die ihren Mann erschießen, haben keinen Anspruch auf Witwenrente.«

Die *Bettitzion eines brodlosen Künstlers die Zurückgenehmigung eines Gesetzes anbelangent* führt auf ähnlich abschüssiges Gelände und ist ein guter Witz. Was man schon daran erkennt, dass sie in den *Düsseldorfer Monatsheften* (Jahrgang 1847–1849) erschienen ist, neben den *Münchner Fliegenden Blättern* und dem Berliner *Charivari* das führende Satireorgan der Zeit. Vordergründig wird auf den 28. Dezember 1848 rekurriert, als die verfassungsgebende Nationalversammlung in der Frankfurter Paulskirche »das Reichsgesetz betreffend die Grundrechte des deutschen Volkes« verkündete, darunter auch die Abschaffung der Todesstrafe. Das war ein großer Schritt fürs Humanum respektive den Zivilisationsstandort Deutschland. Aber es gab eben auch Modernisierungsverlierer: das traditionsreiche Gewerbe der Scharfrichter, die Sargtischler, Friedhofsgärtner und Bänkelsänger.

Bettitzioneur Lude Lulei (was für ein Alias!) schmeißt sich in Positur und fordert im Namen der Zunft die Wiederabschaffung der Abschaffung, alldieweil der Bänkelsang ansonsten »hinfüro nichts mehr abzumahlen und abzuleuern« weiß. Getreu der Devise: Verbrechen muss sich auszahlen.

Aber die *Bettitzion* ist nicht nur ein guter, weil glänzend gemachter, sondern auch ein ziemlich haltbarer Witz. Zwischen Erscheinungsdatum und Gegenwart liegen fast hundertsechzig Jahre, aber vieles klingt höchst vertraut: Da ist der aggressiv nörgelnde Grundton des Bolleberliners (»Ich bin stimmberöchtigter Bürjer und habe mitgewählt, aber bis dahin gingen die Inschdrucktionen nicht«), das jederzeit entflammbare Simmern protopatriotischer Brotdummheit (»Wat jehn uns fremde Mörder an, / wenn wir in Deutschland welche han«), da ist das verdruckste Misstrauen allem Fremden gegenüber (»Es wimmelt mich die janze Welt / voll lauter Hochverräther / un uff der Straß' der Zehnte is / bestimmt en Attentäter«) und die auf jeder Fanmeile, jedem Top-Event zu beobachtende teutonische Gemütskonstante: »nur im Krakehl is Bürjerjlück«.

Der Räuber von Halberstadt

Durch des Huywalds düstre Gründe
Auf naturverschlungnem Pfad
Wandelt eine alte Butter-
Frau zum Markt nach Halberstadt.

Hu, da plötzlich stürmt des Waldes
Kühner Sohn aus dem Geheg,
Scharf bewehrt bis an die Zähne,
Und vertritt ihr flugs den Weg.

»Sind Sie«, fragt die Frau erblassend,
Einer dunklen Ahnung voll,
»Nicht vielleicht der Räuber Heisig,
Der allhier grassieren soll?«

»Ja, ich bin's, der Unglücksel'ge,
Ja, ich bin's, der sich dir zeigt,
Und du bist diejenige, welche
Nimmer meinem Grimm entfleucht;

Denn mit hochwillkommnem Futter
Nahst du mir zu guter Stund!« –
Sprach und schnitt von ihrer Butter
Schweigend sich ein ganzes Pfund.

Und wie Schuppen von den Augen
Fällt's der Butterfrau sogleich;
»Sie sind Heisig!«, ruft sie schweigend.
»Bin es!«, spricht der Räuber bleich;

»Bin's und sage dir noch dieses:
Meinem Mordstahl fallest du,
Bringst du mir nicht auf dem Rückweg
Brot und Schlackwurst noch dazu!« –

Und die Frau erfasst ein Grauen,
Weiß nicht recht, was sie beginnt.
Und der Heisig zog waldeinwärts. –
Über Stoppeln strich der Wind.

Schlimme Zeiten, schlimme Zeiten,
Wie man nie erlebt sie hat,
Wenn ein Räuber solchen Unfug
Treibt so nah bei Halberstadt.

Deutsche Moritat

Der arme Schwartenhals

Ich kam vor einer Wirthin Haus,
Man fragt mich, wer ich wäre,
Ich bin ein armer Schwartenhals,
Ich ess und trink so gerne.

Man führt mich in die Stuben ein,
Da bot man mir zu trinken,
Die Augen ließ ich umher gehn,
Den Becher ließ ich sinken.

Man setzt mich oben an den Tisch,
Als ich ein Kaufherr wäre,
Und da es an ein Zahlen ging,
Mein Säckel stund mir leere.

Da ich zur Nacht wollt schlafen gehn,
Man wies mich in die Scheuren,
Da ward mir armem Schwartenhals,
Mein Lachen viel zu theure.

Und als ich in die Scheuren kam,
Da hub ich an zu nisten,
Da stachen mich die Hagendorn,
Dazu die rauhe Distel.

Als ich des Morgens früh aufstand:
Der Reif lag auf dem Dache,
Da musst ich armer Schwartenhals
Meines Unglücks selber lachen.

Ich nahm mein Schwerd wohl in die Hand,
Und gürt es an die Seiten,
Da ich kein Geld im Säckel hatt,
Zu Fuße musst ich reiten.

Ich hub mich auf und ging davon
Und macht mich auf die Straßen,
Da kam eines reichen Kaufmanns-Sohn,
Sein Täsch musst er mir lassen.

DEUTSCHE VOLKSBALLADE

Abschilderung des schmählig zugerichteten Cörpers,

wie er auf einem Tische liegend ausgesehen, nachdem er aus dem Bette genommen und vom Blute gereiniget ward; woran die nach solcher Lage bemerkten Wunden-Mahle deutlich zu sehen sind.

Ein Mordgeschrey! O Uebelthat!
Hört man in Erlang wimmern,
Ein böser Mensch, der ein Soldat,
Haut einen fast in Trümmern.

Derselbe fromme Mann, der war
Aus Sulzbach her gebürtig;
Dort stellt' er sich als Mönche dar,
Und lebte stets ehrwürdig.

Als er nun schon geraume Zeit,
Im Kloster Rastadt lebte;
So sah er ein, dass er sehr weit
Im Glaubens Irrthum schwebte.

Deswegen gieng er aus der Zell,
Und wollte Luth'risch werden;
Ihm schien das Licht des Glaubens hell
Bey evangel'schen Heerden.

Von Erlang gieng er nach Bayreut,
Sich etwas zu erflehen.
Drauf kommt er wiedrum an, bereit
Nun weitres fort zu gehen.

Was er daselbst geschenkt bekam,
Erzehlt er hier mit Freuden;
Der Soldat, so diß auch vernahm,
That sich zum Mord bereiten.

Da er dem Fremdling dienen soll,
Wie ihm jemand befohlen;
So denkt er wie er's machen woll',
Sein Gut an sich zu hohlen.

Er wart't biß jener schlafend ruht,
Dann greift er nach dem Gelde;
Sticht, haut und würgt, verspritzt mehr Blut,
Als je ein Feind im Felde.

Der Unschuld half kein wuenselnd Ach,
Ja kein erbarmend Bitten;
Zwey Waffen uebten solche Rach,
Dass alle Glieder litten.

Der groesern Wunden sind sehr viel,
Das Bild bemerkt sie fleisig,
Ohn' dass man kleinre rechnen will,
So zehlt man ueber dreysig.

Die linke Hand war ganz entzwey,
Ein Finger weg geflogen;
Man sah auch gleiche Tyranney
Am rechten Ellenbogen.

Viel Hiebe hat das Haupt gefuehlt.
Leib, Brust, Herz, hat der Degen
Viel mehr als zwanzigmal durchwuehlt.
O schroeckliches Erlegen!

Der Boesewicht hat selbst die That
Sogleich an Tag gegeben,
Und vorgebracht: ein andrer hat
Genommen ihm das Leben.

Doch als er sich bald selbst verrieth,
Mit eignen Worten schluge;
So nahm man ihn gefangen mit:
Gleich g'stund er vom Betruge.

Es wird der mörderische Dieb
Sein Urtheil bald empfangen;
Dann soll, was jetzt noch dunkel blieb,
Ans Tages Licht gelangen.

Ein jeder nehme sich in acht
Fuer Satans boesen Wegen;
Wer stets fuer seine Seele wacht,
Geniest des Himmels Segen.

BÄNKELLIED

Der schlaue Tom Clinch auf dem Weg zur Hinrichtung

Als der schlaue Tom Clinch unter dem Lärm des Pöbels / mit Pomp durch Holborn fuhr, um für sein Gewerbe zu sterben, / hielt er am »Georg« wegen einer Flasche Wein an / und versprach, sie zu bezahlen, wenn er zurückkäme. / Seine Weste und Strümpfe und Hose waren weiß, / seine Mütze hatte ein neues kirschrotes Band. / Die Mädchen liefen an die Türen und auf die Balkone / und sagten: »O Jammer! Er ist ein stattlicher junger Mann!« / Aber als er an den Fenstern die Damen erspähte, / verbeugte er sich tief nach beiden Seiten wie ein Beau in der Loge. / Und als die blauen Höker seine letzte Rede ausriefen, / schwor er von seinem Karren, es sei alles eine verdammte Lüge. / Der Henker fiel auf sein Knie und bat um Vergebung. / Tom gab ihm einen Tritt in den Bauch als Lohn. / Sagte dann: »Ich muss ein paar Worte zum Volke sprechen. / Ich werde euch alle verdammt sehen, bevor ich baumle. / Mein ehrbarer Freund Wild – möge er lange an seinem Platz sein – / er verlängerte mein Leben durch ein ganzes Jahr der Begnadigung. / Fasst Mut, Kameraden, und fürchtet euch nicht / und lasst diese Gelegenheit nicht ungenutzt, um euer Gewerbe zu betreiben. / Mein Gewissen ist rein, meine Seele ruhig, / und so geh' ich dahin ohne Gebetbuch und Psalm.« / Nehmt euch denn die Gelassenheit des schlauen Tom Clinch zum Beispiel, / der wie ein Held ging und ungerührt starb!

JONATHAN SWIFT: BROADSIDE BALLAD

Der sechsfache Giftmord von Otterndorf

Eine dumpfe Trauerkunde
Geht längst um durch Stadt und Land,
Machet schauerlich die Runde
An der Elbe luft'gem Strand.
»Weh« von Otterndorf herüber
Schrie sechsmal das Leichenhuhn,
Und der Ton klang trüb und trüber,
Zu verkünden böses Thun.

Seht dies Weib mit wildem Herzen,
Das die Mordlust so gehegt,
Und durch Gift bracht' tausend Schmerzen
Denen, die sonst Liebe pflegt!
Ihre Männer, ihre Kinder
Sanken hin im Todeshaus,
Da ist Keiner, der ihn hindert
Diesen Jammer, diesen Graus.

Welch' ein Scheusal sonder Gleichen
Barg sich in dem hag'ren Leib?
Mordet, dass es Stein' erweichen
Kann, doch ihr ist's Zeitvertreib.
Endlich muss die Stunde schlagen,
Wo der Strafe Morgen tagt,
Wie auch ernst die Richter fragen,
Frech bleibt sie und unverzagt.

Denkt vielleicht, dass diese Klippe
Sie umschiffe ungestraft;
Doch von der Geschwornen Lippe
Tönt das »Schuldig« voller Kraft.
Mag auch mild das Wort ertönen,
Dass sie bete still zu Gott,
Mit ihm reuig zu versöhnen
Sich, ihr Schweigen klingt wie Spott.

Nun so fahre denn zur Hölle,
Wenn dein Kopf vom Rumpfe fällt,
Hast du doch in Windesschnelle
Deinen Sinn auf Mord gestellt.
Dein Blut fließt für alle Leichen,
Doch du hast nur einen Tod,
Könnt' er sechsmal dich erreichen,
Wär zu streng nicht das Gebot.

DEUTSCHE MORITAT

Bettitzion eines brodlosen Künstlers die Zurückgenehmigung eines Gesetzes anbelangent

Veröhrte Centneralgewalt!
Vielföltige Reichsversammelte!
Als ich es hörte, so glaubte ich zu träumen aber – nein, es ist wahr – Sie geruhen die Todesstrafe abzuschaffen.
Aber ich bin ein stimmberöchtigter Bürjer und frage nun: Wo so?? Denn fragen kann jeder, aber Antworten –?
Um Ihnen meine traurige Lage anscheulich zu machen, gebe ich hiermit die Grundziege meiner Person:
Ich bin ein vielföltiger Künstler – ich mahle, ich dichte, ich singe und bin auch muhsikahlisch.
Meine Frau Jemahlin is blos einföltige Künstlerin, sie ist blos muhsikahlisch, indem sie blos den Leuerkasten dreht; außerdem verkoft sie aber auch meine Lieder – Stück vor Stück 2 Silberjroschen, welches letztere unter das Fach Inthusterei gehört. – Sie haben jetzt mir und

meine Kohllegen brodlos gemacht, weil Sie die Todesstrafe abgeschafft haben und wir hinfüro nichts mehr abzumahlen und abzuleuern haben. Ich bin stimmberöchtigter Bürjer und habe mitgewählt, aber bis dahin gingen die Inschdrucktionen nicht, welche ich dem Abgeordneten erlaubte, welchen ich die meinige Stimme gab. Ich habe jetzt noch das Recht des Interpelterateralismus und bitte Sie also meine Bettitzion zu genehmigen.
Da ich als Künstler weis, dass die poetrische Redensart stets die Herzen erschüttert, so habe ich mein Anliegen gereumt, da nichts destoweniger schon so viele ungereumte prosalische Schriften an sie adrehsirt werden, welche sehr langweilig sein und nicht gelesen zu werden verdienen.
Also lesen Sie gehorsamst:

Melodie: *Ein freies Leben führen wir*

Wie is mich denn, wie is dich denn?
Wat haben wir verbrochen,
Dass an die Bänkelsängerschaft,
Das Unrecht wird jerochen!
Die Todesstrafe bracht' uns Brod,
Jetzt holt sie nun die Schwerenoth
In Frankefort am Maine!

Oh Deutschland! Willst Du die Mohral
Denn janz zu Jrunde richten?
Ne, des wär' doch en Mordschkandal,
Gäb's keene Mordjeschichten.
Was soll'n de Bänkelsänger thun,
Wenn des Jeschäft so janz thut ruhn –
Oh! Frankefort am Maine?

Ward sonsten so en Galgenstrick
Vom Leben zum Tode jebrachet,
Dann haben wir des Ding jemalt
Un en Jedicht gemachet.
Un jetzt uf en Mol heeßt es: Schwapp;

De Todesstrafe schaff'n mer a,
Wir Frankefort am Mainer.

Des Ding is balde wohl jesagt
Un och wohl abjeschaffet,
Allein an unsern Herzen nagt
Es sehr mit aller Krafet;
Der Leuerkasten rostet in
Un bringt uns fürder nich Gewinn.
Oh! Frankefort am Maine!

Un mahl'n wir jetzt Rehvoluzion
Uf die Wachsleinewänder,
Dann schrein se: »Ih, die mach'n mer selbst!«
Die jreuligen Uffständer!
Dann blutet mich mein deutsches Herze
Un ich fühl'eenen jroßen Schmerze,
Ob Frankefort am Maine.

Aus England eene Hängerei
Hab' Kürzlich ich jemalet,
Doch da hat all' das Puhblikum
Jealtiglich schkandalet:
»Wat jehn uns fremde Mörder an,
Wenn wir in Deutschland welche han.«
Nu? Frankefort am Maine?

Jetzt frag ich jeden Menschenfreund,
Ob es nicht besser wäre,
Man richtete die Todesstraf'
Recht balde wieder here.
Vor Sündern wäre mir nicht bang,
Denn Mancher is en'n Kopp zu lang
In Frankefort am Maine.

Es wimmelt mich die janze Welt
Voll lauter Hochverräther,

Un uff der Straß' der Zehnte is
Bestimmt en Attentäter!
Un alleweile – Attenzion!
Nu kriegen allesamt Pardon
Von Frankefort am Maine.

Oh, Frankefort! Weh, Frankefort!
Ich thu' bettitzionieren,
Dass man die Todestrafe möchte
Bald wieder arankschieren,
Sonst haben wir bei hellem Tag
Uf offner Straß' noch Todesschlag,
Trotz Frankefort am Maine!

Was sagen Sie zu diesem volksthiemlichen Liede, Reichsversammelte? – Hab' ich Recht oder Unrecht? Ich sehe in Dero Aller Augen, die Hühneraugen ausgenommen, dicke Thränen – Sie sind geriehrt und werden meine Bitte erhöhren.
Wollten Sie jedoch die Gewogenheit haben, mir und meine Kohllegen nicht Genehmigung zu erlauben, so schlage ich um und werde aus dem harmlohsen Mordjeschichtendichter ein politischer Schriftstehller, was ich Ihnen jedoch aber nicht rathen wollte, da mein Wahlspruch dann sein wird:

»Nur im Krakehl is Bürjerjlück!!
Ohne Keile keene Freiheit!!«

Was meine politische Kuhleer anbegreift, so bin ich weit linkser als die äußerste Linke, und was das sagen thut, will ich nicht klar machen.
Laden Sie durch Erfüllung obigter Bitte den heißen Dank eines jetzt unglücklichen noch kinderlosen Familienvaters auf Ihre Häupters.
Mit Verbeugung ohne Erniedrigung

Lude Lulei,
Bänkelsänger, Dichter und Mitglied aller dämokratischen Vereine.
Im Namen des gesamten Bänkelsangs.
BÄNKELVORTRAG

Drama, Liebe, Wahnsinn

»Und Adam erkannte sein Weib Eva, und sie ward schwanger und gebar den Kain« (1. Mose 4,1). Seitdem geht zwischen den Geschlechtern alles drunter und drüber. Im Leben wie in der Literatur. Jason und Medea, Paris und Helena, Faust und Gretchen, Carmen und Don José, Quasimodo und Esmeralda, Lola und Professor Unrat, Donald und Daisy, Kermit und Miss Piggy, sie alle sind Beleg dafür, dass Frauen und Männer sich meist im Zustand fortschreitender Unzurechnungsfähigkeit begegnen.

Das reichhaltigste Sortiment klassischer Beziehungswirren bietet Shakespeares *Was ihr wollt*.

Die unerfüllte Liebe: Graf Orsino begehrt Gräfin Olivia, die ihr Herz an Cesario verloren hat, der gar kein Kerl ist, sondern eine Frau, die in Männerkleidern steckt, Viola heißt und von Orsino als Postillon d'amour zur Gräfin geschickt wird, selber aber für den Grafen schwärmt.

Die Heirat aus Habgier: Toby, der ewig klamme Onkel der Gräfin, betreibt die Eheschließung seiner Nichte mit Junker Bleichenwang. Der ist zwar ein hässlicher, tumber Vogel, aber Toby spekuliert im Erfolgsfall auf eine fette Prämie aus Olivias Schatulle.

Die Liebe aus eitler Verblendung: Die Zechbrüder Bleichenwang und Toby suggerieren dem aufgeblasenen Verwalter Malvolio, er habe beste Chancen im Rennen um Olivias Gunst, aus Rache, weil Malvolio ihre nächtlichen Saufgelage protokolliert. Fortan macht sich dieser mit ebenso peinlichen wie sinnlosen Avancen zum Hanswurst.

Die Liebe auf den ersten Blick: Sebastian, der verschollen geglaubte Zwillingsbruder Violas, lässt sich nach der ersten Begegnung mit Olivia widerspruchslos vor den Altar schleifen. Dass sie ihn mit Cesario verwechselt, spielt keine Rolle, da sie in natura bekommt, was sie in der verkleideten Viola zu haben glaubte.

Rasende Eifersucht: Als Orsino von der Heirat erfährt, schäumt er vor Wut und droht, den vermeintlichen Verräter (respektive Rivalen) Cesario zu töten.

Liebe auf den zweiten Blick: Nachdem Viola alle Irrtümer aufgeklärt hat, entdeckt Orsino, dass ihre Reize dem Eros Olivias in nichts nachstehen, und verspricht ihr die Ehe.

Die Legende von *Jung-Musgrave und Lady Barnard* steuert den Ehebruch mit tödlichem Ausgang bei. Das tolle Stück ist eine unserer Lieblingsballaden. Sie besticht durch die geschmeidige Sprache und die Makellosigkeit des Erzählstrangs, was auch Benjamin Britten aufgefallen ist, der die Ballade kongenial vertont hat. Allein die Bettszene, kurz bevor Lord Barnard auftaucht, ist ein kleines dramatisches Juwel. Musgrave hört ihn kommen, ist aber hin- und hergerissen zwischen der Aussicht auf Entdeckung und den Verlockungen der Lady. Schließlich bleibt er, Barnard erscheint und es entwickelt sich ein Dialog, so staubtrocken wie Dean Martins Kehle in Howard Hawks' *Rio Bravo*:

»Nun, Jung-Musgrave, / gefällt dir meine Frau?«
»Ich finde sie reizend«, sagte Jung-Musgrave, / »um so
schmerzlicher für mich. / Ich gäbe gern dreihundert
Pfund, / wär' ich auf der Ebene dort.«

»Steh auf, steh auf, Jung-Musgrave, / und leg deine Kleidung
an, / in meinem Land soll man nie sagen können, / ich hätte
einen nackten Mann getötet.«

Eine erste Fassung des Gedichtes ist aus dem Jahr 1658 überliefert. Weitere fünfzig sind in England und Nordamerika unter variierenden Titeln im Umlauf, darunter mit *Tomper's Song* eine Bluesversion. Die Unterschiede liegen meist im Detail. Mal gibt Musgrave den reuigen Sünder, ein andres Mal ist er selber verheiratet. Mal büßt Lord Barnard für seine Raserei am Galgen, oder er erträgt die Schande nicht und bringt sich um.

Barbara Allen dagegen kann man als Plädoyer wider die Domestizierung der Liebe lesen. Vielleicht gehört sie deshalb immer noch zu den meistbesungenen schottischen Balladenfiguren dies- und jenseits des Atlantiks. Samuel Pepys erwähnt das Poem 1666 in seinen Tagebüchern, der große Samuel Johnson hat es über den grünen Klee gelobt, Theodor Fontane sah hier »viele der besten Eigenschaften schottischer Volksdichtung vereinigt«. Er kannte die Ballade aus Childs *Reliquies* und fertigte 1855 eine fast ebenso berühmte Nachdichtung an. Zur selben Zeit wurde *Barbara Allen* auch unter den amerikanischen Cowboys zum Hit. Wahrscheinlich imponierte den Rittern der Prärie die stoische Haltung der Frau, die nicht bereit ist, die Liebe über ihren Stolz triumphieren zu lassen, und erst nach dem Tod des Geliebten verzweifelt zusammenbricht. Das Motiv der Rosen, die sich am Ende über ihren Gräbern vereinigen, ist ein altes mittelalterliches Symbol für die Fortdauer wahrer Liebe über den Tod hinaus. Das Ableben der Mutter wird von der Literaturwissenschaft »als Bestrafung der eigentlich Schuldigen« gedeutet, »da die Mutter die Vermittlerin der restriktiven Sexualmoral darstelle, die letztlich – und nicht das leicht aufzuklärende Missverständnis der Trinkszene – hinter Barbara Allens Grausamkeit steckt« (Gisela Hoffmann).

Eher hundsgemein als grausam muten im folgenden Gedicht die restriktiven weiblichen Auswahlkriterien für Sexualpartner an. Aber das ist auch Sinn der Sache. Schließlich handelt es sich um eine Schwankballade in der Tradition der dörpeligen Lieder des Minnesängers Neidhart, und da gehörte ein Pfund Derbheit zum Programm. *Die kurzen Bauernschwänze* stammen aus der Feder von Hans Sachs. Man nimmt an, das Lied ist Beitrag zum sogenannten Zechsingen, dem rituellen Wettstreit im Kreis einer Meistersingergilde, gewesen. Sachs, geboren 1494 in Nürnberg, war der originellste Kopf dieser spätmittelalterlichen Bewegung und einer der größten Dichter deutscher Zunge. Klabund hat dem verehrten Kollegen 1921 ein paar treffliche Zeilen gewidmet, die wir, werte Leser, keinesfalls toppen können und deshalb auszugsweise wiedergeben:

»Sachs war Schuhmacherlehrling, als ihm der Weber Nunnenbeck die Anfangsgründe der Meistersingerkunst beibrachte. Er ging wie ein rechter Schuster auf Wanderschaft, kehrte, nachdem er so viele Erfahrungen gesammelt als er Schuhe besohlt hatte, 1519 in seine Heimat zurück, die durch Peter Vischer und Albrecht Dürer zu einem Haupt- und Vorort deutscher Kultur geworden war. Seine eigentlichen Meistergesänge (über 4000) sind unbedeutend, da und dort überraschen sie durch ein originelles Bild oder eine witzige Wendung. Freier entfaltet sich sein Talent schon in seinen Sprüchen (etwa 1800), die in ihren kurzen Reimpaaren klingen, als wären sie mit dem Schusterhammer zusammengeklopft. Hans Sachs war einer der Ersten, die sich in Nürnberg zu Luther bekannten. Einzigartig zeigt er sich in seinen (über 1000) Schwänken und Fastnachtsspielen. (…) Seinen Witz hat er aus seiner Handwerksburschenzeit bis in sein 82. Jahr hinübergerettet. Er hat es in seinen Schwänken auf moralische Wirkung abgesehen, aber diese moralische Wirkung erstickt in einem Gelächter oder tritt zurück hinter dem Wie der Darstellung. Wir nehmen die Menschen aus seiner Hand entgegen wie aus Gottes Hand: so wie sie sind: gut und böse. Wie langweilig wäre die Welt, wenn alle Menschen brav wären und alle eine moralische, einheitliche graue Tugenduniform trügen. (Gott selber würde sich zu Tode langweilen und kurz vor seinem Tode noch den Teufel neu erschaffen.) Wenn es nur noch Hasen auf der Welt gäbe und keinen Fuchs mehr, der den Hasen frisst, und keinen Jäger, der sie beide schießt und sich den Hasen braten lässt! Dies nur so nebenbei zu Hans Sachs.« (*Literaturgeschichte in einer Stunde)*

Mit *Verstoßen oder: Der Tod auf den Schienen* streifen wir die furchtbarste, weil schmerzensreichste Seite libidinöser Verstrickung: die verschmähte Liebe. Karl Riha hat die Moritat im *Leierkasten* entdeckt, einer Sammlung »alter Bänkelsängerlieder und Lieder fürs Herz«, erschienen 1943 in vierter Auflage. Damals fuhr noch die gute alte Dampflok. Heute rasen ICEs durchs Land, und der Suizid per Diesellok ist wie so vieles um einiges effizienter und, wenn man so will, auch attraktiver geworden. Mithin offenbart sich der Lebensmüde dem Bahn-Kunden immer häufiger nur mehr als lästige Verspätung oder Panne, die man aber Herrn Mehdorn beim besten Willen nicht in die Schuhe schieben kann. Zumal die Bahn AG – im Falle des akuten Zusammenpralls – einen Zahlencode durch die Waggons rauschen lässt, um uns nicht den Fahrspaß mit Tabu-Wörtern wie Tod und Unglück zu verderben. Aber denken wir daran, wenn unser Zug wieder einmal unvermittelt zum Stillstand kommt: Es könnte die verschmähte Liebe sein.

Johann Friedrich Löwens *Wahrhafte Geschichte von dem Ende eines geplagten Ehemannes* ist gar nicht wahr, sondern eine ziemlich perfekte und sehr komische Bänkelsang-Parodie. Es gibt noch mehr davon, zum Beispiel sieben Mordgeschichten, die Löwen 1762 mit Notenblättern veröffentlichte. Aber sie teilen das Schicksal ihres Autors und sind heute weitgehend vergessen. Zu Unrecht, möchte man mit Leopold Hirschberg rufen. Der Berliner Publizist klagte schon 1922 in seinen *Erinnerungen eines Bibliophilen*: »Wer kennt heutzutage Johann Friedrich Löwen? Wer weiß, dass er in gewissem Sinne der erste deutsche Balladendichter war, aus dessen Bänkelsängerromanzen die Balladen Gottfried August Bürgers hervorgingen, dass Wendungen Bürgers wie:

Das Herz ihm ausgerissen
Und das Dir nachgeschmissen

gar nicht anders als aus der Beeinflussung durch Löwen zu deuten sind?« Das kann man so sehen. Hirschberg besaß die gesammelten Werke Löwens und wusste, was er an ihnen hatte. »Mein Exemplar stammt aus dem Besitze Philipp Spittas und trägt dessen Autograph; der berühmte Forscher auf dem Gebiete der deutschen Gesangsballade benutzte es für seine Arbeiten. Aber damit noch nicht genug: der vierte Band der Löwenschen Schriften enthält die für die literaturhistorische Forschung unentbehrliche *Geschichte des hamburgischen Theaters.«*

Löwen stellte das Werk 1766 fertig, kurz bevor er, unterstützt von zwölf Hamburger Kaufleuten am Gänsemarkt, das Enterprise, den Vorläufer des Deutschen Nationaltheaters, gründete und den Direktorensessel besetzte. Der ambitionierte Marsch auf die große Bühne endete im Desaster. Löwen, der zuvor als Jurist gearbeitet und einige hübsche Balladen und Satiren veröffentlicht hatte, war kein Profi. Er schaffte es nie, das Haus in die Gewinnzone zu bringen. Dass man sich ausgerechnet in Theaterkreisen bis heute an ihn erinnert, verdankt Löwen seinem Einfall, Gotthold Ephraim Lessing den Dramaturgenposten anzubieten.

Lessing hatte die *Minna von Barnhelm* im Gepäck und brachte die Komödie am 30. September 1767 heraus. Danach verlor er ein wenig die Lust, wurde Chefkritiker und -redakteur einer eigenen Theaterzeitschrift, deren Daseinszweck darin bestand, die mediokre Arbeit der Exkollegen zu geißeln. Die *Hamburgische Dramaturgie* existierte bis 1769 und sollte Theatergeschichte schreiben. Da war Löwen längst aus der Stadt verschwunden. Verschuldet und geplagt von Hypochondrieanfällen, hatte er sich in Rostock als Justizangestellter verdingt, wo er am 23. Dezember 1771 mit 44 Jahren starb.

Jung-Musgrave und Lady Barnard

Es war an einem Feiertag,/he ho/wie es viele gibt im Jahr,/als junge Männer und Mädchen gemeinsam/zum Frühgebet und zur Messe gingen.

Jung-Musgrave kam zur Kirchentür,/der Priester las eine private Messe./Aber er dachte mehr an die schönen Frauen/als an die Gnade unserer Jungfrau Maria.

Eine von ihnen war in Grün gekleidet,/eine andre in Purpurrot,/und dann kam Lord Barnards Frau herein,/die Schönste von allen.

Sie warf einen Blick Jung-Musgrave zu/so strahlend wie die Sommersonne./Und Jung-Musgrave dachte da bei sich,/das Herz dieser Frau hab' ich gewonnen.

Sie sagte: »Ich liebe dich, Jung-Musgrave/schon eine lange Zeit.«/»Ich liebe euch ebenso, schöne Frau,/doch nie hab' ich ein Wort zu sprechen gewagt.«

»Ich habe ein Haus in Buckelsfordbery,/sehr hübsch ist es gebaut,/wenn du dich dorthin begibst, Jung-Musgrave,/liegst du in meinen Armen die ganze Nacht.«

Er sagte: »Ich danke euch, schöne Frau,/für die Güte, die ihr mir erweist;/sei es zu meinem Wohl oder wehe,/heute Nacht will ich bei euch liegen.«

Das alles hörte ein kleiner Page, / wie er neben seiner Herrin Kutsche herlief: / »Bin ich auch meiner Herrin Page, / so bin ich doch Lord Barnards Mann.

Lord Barnard soll davon wissen, / ob ich sinke oder schwimme.« / Und wo immer die Brücken eingestürzt waren, / legte er sich hin und schwamm.

»Schlafend oder wachend, Lord Barnard, / so wahr ihr am Leben seid, / Jung-Musgrave ist in Bucklesfordbery / mit eurer Gemahlin im Bett.«

»Wenn das wahr ist, kleiner Page, / was du mir da erzählst, / dann geb ich alles Land in Bucklesfordbery / dir als Geschenk.

Doch wenn es gelogen ist, kleiner Page, / was du mir da erzählst, / am höchsten Baum von Bucklesfordbery / wirst du dann hängen.«

Er rief alle Leute zusammen: / »Kommt, sattelt mir mein Pferd! / Ich muss heute Nacht nach Bucklesfordbery, / nie war es mir dringender.«

Und einige pfiffen und einige sangen, / und einige redeten so, / und immer, wenn Lord Barnards Horn erklang: / »Hinweg Musgrave, hinweg!«

»Ich glaube, ich höre den Drosselhahn, / ich glaube, ich höre den Häher, / ich glaube, ich höre Lord Barnard, / und ich wollte, ich wäre fort.«

»Lieg still, lieg still, Jung-Musgrave, / und umarme mich, dass mir nicht kalt wird. / Es ist nichts als ein Schäferjunge, / der seine Schafe zusammenpfercht.

Sitzt nicht dein Falke auf der Stange? / Dein Pferd frisst Hafer und Heu, / und du hältst eine schöne Frau im Arm, / und da willst du fort von hier?«

Bei diesen Worten kam Lord Barnard ans Tor / und stieg bei einem Stein vom Pferd. / Er zog drei silberne Schlüssel hervor, / und er öffnete jede Tür.

Er hob die Decke, / er hob das Laken: / »Nun, Jung-Musgrave, / gefällt dir meine Frau?«

»Ich finde sie reizend«, sagte Jung-Musgrave, / »um so schmerzlicher für mich. / Ich gäbe gern dreihundert Pfund, / wär' ich auf der Ebene dort.«

»Steh auf, steh auf, Jung-Musgrave, / und leg deine Kleidung an, / in meinem Land soll man nie sagen können, / ich hätte einen nackten Mann getötet.

Ich habe zwei Schwerter in einer Scheide, / sie kosteten mich viel Geld, / und du sollst das beste von beiden haben, / und ich will das schlechtere nehmen.«

Mit dem ersten Streich, den Jung-Musgrave tat, / verletzte er Lord Barnard schwer, / nach dem nächsten Streich, den Lord Barnard tat, / schlug Jung-Musgrave nie wieder zu.

Da sprach die schöne Dame / vom Bett, in dem sie lag: / »Bist du auch tot, Jung-Musgrave, / so will ich doch für dich beten.

Und ich will deiner Seele Gutes wünschen, / solange ich am Leben bin. / Das will ich für dich nicht tun, Barnard, / Obwohl ich deine Ehefrau bin.«

Er schnitt ihr die Warzen von der Brust; / es war schrecklich anzusehn, / dass einige Tropfen vom Herzblut dieser Frau / An ihrem Knie herunterliefen.

»Weh über euch, weh, ihr meine Männer! / Ihr wart mir nicht zum Heil geboren. / Warum versuchtet ihr nicht, meine Hand anzuhalten, / als ihr saht, wie ich wild wurde vor Zorn?

Ich habe den tapfersten Ritter erschlagen, / der je zu Pferde saß, / und Gleiches tat ich der schönsten Dame, / die je wie eine Frau sich benahm.

Ein Grab, ein Grab«, so klagte Lord Barnard, / »legt diese Liebenden hinein. / Aber legt meine Gemahlin ans obere Ende, / denn sie kam aus edlerem Geschlecht.«

ENGLISCH-SCHOTTISCHE VOLKSBALLADE

Barbara Allen

Es war im schönen Monat Mai, / als die Blumen in Blüte standen, / William lag auf dem Totenbett / aus Liebe zu Barbara Allen.

Langsam, langsam stand sie auf, / und langsam ging sie zu ihm, / und als sie dort war, sagte sie nur: / »Junger Mann, ich glaube, Ihr sterbt.«

»O ja, ich bin krank und ganz danieder, / und des Todes Hand liegt auf mir, / nie werde ich jemals wieder genesen, / wenn ich nicht Barbara Allen gewinne.«

»Gedenkt Ihr nicht des Tages neulich, / als Ihr in der Schenke wart, / Ihr trankt auf alle Damen dort / und vergaßet Barbara Allen.«

»O ja, ich gedenke des Tages neulich, / als wir in der Schenke waren, / ich trank auf alle Damen dort, / meine Liebe schenkte ich Barbara Allen.«

Er drehte sein bleiches Gesicht zur Wand, / und der Tod nahm Besitz von ihm. / »Lebt wohl, lebt wohl, meine Freunde all, / seid gut zu Barbara Allen.«

Als sie über die Felder ging, / hörte sie die Totenglocken läuten, / und jeder Glockenschlag schien zu sagen: / »Hartherzige Barbara Allen!«

Sie blickte nach Osten, sie blickte nach Westen, / sie sah seinen Leichnam kommen. / »Setzt ihn nieder, setzt ihn nieder, den Leichnam!«, sagte sie, / »und lasst ihn mich ansehen.«

»O Mutter, Mutter, bereite mein Bett, / o mach es lang und schmal, / der edle William starb heute für mich, / und ich sterbe für ihn morgen.«

William starb in der Samstag Nacht, / und Barbara starb am Sonntag, / ihre Mutter starb aus Liebe zu beiden / und wurde Ostermontag begraben.

Sie begruben Willie im alten Kirchhof / und Barbara dicht bei ihm, / und aus seinem Grab wuchs eine schöne rote Rose / und aus ihrem ein Dornstrauch.

Sie wuchsen immer weiter im alten Kirchhof, / bis sie höher nicht mehr wachsen konnten, / sie wuchsen zusammen zu einem Liebesknoten, / die Rose umrankte den Dornbusch.

AMERIKANISCHE VOLKSBALLADE

Die kuerczen pawren schwencz
(Die kurzen Bauernschwänze)

Ain dorff ligt in dem Payerlant
Pey Lanczhut, Erbelting genant,
Da hetten an der grencze

Gar vast die pawren alle sant
Ser kürcz vnd klaine schwencze,
Das manche maid betrogen wüer.
Deshalb pegab sich vil aufrüer
Zw Freysing am corkriechte (Chorgericht),
Manch prawt vur iren preutkam schwuer,
Palt sie des würt perichte.

Deshalb der pischoff macht ein gsecz:
Welcher puren knecht nehmen wolt ein frawen,
Dem wart aufgelegt zw lecz,
Das er sich forthin müest lasen peschawen,
Ob er auch recht lanczwerung het
Wen man pesichtigt an der stet
Vnd an der prob pestünde,
Erst man die hairat pschliesen det,
Vnd het die e ain grunde.

Wer aber fiel an dieser schaw,
So het die prawt an im ein graw,
Die hayrat würt abgschlagen,
Sein acht der weder meit noch fraw
Forthin bei all sein tagen.

Die schau wart also zw gericht:
Ein loch macht man zw dem gesicht
Jm kor durch die kirchmawren,
Durch das müsten pey aidespflicht
Jr schwencz stossen die pawren.

Kurczer zeit sich pegab darob,
Das ains puren sun het ain mait genumen.
Als er auch solt than (tun) diese prob
Vnd war mit seiner freuntschaft dahin kumen,
Der pfaff fuert in int kirchen nein,
Er sprach: »Jch hab zw kurcz vnd klein,
Er wirt im loch nit klecken (ausreichen).
Jch will euch schencken ain faist schwein,
Thuet euren hinein stecken!«

Der pfaff sprach: »Ja, schweig darzw stil!
Den mein ich hinaus recken will.«
Als es der pfaff nun dete,
Da ueberaicht er weit das zil,
Das man gemachet hete.

Raus (draußen) auf dem kirchoff stund die prawt
Mit ir freuntschaft vnd in peschawt,
Dett darnach darauff weissen,
Sprach: »Haincz, das het ich dir nit drawt,
Dw ain andre pescheissen!

Den schwancz ich lengst wol kennet hab,
Er ist des pfaffen. Las den schawen!«
Der guet Haincz zog mit schanden ab.
Der dichter lest pitten die zuechting frawen
Vnd auch die herren in gemein,
Jr wolt im das verzeyen sein; (Ihr wollt ihm das verzeihen)
Er kuncz nit pas peschneiden.
Die schwencz waren an das zw klein,
Kunden schnicz nit leiden.

Anno domini 1551, am 22 tag Aprilis.
MEISTERSINGER HANS SACHS

Verstoßen oder: Der Tod auf den Schienen

Ihr Jungfern, hört die Schreckenskunde,
Die sich zutrug in unserer Stadt,
Verpflanzet sie von Mund zu Munde,
Was falsche Lieb' für Folgen hat.

Es war ein Mädchen, jung an Jahren,
Verführt durch Männerschmeichelei.
Sie musste schon so früh erfahren,
Dass sie bald eine Mutter sei.

Die Eltern hatten's auch erfahren,
Das Mieder ward ihr schon zu klein.
Der Vater riss sie an den Haaren.
Sie sollt' und musst' verstoßen sein.

Vom Elternhause ganz verstoßen,
Ging sie am Sonntag weit hinaus.
Sie hatt' in ihrem Herz beschlossen,
Nie heimzukehr'n ins Elternhaus.

Sie ging von Sulza nach Bad Kösen,
Und bei Schulpforta an der Bahn
Tat sie ihr Haupt auf Schienen legen,
Bis dass der Zug von Naumburg kam.

Die Schaffner hatten's wohl gesehen
Und bremsten mit gewalt'ger Hand.
Jedoch der Zug, er blieb nicht stehen,
Ihr junges Blut floss in den Sand.

Dem Zug entstiegen drei Studenten,
Der eine bleich von Angesicht.
Und als er da die Leich' erblickte,
Da sprach er: »Nein, das wollt' ich nicht.«

Die Schüler aus Schulpforta kamen
Und nahmen sich der Leiche an,
Sie taten sie so schön begraben,
Weil sie's aus Liebe hat getan.

Bänkelsang

Wahrhafte Geschichte von dem Ende eines geplagten Ehemannes …

der sich zu Hamburg, den letzten Jenner 1759, auf seinem Boden an der Spitze des Dachstuhls eigenhändig erhieng; allen seinen noch lebenden Mitbrüdern zur Warnung aufgesetzt.

Ach, hört mit Furcht und Grauen
Ihr guten Männer an,
Wozu die Wuth der Frauen
Euch alle reizen kann.

Glaubt nicht, dass ihr auf Erden
Stets euren Himmel habt,
Wenn euch bey viel Beschwerden
Der Kuss der Schönen labt.

Quält in dem Weltgetümmel
Den Mann des Ehestands Pflicht:
So glaubt, der gute Himmel
Schloss seine Ehe nicht;

So glaubt, er kaufte theuer
Den kurzen Zeitvertreib;
So glaubt, zum Fegefeuer
Ward ihm sein liebes Weib.

Dann kennt er ohne Zweifel
Die Hölle ganz genau:
Denn mehr als sieben Teufel
Quält eine böse Frau.

In Ehe-Prüfungsstunden
Hat mancher Hahnrey oft,
Beym Trost, den er empfunden,
Auf Rache mit gehofft.

Er dacht an seine Brüder,
Und an der Ehe Lauf,
Und setzte manchem wieder
Zwölfend'ge Hörner auf.

Drum nehmt geplagte Männer,
Geduld und Tröstung wahr:
Quält euch die Frau im Jenner,
Quält sie im Februar.

Hat sie im Merz von Ränken
Das starre Köpfchen voll:
Greift im April zu Schwenken,
Und macht im Mai sie toll.

So standhaft wechselt immer;
Merkt diesen treuen Rath:
Thut nie, was einsten schlimmer
Ein armer Ehmann that.

Er, der bey grauen Haaren
Ein rasches Mädgen nahm,
Und nunmehr schnell erfahren,
Wie man zu Hörnern kam;

Er glaubte, da zur Rache
Sein Alter ihn gelähmt,
Es sey sein schöner Drache
Durch Schmeicheln leicht gezähmt.

Allein wie grimmig flogen
Nicht oft dem armen Tropf,
Der schrecklich sich betrogen,
Die Schüsseln nach dem Kopf.

Sie droht', er musste fliehen,
Und kommen, wenn sie rief,
Und untern Stuhle kriechen,
Saß ihr das Kopftuch schief.

Zehn scharfe Nägel fuhren
Ihm öfters durch den Bart,
Und hinterließen Spuren
Von ihrer Gegenwart.

Einst, schrecklich ist's zu sagen!
Wollt' er das erste Mal
Zu widersprechen wagen,
Da sah er seine Qual.

Mir, rief sie: mir zu wehren!
Und ich, ich schwiege still?
Dein Wunder sollst du hören,
Ein Wort ist gnug: ich will!

Schon flammten seine Blicke;
Ein Wörtchen sprach er nur,
Als schnell in die Peruque
Glas und Pantoffel fuhr.

Er schwieg und lief verzaget
Fünf Treppen unters Dach;
Da hat er viel geklaget –
Du Muse, klag' ihm nach.

»Ach! Ist ein Mann auf Erden
Wohl so geplagt als du?
Erst muss ich Hahnrey werden,
Dann Prügel noch dazu!«

Er dachte drauf mit Schmerzen
An alle seine Noth,
Und fühlte Muth im Herzen,
Und knirscht', und rief den Tod.

Der Tod, der ungebeten
Oft kömmt mit Ungestüm.
Kroch doch in diesen Nöthen
Nicht unters Dach zu ihm.

Und weil er nicht gekommen,
So hat er wehmutsvoll
Gar den Entschluss genommen,
Den keiner nehmen soll.

»Der, welcher sich erhenket«,
Schloss er, »fühlt kurze Pein.
Mein Weib, wenn man's bedenket,
Wird stets mein Henker seyn.

Was acht ich denn der Qualen
Von einem Augenblick?
Du schon zu tausend Malen,
Komm her, geliebter Strick!«

Es war der letzte Jenner,
Als sich der Geck erhieng,
Und für geplagte Männer
Die Märterkron empfieng.

Johann Friedrich Löwen

Durst

Über dieses Thema ist viel (und viel Überflüssiges) geschrieben worden. Dabei ist die Sache ganz einfach. Wenn der Wasseranteil des Körpers um fünf Prozent sinkt, ruft das Gehirn »Wir haben Durst«. Dann muss Flüssigkeit nachgeschüttet werden. Tiere behelfen sich mit Wasser. Der Mensch hält es von jeher lieber mit dem Komiker W. C. Fields, der die Einnahme von unbehandeltem H_2O aus prinzipiellen Erwägungen verweigerte: »Ich trinke nichts, worin es Fische miteinander treiben.« Bleiben Saft, Milch und die Veredlung des Wassers mittels Kaffeebohne, Teeblatt oder Zusatz von gebrannten Obst- oder Getreidedestillaten. Richtig dosiert sorgen diese Stimulanzien für großes Behagen und euphorische Gemütszustände, was ihre Verbreitung unter Kulturschaffenden erklärt. Dankbar haben sie ihren Favoriten gehuldigt.

Honoré de Balzac verfasste 1831 eigens eine *Abhandlung über moderne Reizmittel* und schwor auf Koffein: »Die Folge davon ist eine allgemeine Aufregung, die Gedanken kommen in eine Verwirrung wie die Bataillone der großen Armee auf dem Schlachtfelde, und die Schlacht findet eben statt. Die Erinnerungen stürmen im Laufschritt eines heftigen Angriffs mit fliegenden Fahnen. Die leichte Kavallerie der vergleichenden Vorstellungen entfaltet sich in einem großartigen Galopp, die Artillerie der Logik kommt mit ihrem Train und dem schweren Geschütz, die Geistesblitze sind sozusagen die Sprengbomben.«

Friedrich Schiller bevorzugte neben dem Odium faulender Äpfel, die stets in einer Lade seines Schreibpultes lagerten, die belebende Wirkung des Weines (»Und in jede bange Brust / Gießt er ein balsamisch Hoffen / und des Lebens neue Lust«). Jean Paul neigte eher zum Bier, das er zärtlich »Herbsttrost«, »Weihwasser«, »Magenbalsam« oder »Seelenbier« titulierte. Andere verschrieben sich härterem Stoff, wie Carl Zuckmayer (»Die Cognac-Vögel – sind deine Freunde – / und flattern um dein Haar – in dieser Nacht«) oder Bertolt Brecht, der im Anhang seiner Ballade *Vom Armen B. B.* das Bekenntnis ablegte:

Verachtet und boshaft, wurde ich mit den Jahren kälter
Und begab mich ganz auf die metaphysischen Felder.
Gemieden von mir, bin ich seit Tag und Jahr
Dem Schnaps verfallen mit Haut und Haar.

E. T. A. Hoffmann, der seinem »inneren Fantasie-Rade« ebenfalls regelmäßig »Geistiges«, am liebsten in Punschform, aufgoss, war sich wie die meisten Kollegen durchaus der Tatsache bewusst, »dass der Geist, der von Licht und unterirdischem Feuer geboren, so keck den Menschen beherrscht, gar gefährlich ist, und man seiner Freundlichkeit nicht trauen darf, da er schnell die Miene ändert und statt des wohlthuenden behaglichen Freundes zum furchtbaren Tyrannen wird«. Aber das ist eine uralte menschliche Erfahrung. In *Rausch und Realität: Drogen im Kulturvergleich* fanden wir diesen altägyptischen Text: »Du verlässt die Bücher und gehst von Schenke zu Schenke; der Biergenuss allabendlich, der Biergeruch verscheucht die Menschen von dir.« Alkohol kann sehr einsam machen. Manchmal führt er ins Delirium, manchmal auf den Friedhof. Aber da der Durst unbedingt gelöscht werden muss und der Mensch aus Schaden, sofern er ihn nicht selber hat, selten klug wird, säuft er munter weiter wie die Protagonisten unserer drei Balladen.

In *Finnegans Totenwache* hat das sogar sein Gutes, weil der Alkohol die verstorbene Schnapsnase wieder zum Leben erweckt. Die Ballade war Mitte des 19. Jahrhunderts ein Renner in den Music Halls von Dublin, Kerry und Cork. Sie zeigt überdies, dass die Selbstironie ein wesentlicher Charakterzug des Iren ist. Versammelt sie doch alle Klischees, die über sein Wesen im Umlauf sind. Als da wären: ein hitziges Temperament, locker sitzende Fäuste, Debattierfreudigkeit, Bonhomie und die Liebe zum Whiskey gepaart mit einem sympathischen Hang zum Savoir-vivre.

Braunbier, braunisch kurirt, ein frühes Exemplar der reinen Dialogballade aus der *Wunderhorn*-Sammlung, kreist um das Bierpanschen, ein Problem, mit dem wir uns zum Glück nur noch sehr selten herumschlagen müssen. Aber es war mal eine echte Plage, wie ein Blick in das *Betrugs-Lexicon* lehrt, »worinnen die meisten Betrügereyen in allen Ständen, nebst denen darwider guten Theils dienenden Mitteln«. Geschrieben hat es 1721 der Coburger Hofadvokat Georg Paul Hönn und unter B wie »Bierwirthe« aufnotiert: »Bierwirthe betrügen, wenn sie das Bier verfälschen und unter das gute das sogenannte frisch = oder dünne Bier, Covent oder gar Wasser thun.« Braunbier oder Rotes Bier kam ursprünglich aus der Hansestadt Einbeck. Bayernherzog Wilhelm V. importierte die süffige Flüssigkeit 1576 nach München, wo das »Ainpöckische Bier« etymologisch erst zum »Ainpockbier«, dann zum »Oanbock« und schließlich zum Bockbier mutierte.

Wir vermuten, aus Gerstensaft hat sich der anonyme Zecher des folgenden Poems nicht viel gemacht. Das *Vereins u. Taschenliederbuch von 1865*, dem die Trinkerballade *Einst hat mir mein Leibarzt geboten* entnommen ist, wurde im Württembergischen zusammengestellt. Wie der Schwabe hier, tollkühn sein Weinglas schwenkend, Freund Hein entgegentritt, das verdient unseren höchsten Respekt.

Finnegans Totenwache

Tim Finnegan lebte in Walkin Street, / ein recht merkwürdiger irischer Herr. / Seine Sprache war blumig und voll schöner Worte, / und um in der Welt voranzukommen, trug er eine Kiepe. / Nun war Tim eine Art Gewohnheitstrinker, / die Liebe zum Schnaps war ihm angeboren, / und zur Unterstützung seines Tageswerkes / nahm er jeden Morgen einen kräftigen Schluck.

Halladoho, tanzt mit eurem Partner / stampft auf den Boden, hoch mit den Füßen! / Hab ich euch nicht die Wahrheit erzählt? / Jede Menge Spaß gab's bei Finnegans Totenwache.

Eines Morgens war Tim ziemlich voll, / sein Kopf war schwer, das ließ ihn wanken, / er fiel von der Leiter und brach sich das Genick. / Da trugen sie ihn heim, um bei der Leiche zu wachen; / sie wickelten ihn in ein schönes sauberes Laken / und legten ihn feierlich auf sein Bett, / eine Gallone Whiskey zu seinen Füßen, / und ein Fass Bier an seinem Kopf.

Seine Freunde kamen zur Totenwache, / und Mrs. Finnegan rief zum Lunch; / erst brachten Tee und Kuchen herein, / dann Pfeifen und Tabak und Whiskey-Punsch. / Miss Biddy O'Brian begann zu greinen: / »Habt ihr je eine so schöne Leiche gesehen? / Oh, liebster Tim, warum bist du gestorben?« / »Ach, halt deine Klappe!«, sagte Paddy McGee.

Dann kam die Reihe an Biddy O'Connor: / »Biddy«, sagt sie, »ich bin sicher, du irrst.« / Aber Biddy schlug ihr auf den Mund / und zwar so, dass sie zu Boden ging. / Oh, dann entbrannte bald ein wütender Krieg. / Es ging Frau gegen Frau und Mann gegen Mann, / dem Gesetz von Shillelagh gehorchten alle, / und Tumult und Krawall begannen sogleich.

Da hob Mickey Maloney seinen Kopf: / Ein Becher mit Whiskey flog auf ihn zu, / er verfehlte sein Ziel und fiel aufs Bett, / und der Schnaps ergoss sich über Tim. / Mein Gott, er erwacht, seht, er steht auf! / Und Tim erhebt sich vom Bett / und sagt: »Ihr wirbelt euren Schnaps herum wie Höllenflammen, / zum Teufel mit euch, denkt ihr, ich sei tot?«

IRISCHE VOLKSBALLADE

Braunbier, braunisch kurirt

BAUER: Herr Doktor, ich will fragen,
Seht dieses Glas voll Bier,
Ihr könnet mir wohl sagen,
Was fehlt dem Bier allhier?
Es thut sich ganz entfärben,
Die Kräfte sind auch hin,
Wenn es vor mir sollt sterben,
Ein arme Wais ich bin.

DOKTOR: Hört Bauer, kann's nicht sagen,
Hab nicht auf das studirt,
Ihr müsst nur weiter fragen,
Vielleicht sagt's euch der Wirth.
Will doch ein wenig sehen,
Ob ich nichts kennen kann;
Weiß schon was ihm geschehen,
Die Wassersucht ist dran.

BAUER: Jetzt merk ich schon den Possen,
Es ist ein Fehler drin,
Man hat das Bier vergossen,
Sonst wär es nicht so dünn;
Das Malz ist ihm verronnen,
Und Wasser hat's für drei,
Der Wirth hat nah zum Bronnen,
Was rathet ihr dabey?

DOKTOR: Das ein will ich euch rathen,
Ihr müsst halt folgen mir,
Ich wett mit euch Dukaten,
Ihr kriegt das beste Bier.
Geschwind zum Wirth thut laufen,
Er macht euch Bier nach Wunsch,
Das Wasser gebt zu kaufen,
Die Gerste gebt umsonst.

BAUER: Herr Doktor, ich muss lachen,
Der Handel geht nicht an,
Wenn er nur Bier thät machen,
Dass mans blos trinken kann,
Das wollen wir halt hoffen,
Im Wasser gehts nicht zu Grund,
Das Bier wär längst versoffen,
Wenn es nicht schwimmen kunnt.

Fliegendes Blatt

Einst hat mir mein Leibarzt geboten

Einst hat mir mein Leibarzt geboten:
Stirb oder entsage dem Wein;
Dem weißen sowohl wie dem roten,
Sonst wird es dein Untergang sein.

Ich hab' es ihm heilig versprochen,
Auf etliche Jahre zwar nur;
Doch nach zwei so schrecklichen Wochen
Vergaß ich den albernen Schwur.

Wie trefflich bekam mir die Speise,
Wie schlief ich so ruhig bei der Nacht!
Wie war ich so munter, so weise,
So fröhlich zum Sterben gemacht!

Tod, höre! man hat mir befohlen,
Stirb oder entsage dem Wein!
Sieh, wann du willst, kannst du mich holen,
Hier sitz' ich und schenke mir ein.

Deutsches Trinklied

Zwischenspiel I.

Frühe Dichterstimmen

Die amerikanische Historikerin Barbara Tuchman hat das Mittelalter einmal als »fremde Zivilisation« bezeichnet, so grundsätzlich würden sich die Lebensbedingungen und Vorstellungen von den unseren unterscheiden. Auch die mittelalterliche Dichtung war keine Kunst im modernen Sinne. Sie hatte wie die anderen Disziplinen der artes liberales, wie Astronomie, Rhetorik oder Dialektik, im Wesentlichen nur einen Daseinszweck: das Lob der Schöpfung. Sich ihrer Vollkommenheit anzunähern und die Gestaltungsprinzipien des göttlichen Bauplans nachzuvollziehen musste das höchste Streben jedes Künstlers sein. Originalität und subjektives Erleben waren da eher kontraproduktiv. Ästhetisch Wertvolles entstand, wir erwähnten es schon, aus der Stilisierung, aus der Neukombination inhaltlicher und formaler (nach göttlicher Blaupause gefertigter) Module. Daher rührte auch das große Renommee der Architektur. Ein Dom mit seinem Kreuzgrundriss, den himmelwärts strebenden Säulen, den Büßerbänken im Mittelschiff und den erhöhten Chorstühlen der Geistlichkeit veranschaulichte unmittelbar das mittelalterliche Weltbild. Die Poesie, lehrten die scholastischen Philosophen, hatte ihren Ursprung im Bibelwort, galt mithin als taugliches Werkzeug im Weinberg des Herrn, aber sie war eine menschliche Erfindung und damit eine eher windige Schwester oder, wie Thomas von Aquin verfügte, »infima scientia«, die niedrigste Wissenschaft. Das Aschenputtel-Image hatte aber auch sein Gutes. Man ließ dem Poeten manche Freiheit, die einem Philosophen, Maler oder Architekten nicht gewährt wurde.

Und so verwundert es nicht, dass es vorrangig Dichterstimmen sind, die die Jahrhunderte überbrücken und unser Herz bewegen. Wer zum ersten Mal den Briefwechsel der Liebenden Abaelard und Héloïse studiert oder Petrarcas Beschreibung seines Aufstiegs zum Mont Ventoux, dem kommt es vor, als hätten sich aus einem Fresko voller bizarrer Typen und Charaktermasken, dessen bunte Oberfläche man bewundern, aber nicht durchdringen kann, plötzlich fassbare Individuen wie du und ich erhoben, ausgestattet mit Leidenschaften, Sorgen, Spleens und Eitelkeiten.

Drei dieser Freigeister, die sich um das Balladenwesen verdient gemacht haben, sollen hier zu Wort kommen: Walther von der Vogelweide, Oskar von Wolkenstein und François Villon.

Walthers Person dingfest zu machen gleicht der Jagd nach Fantomas. Der einzige bisher zu Tage geförderte Beleg für seine Existenz ist eine Quittung. Sie datiert vom 12. September 1203 und besagt, Wolfger von Erla, Bischof von Passau, habe »dem Sänger Walther von der Vogelweide für einen Pelzmantel fünf solidi longi (150 Silberpfennige)« ausbezahlt. Ein weiteres Indiz, das auf Walthers Grabstätte weist, entstammt dem nicht mehr zu verifizierenden Bericht eines Würzburger Bürgers, der um 1330, also geschätzte hundert Jahre nach Walthers Tod, in seinem Hausbuch notierte: »Ritter Walther, genannt von der Vogelweide, begraben im Kreuzgang des neuen Münsters zu Würzburg. Auf seinem Grabstein waren die folgenden Verse eingeritzt: Walther, der du im Leben der Vögel Weide gewesen, eine Blüte der Beredsamkeit, Mund der Pallas, du bist gestorben. Darum möge, wer dies liest, sagen: Gott erbarme sich deiner, damit deine Aufrichtigkeit die goldene (Himmels-)Krone erlange.«

Das ist nicht viel, aber zweierlei lässt sich dennoch daraus entnehmen. Erstens: Walther war professioneller Lieder-Dichter (wie man annimmt, sogar der erste, der von seiner Kunst leben konnte), und zweitens: Die Menschen verehrten ihn lange nach seinem Ableben als Meister seines Fachs. Walthers Minnelyrik und Sangsprüche kursierten in verschiedenen mittelalterlichen Liedersammlungen, unter anderem auch in der bedeutenden *Manesseschen Handschrift*, die um 1300 in Zürich entstand. Fast alles, was wir von ihm wissen, ist entweder aus diesen 570 überlieferten Strophen oder aus den Liedern anderer Minnesänger destilliert.

Sein Geburtshaus dürfte im Österreichischen gestanden haben, denn, »Ze Oesterrîch«, sagt Walther, »lernde ich singen unde sagen«. Dass die Kollegen ihn als »Herr« ansprachen, deutet auf eine adelige Herkunft. Da seinem Namen aber kein Dorf- oder Burgname anhängt, wird der Vater den Ministerialen, dem kleinen Dienstadel, zugerechnet, die sich in Lebensstand und Besitz von freien Bauern wenig unterschieden. Als Walther in die Welt hinauszog, kann sein Marschgepäck nicht allzu schwer gewesen sein. Die Klage über finanzielle Engpässe zieht sich denn auch von Beginn an durch sein Werk.

Walthers erste Station war wahrscheinlich Wien. Friedrich I., Herzog von Österreich, unterhielt im letzten Viertel des 12. Jahrhunderts eine ansehnliche Künstlerkolonie. Walther trat in seine Dienste und traf auf den Minnesänger Reinmar von Hagenau, mit dem er in minniglichen Stilfragen heftig aneinandergeraten sollte. Zunächst einmal dürfte der junge Dichter von dem arrivierten Fahrensmann einiges über den Musik- und Literaturbetrieb gelernt haben. Die klassische hohe Minne drohte schon damals zur bloßen Konvention zu erstarren und ernährte kaum mehr ihren Mann: zu viel mediokre Konkurrenz und zu wenig potente Mäzene. Wer das Talent besaß, verlegte sich auf die Spruchdichtung, mischte sich ein in ideologische und politische Händel. Walther war einer der wenigen, die beide Genres beherrschten. Aber das mittelalterliche Feuilleton war reine Auftragsdichtung und damit auch kein Zuckerschlecken. »Der dauernde Zwang zur Anpassung, zur Selbstverleugnung und Anbiederei stellte eine permanente Demütigung für diese Dichter dar«, urteilt Altgermanist Rüdiger Krohn.

Doch Walther war nicht gewillt, sich demütigen zu lassen. Als Herzog Friedrich 1198 starb und sich das Künstlervolk auf der Suche nach neuen Gönnern in alle Winde zerstreute, schickte er ein handelsübliches Bewerbungsgedicht an Hermann, den Pfalzgrafen von Thüringen und Sachsen (»Die Blüte des Thüringers strahlt durch den Schnee hindurch«). Der Herr über die Wartburg galt als Freund der Musen und wurde als Ausrichter des fiktiven Sängerkrieges zur Sagengestalt. Doch im richtigen Leben entpuppte sich Hermann als ungehobelter Radaubruder, eitler Fant und knickriger Pfennigfuchser, jedenfalls was die Poetengehälter anging. Walther kündigte und schrieb ein paar Verse, die an Deutlichkeit nichts zu wünschen übrig ließen.

Wem sich die Krankheit auf die Ohren geschlagen hat,
dem rate ich: Halt er sich fern vom Hof zu Thüringen.
Denn kommt er dorthin, so wird er gewiss völlig taub.
Ich habe mich durchgedrängt, bis ich es über hatte.
Die einen gehen, die anderen kommen, scharenweise, Tag und Nacht.
Es ist ein großes Wunder, dass irgendjemand da noch etwas hört.
Der Landgraf hat nichts anders im Sinn,
als dass er mit stolzen Helden,
von denen jeder wohl ein Streiter ist, seine Habe vertut.

Und in diesem Stil ging es weiter. Walther zog von Hof zu Hof, wetterte – je nachdem, wer zahlte – mal gegen die Welfenpartei, mal gegen die Staufer, vergaß aber nie, die verlotterte Geistlichkeit und das »unedle Geschlecht der Ritter« mit spitzer Feder zu piesacken. Wer ihm dabei dumm kam, brauchte für den Spott nicht zu sorgen. Selbst wenn's ein König war. Dem Welfen-Herrscher Otto IV. (1175–1218), der Walther versprochen hatte, »er werde mich reich machen«, warf er, als die Zahlungen ausblieben, ungerührt die Leier vor die Füße und machte den »üblen Herrn« bei nächster Gelegenheit zur Witzfigur.

Bald aber maß ich den Körper an seinem Ansehen
und da wurde er gar klein wie ein verschnittener Stoff,
von Freigiebigkeit weniger erfüllt als ein Zwerg.

Walthers Renommee als Minnesänger und Spruchdichter war, so scheint's, so groß, dass er sich solche Sottisen leisten konnte. Seinen Zenit erreichte er in den Jahrzehnten nach dem Ableben Heinrichs IV. 1197, als zwei gewählte deutsche Könige, besagter Otto und der Staufer Philipp, angestachelt von den Rankünen Papst Innozenz' III., um die Kaiserkrone stritten und das Heilige Römische Reich deutscher Nation ins Chaos stürzten. Walther entwarf das klassische Selbstporträt vom überparteilichen Spin Doctor.

Ich saß auf einem Steine
Und kreuzte meine Beine
Drauf setzte ich den Ellenbogen
Und hab in meiner Hand gewogen
Mein Kinn und meine Wange
Da grübelte ich lange …

Er grübelte über die unsicheren Zeiten, über den fatalen Machtanspruch der Kirche, über die Einheit des Reiches und pendelte erfolgreich zwischen den Fronten. 1220 hatte der alternde Politikberater seinen letzten großen Auftritt. Auf dem Thron saß inzwischen der Staufer Friedrich II. Das heißt, da saß er gerade nicht, sondern segelte auf einem Kreuzfahrerschiff Richtung Akkon. Unter den Kurfürsten rumorten Putschgerüchte. Walther marschierte auf den Frankfurter Reichstag, baute sich vor der Fronde auf und mahnte, die Umsturzpläne in der Schublade zu lassen. »Sie mögen meinem Rat folgen«, rief er in den Saal, »ich rate nicht ins Blaue hinein.« Es muss die Herren beeindruckt haben, von einem Putsch war keine Rede mehr.

Dank seiner Spruchdichtung ist Walther von deutschnationalen Wirrköpfen immer wieder zum Superpatrioten gestempelt worden. Abgesehen davon, dass man das kosmopolitische, von Sizilien bis ins Baltikum reichende Gebilde der Walther-Zeit kaum mit dem Nationalstaat des 19. Jahrhunderts vergleichen kann, war ihm das Feuilleton nicht viel mehr als reiner Broterwerb. Er habe politisiert, bis »mien Atem stank«, seufzt er, als Friedrich II. endlich das ersehnte Lehen herausrückte und Walther von der lästigen Pflichtübung befreite.

Seine eigentliche Passion war und blieb die Minnelyrik. Über Jahre hat er versucht, das Genre zu erneuern und von seinem hohen Ross herunterzuholen. Das Vasallen-Verhältnis des Mannes zur besungenen Frau sollte einer herzeliebe zwischen gleichberechtigten Partnern weichen (»was habe ich von den Übervornehmen?«), das Ritual der permanenten Frustration ersetzt werden durch eine entspannte, beide Teile befriedigende Erotik. Diese Liebe, argumentierte Walther, verlangt von der Frau dieselben Verhaltenweisen wie von einem Ritter, nämlich triuwe und staetekeit

(Treue und Stetigkeit), Eigenschaften, die ein weibliches Wesen weit begehrenswerter machen als äußere Schönheit. Den Damen, die ihm da nicht folgen mochten, schrieb er ins Stammbuch,

dass ich losreite und mich in anderen Ländern
nach Frauen umsehe, die mit Würde und Anstand
leben, ich kenne eine Menge.

Ohne Widerspruch blieb dieses Minnekonzept nicht. Die jungen Wilden um Neidhart von Reuenthal, deren derben Spielmannston Walther als unminne abgekanzelt hatte, müssen ihm arg zugesetzt haben. »Ihre Anhänger bekriegen mich«, klagte er ein ums andere Mal. Konservative Verteidiger der hohen Minne wie der alte Reinmar, Heinrich von Morungen und Hartmann von Aue warfen ihm wiederum vor, dass »ich meinen Sang zu nieder ausrichte«. Walther saß zwischen allen Stühlen. Beirren ließ er sich nicht: »Da sie nicht verstehen, was Liebe ist, sollen sie verflucht sein.«

Dass Walther wusste, wovon er sprach, demonstriert *Unter der Linden* eine der zartesten erotischen Balladen, die je geschrieben wurden. Inhaltlich spielt das Gedicht mit den Topoi von Pastourelle und Frauenlied: Ein Mädchen von niederem Stand erinnert sich an den Beischlaf mit einem Ritter. Aber in den heraufbeschworenen Bildern fehlen gattungstypische Merkmale wie die sexuelle Nötigung, das soziale Gefälle zwischen den Partnern oder die Klage der Frau über die Abwesenheit des Mannes. Walther führt ein selbstbewusstes Mädchen vor, das von einem liebevollen und beglückenden Rendezvous erzählt. Der Geliebte erwartet sie, man küsst und umarmt sich, der eigentliche Akt ist nur angedeutet durch die Beischlafmetapher der gepflückten Blumen und den Abdruck ihres Kopfes auf dem Rosenlager. Die Einbettung des Geschehens in die Natur vermittelt gleich zu Beginn eine Atmosphäre von Sinnlichkeit, Geborgenheit und Intimität, was durch den augenzwinkernden Schlussappell an die Nachtigall noch einmal betont wird.

Auch *Als der Sommer gekommen war* wirkt frappierend modern. Setting und Ton könnten von Eichendorff stammen, dem angesichts der jubilierenden Natur aber niemals so eine ironisch heitere Allmachtsfantasie eingefallen ist. Aus diesem somnambulen Höhenflug wird der Träumer durch die Krähe zurück in die hässliche Wirklichkeit gerissen. Trost findet er bei der sonderbaren Alten, die ihm den Kopf geraderückt und das Einmaleins des Lebens buchstabiert. Was sich auf den ersten Blick liest wie ein Gleichnis, das Utopie und profanes Weltgetriebe versöhnt, hat eine zweite, ironische Bedeutungsebene. Man muss nur die Mume als Inkarnation jener Frau Welt interpretieren, die am Südportal des Wormser Doms in Stein gehauen ist. Es handelt sich um eine lächelnde Schöne, zu deren Füßen ein ihr knechtisch ergebener Ritter sitzt. Dass über ihren Rücken giftige Schlangen und hässliche Kröten kriechen, merkt der Verblendete nicht. Walther hat besser hingesehen:

Frau Welt ich bin zu lange an Deiner Brust gelegen,
ich will mich entwöhnen, es wird Zeit,
Deine Zärtlichkeiten haben mich beinahe hereingelegt;
Denn sie sind voller süßer Freuden.
Als ich Dir gerade ins Gesicht sah,
da warst Du in Deiner Schönheit wirklich herrlich anzusehen.
Doch als ich Dich von hinten sah,
waren die Scheußlichkeiten allzu viel,
dass ich Dich immer schelten werde.

Solche Töne wird man bei Oswald von Wolkenstein vergeblich suchen. Er hat Frau Welt ein Leben lang umarmt, wohl wissend, dass ihre Reize nicht ohne die Kehrseite zu haben waren. Und man darf wohl sagen, er hat jeden Augenblick genossen. Davon künden nicht nur seine autobiografischen Lieder und Balladen, die Oswald in zwei Prachtbände binden ließ. Von keinem anderen Dichter des Mittelalters sind so viele historische Dokumente und Zeugnisse erhalten wie vom Wolkensteiner. Das verdankt sich einerseits Oswalds streitsüchtigem Temperament, andererseits kühler Berechnung. Oswald hat getan, was er konnte, damit man ihn nicht vergisst. 1408 gab er ein lebensgroßes steinernes Porträtrelief in Auftrag. Es steht heute im Domhof von Brixen. Oswald präsentiert sich in Kreuzfahrermontur mit Harnisch,

Langschwert und gepanzerten Schuhen. Nur den Helm hat er abgenommen, damit die sorgfältig ondulierte Haar- und Barttracht zur Geltung kommt. Das Geflecht rahmt einen massigen Sturkopf, dem das beschädigte, die rechte Pupille verhängende Augenlid einen grimmen Zug verleiht. Überhaupt wirkt die kompakte Gestalt, als wäre mit dem Mann nicht gut Kirschen essen. So hat sich Oswald, den die Nachwelt den letzten Ritter nennt, gern gesehen. Ein harter Hund, der niemandem etwas schuldig bleibt und selbst dem »großen, unsichtbaren Gott« auf Augenhöhe entgegentritt.

Ich wollte dies, er wollte das –
Bei diesem Streit hat er mich überwunden.

Das Licht der Welt erblickte er um 1376 vermutlich auf Burg Schöneck im Südtiroler Pustertal. Sein Vater, der Kleinadelige Friedrich von Wolkenstein, gab dem Zweitgeborenen im zarten Knabenalter seinen Segen und schickte ihn – wie damals üblich – zum Knappendienst in die Obhut eines fahrenden Ritters.

Es fügte sich, ich war noch kaum zehn Jahre alt,
da wollte ich besehen dieser Welt Gestalt.
In Elend, Armut, manchem Winkel heiß und kalt
hab ich gewohnt bei Christen, Griechen, Heiden.
Drei Pfennig in dem Beutel und ein Stückchen Brot
nahm ich als Zehrung mit auf meinem Pfad zur Not.

Zwölf Jahre durchstreifte Oswald einen Gutteil der damals bekannten Welt: Russland, Litauen, die Türkei, Nordafrika, Frankreich und Spanien. Was er dabei gesehen hat, war eigentlich nicht dazu angetan, ein sensibles Dichtergemüt wachsen zu lassen. Das Rittertum hatte im 14. Jahrhundert seinen moralischen Tiefpunkt erreicht. Oswalds Dienstherren waren nur mehr gemeine Söldner und Wegelagerer, die gegen Bares oder Beute hinlangten, ohne lange zu fragen, warum und wieso. Wenn es bei feudalen Fehden nichts abzustauben gab, metzelte man im Dienste des deutschen Ordens wehrlose Litauer nieder, ansonsten ging es gegen Araber und Türken, die allerdings wie 1389 auf dem Amselfeld oder sieben Jahre später bei Nikopolis blutig zurückschlugen. An beiden Schlachten könnte Oswald durchaus beteiligt gewesen sein. Es sei »selten fein vernünftiglich« zugegangen, fasste er lakonisch seine Wanderjahre zusammen.

Zu Hause lief es nicht viel besser. Als Oswald nach dem Tod des alten Wolkensteiners nach Tirol zurückkehrte, geriet er in einen erbitterten Erbstreit mit seinem Bruder Michael, der ihm nach jahrelangen Auseinandersetzungen eine Rüge vom Ehrengericht und Anteile an der Burg Hauenstein einbrachte, ein Lehen des Bischofs von Brixen am Schlernmassiv, zu dem etliche Bauernhöfe gehörten. Die landwirtschaftlichen Erträge musste er mit einem gewissen Martin Jäger teilen. Der frischgebackene Burgherr dachte aber gar nicht daran, was ihm ein paar Jahre später fürchterlichen Ärger einbringen sollte.

Vorerst genoss er Einkünfte und gesellschaftlichen Status, hielt sich in Brixen eine Geliebte namens Anna Hausmann, für die er erste Minnelieder schrieb, pilgerte ins Heilige Land und reiste 1414 im Gefolge des Bischofs von Brixen zum Konzil nach Konstanz. Sigismund, seines Zeichens König von Deutschland, Ungarn und Kroatien, hatte es einberufen lassen, um das Schisma zu beenden und dem böhmischen Erzketzer und Rebellenführer Jan Hus heimzuleuchten. Oswald steuerte ein Propagandalied bei (»He Hus, das ganze Leid schlag um in Hass auf Dich«), profilierte sich ansonsten aber lieber als trinkfester Dichter und Lebemann in den Tavernen von Konstanz und Umgebung.

Wer sich den Beutel wünscht gering
und will, dass ihm das wohl geling,
der such den Weg nach Überling.
Ein Wein, so süß wie Schlehentrank,
macht mir die Kehle rau und krank,
im Hals verirrt sich mein Gesang.
Da war 'ne Dirne in dem Haus,
zwei Brüstchen wie 'ne Fledermaus,
die hingen ihr beim Mieder raus,
tät manchen schon erschrecken.

Sigismund hatte ein Faible für die spezielle Wolkensteiner Charaktermischung. Und geldwerte Verwendung. Bald finden wir Oswald für ein Gehalt von »300 ungarischen roten Gulden« (Goldgulden) im königlichen Gefolge. Der König schickte ihn in diplomatischer Mission nach England, Schottland, Portugal und Spanien, wo er stets buona figura machte und das politische Tagesgeschäft mit Gesangseinlagen würzte. Zurück in Konstanz wurde er unter den hohen Herren allmählich eine Zugnummer. 1417 wechselte er in den Dienst des Pfalzgrafen Ludwig III. und verliebte sich während einer Reise in dessen Stammlande in die »stolze Schwäbin« Margarete von Schwangau.

Die Taille schmal, der Hintern dick
und rund gewölbt, schön unterteilt,
die Schenkel voller heißer Glut,
die Waden schlank zur Fessel hin
und ihre Füßchen klein und schmal,
hübsch modelliert. Ihr Lebenswandel:
er gibt zu keinem Tadel Anlass.
In Tun und Lassen rechtes Maß.
So hat sie mich in der Gewalt.

Er heiratete Margarete im selben Jahr, aber das ungetrübte Glück sollte nicht lange währen. Das Unheil braute sich von zwei Seiten zusammen. Um seiner Gattin einen angemessenen Hausstand zu ermöglichen, hatte Oswald in einem Handstreich Burg Hauenstein besetzt, die ihm, wie gesagt, nur zu einem Drittel gehörte. Der übertölpelte Teilhaber Jäger mochte das nicht hinnehmen. Auf die schweifende Libido des Wolkensteiners spekulierend spannte er die Exgeliebte Anna Hausmann ein, die ihm eine Falle stellen sollte. Der Plan gelang. Jäger kerkerte Oswald zwei Jahre lang ein. Er wurde gefoltert und erst auf Intervention seiner Brüder in ein Gefängnis des Tiroler Landesfürsten Friedrich überstellt. Der ließ ihn gegen das Versprechen frei, sich mit Jäger zu einigen. Zudem verlangte er die ruinöse Summe von 6000 Gulden für Kost und Logis. Friedrich hatte mit Oswald noch ein Hühnchen zu rupfen.

Seit Längerem lagen der Wolkensteiner und andere Adelige

mit dem Landesoberhaupt in Fehde. Sie warfen ihm nicht zu Unrecht vor, er lege es darauf an, die Rechte der Grundherren zu beschneiden und so das Machtgleichgewicht in Tirol zu seinen Gunsten zu verschieben. Die Adeligen hatten sich im sogenannten Elefantenbund organisiert. Man probte den Aufstand, verweigerte Abgaben und strebte offen in die Reichsunmittelbarkeit, das heißt, man wollte nur mehr dem König verpflichtet sein. Kaum hatte sich Oswald aus dem Verlies herausmanövriert, eskalierte der Streit. Als Friedrich das Bündnis vom Landtag für illegal erklären ließ, knickten die meisten Adeligen ein. Die drei Wolkensteiner verschanzten sich auf Greifenstein, der Hausburg der Starkenberger-Sippe, die ebenfalls nicht klein beigeben wollte. Zur Verteidigung hatte Wilhelm von Starkenberg einen Trupp wüster Mordbrenner engagiert. Sie brandschatzten, mordeten, warfen einen Emissär der Stadt Bozen kurzerhand über die Burgmauer und ließen keine Schändlichkeit aus, um unter der Landbevölkerung Angst und Schrecken zu verbreiten. Schließlich zog in Friedrichs Auftrag ein Bauernheer gegen Greifenstein. Ehe sich der Belagerungsring schließen konnte, unternahmen die Wolkensteiner einen kühnen Ausfall, hieben die Bauern nieder und entsetzten die Burg. Selbst Oswald-Biograf Dieter Kühn fällt zu dem Verhalten seines Helden »nur ein Wort ein: Desperado«.

Aber Friedrich saß am längeren Hebel. Er verbündete sich mit Oswalds altem Mentor Sigismund, auf den der Wolkensteiner die letzten Hoffnungen gesetzt hatte. 1423 löst sich der Adelsbund auf. Oswald wurde noch zweimal verhaftet, weil er die 6000 Gulden nicht bezahlte und sich weigerte, mit Jäger zu verhandeln. 1427 beglich er schließlich die Schulden. Mit Jäger einigte er sich auf eine Abfindung von 500 Gulden, durfte Hauenstein behalten und versöhnte sich mit Friedrich und Sigismund.

Oswald zählte jetzt dreiundfünfzig Lenze, für seine Zeit ein reifes Alter. Aber die Unrast des Wolkensteiners war noch nicht erloschen. Bis ins siebte Lebensjahrzehnt reiste er durch Europa, wurde nochmals aktenkundig durch eine Ohrfeige, die er dem neuen Bischof von Brixen verpasst hatte, und ließ sich auf seine alten Tage in den Meraner Landtag wählen. Am 2. August 1445 roch er ein Tier …

… mit Füßen breit und scharf sind seine Hörner;
das will mich in die Erde stampfen,
mit einem Stoß durchbohren.
Den Rachen hat es vor mir aufgerissen,
als sollt ich ihm den Hunger stillen.
Es kommt heran,
die Mordlust auf mein Herz gerichtet –
ich kann der Bestie nicht entfliehn!

Oswald von Wolkenstein wurde im Kloster Neustift bei Brixen begraben. Man hat über ihn gesagt, er sei »der erste moderne Mensch« gewesen, »der sich in seinen Liedern ausdrückt« (Josef Nadler). Obwohl sich die Wendung »ich Wolkenstein« nur in den wenigen geistlichen Liedern findet, die er geschrieben hat, und die weltlichen Gesänge nicht immer klar erkennen lassen, was Rollenspiel, was Konvention und was wirklich Erlebtes ist, schimmern durch sein Œuvre so viel Eigensinn, Lebensgier und Eitelkeit, dass man die These guten Gewissens unterschreiben kann. Auch seine Naturbeschreibungen haben, vergleicht man sie mit denen Walthers, eine ganz neue, individuelle Qualität.

Ich hör die Vöglein groß und klein
in meinem Wald um Hauenstein
die Töne brechen in der Kehl
und klare Noten schellen
hoch bis zum »ut«, hinauf zum »la«
und tief zu Tale bis zum »fa«
mit vielen süßen Stimmen hell,
drum freut euch, ihr Gesellen!

Das Avantgardistische seiner Verse verlangte nach musikalischen Ausdrucksmitteln, die man im deutschen Sprachraum vor Oswald nicht kannte. Er war der Erste, der die polyphone Kompositionstechnik aus Frankreich adaptierte und ihre Feinheiten »vom ›volkstümlichen‹ zweistimmigen Kanon bis zum hochdifferenzierten vierstimmigen Satz« beherrschte (Dieter Kühn).

Oswalds Vielseitigkeit zeigt sich auch in den zwei balladesken Stücken, die wir ausgewählt haben. Das *Hauenstein-Lied* ist die packende Schilderung der oben erwähnten Attacke, die die Wolkenstein-Brüder gegen den Belagerungsring der Bauernarmee führten. Freiligrath oder Gleim, die Heeresbeauftragten der klassischen Balladenzunft, hätten das nicht besser hingekriegt. Das *Klagelied* dagegen zeigt, wie virtuos Oswald selbst schwärzeste Melancholie in funkelnde Lyrik verwandeln konnte. Das Gedicht entstand im Winter 1426/27, kurz nach seinem letzten Gefängnisaufenthalt. Der Elefantenbund existierte nicht mehr, nur der Wolkensteiner hatte noch nicht kapituliert. Dieter Kühn deutet seine Gemütsverfassung so: »Oswald war nun isoliert, politisch, vielleicht auch gesellschaftlich: Manchem, der sich erneut mit dem Landesfürsten arrangiert hatte, mochte ein Umgang mit ihm für die nächste Zeit nicht opportun erscheinen. Die Lage mies, die Aussichten düster, dazu noch Winter – in dieser Situation dichtete Oswald einen seiner bedeutendsten Liedtexte.«

Dieses Kunststück hat François Villon des Öfteren fertiggebracht. Salopp gesagt, war seine Lage immer mies und die Aussichten nicht nur einmal so düster wie das Federkleid des Galgenvogels. Die beiden Dichter waren, soweit man das rekonstruieren kann, verwandte Naturen: spottlustige Hasardeure von aufbrausendem Temperament, rastlos, genialisch, im Affekt brutal, aber ausgestattet mit jener charmanten Unverfrorenheit, die man braucht, um sich überall durchzuschlagen.

Leider wissen wir über Villon nicht annähernd so viel wie über Oswald. Das war mal anders, als die pubertierenden Quasthoff-Brüder im elterlichen Bücherschrank *Die lasterhaften Balladen und Lieder des François Villon* entdeckten, nachgedichtet von Paul Zech. Im Anhang hatte der Expressionist die Biografie des Poète maudit zu einer so detailreichen wie mitreißenden Räuberpistole gesponnen, dass die drei Musketiere und der Glöckner von Notre Dame für Wochen abgemeldet waren. Das war eine reife Leistung im Geiste Karl Mays. Im strengen Licht der wissenschaftlichen Quellenforschung sind ganze vier Dokumente erhalten, die einige Straftaten Villons referieren, und zwei Begnadigungsurkunden. Alles andere müssen wir, wie im Fall Walthers, seinen Gedichten, vor allem seinem Hauptwerk, den beiden *Testamenten*, entnehmen.

Daraus ergibt sich, dass Villon 1431 als François de Montcorbier in Paris zur Welt kam. Die Eltern waren mittellos, der Vater ist wahrscheinlich früh verstorben. Der Kirchenrechtler und Stiftsherr Guillaume de Villon nahm sich des Jungen an, schickte ihn auf die Schule und ermöglichte ihm das Studium an der Pariser Universität. François erwarb den Magister Artium und belegte die Fächer Theologie und Medizin, brach das Studium aber zu seinem späteren Bedauern ab.

Wenn in der Jugend ich studiert
und sittsamlich mich aufgeführt
und nicht so viel gelottert hätte,
so hätt ich jetzo Haus und Bette!

Gert Pinkernell vermutet, »er muss, vielleicht während des fast einjährigen Streiks der Pariser Professoren 1453/54, aus dem Tritt geraten und abgesunken sein in das zahlenmäßig offenbar größere akademische Proletariat der Stadt, wobei er sich Kriminellengruppen angeschlossen zu haben scheint, vermutlich sogar der in ganz Nordfrankreich gefürchteten Mafia der Muschelbrüder (Coquillards)«.

Am Abend des 5. Juni 1455 geriet Villon – er hatte mittlerweile den Namen seines Stiefvaters angenommen – vor der Kirche Saint-Benoît in eine Messerstecherei. Es gab Streit um ein Mädchen namens Catherine Vauselle. Villon verwundete den pfründelosen, vermutlich kriminellen Priester Philippe Sermoye tödlich. Dann floh er aus der Stadt. In Abwesenheit belegte man ihn mit der damals für derlei Händel üblichen Verbannungsstrafe. Er konnte aber 1456 zurückkehren, weil ihm der Messereinsatz im Nachhinein als Notwehr ausgelegt wurde. Auf wessen Veranlassung, geht aus dem Begnadigungsschreiben nicht hervor. War es der im *Testament* erwähnte Anwalt Fournier, steckten die Muschelbrüder dahinter oder war es der gütige Pater Guillaume, der ihm immer wieder aus der Patsche helfen sollte?

Und item Guillaume de Villon
der, mehr als Vater, mein Patron,
mir süßer als die Mutter war,
der mich gerettet aus Gefahr …

Sehr dankbar zeigte sich Villon nicht. Ein halbes Jahr nach seiner Rehabilitation stieg er mit vier Kumpanen in die Sakristei der Kapelle des Collège de Navarre ein, brach eine Geldtruhe auf und erbeutete 500 Dukaten. Bevor er erneut verschwinden musste, schrieb Villon das *Kleine Testament*, dem später noch ein großes folgen sollte. Die fiktiven letzten Willensbekundungen bedachten stadtbekannte Polizisten, Richter und Honoratioren mit hohnlachenden Hinterlassenschaften und waren zudem ein Kompendium der Pariser Unterwelt. Villon reimt sich durch Gaunerkneipen wie den Tannenzapfen und die Große Feigenbaum-Taverne, führt adelige Zocker vor, Zuhälter und Säufer, Wucherer wie Jean Marceau, Huren wie die dicke Margot, den Totschläger Jean Trouvé und jenen Guy Tabarie, mit dem er den Raubzug in der Sakristei unternahm.

Derweil hatte ein Priester die Polizei auf die Spur der Diebesbande gebracht und angegeben, Villon sei in Angers, um einen neuen Coup für die Muschelbrüder auszubaldowern. Ob er da jemals gewesen ist, bleibt ungewiss. Stattdessen finden wir ihn 1457 in Blois, wo er offensichtlich zum Tode verurteilt worden war. Was er verbrochen hatte, ist nicht mehr nachzuvollziehen. Dem Henker entging er nur aufgrund einer Amnestie, die der Herzog Charles d'Orléans zu Ehren der Geburt seiner Tochter Marie erlassen hatte. Villon schrieb ein Dankespoem an den Säugling und an den Herrn Papa, was ihm das Entree am Hof des dichtenden Herzogs verschaffte. Doch kaum saß er am gedeckten Tisch, stach ihn wieder der Hafer. Mit Spottreimen auf Kosten verdienter Höflinge verscherzte er sich die Mäzenatengunst und stand wieder auf der Straße.

Die Verbannung von den Fleischtöpfen und warmen Daunen musste Villon doch ärger zugesetzt haben. Ein Jahr später versuchte er mit seiner *Ballade von den Allgemeinen Redensarten* bei Charles gut Wetter zu machen. Aber der Herzog blieb hart. Bei einem zweiten Versuch speiste er Villon mit sechs Talern ab. Danach verliert sich seine Spur für drei Jahre. Glaubt man seinen Balladen, wurde Villon wieder zum Vaganten, schlief unter Büschen oder im Heu, lebte von der Hand in den Mund, verdiente dort ein paar Groschen mit dem Vortrag seiner Gedichte, verdingte sich für kleinere Schreibarbeiten oder ging mit den Muschelbrüdern auf Raubzug. So lebten damals nicht wenige. Es war eine Zeit der Finsternisse. Frankreich litt unter den Nachwehen des Hundertjährigen Krieges. Die Menschen waren verroht und abgestumpft, die Felder verheert, viele Dörfer schwarze Ruinen. Zeitgenössische Quellen berichten, dass »Gras auf den Straßen der Hauptstadt wuchs und Wölfe die Menschen in den halbleeren Vororten anfielen«. Villon hat den Entwurzelten eine Stimme gegeben.

Nichts scheint mir sicherer als das nie Gewisse,
nichts sonnenklarer als die schwarze Nacht.
Nur das ist mein, was ich betrübt vermisse,
und was ich liebte, hab ich umgebracht.
Selbst wenn ich denk, dass ich schon gestern war,
bin ich erst heute Abend zugereist.
Von meinem Schädel ist das letzte Haar
zu einem blanken Mond verreist.
Ich habe kaum ein Feigenblatt, es anzuziehen …
ich, überall verehrt und angespien.

Als der Dichter das nächste Mal auftaucht, sitzt er schon wieder hinter Gittern. Diesmal in Meung-sur-Loire als Gefangener des Bischofs von Orléans. Über die Gründe hat sich Villon ausgeschwiegen, wir wissen nur, dass es ihm nicht gefiel.

Nun hört die Stimme, die um Mitleid ruft:
Villon liegt hier nicht unter Hagedorn,
nicht unter Buchen, nein in einer Gruft!

Doch er hatte wieder Glück. Sein Befreier nahte in Gestalt des neu gekrönten Königs Louis XI., der am 2. Oktober 1461 in Meung Station machte und zur Feier des Tages eine Amnestie verkündete. Villon schrieb sogleich eine Huldigungsballade, die jedoch keine weiteren Wohltaten nach sich zog. Wie es scheint, zehrte das Vagantenleben allmählich an seiner Substanz. Um nach Paris zurückkehren zu können, wo ihn noch immer ein Prozess wegen des Einbruchs erwartete, begann er schließlich das *Große Testament*, in dem er sich anfangs als nicht ganz schuldloses, aber reuiges Opfer widriger Verhältnisse stilisiert. Irgendwo auf halber Strecke muss er resigniert und die Hoffnung auf ein halbwegs bürgerliches Leben endgültig begraben haben. Denn am Ende lässt er den satirischen Gäulen freien Lauf und zieht, wie schon im *Kleinen Testament*, die Pariser Haut-volée nach Strich und Faden durch den Kakao.

Und item geb ich Basanier,
Notar und Richter am Chatelet,
ein Körbchen voller geiler Sachen,
die sehr potent und männlich machen.
Und ebenso Mautaint und allen,
die schon nichts mehr zustande bringen,
damit den Dirnen sie gefallen,
die sie zum Liebesspiel sich dingen.

In einem Pariser Versteck vollendete Villon sein Hauptwerk und legte fünf düster realistische Balladen im Gaunerjargon nach, die vor den unbarmherzigen Mühlen des Justizapparates warnen. Kaum war die Tinte trocken, geriet er in dieselben. Den Einbruch in der Sakristei konnte er noch mit einer Geldbuße ad acta legen. Der nächste Vorfall zeitigte gravierendere Folgen. Villon wurde erneut in eine Messerstecherei verwickelt. Diesmal war er tatsächlich einmal unschuldig. Aber das Pariser Justizkolleg, dem längst die Schmähungen des *Großen Testamentes* zu Ohren gekommen waren, hatte genug von Villon. Sie verurteilten ihn zum Tod durch den Strang. Der Dichter bewies Contenance und ließ sich den Galgenhumor nicht austreiben. In der Nacht vor der Vollstreckung dichtete er den berühmten Vierzeiler:

Ich bin Franzose, was mich bitter kränkt,
geboren in Paris, das bei Pontoise liegt,
an einem klafterlangen Strick gehängt,
und spür am Hals, wie schwer mein Hintern wiegt.

Vielleicht zum Lohn für diese fatalistischen Verse sprang Villon Gevatter Hein ein letztes Mal von der Schippe. Er hatte eine Appellation an das Pariser Parlament geschickt, und die Abgeordneten verwandelten das völlig abwegige Todesurteil gerade noch rechtzeitig in eine zehnjährige Verbannung. Das war am 5. Januar 1463. Drei Tage später eskortierte man Villon bis zur Stadtgrenze. Der Poet ging hinaus in die verschneite Landschaft und wurde nie mehr gesehen.

Villons Dichtung besitzt, neben aller Wortmagie und dem Reiz der Sujets, hohe technische Raffinesse. Sie gehorcht nicht nur akkurat den Formgesetzen, die Deschamps für die Ballade aufgestellt hat, sie transzendiert sie geradezu durch eingewebte Subtexte und verborgene Botschaften. In den deutschen Übersetzungen ist das leider nicht immer nachzuvollziehen. Stephan Hermlin hat 1967 für eine Villon-Ausgabe des Reclam Verlages ein kluges Nachwort geschrieben, das sich mit diesem Phänomen beschäftigt. Dort heißt es: »Die Artistik des Verses, eine Forderung der Zeit, hatte Villon zu höchster Vollendung gesteigert; wann immer es ihm einfiel, vermehrte er die Schwierigkeit seiner dabei so leicht überschaubaren Balladen und Achtzeiler durch Akrosticha, das heißt Namen, die von den Anfangsbuchstaben untereinander stehender Zeilen gebildet werden. Die Akrosticha sind naturgemäß leicht zu erkennen. Erst Tzara (Tristan Tzara, der Dadaist) entdeckte, dass Villons gesamtes Werk aber eine Unzahl von Anagrammen enthält, von im Text verborgenen Namen, die von einzelnen über die ganze Zeile verstreuten Buchstaben gebildet werden. Und diese Entdeckung erst enthüllte die ganze Tragödie Villons, seine Besessenheit, seinen Liebeshass auf Catherine Vauselle, die ihn verraten hatte, seinen Hass auf Noël Joliz, einen seiner Kumpane, auf Sermoye.«

Diese Ausführungen sollen beim Lesen der folgenden drei Villon-Balladen niemanden irritieren. Wir wollten nur mal darauf hingewiesen haben. Zu finden wären die Anagramme und Akrosticha eh nicht. Wir haben, eingedenk unserer Villon-Initiation, die Nachdichtungen von Paul Zech ausgewählt. *Die Ballade an den Herzog von Burgund* besticht durch den fröhlich unbekümmerten Ton, mit dem der Delinquent hier seinen Landesvater angeht, einfach voraussetzend, dass Nepotismus und Korruption die Welt zusammenhalten. Das sollte Schule machen. *Die Ballade von der Mäusefrau* ist ein ergreifendes Rührstück in bester Aufklärungstradition. Die Fähigkeit, in der Kleinsäugerexistenz parabelhaft das existenzielle Geworfensein anzudeuten, das Aufheben der Entfremdung im Dialog von Kreatur zu Kreatur und schließlich die Katharsis durch das Glück des Mitleidens – das alles hat mindestens Schiller-Format. *Die Ballade vom angenehmen Lauf der Welt* beschließt das Zwischenspiel. Dass wir sie ausgesucht haben, ist, wie auch die Wahl der *Mäusefrau*, zugleich als Hommage an den großen Maniker Klaus Kinski zu verstehen, der Paul Zechs Nachdichtungen in den 1960er Jahren bearbeitet und unnachahmlich auf Vinyl gesprochen hat. Das Gedicht featurt die Figur des heiteren Taugenichts. Sie fehlt in keiner Balladenepoche, und das sollte allen Beschleunigern, Akkordfressern und MeinArbeitstaghatdreizehnStunden-Karrieristen zu denken geben. Denn der Taugenichts ist tatsächlich nichts, außer glücklich.

Unter der Linde

Unter der Linde
auf der Heide,
wo unser beider Bett war,
da könnt ihr schön
ausgebreitet finden
gepflückte Blumen und Gras.
Vor dem Wald in einem Tal,
  tandaradei,
sang schön die Nachtigall.

Ich kam gegangen
zu der Aue:
Da war mein Liebster schon gekommen.
Da wurde ich empfangen:
»Edle Herrin« –
dass ich für immer glücklich bin.
Er küsste mich wohl tausendmal,
  tandaradei,
schaut, wie rot mein Mund ist.

Da hatte er aus Blumen prächtig
ein Bett bereitet.
Darüber wird man noch
herzlich lachen,
führt jemanden sein Weg dahin.
An den Rosen kann er wohl sehen,
  tandaradei,
wo mein Kopf gelegen ist.

Dass er bei mir gelegen ist,
wenn das jemand wüsste –
da sei Gott vor! – dann würde ich mich schämen.
Was er mit mir tat,
nie erfahre es jemand,
nur er und ich,
und ein kleines Vögelein,
  tandaradei,
das wird wohl verschwiegen sein.

Walther von der Vogelweide

Als der Sommer gekommen war

Als der Sommer gekommen war
und die Blumen aus dem Gras
so herrlich aufblühten –
da kam ich gegangen,

dort, wo die Vögel sangen,
auf eine große Wiese,
wo ein kühler Quell entsprang.
Durch die Wiese floss er hin,
wo die Nachtigall sang.

Auf der Wiese stand ein Baum:
Dort träumte ich einen Traum.
Ich war vor der Sonne
zu der Quelle geflüchtet,
in den Schatten
einer herrlichen Linde.
Als ich mich dort niedersetzte,
vergaß ich ganz meine Sorgen
und schlief alsbald ein.

Da schien es mir sogleich,
als wären mir alle Länder untertan
und als ob meine Seele
sorgenfrei im Himmel wäre
und der Leib hier unten
tun könnte, was er wollte.
Da war ich glücklich und gar nicht traurig.
Gott mag bestimmen, wie es gehen wird:
Doch einen schöneren Traum gab es nie.

Gerne wäre ich immer da geblieben,
aber eine unselige Krähe
begann zu schreien.
Dass es doch allen Krähen so ergehe,
wie ich es ihnen wünsche!
Sie raubte mir meine große Freude.
Von ihrem Schreien schrak ich auf.
Wenn da ein Stein gelegen hätte,
wäre dies ihr letzter Tag gewesen.

Ein sonderbar uraltes Weib
hat mich getröstet.
Die nahm ich unter Eid.
Da hat sie mir erklärt,
was der Traum bedeutet.
Merkt euch, ihr klugen Leute:
Zwei und eines, das sind drei.
Dazu sagte sie mir noch,
dass mein Daumen ein Finger sei.

WALTHER VON DER VOGELWEIDE

Hauenstein-Lied

»Pack zu!«, rief Herr Michel von Wolkenstein,
»Die hetzen wir!«, rief Oswald von Wolkenstein,
»Los, schnell!«, rief Leonard von Wolkenstein,
»wir jagen die jetzt weg von Greifenstein.«

Da stob auf Gewirbel aus Funkenglut,
die Felsen hinunter, dort blühte es rot.
Rüstungen, Armbrüste, Helme dazu,
die ließen sie zurück: das pulverte uns auf!

Wurfmaschinen, Hütten, sowie ihre Zelte
wurden eingeäschert, am oberen Plateau.
Ich hörte, wer Wind sät, erntet Sturm.
So wollen wir bezahlen Herzog Friedrich!

Scharmützel, Scharmetzel, hart auf hart –
das war dort am Rabenstein, unten im Ried.
Ein spannlanger Nagel wurd manchem reingehaun,
die Armbrüste schnellten die Pfeile ab.

Die Bauern von St. Georgen, die ganze Gemeinde,
brachen, im Meineid, beschworenen Dienst.
Auch kamen ›gute Freunde‹ herab vom Rabenstein.
»Grüß Gott euch, ihr Nachbarn, Treue kennt ihr nicht!«

Ein Werfen, ein Schießen, ein Sturmangriff
begann unverzüglich: schlag Krach und schlag zu!
Nun rühr dich, Herr Edelmann, setzt alles aufs Spiel!
Auch brannte manches Dach mitsamt den Mäusen ab.

Aus Bozen, vom Ritten und auch von Meran,
vom Hafling, aus Mölten, die zogen oben auf,
auch Särntner, Jenesier, rebellisches Volk:
die wollten uns kassieren – doch kamen wir davon!
Oswald von Wolkenstein

Klagelied

Nordafrika, Arabien,
Armenien und Persien,
die Krim und dann nach Syrien,
Byzanz, ins Türkenreich,
Georgien –
die Sprünge sind vorbei!
Durch Preußen, Russland, Estland,
nach Litaun, Livland und zur Nehrung,
nach Schweden, Dänemark, Brabant,
und Flandern, Frankreich, England,
ins Schottenland –
so hoch geht's nicht mehr raus!
Durch Aragón, Kastilien,
Granada und Navarra,
von Portugal bis nach León,
zum Cabo Finisterre,
Marseille und die Provence –
in Ratzes vor dem Schlern,
da sitz ich fest im Ehestand,
da mehre ich mein Missvergnügen
höchst verdrossen,

auf einem Felsklotz, rund und steil,
von dichtem Wald umschlossen.
Ich seh hier zahllos, Tag um Tag:
nur Berge, riesig, Täler tief,
und Felsen, Stauden, Schneestangen.
Und noch was bedrückt mich hier:
mir hat das Schreien kleiner Kinder
die Ohren oft betäubt,
nun durchbohrt.

Was mir an Ehrung ward zuteil
durch Fürsten, »manig« Königin
und was ich so an Schönem sah,
das büß ich ab in diesem Bau.
Mein Unheil hier –
es zieht sich lange hin!
Ich bräuchte sehr viel Mutterwitz:
muss täglich sorgen für mein Brot!
Dazu werd ich noch oft bedroht.
Kein schönes Mädchen tröstet mich!
Die früher auf mich hörten,
sie lassen mich im Stich.
Wohin ich schau: es stößt der Blick
auf Schlacke teuren Schmucks.
Kein feiner Umgang mehr, stattdes:
Nur Kälber, Geißen, Böcke, Rinder
und Bauerndeppen, hässlich, schwarz,
im Winter ganz verrotzt.
Macht froh wie Pansch-Wein, Wanzenbiss …
In der Beklemmung hau ich oft
die Kinder in die Ecken.
Da kommt die Mutter angewetzt,
beginnt sogleich zu zetern.
Gäb sie mir eines mit der Faust,
ich müsst auch das erdulden!
Sie schreit: »Die Kinder hast du ja
ganz fladengleich geschlagen!«

Vor ihrem Zorne graust mir sehr,
ich spür ihn wahrlich oft genug,
scharf, mit Scheiten!
An Unterhaltung fehlt es nicht:
viel Eselschreien, Pfauenkreischen –
davon hab ich die Nase voll!
Mir tost der Bauch mit Hurlahei
den Kopf entzwei –
er ist schon völlig wund!
So schlepp ich meine Last …
Nur Sorgen täglich, schlimme Nachricht,
davon wird Hauenstein nicht leer!
Ja, könnt ich's ändern – ohne Folgen!
Wer mir hilft –
auf ewig sagte ich ihm Dank.
Mein Landesfürst ist auf mich bös,
weil kleine Geister mich beneiden,
mein Dienst ist ihm nun unerwünscht:
das ärgert mich und schadet mir.
Mich hat ja sonst – auf Ehrenwort! –
kein Fürstenspross geschädigt
an Leib und Ehre, Ruf, Besitz
in dieser Fürstenpfründe
voll Ertrag!
Mein Freundeskreis ist gegen mich
ganz ohne Grund; das macht mich grau.
Drum bitte ich hier jedermann,
soweit er gut, vernünftig ist,
dazu die vielen hohen Fürsten,
die sich so gerne preisen lassen,
dass sie mich armen Wolkenstein
von Wölfen nicht zerreißen lassen,
hilflos ausgesetzt.

Oswald von Wolkenstein

Die Ballade an den Herzog von Burgund

Mein sehr verehrter Landesherr: zuvor
ergebnen Gruß. Ich bin zwar kein berühmter Mohr,
kein Kardinal und kein Minister oder so,
ich heiße kurz: Villon, bin unbeweibt
(was allerdings nicht heißt, dass sich kein Weib
an mir mehr reibt,
wenn's ihr so ist nach solchem Zeitvertreib).
Ansonsten bin ich froh,
wenn mir kein Pastor, dem's nach meiner Seele juckt,
auf die polierten Stiefel spuckt.

Nun hat nach einer netten kleinen Sauferei,
am Hafen unten, jemand ein Geschrei
um seinen Hut gemacht, der flog ihm wohl vom Kopf
und aus der Scheide auch zugleich das Schwert.
Da habe ich mich eben notgewehrt,
mehr war er auch nicht wert, der Tropf.
Nun soll ich hier in diesem Affenstall
den Lohn empfangen für den Sündenfall.

Der Affenstall an sich, der stachelt mich
nicht allzu sehr; nur das ist widerlich,
dass man kein Geld im Beutel hat.
Ich hänge sozusagen in der Luft
und werde hin und her gebufft
wie ein verschrobenes Brombeerblatt.
Kurzum, mein Herr, es liegt in deiner Macht,
wenn der Villon mal wieder lacht.

Ich habe nie bei armen Leuten angeklopft,
mir oft genug mit Wind das Maul gestopft.
Du aber, Herr, wirst diese Ehre schon
zu schätzen wissen, dachte so an dreißig Pfund
in Gold. Ich zahl natürlich, wenn mich Gott gesund
aus diesem Loch entlässt und der Gendarm mich um den Lohn

nicht etwa noch betrügt, das Doppelte zurück.
Als Pfand vermach ich dir den Galgenstrick.

Notwendige Nachschrift:

Was alles unternimmt man nicht,
wenn vieles schief und noch viel schiefer geht,
es reicht bei mir nicht mehr zu einem Dreierlicht
und in der Finsternis gerät mir kein Gebet.
Doch wenn du glaubst, verehrter Baas,
es macht mir Spaß,
um die paar Pfund
dich anzuheulen wie ein Hund;
dann bist du selber einer
und obendrein noch ein gemeiner.

François Villon
(Nachdichtung von Paul Zech)

Ballade von der Mäusefrau

Es schwamm der Mond in mein Gemach hinein,
weil er da draußen so allein
im Schneefeld bei den schwarzen Bäumen stand.
Ich habe ihm ein Kissen hingerückt,
damit er ruhen konnte, und er tat's beglückt
sich untern Kopf. Dann legt' ich ihm die Hand
schnell auf die Augen, und dann schlief er auch.
Mich aber plagte schlechte Luft im Bauch.

Sie plagte mich, bis eine Uhr schon zwölfe schlug.
Da hatte ich verdammt genug
und ließ sie ab, die Luft. Davon ist zwar
der gute Mond nicht aufgewacht, doch in dem Fenstereck
die Mäusefrau. Sie hat im ersten Schreck
geboren, was noch gar nicht fällig war.
Die rosa Schnauzen piepsten da so nett,
dass ich sie zu mir nahm ins warme Bett.

Mein Gott, die winzig kleinen Dinger, noch ganz nackt
und blind dabei: Mich hat das Elend so gepackt,
dass mir was Nasses in die Augen kam.
Dabei hat manches Weib von mir so unverhofft
wie dieses Maustier ein Kind gekriegt,
doch niemand nahm den Bastard auf. Die armen Würmer kuschten sich
in meine Hand, als wäre ich ihr Vater Mäuserich.

Zuletzt war auch die Mäusefrau so zahm
geworden, dass sie schwänzelnd zu mir kam.
Die schwarzen Augen glänzten froh und groß
in mein Gesicht hinein.
Und plötzlich … plötzlich war ich auch so mäuseklein
wie dieses Weib und nahm's auf den Schoß
und habe wohl die ganze Nacht bei ihr geruht.
Ich, Villon … ich war Blut von ihrem Blut.

Im milden Licht der Winternacht
hab' ich mich zu den Mäusen aufgemacht.
Du aber fragst, warum denn nur?
Hör zu, es ist kein Tier so klein,
das nicht von dir ein Bruder könnte sein.
Ich weiß die Spur nicht erst seit gestern Nacht.
Mich hat schon manche Frau zum Tier gemacht.

François Villon
(Von Klaus Kinski bearbeitete Fassung der Nachdichtung von Paul Zech: *Eine kleine Ballade von dem Mäuslein, das in Villons Zelle Junge bekam*)

Da lieg ich mit dem Bauch im Blaubeerkraut

Er hat ein Bett und hat auch Feuer im Kamin,
und manchmal reitet hin und her auf seinen Knien
die reizende Marie. Von wegen jener Glut
sind beide splitternackt; wozu auch nicht?!

Der süße Wein, der Hetzhund, jagt ihr Blut
zum letzten Schwung. Sie tun's bei Licht,
und fragen nicht, was morgen wird geschehn.
Nur wer im Heute lebt, dem wird es wohl ergehn.

Auch der Villon hat sich noch nie ein Bein
aus seinem Leib gerenkt, ein Christ zu sein,
viel weniger um einen Bissen Brot
die Hände sich beschmutzt; ich danke sehr!
Es kommt die schwarze Pest und Hungersnot
auch ungerufen zu den Menschen her.
Ich frage nicht, woher, wohin die Winde gehn.
Nur wer im Heute lebt, dem wird es wohl ergehn.

Da lieg ich mit dem Bauch so tief im Blaubeerkraut,
wo sich der Fink sein Hochzeitslager baut,
auf dass vom Baum nicht weit der Apfel fällt.
Und in dem Apfel wohnen schon die Würmer drin,
damit er nicht zu lange sich am Stengel hält,
und dabei kommt der Spruch mir wieder in den Sinn:
Mensch, frag nicht lang, was morgen wird geschehn.
Nur wer im Heute lebt, dem wird es wohl ergehn.

Es geht auf dieser grauen Erdenwelt
wohl gar nichts ohne Sorgen um das Geld.
Vom trocknen Brot bekommt man Wind im Darm.
Doch wenn man Wildpret frisst und sich mit Wein
die Schläuche füllt und hinterher noch ein
vergnügtes Weibchen hält im Arm,
dann kann die Welt getrost zugrunde gehn.
Nur wer im Heute lebt, dem wird es wohl ergehn.

François Villon
(Von Klaus Kinski bearbeitete Fasssung der Nachdichtung von Paul Zech: *Die Ballade vom angenehmen Leben auf dieser Welt*)

2. Kunstballaden

Am 12. August 1773 meldet Gottfried August Bürger, Poet und im verhassten Brotberuf Justizamtmann der Gemarkung Altengleichen, dem Dichterbund Göttinger Hain die Vollendung einer Ballade, »dergleichen noch nie gewest, auch wohl nie wieder werden dürfte«. Das »überköstliche« Schauerstück trägt den Titel *Lenore*. Den Freund Heinrich Christian Boie hatte Bürger schon nach ersten gelungenen Entwürfen im Stil der modernen Originalgenies auf ein Wunderwerk eingestimmt: »Alle, die nach mir Balladen machen, werden meine ungezweifelten Vasallen seyn und ihren Ton von mir zu Lehn tragen.« Boie solle schon mal einen Totenschädel und eine trübe Funzel für die Rezitation bereitlegen, berauscht sich der Poet, dann tue die *Lenore* »solche Wirkung, dass die Frau Hofräthinn des Nachts davon im Bette auffährt«. Nicht nur die Frau Hofrätin. Auch die Abonnenten des neuen *Göttinger Musenalmanachs*, wo Bürgers Ballade 1774 erscheint, lassen sich bereitwillig in den balladesken Mahlstrom ziehen.

Lenore fuhr ums Morgenrot
Empor aus schweren Träumen:
»Bist untreu, Wilhelm, oder tot?
Wie lange willst du säumen?« –
Er war mit König Friedrichs Macht
Gezogen in die Prager Schlacht,
Und hatte nicht geschrieben:
Ob er gesund geblieben.

Die Prager Schlacht wurde, das hatte damals jeder Leser parat, im Jahre 1757 geschlagen, als das Kriegsglück noch mit den Preußen war. Dann kam die Niederlage bei Kunersdorf, die zeitweilige Besetzung Berlins und beinahe das unrühmliche Ende des Alten Fritz. 1763 ging der Siebenjährige Krieg zu Ende. Friedrich war mit mehr Glück als Verstand der Große geblieben und schloss mit Maria Theresia den Hubertusfrieden. In Strophe drei kehren die Soldaten nach Hause zurück.

»Gottlob!«, rief Kind und Gattin laut,
»Willkommen!«, manche frohe Braut.
Ach! Aber für Lenoren
War Gruß und Kuss verloren.

Ihr Wilhelm taucht einfach nicht auf. Bürger lässt nun einen melodramatischen Dialog zwischen Mutter und Tochter folgen, zwischen bigotter Schicksalsergebenheit und verzehrendem Liebesleid. Die Mama rät angesichts des töchterlichen Elends (»zerraufte sich ihr Rabenhaar«) zu einem Vaterunser, getreu dem Motto aller Brotdummheit »was Gott tut, das ist wohlgetan«. Lenore kontert, sie habe die ganze Zeit gebetet, vergebens, wie man sehe, nun sei's »nicht mehr vonnöten«. Sei es doch, bohrt Mutter weiter in der schwärenden Wunde und beharrt auf dem Trost der »hochgelobten Sakramente«. »Kein Sakrament mag Leben den Toten wiedergeben«, widerspricht Lenore. Dann wird es perfide. Mütterlicherseits deutet man an, der gute Wilhelm könne »seinen Glauben abgetan« und Gefallen an einer schönen Heidin gefunden haben: »Lass fahren, Kind, sein Herz dahin!« So viel frömmelnde Herzlosigkeit bringt das Fass zum Überlaufen. Lenore will nur noch sterben (»Lisch aus, mein Licht, auf ewig aus!«) und schickt Flüche wider den Herrn:

»O Mutter! was ist Seligkeit?
O Mutter was ist Hölle?
Bei ihm, bei ihm ist Seligkeit
Und ohne Wilhelm Hölle.«

Anschließend fällt sie in stumme Raserei (»zerschlug den Busen und zerrang / die Hand bis Sonnenuntergang«). Doch da, die Uhr zeigt eine Stunde vor Mitternacht, naht (»trapp trapp trapp«) in Strophe dreizehn (!) ein Ross. Obendrauf sitzt der geliebte Bräutigam. Wilhelm klingelt an der Pforte, trifft auch sogleich auf die verstörte Braut (»Ach, Wilhelm, du? So spät bei Nacht? / geweinet hab ich und gewacht«) und wird – erzählen kann er später – hereingebeten, ehe sich der so lang Vermisste noch eine Erkältung holt, denn »den Hagedorn durchsaust der Wind«. Für Erklärungen oder zärtliche Handgreiflichkeiten hat Wilhelm aber weder Sinn noch Zeit.

»Komm, schürze, spring und schwinge dich
Auf meinen Rappen hinter mich!
Muss heut noch hundert Meilen
Mit dir ins Brautbett eilen!«

Wo es denn hingehen soll, fragt Lenore verwundert, und wie's denn beschaffen sei, das Hochzeitsbettchen. »Weit, weit von hier! … Still, kühl und klein, / sechs Bretter und zwei Brettchen«, spricht Wilhelm, und man ahnt, dass dieser Ausritt nicht gut enden wird. Aber für Bürger, den »Dschingis Khan der Ballade« (Eigenwerbung), fängt der Spaß jetzt erst richtig an. Er jagt das Pärchen mit Schmackes und dem kernigen Wortschatz der Lutherbibel (»Sünde«, »Gewinsel«, »Geheul«, »Jammer«, »Tod«, »Gruft«, »Himmel« etc.) durch ein dreizehn Strophen langes Pandämonium. »Anger, Heid und Land« fliegen vorbei, Hufe donnern funkenstiebend über Brücken. Ein fürchterlicher Leichenzug, dessen Trauergesänge wie Unkenrufe durch die Nacht gellen, wird von Wilhelm aufgegabelt und zur Hochzeit geladen (»Komm Küster hier, komm mit dem Chor / und gurgle mir das Brautlied vor«), ebenso etliches »luftiges Gesindel«, das »halb sichtbarlich bei Mondenlicht« unterm Galgen tanzt. Der Galan, Lenore sieht's mit Schrecken, benimmt sich buchstäblich wie ein toller Hund. Wie zum Beweis wendet er nun schon zum dritten Mal den Kopf, um ihr die immergleiche Frage ins Gesicht zu heulen (das irre Grinsen denken wir uns dazu):

»Graut Liebchen auch? … Der Mond scheint hell!
Hurra! Die Toten reiten schnell!
Graut Liebchen auch vor Toten?«
»Ach, lass sie ruhn, die Toten!«

Das könnte Lenoren so passen. Weiter geht der Wahnsinn (»in sausendem Galopp, weiter, weiter, hopp hopp hopp«), bis der Rappen vor einem eisernen Gittertor in leichten Trab fällt. Ein Hieb mit der Reitpeitsche, das Schloss zerspringt, und »es blinkten Leichensteine / ringsum im Mondenschein«. Wilhelm ist am Ziel, die Ballade fast am Ende. Fehlt nur noch ein effektvoller Schluss, der das Pärchen mit Aplomb von der Bühne schafft. Bürger zündet ihn mit sicherer Hand.

Ha sieh! Ha sieh! im Augenblick,
Huhu! ein grässlich Wunder!
Des Reiters Koller, Stück für Stück,
Fiel ab, wie mürber Zunder.
Zum Schädel, ohne Zopf und Schopf,
Zum nackten Schädel ward sein Kopf;
Sein Körper zum Gerippe,
Mit Stundenglas und Hippe.

Hoch bäumte sich, wild schnob der Rapp',
Und sprühte Feuerfunken;
Und hui! war's unter ihr hinab
Verschwunden und versunken.
Geheul! Geheul aus hoher Luft,
Gewinsel kam aus tiefer Gruft.
Lenorens Herz, mit Beben,
Rang zwischen Tod und Leben.

Stephen-King-Lesern entlocken solche Szenen natürlich nur ein müdes Lächeln. Für das Publikum des ausgehenden 18. Jahrhunderts war *Lenore* eine gemütserschütternde Sensation. Das lag einerseits an der wirkungsvollen Inszenierung, die, so lobte der Romantiker August Wilhelm von Schlegel, »getäuschte Hoffnungen und die vergebliche Empörung eines menschlichen Herzens, den Schauer eines verzweiflungsvollen Todes in wenig(en) leichtfasslichen Zügen und lebendig vorüberfliehenden Bildern entfaltet«. Andererseits sorgte ein trotz aller lärmenden Gruseligkeit nicht zu überhörender Subtext für Gesprächsstoff. Wer *Lenore* den Lebensmut raubt, sind ja genau besehen nicht ihre Mutter oder die reitende Leiche des Bräutigams. Sie repräsentieren lediglich die Religion und das Militär, zwei tragende Säulen des absolutistischen Ständestaates, von dem sich das aufgeklärte Bürgertum just zu emanzipieren suchte. Wie Lessings *Emilia Galotti* verhandelt *Lenore* ein bürgerliches Trauerspiel, das Scheitern individuellen Glücks an den verkrusteten Strukturen der Gesellschaft.

Aber da vibrierte noch etwas anderes, in gebildeten Rezipientenkreisen bis dato selten Gehörtes durch Bürgers Verse. Es steckte in den vierhebigen Jamben, in den wechselnden, das Tempo forcierenden Kreuz- und Paarreimen und in den suggestiven Wiederholungen. Es war der Ton der Jahrmarktsballaden und Moritaten, wie er sich überdeutlich in der letzten, den kritischen Inhalt ironisch karikierenden Strophe niederschlägt.

Nun tanzen wohl bei Mondenglanz
Rundum herum im Kreise
Die Geister einen Kettentanz
Und heulten diese Weise:
»Geduld! Geduld! Wenn's Herz auch bricht!
Mit Gott im Himmel hadre nicht!
Des Leibes bist du ledig;
Gott sei der Seele gnädig!«

Der Prototyp Lenore

Dieses Genre hatten Johann Friedrich Löwen und Johann Wilhelm Gleim zwar längst für die Hochliteratur entdeckt, und Bürger kannte ihre Arbeiten genau. Doch bei ihm hieß der Bänkelsängersound »Volkstümlichkeit«, wahlweise »Volkspoesie«, und war eine ernste Sache, weshalb er sich den Vergleich mit den heiter verspielten Adaptionen der Kollegen entschieden verbat. Bürger suchte »Wahrheit, Natur und Einfalt der Empfindungen; nach dem eigentümlichsten und treffendsten, nicht eben aus der toten Schrift-, sondern mitten aus der lebendigen Mundsprache aufgegriffenen Ausdrucke«.

Das klang ganz nach Johann Gottfried Herder. Für Bürger war der Sturm-und-Drang-Theoretiker Spiritus Rector und höchste Autorität, ja, man darf annehmen, ohne Herders Großessay *Von deutscher Art und Kunst* wäre *Lenore* gar nicht geschrieben worden. Als Bürger die Kampfschrift wider die rationalistische Flachheit des kulturellen Mainstreams das erste Mal studierte, kam das einem Erweckungserlebnis gleich. »O Boie, Boie, welche Wonne! als ich fand, dass ein Mann wie Herder, eben von der Lyrik des Volks und mithin der Natur deutlicher und bestimmter lehrte, was ich dunkel davon schon längst gedacht und empfunden hatte. Ich denke«, schrieb er dem Freund, »*Lenore* soll Herders Lehre einigermaßen entsprechen.«

Das tat sie auch und traf damit einen Nerv, wovon der ungeheure Publikumserfolg das schönste Zeugnis gab. Nochmals Zeitzeuge August Wilhelm von Schlegel: »Die begeisterte Theilnahme bei dem Erscheinen dieses Gedichtes, die schnelle Verbreitung, die begünstigende Vorliebe, welche es fortwährend bei Alt und Jung im Gedächtniss erhielt (…), alles dieses sind eben so viele Stimmen, welche (…) ihm in unsrer classischen Literatur einen der ehrenvollsten Plätze sichern.«

Was seine *Lenore* da angerichtet hatte, begriff Bürger erst ein paar Jahre später. Man schrieb das Zeitalter der Empfindsamkeit. Während an den deutschen Fürstenhöfen die »weltmännische Sittenlosigkeit« (Boie) des französischen Rokoko nachgestellt wurde, suchte das Bürgertum seine Identität in einem Kult natürlicher Innigkeit, in der »begeisterten Einbildungskraft« des »erregten Herzens« (Herder). »Gefühl« war das Wort der Stunde, und Bürgers Ballade hatte davon – gleich Schillers *Räubern* oder den *Leiden des jungen Werther*, Goethes 1774 erschienenem Bestseller – reichlich im Angebot. Und so wie es Mode wurde, im Werther-Look zu posieren (gelbe Hose, gelbe Weste, blaues Jackett) und sich bei Liebesleid ein Loch in den Kopf zu schießen, stümperte plötzlich jeder, der einen Federkiel halten konnte, Balladen zusammen. Und so mancher wie Gottlieb Konrad Pfeffel oder Goethes Schwager Christian August Vulpius verdiente auch noch Geld damit.

Das hatte Bürger nicht gewollt. Als 1778 seine gesammelten Gedichte neu herauskamen, gab er den »nackichen Poetenknaben, die diese Dichtart gleichsam für das poetische A.B.C. halten«, Saures: »Da nehmen sie das erste das beste Histörchen, ohne allen Endzweck und Interesse, leiern es in langweiligen, gottsjämmerlichen Strophen, hier und da mit alten Wörtchen und Phrasen läppisch durchspickt, auf eine drollig sein sollende Art, mit allen unerheblichen Nebenumständen des Histörchens, von Kopf bis zu Schwanz herab, und schreiben drüber Ballade, Romanze. Da regt sich kein Leben! Kein Odem! (...) Nirgends was Aufrührendes, so wenig für den Kopf, als für's Herz! – Oh ihr guten Poetenknaben, nehmt's von nun an zu Ohren und Herzen, dass Volkspoesie, eben deswegen weil sie das non plus ultra der Kunst ist, die allerschwerste sei.«

Was Bürger ihnen anhand der *Lenore* auch gleich hätte beweisen können. Das Meisterwerk war nämlich trotz seines Geniegehabes keine leichte Geburt und in seiner Endgestalt zum nicht geringen Teil das Resultat einer Kollektivanstrengung. Ein halbes Jahr lang feilschte er brieflich mit Freund Boie und anderen Mitgliedern des Hainbundes um Strophen- und Reimformen, um Dialoge und am Ende um einzelne Wörter, so lange bis der schlichte volkstümliche Rock wie angegossen saß. Dass Bürger damit ausgerechnet als Erfinder der Kunstballade (die damals noch nicht so hieß, der Gattungsbegriff ist eine Prägung der Literaturwissenschaft) in die Geschichte einging, darf als Ironie des Schicksals betrachtet werden.

Der Fall Bürger oder Vom Wesen der Kunstballade

Zumal Friedrich Schiller und Herder, die das Erscheinen *Lenores* gleichfalls begeistert aufgenommen hatten, auf einmal herummäkelten, seine Ballade sei eigentlich gar keine Kunst, eben weil sie viel zu volkstümlich sei. Hauptträsoneur war Schiller. Anlässlich besagter Neuauflage verriss er Bürgers Werk in Bausch und Bogen und veröffentlichte die Polemik anonym in der *Allgemeinen Literatur-Zeitung*. Dass Schiller monierte, Bürgers Volkston zöge, statt das Publikum »zu erheben«, selbiges hinab in die Gosse, außerdem gehe seinen Gedichten wahre Empfindung, ein ideales Bild der Schönheit, kurz »klassische Vollkommenheit« ab, darüber konnte man zur Not noch streiten. Was folgte, war eine grobe Unsportlichkeit. Der »Moraltrompeter von Säckingen« (Friedrich Nietzsche) wurde persönlich. Bürger, dekretierte Schiller kalt, sei »kein gereifter, kein vollendeter Geist« und seinen Produkten fehle offensichtlich »nur deswegen die letzte Hand (...), weil sie – ihm selbst fehlte«. Herder stieß, wenn auch halbherzig, in dasselbe Horn: »Dies wenn auch strenge Urteil mag bestehen, wenn man das Gegengewicht der Vorzüge Bürgers gelten lässt.« Goethe versuchte, ebenso halbherzig – noch dazu erfolglos – zu vermitteln. Der Geschmähte wehrte sich mit einer »vorläufigen Antikritik und Anzeige«, hatte aber gegen die geballte publizistische Macht seiner Widersacher keine Chance.

Es war eine unerfreuliche Debatte, die vordergründig um nichts weniger geführt wurde als um das rechte Kunstwollen, um Sinn und Daseinsberechtigung der Poesie. In Wirklichkeit ging es wie stets bei solchen öffentlichen Rangeleien um Eitelkeiten, Einfluss, Meinungsführerschaft und Marktanteile.

Nach seiner Enttäuschung über die blutige Eskalation der Französischen Revolution, deren Anfänge er mit glühender Anteilnahme verfolgt hatte, war Schiller zu Beginn der 1790er Jahre bemüht, sich neu zu positionieren. Statt wie Danton und Robespierre den verhassten Aristokraten einfach den Kopf herunterzuschneiden, wollte er den Menschen durch »Veredelung des Charakters« therapieren. Bewirken sollte diese Veredelung »die schön Kunst«, was aber nur funktionieren konnte, wenn sich die Schönheit mit Moral und Vernunft verbündete, um die leider eben doch höchst unzuverlässige Natur des Menschen zu überwinden. Die Theorie legte Schiller in zwei programmatischen Schriften dar (*Über Anmuth und Würde*, 1793, und *Über die ästhetische Erziehung des Menschen*, 1795). Wie das in der Praxis aussah, lässt sich an den *Horen* studieren, die Schiller ab 1795 herausgab. Die Zeitschrift sollte »einer heitern und leidenschaftsfreien Unterhaltung (...) gewidmet sein«, sich eines »guten Tons« befleißigen und »mitten in diesem politischen Tumult (...) für Musen und Charitinnen einen engen vertraulichen Zirkel schließen, aus welchem alles verbannt sein wird, was mit einem unreinen Parteigeist gestempelt ist«. (Wir unterdrücken hier ein leichtes Gähnen.) Der fürstlich besoldete Goethe, der schon immer der Meinung war, Poeten sollten sich aus der Politik heraushalten, tat jedenfalls gerne mit.

Diese negative Umdeutung der einst auch von den Weimarer Dioskuren verherrlichten hominiden Natürlichkeit in Tateinheit mit der neuen ästhetischen Feingeisterei wurde Bürger zum Verhängnis. Er war das ideale Opfer, an dem die Trendwende vom Sturm und Drang zur Klassik durchdekliniert werden konnte. Bürgers erster Fehler war, dass er sich von den revolutionären Jakobinern partout nicht distanzieren mochte. Der zweite, dass er ebenfalls ein pädagogisches Anliegen hatte. Bürger, der auch als bedeutender politischer Lyriker hervortrat, beabsichtigte das soziale Gefälle »zwischen Palästen und Hütten« durch seine Balladen zu mildern, aber Schillers »Idealisierkunst« war ihm schlicht zu hoch. Er vertrat die Ansicht, der Dichter habe von seiner »wolkigen Hochgelahrtheit« herunterzusteigen, anstatt »dass wir vielen, die auf Erden wohnen, zu euch wenigen hinaufklimmen sollen«. Konsequenterweise galt ihm »die Popularität eines poetischen Werkes« als »Siegel seiner Vollkommenheit«, und populär war nicht nur *Lenore*. Die Liste der Bürger-»Hits« reicht von Balladen wie den *Weibern von Weinsberg* oder der *Pfarrerstochter von Taubenhain* bis zu den *Wunderbaren Reisen zu Wasser und zu Lande* und den *Feldzügen und lustigen Abenteuern des Freiherrn von Münchhausen,* seinem bis heute bekanntesten und in fast alle Weltsprachen übersetzten Werk.

Das Talent hat ihm wenig genützt. Von Haus aus ewig schwankend zwischen Euphorie und schwärzester Melancholie, in Kunstdingen ein fahriger Geselle, im praktischen Leben ein rechter Unglückswurm, quälten den Landpfarrerssohn sein Leben lang Schulden, Krankheiten und die Wirren der Liebe. Seine dritte und letzte Gattin – sie hatte sich dem einsamen alten Balladendichter mit Selbstgereimtem angedient – setzte Bürger dicke Hörner auf und machte ihn in Göttingen zum Gespött, wo er nach allerlei Irrungen durch juristische Amtsstuben als Privatdozent, später als schlecht besoldeter Professor ein karges Dasein fristete.

Wir wollen hier nicht den Sittenwächter spielen, der Literaturbetrieb war und ist kein Streichelzoo, aber Tatsache bleibt, gerade Schiller hatte dem Mann einiges zu verdanken. Viele seiner frühen Gedichte ahmen den Bänkel-Ton des *Lenore*-Dichters nach. Es sei hier nur an *Die Kindsmörderin* oder das *Räuberlied* aus dem vierten Akt des gleichnamigen Dramas (uraufgeführt 1781) erinnert:

Ein freies Leben führen wir,
Ein Leben voller Wonne,
Der Wald ist unser Nachtquartier,
Bei Sturm und Wind marschieren wir,
Der Mond ist unsre Sonne.

Heut kehren wir bei Pfaffen ein,
Bei reichen Pächtern morgen,
Da gibt's Dukaten, Bier und Wein,
Was drüber ist, das lassen wir fein,
Den lieben Herrgott sorgen.

Und haben wir im Rebensaft
Die Gurgel ausgebadet,
So machen wir voll Mut und Kraft
Selbst mit dem Teufel Brüderschaft,
Der in der Hölle bratet.

Und wenn dann unser Stündlein kommt,
Das unsre Taten lohnet,
So trinken wir uns toll und voll
Und bring'n dem Schwarzen unsern Zoll,
Der in der Hölle thronet.

Auch Goethe war sich 1777 noch nicht zu fein, für einen Bänkel-Song, den Anna Amalia, die Gattin seines herzoglichen Dienstherren, komponiert hatte, den Text zu liefern. Das Lied dekorierte eine Szene seines Schauspiels *Das Jahrmarktsfest zu Plundersweilern* und klang so:

... Gar kläglich die Historia
Könnt ihr in Bildern schauen,
Sie ist zu eurer Warnung da,
Lasst euch vorm Bösen grauen.
Verbessert euer Leben bald,
Hat euch der Tod im Grabe kalt,
Ist Rat und Leid vergebens ...

Als *Lenore* herausgekommen war, hatte Goethe ein Exemplar seines *Götz* an Bürger geschickt nebst einem enthusiastischen Brief. Später trug er ihm eine Shakespeare-Übersetzung an und machte einige, aber wohl eher floskelhafte Anmerkungen betreffs Bürgers Eignung für ein Amt in der Weimarer Verwaltung. Als Bürger 1789 unvermittelt in der thüringischen Residenz auftauchte, erkundigte sich der Geheimrat kühl nach dem Wetter in Göttingen, dann scheuchte er ihn wie eine lästige Stubenfliege hinaus. Bürger hielt die Begegnung für die Nachwelt fest:

Mich drängt' es in ein Haus zu gehen,
Drin wohnt ein Künstler und Minister.
Den edlen Künstler wollt' ich sehn,
Und nicht das Alltagsstück Minister.
Doch steif und kalt blieb der Minister
Vor meinem trauten Künstler stehn,
Und vor dem hölzernen Minister
Kriegt' ich den Künstler nicht zu sehn.
Hol' ihn der Kuckuck und sein Küster!

Herder hat Bürgers Existenz posthum etwas pathetisch (das schlechte Gewissen!), aber wohl ganz treffend auf den Punkt gebracht: »Einem Petrarca, der in seinen jüngeren Jahren manches mit unserem Dichter gemein hatte, kam seine Nation, seine Zeit zu Hilfe; sie hoben ihn und halfen ihm auf. Dem armen Bürger half nichts auf, und zuletzt war ihm nicht aufzuhelfen. Er ging zugrunde.« Der Vater von zwei Kindern verstarb mittellos und verbittert am 8. Juni 1794. Es gibt nicht wenige, die behaupten, die Anwürfe der Herren Schiller und Herder hätten ihn ins Grab gebracht.

Das wirklich Tragische und Exemplarische an dem Fall scheint uns zu sein, dass die Positionen der Kombattanten letztlich gar nicht so weit auseinanderlagen. Die von den Stürmern und Drängern als wahre Volkspoesie, von den Klassikern als pädagogisches Wundermittel gepriesene Kunstballade griff zwar auf volksnahe Formen zurück, wollte auch das »Herz« und die »Seele« des Volkes rühren, aber darunter subsumierten die Dichter – so sagte es selbst Bürger – nur die »ansehnlichen Klassen«, will heißen, das entstehende Bildungsbürgertum. Die Vertreter der unteren Schichten, die meist nicht schreiben und lesen konnten, hatte er genauso wenig auf der Rechnung wie die Klassiker. »Volk«, präzisierte Herder, »heißt nicht Pöbel auf den Gassen; der singt und dichtet niemals, sondern schreit und verstümmelt.« Wie wir im ersten Kapitel angedeutet haben, profitierten von diesem zeittypischen Kultursnobismus die Bänkelsänger. Sie plünderten die Balladensammlungen und brachten *Lenore*, die *Weiber von Weinsberg*, *Werther*, den *Ritter von Toggenburg* und später sogar den *Faust* in Moritatenform unter die einfachen Leute, was sie in den Augen der Romantikergeneration wiederum zu Helden machte. Clemens Brentano und Achim von Arnim planten zeitweilig sogar eine Schule für Bänkelsänger. Sie sollte ihren neuerlichen, diesmal aber weit durchschlagenderen Versuch flankieren, »die verlorenen Töne der Poesie dem Volke« zurückzugeben.

Ossian und andere falsche Fünfziger

Man sieht, die Lage an der Balladenfront war relativ unübersichtlich. Zu welchen Kapriolen der Streit um Definitionshoheiten führen konnte, hatte vor Bürger auch Herder erfahren müssen.

Es begann schon mit Ossian, jenem legendären keltischen Barden, auf dessen Existenz ein Großteil von Herders ästhetischen Konzepten basierte (u.a. der Begriff des von keiner Kultur beleckten Originalgenies). Er stellte diesen »Dichter so voll Unschuld, Einfalt, Tätigkeit und Seligkeit des menschlichen Lebens« an die Seite Homers und erklärte den unverbildeten Urpoeten zum Vorbild für die deutsche Poetengemeinde. Mit Erfolg. Es wurden Balladen, Oden, ja ganze Epen im Ossianischen Stil gedrechselt, den ihnen Herder folgendermaßen schmackhaft gemacht hatte: »Raue Kürze, starke Erhabenheit ist sein Charakter – kein fortwallender Strom, kein süßes Ausreden. Er tritt einher (...) in der Stärke seines Stahls und rollt wie ein Meteor vorbey und zerfährt im Winde.«

Das war so lange schön und gut, bis sich der keltische Zauber als großer Humbug entpuppte. Der Autor des *Fingal*-Epos, des *Temora*, der *Fragmente alter Poesie* hieß nämlich gar nicht Ossian, sondern James Macpherson. Er war auch kein alter Barde, sondern ein junger schottischer Theologe und Schriftsteller, der alles gefälscht und dem Verleger Hugh Blair als Resultat akribischer Recherchen untergejubelt hatte. Als Ossian in den frühen 1760er Jahren wie Kai aus der Kiste sprang, rauschte ein wahrer »Bardenenthusiasmus« (Walter Salmen) durch Europa. Hölderlin feierte seine Werke ebenso wie Kleist, Madame de Staël oder Napoleon. Dr. Samuel Johnson, Englands führendem Intellektuellen, waren sie allerdings gleich spanisch vorgekommen. Gemeinsam mit James Boswell machte er sich zwecks Überprüfung der historischen Fakten auf in die Highlands und kam zu dem Schluss: »nicht authentisch und dichterisch ohne Wert«. Der Reisebericht des ebenso wortmächtigen wie spleenigen Gelehrten erschien 1775 unter dem Titel *Journey to the Western Islands of Scotland* und ist immer noch eine köstliche Lektüre.

Auch Herder wusste, dass Ossians Werke »mit 90-prozentiger Gewissheit« Fälschungen waren. Arno Schmidt kolportiert in einem seiner großen Radioessays, Herder habe es 1775 durch einen irischen Major namens Harold erfahren und dennoch »dreißig Jahre lang weiter mit der Echtheit Ossian« gearbeitet, »höchstens einmal sich flüchtiger täuschender Wendungen bedient, ›mögen die Lieder nun alt oder neu sein‹, ausdrücklich zum Darüberhinweglesen« eingeflochten. Für Schmidt, ansonsten ein großer Bewunderer Herders, ist es auch »mit allem Aufwand an psychologischem Geschick (...) nicht möglich, ihn vom Vorwurf – gelinde gesagt – der Doppelzüngigkeit freizusprechen«. Harold, der das Werk im Dienst des pfälzischen Kurfürsten übersetzte, hat die deutsche Ausgabe übrigens gleich noch um neunzehn »echte« Ossian-Gedichte aus eigener Feder ergänzt.

Wir sehen das nicht ganz so eng. Herder machte sich weniger Gedanken um die Authentizität. Viel wichtiger war ihm das »besonnene Nachbilden« einer als gut und stark empfundenen Poesie, um die daniederliegende deutsche Literatur gegen die vorherrschende französisch-klassizistische Regelpoetik in Stellung zu bringen. Denn »schwerlich gibt es eine schimpflichere Sklaverei als die Dienstbarkeit unter Französischem Witz und Geschmack, in Französischen Wortfesseln« *(Humanitätsbrief)*.

Diesem Zweck sollte, inspiriert von Thomas Percys Balladen-Sammlung *Reliques of Ancient English Poetry*, auch Herders Edition *Alter Volkslieder* dienen (den Begriff hat er übrigens erstmals verwendet), ein weiterer Grundpfeiler der Balladengeschichte. Wie wir uns erinnern, hatte der Philosoph dem jungen, von Dichterruhm noch gänzlich unbelasteten Goethe 1770 in Straßburg erst einen Grundkurs in Literaturgeschichte verpasst und ihn dann in die Umgebung geschickt, um einzusammeln, was er an alten Gesängen finden konnte. Ein halbes Jahr später meldete der Adept Vollzug: »Ich habe noch aus dem Elsass zwölf Lieder mitgebracht, die ich auf meinen Streifereien aus denen Kehlen der ältesten Mütterchen aufgehascht habe (...). Alle Mädchen, die Gnade vor meinem Auge finden wollen, müssen sie lernen und singen.«

Seine »Streifereien« beschränkten sich vorzugsweise auf das Sesenheimer Pfarrhaus Brion, wo Töchterlein Frederike ihm den Kopf verdreht und so manche Schweizer und Elsässer Weise beigebracht hatte. Bleibende Frucht dieser zu Frederikes Bedauern recht unschuldigen Tändelei ist das *Heideröslein*. In der dritten Strophe der Erstfassung ist der erotische Bezug deutlicher als in der klassischen Form:

Doch der wilde Knabe brach
das Röslein auf der Heiden;
Röslein wehrte sich und stach,
aber er vergaß danach
beim Genuss das Leiden.
Röslein, Röslein, Röslein rot,
Röslein auf der Heiden.

Wie gesagt, Herder war nicht kleinlich und hat das Gedicht neben anderen Goethe-Werken in sein Kompendium *Alter Volkslieder* aufgenommen. Die »kleine Sammlung Lieder aus dem Munde jeden Volks, über die vornehmsten Gegenstände und Handlungen ihres Lebens« begann 1774 zu erscheinen, wurde dann aber wegen Verlagsproblemen und massivem Kritikerbeschuss von Herder für vier Jahre auf Eis gelegt. Konservative wie der Musikkritiker Johann Nikolaus Forkel fanden es eine Unverschämtheit, sich überhaupt mit Nichtigkeiten beschäftigen zu müssen, die bis zu »Knechten und Mägden herunter gesungen« wurden und »meistens nur läppische, gedankenleere Reimereien oder schmutzige Zweideutigkeiten« enthielten. Dem aufgeklärten Journalisten und Kritiker Friedrich Nicolai (1733–1811) passte die ganze Richtung nicht. Er hatte schon den Naturburschen- und Geniegestus der Stürmer und Dränger attackiert und Goethes *Werther* veralbert. Um »unsern seinwollenden Genies, die allerhand Unfug treiben, einen kleinen Zwick in die Ohren zu geben«, brachte er 1778 den *Kleinen feinen Almanach* heraus, eine Parodie, die Herders Faible für literarische Antiquitäten schon im Untertitel lächerlich macht: »vol schönerr echterr liblicherr Volcklijder lustiger Reyen vnndt kleglicherr Mordgeschichten, gesungen von Gabryel Wunderlich weyl. Benkelsengerrn tzu Dessaw, heraußgegebenn von Danyel Seuberlich, Schusternn tzu Ritzmück ann der Elbe«. Das Buch enthielt »eigne Weisen« aus Nicolais Feder und allerlei »Handwerksburschen- und Pöbellieder«, die nach Nicolais Meinung besser waren als Herders Auswahl, das heißt »echte Naivität« besaßen.

Herder fühlte sich getroffen und nannte das Ganze eine »Schlammschüssel«. Die Aufregung war aber gar nicht nötig.

Nicolai mutierte zum Mephisto, der bekanntlich das Böse will und Gutes schafft. Das Publikum ignorierte die satirische Absicht (oder merkte nichts davon) und feierte den Almanach als weiteres Dokument wahren Volksempfindens. Großen Anteil daran hatte Friedrich Reichardt, der die Lieder in Nicolais Auftrag in Noten setzte. Johannes Brahms übernahm noch hundert Jahre später viele der Reichardtschen Bearbeitungen (*Sag mir, o schönste Schäferin, Jungfräulein soll ich mit euch gehen*) in seine eigene Volksliedsammlung.

Johann Wolfgang von Goethe hätte diese Volte gefallen. Ihm war völlig klar, dass »Gedichte, die wir seit Jahren Volkslieder zu nennen pflegen (...), weder vom Volk noch fürs Volk gedichtet sind«. Als *Des Knaben Wunderhorn* eine ähnliche Authentizitäts-Debatte auslöste, verteidigte er die Herausgeber und wollte »das hier und da Restaurierte, aus fremdartigen Teilen Verbundene, ja das Untergeschobene mit Dank« aufgenommen wissen. »Wer weiß nicht, was ein Lied auszustehen hat, wenn es durch den Mund des Volkes, und nicht etwa nur des ungebildeten, eine Weile durchgeht! Warum sollte der, der es in letzter Instanz aufzeichnet, mit anderen zusammenstellt, nicht auch ein gewisses Recht daran haben?«

1797 – Das Balladenjahr

Mit diesem Machtwort begeben wir uns schnurstracks ins Herzogtum Sachsen-Eisenach-Weimar, und zwar ins Jahr 1797. »Dieses ist einmal das Balladenjahr!«, verkündete Schiller am 22. September. Da lagen die berühmten »epischen Erzählwerke«, wie Kompagnon Goethe ihre Balladen mit Vorliebe titulierte, größtenteils schon fertig in der Schublade. *Der Schatzgräber*, die *Legende*, *Die Braut von Korinth*, *Der Gott und die Bajadere* und *Der Zauberlehrling* aus Goethes Feder, Schiller hatte den *Taucher* beigesteuert, den *Handschuh*, den *Ring des Polykrates*, *Ritter Toggenburg*, *Die Kranische des Ibykus* und den *Gang nach dem Eisenhammer.* 1798 schickte er noch *Die Bürgschaft* und im Jahr darauf *Die Glocke* hinterher.

Es mutet immer noch wie ein Wunder an, dass diese beiden einstigen Antipoden (Schiller: »dieser Mensch ist mir im Wege«; Goethe: »Schiller war mit verhasst«) zehn Jahre lang in schönster Freundschaft und wie auf einer Insel der Seligen an Idealbildern klassischer Ästhetik bosselten, während um sie herum die Welt aus den Fugen ging. In den Wirren der Französischen Revolution versank die jahrhundertealte Tyrannei aus Adel und Kirche, und die republikanischen Volksarmeen begannen in Europa und Übersee die Landkarten umzupflügen. Billigen wir ihnen einfach das Glück der Tüchtigen zu. Der Friedensvertrag von Basel, den Preußen und Frankreich 1795 schlossen, verschaffte dem mit Preußen verbündeten Weimarer Herzog Carl-August eine Ruhepause bis 1806. Dann brach Preußen den Vertrag, wurde bei Jena und Auerstedt vernichtend geschlagen, und die Franzosen zogen plündernd durch Weimar und Jena. Im Rückblick schrieb Goethe: »Zwar brannte die Welt in allen Ecken und Enden, Europa hatte eine andere Gestalt angenommen, zu Lande und See gingen Städte und Flotten zu Trümmern, aber das mittlere, das nördliche Deutschland genoss noch eines gewissen, fieberhaften Friedens, in welchem wir uns einer problematischen Sicherheit hingaben.«

Goethe und Schiller nutzten die Gunst der Stunde zum Studium der antiken Autoren und debattierten über das Wesen des Epischen und Dramatischen. Die Balladen waren anfangs nur ein Nebenprodukt. Sie hatten eigentlich genug anderes zu tun. Schiller bereitete in Jena die Endredaktion des *Musenalmanachs* vor, er redigierte Beiträge für seine Monatszeitschrift *Die Horen* und arbeitete weiter am *Wallenstein*. Minister Goethe pendelte zwischen Jena und Weimar, beschäftigte sich mit dem *Faust*; schrieb lyrische Gedichte und das Epos *Hermann und Dorothea*. Wenn das Pensum geschafft war, musste die Mineraliensammlung geordnet oder jungen Damen wie Minchen Herzlieb, der Pflegetochter seines Jenaer Logierwirtes, nachgestiegen werden.

Dass das Duo dennoch wie schon der Sturm und Drang fast intuitiv auf die Ballade kam, spricht für unsere Ausgangsthese, diese Gattung biete gerade in Zeiten großer gesellschaftlicher Umbrüche ein ideales Auffangbecken menschlicher Befindlichkeiten, weil ihre Form so archaisch und flexibel ist.

Da sich der Briefverkehr der namhaften Diskuren fast vollständig erhalten hat, wissen wir ziemlich genau, wann sie anfingen, sich im Balladenwesen und Unwesen herum(zu)treiben. Am 23. Mai 1797 lieferte der Postbote bei Schiller Goethes *Schatzgräber* ab, die Geschichte eines Mannes, der bereit ist, für Reichtum seine Seele zu verkaufen (»›Meine Seele sollst du haben!‹/Schrieb ich hin mit eignem Blut«). Aber dann taucht ein Knabe auf, der ihm die Vernunft in flüssiger Form auf dem silbernen Tablett serviert.

»Trinke Mut des reinen Lebens!
Dann verstehst du die Belehrung,
Kommst mit ängstlicher Beschwörung
Nicht zurück zu diesem Ort.
Grabe hier nicht mehr vergebens!
Tages Arbeit, abends Gäste!
Saure Wochen, frohe Feste!
Sei dein künftig Zauberwort.«

Schiller lobt das Gedicht: »Dies ist so musterhaft schön und rund und vollendet, dass ich recht dabei gefühlt habe, wie auch ein kleines Ganze, eine einfache Idee durch die vollkommene Darstellung einem den Genuss des Höchsten geben kann.« Danach besuchte Goethe den Freund in Jena. Dort hockte man, laut seinem Tagebuch, von vier Uhr nachmittags bis spät in die Nacht auf Schillers Stube (Goethe: »meine gewöhnliche Wallfahrt«) und besprach, was jeder für sich tagsüber zusammengereimt hatte. Goethe war in der Vorhand. Er konnte *Legende*, *Die Braut von Korinth* und den Anfang von *Der Gott und die Bajadere* präsentierten, Schiller brütete über seinem *Taucher*. Kurz vor seiner Rückreise nach Weimar am 10. Juni schickte ihm Goethe dieses Billett: »Leben Sie recht wohl und lassen Ihren *Taucher* je eher, je lieber ersaufen. Es ist nicht übel, da ich meine Paare (gemeint sind Gott Mahadöh und seine entjungferte Bajadere) in das Feuer und aus dem Feuer bringe, dass Ihr Held sich das entgegengesetzte Element aussucht.« Da Schiller es mit der Biologie nicht so hatte, ließ er ihm auch zwei Bücher über Fische da.

Die sind, als *Der Taucher* vollendet ist, auch alle am rechten Platz. Der Naturforscher Alexander von Humboldt hatte trotzdem noch etwas zu bekritteln. »Da alle Schilderungen in Ihrem *Taucher* eine so große Wahrheit haben, so wollte ich, dass Sie die Molche und Salamander aus dem Grunde des Meers wegbrächten. Sie sind zwar Amphibien, wohnen indes nie in der Tiefe und mehr nur in Sümpfen. Mit den Drachen kann man schon liberaler umgehn, da sie mehr ein Geschöpf der Fabel und der Phantasie sind.«

Die tröstenden Worte Goethes, der inzwischen den *Zauberlehrling* herausgehauen hatte (»Wir haben in den letzten vier Wochen theoretisch und praktisch wirklich wieder schöne Fortschritte getan«), waren überflüssig. Schiller feilte längst am *Handschuh* und dem *Ring des Polykrates*. »Ist sehr gut dargestellt«, befand Goethe. »Ich wünsche, dass mein Gegenstück ebenso gelingen möge!« Er meinte *Die Kraniche des Ibykus*. Schreiben würde die Ballade aber Schiller, Goethe trat ihm das Motiv ab wie später auch die Idee zum *Wilhelm Tell*.

Zwischendurch brauchte der Geheimrat mal eine Pause und verabschiedete sich am 30. Juli für vier Monate in die Schweiz. Während Goethe in der Kutsche saß, setzte Schiller den *Ritter Toggenburg* vor dem Kloster ab, hinter dessen Mauern seine Braut verschwunden war. Dort wartete der Kreuzfahrer, wartete und wartete …

Bis die Liebliche sich zeigte,
bis das teuer Bild
sich ins Tal herunterneigte,
ruhig, engelmild.
Und so saß er, eine Leiche,
eines Morgens da,
nach dem Fenster noch das bleiche
stille Antlitz sah …

Kurz darauf hatte Schiller die erste Fassung der *Kraniche* fertig und sandte das Manuskript den Rhein hinauf nach Schaffhausen. Goethe schickte seitenlange Korrekturen zurück, die wir uns an dieser Stelle sparen wollen. Eine Auswahl des Konvoluts findet der interessierte Leser im anschließenden Brevier.

Schiller hatte ursprünglich geplant, die Früchte des Balladenjahres gesammelt im neuen *Musenalmanach* zu drucken. Es hätte auch fast geklappt. Nur *Die Glocke* war nicht fertig geworden. Er konnte es verschmerzen, wie er an Goethe meldete. »Denn indem ich diesen Gegenstand noch ein Jahr mit mir herumtrage und warm halte, muss das Gedicht, welches wirklich keine kleine Aufgabe ist, erst seine wahre Reife erhalten.« Aber er hatte für Ersatz gesorgt: »Der Zufall führte mir noch ein recht artiges Thema zu einer Ballade zu, die auch größtenteils fertig ist und den Almanach, wie ich glaube, nicht unwürdig beschließt. Sie besteht aus 24 achtzeiligen Strophen und ist überschrieben: *Der Gang nach dem Eisenhammer*, woraus Sie sehen, dass ich auch das Feuerelement mir vindiciert habe, nachdem ich Wasser und Luft bereist habe. Der nächste Posttag liefert es Ihnen nebst dem ganzen Almanach, gedruckt.«

Goethe antwortete: »Den Almanach haben wir erst hier erhalten und uns besonders über den *Eisenhammer* gefreut. Sie haben kaum irgendetwas mit so glücklichem Humor gemacht, und die retardierende Messe ist von dem besten Effekt.«

So endet am 30. Oktober der Briefwechsel in Sachen Balladenjahr. Zusammen mit dem *Erlkönig*, den Goethe schon 1792 gedichtet hatte, bildete der Ertrag bis ins frühe 20. Jahrhundert Messlatte und Kanon für alle nachfolgenden epischen Lyriker.

Ganz geheuer war den beiden das eigene olympische Gereime aber nicht. »Die Poesie, wie wir sie seit einiger Zeit treiben, ist eine gar zu ernsthafte Beschäftigung«, hatte Goethe schon vor seinem Aufbruch in die Schweiz geunkt. Auch Schiller merkte, »dass man den Leuten, im Ganzen genommen, durch die Poesie nicht wohl, hingegen recht übel machen kann«, und ihm schwante, wenn das Vorführen des Idealen nichts fruchtet, »muss man sie inkommodieren, ihnen ihre Behaglichkeit verderben, sie in Unruhe und Erstaunen versetzen«.

Das gelang den jungen Romantikern, die sich zur selben Zeit in Jena um die Brüder Schlegel versammelt hatten. Vom Sturm und Drang übernahmen sie die öffentlich ausgelebte Empfindsamkeit, den Widerwillen gegen die Aufklärung und den Geniekult, dem Johann Gottlieb Fichte, Philosoph und Intimfeind Schillers, mit seiner egomanischen Gleichsetzung von Ich und Welt die Krone aufsetzte. Die Romantiker fanden ihre Weltsicht denn auch weniger in den idealistischen Balladen Schillers gespiegelt als im dunkel raunenden Paralleluniversum von Goethes *Erlkönig* und *Faust*. Die *Faust*-Begeisterung war ein gesamteuropäisches Phänomen. Gérard de Neval fertigte eine Übersetzung, die Hector Berlioz teilweise vertonte, Alexander Puschkin ließ sich zu mehreren *Faust*-Fragmenten inspirieren, Matthew Lewis, Autor des Schauerromans *Der Mönch*, übersetzte einige Szenen für Lord Byrons Zeitschrift *The Liberal*, die allabendlich im Hause Shelley rezitiert wurden. Des Dramas erster Teil erschien 1808 und bot alles, was die Fantasie der Romantiker beflügelte. Mystik und Mittelalter, Geisterglaube und Hexenspuk, Gott und Teufel, Drama und Liebe, Wahnsinn und Tod. Noch mehr als der Inhalt imponierte ihnen der Stil. Da standen keine klassisch austarierten Hexameter Spalier, sondern alles war in altdeutsch knittelnden »Geniefetzen, wild hingewühlt« (Richard Friedenthal). Das entsprach ihrem Hang zum Fragment. »Andere Dichtarten sind fertig«, dozierten die Brüder Schlegel, »die romantische Dichtkunst ist noch im Werden; ja, das ist ihr eigentliches Wesen, dass sie ewig nur werden, nie vollendet werden kann.« So wie um sie herum kein Stein mehr auf dem anderen blieb, verharrte ihre Kunst in der Schwebe, getragen nur von der Sehnsucht nach allumfassender, spiritueller Harmonie. Ihr Symbol war die blaue Blume, nach der Novalis' Romanheld Heinrich von Ofterdingen fahndet und die er, als er glaubt, sie in der Liebe gefunden zu haben, gleich wieder verliert. Da sie in der Realität nicht zu haben war, galt ihnen das Alltagsgetriebe als zu vernachlässigende Größe. Das Leben sollte »Poesie«, die Geschichte »Märchen«, »dem Gemeinen ein hoher Sinn, dem Gewöhnlichen ein geheimnisvolles Aussehen« gegeben werden, schrieb Georg Friedrich Philipp von Hardenberg alias Novalis, der, weil die Transformation bisweilen ziemlich anstrengend war, schon mal ein Opiumpfeifchen zu Hilfe nahm.

Und so wandelten die romantischen Balladendichter bald wie Wilhelm Heinrich Wackenroders *Kunstliebender Klosterbruder* durch märchenhafte gotische Parcours, suchten den Rausch in »mondbeglänzter Zaubernacht« (Ludwig Tieck) oder man streifte durch die beseelte Natur und brachte wie Joseph Freiherr von Eichendorff Verse mit …

Da drüben sah ich stehen
Den Wald auf steiler Höh,
Die finstren Tannen sehen
in einen tiefen See

… die klangen, als ob sie sich tatsächlich »von selber schreiben«, ein früher Fall von *écriture automatique* und grober Unfug, den die Schlegels der romantischen »Universalpoesie« allen Ernstes abverlangten. Aber das sollte man ihnen nachsehen, meint Egon Friedell. Man habe sich unter der romantischen Schule ganz einfach die »Moderne des ausgehenden 18. Jahrhunderts vorzustellen«, und ein Merkmal »solch neuer Richtungen« sei eben, »dass sie sich an einer gesuchten und konfusen, obschon bedeutend geistreichen Phraseologie berauschten, mit der sie sich und die Dinge umnebelten«.

Arno Schmidt dagegen spürte hinter ihren Worthülsen den »verwegendsten Realismus in Lebensführung und Kunst«. Jedenfalls bei den »echten, ernstzunehmenden Romantikern«, den »echten Könnern«. Er begründet das mit einem Blick auf ihre Biografien. Geboren um das Jahr 1775, waren sie allesamt Schulkinder, als die Französische Revolution losbrach. Von da an erlebte »jene Generation sechsundzwanzig Jahre Krieg: bis 1815«. Die existenzielle Erfahrung, in einer durchweg instabilen, chaotischen Epoche zu leben, habe es ihnen unmöglich gemacht, »in den wüsten Weichselzopf der ›Geschichte‹ oder den Rattenkönig eines ›Einzellebens‹ etwas wie ›Sinn‹ oder ›Leitung‹ hineinzugeheimnissen: sie sehen ein sinnloses, rein zufälliges Spiel. Und rächen sich an ihm auf die menschlich-rühmlichste Weise: sie beschreiben das Chaos mit einer solchen Kunst und boshaften Ausführlichkeit, dass – falls das Chaos sich selbst einmal satt kriegen und aufhören sollte – man es immer noch aus ihren Werken rekonstruieren könnte.« Schmidt wollte dies Urteil auf Ludwig Tieck, Clemens Brentano, Friedrich de la Motte Fouqué, den etwas älteren Jean Paul und E. T. A. Hoffmann angewendet wissen.

Hoffmann, einer der erklärten Lieblingsautoren der Brüder Quasthoff, war Meister eines Genres, welches den Bocksprüngen des Weltgebrummes bis heute besonders prägnanten Ausdruck verleiht: der Groteske. Er ließ die skurrilen Wesen seiner Fantasiereiche mit Vorliebe »ins gewöhnliche Leben keck eintreten«, wo sie dem philiströsen Durchschnittsbürger auf dem Kopf herumtanzen oder gleich den Boden unter den Füßen wegziehen.

Hoffmann hat auch als einer der Ersten gesehen, wohin das Nebelhafte, eigentlich Unsagbare des romantischen Sehnens strebte. Die Instrumentalmusik »ist die romantischste aller Künste, fast möchte man sagen alleinromantisch«, schreibt er 1810 anlässlich einer Rezension von Beethovens *Fünfter Symphonie*. Die Begründung lautet folgendermaßen: »Die Musik schließt dem Menschen ein unbekanntes Reich auf; eine Welt, (...) in der er alle durch Begriffe bestimmbaren Gefühle zurücklässt, um sich dem Unaussprechlichen hinzugeben.« Ganz ähnlich sollte es acht Jahre später der letzte romantische und erste Existenzialphilosoph Arthur Schopenhauer formulieren: »Das unaussprechlich Innige aller Musik, vermöge dessen sie als so ganz vertrautes und doch so ewig fernes Paradies an uns vorüberzieht, (...) beruht darauf, dass sie alle Regungen unseres Innersten Wesens wiedergibt, aber ganz ohne die Wirklichkeit und fern von ihrer Qual« (*Zur Metaphysik der Musik*).

Hoffmann war selber Komponist – seine Opernfassung der *Undine* von Fouqué feierte große Erfolge – und hat die Musik in seinen Romanen und Erzählungen immer wieder thematisiert. Er besaß aber im Gegensatz zu den meisten Romantikern genug Selbstironie, um aus der Kunst hochkomische Funken zu schlagen. Man lese nur den *Kater Murr* oder die Novelle *Fermate*. Sie enthält ein paar wunderbar groteske Sängerporträts und Konzertszenen; die schönste hat der Pianist Theodor, der eine italienische Sopranistin zur Weißglut bringt, indem er ihr mit einem resoluten Akkord die letzte Prachtfermate abschneidet, einfach weil ihm »das Ding diesmal beinahe zu lang erschien«.

… mit wütenden Blicken mich durchbohrend, riss (sie) die Partie zusammen, warf sie mir an den Kopf, dass die Stücke um mich her flogen, und rannte wie rasend durch das Orchester (…). Sie weinte, sie tobte.

Das konnte Franz Schubert nicht passieren, der seine sechshundert Gedicht-Vertonungen recht gut selber vorzusingen wusste. Mit ihm und Carl Loewe beginnt die große Zeit des Kunstliedes. Besonders die volkstümlichen Texte Eichendorffs, Heinrich Heines und Wilhelm Müllers haben die Lied-Ballade über die Schwelle des 20. Jahrhunderts getragen, ehe Kurt Weill das Genre mit dem Jazz legierte und zu neuen Ufern führte.

Um den von den Stürmern und Drängern geerbten Volkston waren von der Romantik bis zum Fin de siècle die meisten Lyriker bemüht. Davon zeugt die enthusiastische Aufnahme einer weiteren Sammlung *Alter Deutscher Lieder*, die Clemens Brentano und Achim von Arnim 1808 in drei Bänden herausgaben: *Des Knaben Wunderhorn.* »Dieses Buch kann ich nicht genug rühmen«, frohlockte Heinrich Heine, »es enthält die holdseligsten Blüten des deutschen Geistes, und wer das deutsche Volk von einer liebenswürdigen Seite kennenlernen will, der lese diese Volkslieder.« Selbst der alte Goethe, den Romantikern ansonsten in herzlicher Abneigung verbunden, lobte: »Von Rechts wegen sollte dieses Büchlein in jedem Hause, wo frische Menschen wohnen, am Fenster, am Spiegel, oder wo sonst Gesang- oder Kochbücher zu liegen pflegen, zu finden sein.«

In der romantischen Schule machte die Ballade aber auch eine Bekanntschaft, die ihr in Deutschland oft den Charakter verdarb. Sie heißt Patriotismus. Als Reaktion auf die Expansion Napoleons entdeckten die Intellektuellen überall in Europa das Nationale. Und es gibt auch im deutschen Sprachraum durchaus Beispiele, wie man damit auf zivilisierte Weise umgehen kann. Uns fallen sofort Heine ein oder der *Winterreise*-Dichter Wilhelm Müller. Müller kämpfte in den Befreiungskriegen gegen die französischen Besatzungstruppen und unterstützte wie Lord Byron den Freiheitskampf der Griechen gegen die Osmanen (was ihm den Beinamen Griechenmüller eintrug), tumbe frankophobe Sprüche sind von ihm nicht überliefert. Aber anders als in den europäischen Nachbarländern eignet den meisten teutonischen Großkopferten leider ein fataler Hang zum Reaktionären. »Der Patriotismus des Deutschen (...) besteht darin, dass sein Herz enger wird, dass es sich zusammenzieht wie Leder in der Kälte, dass er das Fremdländische hasst, dass er nicht mehr Weltbürger, nicht mehr Europäer, sondern nur ein enger Deutscher sein will«, konstatierte Heinrich Heine 1831 in der *Romantischen Schule.* Leider hat sich dieses Zitat als ziemlich haltbar erwiesen, wie man an den Debatten über das Asylrecht und die neue Opferrolle der Deutschen im Zweiten Weltkrieg erleben kann.

Dieses tümelnd Xenophobe hatte sich schon im Sturm und Drang angedeutet, als Herder, der den lieben langen Tag nichts tat, außer in gestochenem Deutsch zu reden, zu dichten und zu schreiben, das Jammern begann: »Doch bleibts immer und ewig, dass wenn wir kein Volk haben, wir kein Publikum, keine Nation, keine Sprache und Dichtkunst haben, die unser sei, die in uns lebe und wirke.«

Im Kreis des Göttinger Hainbundes lebte und wirkte das Deutschsein dann immerhin doch schon so mächtig, dass man den 49. Geburtstag des Dichtergurus Friedrich Gottlieb Klopstock am 2. Juli 1773 mit einer veritablen Bücherverbrennung feierte. Opfer waren einige Werke des als Franzosenfreund geächteten Christoph Martin Wieland. Einer der Beteiligten, Johann Heinrich Voß, hat die Szene brieflich überliefert:

»Gleich nach Mittag kamen wir auf Hahns Stube, die die größte ist (es regnete den Tag), zusammen. Eine lange Tafel war gedeckt und mit Blumen geschmückt. Oben stand ein Lehnstuhl ledig, für Klopstock, mit Rosen und Levkojen bestreut, und auf ihm Klopstocks sämtliche Werke. Unter dem Stuhl lag Wielands *Idris* zerrissen. Jetzt las Cramer aus den Triumphgesängen, und Hahn etliche sich auf Deutschland beziehende Oden von Klopstock vor. Und darauf tranken wir Kaffee; die Fidibus waren aus Wielands Schriften gemacht. Boie, der nicht raucht, musste doch auch einen anzünden, und auf den zerrissenen *Idris* stampfen. Hernach tranken wir in Rheinwein Klopstocks Gesundheit, Luthers Andenken, Hermanns Andenken, des Bunds Gesundheit, dann Eberts, Goethens (den kennst du wol noch nicht?), Herders u.s.w. Klopstocks Ode *Der Rheinwein* ward vorgelesen, und noch einige andere. Nun war das Gespräch warm. Wir sprachen von Freiheit, die Hüte auf dem Kopf, von Deutschland, von Tugendgesang, und du kannst denken, wie. Dann aßen wir, punschten, und zuletzt verbrannten wir Wielands *Idris* und Bildnis. Klopstock, er mag's gehört oder vermutet haben, hat geschrieben, wir sollten ihm eine Beschreibung des Tags schicken.«

Ein Jahr später wiederholte sich das Spektakel. Klopstock, der sich mit zwanzigtausend Versen schon am *Messias* (Arno Schmidt: »wässriges Hin- und Hergeschwappe«) abgearbeitet hatte, verdiente sich diese Ehre mit Werken über den Varus-Schlacht-Gewinner Arminius: der Ode *Hermann und Thusnelda* (1752) und drei von Ossians Gesängen beeinflussten Barditen (eine in jeder Hinsicht monströse Abart der Ballade): *Hermanns Schlacht* (1769), *Hermann und die Fürsten* (1784) und *Hermanns Tod* (1787). Schon damals klang aufgeweckteren Geistern das Verklemmte, das aus allen Strophenritzen quillt, wie ein schlechter Witz. Hier empfängt Thusnelda den Heros nach getaner Arbeit:

Da kömmt er. Mit Schweiß und Römerblute,
mit dem Staube der Schlacht bedeckt: so schön war
Hermann niemals! So hat's ihm
nie vor dem Auge geflammt!

Komm! Ich bebe vor Lust! Reich mir den Adler,
das triefende Schwert! Komm: athm' und ruh hier
aus in meiner Umarmung
von der zu schrecklichen Schlacht.

Die dröhnende Mischung aus Chauvinismus und Spießertum infizierte in den sogenannten Befreiungskriegen das Gros der

Balladen und Gedichte (und verwüstete 1870, anlässlich des Deutsch-Französischen Krieges, nochmals die Gehirne). Wie der Fall Klopstock zeigt, paarte sich der deutsche Nationalismus damals gern mit religiöser Spintisiererei. Viele Romantiker wie der ursprünglich progressiv gestimmte Publizist Joseph von Görres, der *Wunderhorn*-Herausgeber Clemens Brentano oder Friedrich Schlegel endeten als katholische Mystiker oder frömmelnde Monarchisten. Folgerichtig sind aus der deutschen Romantik auch keine sozialkritischen Realisten vom Schlage Balzacs, Stendhals oder Dickens' erwachsen. Stattdessen verteilten sich die Poeten Mitte des Jahrhunderts auf zwei Lager: die politisch Radikaleren zählt man zum literarischen Vormärz, die anderen neigten zum Biedermeier, eine Epoche, die sich – was den Balladenstil angeht – über die 1848er Revolution hinaus, im Grunde bis kurz vor die Jahrhundertwende erstreckt. Davon zeugt die formale und inhaltliche Redundanz, die mit der epidemisch anschwellenden Balladenproduktion jener Tage zu erklären ist, aber den Ruhm von Balladeuren wie Annette von Droste-Hülshoff, Wilhelm Busch, Conrad Ferdinand Meyer oder Theodor Fontane nicht schmälert. Das Balladen-Biedermeier hatte sein schöpferisches Potenzial erst aufgebraucht, als nach der Schlacht von Sedan das Gründerzeitalter und mit ihm die Wolfsgesetze des Kapitalismus über Deutschland hereinbrachen.

Brevier

Von Werwölfen, Untoten und anderen Monstrositäten

Auf Francisco Goyas *Capricho Nr. 43* umgaukeln Nachtmahre einen Schlafenden. Er sitzt am Tisch und ist offensichtlich ein Mann des Wortes, das deuten die Schreibutensilien an, zwischen die sein Kopf gesunken ist. Zu gern würde man wissen, was in selbigem vor sich geht. Aber Goya verrät es nicht. *El sueño de la razón produce monstruos* hat er unter das Blatt geschrieben. *Sueño* bedeutet Schlaf, aber auch Traum. Bringt also der Schlaf der Vernunft die Ungeheuer hervor, oder ist es der (Alb-)Traum einer alles durchdringenden Ratio, der das Böse weckt? Das Blatt entstand 1798, als Spanien mit einem Bein noch im Mittelalter, mit dem anderen bereits in der Ära der Aufklärung stand.

Hundertfünfzig Jahre später war das für Theodor W. Adorno und Max Horkheimer keine Frage. Sie hätten sich für die zweite Variante entschieden. In ihrer *Dialektik der Aufklärung* heißt es: »das Programm der Aufklärung war die Entzauberung der Welt. Sie sollte die Mythen auflösen und Einbildung durch Wissen stürzen«, um »den Menschen die Furcht zu nehmen«. Mit katastrophalem Ergebnis: »Die vollends aufgeklärte Erde strahlt im Zeichen triumphalen Unheils.« Die Mythen, konstatieren die Autoren, hätten stets zurück- und jener »instrumentellen Vernunft« ins Kontor geschlagen, die schon in Homers *Odyssee* Unheil heraufbeschwört. Dieses Unheil – von Horkheimer und Adorno als »Wiederkehr des Verdrängten« bezeichnet – landete Mitte des 18. Jahrhunderts auf der britischen Insel in Gestalt des gothic revival. Erste Symptome zeigten sich im Kreise solventer, bis auf die Knochen vernünftiger Businessmen, die ihre für harte Pfunde symmetrisch frisierten Parkanlagen plötzlich mit pittoreskem Mauerbruchwerk bestückten.

Die Vorlage lieferte ihnen der ehrenwerte Abgeordnete Horace Walpole. Er hatte seiner Villa Strawberry Hill in Twickenham nahe der Themse so viele Türme, Söller und Zinnen aufsetzen lassen, dass der Anblick einer bizarren Ritterburg glich. Dort erwachte Walpole eines Morgens »aus einem Traum, von dem ich nicht mehr zurückbehalten habe, als dass ich mich in einem alten Schloss wähnte (ein sehr natürlicher Traum für einen Kopf, der wie der meine mit gotischen Geschichten und Vorstellungen vollgestopft ist) und auf der obersten Balustrade eines großen Treppenhauses eine riesige, gepanzerte Hand gewahrte. Am Abend setzte ich mich hin und begann zu schreiben, ohne noch im mindesten zu wissen, was ich sagen oder berichten wollte.«

Als er fertig war, hatte Walpole den ersten Schauerroman (gothic novel) der Geschichte verfasst. Das Buch erschien 1765 getarnt als Reprint eines spätmittelalterlichen Werkes aus der Feder eines gewissen Onuphrio Muralti. Erst als sich abzeichnete, dass der Schocker ein veritabler Skandal und noch größerer Erfolg werden würde, bekannte er sich zu seinem Kind. Es hieß *The Castle of Otranto* (Die Burg von Otranto) und trug den Titel zu recht. Der Plot handelt zwar von dem schurkischen Adeligen Manfred, der, um seiner Sippe die Herrschaft über die Burg zu erhalten, vor Mord und Vergewaltigung nicht zurückschreckt. Die eigentliche Hauptrolle spielt jedoch das mittelalterliche Gemäuer. Seine labyrinthischen Gänge, in deren düsteren Windungen Lustmolch Manfred der Unschuld Isabella nachstellt, entwickeln ein unheimliches Eigenleben. Ein steinerner Helm erschlägt Manfreds einzigen Sohn, verstaubte Gemälde werden lebendig und versuchen den Unhold zur Räson zu bringen, bis schließlich die auf Zyklopengröße angeschwollene Statue des alten Kreuzritters Alfonso das Gebäude zum Einsturz bringt.

Die Architektur der Burg von Otranto gleicht den *Carceri d'invenzione,* den Kerkern der Einbildungskraft, die Giambattista Piranesi 1743 auf sechzehn Platten radiert hat. Es ist ein finsterer Kosmos aus harten Schatten und diffusem Licht. Winzige Menschen stehen vor monumentalen Quadern, es wird gefoltert, wohl auch gestorben, und nirgends findet sich eine Tür, durch die man dem Irrgarten des Schreckens entkommen könnte. Walpole war ein großer Verehrer Piranesis, dem das Horrorgenre damit eine Menge zu verdanken hat.

Denn *The Castle of Otranto* fand einen Platz in der Literaturgeschichte und gab die Vorlage für allseits beliebte Topografien der Schwarzen Romantik, sei es Edgar Allan Poes *House of Usher,* Hoffmanns *Ödes Haus,* Bram Stokers *Schloss Dracula* oder eine der ungezählten Burgen der Ritterballaden. Manfred indes reihte sich ein in die Phalanx der Halbwesen und Gruselcharaktere, welche dem Menschen seit Anbeginn der Zeiten durch die Köpfe spuken. Als da sind: das Monster (der Zyklop, der Drache, der Oger, das Ungeheuer der schwarzen Lagune, Tarantula), der Untote (das Gespenst, der Vampir, Ahasverus, der Fliegende Holländer, die Zombies, die wandelnde Mumie), der künstliche Mensch (der Golem, Frankenstein, der Replikant), der Tiermensch (die

Nixe, der Werwolf, der Zentaur, der Katzenmensch, der Froschkönig), das menschliche Tier (King Kong, Godzilla, der Hund von Baskerville), der Doppelgänger (Peter Schlemihl, Dr. Jekyll und Mr Hide, der Student von Prag), verrückte Superverbrecher und Naturforscher (Dr. Mabuse, Dr. Frankenstein, Phantomas, Dr. Fu Man Chu, Dr. No), die Hexe (Schneewittchens Stiefmutter, Gundel Gaukelei) und last but not least die Kompanie der Naturgeister (der Erlkönig, die Fee, der Troll, das Glasmännlein aus Wilhelm Hauffs *Das kalte Herz*).

In Deutschland begeisterten sich nicht nur Goethe und Schiller für *The Castle of Otranto* und Nachfolge-Seller wie *Der Mönch* von Matthew Gregory Lewis oder Ann Radcliffes *Der Italiener*. Die Dioskuren fassten sogar eine gemeinsam zu erstellende Fortsetzung von Walpoles mittelalterlicher Schauergeschichte ins Auge. Dazu kam es leider nicht. Dafür hat Goethe mit der *Braut von Korinth* 1797 eine frühe, wenn auch für heutige Leser etwas langatmige Vampir-Ballade hinterlassen. Hier das entscheidende Bekenntnis der Blutsaugerin:

Aus dem Grabe werd' ich ausgetrieben,
Noch zu suchen das vermisste Gut,
Noch den schon verlornen Mann zu lieben
Und zu saugen seines Herzens Blut.
Ist's um den geschehn,
Muss nach andern gehn,
Und das junge Volk erliegt der Wut.

Schöner Jüngling! kannst nicht länger leben;
Du versiechest nun an diesem Ort.
Meine Kette hab' ich dir gegeben;
Deine Locke nehm' ich mit mir fort.
Sieh sie an genau!
Morgen bist du grau,
Und nur braun erscheinst du wieder dort.

Keinesfalls zu lang, sondern von ergreifender Schlichtheit und horribler Stringenz ist das *Rewelge* aus der Sammlung *Des Knaben*

Wunderhorn. Die Zombie-Ballade gehört zu jenen 250 von insgesamt 723 Liedern, die von den Herausgebern Clemens Brentano und Achim von Arnim der Einfachheit halber mit dem Quellenvermerk »Mündlich« versehen wurden. Das kann nämlich mit »überarbeitet«, »umgeschrieben« oder »selbst geschrieben« übersetzt werden. Von Arnim gab dabei den flotten Modernisierer, der gerne mal eine alte Formulierung geradebügelte oder gleich alles neu zusammenreimte, während Brentano sich auf die schonende werkimmanente Politur spezialisiert hatte. Er brachte es darin zu solcher Meisterschaft, dass die Philologen Jacob und Wilhelm Grimm wütende Briefe schrieben, weil seine Eingriffe, anders die Arnimschen, so teuflisch schwer zu identifizieren waren. Darum tippen wir bei dem vorliegenden Text auch auf Brentanos Handschrift. Das *Rewelge* klingt authentisch altdeutsch, bis auf ein einziges poetisch wirklich starkes Bild (»ein Schrecken schlägt den Feind«), darüber hinaus sind die Strophen so geschmeidig um den wahrscheinlich im Nachhinein eingefügten Refrain (»Tralali, Tralaley, Tralala«) herumgebaut, dass hier der Ausdruck Kunstballade wirklich den Kern der Sache trifft. Die melodische Qualität muss auch Gustav Mahler sofort ins Ohr gegangen sein. Das Lied vom Tambour, der seine toten Kameraden zum letzten Gefecht zusammentrommelt, gehört zu den schönsten Exemplaren seines *Wunderhorn*-Zyklus. »Marschierend in einem fort« steht in der Spielanweisung, und so zieht die Geisterarmee auch unaufhaltsam in die Schlacht und überrennt den Feind, angepeitscht von Bläsern, Flöten, Pauken und wummernden Bässen. Wie der militärische Lärmapparat dabei immer mehr aus den Fugen gerät, bis er vor dem Haus des Schätzeleins ebenso unvermittelt wie unheimlich ins pianissimo fällt, auch das ist Horrordramaturgie at its best.

Mit derartigen Subtilitäten kann *Die Nonne* nicht prunken. Hier passt ein Wort von Max Kommerell: »Bürgerlich kann die Dämpfung des Schrecklichen zur Sentimentalität ein etwas blöder Hang zum Gruseligen und endlich der Balladenhumor sein, wenn er gemütlich ist statt frech.« Auf Ludwig Höltys Gespenster-Ballade trifft beides zu, obwohl der Humor eher unfreiwillig durchschlägt. Das alles vermag den trashigen Charme des Gedichtes, wie wir finden, aber keineswegs zu mindern. Cineasten würden *Die*

Nonne ein klassisches B-Movie nennen. Alles ist auf die schlussendliche Leichenschändung hin gearbeitet, welche von Hölty mit solchem Furor inszeniert wird, dass *Die Nonne* in ihrem blutigen Aberwitz wohl einzigartig in der Balladenlandschaft steht.

Der empfindsame, zeit seines Lebens von Krankheit und Todesahnungen geplagte Lyriker hat Derartiges auch nie wieder geschrieben. Gemeinhin gilt Hölty (1748–1776) als Meister der »süßen Schwermut« und begabtester Poet des Göttinger Hainbundes. Seine bekannteste Zeile lautet »Üb' immer Treu und Redlichkeit bis an dein kühles Grab«. Sie stammt aus dem Gedicht *Der alte Landmann an seinen Sohn*, das Mozart nach einem Motiv aus der *Zauberflöte* vertont hat. Auch Schubert, Brahms, Carl Philipp Emanuel Bach und Felix Mendelssohn Bartholdy nahmen sich gerne seiner Texte an. Welcher Ruf dem Hannoveraner seinerzeit vorauseilte, lässt sich in Karl Philipp Moritz' *Anton Reiser* nachlesen: »Der diesjährige *Musenalmanach* enthielt vorzüglich vortreffliche Gedichte von Bürger, Hölty, Voß und so weiter. Die beiden Balladen, *Lenore* von Bürger und *Adelstan* von Hölty, lernte Reiser sogleich auswendig, wie er sie las. (…) Seine Verehrung gegen die Verfasser solcher Werke, wie die *Leiden des jungen Werther* und verschiedene Gedichte im *Musenalmanach* waren, fing auch nun an, ausschweifend zu werden – er vergötterte diese Menschen in seinen Gedanken und würde es schon für eine große Glückseligkeit gehalten haben, nur einmal ihres Anblicks zu genießen.«

Ganz ähnliche Gedanken bewegten den jungen Komponisten Carl Loewe, als er 1820 an Goethes Tür klopfte. Ein Diener führte ihn in »einen länglichen Salon«, wo der inzwischen ziemlich beleibte Dichterfürst dozierend auf und ab stolzierte. Dann winkte Goethe (1759–1832), und »wir blieben allein«, berichtet Loewe in seiner Autobiografie. »Ich sagte ihm, wie ich die Balladen vor allen anderen Dichtformen liebe, wie die volksthümliche Sage seines *Erlkönig* in dem großartig romantischen Gewande seiner Dichtung mich ganz hingenommen; so hingenommen, dass ich diesen *Erlkönig* habe componiren müssen: ich hielt schon deshalb den *Erlkönig* für die beste deutsche Ballade, weil die Personen alle redend eingeführt seien. – ›Da haben Sie recht‹, sagte Goethe.«

Der Prototyp der naturmagischen Ballade ist zweifellos ein Champion der Gattung. Beim Googlen wird der *Erlkönig* (89 400 Einträge) allerdings von Schillers *Glocke* (168 000 Einträge) klar geschlagen. Dafür gehen auf sein Konto mindestens 131 Vertonungen, darunter Schuberts berühmte, von einem dämonischen Bassmotiv »durch Nacht und Wind« getriebene Fassung. Das dürfte Weltrekord sein. Alles Weitere – einschließlich Sigmund Freuds Anmerkungen zum Unheimlichen (Kastrationsangst, Mutterleibsfantasien, infantile Wunscherfüllung) – ist jedem von uns spätestens in der Oberprima eingebläut worden und bedarf keines weiteren Kommentars. Terra incognita blieb nur der Erlkönig selber. Wie sieht er aus, wo kommt er her, was hat er gegen das Kind? Dass mit seiner Tochter nicht gut Kirschen essen ist, wissen wir aus der germanischen Überlieferung (siehe die *Oluf*-Ballade). Hier unterscheidet man zwischen Licht- und Schwarzelfen, zu denen auch die Zwerge gehören. Ihr Chef heißt Alberich, wahlweise Oberon oder Laurin, und wird oft als Elfenkönig bezeichnet. Anfangs kann er der Elfenkönigin durchaus das Wasser reichen. Alberich kennt man als wehrhaften wie verschlagenen Hüter des Nibelungenschatzes, Laurin raubt in der *Dietrich*-Sage die Königstochter Similde und erschlägt etliche Ritter, ehe Dietrich seinen Zaubergürtel zerstört und ihn abführen kann. In Shakespeares *Sommernachtstraum* gibt Oberon den Giftzwerg und verwirrt die Haute-volée von Athen mit Liebestropfen, während sein Adlatus Puck dem Weber Zettel einen Eselskopf auf die Schultern zaubert. Es folgt der namenlose, aber stilvolle Kinderschänderauftritt im *Erlkönig*. Doch dann geht es schurkentechnisch steil bergab. Durch Richard Wagners *Rheingold* wankt Alberich als sabbernder Lustgreis, der versucht, die drei Rheintöchter zu vergewaltigen, aber kläglich scheitert, weil er nicht schwimmen kann. Am Ende muss er mit ansehen, wie sein tapferes Völkchen im deutschen Vorgarten die Geranien bewacht.

Alles Dichtermärchen, weiß Fachfrau Erla Stefánsdóttir. Sie ist die Elfenbeauftragte (Álfasögusafni = Elfenmärchensammlerin) von Reykjavik und markiert auf den Stadtplänen die Wohnplätze der Elfen, die unter keinen Umständen bebaut werden dürfen. Elfen, sagt Frau Stefánsdóttir, seien rothaarig, durchweg gutartig und zeigen sich dem Menschen nur, »um zu helfen oder weil sie selbst Hilfe brauchen (...). Sie wohnen in Lavafelsen und (...) essen Fisch, Milchprodukte, Eier, Gemüse, Obst und Blumen.« Die Elfenbeauftragte kennt sechzig Unterarten, entsprechend vielgestaltig sei ihr Äußeres. Es gebe große und kleine, »einige sind dem Menschen sehr ähnlich. Und mit ihren wunderbaren Stimmen singen sie stundenlang.« Gut, dass Goethe davon keinen blassen Schimmer hatte.

Annette von Droste-Hülshoff (1797–1848) kannte die Sage vom *Loup Garou,* vom Werwolf, sehr genau. Die zauberhafte Ballade gehört zu ihrem Zyklus *Volksglauben in den Pyrenäen*, den die westfälische Dichterin 1845 für die *Kölner Zeitung* geschrieben hat. »Recht wie 'nen Hund, nur weiß wie Schnee«, mit schielenden »ganz verkehrten Augen« und einem »langen, langen, langen Zahn«, so schnürt das Untier, eine Kette hinter sich herschleifend, um die »Kreuzwege« und straft die hartleibigen Sünder: herzlose Kaufleute, Säufer und unartige Kinder, denen die Geschichte hier zur Abschreckung aufgetischt wird.

Wer sich beim Lesen am Kopf kratzt und wundert, wo denn bitte der Vollmond geblieben ist, unter dessen fahlem Schein einer gequälten Seele Punkt Mitternacht das Fell über die Ohren wächst, oder jene Silberkugel, die, sofern sie ins Herz trifft, allein die Existenz der Kreatur beenden kann, der ist schiefgewickelt. Diese Zutaten kennt keine der historischen Werwolf-Überlieferungen. Zwar werden Menschen schon im *Gilgamesch*-Epos und bei den alten Griechen in den canis lupus verwandelt. Doch der Schöpfer des modernen Werwolf-Mythos ist der jüdische Romancier Curt Siodmak. Er emigrierte in die USA und schrieb 1941 das Drehbuch für *The Wolf Man*, mittlerweile ein Klassiker des Horrorgenres. Der Film erzählt die Geschichte von Larry Talbot, der im Wald von einem riesigen Wolf angefallen und verletzt wird. Er erschlägt die Bestie mit seinem Wanderstock, aber als die Polizei eintrifft, muss er zu seinem Entsetzen feststellen, dass sich das tote Untier in eine menschliche Leiche verwandelt hat. Nun nimmt das Schicksal seinen Lauf und Talbot jedes Mal bei Vollmond die Gestalt eines Werwolfs an. Am Ende erlöst ihn der Vater mit einer silbernen Revolverkugel. Begünstigt wurde die Kanonisierung seines Drehbuchs durch das Fehlen literarischer Vorlagen wie Mary Shelleys *Frankenstein* oder Stokers *Dracula,* so dass Siodmak seiner Fantasie freien Lauf lassen und die Geschichte wie eine griechische Tragödie anlegen konnte. In seiner Autobiografie *Unter Wolfsmenschen – Amerika* schreibt er darüber: »In griechischen Tragödien entscheiden die Götter über des Menschen Schicksal, dem er nicht entrinnen kann. Bei Vollmond weiß der Wolfsmensch, dass es seine Bestimmung ist, zu töten. In griechischen Dramen haben die Götter ultimative Macht über das Leben der Menschen. Im *Wolf Man* übt der Vater ultimative Gewalt über seinen Sohn aus.« Die Rolle des antiken Chors spielt im Film eine junge Roma, die das Geschehen unter anderem mit diesen Versen kommentiert:

Sogar ein Mann mit reinstem Geblüt,
Der Gebete sagt jede Nacht,
Kann zum Wolf werden, wenn die
Wolfsblume blüht unter des Mondes goldener Pracht.

»Meinen Vierzeiler«, erzählt Siodmak, »hat man inzwischen der ›Zigeuner-Folklore‹ zugeschrieben. So macht man Volksüberlieferung.«

Wie man einen Bestseller schreibt, demonstrierte Edgar Allan Poe (1809–1849) mit *Der Rabe*, der berühmtesten Schauerballade der Literaturgeschichte. Nachdem er Ruf und Konto in Philadelphia durch Alkoholexzesse wieder einmal gründlich ruiniert hatte, zog Poe im April 1844 mit Frau und Schwiegermutter nach New York, um für einen Hungerlohn in der Redaktion des *Evening Mirror* zu arbeiten. Nach Feierabend feilte er an einem literarischen Coup, der ihn endgültig sanieren sollte. Die Details hat Poe später in seinem Essay *Die Philosophie der Komposition* festgehalten. Mit der wissenschaftlichen Akribie seines Detektivs Dupin, des ersten Privatschnüfflers der Literaturgeschichte, konzipierte er ein Gedicht, »in dem nichts auf Zufall oder Eingebung zurückzuführen ist«, das »Schritt für Schritt mit der Sicherheit und Folgerichtigkeit einer mathematischen Lösung seiner Vollendung« entgegengehen sollte. Das Setting sah so aus: Ein Gelehrter träumt in seiner Studierstube von seiner verstorbenen Geliebten. Es ist Mitternacht, um das Haus tobt ein Gewitter. Durch hartnäckiges Flügelschlagen erregt ein Vogel seine Aufmerksamkeit, der offensichtlich Einlass begehrt. Der Gelehrte öffnet das Fenster und lässt den Raben herein. Scherzhaft fragt er ihn nach seinem Namen. Zu seinem nicht geringen Erstaunen antwortet der Rabe mit der einzigen Vokabel, die er nachzuplappern gelernt hat: *nevermore*. Ein Wort, erläutert Poe, »das in dem trauervollen Herzen des Liebenden sogleich Widerhall findet«, und fährt fort: »Er spricht laut einige Gedanken aus, die sich aus diesem Anlass in ihm bilden, und wundert sich, den Vogel sein immer wieder passendes Wort wiederholen zu hören. Nun erkennt der Liebende zwar, wie die Dinge liegen, er wird aber durch jene menschliche Sucht nach Selbstpeinigung und zum Teil auch durch einen gewissen Aberglauben gezwungen, solche Fragen an den Vogel zu stellen, auf die ihm die vorauszusehende verneinende Antwort ein Übermaß von Schmerz verursachen muss.«

Man erkennt unschwer die schwarzromantischen Ingredienzien der Handlung. Die Einsamkeit des Protagonisten, die Gleichsetzung von Schönheit und Tod, den masochistischen Kitzel, den der Liebesschmerz auslöst, die nihilistischen Zweifel an der Erlösung durch einen christlichen Gott. Diese Themen lagen damals in der Luft, und Poe wusste, das Gedicht war gut. Bei der Veröffentlichung legte er die gleiche Sorgfalt an den Tag wie beim Schreiben. Am 29. Januar 1845 prangte *Der Rabe* auf dem Titel des *Evening Mirror*, versehen mit einer hymnischen Vorrede des Chefredakteurs Nathaniel P. Willis, die Poe wahrscheinlich selbst geschrieben und Willis nur unterzeichnet hat: »Unserer Ansicht nach ist es das wirkungsvollste Beispiel ›ephemerer Dichtung‹, das je in diesem Lande veröffentlicht wurde. In der gesamten englischen Dichtung hat es nicht seinesgleichen.« Von ähnlicher Qualität war die Ankündigung in der Februarausgabe der *American Review*. Poe ließ sie unter dem Pseudonym Quarles erscheinen. Das sorgt für weiteren Gesprächsstoff, zum Beispiel im *Broadway Journal*: »Die *American Review* (...) enthält viele erfreuliche Artikel und ein Gedicht von Mr Poe, das diesem Gentleman nicht zugeschrieben wird. Die Gründe dafür sind uns unerfindlich, ist es doch ein Versgebilde, zu dem sich auch unsere besten Dichter gern bekennen würden.« Kurz darauf lancierte Poe in *Graham's Magazine* den Abdruck seiner Kurzbiografie, die er bei dem Kritiker James R. Lowell bestellt hatte. Sie feiert den *Raben*-Dichter »als den scharfsinnigsten, philosophisch gebildetsten und furchtlosesten Kritiker, den Amerika hat«. Im Mai konnte Poe an F. W. Thomas melden: »Das Gedicht ist wie eine Bombe eingeschlagen – aber gerade zu diesem Zwecke habe ich es ja geschrieben – ebenso wie den *Goldkäfer. Der Rabe* hat jedoch den *Käfer* bei weitem übertroffen.« Wie das labile Genie es schaffte, sich und den frisch erworbenen Ruhm binnen eines Jahres ins Grab zu trinken, ist wieder eine andere Geschichte.

Der Erfolg des *Raben* beruht vor allem auf der lautmalerischen Qualität seiner Verse. Gleiches gilt für den *Zipferlake*, weshalb wir dem Leser unbedingt ans Herz legen möchten, diese großartige Unsinnsballade mit erhobener Stimme Richtung Zimmerdecke zu schmettern. Dass der Autor Lewis Carroll heißt, unter seinem richtigen Namen Charles Lutwidge Dodgson Mathematikprofessor in Oxford war und der monströse *Zipferlake (Jabberwocky)* in seinem Kinderbuch *Alice hinter den Spiegeln* haust, ist bekannt. Wir erwähnen es auch nur der Form halber und wollen an dieser Stelle einfach mal die Luft anhalten. Stattdessen geben wir – zum Ruhme Carrolls und seines Übersetzers Christian Enzensberger – das Wort gleich weiter an Alice und das anthropomorphe Ei Goggelmoggel alias Humpty Dumpty, der auf alle denkbaren Fragen die richtige Antwort weiß:

»Sie sind doch so geschickt darin, Wörter zu erklären, Herr Goggelmoggel«, sagte Alice. »Könnten Sie mir da freundlicherweise sagen, was das Gedicht *Der Zipferlake* bedeutet?«

»Nur heraus damit«, sagte Goggelmoggel. »Ich kann alle Gedichte erklären, die jemals erdacht worden sind – und außerdem noch eine ganze Menge, bei denen das Erdenken erst noch kommt.«

Das klang recht vielversprechend, und Alice sagte also die erste Strophe auf:

Verdaustig wars, und glasse Wieben
Rotterten gorkicht im Gemank;
Gar elump war der Pluckerwank,
Und die gabben Schweisel frieben.

»Danke, das reicht fürs Erste«, unterbrach sie Goggelmoggel; »da kommen schon recht viel Wörter vor. *Verdaustig* heißt *vier Uhr nachmittags* – wenn man nämlich noch *verdaut*, aber doch schon wieder *durstig* ist.«

»Das passt sehr gut«, sagte Alice; »und *glasse*?«

»Nun, *glass* heißt *glatt* und *nass.* Das ist wie eine Schachtel, verstehst du: zwei Bedeutungen werden dabei zu einem Wort zusammengesteckt.«

»Jetzt versteh ich's schon«, sagte Alice nachdenklich. »Und was sind *Wieben*?«

»Also, *Wieben* sind so was Ähnliches wie Dachse – und wie Eidechsen – und so was Ähnliches wie Korkenzieher.«

»Das müssen aber merkwürdige Geschöpfe sein.«

»Das wohl«, sagte Goggelmoggel; »sie bauen außerdem ihre Nester unter Sonnenuhren – und außerdem fressen sie nur Käse.«

»Und was ist *rottern* und *gorkicht*?«

»*Rottern* ist das Gleiche wie rotieren, das heißt: sich schnell drehen. *Gorkicht* heißt alles, was sich in Kork einbohrt.«

»Und ein *Gemank* ist dann wohl der freie Platz um eine Sonnenuhr von der Art, wie sie oft in einem Park stehen?«, fragte Alice, über ihre eigene Scharfsinnigkeit verwundert.

»Freilich. Dieser Platz heißt ein *Gemank*, denn man kann rechts darum herumgehen, man kann links darum herumgehen –«

»Aber darunter kann man keineswegs«, schloss Alice.

»Genau das. Nun also: *elump* heißt elend und zerlumpt (schon wieder ein Schachtelwort, wie du siehst). Ein *Pluckerwank* ist ein magerer, unansehnlicher Vogel, bei dem die Federn kreuz und quer durcheinanderwachsen – er sieht etwas aus wie ein lebendiger Mopp.«

»Und die *gabben Schweisel*?«, fragte Alice; »wenn es Ihnen nicht zu viel wird.«

»Nun, ein *Schweisel* ist eine Art grünes Schwein; aber bei *gabben* bin ich nicht ganz sicher. Ich glaube aber, es ist abgekürzt und heißt *vom Weg ab* – so viel wie verirrt, verstehst du?«

»Und was heißt *freiben*?«

»Nun, *freiben* ist ein Mittelding aus Bellen und Niesen, begleitet von Gepfeif; vielleicht hörst du einmal, wie etwas *freibt* – dort drüben im Wald etwa –, und dann fragst du bestimmt nicht weiter.«

Der Vampir, die Ballade vom männermordenden Vamp, stammt aus dem Band *Die Blumen des Bösen*. »In dieses furchtbare Buch habe ich mein ganzes Herz, meine ganze Zärtlichkeit, meinen ganzen Glauben und all meinen Hass gelegt«, schrieb Charles Baudelaire (1821–1867), als das Buch 1857 erschien. Er widmete die »verseuchten Blüten« dem Freund Théophile Gautier. Dem Publikum widmete er das erste Gedicht.

Wir finden Lust an widerlichen Dingen,
die täglich uns der Hölle näher bringen ...

Und wer ist schuld an dem teuflischen Treiben?

... die Langeweile ist's!
Raucht sie, die Wasserpfeife, träumt vom Blutgericht.
Kennst du das heikle Ungeheuer nicht,
scheinheiliger Leser – Bruder, du – mir gleich!

Das Werk des Edgar-Allan-Poe-Verehrers Baudelaire markiert den Endpunkt der Romantik und den Beginn einer Bewegung, die sich – das heraufziehende Elend des Maschinenzeitalters witternd – unter Hohnlachen in die literarische Gegenwelt des L'art pour l'art verabschiedete und später Symbolismus getauft wurde. Die bösen Blumen tragen Kapitelüberschriften wie *Der Wein*, *Revolte* oder *Trübsinn und Vergeistigung* und kompensieren das Unbehagen im Drogenrausch, im Sexuellen und in der Satansverehrung. Ursprünglich sollte der Zyklus denn auch *Die Lesbierinnen*, später *Die Vorhöfe der Hölle* heißen. Die provokanten Töne brockten Baudelaire und seinem Verleger noch im Erscheinungsjahr eine Geldstrafe wegen »Verhöhnung der öffentlichen Moral und der guten Sitten« ein, obendrein mussten sechs Gedichte aus dem Buch entfernt werden. Dieselbe Strafkammer hatte kurz zuvor Gustav Flauberts *Madame Bovary* und Eugène Sues *Mystères du peuple* indiziert. Die Zensur-Bestimmungen gegen Baudelaire wurden übrigens erst 1949 offiziell aufgehoben.

Rewelge

»Des Morgens zwischen dreyn und vieren
Da müssen wir Soldaten marschieren
Das Gässlein auf und ab;
Tralali, Tralaley, Tralala,
Mein Schätzel sieht herab.

Ach Bruder jetzt bin ich geschossen,
Die Kugel hat mich schwer getroffen,
Trag mich in mein Quartier,
Tralali, Tralaley, Tralala,
Es ist nicht weit von hier.«

»Ach Bruder ich kann dich nicht tragen,
Die Feinde haben uns geschlagen,
Helf dir der liebe Gott;
Tralali, Tralaley, Tralala,
Ich muss marschieren in Tod.«

»Ach Brüder! Ihr geht ja vorüber,
Als wär es mit mir schon vorüber,
Ihr Lumpenfeind seyd da;
Tralali, Tralaley, Tralala,
Ihr tretet mir zu nah.

Ich muss wohl meine Trommel rühren,
Sonst werde ich mich ganz verlieren;
Die Brüder dick gesäet,
Tralali, Tralaley, Tralala,
Sie liegen wie gemäht.«

Er schlägt die Trommel auf und nieder,
Er wecket seine stillen Brüder,
Sie schlagen ihren Feind,
Tralali, Tralaley, Tralala,
Ein Schrecken schlägt den Feind.

Er schlägt die Trommel auf und nieder,
Sie sind vorm Nachtquartier schon wieder,
Ins Gässlein hell hinaus,
Tralali, Tralaley, Tralala,
Sie ziehn vor Schätzels Haus.

Da stehen morgens die Gebeine
In Reih und Glied wie Leichensteine,
Die Trommel steht voran,
Tralali, Tralaley, Tralala,
Dass sie ihn sehen kann.

»Mündlich überliefert«
in *Des Knaben Wunderhorn*

Die Nonne

Es liebt' in Welschland irgendwo
Ein schöner junger Ritter
Ein Mädchen, das der Welt entfloh,
Trotz Klostertor und Gitter;
Sprach viel von seiner Liebespein,
Und schwur, auf seinen Knien,
Sie aus dem Kerker zu befrein,
Und stets für sie zu glühen.

»Bei diesem Muttergottesbild,
Bei diesem Jesuskinde,
Das ihre Mutterarme füllt,
Schwör ich's dir, o Belinde!
Dir ist mein ganzes Herz geweiht,
So lang ich Odem habe,
Bei meiner Seelen Seligkeit!
Dich lieb ich bis zum Grabe.«

Was glaubt ein armes Mädchen nicht,
Zumal in einer Zelle?
Ach! sie vergaß der Nonnenpflicht,
Des Himmels und der Hölle.
Die, von den Engeln angeschaut,
Sich ihrem Jesu weihte,
Die reine schöne Gottesbraut,
Ward eines Frevlers Beute.

Drauf wurde, wie die Männer sind,
Sein Herz von Stund an lauer,
Er überließ das arme Kind
Auf ewig ihrer Trauer.
Vergaß der alten Zärtlichkeit,
Und aller seiner Eide,
Und flog, im bunten Galakleid,
Nach neuer Augenweide.

Begann mit andern Weibern Reihn,
Im kerzenhellen Saale,
Gab andern Weibern Schmeichelein,
Beim lauten Traubenmahle.
Und rühmte sich des Minneglücks
Bei seiner schönen Nonne,
Und jedes Kusses, jedes Blicks,
Und jeder andern Wonne.

Die Nonne, voll von welscher Wut,
Entglüht' in ihrem Mute,
Und sann auf nichts als Dolch und Blut,
Und schwamm in lauter Blute.
Sie dingte plötzlich eine Schar
Von wilden Meuchelmördern,
Den Mann, der treulos worden war,
Ins Totenreich zu fördern.

Die bohren manches Mörderschwert
In seine schwarze Seele.
Sein schwarzer, falscher Geist entfährt,
Wie Schwefeldampf der Höhle.
Er wimmert durch die Luft, wo sein
Ein Krallenteufel harret.
Drauf ward sein blutendes Gebein
In eine Gruft verscharret.

Die Nonne flog, wie Nacht begann,
Zur kleinen Dorfkapelle,
Und riss den wunden Rittersmann
Aus seiner Ruhestelle.
Riss ihm das Bubenherz heraus,
Recht ihren Zorn zu büßen,
Und trat es, dass das Gotteshaus
Erschallte, mit den Füßen.

Ihr Geist soll, wie die Sagen gehn,
In dieser Kirche weilen,
Und, bis im Dorf die Hahnen krähn,
Bald wimmern, und bald heulen.
Sobald der Zeiger zwölfe schlägt,
Rauscht sie, an Grabsteinwänden,
Aus einer Gruft empor, und trägt
Ein blutend Herz in Händen.

Die tiefen, hohlen Augen sprühn
Ein düsterrotes Feuer,
Und glühn, wie Schwefelflammen glühn,
Durch ihren weißen Schleier.
Sie gafft auf das zerrissne Herz,
Mit wilder Rachgebärde,
Und hebt es dreimal himmelwärts,
Und wirft es auf die Erde.

Und rollt die Augen, voller Wut,
Die eine Hölle blicken,
Und schüttelt aus dem Schleier Blut,
Und stampft das Herz in Stücken.
Ein dunkler Totenflimmer macht
Indes die Fenster helle.
Der Wächter, der das Dorf bewacht,
Sah's in der Landkapelle.

Ludwig Christoph Heinrich Hölty

Erlkönig

Wer reitet so spät durch Nacht und Wind?
Es ist der Vater mit seinem Kind;
Er hat den Knaben wohl in dem Arm,
Er fasst ihn sicher, er hält ihn warm. –

Mein Sohn, was birgst du so bang dein Gesicht? –
Siehst, Vater, du den Erlkönig nicht?
Den Erlenkönig mit Kron und Schweif? –
Mein Sohn, es ist ein Nebelstreif. –

»Du liebes Kind, komm, geh mit mir!
Gar schöne Spiele spiel ich mit dir;
Manch bunte Blumen sind an dem Strand,
Meine Mutter hat manch gülden Gewand.«

Mein Vater, mein Vater, und hörest du nicht,
Was Erlenkönig mir leise verspricht? –
Sei ruhig, bleibe ruhig, mein Kind;
In dürren Blättern säuselt der Wind. –

»Willst, feiner Knabe, du mit mir gehn?
Meine Töchter sollen dich warten schön;
Meine Töchter führen den nächtlichen Reihn
Und wiegen und tanzen und singen dich ein.«

Mein Vater, mein Vater, und siehst du nicht dort
Erlkönigs Töchter am düstern Ort? –
Mein Sohn, mein Sohn, ich seh es genau:
Es scheinen die alten Weiden so grau. –

»Ich liebe dich, mich reizt deine schöne Gestalt;
Und bist du nicht willig, so brauch ich Gewalt.«
Mein Vater, mein Vater, jetzt fasst er mich an!
Erlkönig hat mir ein Leids getan! –

Dem Vater grauset's, er reitet geschwind,
Er hält in den Armen das ächzende Kind,
Erreicht den Hof mit Mühe und Not;
In seinen Armen das Kind war tot.

Johann Wolfgang von Goethe

Der Loup Garou

Brüderchen schläft, ihr Kinder, still!
Setzt euch ordentlich her zum Feuer!
Hört ihr der Eule wüst Geschrill?
Hu! im Walde ist's nicht geheuer;
Frommen Kindern geschieht kein Leid,
Drückt nur immer die Lippen zu!
Denn das Böse, das lacht und schreit,
Holt die Eul' und der Loup Garou.

Wisst ihr, dort, wo das Nass vom Schiefer träuft
Und überm Weg 'ne andre Straße läuft,
Das nennt man Kreuzweg, und da geht er um
Bald so, bald so, doch immer falsch und stumm
Und immer schielend; vor dem Auge steht
Das Weiße ihm, so hat er es verdreht.
Dran ist er kenntlich und am Kettenschleifen,
So trabt er, trabt, darf keinem Frommen nahn,
Die schlimmen Leute nur, die darf er greifen
Mit seinem langen, langen, langen Zahn. –

Schiebt das Reisig der Flamme ein,
Puh, wie die Funken knistern und stäuben!
Pierrot, was soll das Wackeln sein?
Musst ein Weilchen du ruhig bleiben,
Gleich wird die Zeit dir jahrelang!
Lass doch den armen Hund in Ruh'!
Immer sind deine Händ' im Gang,
Denkst du denn nicht an den Loup Garou?

Vom reichen Kaufmann hab' ich euch erzählt,
Der seine dürft'gen Schuldner so gequält,
Und kam mit sieben Säcken von Bagnères,
Vier von Juwelen, drei von Golde schwer;
Wie er aus Geiz den schlimmen Führer nahm
Und ihm das Untier auf den Nacken kam.
Am Halse sah man noch der Kralle Spuren,
Die sieben Säcke hat es weggezuckt,
Und seine Börse auch, und seine Uhren,
Die hat es all zerbissen und verschluckt. –

Schließt die Tür, es brummt im Wald!
Als die Sonne sich heut verkrochen,
Lag das Wetter am Riff geballt,
Und nun hört man's sieden und kochen.
Ruhig, ruhig, du kleines Ding!
Hörst du? drunten im Stalle – hu!
Hörst du? Hörst du's? kling, klang, kling,
Schüttelt die Kette der Loup Garou.

Doch von dem Trunkenbolde wisst ihr nicht,
Dem in der kalten Weihnacht am Gesicht
Das Tier gefressen, dass am heilgen Tag
Er wund und scheußlich überm Schnee lag.
Zog von der Schenke aus, in jeder Hand
'ne Flasche, die man auch noch beide fand.
Doch wo die Wangen sonst, da waren Knochen,
Und wo die Augen, blut'ge Höhlen nur;
Und wo der Schädel hier und da zerbrochen,
Da sah man deutlich auch der Zähne Spur.

Wie am Giebel es knarrt und kracht!
Caton, schau auf die Bühne droben —
Aber nimm mir die Lamp' in acht! —
Ob vor die Luke der Riegel geschoben.
Pierrot, Schlingel, das rutscht herab
Von der Bank, ohne Strümpf' und Schuh!
Willst du bleiben! Tapp, tipp, tapp,
Geht auf dem Söller der Loup Garou.

Und meine Mutter hat mir oft gesagt
Von einem tauben Manne, hochbetagt,
Fast hundertjährig, dem es noch geschehn
Als Kind, dass er das Scheuel hat gesehn,
Recht wie 'nen Hund, nur weiß wie Schnee und ganz
Verkehrt die Augen, eingeklemmt den Schwanz,
Und spannenlang die Zunge aus dem Schlunde;
So mit der Kette weg an Waldes Bord,
Dann wieder sah er ihn im Tobelgrunde,
Und wieder sah er hin – da war er fort.

Hab' ich es nicht gedacht? Es schneit!
Ho, wie fliegen die Flocken am Fenster!
Heilige Frau von Embrun! wer heut
Draußen wandelt, braucht keine Gespenster;
Irrlicht ist ihm die Nebelsäul',
Führt ihn schwankend dem Abgrunde zu,
Sturmes Flügel die Toteneul',
Und der Tobel sein Loup Garou.

Annette von Droste-Hülshoff

Der Rabe

Einst, um eine Mittnacht graulich, da ich trübe sann und traulich
müde über manchem alten Folio lang vergess'ner Lehr' –
da der Schlaf schon kam gekrochen, scholl auf einmal leis ein Pochen,
gleichwie wenn ein Fingerknochen pochte, von der Türe her.
»'s ist Besuch wohl«, murrt' ich, »was da pocht so knöchern zu mir her –
das allein – nichts weiter mehr.«
Ah, ich kann's genau bestimmen: im Dezember war's, dem grimmen,
und der Kohlen matt Verglimmen schuf ein Geisterlicht so leer.
Brünstig wünscht' ich mir den Morgen; – hatt' umsonst versucht zu borgen
von den Büchern Trost dem Sorgen, ob Lenor' wohl selig wär' –
ob Lenor', die ich verloren, bei den Engeln selig wär' –

bei den Engeln – hier nicht mehr.
Und das seidig triste Drängen in den purpurnen Behängen
füllt', durchwühlt' mich mit Beengen, wie ich's nie gefühlt vorher;
also dass ich den wie tollen Herzensschlag musst' wiederholen:
»'s ist Besuch nur, der ohn' Grollen mahnt, dass Einlass er begehr' –
nur ein später Gast, der friedlich mahnt, dass Einlass er begehr'; –
ja, nur das – nichts weiter mehr.«
Augenblicklich schwand mein Bangen, und so sprach ich unbefangen:
»Gleich, mein Herr – gleich, meine Dame um Vergebung bitt' ich sehr;
just ein Nickerchen ich machte, und Ihr Klopfen klang so sachte,
dass ich kaum davon erwachte, sachte von der Türe her –
doch nun tretet ein!« – und damit riss weit auf die Tür ich – leer!
Dunkel dort – nichts weiter mehr.
Tief ins Dunkel späht' ich lange, zweifelnd, wieder seltsam bange,
Träume träumend, wie kein sterblich Hirn sie träumte je vorher;
doch die Stille gab kein Zeichen; nur ein Wort ließ hin sie streichen
durch die Nacht, das mich erbleichen ließ: das Wort »Lenor'?« so schwer –
selber sprach ich's, und ein Echo murmelte's zurück so schwer:
nur »Lenor'!« – nichts weiter mehr.
Da ich nun zurück mich wandte und mein Herz wie Feuer brannte,
hört' ich abermals ein Pochen, etwas lauter denn vorher.
»Ah, gewiss«, so sprach ich bitter, »liegt's an meinem Fenstergitter;
Schaden tat ihm das Gewitter jüngst – ja, so ich's mir erklär', –
schweig denn still, mein Herze, lass mich nachsehn, dass ich's mir erklär!: –
's ist der Wind – nichts weiter mehr!«
Auf warf ich das Fenstergatter, als herein mit viel Geflatter
schritt ein stattlich stolzer Rabe wie aus Sagenzeiten her;
Grüßen lag ihm nicht im Sinne; keinen Blick lang hielt er inne;
mit hochherrschaftlicher Miene flog empor zur Türe er –
setzt' sich auf die Pallas-Büste überm Türgesims dort – er
flog und saß – nichts weiter mehr.
Doch dies ebenholzne Wesen ließ mein Bangen rasch genesen,
ließ mich lächelnd ob der Miene, die es macht' so ernst und hehr;

»Ward Dir auch kein Kamm zur Gabe«, sprach ich, »so doch stolz Gehabe,
grauslich grimmer alter Rabe, Wanderer aus nächtger Sphär' –
sag, welch hohen Namen gab man Dir in Plutos nächtger Sphär'?«
Sprach der Rabe, »Nimmermehr.«
Staunend hört' dies rauhe Klingen ich dem Schnabel sich entringen,
ob die Antwort schon nicht eben sinnvoll und bedeutungsschwer;
denn wir dürfen wohl gestehen, dass es keinem noch geschehen,
solch ein Tier bei sich zu sehen, das vom Türgesimse her –
das von einer Marmor-Büste überm Türgesimse her
sprach, es heiße »Nimmermehr«.
Doch der droben einsam ragte und dies eine Wort nur sagte,
gleich als schütte seine Seele aus in diesem Worte er,
keine Silbe sonst entriss sich seinem düstren Innern, bis ich
seufzte: »Mancher Freund verließ mich früher schon ohn' Wiederkehr –
morgen wird er mich verlassen, wie mein Glück ohn' Wiederkehr.«
Doch da sprach er, »Nimmermehr!«
Einen Augenblick erblassend ob der Antwort, die so passend,
sagt' ich, »Fraglos ist dies alles, was das Tier gelernt bisher:
's war bei einem Herrn in Pflege, den so tief des Schicksals Schläge
trafen, dass all seine Wege schloss dies eine Wort so schwer –
dass all seiner Hoffnung Lieder als Refrain beschloss so schwer
dies ›Nimmer – nimmermehr.‹«
Doch was Trübes ich auch dachte, dieses Tier mich lächeln machte,
immer noch, und also rollt' ich stracks mir einen Sessel her
und ließ die Gedanken fliehen, reihte wilde Theorien,
Phantasie an Phantasien: wie's wohl zu verstehen wär' –
wie dies grimme, ominöse Wesen zu verstehen wär',
wenn es krächzte »Nimmermehr.«
Dieses zu erraten, saß ich wortlos vor dem Tier, doch fraß sich
mir sein Blick ins tiefste Innre nun, als ob er Feuer wär';
brütend über Ungewissem legt' ich, hin und her gerissen,
meinen Kopf aufs samtne Kissen, das ihr Haupt einst drückte hehr –
auf das violette Kissen, das ihr Haupt einst drückte hehr,
doch nun, ach! drückt nimmermehr!
Da auf einmal füllten Düfte, dünkt' mich, weihrauchgleich die Lüfte,

und seraphner Schritte Klingen drang vom Estrich zu mir her.
»Ärmster«, rief ich, »sieh, Gott sendet seine Engel Dir und spendet
Nepenthes, worinnen endet nun Lenor's Gedächtnis schwer; –
trink das freundliche Vergessen, das bald tilgt, was in Dir schwer!«
Sprach der Rabe, »Nimmermehr.«
»Ah, Du prophezeist ohn' Zweifel, Höllenbrut! Ob Tier, ob Teufel –
ob Dich der Versucher sandte, ob ein Sturm Dich ließ hierher,
trostlos, doch ganz ohne Bangen, in dies öde Land gelangen,
in dies Haus, von Graun umfangen, – sag's mir ehrlich, bitt' ich sehr –
gibt es – gibt's in Gilead Balsam? – sag's mir – sag mir, bitt' Dich sehr!«
Sprach der Rabe, »Nimmermehr.«
»Ah! dann nimm den letzten Zweifel, Höllenbrut – ob Tier, ob Teufel!
Bei dem Himmel, der hoch über uns sich wölbt – bei Gottes Ehr' –
künd mir: wird es denn geschehen, dass ich einst in Edens Höhen
darf ein Mädchen wiedersehen, selig in der Engel Heer –
darf Lenor', die ich verloren, sehen in der Engel Heer?«
Sprach der Rabe, »Nimmermehr.«
»Sei denn dies Dein Abschiedszeichen«, schrie ich, »Unhold ohnegleichen!
Hebe Dich hinweg und kehre stracks zurück in Plutos Sphär'!
Keiner einz'gen Feder Schwärze bliebe hier, dem finstern Scherze
Zeugnis! Lass mit meinem Schmerze mich allein! – hinweg Dich scher!
Friss nicht länger mir am Leben! Pack Dich! Fort! Hinweg Dich scher!«
Sprach der Rabe, »Nimmermehr.«
Und der Rabe rührt' sich nimmer, sitzt noch immer, sitzt noch immer
auf der bleichen Pallas-Büste überm Türsims wie vorher;
und in seinen Augenhöhlen eines Dämons Träume schwelen,
und das Licht wirft seinen scheelen Schatten auf den Estrich schwer;
und es hebt sich aus dem Schatten auf dem Estrich dumpf und schwer
meine Seele – nimmermehr.

Edgar Allan Poe

Der Zipferlake (Jabberwocky)

Verdaustig war's, und glasse Wieben
rotterten gorkicht im Gemank.
Gar elump war der Pluckerwank,
und die gabben Schweisel frieben.

»Hab acht vorm Zipferlak, mein Kind!
Sein Maul ist beiß, sein Griff ist bohr.
Vorm Fliegelflagel sieh dich vor,
dem mampfen Schnatterrind.«

Er zückt' sein scharfgebifftes Schwert,
den Feind zu futzen ohne Saum,
und lehnt' sich an den Dudelbaum
und stand da lang in sich gekehrt.

In sich gekeimt, so stand er hier,
da kam verschnoff der Zipferlak
mit Flammenlefze angewackt
und gurgt' in seiner Gier.

Mit Eins! und Zwei! und bis auf's Bein!
Die biffe Klinge ritscheropf!
Trennt' er vom Hals den toten Kopf,
und wichernd sprengt' er heim.

»Vom Zipferlak hast uns befreit?
Komm an mein Herz, aromer Sohn!
Oh, blumer Tag! Oh, schlusse Fron!«
So kröpfte er vor Freud'.

Verdaustig war's, und glasse Wieben
rotterten gorkicht im Gemank.
Gar elump war der Pluckerwank,
und die gabben Schweisel frieben.

LEWIS CARROLL

Der Vampir

Die du wie des Messers kalter Stoß
In mein jammernd Herze bist gefahren,
Die du stark bist wie Dämonenscharen
Und im tollen Rausch erbarmungslos,

Die in meinem Geist schwach und gering
Eingenistet sich und eingebettet,
Schändliche, an die ich festgekettet
Wie der Sträfling an den Eisenring!

Wie der Spieler seiner tollen Sucht,
Wie der Trinker der Begierde Krallen,
Wie der Leichnam ist dem Wurm verfallen,
So verfiel ich dir, o sei verflucht!

Oft rief ich das rasche Schwert herbei,
Dass es mir die Freiheit neu erringe,
Und ich bat das falsche Gift, es bringe
Mir Erlösung aus der Tyrannei.

Doch verächtlich hat das rasche Schwert,
Hat das falsche Gift zu mir gesprochen:
»So hat dich die Sklaverei zerbrochen,
Dass du nimmer der Erhebung wert.

Tor und Schwächling, selbst wenn unsre Kraft
Dir Erlösung von der Schmach gegeben,
Würde deiner Küsse Leidenschaft
Deines Vampirs Leichnam neu beleben.«

Charles Baudelaire

Und die Moral von der Geschichte

Befeuert vom schöpferischen Furor, gedopt mit Wein, Tabak oder schärferem geistigen Marschgepäck, durchmisst der Genius das Reich der Fantasie. Sein Kompass sind die Sterne, sein Weg ist das Ziel. Furchtlos und leichtfüßig, ein wahrer Äquilibrist und Traumfänger, streift er durch grüne Wälder und Auen, steigt in eisige Höhen und unsagbare Tiefen, boden- und hoffnungslos wie der Darmausgang Beelzebubs am jüngsten Tag.

Dieses romantische, in manchen Hirnen bis heute rumorende Dichterbild war Friedrich Schillers Sache nicht. Die meisten seiner frühen, von der Empathie der Sturm-und-Drang-Jahre getränkten Gedichte hat er überarbeitet oder aus den Anthologien streichen lassen. Die klassische Schiller-Lyrik kennt weder die »unreflektierte Naturschilderung« noch die »private Passion« (Georg Kurscheidt). Poesie diente im Idealfall zur Herstellung von Schönheit, und die Schönheit war das Werkzeug, um jene »Zerrüttung« zu beheben, die Schiller unweigerlich entstehen sieht, wenn der Mensch »zu einem Abdruck seines Geschäfts, seiner Wissenschaft« wird. Karl Marx hat dieses Phänomen Entfremdung getauft. Ein Produkt aus dem Schillerschen Reparaturbetrieb war die Ideenballade. Sie bereicherte die Gattung durch die Eigenschaften des Lehrgedichts, durch die volkspädagogisch wertvolle, weil läuternde Moral von der Geschichte.

Fest gemauert in der Erden
Steht die Form, aus Lehm gebrannt.
Heute muss die Glocke werden.
Frisch Gesellen, seid zur Hand.
Von der Stirne heiß
Rinnen muss der Schweiß,
Soll das Werk den Meister loben,
Doch der Segen kommt von oben.

Einige Kollegen wie die Jenaer Romantiker nahmen solche Verse mit Humor. Als *Das Lied von der Glocke* die Runde machte, seien sie »fast von den Stühlen gefallen vor Lachen«, berichtet

Caroline Schlegel. Andere waren not amused. Jean Paul nannte die gereimte Ansammlung bürgerlicher Tugenden »Reflexions-Poesie«, Georg Büchner dekretierte barsch: »Der Dichter ist kein Lehrer der Moral«, für Brecht erfüllten Schillers ästhetische Vorstellungen den Tatbestand einer »hochgesinnten Verschwörung gegen das Publikum«.

In diesem Gestus lederte auch noch Hans Magnus Enzensberger gegen Schillers »plakatierte Trivialitäten«: »Auf der einen Seite äußerste Ökonomie, auf der anderen uferlose Sprüche; feste rhythmische Form, lustlose Reimerei; strikte Kenntnis der Sache, unverbindliche Ideologie.« Konsequenterweise weigerte sich Enzensberger, die *Glocke* in eine von ihm betreute Schiller-Werkausgabe des Insel Verlages aufzunehmen. Das war 1966. Heute muss er aufpassen, dass ihn die Kritik nicht mit verwandten Invektiven belästigt.

Darum nehmen wir lieber einen abgeklärten Zeitgenossen wie Robert Gernhardt beim Wort, der dem »Schwerstpathetiker« Schiller durchaus moderne Züge attestiert. In einem Beitrag für *Die Zeit* (»Das Publikum ist mir jetzt alles«) schrieb Gernhardt: »Schiller ist darin unser Dichter-Zeitgenosse, dass ihm beim Dichten jedwede Naivität abgeht. Wie Gottfried Benn versucht er unablässig, bisher unbekannte Sprachreize ausfindig zu machen, wie nur je ein Expressionist steigert er unermüdlich den ›Wallungswert der Worte‹, wie Bertolt Brecht wechselt er die Dichterrollen und die Sängerkostüme nach Belieben und nach Bedarf.« Er tat das, sagt Gernhardt, sehr professionell und aus einem einzigen Grund, und der hieß: Wirkung. »Wirkung setzt Publikum voraus«, und das brauchte Schiller, »nicht nur aus hoch künstlerischen, sondern auch aus finanziellen Gründen«. Er musste im Gegensatz zu Goethe von seiner Kopfarbeit leben.

Gernhardts Plädoyer für den poetischen Kärrner stützt sich unter anderem auf den Briefwechsel mit Goethe aus dem Balladenjahr 1797, was uns die Gelegenheit gibt, anhand einiger Passagen, *Die Kraniche des Ibykus* betreffend, einen Blick in die gemeinsame Balladenwerkstatt zu werfen. Die Handlung der Ballade ist ein Puzzle aus verschiedenen Quellen und erzählt vom Ende des Sängers Ibykus, der auf einer Reise zu den Isthmischen

Spielen von Räubern ermordet wurde. Die Rolle der Kraniche bei der Entdeckung der Mörder im Theater von Korinth überlieferte ein Epigramm des griechischen Dichters Antipater von Sidon (das ist der mit den sieben Weltwundern), den Chor der rächenden Eumeniden (die römische Variante der griechischen Erynnien) borgte man sich von Aischylos. Goethe schlug vor, »die Geschichte (...) ohne vorherige Rücksprache um die Wette zu bearbeiten, um das Publikum zum Schiedsrichter zu machen«, überließ dann aber, wie berichtet, Schiller den Stoff.

»Der Übergang zum Theater ist sehr schön, und der Chor der Eumeniden am rechten Platze«, kommentierte Goethe am 24. August eine erste Rohfassung. Doch es gab auch Kritik. Es ging wieder einmal um Schillers poröse Kenntnisse der Fauna. Da die Rohfassung verloren ist, wissen wir nicht, was er den Vögeln angedichtet hatte. Goethe fühlte sich jedenfalls bemüßigt, darauf hinzuweisen, dass Kraniche winters gen Süden ziehen und die Reise im Schwarm antreten. Und genauso sollten sie dann auch »sowohl über den Ibykus als über das Theater wegfliegen, sie kommen als Naturphänomen und stellen sich so neben die Sonne und andere regelmäßige Erscheinungen. Auch wird das Wunderbare dadurch weggenommen, indem es nicht eben dieselben zu sein brauchen, es ist vielleicht nur eine Abteilung des großen, wandernden Heeres und das Zufällige macht eigentlich, wie mich dünkt, das Ahndungsvolle und Sonderbare in der Geschichte.«

Tags darauf schickte Goethe schon das nächste Memo.

»Ich wünschte, da Ihnen die Mitte so gelungen ist, dass Sie auch noch an die Exposition mehrere Verse wendeten, da das Gedicht ohnehin nicht lang ist. Meo voto würden die Kraniche schon von dem wandernden Ibykus erblickt, sich, als Reisenden, verglich er mit den Vögeln, sich, als Gast, mit den Gästen, zöge daraus eine gute Vorbedeutung, und rief alsdann unter den Händen der Mörder die schon bekannten Kraniche, seine Reisegefährten, als Zeugen an.«

Schiller bedankte sich am 7. September für den Hinweis, da ihm Kraniche »nur aus Gleichnissen bekannt« waren, und hatte auch sonst »nach Ihrem Rat wesentliche Veränderungen vorgenommen«. Die Exposition sei »nicht mehr so dürftig, der Held der

Ballade interessiert mehr, die Kraniche (...) bemächtigen sich der Aufmerksamkeit genug, um bei ihrer letzten Erscheinung durch das Vorhergehende nicht in Vergessenheit gebracht zu sein«. Als die Ballade erscheint, werden die Vögel tatsächlich in vorbildlichem Formationsflug präsentiert ...

Nichts regt sich um ihn her, nur Schwärme
Von Kranichen begleiten ihn,
Die fernhin nach des Südens Wärme
In graulichtem Geschwader ziehn.

... vom sterbenden Ibykus zu Kronzeugen der Mordtat berufen ...

Er hört, schon kann er nicht mehr sehn,
Die nahen Stimmen furchtbar krähn.
»Von euch, ihr Kraniche dort oben!
Wenn keine andre Stimme spricht,
Sei meines Mordes Klag erhoben!«
Er ruft es, und sein Auge bricht.

... um schließlich in Strophe neunzehn als »furchtbarn Macht, die (...) unerforschlich, unergründet des Schicksals dunkeln Knäuel flicht« über dem Theater zu schweben:

»Sieh da! Sieh da, Timotheus,
Die Kraniche des Ibykus!«

Das von dem Auftritt der Eumeniden in Bann geschlagene Mörderduo entlarvt sich höchstpersönlich, sein Ende wird kurz und bündig abgehandelt. Der Profi Schiller wusste, wann er einen Punkt machen musste. »Die wirkliche Entdeckung der Tat, als Folge jenes Schreies, wollte ich mit Fleiß nicht umständlicher darstellen, denn sobald nur der Weg zur Auffindung des Mörders geöffnet ist (und das leistet der Ausruf, nebst dem darauf folgenden verlegenen Schrecken), so ist die Ballade aus, das andere ist nichts mehr für den Poeten.«

Sind *Die Kraniche* ein dramatisches Lehrstück über die sittliche Kraft der Poesie, lieferte Schiller mit dem *Handschuh* eine Ideenballade im Komödiantenkostüm. Von Beginn an herrscht ein ironischer Unterton. Die »Großen der Krone«, in Strophe eins formvollendet auf die Ränge verteilt, schrumpfen schon in Strophe zwei zur lächerlichen Staffage. Denn nichts von dem, was hier erwartet wird, findet wirklich statt. Der König kann winken, so lange er will, die »Kampfspiele« scheitern am Phlegma der Bestien. Der Löwe gähnt und legt sich hin, der Tiger tut's ihm gleich. Als zwei nervöse Leoparden die Idylle stören, entsorgt sie der Gestreifte wie lästige Insekten. Selbst Ritter Delorges muss nicht den Gladiator spielen, sondern spaziert seelenruhig zwischen den Raubtieren herum. Das Einzige, was die lauernde Meute zu sehen bekommt, ist die Gemeinheit eines blasierten Adelsfräuleins.

Da fällt von Altans Rand
ein Handschuh von schöner Hand
zwischen Tiger und Leun
mitten hinein.

Der krumme letzte Reim in dieser entscheidenden, aber lakonisch kurzen Strophe lässt uns vermuten, auch Kunigunde meint es gar nicht ernst und ist umso erstaunter, als Delorges wirklich in die Arena springt, um ihren Handschuh zu bergen. Dafür, dass sie ihn zum Spielball ihrer Eitelkeit macht, bekommt sie das gute Stück ins Gesicht, stellvertretend für den menschenverachtenden Dünkel des Absolutismus. Nicht unerwähnt bleiben soll, dass Schiller, auf dringliches Anraten der Hofdame von Stein, die Zeile »Und er wirft ihr den Handschuh ins Gesicht« zeitweilig durch »Und der Ritter sich tief verbeugend spricht« ersetzt hatte. Kein Ruhmesblatt, aber, wie wir meinen, tolerabel. Schiller konnte und wollte sich kein Berufsverbot leisten. In der nächsten Auflage hatte er den Originaltext ja auch wiederhergestellt. Mit Robert Gernhardt ließe sich hier nochmals der Hang zum »zwanghafte(n) Produzieren« ins Feld führen, das Bedürfnis, »unter allen Umständen wirken zu wollen«. Immerhin habe Schiller die

Neurose »dadurch zu adeln« gewusst, »dass er sich als kantianisch geschulter, philosophisch versierter Idealist gab, während er doch in Wahrheit Künstler war und blieb, ein Ideenartist, dem wir Werke der Kunst verdanken, welche Maßstäbe gesetzt haben: Wer immer ihm am Zeuge flicken will, muss eine verdammt heiße Nadel führen.«

Viele Nachahmer haben Schillers Ideenballaden nicht gefunden. Adelbert von Chamissos *Erscheinung* ist auch kein reinrassiger Vertreter der Spezies. Aber ein lehrreiches Exempel dafür, wie weit sich das Gefühl der Entfremdung in die romantischen Poetenköpfe hineingefressen hatte. Schiller glaubte, wenigstens die ganzheitlich fühlende Poetenseele könne der »Zerstückelung« des menschlichen Wesens entgegenwirken: »Alles, was der Dichter uns geben kann, ist seine Individualität.« Der dichtende Naturforscher Chamisso (1781–1838) war sich da nicht mehr so sicher. Sein märchenhafter Roman *Peter Schlemihls wundersame Geschichte* spielt das uralte Doppelgänger-Motiv noch auf relativ konventionelle Weise durch. Der Schatten, den Schlemihl an Satan verkauft, ist ein physikalisches Phänomen. Er gehört zur Außenwelt, literarisch in die Abteilung Zwilling oder Double, mit der Komödiendichter oder Horrorautoren ihre Scherze treiben. Das Alter Ego der *Erscheinung* kommt aus dem Inneren, aus der Psyche des Erzählers (»Ich sah mich selbst an meinem Pulte stehen«). Das ist eine neue Qualität, die sich auch in Gogols Groteske *Die Nase*, später in Dostojewskis *Doppelgänger*, Stevensons *Dr. Jekyll & Mr Hide* oder Wildes *Dorian Gray* niedergeschlagen hat.

Man kann Chamissos Vorliebe für Doppelgänger vielleicht mit seiner Biografie erklären. Geboren in der Champagne, floh er mit seinen Eltern vor der großen Revolution nach Berlin. Die Exilanten, von Frankreich aus- und von Preußen nicht eingebürgert, waren staatenlos. Als Napoleon die Völkerschlacht von Leipzig verlor, notierte der Zweiunddreißigjährige: »Die Weltereignisse im Jahre 1813, an denen ich nicht tätigen Anteil nehmen durfte – ich hatte ja kein Vaterland mehr, oder noch kein Vaterland –, zerrissen mich wiederholt vielfältig, ohne mich von meiner Bahn abzulenken.« Die verlief anfangs ziemlich abenteuerlich und beförderte Chamisso, an Bord des russischen Expeditionsschiffes

Rurik, einmal um die Erde, ehe er den Direktorenposten des Herbariums im Berliner Botanischen Garten übernahm und sich in Kreuzberg niederließ.

Kein Doppelgänger, aber ein gedoppeltes Erlebnis, ein Déjà-vu, bringt den Protagonisten des nächsten Gedichtes aus dem Tritt. Ein Kriegsmann des Königs sucht in der Burg eines Edelmannes Schutz vor dem Gewitter. Während des Abendmahls dämmert ihm, er ist hier schon einmal gewesen. Es ist der Ort einer schrecklichen Bluttat. Er hat die Dame des Hauses gefoltert und umgebracht. Er hastet auf sein Zimmer, bangend, ob das Gebot der Gastfreundschaft oder seine königliche Uniform ihn vor der Rache des Edelmannes schützen. Die Nacht ist grausam. Draußen wüten Blitz und Donner, drinnen Todesangst und Alpträume, die dem Kriegsmann das Verbrechen immer wieder in wache Erinnerung rufen. Doch am Ende wird ihm kein Haar gekrümmt. *Die Füße im Feuer* von Conrad Ferdinand Meyer (1825–1898) darf in keiner Balladenanthologie fehlen. Die Handlung läuft vor dem Hintergrund der Hugenottenkriege des 17. Jahrhunderts ab, doch nicht allein deshalb wirkt das 1882 verfasste Sprachkunstwerk wie aus der Zeit gefallen. Der Text ist so bildreich und präzise arrangiert, dass man das Ganze abfilmen könnte, ohne ein Jota zu ändern. Die kurzen ungebundenen Aussagesätze suggerieren altväterliche Strenge und lassen gleichzeitig den mentalen Überdruck des Expressionismus vorausahnen.

Wild zuckt der Blitz. In fahlem Lichte steht ein Turm
Der Donner rollt. Ein Reiter kämpft mit seinem Ross,
Springt ab und pocht ans Tor und lärmt. Sein Mantel saust
Im Wind. Er hält den scheuen Fuchs am Zügel fest.
Ein schmales Gitterfenster schimmert goldenhell
Und knarrend öffnet jetzt das Tor ein Edelmann …

Obwohl die erste Strophe aus einem Roger-Corman-Drehbuch stammen könnte, ist Meyers Gedicht im eigentlichen Sinn keine Schauer-, sondern das seltene Exemplar einer nicht Schillerschen Ideenballade. Der hugenottische Edelmann verkörpert die ethischen Normen der Religion (»Mein ist die Rache, redet Gott«), der Kriegsmann die tyrannische Anmaßung des Stärkeren (»Beherbergt mich, ihr kennt des Königs Rock«). Das ist der stets aktuelle Kampf zwischen zivilisatorischen Standards und roher Gewalt. Der Dichter Meyer ließ die Zivilisation gewinnen. Ohne Einschränkungen. Man sollte Minister Schäuble *Die Füße im Feuer* per Rezept verordnen. Dreimal täglich vor dem Essen.

Die Kraniche des Ibykus

Zum Kampf der Wagen und Gesänge,
Der auf Korinthus' Landesenge
Der Griechen Stämme froh vereint,
Zog Ibykus, der Götterfreund.
Ihm schenkte des Gesanges Gabe,
Der Lieder süßen Mund Apoll,
So wandert' er, an leichtem Stabe,
Aus Rhegium, des Gottes voll.

Schon winkt auf hohem Bergesrücken
Akrokorinth des Wandrers Blicken,
Und in Poseidons Fichtenhain
Tritt er mit frommem Schauder ein.
Nichts regt sich um ihn her, nur Schwärme
Von Kranichen begleiten ihn,
Die fernhin nach des Südens Wärme
In graulichtem Geschwader ziehn.

»Seid mir gegrüßt, befreundte Scharen!
Die mir zur See Begleiter waren,
Zum guten Zeichen nehm ich euch,
Mein Los, es ist dem euren gleich.
Von fernher kommen wir gezogen
Und flehen um ein wirtlich Dach.
Sei uns der Gastliche gewogen,
Der von dem Fremdling wehrt die Schmach!«

Und munter fördert er die Schritte
Und sieht sich in des Waldes Mitte,
Da sperren, auf gedrangem Steg,
Zwei Mörder plötzlich seinen Weg.
Zum Kampfe muss er sich bereiten,
Doch bald ermattet sinkt die Hand,
Sie hat der Leier zarte Saiten,
Doch nie des Bogens Kraft gespannt.

Er ruft die Menschen an, die Götter,
Sein Flehen dringt zu keinem Retter,
Wie weit er auch die Stimme schickt,
Nicht Lebendes wird hier erblickt.
»So muss ich hier verlassen sterben,
Auf fremdem Boden, unbeweint,
Durch böser Buben Hand verderben,
Wo auch kein Rächer mir erscheint!«

Und schwer getroffen sinkt er nieder,
Da rauscht der Kraniche Gefieder,
Er hört, schon kann er nichts mehr sehn,
Die nahen Stimmen furchtbar krähn.
»Von euch, ihr Kraniche dort oben,
Wenn keine andre Stimme spricht,
Sei meines Mordes Klag erhoben!«
Er ruft es, und sein Auge bricht.

Der nackte Leichnam wird gefunden,
Und bald, obgleich entstellt von Wunden,
Erkennt der Gastfreund in Korinth
Die Züge, die ihm teuer sind.
»Und muss ich dich so wiederfinden,
Und hoffte mit der Fichte Kranz
Des Sängers Schläfe zu umwinden,
Bestrahlt von seines Ruhmes Glanz!«

Und jammernd hören's alle Gäste,
Versammelt bei Poseidons Feste,
Ganz Griechenland ergreift der Schmerz,
Verloren hat ihn jedes Herz.
Und stürmend drängt sich zum Prytanen
Das Volk, es fordert seine Wut,
Zu rächen des Erschlagnen Manen,
Zu sühnen mit des Mörders Blut.

Doch wo die Spur, die aus der Menge,
Der Völker flutendem Gedränge,
Gelocket von der Spiele Pracht,
Den schwarzen Täter kenntlich macht?
Sind's Räuber, die ihn feig erschlagen?
Tat's neidisch ein verborgner Feind?
Nur Helios vermag's zu sagen,
Der alles Irdische bescheint.

Er geht vielleicht mit frechem Schritte
Jetzt eben durch der Griechen Mitte,
Und während ihn die Rache sucht,
Genießt er seines Frevels Frucht.
Auf ihres eignen Tempels Schwelle
Trotzt er vielleicht den Göttern, mengt
Sich dreist in jene Menschenwelle,
Die dort sich zum Theater drängt.

Denn Bank an Bank gedränget sitzen,
Es brechen fast der Bühne Stützen,
Herbeigeströmt von fern und nah,
Der Griechen Völker wartend da,
Dumpfbrausend wie des Meeres Wogen;
Von Menschen wimmelnd, wächst der Bau
In weiter stets geschweiftem Bogen
Hinauf bis in des Himmels Blau.

Wer zählt die Völker, nennt die Namen,
Die gastlich hier zusammenkamen?
Von Theseus' Stadt, von Aulis' Strand,
Von Phokis, vom Spartanerland,
Von Asiens entlegener Küste,
Von allen Inseln kamen sie
Und horchen von dem Schaugerüste
Des Chores grauser Melodie –

Der streng und ernst, nach alter Sitte,
Mit langsam abgemessnem Schritte,
Hervortritt aus dem Hintergrund,
Umwandelnd des Theaters Rund.
So schreiten keine irdschen Weiber,
Die zeugete kein sterblich Haus!
Es steigt das Riesenmaß der Leiber
Hoch über Menschliches hinaus.

Ein schwarzer Mantel schlägt die Lenden,
Sie schwingen in entfleischten Händen
Der Fackel düsterrote Glut,
In ihren Wangen fließt kein Blut.
Und wo die Haare lieblich flattern,
Um Menschenstirnen freundlich wehn,
Da sieht man Schlangen hier und Nattern
Die giftgeschwollenen Bäuche blähn.

Und schauerlich gedreht im Kreise
Beginnen sie des Hymnus Weise,
Der durch das Herz zerreißend dringt,
Die Bande um den Sünder schlingt.
Besinnungsraubend, herzbetörend
Schallt der Erinnyen Gesang,
Er schallt, des Hörers Mark verzehrend,
Und duldet nicht der Leier Klang:

Wohl dem, der frei von Schuld und Fehle
Bewahrt die kindlich reine Seele!
Ihm dürfen wir nicht rächend nahn,
Er wandelt frei des Lebens Bahn.
Doch wehe, wehe, wer verstohlen
Des Mordes schwere Tat vollbracht,
Wir heften uns an seine Sohlen,
Das furchtbare Geschlecht der Nacht!

Und glaubt er fliehend zu entspringen,
Geflügelt sind wir da, die Schlingen
Ihm werfend um den flüchtgen Fuß,
Dass er zu Boden fallen muss.
So jagen wir ihn, ohn Ermatten,
Versöhnen kann uns keine Reu,
Ihn fort und fort bis zu den Schatten
Und geben ihn auch dort nicht frei.

So singend, tanzen sie den Reigen,
Und Stille wie des Todes Schweigen
Liegt überm ganzen Hause schwer,
Als ob die Gottheit nahe wär.
Und feierlich, nach alter Sitte
Umwandelnd des Theaters Rund
Mit langsam abgemessnem Schritte,
Verschwinden sie im Hintergrund.

Und zwischen Trug und Wahrheit schwebet
Noch zweifelnd jede Brust und bebet
Und huldigt der furchtbarn Macht,
Die richtend im Verborgnen wacht,
Die unerforschlich, unergründet
Des Schicksals dunklen Knäuel flicht,
Dem tiefen Herzen sich verkündet,
Doch fliehet vor dem Sonnenlicht.

Da hört man auf den höchsten Stufen
Auf einmal eine Stimme rufen:
»Sieh da! Sieh da, Timotheus,
Die Kraniche des Ibykus!« –
Und finster plötzlich wird der Himmel,
Und über dem Theater hin
Sieht man in schwärzlichtem Gewimmel
Ein Kranichheer vorüberziehn.

»Des Ibykus!« Der teure Name
Rührt jede Brust mit neuem Grame,
Und, wie im Meere Well auf Well,
So läuft's von Mund zu Munde schnell:
»Des Ibykus, den wir beweinen,
Den eine Mörderhand erschlug!
Was ist's mit dem? Was kann er meinen?
Was ist's mit diesem Kranichzug?« –

Und lauter immer wird die Frage,
Und ahnend fliegt's mit Blitzesschlage
Durch alle Herzen. »Gebet acht!
Das ist der Eumeniden Macht!
Der fromme Dichter wird gerochen,
Der Mörder bietet selbst sich dar!
Ergreift ihn, der das Wort gesprochen,
Und ihn, an den's gerichtet war.«

Doch dem war kaum das Wort entfahren,
Möcht er's im Busen gern bewahren;
Umsonst, der schreckenbleiche Mund
Macht schnell die Schuldbewussten kund.
Man reißt und schleppt sie vor den Richter,
Die Szene wird zum Tribunal,
Und es gestehn die Bösewichter,
Getroffen von der Rache Strahl.

FRIEDRICH SCHILLER

Der Handschuh

Vor seinem Löwengarten,
Das Kampfspiel zu erwarten,
Saß König Franz,
Und um ihn die Großen der Krone,
Und rings auf hohem Balkone
Die Damen in schönem Kranz.

Und wie er winkt mit dem Finger,
Auf tut sich der weite Zwinger,
Und hinein mit bedächtigem Schritt
Ein Löwe tritt,
Und sieht sich stumm
Rings um,
Mit langem Gähnen,
Und schüttelt die Mähnen,
Und streckt die Glieder,
Und legt sich nieder.

Und der König winkt wieder,
Da öffnet sich behend
Ein zweites Tor,
Daraus rennt
Mit wildem Sprunge
Ein Tiger hervor,
Wie der den Löwen erschaut,
Brüllt er laut,
Schlägt mit dem Schweif
Einen furchtbaren Reif,
Und recket die Zunge,
Und im Kreise scheu
Umgeht er den Leu
Grimmig schnurrend;
Drauf streckt er sich murrend
Zur Seite nieder.

Und der König winkt wieder,
Da speit das doppelt geöffnete Haus
Zwei Leoparden auf einmal aus,
Die stürzen mit mutiger Kampfbegier
Auf das Tigertier,
Das packt sie mit seinen grimmigen Tatzen,
Und der Leu mit Gebrüll
Richtet sich auf, da wird's still,
Und herum im Kreis,
Von Mordsucht heiß,
Lagern die greulichen Katzen.

Da fällt von des Altans Rand
Ein Handschuh von schöner Hand
Zwischen den Tiger und den Leun
Mitten hinein.

Und zu Ritter Delorges spottenderweis
Wendet sich Fräulein Kunigund:
»Herr Ritter, ist Eure Lieb so heiß,
Wie Ihr mir's schwört zu jeder Stund,
Ei, so hebt mir den Handschuh auf.«

Und der Ritter in schnellem Lauf
Steigt hinab in den furchtbarn Zwinger
Mit festem Schritte,
Und aus der Ungeheuer Mitte
Nimmt er den Handschuh mit keckem Finger.

Und mit Erstaunen und mit Grauen
Sehen's die Ritter und Edelfrauen,
Und gelassen bringt er den Handschuh zurück.
Da schallt ihm sein Lob aus jedem Munde,
Aber mit zärtlichem Liebesblick –
Er verheißt ihm sein nahes Glück –
Empfängt ihn Fräulein Kunigunde.
Und er wirft ihr den Handschuh ins Gesicht:

»Den Dank, Dame, begehr ich nicht«,
Und verlässt sie zur selben Stunde.

FRIEDRICH SCHILLER

Erscheinung

Die zwölfte Stunde war beim Klang der Becher
Und wüstem Treiben schon herangewacht,
Als ich hinaus mich stahl, ein müder Zecher.
Und um mich lag die kalte, finstre Nacht;
Ich hörte durch die Stille widerhallen

Den eignen Tritt und fernen Ruf der Wacht.
Wie aus den klangreich festerhellten Hallen
In Einsamkeit sich meine Schritte wandten,
Ward ich von seltsam trübem Mut befallen.
Und meinem Hause nah, dem wohlbekannten,

Gewahrt ich, und ich stand versteinert fast,
Dass hinter meinen Fenstern Lichter brannten.
Ich prüfte zweifelnd eine lange Rast,
Und fragte: macht es nur in mir der Wein?
Wie käm zu dieser Stunde mir ein Gast?

Ich trat hinzu, und konnte bei dem Schein
Im wohlverschlossnen Schloss den Schlüssel drehen,
Und öffnete die Tür, und trat hinein.
Und, wie die Blicke nach dem Lichte spähen,
Da ward mir ein Gesicht gar schreckenreich, –

Ich sah mich selbst an meinem Pulte stehen.
Ich rief: »Wer bist du, Spuk?« – er rief sogleich:
»Wer stört mich auf in später Geisterstunde?«
Und sah mich an, und ward, wie ich, auch bleich.
Und unermesslich wollte die Sekunde

Sich dehnen, da wir starrend wechselseitig
Uns ansahn, sprachberaubt mit offnem Munde.
Und aus beklommner Brust zuerst befreit ich
Das schnelle Wort: »Du grause Truggestalt,
Entweiche, mache mir den Platz nicht streitig!«

Und er, als einer, über den Gewalt
Die Furcht nur hat, erzwingend sich ein leises
Und scheues Lächeln, sprach erwidernd: »Halt!
Ich bin's, du willst es sein; – um dieses Kreises,
Des wahnsinn-drohnden, Quadratur zu finden,

Bist du der rechte, wie du sagst, beweis es;
Ins Wesenlose will ich dann verschwinden.
Du Spuk, wie du mich nennst, gehst du das ein,
Und willst auch du zu Gleichem dich verbinden?«
Drauf ich entrüstet: »Ja, so soll es sein!

Es soll mein echtes Ich sich offenbaren,
Zu Nichts zerfließen dessen leerer Schein!«
Und er: »So lass uns, wer du seist, erfahren!«
Und ich: »Ein solcher bin ich, der getrachtet
Nur einzig nach dem Schönen, Guten, Wahren;

Der Opfer nie dem Götzendienst geschlachtet,
Und nie gefrönt dem weltlich eitlen Brauch,
Verkannt, verhöhnt, der Schmerzen nie geachtet;
Der irrend zwar und träumend oft den Rauch
Für Flamme hielt, doch mutig beim Erwachen

Das Rechte nur verfocht: – bist du das auch?«
Und er mit wildem, kreischend lautem Lachen:
»Der du dich rühmst zu sein, der bin ich nicht.
Gar anders ist's bestellt um meine Sachen.
Ich bin ein feiger, lügenhafter Wicht,

Ein Heuchler mir und andern, tief im Herzen
Nur Eigennutz, und Trug im Angesicht.
Verkannter Edler du mit deinen Schmerzen,
Wer kennt sich nun? Wer gab das rechte Zeichen?
Wer soll, ich oder du, sein Selbst verscherzen?

Tritt her, so du es wagst, ich will dir weichen!«
Drauf mit Entsetzen ich zu jenem Graus:
»Du bist es, bleib, und lass hinweg mich schleichen!« –
Und schlich, zu weinen, in die Nacht hinaus.

ADELBERT VON CHAMISSO

Die Füße im Feuer

Wild zuckt der Blitz. In fahlem Lichte steht ein Turm
Der Donner rollt. Ein Reiter kämpft mit seinem Ross,
Springt ab und pocht ans Tor und lärmt. Sein Mantel saust
Im Wind. Er hält den scheuen Fuchs am Zügel fest.
Ein schmales Gitterfenster schimmert goldenhell
Und knarrend öffnet jetzt das Tor ein Edelmann …

– »Ich bin ein Knecht des Königs, als Kurier geschickt
Nach Nîmes. Herbergt mich! Ihr kennt des Königs Rock!«
– »Es stürmt. Mein Gast bist du. Dein Kleid, was kümmerts mich?
Tritt ein und wärme dich! Ich sorge für dein Tier!«
Der Reiter tritt in einen dunkeln Ahnensaal,
Von eines weiten Herdes Feuer schwach erhellt,
Und je nach seines Flackerns launenhaftem Licht
Droht hier ein Hugenott im Harnisch, dort ein Weib,
Ein stolzes Edelweib aus braunem Ahnenbild …
Der Reiter wirft sich in den Sessel vor dem Herd
Und starrt in den lebendgen Brand. Er brütet, gafft …
Leis sträubt sich ihm das Haar. Er kennt den Herd, den Saal …
Die Flamme zischt. Zwei Füße zucken in der Glut.

Den Abendtisch bestellt die greise Schaffnerin
Mit Linnen blendend weiß. Das Edelmägdlein hilft.
Ein Knabe trug den Krug mit Wein. Der Kinder Blick
Hangt schreckensstarr am Gast und hangt am Herd entsetzt …
Die Flamme zischt. Zwei Füße zucken in der Glut.
– »Verdammt! Dasselbe Wappen! Dieser selbe Saal!
Drei Jahre sinds … Auf einer Hugenottenjagd …
Ein fein, halsstarrig Weib … ›Wo steckt der Junker? Sprich!‹
Sie schweigt. ›Bekenn'!‹ Sie schweigt. ›Gib ihn heraus!‹ Sie schweigt.
Ich werde wild. D e r Stolz! Ich zerre das Geschöpf …
Die nackten Füße pack ich ihr und strecke sie
Tief mitten in die Glut … ›Gib ihn heraus!‹ … Sie schweigt …
Sie windet sich … Sahst du das Wappen nicht am Tor?
Wer hieß dich hier zu Gaste gehen, dummer Narr?
Hat er nur einen Tropfen Bluts, erwürgt er dich.« –
Eintritt der Edelmann. »Du träumst! Zu Tische, Gast …«

Da sitzen sie. Die drei in ihrer schwarzen Tracht
Und er. Doch keins der Kinder spricht das Tischgebet.
Ihn starren sie mit aufgerissnen Augen an –
Den Becher füllt und übergießt er, stürzt den Trunk,
Springt auf: »Herr, gebet jetzt mir meine Lagerstatt!
Müd bin ich wie ein Hund!« Ein Diener leuchtet ihm,
Doch auf der Schwelle wirft er einen Blick zurück
Und sieht den Knaben flüstern in des Vaters Ohr …
Dem Diener folgt er taumelnd in das Turmgemach.

Fest riegelt er die Tür. Er prüft Pistol und Schwert.
Gell pfeift der Sturm. Die Diele bebt. Die Decke stöhnt.
Die Treppe kracht … Dröhnt hier ein Tritt? Schleicht dort ein Schritt? …
Ihn täuscht das Ohr. Vorüberwandelt Mitternacht.
Auf seinen Lidern lastet Blei, und schlummernd sinkt
Er auf das Lager. Draußen plätschert Regenflut.
Er träumt. »Gesteh!« Sie schweigt. »Gib ihn heraus!« Sie schweigt.
Er zerrt das Weib. Zwei Füße zucken in der Glut.

Aufsprüht und zischt ein Feuermeer, das ihn verschlingt ...
– »Erwach! Du solltest längst von hinnen sein! Es tagt!«
Durch die Tapetentür in das Gemach gelangt,
Vor seinem Lager steht des Schlosses Herr – ergraut,
Dem gestern dunkelbraun sich noch gekraust das Haar.

Sie reiten durch den Wald. Kein Lüftchen regt sich heut.
Zersplittert liegen Ästetrümmer quer im Pfad,
Die frühsten Vöglein zwitschern, halb im Traume noch.
Friedselge Wolken schwimmen durch die klare Luft,
Als kehrten Engel heim von einer nächtgen Wacht.
Die dunkeln Schollen atmen kräftgen Erdgeruch,
Die Ebne öffnet sich. Im Felde geht ein Pflug,
Der Reiter lauert aus den Augenwinkeln: »Herr,
Ihr seid ein kluger Mann und voll Besonnenheit
Und wisst, dass ich dem größten König eigen bin.
Lebt wohl! Auf Nimmerwiedersehn!« Der andre spricht:
»Du sagsts! Dem größten König eigen! Heute ward
Sein Dienst mir schwer ... Gemordet hast du teuflisch mir
Mein Weib! Und lebst ... Mein ist die Rache, redet Gott.«

CONRAD FERDINAND MEYER

Education Sentimentale

1869 betrat ein jugendlicher Held die literarische Bühne, dem nach 550 Romanseiten nichts bleiben sollte außer Lebensüberdruss, Misanthropie und geistiger Ermattung. Dieses Triptychon der Desillusion ist die Quintessenz der *Education Sentimentale* (Erziehung der Gefühle), die Gustave Flaubert dem Studenten Frédéric Moreau angedeihen lässt. Den Kopf voller romantischer Flausen reist der Provinzler Mitte der 1840er Jahre nach Paris, um sein Glück zu machen. Leider hat ihm keiner gesagt, was das ist. Und so taumelt Moreau zwischen Revolutionsjüngern, Parvenüs und Bohemiens, vorrangig aber in diversen Boudoirs herum wie eine willenlose Flipperkugel. Zur einzigen Konstante wird das tägliche Rattenrennen um Geld und Prestige. Doch je länger er mitläuft, desto öder und sinnloser scheint ihm das Leben. Außerdem ist es viel zu anstrengend. Allmählich zerrinnt Moreau alles, was er anfasst, zwischen den Fingern: die Liebe zu der Kunsthändlersgattin Arnoux, die Geschäfte, seine künstlerischen Ambitionen, selbst ein Suizidversuch scheitert »aus Erschöpfung«. Vor dem endgültigen Absturz bewahren ihn letztlich eine Erbschaft und die zynische Erkenntnis, dass in einem Gemeinwesen, das alles, sogar die Gefühle, dem Prinzip der Verwertbarkeit unterwirft, Opportunismus, Lüge und Mittelmaß die einzig angemessenen Überlebensstrategien sind.

Vom Aufbruch des Sturm und Drang bis zum kleinkarierten Nihilismus Frédéric Moreaus war es ein weiter Weg. Er markiert den langen Marsch, der das Bürgertum an die Schalthebel der Macht, aber auch der Erkenntnis näher brachte, »dass ihm große Gesten nicht sonderlich gut stehen«.

Diese Einsicht, schreibt Matthias Altenburg, sei »schmerzlich« gewesen, »denn selbst jener, der um die Profanität seiner Bedürfnisse weiß, würde sie doch allzu gerne im Gewand eines Helden befriedigen. Wo aber die Produktion von immer mehr Reichtum das einzige Ziel ist, wird jede Moral, jedes Ideal, jede Tugend zur auswechselbaren Staffage.« Altenburgs trefflicher Flaubert-Aufsatz *Der kalte Romantiker* bringt die *Education Sentimentale* folgerichtig auf diesen Nenner: »Aus großen Leidenschaften wurden mickrige Begierden«.

Wie es so weit kommen konnte, ist eine spannende, aber verzwickte Geschichte. Die Kurzfassung geht ungefähr so: Nachdem man Napoleon ins südatlantische Exil expediert hatte, formierten sich die Monarchien unter dem Banner des Gottesgnadentums zur Heiligen Allianz, um den Geist der Französischen Revolution, sprich den Liberalismus und nationale Unabhängigkeitsbestrebungen, zurück in die Flasche zu treiben.

Rechts des Rheins besorgte der Deutsche Bund das schmutzige Geschäft, ein Zusammenschluss der nach dem Wiener Kongress auf einen Bestand von einundvierzig geschrumpften deutschen Einzelstaaten. Als der Burschenschaftler Ludwig Sand 1819 den Schriftsteller und russischen Generalkonsul Kotzebue ermordete, nahm man das zum Anlass, die staatlichen Repressalien in die Karlsbader Beschlüsse zu gießen. Sie verboten demokratisch bewegte Studentenvereinigungen und Turnvereine, stellten die Universitäten unter Kuratel und installierten mit der »Zentraluntersuchungskommission zur Untersuchung hochverräterischer Umtriebe« in Mainz ein Stasi-ähnliches Geschwür, dessen Zensurbestimmungen die Dichter des Jungen Deutschland und des Vormärz ständig mit einem Bein im Kerker stehen ließen.

Die verordnete Friedhofsruhe hielt dreißig Jahre lang mal mehr, mal weniger, bis ihr die 1848er-Revolution ein Ende machte. Während in Spanien, Frankreich und Oberitalien immer wieder Aufstände losbrachen, richteten sich die Deutschen im Biedermeier ein.

Dem Zeitgenossen Heine war diese Vorform der inneren Emigration zutiefst verhasst. »Man übte Entsagung und Bescheidenheit, man beugte sich vor dem Unsichtbaren, haschte nach Schattenküssen und blauen Blumengerüchen, entsagte und flennte.« Egon Friedell ließ in der Nachschau Milde walten und sah bei dem Wort den »Zauber einer dörflichen Jahrmarktsschau oder kleinstädtischen Nachmittagsvorstellung« aufsteigen, jenen »anheimelnde(n) Duft von Kaffeekanne und Tabakspfeife, wachsbetropftem Tannenbaum und knisterndem Ofenreisig, frischgeplätteter Wäsche und frischgebackenem Kuchen«.

Wahrscheinlich ergibt erst die Synthese ein stimmiges Bild, weshalb auch Friedrich »The Weltgeist« Hegel so mächtig aus dem Biedermeier ragt, der bekanntlich die Dialektik zu neuer Blüte brachte. Unter der mentalen Dunstglocke keimte überhaupt so einiges, ohne das wir uns die Welt gar nicht mehr vorstellen können: stilvolle Möbel, die Hausmusik, der Lesezirkel, der Zeitgeist (Georg Herwegh: »Die Zeit ist die Madonna des Poeten«), die Welt als Wille und Vorstellung (Arthur Schopenhauer), der Weltschmerz als gepflegte Ausgabe der schwarzen Melancholie und der moderne Bürokratismus, von dessen kafkaesken Wucherungen schon der geschasste preußische Reformer Freiherr vom Stein ein Lied zu singen wusste: »Wir werden von besoldeten, buchgelehrten, interesselosen, ohne Eigentum seienden Büralisten regiert. (...) Sie erheben ihr Gehalt aus der Staatskasse und schreiben, schreiben, schreiben im stillen, mit wohlverschlossenen Türen versehenen Bureau, ohnbekannt, ohnbemerkt, ohnberühmt, ziehen ihre Kinder wieder zu gleich brauchbaren Schreibmaschinen auf und sterben ohnbedauert.«

Es dauerte aber gar nicht lange, da wuchsen auch stinkende Fabrikschlote aus den Wiesen und mit ihnen die »soziale Frage« (Heinrich Heine). Beides sind wir bis heute nicht losgeworden. Ebenso wenig wie die Naturwissenschaften, die das gerade frisch restaurierte christliche Weltbild gehörig ins Wanken brachten. Ludwig Feuerbach und Karl Marx sägten dann so lange daran herum, bis der Nihilismus, »dieser unheimlichste aller Gäste« (Friedrich Nietzsche), vor der Tür stand und die Mentalitätsgeschichte des Bürgertums vollendete. Wir hoffen, die folgenden Balladen zeichnen diese Entwicklung auf unterhaltsame Weise nach.

Anfangs genügte Joseph von Eichendorff (1788–1857) ein einziges Substantiv, um die »Prosa der Verhältnisse« (Hegel) zu transzendieren.

Schläft ein Wort in allen Dingen,
die da träumen fort und fort,
Und die Welt hebt an zu singen,
triffst du nur das Zauberwort …

Der preußische Freiherr verließ sich mit Vorliebe auf die magische Wirkung der »Nacht«, die er häufiger als jeder andere bedichtet hat. Ihre »mondhelle Weite« begräbt »den falschen Fleiß, die Eitelkeit (…), darin der Tag das Herz zerstreut«, sie weiß »Wunder zu sagen«, Dinge, die man »nie gedacht«, und ist doch »verschwiegen«, die Nacht bewahrt das »uralt Sehnen« der »Freiheit« und »das Verlangen der Liebe«. Sie ist Traumregion und Bethaus, wo »mein Seel (…) ruht wie ein Schiff im Hafen«.

Von hier aus muss die Seele nur noch sicher »nach Hause« oder, um ein anderes romantisches Zauberwort zu benutzen, in die »Heimat« gelangen, dann wäre das Nocturno vollkommen. In der *Mondnacht* könnten die Startbedingungen nicht besser sein. Eine Brise lässt leis' die Wälder rauschen, der Himmel ist sternenklar und so nah, als hätte er »die Erde still geküsst«. Inmitten der belebten Natur spannt die Seele ihre Flügel aus und setzt sich in Bewegung. Aber vor die glückliche Heimkehr hat Eichendorff den Konjunktiv optativus, die irreale Wunschform, gesetzt. So verwandelt er die *Mondnacht* in eine Chiffre der Sehnsucht, und so hat Robert Schumann diese »Perle der Perlen« (Thomas Mann) auch vertont. Eichendorff, der sein Brot in hohen Verwaltungsämtern verdiente, der das »unbeschreibliche Elend« der Befreiungskriege durchlitt und als junger Mann erleben musste, wie das väterliche Gut durch Spekulationen verloren ging, war Realist genug, um zu wissen, dass die »vielen«, die »einsam über ihrem Kummer wachen«, mit der Nacht nur »öde, stumme Leere« verbinden. »Mir gleicht unsere Zeit dieser weiten, ungewissen Dämmerung«, heißt es in seinem Roman *Ahnung und Gegenwart*, »Licht und Schatten ringen noch unentschieden in wunderbaren Massen gewaltig miteinander, dunkle Wolken zieh'n verhängnisschwer dazwischen, ungewiss, ob sie Tod oder Segen führen, die Welt liegt unten in weiter dumpfer stiller Erwartung.« Der Seelenflug der *Mondnacht* ist eine Reise ins Land der Utopie, die, wie Ernst Bloch sagt, »allen in die Kindheit scheint und worin noch niemand war«.

Heinrich Heines *Lorelei* wirft 1824 auf derartige romantische Gaukeleien bereits einen wehmütigen Blick. Das wird besonders deutlich, wenn man seine »Jungfrau« mit den Damen vergleicht, die andere unter diesem Namen besungen haben. Der Erste war Clemens Brentano. Er hat die Lorelei-Legende 1801 für seinen Roman *Godwi* ausgeheckt und den Schieferfelsen bei Sankt Goarshausen zum Mekka aller Rheintouristen gemacht. In Brentanos Ballade bewohnt die »Zauberin« Lore Lay, die Männerbataillone ersäuft, weil ihr Liebster sie betrogen hat, eigentlich ein Schloss »zu Bacharach«. Auf den berühmten Felsen klettert sie nur, um sich in den Tod zu stürzen. Eichendorff befördert Lorelei zur »Hexe« mit der Lizenz zum ortsungebundenen Töten. Männer dürfen sich nun auch jenseits des Pfälzer Rheinknicks nicht mehr sicher fühlen. Dem Wanderer, der das »reichgeschmückte Weib« mit dem »wunderschönen jungen Leib« in das *Waldgespräch* verwickelt, prophezeit sie in der Diktion der mythischen Elfenkönigin:

»Du kennst mich wohl – vom hohen Stein
schaut still mein Schloss tief in den Rhein.
Es ist schon spät, es wird schon kalt;
kommst nimmermehr aus diesem Wald!«

Für Heine (1797–1856) klingt die Lorelei-Legende, von der er wusste, dass sie eine Kopfgeburt des Kollegen Brentano war, wie »ein Märchen aus alter Zeit«. Seine Ballade benutzt das magische Vokabular der Romantik (»die wundersame gewaltige Melodei«, »das wilde Weh«), aber sie weckt nur mehr vage Stimmungsbilder (»ich weiß nicht, was soll es bedeuten, dass ich so traurig bin«), das Leben verzaubern kann sie nicht.

Zwanzig Jahre später hatte Annette von Droste-Hülshoff (1797–1848) die romantischen Ausdrucksmittel zu einem expressiven Hyperrealismus geschliffen. In ihrem Gruselstück *Der Knabe im Moor* eignet der Natur nichts Versöhnliches mehr, sie gleicht eher einem bösartigen Tier. Aus dessen Haut starren »Riesenhalme wie Speere« und »Gestumpf«, das modrige Monstrum »seufzt« und »zischt«, pfeift eine »gespenstig Melodei«, es singt und führt sich auf »wie ein irres Rind«. Aber das Grauen lauert nicht allein im schaurigen Sumpf, es haust in der Seele des Knaben. »Margret« und »Spinnlenor«, »Geigeman« und »Gräberknecht«, die Zombies aus der lokalen Sagenwelt, gehörten im westfälischen Coesfeld, wo die Droste aufwuchs, zum pädagogischen Konditionierungsbesteck der Kleinfamilie, die sich im Biedermeier zu etablieren begann. Als Büttel des Über-Ich lehrten sie den Nachwuchs Mores durch Abschreckung und waren zu diesem Behufe mit ausgewählten Delikten behängt: Diebstahl, Untreue und Betrug oder, wie im Fall der beiden Widergängerinnen, mit so ungeheuerlichen Schandtaten, dass die Dichterin lieber nicht konkreter wurde. »Ho, ho, meine arme Seele«, ruft »die verdammte Margreth« aus ihrer »klaffenden Höhle«, die, wie manche Interpreten betonen, nur einen Buchstaben von der »klaffenden Hölle« entfernt ist. Man kann das selbstredend auch ganz anders sehen. Wer den *Knaben im Moor* als naturmagisches Prunkstück oder als Kritik der vermoderten Zeitläufte lesen möchte, nur zu, viel Spaß, das ist völlig okay.

Wir glauben aber, den Schlüssel zu dem Gedicht – eine erste Fassung hieß bezeichnenderweise *Im Moore – das Kind* – sollte man auf Burg Hülshoff suchen. In dem finsteren Gemäuer (»An seiner Fenster Gittern wimmert des Kauzes Schrei«) regierten Standesdünkel und erzkatholische Bigotterie in Gestalt einer lieblosen Mutter, die Tochter Annette mit neurotischer Strenge tyrannisierte. Auf dieselbe Art zensierte sie ihre ersten poetischen Gehversuche. Die autobiografische Ballade *Das erste Gedicht* berichtet, wie das junge Mädchen unter Einsatz von Leib und Leben regelmäßig bis in die Dachsparren des Söllers kletterte, um die Manuskripte vor dem Hausdrachen zu verbergen.

Das Unverständnis der Erwachsenenwelt für den poetischen Blick auf die Welt wird auch von Gottfried Keller (1819–1890) im *Taugenichts* verhandelt. Mit einem kleinen, aber feinen Unterschied: Dem Bettler trüben nicht religiöser Eifer oder ständischer Komment die Sinne, sondern schnöde Geldgier und ein cholerisches Temperament. Dass ausgerechnet ein Vertreter des einst so glühend idealisierten fahrenden Gewerbes seinen Sprössling windelweich prügelt und einen verrückten »Tagedieb« schimpft, weil der statt des Schnorrerlohns eine Hyazinthe, genauer gesagt »der Blume Zauberpracht«, nach Hause bringt, ist ein trauriger Abgesang auf die romantische Ballade, ja, auf die romantische Weltsicht überhaupt.

»O wehe mir geschlagnem Tropf!«
Brach nun der Alte aus,
»Mein Kind kommt mit verrücktem Kopf,
Anstatt mit Brot nach Haus!«

Das Argument, am untersten Ende der Gesellschaft könne man sich romantische Empfindsamkeiten halt nicht leisten, mag einiges entschuldigen. Aber es wundert uns nicht, dass die Künstlernatur im Biedermeier aus der Welt fällt und zum Sonderling wird. Das Persönlichkeitsspektrum reicht vom naiven Fantasten wie Kellers *Grünem Heinrich* bis zu E. T. A. Hoffmanns zerrissenem, von Dämonen gepeinigtem Kapellmeister Johann Kreisler. Es beginnt mit einer Riege kauziger Solipsisten, die Jean Paul in die Welt stellt. Das Schulmeisterlein Maria Wuz schreibt, weil er kein Geld für Bücher hat, Kants *Kritik der reinen Vernunft* und Schillers *Räuber* einfach selber, um am Ende seine Werke für wahrer als die Originale zu halten. Gotthelf Fibel ist Verfasser eines verworrenen ABC-Lehrbuches und Avantgardist der L'art pour l'art. Seiner »anbetenden Vorliebe für Geschriebenes, vorzüglich Unlesbares« verdankt die Literatur Verse von ingeniöser Dämlichkeit wie diesen: »Was Wunder? die sehr rothe Kuh, / gibt weiße Milch, Quarkkäs dazu«. Firmian Stanislaus Siebenkäs wählt in der »Irrenanstalt der Erde« die Maske des Humoristen, während Walt Harnisch, »der arglose Singvogel« aus den *Flegeljahren*, Eichendorffs Romanhelden Taugenichts gleicht, dem Archetyp des romantischen Schwärmers und Müßiggängers. Unser Lieblingsphlegmatiker ist Iwan A. Gontscharows Oblomow, der das Nichtstun und den Mittagsschlaf zur Kunstform erhebt und das hektische Gewusel seiner Mitmenschen, genauso wie die Eisenbahn und die industrielle Warenproduktion, für einen Irrweg hält. »Alle stecken einander mit quälender Sorge und Langeweile an und suchen krampfhaft nach irgendwas.« Einzig die Liebe vermag Oblomow kurzzeitig vom Sofa zu holen. Als er merkt, dass sie schnell vergänglich ist, legt er sich wieder hin. Die Zumutungen der modernen Zeiten beißen sich an Ilja Iljitschs heiterer Gemütsruhe die Zähne aus.

Labileren Charakteren packten sie die Last der Welt auf die Schultern, verhängten ihr Hirn mit »grauem Spinnengewebe« und ihre Seele mit Trauerflor. Heute würde der Doktor ein Röllchen Prozac verschreiben. Damals schrieb man Gedichte. Keiner hat die *Schwermut* so manisch und plastisch in Reime gefasst wie Charles Baudelaire (1821–1867). Allein in seiner Sammlung *Die Blumen des Bösen* finden sich drei Poeme mit diesem Titel, zählt man Bruder *Trübsinn* dazu, sind es sogar vier. Baudelaire konnte auch anders (siehe vorn), mit ihm wurde »die Literatur giftig« (Egon Friedell).

Doch seine Pfeile haben den eigentlichen Widerpart des Weltschmerzdichters, den raffgierigen Kleinbürger, nie so gut getroffen wie der *Wildschütz* von Albert Lortzing (1801–1851). Protagonist Baculus demonstriert – fünfundzwanzig Jahre vor

Erscheinen des Marxschen *Kapitals* –, dass die Glücksritter der Akkumulation bereit sind, alles, sogar die eigene Braut, zu Geld zu machen, um im weiteren Verlauf der *5000 Taler Arie* gleich noch das Elend unserer Multioptionsgesellschaft vorwegzunehmen:

Doch nun heißt es überlegen,
was fang' ich mit Gottes Segen,
mit dem Kapitale an?
Soll ich ein Gelehrter bleiben
oder 's Merkantilsche treiben?
Baue ich mir ein Palais
Oder werde Kneipier?

Wir haben die Arie mit etwas Textvorlauf abgedruckt, um den Gesamteindruck nicht zu schmälern. Lortzing war der erste Komponist, der Libretti selber schrieb. Den *Wildschütz* fertigte er 1842 nach Kotzebues Lustspiel *Der Rehbock oder Die schuldlos Schuldbewussten*. Er hat die etwas steife Textmasse mit gut gezielten Gemeinheiten auf die Feudalordnung, auf Spießerglück und hohl gewordene romantische Attitüden gewürzt und daraus das mit Abstand komischste Stückchen der deutschen Opernliteratur gemacht. Im Revolutionsjahr 1848, das er als Kapellmeister am Theater an der Wien und unerschrockener Barrikadenkämpfer verbrachte, schrieb Lortzing die Oper *Regina* und ließ erstmals Fabrikarbeiter vor dem Orchestergraben paradieren.

Die Gedichte Georg Weerths (1822–1856) erzählen die Vorgeschichte der Erhebung. *Die hundert Männer von Haswell* beispielsweise starben bei einem Grubenunglück, das durch mangelnde Sicherheitsvorkehrungen verursacht wurde. Die Grubenbesitzer bezeichneten die Katastrophe zynisch als »Act of God« und verweigerten den Witwen eine Entschädigung. Die Ballade gehört zu den *Liedern aus Lancashire*, wo der Sohn eines Detmolder Generalsuperintendenten Mitte der 1840er Jahre als Korrespondent des Kammgarn- und Wollunternehmens Ph. Passavant & Co arbeitete und die Grausamkeit des Manchester-Kapitalismus aus nächster Nähe erlebte. Diese Erfahrungen machten den erfolgreichen Geschäftsmann zum Kommunisten, Revolutionär und »ersten und bedeutendsten Dichter des Proletariats« (Friedrich Engels). Im Gegensatz zu den meisten Lyrikern des Vormärz war Weerth ein filigraner Stilist. Seine Poeme meiden »jede gestelzte Rhetorik, jede(n) metaphorischen Schwulst, jede bürgerliche Subjektivität (an denen selbst die Gedichte Herweghs und Freiligraths kranken)«, lobt der Kulturwissenschaftler Jost Hermand und stellt ihn Heine und Brecht zur Seite.

Diese Fähigkeiten schätzte auch Chefredakteur Karl Marx, der ihm das Feuilleton der *Neuen Rheinischen Volkszeitung* anvertraute. Hier erschien 1848 Weerths satirischer Fortsetzungsroman *Leben und Taten des berühmten Ritters Schnapphahnski*, der den erzreaktionären preußischen Fürsten Ernst Lichnowski verulkt. Dass man Lichnowski noch vor Erscheinen der letzten Folge in Frankfurt an einen Laternenpfahl knüpfte, war echtes Künstlerpech und brachte dem Autor wegen »Verunglimpfung des Verstorbenen« eine dreimonatige Haftstrafe, außerdem den Entzug der Bürgerrechte ein. Da er in Deutschland nicht mehr arbeiten durfte, besann er sich auf seine kaufmännischen Fähigkeiten, abenteuerte durch die Welt und schlug sich »mit Äquinoktialstürmen, mit dem Vomito Negro und mit spanischen Kreolen« herum. 1855 überschritt Georg Weerth zum letzten Mal den Rhein, um einem gewissen Fräulein Tendering einen Heiratsantrag zu machen. Als sie ablehnte, übernahm er einen Handelsposten in Havanna, wo ihn – kaum angekommen – eine Malariamücke stach und im Alter von nur vierunddreißig Jahren zu Tode brachte.

Mondnacht

Es war, als hätt' der Himmel
Die Erde still geküsst,
Dass sie im Blütenschimmer
Von ihm nun träumen müsst.
Die Luft ging durch die Felder,
Die Ähren wogten sacht,
Es rauschten leis' die Wälder,
So sternklar war die Nacht.
Und meine Seele spannte
Weit ihre Flügel aus,
Flog durch die stillen Lande,
Als flöge sie nach Haus.

Joseph von Eichendorff

Lorelei

Ich weiß nicht, was soll es bedeuten,
dass ich so traurig bin;
ein Märchen aus alten Zeiten,
das kommt mir nicht aus dem Sinn.

Die Luft ist kühl und es dunkelt,
und ruhig fließt der Rhein;
der Gipfel des Berges funkelt
im Abendsonnenschein.

Die schönste Jungfrau sitzet
dort oben wunderbar,
ihr goldnes Geschmeide blitzet,
sie kämmt ihr goldenes Haar.

Sie kämmt es mit goldenem Kamme
und singt ein Lied dabei;
das hat eine wundersame,
gewaltige Melodei.

Den Schiffer im kleinen Schiffe
ergreift es mit wildem Weh,
er schaut nicht die Felsenriffe,
er schaut nur hinauf in die Höh.

Ich glaube, die Wellen verschlingen
am Ende Schiffer und Kahn;
und das hat mit ihrem Singen
die Lorelei getan.

Heinrich Heine

Der Knabe im Moor

O, schaurig ist's, übers Moor zu gehen,
Wenn es wimmelt vom Heiderauche,
Sich wie Phantome die Dünste drehn
Und die Ranke häkelt am Strauche,
Unter jedem Tritte ein Quellchen springt,
Wenn aus der Spalte es zischt und singt –
O, schaurig ist's, übers Moor zu gehen,
Wenn das Röhricht knistert im Hauche!

Fest hält die Fibel das zitternde Kind
Und rennt, als ob man es jage;
Hohl über die Fläche sauset der Wind –
Was raschelt drüben am Hage?
Das ist der gespenstige Gräberknecht,
Der dem Meister die besten Torfe verzecht;
Hu, hu, es bricht wie ein irres Rind!
Hinducket das Knäblein zage.

Vom Ufer starret Gestumpf hervor,
Unheimlich nicket die Föhre,
Der Knabe rennt, gespannt das Ohr,
Durch Riesenhalme wie Speere;

Und wie es rieselt und knittert darin!
Das ist die unselige Spinnerin,
Das ist die gebannte Spinnlenor',
Die den Haspel dreht im Geröhre!

Voran, voran! Nur immer im Lauf,
Voran, als woll' es ihn holen;
Vor seinem Fuße brodelt es auf,
Es pfeift ihm unter den Sohlen
Wie eine gespenstige Melodei;
Das ist der Geigenmann ungetreu,
Das ist der diebische Fiedler Knauf,
Der den Hochzeitheller gestohlen!

Da birst das Moor, ein Seufzer geht
Hervor aus der klaffenden Höhle;
Weh, weh, da ruft die verdammte Margreth:
»Ho, ho, meine arme Seele!«
Der Knabe springt wie ein wundes Reh,
Wär' nicht Schutzengel in seiner Näh',
Seine bleichen Knöchelchen fände spät
Ein Gräber im Moorgeschwele.

Da mählich gründet der Boden sich,
Und drüben, neben der Weide,
Die Lampe flimmert so heimatlich,
Der Knabe steht an der Scheide.
Tief atmet er auf, zum Moor zurück
Noch immer wirft er den scheuen Blick:
Ja, im Geröhre war's fürchterlich,
O, schaurig war's in der Heide!

Annette von Droste-Hülshoff

Der Taugenichts

Die ersten Veilchen waren schon
Erwacht im stillen Tal;
Ein Bettelpack stellt' seinen Thron
Ins Feld zum ersten Mal.
Der Alte auf dem Rücken lag,
Das Weib, das wusch am See;
Bestaubt und unrein schmolz im Hag
Das letzte Häuflein Schnee.

Der Vollmond warf den Silberschein
Dem Bettler in die Hand,
Bestreut' der Frau mit Edelstein
Die Lumpen, die sie wand;
Ein linder West blies in die Glut
Von einem Dorngeflecht,
Drauf kocht' in Bettelmannes Hut
Ein sündengrauer Hecht.

Da kam der kleine Betteljung',
Vor Hunger schwach und matt,
Doch glühend in Begeisterung
Vom Streifen durch die Stadt,
Hielt eine Hyazinthe dar
In dunkelblauer Luft;
Dicht drängte sich der Kelchlein Schar,
Und selig war der Duft.

Der Vater rief: »Wohl hast du mir
Viel Pfennige gebracht?«
Der Knabe rief: »O sehet hier
Der Blume Zauberpracht!
Ich schlich zum goldnen Gittertor,
So oft ich ging, zurück,
Bedacht nur, aus dem Wunderflor
Zu stehlen mir dies Glück!

O sehet nur, ich werde toll,
Die Glöcklein alle an!
Ihr Duft, so fremd und wundervoll,
Hat mir es angetan!
O schlaget nicht mich armen Wicht,
Lasst Euren Stecken ruhn!
Ich will ja nichts, mich hungert nicht,
Ich will's nicht wieder tun!«

»O wehe mir geschlagnem Tropf!«
Brach nun der Alte aus,
»Mein Kind kommt mit verrücktem Kopf,
Anstatt mit Brot nach Haus!
Du Taugenichts, du Tagedieb
Und deiner Eltern Schmach!«
Und rüstig langt' er Hieb auf Hieb
Dem armen Jungen nach.

Im Zorn fraß er den Hecht, noch eh'
Der gar gesotten war,
Schmiss weit die Gräte in den See
Und stülpt' den Filz aufs Haar.
Die Mutter schmält mit sanftem Wort
Den missgeratnen Sohn,
Der warf die Blume zitternd fort
Und hinkte still davon.

Es perlte seiner Tränen Fluss,
Er legte sich ins Gras
Und zog aus seinem wunden Fuß
Ein Stücklein scharfes Glas.
Der Gott der Taugenichtse rief
Der guten Nachtigall,
Dass sie dem Kind ein Liedchen pfiff
Zum Schlaf mit süßem Schall.

GOTTFRIED KELLER

Schwermut

Der Himmel, schwer wie eines Deckels Last,
Sinkt auf die Seele voll verhaltenem Weinen,
Bleiern und dumpf hält er das All umfasst,
Trüber als Nacht will uns der Tag erscheinen.

Es wandelt sich die Welt zum finstern Haus,
Zum feuchten Kerker voller Angst und Schauer,
Und flatternd, scheu wie eine Fledermaus
Rennt Hoffnung sinnlos gegen Wand und Mauer.

Der müde Regen, der die Welt umfängt,
Spannt um das Haus die engen Gitterstäbe,
Verwünschtes Ungeziefer kommt und hängt
In unser Hirn die grauen Spinngewebe.

Und plötzlich heulen Glocken dumpf empor,
Zum Himmel heben sie ihr furchtbar Tönen,
Wie irrer, heimatloser Geister Chor,
Ein eigensinnig, unaufhörlich Stöhnen.

Und lautlos zieht ein langer Leichenzug
Durch meine Seele seine schwarzen Bahnen,
Die Hoffnung weint. Das Grauen, das sie schlug,
Das Grauen pflanzt in meinem Hirn die Fahnen.

CHARLES BAUDELAIRE

Die 5000 Taler Arie
aus *Der Wildschütz, 2. Aufzug, sechzehnter Auftritt*

Baron. Baculus

BARON: Ich habe Euch einen Vorschlag zu machen. Wenn Ihr einwilligt, so geb' ich Euch mein Wort, dass Ihr nicht allein Euer Amt behalten, sondern noch tausend Taler obendrein verdienen sollt.

BACULUS: Ei der Tausend! Wie denn das?

BARON: Wollt Ihr mir Eure Braut abtreten?
BACULUS: Meine Braut? Ei beileibe! Was will der Herr denn mit meiner Braut anfangen?
BARON: Ich will sie heiraten. Das holde Wesen machte gleich, als ich sie in Eurem Dorfe sah, einen tiefen Eindruck auf mich.
BACULUS: Das glaub' ich wohl, aber ich habe meine Braut lieb.
BARON: Sind Euch tausend Taler nicht noch lieber?
BACULUS *überlegend:* Tausend Taler? Nein, Herr Stallmeister, tausend Taler sind mir nicht lieber.
BARON: Aber zweitausend?
BACULUS: Zweitausend? *Für sich.* Potz Adam Riese und Pestalozzi! *Laut.* Nein, auch zweitausend Taler sind mir nicht lieber.
BARON: Aber fünftausend?
BACULUS: Fünftausend! – Alle Wetter, Herr Stallmeister, wenn das Ihr Ernst ist und meine Braut nichts dawider hat –
BARON: Ihr müsst sie zu überreden suchen.
BACULUS: Das wird schwerhalten, sie liebt mich unmenschlich, in acht Tagen sollte ja unsre Hochzeit sein. Wie wär' es denn, wenn ich sie erst auf ein Jahr heiratete, und wir machten hernach das Geschäft ab?
BARON: Wo denkt Ihr hin! Morgen oder nie! Morgen mit dem frühesten.
BACULUS: In Gottes Namen denn, ich will's versuchen. Aber geben Sie acht, sie wird nicht wollen.
BARON: Sie wird wollen – wir sind schon halb und halb einig.
BACULUS: So? Das wär' der Teufel!
BARON: Überlegt es wohl! Mit fünftausend Talern könnt Ihr Euch ein schönes Gütchen kaufen, und Bräute gibt's ja noch genug in der Welt. Morgen mit dem frühesten erwarte ich Euren Entschluss.
Geht ab. Baculus allein

Fünftausend Taler! Fünftausend Taler!
Träum' oder wach' ich? Zittre und zag' ich?
Wein' oder lach' ich? Götter, was mach' ich?
Wahr bleibt es ewig doch, das Glück ist kugelrund,
Vor kurzem war ich noch ein rechter Lumpenhund;
Nicht sehr viel mehr als Mensch und Christ,

Und nun auf einmal – Kapitalist!
Dir dank' ich, ew'ges Fatum,
Jetzt meines Glückes Statum!
überlegend
Doch wenn Gretchen, tränenvoll,
Mich um Gottes willen bittet,
Dass ich sie behalten soll?
Wenn sie schmeichelt und mich streichelt,
Was bis jetzt noch nie geschah;
Wenn sie jammert, mich umklammert?
Lieber Gott, was mach' ich da?
zum Publikum
Tun Sie mir den einz'gen Gefallen und sagen Sie mir; was mach' ich da?
nach kurzem Bedenken
Kann alles nicht helfen, ich schlage sie los,
Denn fünftausend Taler sind gar zu viel Moos.
Doch nun heißt es überlegen,
Was fang' ich mit Gottes Segen,
Mit dem Kapitale an?
Soll ich ein Gelehrter bleiben
Oder 's Merkantilsche treiben?
Baue ich mir ein Palais
Oder werde Kneipier?
Kaufe ich mir Staatspapiere
Oder schenk' ich bayr'sche Biere?
Treibe ich Ökonomie, baue ich ein Tivoli?

Doch warum die Zeit jetzt töten
Und mit Plänen martern mich?
Habe ich erst die Moneten,
Findet schon das Weitre sich.
Fünftausend Taler! Das ist ein Wort,
So voluminös, so numerös,
So pekuniös und so famös!
Beschlossen ist's im Weltenplan,
Ich werd' ein hochberühmter Mann!

Es sauset und brauset, es sumset und brumset,
Es schimmert und flimmert, es krabbelt und zappelt
Im Körper, vor Augen und Ohren mir.
Beschlossen ist's im Weltenplan,
Ich werd' ein hochberühmter Mann!
Geht rasch und aufgeblasen ab

ALBERT LORTZING

Die hundert Männer von Haswell

Die hundert Männer von Haswell,
Die starben an einem Tag;
Die starben zu einer Stunde;
Die starben auf einen Schlag.

Und als sie still begraben,
Da kamen wohl hundert Fraun;
Wohl hundert Fraun von Haswell,
Gar kläglich anzuschaun.

Sie kamen mit ihren Kindern,
Sie kamen mit Tochter und Sohn:
»Du reicher Herr von Haswell,
Nun gib uns unsern Lohn!«

Der reiche Herr von Haswell,
Der stand nicht lange an;
Er zahlte wohl den Wochenlohn
Für jeden gestorbnen Mann.

Und als der Lohn bezahlet,
Da schloss er die Kiste zu.
Die eisernen Riegel klangen,
Die Weiber weinten dazu.

GEORG WEERTH

Durst

Für den Fall, dass dem Leser unser Durst-Brevier im vorherigen Kapitel nicht hochprozentig genug war, verweisen wir auf die grundlegende Studie *Alkohol und Autor* von Donald E. Goodwin, emeritierter Psychologieprofessor der Universität von Kansas, Missouri. Zur Anschauung, sozusagen als kleinen Aperitif, zitieren wir aus der Einleitung: »Jeder, der sein Leben mit Schreiben verdient, und jeder Inhaber eines Universitätsabschlusses in englischer Literatur verfügt über einen Vorrat an Witzen über trunksüchtige Schriftsteller. Mein Lieblingswitz geht so: Dorothy Parker besuchte mit einer Freundin ein Leichenschauhaus in New York, um einem berühmten Schriftsteller, der frühzeitig verstorben war, die letzte Ehre zu erweisen. Als sie so in den Sarg schauten, seufzte die Freundin: ›Sieht er nicht wunderschön aus?‹ – ›Kein Wunder‹, versetzte Dorothy, ›er hat ja auch drei Tage nichts getrunken.‹«

Zu behaupten, Wilhelm Busch (1832–1908) hätte ein alkoholgetränktes Werk hinterlassen, wäre sicherlich übertrieben. Striche man aber alle Stimulanzien heraus, säße man sehr bald auf dem Trockenen. Das gilt gerade und naturgemäß für die Comic-Ballade *Der Katzenjammer am Neujahrsmorgen.* Da sich die Vollrauschstudie von selbst versteht, bleibt Platz für einige Bemerkungen zum Thema »Wilhelm Busch und Hannover«, die – andernfalls würden sie ja nicht hierher gehören – den Promillegehalt und die Komik seines Œuvres um- und einkreisen. Unsere Heimatgemeinde, die Messe-, Ex-EXPO- und (nach dem Willen des Oberbürgermeisters) nunmehr auch Event-Stadt, hatte beschlossen, Buschs 175. Geburtstag im Frühjahr 2007 mit einem »Megaevent« zu feiern. Motto: »Überall in der City lauert Busch«. Und das war keine leere Drohung. Der »Mensch Busch« wurde in »szenischen Lesungen« seziert, sein »künstlerisches Konzept überschritten« und auf Speisekarten verwurstet, Busch wurde »getanzt«, Busch wurde aus- und »auf den Kopf gestellt«. Kurz: Es wurde mächtig »auf den Busch geklopft«.

Da liegt die Frage nah, hat Hannover, oder besser, hat Busch diese Spaßhölle verdient? Die Antwort lautet erst einmal »Nein!«.

Zum einen war Busch jeglicher Auftrieb um seine Person zuwider, zum anderen hat er nichts mehr gehasst, als sich gemein zu machen, und darum in Schrift und Bild zerlegt, »was den Zeitgenossen heilig war: die Ehe, die Kirche, den Sinn des Lebens, die Erziehung, den gepflegten Suff und die Kunst« (Robert Gernhardt). Dass er dieser Passion auf höchst komischem Niveau nachging, könnte dann aber doch mit Hannover zusammenhängen.

Das Licht der Welt erblickte Heinrich Christian Wilhelm Busch am 15. April 1832, im Flecken Wiedensahl, zwanzig Kilometer nördlich der Stadtgrenzen. Zum Skeptiker und Schopenhauer-Jünger reifte der Knabe in Lüthorst am Solling; zum Künstler wurde Busch in Antwerpen, zur Berühmtheit in München. Mit Hannover verbinden den »feinsten Menschenkenner des 19. deutschen Säkulums« (Ludwig Thoma) genau genommen nur vier Jahre Fron auf dem Polytechnikum, die Busch nicht freiwillig, sondern auf dringlichstes Insistieren seines Vaters absaß. Es wären öde und gänzlich vertane Zeiten gewesen, hätte nicht ein Jahr nach seinem Schuleintritt die 1848er-Märzrevolution an das gotische Rathaus geklopft. Als in Magistratshäusern ein paar Fensterscheiben zu Bruch gingen, wurden die Polytechniker in Uniform gesteckt und mit alten Steinschlossflinten bewaffnet. »Wir waren«, erinnerte sich Busch, »als Schergen der Ordnung beim Volke recht unbeliebt. Aus den Haustüren im Rösehof gossen unsichtbare Hände uns Schmutzwasser an die Beine.«

Die ersten Erfahrungen mit der hohen Politik waren also ernüchternd, sodass er sich auch später damit »nur so viel abgab, als nötig, um zu wissen, was ungefähr los war«. Aber die Sache hatte doch auch etwas Inspirierendes. »Ich erkämpfte mir in der Wachstube die bislang noch nicht geschätzten Rechte des Rauchens und des Biertrinkens; zwei Märzerrungenschaften, deren erste mutig bewahrt, deren zweite durch die Reaktion des Alters jetzt merklich verkümmert ist.« Und so verdanken wir letztlich doch Hannover die unvergänglichen Busch-Studien und -Empathien flüssigen wie gasförmigen Rausches:

> So geht es mit Tabak und mit Rum:
> erst bist du froh – dann fällst du um.

Oder:

Heut bleibt der Herr mal wieder lang,
still wartet sein Amöbelmang.
Da kommt er endlich angestoppelt.
Die Möbel haben sich verdoppelt.

Oder:

Sie tranken manchen Humpen aus,
sie stolperten aus den Türen,
sie grunzten vernehmlich und kamen zu Haus
gekrochen auf allen vieren.

Nicht zu vergessen die prophetische *Rauchfantasie* in zwölf Blättern, die den LSD-ähnlichen Trip des vorwitzigen Buben Krischan ausmalt, als er heimlich an Vaters Pfeife saugt:

Min Krischan steckt ok gar nich fuul
de Smoekepiepen in dat Muul,
he smoekt! – Wat, Deuker, is denn dat?
Mich dücht, dar achter rögt sick wat.
De Stock is mit den Schirm in Gange,
de Aben (Ofen) danzet mit der Tange (Stange).
De Slaprock tanzt mit den Stohl, juheh!
Un de Disch mit den olen Kanapeh …

Dass der junge Busch für seine diesbezüglichen Feldforschungen optimale Bedingungen vorfand, ist belegt. Um 1840 kamen in Hannover auf 20000 Einwohner 30 Branntweinbrennereien, 6 Bierbrauereien, 72 Gastwirte, 20 Speisewirte und 7 Bierhäuser. Dort dürfte ihm eine reiche Auswahl karikaturwürdiger Biedermeierphysiognomien begegnet sein. In der Grundsubstanz werden sie den Wirtsleuten Georg Christoph Lichtenbergs geähnelt haben. Als der Göttinger Physikprofessor und Aphoristiker zwecks einiger Messungen in Hannover weilte, erschien ihm das männliche Exemplar als »ein solcher Philister als jemals einer pereiet worden ist«. Das Weib befand er »für eine Hannöverische ziemlich schön«, aber sie sehe immer noch »von hinten besser aus als von vornen«.

Dem weit gereisten Chirurgen Georg Friedrich Strohmeyer, der 1828 hier Station machte, fiel angesichts der mangelnden Kommunikationsbereitschaft der Ureinwohner nur noch Leibniz ein, der nach jahrzehntelanger Kärrnerarbeit im kurfürstlichen Archiv geklagt hatte: »Hier in Hannover findet man kaum jemand, mit dem man sprechen kann. Ohne unsere Kurfürstin Sophie spräche man in der Tat gar nicht.« Stattdessen spielte man schweigend Whist und rauchte. Wenn der Hannoveraner doch mal etwas sagte, kolportierte die liberale *Zeitung für Norddeutschland*, »ließ er die Welfen hochleben oder bestellte Bier beim Schützenfest«. Busch waren der Lokalpatriotismus und die Antipreußendemagogie der Deutsch-Hannoverschen Partei ebenso suspekt wie der »rationalistische vormärzlerische Freischärlerton«. Aber er nahm den Blödsinn nicht persönlich, er lebte ja davon.

Auch Carl Michael Bellman (1740–1795) hat aus den Schwächen seiner Mitmenschen (und den eigenen) die schönsten Kunststücke gemacht. »Dieser Mann kam mit der poetischen Inspiration auf die Welt. Die Leichtigkeit, mit der er seine Verse verfasst, ist unvergleichlich. Er dichtet und komponiert aus dem Stegreif – stundenlang –, wenn man ihm zuhören will,« schwärmte der schwedische Großkanzler Frederic Sparre in seinem Tagebuch, um dann doch den Staatsmann herauszukehren und säuerlich fortzufahren. »Es ist bedauerlich, dass er zu freigeistigen Ideen hinneigt und Bacchusfreuden frönt.« Einspruch, Sir. Hätte Schwedens größter Dichter nicht einen so großen, quasi unlöschbaren Durst gehabt, wäre er längst vergessen. Bellmans Werk umfasst Schauspiele, Satiren, Liebes- und Naturlyrik in anakreontischer Manier, aber unsterblich haben ihn seine Trinklieder, speziell die Zyklen *Fredmans Gesänge* und *Fredmans Episteln* gemacht. Obwohl die Bezeichnung Trinklieder, wie wir sie im Deutschen verstehen, für seine kunstvoll in Musik gesetzten Kleindramen fast eine Beleidigung ist. Sein Hauptdarsteller Jean Fredman war königlicher Hofuhrmacher, Gesellschaftslöwe und ein schwerreicher Freund der schönen Künste, ehe ihn der Hang zum Branntwein und ein treuloses Eheweib in den Ruin trieben. Nach Fredmans Tode erhob Bellman die tief gefallene Skandalnudel kraft seiner Verse zum Apostel des Aquavits. Und er schickte ihn aus, um zu predigen in den Stockholmer Kaschemmen und Bordellen, Armenhäusern und Schuldtürmen und hieß ihn verkünden seine Botschaft in sancto spirito:

Liebe Brüder, so lasset uns trinken in Frieden,
Inmitten der Bosheit und dem Streite der Welt.

Welche Hingabe die feuchtfröhliche Mission erforderte, davon erzählt *Eine Epistel oder ein Soliquium, da Fredman vor der Kneipe Kriech-herein gegenüber dem Bankhaus im Rinnstein lag, und zwar in einer Sommernacht des Jahres 1768*. Ihm ist vom vielen Predigen so entsetzlich übel, dass er wider Vater und Mutter flucht, die ihn gezeugt und damit in diese missliche Lage gebracht haben.

Hier meine Hände, eisig und mager,
Zitternd wie welkes Laub;
Haltlos hin wank ich, kotzeblass und hager,
Krank durch Dreck und Staub.

Das klingt fast wie Bukowski, hat aber auch Falstaffsches Format. Denn Fredman meint es ja nicht so. Als der Morgen graut, hat er die Eltern schon wieder lieb und einen Mordsnachdurst.

Was Bellman den Schweden, ist Robert Burns (1759–1796) den Schotten: Nationalheld und -dichter, so beliebt und bis heute allseits präsent wie der Malt Whisky, das Rubgy und der Haggis. Das im Schafsmagen vernähte kaledonische Nationalgericht aus gekochten Innereien, Zwiebeln und geröstetem Hafermehl wird alljährlich am 24. Januar, dem Vorabend seines Geburtstages, serviert, wenn sich das Volk in den Highlands und der schottischen Diaspora versammelt, um Robert Burns getreu seinem Lebensmotto zu huldigen: »Glück bedeutet einen anständigen Whisky, ein anständiges Essen, eine anständige Zigarre und eine anständige Frau … oder eine unanständige Frau, je nachdem, wie viel Glück man verkraften kann.« Heiko Postma, dem Autor der besten deutschsprachigen Burns-Biografie *Mit Whisky trotzen wir dem Satan*, verdanken wir den Hinweis, dass ihm die schottische

Damenwelt den kernigen Spruch keinesfalls übel nahm, sondern schon 1801 anlässlich des ersten »Burns Suppers« eine Vertreterin entsandte. Eigentlich nicht verwunderlich, hat er doch das zarte Geschlecht mit Liebe und größtem Respekt bedichtet:

Natur will schwör'n, die Süßen wär'n
Ihr Meisterstück und edel, O:
Zum Üben dran war erst der Mann,
Und dann schuf sie die Mädel: O

Dass bei der geselligen Abendveranstaltung nicht nur gut gegessen und getrunken, sondern auch laut gesungen wird, versteht sich von selbst. Nach einem Dankgebet aus Burns' Feder …

O HERR, das war ein guter Schmaus,
Den wenig wir verdient,
Lass Meg das Fleisch nun tragen raus,
Schick Jock mit Schnaps geschwind!

… hat *John Barleycorn* (Jan Gerstenkorn) seinen Auftritt. Die Geschichte vom ewigen Kampf der Menschheit mit dem ebenso unverwüstlichen wie selbstlosen Getreide, das die schlimmste Folter klaglos erträgt, nur um seinen Quälgeistern in gegorenem Zustand das Leben zu versüßen, fand Goethe »allerliebst«. Aber der Dichterfürst hatte auch nichts anderes erwartet, zählte er doch »den belobten Robert Burns zu den ersten Dichtergeistern, welche das vergangene (das 18.) Jahrhundert hervorgebracht hat«.

In diese Höhen ist Adolf Glaßbrenner (1810–1876) niemals vorgestoßen. Aber er war ein unerschrockener Zeitungsmann und wackerer politischer Verseschmied. Als ihm die Zensur wegen notorischer Unbotmäßigkeit 1833 ein fünfjähriges Berufsverbot aufbrummte und sein Satireblatt *Berliner Don Quixote* aus dem Verkehr zog, versuchte sich Glaßbrenner an dem gerade entstehenden Genre der Groschenromane. Die im Berliner Dialekt verfassten Milieustudien fanden reißenden Absatz. Warum, demonstriert die Ballade *Wert des Lebens*. Sie ist schlicht und schön und die Pointe sitzt da, wo sie hingehört.

Der Katzenjammer am Neujahrsmorgen

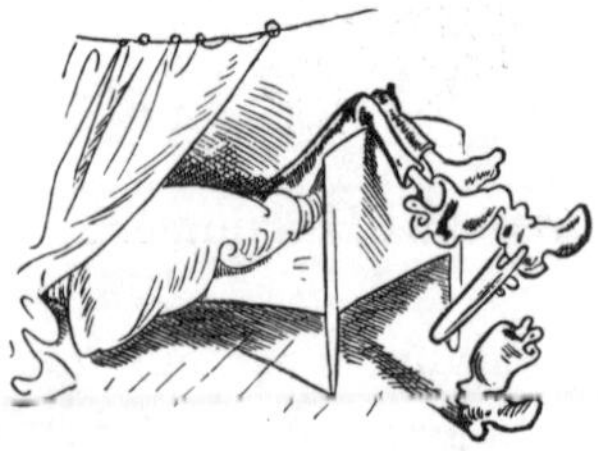

Am Morgen nach Silvester

Schmerz in den Kniegelenken

Gesteigerte Senisibiliät der
Haarspitzen, vulgo Haarweh

Wiederkehrendes Bewusstsein

Subjektive Farbenerscheinung in
Gestalt beweglicher Flecken

Gemeines Schädelweh

Ohha? – Noch immer ein bissel wackelig?!

Versuch einer Morgenpfeife

Auch zuwider!!

Wo im Dunkeln die Uhr hingelegt wurde

Der Hausgang neu angestrichen

O weh! Der neue Zylinder im Waschbecken

Das Geld ist auch fort

Doch finden sich noch drei
Kreuzer im Stiefel

Abkühlung und Erfrischung

Ein Magenbitter

Brr!

Nach dieser heilsamen
Erschütterung geht's ja soweit
wieder ganz gut

Wilhelm Busch

Eine Epistel oder ein Soliquium, da Fredman vor der Kneipe Kriech-herein gegenüber dem Bankhaus im Rinnstein lag, und zwar in einer Sommernacht des Jahres 1768

Ach, liebe mutter! sag, wer dich sandte
auf meines vaters stroh?
Wo mir zuerst dem lebensfunk entbrannte
Unter dem plümoo!
Wegen dir trage
Ich müh und plage,
Müde wankt mein schritt.
Du lagst am rücken,
Heiß vor entzücken,
Da ich in dich glitt;
Also ward hingerafft
Deine junfernschaft,
Deine jungfernschaft.

Soll doch ein teufel dieses bett entführen,
Das sich do ächzend bog!
Pfui allen deinen zarten jungfernschwüren,
Alles weibertrug!
Pfui jener stunde
Im liebesbunde,
Der du dich erfreut!
Pfui deinen brüsten,
Die du in lüsten
Schwellend ihm gebeut!
Oder war's an der wand
Wo mein bild entstand,
Wo mein bild entstand?

Ein treues herze ich zutiefst verachte;
Pfui, liebste mutter du!
Hier liege ich im rinnstein und betrachte
Meine alten schuh.
Recht zum entsetzen
Hose in fetzen,
Hemde schwarz wie ruß,
Ohne perücke,
Mit einer krücke
Für den lahmen fuß.
Mir läuft die kleiderlaus,
Ist das nicht ein graus,
Ist das nicht ein graus?

Hier meine hände, eisig und mager,
Zitternd wie welkes laub;
Haltlos hin wank ich, kotzeblass und hager,
Krank durch dreck und staub.
Augen und wangen
Zwiefach umfangen
Von vergänglichkeit.
Himmel! mein singen
Will mir misslingen,
Gibt's noch größres leid
In diesem jammertal?
Leer mein pokal,
Leer mein pokal!

Kühlt mir die zunge, ach! süße säfte
Schenket mir wacker ein.
Ich bin ein heide, herze, mund und kräfte
Preisen nur den wein.
Arm und versoffen,
Gurgel stets offen,
Das ist meine welt;
Meine methode
Selbst vor dem tode:
Zechen was es hält.
Noch in der letzten stund
Bleibt mein glas am mund,
Bleibt mein glas am mund!

Schon knarrt die schanktür, oh, welch ein segen,
Wirtin, das ist honett.
Die morgenröt tritt nun der nacht entgegen,
Sterne gehen zu bett;
Goldstrahlen flimmern,
Kirchtürme schimmern,
Lauer wird die luft.
Auf von der liege,
Runter die stiege
In des bacchus gruft!
Branntwein zum saufen her,
Dürste ja so sehr,
Dürste ja so sehr!

Auf die gesundheit, jetzt geht es wieder,
Torkle zu tisch und krug.
Fredman schmiert seine ledersteifen glieder
Mit gewohntem zug.
Hurra courage!
Lustig bagage!
Flugs die flasche her!
Bin wieder schneidig,
Flink und geschmeidig,
Fürchte keinen mehr.
Schnaps ist doch göttertrank;
Vater, mutter, dank,
Vater, mutter, dank!

Dass, vater, mutter, dank, eurer treue,
Ihr weih ich dieses horn;
Auf euer brautbett rosen ich euch streue,
Darin ich geborn;
Dank deiner stärke
Im liebeswerke,
Alter vater dir;
Wärn wir beinander,
Nächte selbander
Zechten wir hier;
Du würdest mein bruder sein
Und ich voll wein,
Und ich voll wein!

Carl Michael Bellman

John Barleycorn. Eine Ballade

Es war'n drei Könige im Osten, drei Könige, machtvoll, derbe,
Und die schwor'n einen heil'gen Eid: John Barleycorn – er sterbe.

Mit einem Pflug fuhr'n sie ihn ein, beplaggten ihn mit Kot,
Sie hatten einen Eid geschwor'n; John Barleycorn war tot.

Doch munter kam der Frühling her, und Schauer fiel'n zu Tale,
John Barleycorn stand wieder auf, und überrascht' sie alle.

Die glüh'nde Sommersonne kam, er wuchs, ward dick und stark;
Sein Haupt bewehrt mit Stachel-Speer'n: So konnt ihm keiner arg.

Der fahle Herbst trat milde ein, da ward er blass und bleich;
Gelenk gebogen, häng'nder Kopf – man sah, er fiele gleich.

Die Farbe wich ihm mehr und mehr, er welkte hin zum Greise;
Da legten seine Feinde los – auf mörderische Weise.

Mit einer Waffe, lang und scharf, kappten sie ihn beim Knie;
Sie banden ihn auf einen Karr'n, als wär er'n Schuft für sie.

Sie warfen auf den Rücken ihn, und droschen durch ihn schwer;
Dann hängten sie ihn in den Wind, da flog er hin und her.

Sie ließen einen finst'ren Schacht randvoll mit Wasser trimmen;
Drein hievten sie John Barleycorn – soll' er sinken oder schwimmen.

Sie streuten auf den Boden ihn, bloß, um ihn fort zu quälen;
Und wenn er'n Lebenszeichen gab, dann ließen sie ihn strählen.

Sie dörrten, über'm Flammenrost, ihm's Mark in den Gebeinen;
Ein Müller aber tat's ganz schlimm: zerkrunscht' ihn zwischen zwei
Steinen.

Sein Herzblut gar hab'n sie gezapft, und tranken's Rund' um Runde;
Doch nun: Je mehr und mehr man trank, je größ're Freud im Bunde.

John Barleycorn war'n kühner Held, so nobel und verwegen;
Denn wenn du mal sein Blut geschmeckt, wird's deinen Mut anregen.

Es lässt 'nem Mann sein Leid vergeh'n, es steigert all sein Glück:
Es bringt der Witwe Herz zum Singen, trotz Tränen in ihr'm Blick.

Stoßt an drum auf John Barleycorn, nehm't jeder'n Glas zur Hand;
Mög' seine große Enkelschar nie schwind'n in Alt Schottland!
Robert Burns

Wert des Lebens

Er stand an dem Kupfergraben,
Der Eckensteher Zimt,
Er schaute hinab in das Wasser
Und war sehr trübe gestimmt.

»Wat soll ick mir länger hier quälen?
So'n Leben hab ick satt!
Ick stürze mir runter in't Wasser,
Wo alles en Ende hat.«

So sprach er und machte schon Anstalt –
Da kam ein Kollege vorbei;
Der sagte: »Ick habe vier Jroschen,
Die woll'n wir verkümmeln, juchei!«

Da besann sich der Zimt ein wenig
Und rief: »Wat bin ick vor'n Tor!
Wat hilft mir denn ooch det Ersaufen?
Ick ziehe det Besaufen vor!«
Adolf Glassbrenner

Auf großer Fahrt

Das bevorzugte Schuhwerk der Romantiker sind ein Paar Siebenmeilenstiefel. Peter Schlemihl tragen sie um die Welt, Däumling fort von den Menschenfressern, den Kleinen Muck durch das Reich des undankbaren Königs und Mephisto in den vierten Akt der Fausttragödie zweiter Teil. Auch Heinrich Heine hätte sie gerne an den Füßen gehabt, um »mit der Hast des Windes« über die Harzgipfel zu sausen, ebenso wie Georg Weerth, der, falls ihm welche über den Weg gelaufen wären, genau gewusst hätte, »was ich damit täte«. Und das will etwas heißen, hatte der erprobte Fahrensmann doch bis dato angenommen, dass man »nicht billiger und schneller als in Gedanken« reist. Joseph von Eichendorff dagegen ließ es lieber langsam angehen und genoss dabei die Aussicht: »O Täler weit, o Höhen, o schöner, grüner Wald, / du meiner Lust und Wehen andächtiger Aufenthalt«. Wie auch immer, die Dichter hatte das Fernweh gepackt. Wohin es ging, war letztlich egal, denn »wenn einer eine Reise tut, dann kann er was erzählen« (Matthias Claudius). Wem das allzu profan war, der konnte sich an Friedrich Schlegel halten. Der romantische Chefideologe hatte es wie immer geschafft, das Quo vadis der Bewegung in einen griffigen Slogan zu stanzen: Im Reisen, sprach Schlegel, wohnt »die Sehnsucht nach dem Unendlichen«.

Sehnsucht heißt auch die Ballade, die untrennbar mit dieser Formel verbunden ist. Das Zauberwort wird in den Strophen gar nicht erwähnt, selbst der Titel wurde erst im Nachhinein hinzugefügt. Doch Eichendorffs Verse sind auf das Etikett nicht angewiesen. Er hat sie mit Motiven bestückt, die wie ein Pawlowscher Reflex akutes Reisefieber auslösen und der Postkartenindustrie den Weg gewiesen haben: rauschende Wälder und Bäche, verwilderte Gärten, verdämmernde Lauben, Paläste im Mondschein und eine prächtige Sommernacht. Dabei handelt es sich eigentlich um ein grobes Missverständnis. Die junge Dame, die so dekorativ am Fenster steht und den beiden Wandergesellen nachsinnt, hat mitnichten Fern-, sondern Heimweh. Das Lied gehört ursprünglich in Eichendorffs Roman *Dichter und ihre Gesellen*. Gesungen wird es von der Italienerin Fiametta, während sie sich zurück in den warmen Süden träumt. Aber Sehnsucht bleibt Sehnsucht, ob einer nach Hause oder in den Urlaub fahren will. Dass die Ballade zu einer Ikone der Romantik geworden ist, entbehrt trotzdem nicht einer gewissen Ironie. *Dichter und ihre Gesellen* verhandelt nämlich nichts weniger als den unschönen Bankrott dieses ästhetischen Kunst- und Lebensentwurfs. »Ich wollte, die Romantik wäre lieber gar nicht erfunden worden«, klagt Fortunat, der mit ansehen muss, wie das Gros des Romanpersonals an den eigenen künstlerischen Ansprüchen scheitert und zugrunde geht. Der Triumphzug des Gedichtes setzte auch erst 1837, drei Jahre nach Erscheinen des Romans, ein, als Eichendorff *Sehnsucht* in seiner ersten Lyrik-Sammlung veröffentlichte.

Ebenso beliebt und überdies ein Grundpfeiler deutscher Italienbegeisterung ist die Romanze *Mignon* aus Johann Wolfgang von Goethes *Wilhelm Meister*-Roman. Nicht unerheblich dazu beigetragen haben die Vertonungen von Hugo Wolf und Ludwig van Beethoven. Während Wolf eher an der leidenschaftlichen Dramatik der Beschwörung interessiert war und zum entsprechend breiten Pinsel griff, versuchte Beethoven in die Seele des Mädchens zu blicken. Wie *Reclams Liedführer* sehr treffend bemerkt, hat er Mignons »graziler Gestalt mit dem feierlichen Forte-Einsatz der Melodie tiefen Ernst und fast Glucksche Größe« verliehen. Wie intensiv das rätselhafte Geschöpf in seinem Kopf herumspukte, lässt sich an Mignons *Sehnsuchtslied* (»Nur wer die Sehnsucht kennt, weiß, was ich leide«) ablesen, von dem er gleich vier grundverschiedene Fassungen komponierte. Noch rätselhafter ist allerdings ihr Verhältnis zu Wilhelm. Beethovens Sympathien lagen offensichtlich aufseiten der koboldhaften Jungfer, die nichts sehnlicher wünscht, als den sauberen Herrn Meister in das Land der Zitronen und Goldorangen zu entführen. Das können wir gut verstehen. Als Goethes Werk im Deutschunterricht auf dem Lehrplan stand, haben uns stets zwei Fragen beschäftigt: warum das lobotomisierende Konvolut eigentlich Entwicklungsroman heißt und welchen Narren Mignon an diesem Hanswurst gefressen hat, der sie – solange es Stress mit der Kleinfamilie gibt – »seinem Herzen einzuverleiben« gedenkt, das Mädchen aber wie eine heiße Kartoffel fallen lässt, sobald die

Verlobte mit dem Sprössling auftaucht. Solch ein Verhalten lässt nur eine Conclusio zu: Wilhelm Meisters Lehrjahre sind für die Katz gewesen oder, um mit Arno Schmidt zu reden: »Goethe, bleib bei Deiner Lyrik! Und beim Schauspiel!« (*Aus dem Leben eines Fauns*).

Jetzt wird es sehr kalt und sehr ungemütlich. Für die beiden folgenden Gedichte aus dem *Winterreise-Zyklus* von Wilhelm Müller (1794–1824) gilt das Wilhelm-Busch-Diktum: »Die Freude flieht auf allen Wegen, der Ärger kommt uns gern entgegen« (Balduin Bählamm). *Der Lindenbaum* und *Das Wirtshaus* bringen uns ohne Umwege an den Grabesrand. »Fremd bin ich eingezogen, fremd zieh' ich wieder aus«, seufzt am Beginn des Zyklus der einsame Wanderer – auch er ein treuer Begleiter der romantischen Literatur – und blickt ein letztes Mal hinauf zum Fenster des geliebten Mädchens. Sie hat ihm soeben den Laufpass gegeben. Nun liegt vor dem Gedemütigten die verharschte Winterlandschaft, eine exakte Kopie seiner Seelenlage. Der folgende lange Marsch wird zum emotionalen Kreuzweg, zu einer Reise ins bürgerliche Ich, das Franz Schubert kurze Zeit später zum Singen bringen wird. Drei Gedichte lang stapft der Wanderer fröstelnd und mit dem Schicksal hadernd durch die Winternacht, dann fällt er »am Brunnen vor dem Tore« zu Füßen des Lindenbaumes in tiefen Schlaf. An glücklicheren Tagen hat er den Namen seiner Braut in den Stamm geritzt, jetzt empfiehlt sich ihm das schaukelnde Geäst als Hanging Tree (»Komm her zu mir, Geselle, hier find'st du deine Ruh!«). Endstation Sehnsucht?

Ganz so weit ist der Alpträumer noch nicht. Er flieht den bösen Ort, ohne sich noch einmal umzudrehen. Doch nach dem nächsten Dutzend Gedichte und weiteren Begegnungen der unheimlichen Art ist sein Lebenswille auf den Nullpunkt gesunken. Zu verlockend scheint nun die Aussicht auf ein Ruheplätzchen im Wirtshaus »Zur letzten Instanz« (»allhier will ich einkehren«). Aber er hat Glück im Unglück, es ist alles belegt. Am Ende wird der Wanderer auf einen sinistren Leiermann treffen, und man rätselt, ist es der Tod oder nur ein trauriger Clown, in dem er seinen Doppelgänger und damit das Lachhafte allen menschlichen Strebens und Leidens erkennt. »Die Antwort erfolgt nicht«, konstatiert Dietrich Fischer-Dieskau und verweist auf die lang anhaltende Quinte, mit der Franz Schubert seine Version der *Winterreise* ausklingen lässt. Wir deuten den musikalischen Gedankenstrich einfach als Vorgriff des Komponisten auf ein Oscar-Wilde-Bonmot: »Die Kunst ist das einzig Ernsthafte auf der Welt.«

Was im Umkehrschluss nicht heißt, dass man die Kunst immer bierernst nehmen sollte. Zumindest nicht, ohne genau hinzusehen.

Anlässlich eines Heinrich-Heine-Symposiums hat die streng katholisch erzogene Schriftstellerin Ulla Hahn erzählt, wie ihr *Die Wallfahrt nach Kevlaar* in Kindertagen stets als Idealbild ritualisierter Gläubigkeit vorgeführt wurde. Hahn ist Jahrgang 1946. Dass man den Juden und Teilzeitprotestanten Heine zehn Jahre nach Auschwitz derart missdeuten konnte, ist, gelinde gesagt, erstaunlich und nur mit der außerordentlichen Qualität der Ballade zu erklären. Sie klingt wie das Werkstück eines alten Meisters, der das Erbe der Bürgers und Höltys weiterträgt, doch hinter dem perfekt inszenierten Volkston und der anmutig perlenden Rhythmik verbirgt sich reine Perfidie.

Bis heute pilgern alljährlich 800000 Wundergläubige an den Niederrhein, wo sich 1641 auf der Kevelaerer Heide die Gottesmutter dem Kaufmann Hendrik Busman gleich mehrmals und mit folgenden Worten offenbart haben soll: »Op deze plaats sult gij mij een kapelleken bouwen!« (An dieser Stelle sollst du mir ein Kapellchen bauen!) Ob es, wie die Ballade berichtet, immer noch zum Ritus gehört, die Nachbildungen schwärender Extremitäten oder leckgeschlagener Organe an den Bildstock zu tragen, entzieht sich unserer Kenntnis. Klar ist aber, Heine hielt den unappetitlichen Aberglauben für ausgemachten Mumpitz und geißelte ihn mit subtiler Ironie.

Nach Kevlaar ging mancher auf Krücken,
Der jetzo tanzt auf dem Seil,
Gar mancher spielt jetzt die Bratsche,
Dem dort kein Finger war heil.

Den Schluss der Ballade kann man sogar als ausgesprochen bösartig bezeichnen. Jungfer Maria heilt den Filius, dem der Verlust des geliebten Mädchens das Herz gebrochen hat, indem sie umgehend ein Wiedersehen im Jenseits arrangiert. Und die so steindumm wie unerschütterlich weiterfrömmelnde Mutter …

… faltet die Hände,
Ihr war, sie wusste nicht wie;
Andächtig sang sie leise:
Gelobt seist du, Marie!

Die Auseinandersetzung mit dem Christentum hat Heines Werk ebenso geprägt wie der intellektuelle Zweifrontenkrieg gegen die absolutistische Restauration, respektive gegen die »Teutomanen der sogenannten nationalen Partei«. In welchen Schlamassel beide Seiten Deutschland brachten, beobachtete Heine seit 1831 aus dem Pariser Exil, wohin ihn die Zensurbestimmungen getrieben hatten. Ende 1843 kehrte er für ein paar Wochen zurück, um seine Mutter und den Verleger Julius Campe in Hamburg zu besuchen. Was er während der Reise erlebte, ist in *Deutschland. Ein Wintermärchen* nachzulesen, der absoluten Numero Uno der Quasthoffschen Heine-Charts. »Es ist ein gereimtes Gedicht«, schrieb er an Campe, »welches (…) die ganze Gährung unserer deutschen Gegenwart in der kecksten, persönlichsten Weise ausspricht. Es ist politisch romantisch und wird der prosaisch bombastischen Tendenzpoesie hoffentlich den Todesstoß geben. Sie wissen, ich prahle nicht, aber ich bin diesmal sicher, dass ich ein Werkchen gegeben habe, das mehr Furore machen wird als die populärste Broschüre und das dennoch den bleibenden Werth einer klassischen Dichtung haben wird.«

Er sollte in allem fast recht behalten. Da Manuskripte mit mehr als zwanzig Bogen vor dem Druck nicht zensiert wurden, dickte der Verlag das Werk mit einigen Poemen an und veröffentlichte es 1844 unter dem Titel *Neue Gedichte*. Das *Wintermärchen* machte Heine für die nächsten hundert Jahre zum umstrittensten Dichter Deutschlands. Die »Nationalen«, wie später noch die nationalen Sozialisten, heulten waidwund auf und schimpften ihn »Vaterlandsverräter«, die Preußische Staatsregierung beschlagnahmte das Buch, erließ gegen den Autor einen Haftbefehl und entlarvte sich damit als genau jener revanchistische und unheilschwangere Obrigkeitsstaat, den Heine im *Wintermärchen* gemenetekelt hat.

Aber gegen die »prosaisch bombastische Tendenzpoesie« war kein Kraut gewachsen. Am schlimmsten traf es den Rhein. Reaktionäre Scharfmacher wie Max Schneckenburger (*Die Wacht am Rhein*) hatten den Strom zum Bollwerk wider die welschen Julirevolutionäre ausgerufen. Sie traten eine Flut von Rheingedichten und -balladen los, die zum Miserabelsten gehören, das je in deutscher Sprache aufnotiert worden ist. Zur Abschreckung ein Vers des Kameraden Nicolaus Becker:

Sie sollen ihn nicht haben,
Den freien deutschen Rhein,
Bis seine Flut begraben
Des letzten Manns Gebein!

Im *Caput IV* des *Wintermärchens* lässt Heine Vater Rhein auftreten, der sich verbittert über den Imageschaden beklagt. Wir geben hier aber doch lieber *Caput IX* wieder, weil es mit seiner Mixtur aus Frivolität, Witz und Polemik typisch für das Gesamtkunstwerk ist und Heine darin den Beweis antritt, dass Vaterlandsliebe vor allem durch den Magen geht.

Ferdinand Freiligrath (1810–1876) ist sie oft auf denselben geschlagen. Sein *Glaubensbekenntnis*, eine Sammlung politischer Zeitgedichte, kam im selben Jahr heraus wie das *Wintermärchen*. Da Freiligrath die deutschen Realitäten in ähnlich düsteren Farben schilderte, zwangen die Zensurbehörden den von Haus aus eher sesshaften Familienvater zu einer Odyssee durch halb Europa. Die Stationen hießen Belgien, Holland, Schweiz und England. 1848 arbeitete er in Köln für die von Marx und Engels herausgegebene *Neue Rheinische Zeitung*, musste aber nach dem Scheitern der Revolution erneut nach London fliehen, wo er seine Brötchen als Übersetzer (u.a. Victor Hugo und Robert Burns), Kaufmann und zuletzt als Repräsentant der General Bank of

Switzerland verdiente. Nach siebzehn Exiljahren konnte Ferdinand Freiligrath 1868 nach Deutschland zurückkehren. Die Poetengemeinde von Hans Christian Andersen bis Ludwig Wienbarg schätzte den Charakterkopf nicht nur, weil er eine stattliche Pension des Preußenkönigs Wilhelm IV. wegen unüberbrückbarer weltanschaulicher Differenzen ausgeschlagen hatte. Heine hielt Freiligrath für »einen der bedeutendsten Dichter, die seit der Julirevolution in Deutschland aufgetreten sind«, Fontane nannte ihn den »›Bürger‹ dieser Epoche«. Das *Gesicht des Reisenden* mag nicht zu seinen bedeutendsten Gedichten zählen, aber die Ballade ist ein schönes Beispiel für das Fernweh, für die Sehnsucht nach Exotik und fremden Welten, die nicht nur Freiligraths *Wüstengedichten*, sondern auch der Reiseliteratur einen regelrechten Boom bescherte. Wir mögen die Ballade, weil sie die Erinnerung an die seligen Tage der Karl-May-Lektüre heraufbeschwört: an den Schut, den Machredsch von Mossul und Sir David Lindsay, an Kara Ben Nemsi und seinen Adlatus, dessen vollständigen Namen wir uns damals in zäher Kleinarbeit in den Schädel gemeißelt haben: Hadschi Halef Omar Ben Hadschi Abul Abbas Ibn Hadschi Dawuhd al Gossarah, Scheik der Haddedihn vom Stamme der Schammar.

Freiligraths Reisender war wie Kara Ben Nemsi und Halef zu Pferd unterwegs. Aber diese Art der Fortbewegung begann sich Ende des 19. Jahrhunderts totzulaufen (wir entschuldigen uns in aller Form für diesen Kalauer). Gleiches gilt für das Genre der klassischen Kunstballade. Einer der Ersten, denen das auffiel, war Theodor Fontane (1819–1898). Nachdem er seine Erzählgedichte vierzig Jahre lang mit Rittern, schottischen Helden, deutschen Monarchen und preußischen Militärs bestückt hatte, widmete er seinem Dichter-Freund Klaus Groth 1878 diese Reflexionen:

Vördem bi minen Balladenkroam
Mit all de groten schott'schen Noam:
Percy und Douglas un noch manch een
(All mit Is'n uppn Kopp un mit Is'n an de Been),
Doa wührd mi de Bost (Brust) so wied, so wied,
un ick schreew denn wull sülwer en Percy-Lied.

So gung dat männig (manches), männig joahr,
Awers as ick so rümmer um fortig woar,
Doa seggt ick mi: »Fründ, si mi nicht bös,
Awers all dat Tüg (Zeug) is to spektakulös;
Wat süll all de Lärm? Woto? Upp min Seel,
Dat allens bummst un klappert to veel …«

Fortan mochte er keine Balladen mehr schreiben, meinte wohl auch, Kollegen wie Detlev von Liliencron oder Felix Dahn sollten besser die Finger davon lassen. Da sie ihm den Gefallen nicht tun wollten und ärger denn je mit ihren Versen »klapperten«, entschloss sich der alte Champion zu einem Comeback. Fontanes »zweiter Balladenfrühling« beruhte auf einer ebenso simplen wie zukunftsweisenden Überlegung. Um das Genre am Leben zu erhalten, sei es nötig, »dem alten Balladenton eine neue Stoffwelt, oder der alten Stoffwelt eine neue oder wenigstens einen sehr veränderten Balladenton« zu verpassen. Was er meinte, erfuhr das erstaunte Publikum, als 1889 die dritte Auflage seiner Gedichte erschien. Mit der *Brück' am Tay*, der Beschreibung eines furchtbaren Zugunglücks, lässt Fontane die Stoffwelt der modernen Technik in die Balladenkulissen krachen, die Humoreske vom *Herrn von Ribbeck auf Ribbeck im Havelland* besticht durch einen entspannten, schlanken Sound, dem alle musealen Manierismen ausgetrieben wurden.

John Maynard schließlich holt den Balladenheroen vom Sockel, der Ende des 19. Jahrhunderts wieder fröhliche Urstände feierte. »Noch da, John Maynard?«, fragt der Chef von der Brücke. – »Ja, Herr, ich bin«, antwortet der Steuermann der *Schwalbe*. »Noch da, John Maynard?« – »Ja, Herr, ich halt's.« Er rettet das Schiff, aber er macht nur seinen Job: unaufgeregt, professionell, ohne Pathos, wie die meisten Funktionsträger der arbeitsteiligen Industriegesellschaft, und wird gerade darum zum modernen Helden. Dass der Typus *John Maynard* auf angemessene Würdigung wohl noch etwas würde warten müssen, hat Fontane geahnt. 1887, zwei Jahre bevor Wilhelm II., der eitle Poseur und Künder imperialen Größenwahns, den Thron bestieg, schrieb er an Georg Friedländer: Es »mehren sich die Zeichen inneren Verfalls. Selbstsucht und rücksichtsloses Strebertum sind an die Stelle feinen Ehrgefühls und vornehmer Milde getreten, und während in den Herzen Rohheit und destruktive Ideen Fortschritte machen, zeigt sich nach außen hin ein toter, bei uns nie da gewesener Byzantinismus.«

Friedrich Nietzsche (1844–1900) bekam davon Sehstörungen, Migräneanfälle und Magenschmerzen. Bevor er in geistige Umnachtung fiel und seine Briefe mit »Nietzsche Cäsar« oder »der Gekreuzigte« unterschrieb, war ihm klar geworden, für den Künstler blieben in dieser bornierten Welt nur zwei Rollen übrig: der Überwinder bzw. Übermensch, was unserer Zeit Tiefausläufer wie Joseph Beuys und Günter Grass beschert hat, oder der heimatlose Wanderer, »der durch die blaue Eiswelt der Berghöhen irrt, bisweilen zu Tal steigend, aber auch im Gewühl der bunten Städte immer allein und fremd« (Friedell). Letzteres Modell hat ziemlich lange gehalten und wurde 1962 in der Version von Ernie Maresca bis auf Platz eins der Popcharts getragen:

I'm the Wanderer, yeah, Wanderer
I roam round and round and round and round.

Darum gebührt Friedrich Nietzsches traurigschöner Ballade *Vereinsamt* auch das Schlusswort im Brevier der Kunstballade.

Sehnsucht

Es schienen so golden die Sterne,
Am Fenster ich einsam stand
Und hörte aus weiter Ferne
Ein Posthorn im stillen Land.
Das Herz mir im Leib entbrennte,
Da hab ich mir heimlich gedacht:
Ach, wer da mitreisen könnte
In der prächtigen Sommernacht!

Zwei junge Gesellen gingen
Vorüber am Bergeshang,
Ich hörte im Wandern sie singen
Die stille Gegend entlang:
Von schwindelnden Felsenschlüften,
Wo die Wälder rauschen so sacht,
Von Quellen, die von den Klüften
Sich stürzen in die Waldesnacht.

Sie sangen von Marmorbildern,
Von Gärten, die überm Gestein
In dämmernden Lauben verwildern,
Palästen im Mondenschein,
Wo die Mädchen am Fenster lauschen,
Wann der Lauten Klang erwacht
Und die Brunnen verschlafen rauschen
In der prächtigen Sommernacht. –

Joseph von Eichendorff

Mignon

Kennst du das Land, wo die Zitronen blühn,
Im dunkeln Laub die Goldorangen glühn,
Ein sanfter Wind vom blauen Himmel weht,
Die Myrte still und hoch der Lorbeer steht,
Kennst du es wohl?
Dahin! Dahin
Möcht' ich mit dir, o mein Geliebter, ziehn!

Kennst du das Haus? Auf Säulen ruht sein Dach,
Es glänzt der Saal, es schimmert das Gemach,
Und Marmorbilder stehn und sehn mich an:
Was hat man dir, du armes Kind, getan?
Kennst du es wohl?
Dahin! Dahin
Möcht' ich mit dir, o mein Beschützer, ziehn!

Kennst du den Berg und seinen Wolkensteg?
Das Maultier sucht im Nebel seinen Weg,
In Höhlen wohnt der Drachen alte Brut,
Es stürzt der Fels und über ihn die Flut:
Kennst du ihn wohl?
Dahin! Dahin
Geht unser Weg; o Vater, lass uns ziehn!

Johann Wolfgang von Goethe

Der Lindenbaum

Am Brunnen vor dem Tore
Da steht ein Lindenbaum;
Ich träumt' in seinem Schatten
So manchen süßen Traum:

Ich schnitt in seine Rinde
So manches liebe Wort;
Es zog in Freud und Leide
Zu ihm mich immer fort.

Ich musst' auch heute wandern
Vorbei in dieser Nacht,
Da hab' ich noch im Dunkeln
Die Augen zugemacht.

Und seine Zweige rauschten,
Als riefen sie mir zu:
Komm her zu mir, Geselle,
Hier find'st du deine Ruh!

Die kalten Winde bliesen
Mir grad ins Angesicht,
Der Hut flog mir von Kopfe,
Ich wendete mich nicht.

Nun bin ich manche Stunde
Entfernt von jenem Ort,
Und immer hör' ich's rauschen:
Du fändest Ruhe dort!

WILHELM MÜLLER

Das Wirtshaus

Auf einen Totenacker hat mich mein Weg gebracht;
Allhier will ich einkehren, hab' ich bei mir gedacht.
Ihr grünen Totenkränze könnt wohl die Zeichen sein,
Die müde Wand'rer laden ins kühle Wirtshaus ein.

Sind denn in diesem Hause die Kammern all' besetzt?
Bin matt zum Niedersinken, und tödlich schwer verletzt.
O unbarmherz'ge Schenke, doch weisest du mich ab?
Nun weiter denn, nur weiter, mein treuer Wanderstab!

WILHELM MÜLLER

Die Wallfahrt nach Kevlaar

1

Am Fenster stand die Mutter,
Im Bette lag der Sohn.
»Willst du nicht aufstehn, Wilhelm,
Zu schaun die Prozession?«

»Ich bin so krank, o Mutter,
Dass ich nicht hör und seh;
Ich denk an das tote Gretchen,
Da tut das Herz mir weh.« –

»Steh auf, wir wollen nach Kevlaar,
Nimm Buch und Rosenkranz;
Die Mutter Gottes heilt dir
Dein krankes Herze ganz.«

Es flattern die Kirchenfahnen,
Es singt im Kirchenton;
Das ist zu Köllen am Rheine,
Da geht die Prozession.

Die Mutter folgt der Menge,
Den Sohn, den führet sie,
Sie singen beide im Chore:
Gelobt seist du, Marie!

2

Die Mutter Gottes zu Kevlaar
Trägt heut ihr bestes Kleid;
Heut hat sie viel zu schaffen,
Es kommen viel kranke Leut.

Die kranken Leute bringen
Ihr dar, als Opferspend,
Aus Wachs gebildete Glieder,
Viel wächserner Füß und Händ.

Und wer eine Wachshand opfert,
Dem heilt an der Hand die Wund;
Und wer einen Wachsfuß opfert,
Dem wird der Fuß gesund.

Nach Kevlaar ging mancher auf Krücken,
Der jetzo tanzt auf dem Seil,
Gar mancher spielt jetzt die Bratsche,
Dem dort kein Finger war heil.

Die Mutter nahm ein Wachslicht,
Und bildete draus ein Herz.
»Bring das der Mutter Gottes,
Dann heilt sie deinen Schmerz.«

Der Sohn nahm seufzend das Wachsherz,
Ging seufzend zum Heiligenbild;
Die Träne quillt aus dem Auge,
Das Wort aus dem Herzen quillt:

»Du Hochgebenedeite,
Du reine Gottesmagd,
Du Königin des Himmels,
Dir sei mein Leid geklagt!

Ich wohnte mit meiner Mutter
Zu Köllen in der Stadt,
Der Stadt, die viele hundert
Kapellen und Kirchen hat.

Und neben uns wohnte Gretchen,
Doch die ist tot jetzund –
Marie, dir bring ich ein Wachsherz,
Heil du meine Herzenswund.

Heil du mein krankes Herze –
Ich will auch spät und früh
Inbrünstiglich beten und singen:
Gelobt seist du, Marie!«

3
Der kranke Sohn und die Mutter,
Die schliefen im Kämmerlein;
Da kam die Mutter Gottes
Ganz leise geschritten herein.

Sie beugte sich über den Kranken,
Und legte ihre Hand
Ganz leise auf sein Herze,
Und lächelte mild und schwand.

Die Mutter schaut alles im Traume,
Und hat noch mehr geschaut;
Sie erwachte aus dem Schlummer,
Die Hunde bellten so laut.

Da lag dahingestrecket
Ihr Sohn, und der war tot;
Es spielt auf den bleichen Wangen
Das lichte Morgenrot.

Die Mutter faltet die Hände,
Ihr war, sie wusste nicht wie;
Andächtig sang sie leise:
Gelobt seist du, Marie!

HEINRICH HEINE

Deutschland. Ein Wintermärchen: Caput IX

Von Köllen war ich drei Viertel auf acht
Des Morgens fortgereiset;
Wir kamen nach Hagen schon gegen drei,
Da ward zu Mittag gespeiset.

Der Tisch war gedeckt. Hier fand ich ganz
Die altgermanische Küche.
Sei mir gegrüßt, mein Sauerkraut,
Holdselig sind deine Gerüche!

Gestovte Kastanien im grünen Kohl!
So aß ich sie einst bei der Mutter!
Ihr heimischen Stockfische, seid mir gegrüßt!
Wie schwimmt ihr klug in der Butter!

Jedwedem fühlenden Herzen bleibt
Das Vaterland ewig teuer –
Ich liebe auch recht braun geschmort
Die Bücklinge und Eier.

Wie jauchzten die Würste im spritzelnden Fett!
Die Krammetsvögel, die frommen
Gebratenen Englein mit Apfelmus,
Sie zwitscherten mir: »Willkommen!«

»Willkommen, Landsmann« – zwitscherten sie –,
»Bist lange ausgeblieben,
Hast dich mit fremdem Gevögel so lang
In der Fremde herumgetrieben!«

Es stand auf dem Tische eine Gans,
Ein stilles, gemütliches Wesen.
Sie hat vielleicht mich einst geliebt,
Als wir beide noch jung gewesen.

Sie blickte mich an so bedeutungsvoll,
So innig, so treu, so wehe!
Besaß eine schöne Seele gewiss,
Doch war das Fleisch sehr zähe.

Auch einen Schweinskopf trug man auf
In einer zinnernen Schüssel;
Noch immer schmückt man den Schweinen bei uns
Mit Lorbeerblättern den Rüssel.

Heinrich Heine

Gesicht des Reisenden

Mitten in der Wüste war es, wo wir nachts am Boden ruhten;
Meine Beduinen schliefen bei den abgezäumten Stuten.
In der Ferne lag das Mondlicht auf der Nilgebirge Jochen;
Rings im Flugsand umgekommner Dromedare weiße Knochen!

Schlaflos lag ich; statt des Pfühles diente mir mein leichter Sattel,
Dem ich unterschob den Beutel mit der dürren Frucht der Dattel;
Meinen Kaftan ausgebreitet hatt' ich über Brust und Füße;
Neben mir mein bloßer Säbel, mein Gewehr und meine Spieße.

Tiefe Stille, nur zuweilen knistert das gesunkne Feuer;
Nur zuweilen kreischt verspätet ein vom Horst verirrter Geier;
Nur zuweilen stampft im Schlafe eins der angebundnen Rosse;
Nur zuweilen fährt ein Reiter träumend nach dem Wurfgeschosse.

Da auf einmal bebt die Erde; auf den Mondschein folgen trüber
Dämmrung Schatten: Wüstentiere jagen aufgeschreckt vorüber.
Schnaubend bäumen sich die Pferde; unser Führer greift zur Fahne;
Sie entsinkt ihm, und er murmelt: Herr, die Geisterkarawane! –

Ja, sie kommt! Vor den Kamelen schweben die gespenst'schen Treiber,
Üppig in den hohen Sätteln lehnen schleierlose Weiber;
Neben ihnen wandeln Mädchen, Krüge tragend wie Rebekka
Einst am Brunnen; Reiter folgen – sausend sprengen sie nach Mekka.

Mehr noch! – Nimmt der Zug kein Ende? – Immer mehr! Wer kann sie zählen?
Weh, auch die zerstreuten Knochen werden wieder zu Kamelen,
Und der braune Sand, der wirbelnd sich erhebt in dunkeln Massen,
Wandelt sich zu braunen Männern, die der Tiere Zügel fassen.

Denn dies ist die Nacht, wo alle, die das Sandmeer schon verschlungen,
Deren sturmverwehte Asche heut vielleicht an unsern Zungen
Klebte, deren mürbe Schädel unsrer Rosse Huf zertreten,
Sich erheben und sich scharen, in der heil'gen Stadt zu beten.

Immer mehr! – Noch sind die Letzten nicht an uns vorbeigezogen,
Und schon kommen dort die Ersten schlaffen Zaums zurückgeflogen;
Von dem grünen Vorgebirge nach der Babelmandeb-Enge
Sausten sie, eh' noch mein Reitpferd lösen konnte seine Stränge.

Haltet aus, die Rosse schlagen! Jeder Mann zu seinem Pferde!
Zittert nicht, wie vor dem Löwen die verirrte Widderherde!
Lasst sie immer euch berühren mit den wallenden Talaren!
Rufet: Allah! – und vorüber ziehn sie mit den Dromedaren.

Harret bis im Morgenwinde eure Turbanfedern flattern!
Morgenwind und Morgenröte werden ihnen zu Bestattern.
Mit dem Tage wieder Asche werden diese nächt'gen Zieher!
Seht, er dämmert schon! Ermut'gend grüßt ihn meines Tiers Gewieher.

Ferdinand Freiligrath

John Maynard

John Maynard!

»Wer ist John Maynard?«

»John Maynard war unser Steuermann,
Aushielt er, bis er das Ufer gewann,
Er hat uns gerettet, er trägt die Kron,
Er starb für uns, unsre Liebe sein Lohn.
John Maynard.«

Die »Schwalbe« fliegt über den Eriesee,
Gischt schäumt um den Bug wie Flocken von Schnee;
Von Detroit fliegt sie nach Buffalo –
Die Herzen aber sind frei und froh,
Und die Passagiere mit Kindern und Fraun
Im Dämmerlicht schon das Ufer schaun,
Und plaudernd an John Maynard heran
Tritt alles: »Wie weit noch, Steuermann?«
Der schaut nach vorn und schaut in die Rund:
»Noch dreißig Minuten ... Halbe Stund.«

Alle Herzen sind froh, alle Herzen sind frei –
Da klingt's aus dem Schiffsraum her wie Schrei,
»Feuer!« war es, was da klang,
Ein Qualm aus Kajüt und Luke drang,
Ein Qualm, dann Flammen lichterloh,
Und noch zwanzig Minuten bis Buffalo.

Und die Passagiere, buntgemengt,
Am Bugspriet stehn sie zusammengedrängt,
Am Bugspriet vorn ist noch Luft und Licht,
Am Steuer aber lagert sich's dicht,
Und ein Jammern wird laut: »Wo sind wir? wo?«
Und noch fünfzehn Minuten bis Buffalo. –

Der Zugwind wächst, doch die Qualmwolke steht,
Der Kapitän nach dem Steuer späht,
Er sieht nicht mehr seinen Steuermann,
Aber durchs Sprachrohr fragt er an:
»Noch da, John Maynard?«
»Ja, Herr. Ich bin.«
»Auf den Strand! In die Brandung!«
»Ich halte drauf hin.«
Und das Schiffsvolk jubelt: »Halt aus! Hallo!«
Und noch zehn Minuten bis Buffalo. –

»Noch da, John Maynard?« Und Antwort schallt's
Mit ersterbender Stimme: »Ja, Herr, ich halt's!«
Und in die Brandung, was Klippe, was Stein,
Jagt er die »Schwalbe« mitten hinein.
Soll Rettung kommen, so kommt sie nur so.
Rettung: der Strand von Buffalo!

Das Schiff geborsten. Das Feuer verschwelt.
Gerettet alle. Nur *einer* fehlt!

Alle Glocken gehn; ihre Töne schwell'n
Himmelan aus Kirchen und Kapell'n,
Ein Klingen und Läuten, sonst schweigt die Stadt,
Ein Dienst nur, den sie heute hat:
Zehntausend folgen oder mehr,
Und kein Aug im Zuge, das tränenleer.

Sie lassen den Sarg in Blumen hinab,
Mit Blumen schließen sie das Grab,
Und mit goldner Schrift in den Marmorstein
Schreibt die Stadt ihren Dankspruch ein:
»Hier ruht John Maynard! In Qualm und Brand
Hielt er das Steuer fest in der Hand,
Er hat uns gerettet, er trägt die Kron,
Er starb für uns, unsre Liebe sein Lohn.
John Maynard.«

THEODOR FONTANE

Vereinsamt

Die Krähen schrein
Und ziehen schwirren Flugs zur Stadt:
Bald wird es schnein. –
Wohl dem, der jetzt noch Heimat hat!

Nun stehst du starr,
Schaust rückwärts, ach! wie lange schon!
Was bist du Narr
Vor Winters in die Welt entflohn?

Die Welt – ein Tor
Zu tausend Wüsten stumm und kalt!
Wer das verlor,
Was du verlorst, macht nirgends halt.

Nun stehst du bleich,
Zur Winter-Wanderschaft verflucht,
Dem Rauche gleich,
Der stets nach kältern Himmeln sucht.

Flieg, Vogel, schnarr
Dein Lied im Wüstenvogel-Ton! –
Versteck, du Narr,
Dein blutend Herz in Eis und Hohn!

Die Krähen schrein
Und ziehen schwirren Flugs zur Stadt:
Bald wird es schnein. –
Weh dem, der keine Heimat hat.

FRIEDRICH NIETZSCHE

Zwischenspiel II.

Künstler unter sich

Das Wesen des Künstlers: Gleicht es nicht oft Albrecht Dürers *Melencolia*, einem schweren Brüter, der mit umflortem Blick die Insignien seiner Profession mustert? Und man weiß dabei nie, ist das nun Tiefsinn, plagt ihn Weltschmerz oder Müdigkeit, fällt ihm nichts ein oder hat er einfach Hunger oder einen Kater? Das Wesen des Künstlers bleibt ein Rätsel, bleibt ein Rätsel, bleibt ein Rätsel, um mit der Künstlerin Gertrude Stein zu sprechen. Manchmal schreibt er etwas in ein Tagebuch wie der Literaturnobelpreisträger Thomas Mann, »zwei Eier ohne das Weiße des einen gegessen« zum Beispiel und »Gegen Morgen Husten, Tropfen ... Drückende Zahnprothese«, oder er verspritzt Gemeinheiten gegen die Verwandtschaft. Das erscheint dem Künstler im Nachhinein dann banal und furchtbar peinlich. Er wirft es weg oder telefoniert mit seinem Anwalt: »Bitte erst zwanzig Jahre nach meinem Tode veröffentlichen«. Was das Vermächtnis aber auch nicht ergiebiger macht. Ihn interessiere Thomas Mann »zwanzig Jahre nach seinem Ableben so wenig wie noch zur Zeit seines Erdenwallens«, kommentierte Peter Rühmkorf das Erscheinen seiner Diarien. Gar nicht zu reden von all den Malern, Sängern, Komponisten, denen von Haus aus das Schreiben über Persönliches nicht geheuer ist. Sogar Beethoven, der eigentlich eine flotte Feder führte, kniff, wenn es wirklich spannend wurde. »Dem Papier lässt sich nichts weiter von dem, was in mir vorgeht, anvertrauen«, notierte er nach dem desaströsen Ende einer Affäre. Aber selbst wenn es anders wäre, bliebe da ein schwarzes Loch. »Man meint, alles über ihn zu wissen«, sinnierte Stardirigent Nikolaus Harnoncourt in Sachen Mozart, »aber wenn man etwas über ihn sagen will, bemerkt man, dass man ihn überhaupt nicht kennt.«

Wir lassen einfach Balladen sprechen und sind guter Hoffnung, das Künstlerwesen auf diese Art ein wenig zu erhellen, »denn an ihren Früchten sollt ihr sie erkennen« (Matthäus 7, 17).

Den Anfang macht der Schriftsteller und Dramatiker Peter Hacks (1928–2003). Er gilt als einer der erfolgreichsten, gleichzeitig umstrittensten Autoren deutscher Zunge. Diesen Ruf haben ihm sein Querkopf und eine unüberwindliche Abneigung gegen den Kapitalismus eingebracht. 1955 übersiedelte er von München nach Ostberlin und begründete die »sozialistische Klassik«, die ihren Namen seinen Hausgöttern – neben den altgriechischen Dramatikern sind das Shakespeare, Schiller und Goethe – verdankt. Hacks gehört zu den meistgespielten Autoren auf deutschen Bühnen in Ost wie in West, sein Stück *Ein Gespräch im Hause Stein über den abwesenden Herrn von Goethe* war neben Hochhuths *Der Stellvertreter* der einzige Welterfolg, den ein deutscher Theaterautor in den letzten fünfzig Jahren verbuchen konnte. Die Ballade *Mozart auf der Reise nach Paris* dreht sich um den Künstlerlohn, der laut Hacks nicht hoch genug ausfallen kann, schließlich sei es so: »Mit je mehr Geld man die Künstler besticht, desto unbestechlicher werden die.«

Von Peter Hacks stammt auch die Sentenz: »Unter Schlagern sind solche, die balladeske Züge aufweisen. Jede Ballade aber will und sollte ein Schlager sein.« Wilhelm Buschs Bildgeschichten sind nicht nur Schlager, sondern allesamt Hits, oder wie der Meister gesagt hätte: »vom Leben geglüht, mit Fleiß gehämmert und nicht unzweckmäßig zusammengesetzt«. Das gilt natürlich auch und gerade für die Comicballade *Der Virtuos. Ein Neujahrskonzert.*

»Alle Mann an Bord, ihr Mühseligen und Geladenen, in meine himmlisch verschwimmende Hafenkneipe, komme, wer ein Gelüst hat auf Lust, in See zu stechen und anderswo. Verlasst den schwankenden Boden der Nüchternen, und kommt in das undichte Boot meiner Dichtung.« Hans Bötticher war »erfahren in allen Untiefen und in mehr als dreißig Berufen, darunter: Schlangenbändiger«. Er war auch Seemann, Privatbibliothekar und Marineoffizier, ehe er 1919 zu Joachim Ringelnatz (1883–1934) wurde und als Kneipier, Verfasser der berühmten Kuttel-Daddeldu-Poeme, Kabarettgröße und Original der goldenen zwanziger Jahre in die Literaturgeschichte einging. Vor seinem Münchner Lokal Tabackhaus warb ein Schild mit dem Slogan »Damen und

Herren werden auf Wunsch gegen Bezahlung angedichtet ... Es grüßt der Hausdichter!« Die Schänke musste nach einem Jahr schon wieder schließen. Ob *Der Sänger* schuld war, entzieht sich unserer Kenntnis.

Der Schauspieler hat ein Problem, das sein Autor nicht kannte. Der Name Heinz Erhardt (1909–1979) stand immer »eingerahmt und fettgedruckt« auf den Plakaten, weil er in den 1950er und 60er Jahren fast konkurrenzlos komisch war. Uns ist er zum ersten Mal im Kino begegnet. Er hieß Kantor Hampel, bediente ein Harmonium und machte selbst dann noch dumme Witze, als die blutrünstigen Schoschonen, angestiftet vom »Ölprinzen«, ihm an den Skalp wollten. Später sahen wir ihn im Fernsehen, konnten seine *Made* auswendig hersagen und hielten Heinz Erhardt für die geborene Rampensau. Als wir später erfuhren, dass der schwer kurzsichtige und von Lampenfieber gepeinigte Humorist auf der Bühne eine Brille mit Fensterglas getragen hat, damit er das Publikum nicht sehen musste, waren wir platt.

Nicht jeder Musenkuss ist des Künstlers Segen. Wir sagen nur Alma Mahler und Yoko Ono. Wie die Ballade *als des morgens wangenröte* demonstriert, hatte H. C. Artmann (1921–2000; siehe auch das Brevier zu den Modernen Balladen) da ein weit glücklicheres Händchen. Aber alles andere wäre bei diesem Erzpoeten, Sprachmagus und Begründer der Wiener Gruppe auch eine Enttäuschung gewesen. Kollege Peter Rosei hat behauptet, Artmann könne mit Wörtern »hexen«. Urs Widmer sagt, Worte braucht er dazu nicht. »Wenn wir ihn in Dublin vermuten, ist er schon in San Sebastian, wenn wir das gemerkt haben, steht er lächelnd in der Tür.« Artmanns Körper komme immer »da an, wo sein Geist eben wieder weggefahren ist, er reist hinter seiner Sehnsucht drein«. Sehnsucht ist ein gutes Stichwort. Artmann war ein spät geborener Romantiker, aber er war auch Surrealist wie er Barockdichter und Trivialautor war. Er dichtete und schrieb in hundert Masken, beherrschte drei Dutzend Sprachen und saß lieber hungrig in einer Prager Speisewirtschaft, als »in *vielleicht nicht akzentfreiem* Tschechisch seine Knödel zu bestellen« (Widmer). Dass man ihm den Großen Österreichischen Staatspreis und den Georg-Büchner-Preis verliehen hat, war nur recht und billig. Aber viel wichtiger ist etwas anderes: H.C. Artmann gelang in diesem technokratischen Zeitalter das Kunststück, sein Leben in Poesie zu verwandeln und mit uns zu teilen.

Ein Sprachartist gleichen Ranges war Ernst Jandl (1925–2000). Im Unterschied zu Freund und Weggefährte Artmann rückte er der deutschen Sprache mit dem Furor des Dadaismus, dem Sezierbesteck der experimentellen Poesie und grimmigem Witz zu Leibe. Als er 1966 mit seinem Gedichtband *Laut und Luise* auf Tournee ging, avancierte der großartige Performer zum »Popstar« (Jürgen Roth) der Dichterzunft. Seitdem kennt jedes Schulkind die Ballade von Ottos kotzendem Mops, die mit nur einem Vokal, dem »o«, auskommt (»ogottogott«). Der Spaß, den Bravourstücke wie *verstimmtes gedicht 1* machen, ist aber nur eine Seite der Medaille. Hinter dem hochkomischen Silbenstechen steckt radikale Kritik an den und große Verzweiflung über die Verrohungen eines normierten Sprech- und Schreibbetriebes, den unsere Mediengesellschaft bis zur totalen Idiotie perfektioniert hat. Die Bonsaiballade *django reinhardt, 1910–1953* ist Ausdruck seiner Liebe zum Jazz, die ihn immer wieder mit kleineren Combos und Orchestern auftreten ließ. Wir hatten das Glück, ihn in Hannover mit der NDR-Bigband zu erleben.

»Er war einer der klügsten, vielseitigsten und erfindungsreichsten Schriftsteller, Dichter und Maler in Deutschland, wenn nicht in Europa«, rief Thomas Gsella, Chefredakteur der *Titanic*, dem kürzlich verstorbenen Robert Gernhardt (1937–2007) nach. Und das war nicht untertrieben. Seit Mitte der 1960er ackerte er federführend auf jeder Baustelle, wo man den verdrucksten deutschen Nachkriegshumor von der Platte putzte. Als Redakteur bei *Pardon*, als Gründervater und guter Geist bei *Titanic* und als Vorstandsmitglied der »Neuen Frankfurter Schule«. Die zusammen mit F.K. Wächter und F.W. Bernstein Ende der 1970er verfassten Literatur-Parodien *Die Blusen des Böhmen* und *Die Wahrheit über Arnold Hau* gehörten wie die Romane Eckhard Henscheids damals zur Pflichtlektüre. Ohne einen halbwegs vollständigen Zitatenschatz brauchte man auf keiner Party aufzukreuzen. Heute steht Gernhardts (siehe auch das Brevier der Modernen Balladen) Gesamtwerk neben Wilhelm Busch im Regal, und wir glauben, das ist ein guter Platz. Wie bei dem Altmeister aus Wiedensahl, findet sich für jede Lebenslage ein passendes Stückchen. In diesem Zwischenspiel sind es gleich zwei: *Nach der Lektüre einer Anthologie* und *Schamerfüllter Dichter*.

»Ich fühlte mich nicht irgendwie anders. Doch ich wusste, dass ich bald – so wie ein Mann, der aus den Tiefen des Ozeans zu schnell hochgezogen wird – einen Druckausgleich ganz besonderer Art durchmachen würde. Ich war wie einer von Joyces verdammten Wellensittichen. Nach einem Leben im Käfig war ich durch die offene Tür gegangen und davongeflogen – wie ein Pfeil Richtung Himmel. Himmel?« Diese Zeilen schreibt Henry Chinaski, das Alter Ego Charles Bukowskis (1920–1994), nachdem er seinen Job bei der Post zum zweiten Mal hingeworfen hat. Diesmal ist es ein Abschied für immer. Er wird nach Hause gehen, eine Dose Bier öffnen, dann noch eine, dann noch zwei, und wenn der Kühlschrank leer ist, beschließt er, es mal mit dem Schreiben zu versuchen. Im wahren Leben musste Bukowski 1955 wegen eines Magendurchbruchs kündigen. Das Bier fiel also (ausnahmsweise einmal) flach. Nach seiner Genesung begann er Shortstorys und Gedichte zu schreiben, denen er Titel verpasste wie *Bekenntnisse eine Mannes, der irre genug ist, mit einem Biest zu leben.* 1969 hatte er den Bogen raus und tippte in nur wenigen Wochen den Roman *Der Mann mit der Ledertasche* herunter. Das episodische Werk erzählt Sauf-, Rauf- und Liebesgeschichten aus dem Leben eines Postlers. Danach wird er von Genet, Henry Miller und Sartre als Poète maudit gefeiert. Also trank und schrieb Bukowski weiter, insgesamt vierzig Prosa- und Lyrikbände. *Die Unsterblichen* ist nicht sein schlechtestes Gedicht.

Mozart auf der Reise nach Paris

Lieber Mozart, ich bin froh,
Etwas für Sie tun zu können,
Die Duchess will von Chabot
Ihnen einen Abend gönnen.
Sie ist klug und hat ein Ohr,
Spieln Sie ihr was Schönes vor.
Die Chabot, sagte Grimm,
Sie ist wirklich nicht so schlimm
Wie die andren reichen Krähen,
Die so gar nichts von Musik verstehen.

Ach, ich ginge gar nicht hin,
Wäre nicht der Scheiß der Schulden.
Wer ist diese Herzogin?
Der Fiaker nimmt vier Gulden.
Und man spielt sich dumm und tot
Für ein kaltes Abendbrot.
Aber gut, lieber Grimm,
Wenn dir einer gibt, dann nimm.
Gut, gut, gut, wir werden sehen,
Was Frau Durchlaucht von Musik verstehen.

Von perlmuttnen Brüsten her
Sprühte Diamantenfeuer.
Leider, der Kamin war leer,
Auch der Flügel war kein neuer.
Schrecklich knarrte das Pedal
In dem ungeheizten Saal.
– Sähen Sie, lieber Grimm,
Diese nackten Weiber im
Kreise um den Whisttisch thronen,
Spieln Sie mal die Fischer-Variationen!

Hams kein besseres Klavier?
No, dann spiel i eben hier.
Hams net zwoa, drei Buchenscheiter?
No, dann spiel i eben weiter.
Meine Finger san so klamm
Krieg kam a Oktav zsamm.
Glaubn Sie das, lieber Grimm,
Dass i hier den Ruhm erklimm?
Und der Dank für die Tortur?
Eine goldne Taschenuhr.

Dieser Mozart oder so,
Der, den Sie mir neulich schickten,
Der gehört, sprach die Chabot,
Wieder zu den ganz Verrückten.
Er ist fabelhaft begabt,
Aber hat den Bock gehabt.
Kunst ist Kunst, lieber Grimm,
Doch die Künstler, die sind schlimm,
Die den Preis von einer Uhr nicht sehen
Und so gar nichts von dem Publikum verstehen.

Peter Hacks

Der Virtuos. Ein Neujahrskonzert

Zum neuen Jahr begrüßt euch hier
Ein Virtuos auf dem Klavier.
Er führ' euch mit Genuss und Gunst
Durch alle Wunder seiner Kunst.

Silentium

Introduzione

Scherzo

Adagio

Adagio con sentimento

Piano

Smorzando

Maëstoso

Capriccioso

Passagio chromatico

Fuga del diavolo

Forte vivace

Fortissimo vivacissimo

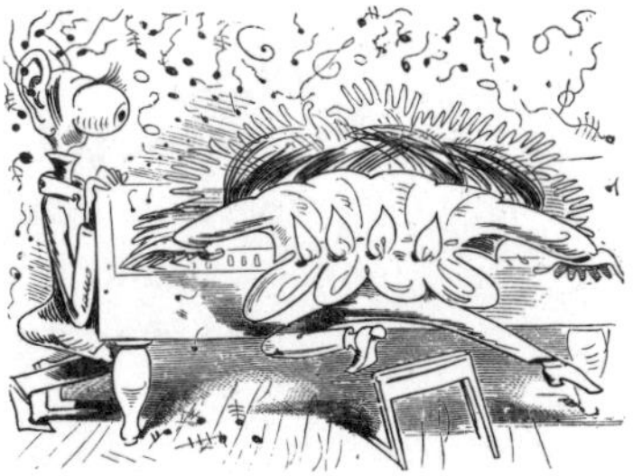

Finale furioso

Bravo, bravissimo!

Wilhelm Busch

Der Sänger

Vor dem Debut soupierend saß,
Bei einer Frau, der Sänger.
Sie staunte über seinen Fraß
Und wurde immer länger.

Der Sänger auf die Bühne trat,
Schlicht, ohne sich zu rühmen.
Ein Hauch von Bier und Fleischsalat
Verlor sich in Parfümen.

Der Sänger sang das hohe C.
Der Beifall wuchs und tobte.
Die Dame in der Loge B
Stand auf und garderobte.

Der Sänger stürzte aus dem Haus
In den verschneiten Garten.
Die Dame folgte, einen Strauß
Auspackend, voll Erwarten.

Der Sänger lüpfte seinen Frack
Und duckte sich im Garten.
Es klang wie »Schlacht am Skagerrak«.
Die Dame musste warten.

Vom langen Stehn im nassen Schnee
Holt man sich Rheumatismus. –
Der Sänger mit dem hohen C
Kennt seinen Mechanismus.

Joachim Ringelnatz

Der Schauspieler

Er sprach zu der Theaterleitung,
nachdem er dreimal
ausgespuckt: »Mein Name steht
in dieser Zeitung nie
eingerahmt, nie fettgedruckt!
Dabei spiel ich die längsten
Rollen, mal bin ich heldisch, mal
geduckt,
ich probe auch, solang Sie wollen,
doch niemals bin ich
fettgedruckt!« Ganz ohne Probe
selbstverständlich starb gestern er,
hat kaum gezuckt.
Heut steht er in
der Zeitung endlich schön
eingerahmt und fettgedruckt.

HEINZ ERHARDT

als des morgens wangenröte

als des morgens wangenröte
ilsebil aus träumen schob,
war das alpha ihrer Worte:
meister artmann frauenlob!

braun die locken, kohlenaugen,
roter lippen nelkenschwung,
und der nacken einer schwänin:
veneris verkündigung …

ihre lenden zierte seide,
zart und sarazengrün;
ach, aus ihrem unterhemde
sah man rosenäpfel glühn!

an das fenster eilt die holde,
zog die jalousien fort,
blickt in den erwachten garten,
wo ein lusthaus ist mein ort.

ihre schönverwunschne stimme
drang mir warm ans linke ohr,
ließ mein blut wie laub erbeben,
trug zur kehl mein herz empor.

und schon saß ich vor der tinte,
tauchte forsch die feder drein,
setzt auf weiße blätter zeilen,
zierlich, negroid und fein.

mühlos flossen meine reime,
aufs papier durch frühen tag,
und aus tauverglasten bäumen
tönte froher finken schlag.

bald drauf pfiff ich meiner taube,
hieß sie schweben zum balkon –
in die finger ihrer hände
bracht sie meinen liebeslohn.

walt es, wotan, dass ich nimmer
von der dame scheiden muss,
gib mir ewig tag und nächte,
um zu tauschen vers für kuss!

H. C. Artmann

verstimmtes gedicht 1

herr klavier-, nein
herr gedichtstimmer
wollte ich sagen, sagt
der vater des gedichtes. wir sollten
einen klavier-, einen
gedichtstimmer haben.
hier stimmt doch was nicht. alles
klingt falsch
herr klavier-, nein
herr gedichtstimmer
kommen sie rasch, schreit
der vater des gedichtes
zu mir, zu mir.
hierher zu mir, ich bitte.

Ernst Jandl

Nach der Lektüre einer Anthologie

Der Pissfleck am Fuß der Rolltreppe der
U-Bahn-Station Miquel-Adickes-Allee

Ich behaupte nicht, dass er besser ist
Als eines der vielen Gedichte
die ich heute gelesen habe
ich weiß nur, dass er mir mehr sagt

Dieser Pissfleck am Fuß der Rolltreppe der
U-Bahn-Station Miquel-Adickes-Allee

Redet davon, dass da wer unter Druck stand
Kündet davon, dass das unbedingt raus musste
Zeugt davon, dass der, den es drängte
schnell was aus einem Guss hinlegt

Diesen Pissfleck am Fuß der Rolltreppe der
U-Bahn-Station Miquel-Adickes-Allee

Vor Augen gedenk ich der Stimmen
die heut' zu mir sprachen, so
drucklos, so dranglos, so
schwunglos, so harmlos, so
bisslos, so zwanglos. So
harnlos, so hirnlos

Robert Gernhardt

Schamerfüllter Dichter

Dass der Wolf
Dass der Wolf Biermann
Dass der wortgewaltige Wolf Biermann
All sein Lebtag nichts zu Papier gebracht hat
Was sich dem vergleichen ließe, was dieser Spitzel
Was dieser gottverlassne Stasi Spitzel in jener Nacht notierte:

»Wolf Biermann führte mit einer Dame
Geschlechtsverkehr durch.
Später erkundigte er sich,
ob sie Hunger hat.
Die Dame erklärt, dass sie gern
einen Konjak trinken würde.
Es ist Eva Hagen.
Danach ist Ruhe im Objekt.«

Dass das nicht schlecht sei
Dass das bei Gott ziemlich gut sei
Dass das verdammt noch mal besser sei als s. o. –:
Das denkt er, und er schämt sich.

Robert Gernhardt

django reinhardt, 1910–1953

a zigaina / a gitaa
a boa wegbrennte / finga
damit schbüd a / zwanzich joa
bleibd daun bei uns / fiar imma

Ernst Jandl

Die Unsterblichen

Das alte Jazzlokal
im French Quarter von
New Orleans
die großen Namen
sie reichten Jahrzehnte zurück
sie waren müde geworden
diese alten Schwarzen
sie waren müde und alt
aber sie hatten immer noch Stil
sie pumpten es heraus
es war authentisch
sie pumpten es aus sich heraus
und sie
tranken auch

wie wir anderen
und zwischen den Sets
gingen wir alle pinkeln
in derselben kaputten Toilette
und da standen sie
zogen Joints durch
möbelten sich auf
um es erneut zu bringen
für weitere 25 oder 30 Touristen
alles Weiße, das ganze Publikum.
Sie waren großartig und sie waren müde

Und sie hatten
Übergewicht
die meisten waren
kahl
inzwischen sind sie fast alle tot
und an den Jazz erinnere ich mich
nicht mehr so
gut
nur noch dass wir alle pinkelten
in derselben kaputten Toilette
in den Pausen zwischen
ihren Sets.

Charles Bukowski

3. Kabarett-, Theater- und Kaffeehaus-Balladen

So wie der Nihilismus die Mentalitätsgeschichte des Bürgertums rundete und zum Stillstand brachte, geriet auch die Ballade nach Fontane an einen Punkt, von dem aus es nicht mehr vorwärtsging. Das Formenrepertoire hatte sich ausgemendelt, und auch thematisch war das Genre dem Publikum nichts schuldig geblieben. Vom Geniekult des Sturm und Drang bis zum Triumph der kapitalistischen Warenwirtschaft im Kaiserreich marschierte die Ballade treu und redlich an der Seite des bürgerlichen Subjektes. Sie überlebte Verbote, Beschlagnahmungen, Zensur und mehr als einen vulgärpatriotischen Anschlag, und sie zog auch nicht den Kopf ein, als es galt, zwei gescheiterten demokratischen Revolutionen Flankenschutz zu bieten. Gedankt hat man es ihr nur schlecht. Als zu Beginn des 20. Jahrhunderts ein ganzes Bündel neuer Trends um Aufmerksamkeit buhlte, die als Naturalismus, Impressionismus, Expressionismus, Dekadenzlyrik oder Jugendstil in die Literaturgeschichte eingehen sollten, verlangte das Publikum immer noch nach Balladen, die durch verstaubte mittelalterliche Kulissen geisterten. Die entsprechende Flachware lieferten Börries von Münchhausen, Agnes Miegel und Lulu von Strauß und Tornay. Das völkisch bewegte Trio bedichtete Ritter und Burgfräulein, Drachen- und Hunnenschlächter und sang mit schollenschwerer Zunge das Lob des Nährstandes. Konsequenterweise endeten alle drei als Galionsfiguren des Nationalsozialismus. Von Münchhausen avancierte zum Leiter der Deutschen Akademie der Dichtung, Miegel schrieb Hymnen auf den Führer, die von Strauß und Tornay präparierte im Auftrag des »Instituts zur Entjudung des Christentums« das sogenannte »Volkstestament«, worin dem Gekreuzigten (bildlich gesprochen) ein Ariernachweis vom Zeh baumelt.

Dass die klassische Kunstballade vor dem Ruin stand und dringend einer Grundrenovierung bedurfte, hatte neben Fontane auch Arno Holz bemerkt. In seiner *Blechschmiede*, einem satirischen Rundumschlag gegen die zeitgenössische Literatur, widmet er ihr 1901 diesen parodistischen Nekrolog:

Ausgeseufzt hat die Romanze,
die Ballade hat gebumst.
ach, die schöne Pomeranze
ist ins Wasserloch geplumpst!

Doch das »Herz« kanns nicht »verwinden«,
süße »Tränen« sind »erglommen«;
und das alte Waschweib kann nun
nie damit zu Ende kommen!

Das Sanierungskonzept, welches dem Genre schließlich neues Leben einhauchte, griff auf ein paar gute alte Bekannte zurück: die Moritat, das Chanson und den Bänkelsang, angereichert mit etwas Heine-Extrakt und viktorianischer Schaueressenz. Wie weiland die Dichter des Sturm und Drang besannen sich Holz, Frank Wedekind, Bert Brecht und andere Neuerer der Ballade auf die Traditionen der fahrenden Sänger und Vaganten, auf die Poesie der Jahrmärkte, Tanzdielen und Spelunken. Heutzutage nennt man diese Operation ein Revival, oder man spricht von Zitatpop und ist daran gewöhnt, dass nicht nur die Literatur, sondern der gesamte Kulturbetrieb davon lebt, sich von einem Revival zum anderen zu hangeln. Das soll keine Kritik sein, sondern eine nüchterne Feststellung. Es ist ein bisschen wie mit Ebbe und Flut, die erst ruhen werden, wenn uns der Himmel auf den Kopf fällt. Solange sich die gesellschaftlichen Parameter nicht ändern, Kunst für ein wie auch immer disponiertes bürgerliches Publikum gemacht wird, sind Künstler und Rezipienten den immer gleichen Wellenzyklen unterworfen.

Im Banne dieser Gravitationskräfte wird sich die Ballade von da an aus der eigenen Geschichte speisen. Sie wird je nach Gemütslage mal in den Fundus des Biedermeier greifen, mal die Schauerromantik des viktorianischen Zeitalters reaktivieren, sie wird den Folksong und die Troubadourlyrik wiederaufleben lassen oder, wie in den Jahren nach 1968, Inspiration bei der Protestkultur des politischen Vormärz suchen. Sie wird offen sein für neue stilistische und thematische Einflüsse wie das Absurde Theater, die Konkrete Poesie, das Kino, den Sport, den Jazz oder die Rockmusik. Aber sie wird sich im Kern nicht mehr ändern. Die Genese der Ballade ist vollendet.

Damit haben wir an dieser Stelle unser Pflichtprogramm erledigt. Wir können zur Kür übergehen. Denn was die Ballade an Vorwärtsdrang einbüßte, gewann sie in der Breite, zum Beispiel: Ausdruckskraft und Wucht, Witz und Lakonie, Raffinesse und Coolness, Vielfalt und Schönheit.

Das meiste davon erwarb das Genre in der großen Stadt. Wenn der junge Brecht in München oder Berlin um die Häuser zog, wähnte er sich auf gefährlichen »Dschungel«-Pfaden, und er pries die »Wildheit« der Metropolen, »ihre Dunkelheit und ihre Mysterien«. Carl Zuckmayer entwickelte eher ambivalente Gefühle, nachzulesen in seiner Autobiografie *Als wär's ein Stück von mir*: »Berlin, im Anfang der zwanziger Jahre, war halbseiden, es roch nach Chypre, Abschminke und schlechtem Benzin (…) ›Warum denn weinen, wenn man auseinandergeht, / wenn an der nächsten Ecke schon der Nächste steht‹ – hieß der populärste Schlager, man grölte ihn angeberisch in jeder ›Diele‹ (das war der Name für kleine Bars mit Vergnügungsbetrieb, die es an jeder Ecke gab), man bibberte vor Hysterie, wenn der neue Dollarkurs herauskam, und schoss sich beim ersten Krach mit seiner Freundin eine Kugel durch den Kopf.« Andererseits waren da die Theater, Revuen und Kabaretts, die »einander in glänzenden, sensationellen, wagemutigen Aufführungen« überboten. »Eine Generation außerordentlicher Schauspieler, bedeutender Regisseure war am Werk, und über eine Flut von Schmockerei und Bluff triumphierten immer wieder das Talent und die Leistung.«

Brevier

Die große Stadt

Zu Beginn des 20. Jahrhunderts mutierte die bürgerstolze Residenz Berlin in Windeseile zur größten Mietskasernenstadt der Welt, zu einem krawalligen, ungebremst und chaotisch wuchernden Moloch, in dessen Bauch sich annähernd zwei Millionen Menschen drängelten. Man braucht nur die Bilder der Futuristen, Fauvisten oder Expressionisten anzusehen, ihre aufgelösten Formen, schemenhaften Gestalten und grellen Kontraste, um zu begreifen, was der Soziologe Georg Simmel meinte, als er den »Choc zur Grundform der unmittelbar-sinnlichen Erfahrung der Großstadt« erklärte. Schuld war, wie sein 1903 erschienener Essay *Die Großstädte und das Geistesleben* ausführte, eine permanente Reizüberflutung ihrer Bewohner. Besonders empfindlich reagierte darauf eine Literatengeneration, die um 1890 geboren wurde und in der Nachschau unter dem Rubrum Frühexpressionismus firmiert. Die Vermassung, das allgemeine Getöse und Gedrängel, die Hektik des sich rasant vermehrenden Verkehrs, das obszöne Gefälle zwischen Arm und Reich, die Kommerzialisierung aller Lebensbereiche, die Gier nach Vergnügungen, die alltägliche Gewalt – das alles empfanden die sensiblen Bürgersöhne als Bedrohung, als Symptome von Fäulnis und Verfall, die der offiziellen, mit Frack, Monokel und militärischem Lametta zur Schau getragenen Saturiertheit des wilhelminischen Zeitalters Hohn sprachen. *Der Gott der Stadt* von Georg Heym (1887–1912) ist der heidnische Dämon Baal, dem sich die Metropolen unterworfen haben. Seine Priester rutschen auf Knien und versuchen, den Zorn des Götzen durch Opfer zu beschwichtigen, aber der schüttelt nur seine »Fleischerfaust« und lässt die Menschheit im Feuer schmoren.

Heym gehörte in Berlin zum Dichterkreis um Jakob van Hoddis, Kurt Hiller und Erwin Loewenson, der sich im Winter 1909/10 im Neuen Club sammelte, um den Blasphemien dieser Zeit nicht länger untätig zuzusehen und ihren Ekel vor allem »Kommisshaften im Kunst- und Wissenschaftsbetrieb« (Loewenson) kundzutun. Hier trug Heym auch das erste Mal öffentlich seine Gedichte vor. Eine Kritik, die er später verschiedenen Zeitungen anbot, hatte er schon am Abend vor der Lesung verfasst: »Ein mir bis heute unbekanntes, aber offenbar starkes Talent scheint Georg Heym zu sein, der in den vorgetragenen Gedichten große klar geschaute Visionen gestaltet. (...) Alles in allem waren die Gedichte Georg Heyms die besten, die ich an dem Abend hörte.« Sein Talent konnte er leider nicht mehr zur vollen Blüte bringen. 1911 ertrank Heym beim Schlittschuhlaufen in der Havel.

Der zwölf Jahre jüngere Erich Kästner (1899–1974) betrachtete das Großstadtleben der Weimarer Republik schon mit abgeklärter Ironie. Sein *Ragout fin de siècle* richtet den Blick auf jene dekadenten Nachtvögel, die sich auf den Bildern von George Grosz' zu einem grotesken Panoptikum vereinen. Auch Kästner konnte seine Zeitgenossen »häuten, wie Apoll den Marsyas«, aber ihm habe das niemand übel genommen, schreibt Hermann Kesten. Denn Kästners Sezierbesteck tat nicht weh, sondern bestand aus »spöttischer Menschenliebe« und »kunstreicher Simplizität«, aus »Witz, Charme und Grazie«. Das Grundhumane durchweht auch seine berühmten Kinderbücher. Natürlich haben wir *Emil und die Detektive* und das *Fliegende Klassenzimmer* verschlungen, später lernten wir seine Gedichte und den wunderbaren Roman *Fabian* schätzen.

Frank Wedekind (1864–1918) gilt als eigentlicher Erfinder der modernen Moritat. Bevor er damit das Balladenwesen reanimierte, hatte der geborene Hannoveraner Werbesprüche für Maggi-Suppen zusammengereimt, mit *Lulu*, *Frühlingserwachen* und dem *Marquis von Keith* (»Das Leben ist eine Rutschbahn«) drei skandalträchtige Theaterstücke geschrieben und sechs Monate Festungshaft verbüßt wegen eines majestätsbeleidigenden Poems, das im Münchner Satireblatt *Simplicissimus* erschienen war. Als in Bayerns Hauptstadt 1901 mit den Elf Scharfrichtern und dem Überbrettl die ersten Kabaretts nach französischem Vorbild aufmachten, stand Wedekind regelmäßig auf der Bühne und gab seine makabren Couplets zum Besten. *Der Tantenmörder* ist sein bekanntestes Werk.

»Blümchen wachsen aus dem faulsten Operettenzauber, aus Kitzelchansons um 1900, aus der Herrlichkeit amerikanischer Jazzfabrikate.« So begrüßte Ernst Bloch die Premiere der *Dreigroschenoper* im Theater am Schiffbauerdamm, und seine Euphorie ist typisch für die Begeisterung, die das von Bert Brecht (1898–1956) verfasste Libretto und die Musik Kurt Weills auslösten. Die Idee, den Bürger als Räuber auf die Bühne zu stellen, hat den Berlinern damals anscheinend sehr eingeleuchtet. Über die Entstehung des *Mackie Messer*-Songs berichtet Weills Gattin Lotte Lenya, die die Jenny spielte: Operettenstar Harald Paulsen, »der selbst für einen Schauspieler ziemlich eitel war, wollte seinen ersten Auftritt als Mackie Messer auch vom Text her besonders effektvoll vorbereitet haben. Er wünschte sich einen Song, in dem einzig von ihm die Rede sein sollte, als Entree. Darin sollte möglichst auch noch die himmelblaue Krawatte vorkommen, die er sich umzubinden gedachte. Brecht hörte ihm mürrisch zu und sagte kein Wort. Aber schon am nächsten Tag brachte er die Strophen der Moritat vom Mackie Messer mit und gab sie Weill zur Vertonung. Wir ahnten nicht, dass dieses Lied auf der ganzen Welt zu einem Schlager werden sollte.«

Kurt Tucholsky (1890–1935) alias Kaspar Hauser alias Peter Panter alias Theobald Tiger alias Ignaz Wrobel hat ebenfalls als Songtexter Meriten erworben. Von Haus aus Journalist und ab 1926 mit Carl von Ossietzky (1889–1939) Herausgeber der linksliberalen *Weltbühne*, beherrschte er fast jedes Genre aus dem Effeff. Mit *Schloss Gripsholm* schrieb Tucholsky eine der schönsten Liebesgeschichten, die wir kennen, er schrieb empfindsame Poeme wie *Augen in der Großstadt* und knackige politische Tageslyrik, er war ein Meister der Polemik und des satirischen Feuilletons (»Was darf Satire? Alles!«), er verfasste glänzende Gerichtsreportagen, Essays, Theaterkritiken und unzählige Leitartikel gegen die rechten Saboteure der Demokratie. 1929 hatte ihn die Sisyphosarbeit zermürbt. Tucholsky emigrierte nach Schweden, wo er sich 1935 das Leben nahm.

Ein Jahr zuvor war Joachim Ringelnatz in völliger Armut gestorben. Die Nazis hatten ihm Auftrittsverbot erteilt, seine Bücher wurden verboten und öffentlich verbrannt. *Raketenwagen auf der Avus* veralbert die Rennsportmanie der Goldenen Zwanziger. Die Wettfahrten auf der Berliner Stadtautobahn zogen bis zu 300 000 Zuschauer an die Strecke. Besonders wenn, wie im Gedicht beschrieben, ein Rekordversuch auf dem Programm stand. Besagter Fritz von Opel beschleunigte seinen raketenbetriebenen »Opel RAK 2« 1928 übrigens auf 230 Stundenkilometer.

Alfred Lichtenstein (1889–1914) wurde von vielen eine große Zukunft vorausgesagt. Der Kritiker Alfred Kerr nannte ihn »die tollste komische Kraft seit Wedekind«, der Autor Alfred Lemm »einen Heiligen und Besessenen«.

Ein dicker Junge spielt an einem Teich.
Der Wind hat sich in einem Baum gefangen.
Der Himmel sieht verbummelt aus und bleich,
Als wäre ihm die Schminke ausgegangen …

So beginnt Lichtensteins berühmtestes Gedicht *Die Dämmerung*. Es verschaffte ihm das Entree in die führenden literarischen Blätter Berlins. Er veröffentlichte in Herwarth Waldens *Sturm*, in Franz Pfemferts *Aktion* und in Kerrs *Pan*. Wie sein Freund und Kollege Jakob van Hoddis versuchte er, die Zumutungen der Zeit mit absurd kombinierten lyrischen Bildern zu bannen, würzte seine Verse aber zusätzlich mit Witz und Lakonie, die unser Gedicht *Der Fall in den Fluss* ins makaber Tragische kippen lässt. Lichtensteins Sicht auf die Welt formuliert sein Alter Ego Kuno Kohn, der Held einiger Kurzgeschichten: »Der einzige Trost ist: traurig sein. Wenn die Traurigkeit in Verzweiflung ausartet, soll man grotesk werden. Man soll spaßeshalber weiter leben. Soll versuchen, in der Erkenntnis, dass das Dasein aus lauter brutalen, hundsgemeinen Scherzen besteht, Erhebung zu finden.« Einen besonders gemeinen Scherz leistete sich das Dasein am 25. September 1914. An diesem Tag fiel der Dichter und Infanterist Alfred Lichtenstein bei Vermandovillers an der Somme.

Ein Fronteinsatz blieb dem Dichter und Mediziner Gottfried Benn (1886–1956) in zwei Weltkriegen erspart. Dafür musste er täglich Sachen wie die *Kleine Aster* sehen. Von 1935 bis 1937 diente Benn als Oberstabsarzt in der Wehrersatz-Inspektion Hannover.

Nach Feierabend hockte er im Weinhaus Wolf, »litt am Gehirn«, trank auf die »Tragik des Ich« und schrieb an zwei Erzählungen, dem *Weinhaus Wolf* und *Doppelleben*. Wir waren mal da, um zu gucken, wo Benn immer gesessen hat, leider war alles renoviert. Benn trank nicht nur gerne einen Schoppen, er griff auch in den Drogenschrank, der ihm als Mediziner immer offen stand. Vielleicht hielt er sich deshalb manchmal für den Vertreter einer »neuen Rasse« und sympathisierte kurzzeitig mit der NSDAP. Die hat der Weltverächter und »Clown aus Verzweiflung« (Hermann Glaser) dann aber doch schnell links liegen lassen.

Wie verwirrend das Großstadtleben sein kann, zeigt *Doctor Schein und Doctor Sinn,* eine kleine Balladenperle von Ferdinand Hardekopf (1876–1954). Anlässlich einer Neuauflage seiner Dichtungen im Jahr 2004 hat Thomas Kling den unterschätzten Expressionisten in der *Zeit* hymnisch gefeiert: »Wo knarrend Gottfried Benns preußischer Hautarzthumor triumphiert, ein hochnervös-verklemmter Jurastudent wie Georg Heym den *Gott der Stadt* anheult, geht es dem bekennenden Morphinisten Hardekopf (der als Reichstagsstenograf sein Grundauskommen zu verdienen suchte) um Feineres, Subkutaneres – *Sublimierung* beginnt so:

Ich sah dich Grenadine schlürfen, dein Wildgeruch ergriff mich schon – und hab nur stockend murmeln dürfen: ›Wer ist die scharfe … Attraktion?‹

Jetzt stelle man sich die hochgeschlossene wilhelminische Gesellschaft vor – und dann so ein wahrhaftig göttlich getimter obszöner Ausbruch wie dieser!« Hardekopf zog 1922 nach Paris, wo er als Übersetzer und Journalist tätig war. Das mag der Grund sein, warum er zwar in Frankreich und der Schweiz verehrt, in den einschlägigen deutschen Anthologien aber leider oft vergessen wird. Wir hoffen, wir haben Ihnen Appetit auf mehr gemacht.

Der Gott der Stadt

Auf einem Häuserblocke sitzt er breit.
Die Winde lagern schwarz um seine Stirn.
Er schaut voll Wut, wo fern in Einsamkeit
Die letzten Häuser in das Land verirrn.

Vom Abend glänzt der rote Bauch dem Baal,
Die großen Städte knien um ihn her.
Der Kirchenglocken ungeheure Zahl
Wogt auf zu ihm aus schwarzer Türme Meer.

Wie Korybanten-Tanz dröhnt die Musik
Der Millionen durch die Straßen laut.
Der Schlote Rauch, die Wolken der Fabrik
Ziehn auf zu ihm, wie Duft von Weihrauch blaut.

Das Wetter schwelt in seinen Augenbrauen.
Der dunkle Abend wird in Nacht betäubt.
Die Stürme flattern, die wie Geier schauen
Von seinem Haupthaar, das im Zorne sträubt.

Er streckt ins Dunkel seine Fleischerfaust.
Er schüttelt sie. Ein Meer von Feuer jagt
Durch eine Straße. Und der Glutqualm braust
Und frisst sie auf, bis spät der Morgen tagt.

GEORG HEYM

Ragout fin de siècle

Hier können kaum die Kenner
In Herz und Nieren schauen.
Hier sind die Frauen Männer.
Hier sind die Männer Frauen.

Hier tanzen die Jünglinge selbstbewusst
Im Abendkleid und mit Gummibrust
Und sprechen höchstens Diskant.
Hier haben die Frauen Smoking an
Und reden tief wie der Weihnachtsmann
Und stecken Zigarren in Brand.

Hier stehen die Männer vorm Spiegel stramm
Und schminken sich selig die Haut.
Hier hat man als Frau keinen Bräutigam.
Hier hat jede Frau eine Braut.

Hier wurden vor lauter Perversionen
Vereinzelte wieder normal.
Und käme Dante in eigner Person –
Er fräße vor Schreck Veronal.

Hier findet sich kein Schwein zurecht.
Die Echten sind falsch, die Falschen sind echt
Und alles mischt sich im Topf,
Und Schmerz macht Spaß, und Lust zeugt Zorn,
Und oben ist unten, und hinten ist vorn.
Man greift sich an den Kopf.

Von mir aus, schlaft euch selber bei!
Und schlaft mit Drossel, Fink und Star
Und Brehms gesamter Vogelschar!
Mir ist es einerlei.

Nur, schreit nicht dauernd wie am Spieß,
Was ihr für tolle Kerle wärt!
Bloß weil ihr hintenrum verkehrt,
Seid ihr noch nicht Genies.

Na ja, das wär dies.
Erich Kästner

Der Tantenmörder

Ich hab meine Tante geschlachtet,
Meine Tante war alt und schwach;
Ich hatte bei ihr übernachtet
Und grub in den Kisten nach.

Da fand ich goldene Haufen,
Fand auch an Papieren gar viel
Und hörte die alte Tante schnaufen
Ohn Mitleid und Zartgefühl.

Was nutzt es, dass sie sich noch härme –
Nacht war es rings um mich her –
Ich stieß ihr den Dolch in die Därme,
Die Tante schnaufte nicht mehr.

Das Geld war schwer zu tragen,
Viel schwerer die Tante noch.
Ich fasste sie bebend am Kragen
Und stieß sie ins tiefe Kellerloch. –

Ich hab meine Tante geschlachtet,
Meine Tante war alt und schwach;
Ihr aber, o Richter, ihr trachtet
Meiner blühenden Jugend nach.

Frank Wedekind

Die Moritat von Mackie Messer

Und der Haifisch, der hat Zähne
Und die trägt er im Gesicht
Und Macheath, der hat ein Messer
Doch das Messer sieht man nicht.

Ach, es sind des Haifischs Flossen
Rot, wenn dieser Blut vergießt!
Mackie Messer trägt 'nen Handschuh
Drauf man keine Untat liest.

An der Themse grünem Wasser
Fallen plötzlich Leute um!
Es ist weder Pest noch Cholera
Doch es heißt: Mackie geht um.

An 'nem schönen blauen Sonntag
Liegt ein toter Mann am Strand
Und ein Mensch geht um die Ecke
Den man Mackie Messer nennt.

Und Schmul Meier bleibt verschwunden
Und so mancher reiche Mann
Und sein Geld hat Mackie Messer
Dem man nichts beweisen kann.

Jenny Towler ward gefunden
Mit 'nem Messer in der Brust
Und am Kai geht Mackie Messer
Der von allem nichts gewusst.

Wo ist Alfons Glite, der Fuhrherr?
Kommt das je ans Sonnenlicht?
Wer es immer wissen könnte –
Mackie Messer weiß es nicht.

Und das große Feuer in Soho
Sieben Kinder und ein Greis
In der Menge Mackie Messer, den
Man nicht fragt, und der nichts weiß.

Und die minderjährige Witwe
Deren Namen jeder weiß
Wachte auf und war geschändet –
Mackie, welches war dein Preis?

BERT BRECHT

Augen in der Großstadt

Wenn du zur Arbeit gehst
am frühen Morgen,
wenn du am Bahnhof stehst
mit deinen Sorgen:
da zeigt die Stadt
dir asphaltglatt
im Menschentrichter
Millionen Gesichter:
Zwei fremde Augen, ein kurzer Blick,
die Braue, Pupillen, die Lider –
Was war das? Vielleicht dein Lebensglück …
vorbei, verweht, nie wieder.

Du gehst dein Leben lang
auf tausend Straßen;
du siehst auf deinem Gang,
die dich vergaßen.
Ein Auge winkt,
die Seele klingt;
du hast's gefunden,
nur für Sekunden …
Zwei fremde Augen, ein kurzer Blick,
die Braue, Pupillen, die Lider –
Was war das? Kein Mensch dreht die Zeit zurück …
vorbei, verweht, nie wieder.

Du musst auf deinem Gang
durch Städte wandern;

siehst einen Pulsschlag lang
den fremden Andern.
Es kann ein Feind sein,
es kann ein Freund sein,
es kann im Kampfe dein
Genosse sein.
Es sieht hinüber
und zieht vorüber …
Zwei fremde Augen, ein kurzer Blick,
die Braue, Pupillen, die Lider –
Was war das? Von der großen Menschheit ein Stück!
Vorbei, verweht, nie wieder.

Kurt Tucholsky

Raketenwagen auf der Avus

Begeistert und beängstigt sahn
Tausende Menschen dem zu:
Es raste über die Avusbahn
Der Raketenwagen. Huh!!

Er donnerte, feuerte, fuhr und ließ
Einen Rauch hinter sich, der auch stank.
Der schneidige Lenker des Wagens hieß
Fritz von Opel. Ihm Dank!

Er fuhr wie ein Teufel und sicher vorbei,
Endete, niemand sah, wo.
Es war eine anständige Teufelei.
Bravo!

Joachim Ringelnatz

Der Fall in den Fluss

Lene Levi lief besoffen
Nächtlich in den Nebenstraßen
Hin und wieder »Auto« brüllend.
Ihre Bluse war geöffnet,
Dass man ihre feine, freche
Unterwäsche und das Fleisch sah.

Sieben geile Männlein rannten
Hinter Lene Levi her

Sieben geile Männlein trachten
Lene Levi nach dem Leibe,
Überlegend, was das kostet.

Sieben, sonst sehr ernste Männer
Haben Kind und Kunst vergessen,
Wissenschaft und die Fabrik.

Und sie rannten wie besessen
Hinter Lene Levi her.

Lene Levi blieb auf einer
Brücke stehen, atemschöpfend,
Und sie hob die wirren blauen

Säuferblicke in die weiten
Süßen Dunkelheiten über
Den Laternen und den Häusern.

Sieben geile Männlein aber
Fielen Lenen in die Augen.

Sieben geile Männlein suchten
Lene Levis Herz zu rühren.
Lene Levi blieb unnahbar.

Plötzlich springt sie aufs Geländer,
Dreht der Welt die letzte Nase,
Jauchzend plumpst sie in den Fluss.

Sieben bleiche Männlein rannten,
Was sie konnten, aus der Gegend.

Alfred Lichtenstein

Kleine Aster

Ein ersoffener Bierfahrer wurde auf den Tisch gestemmt.
Irgendeiner hatte ihm eine dunkelhelllila Aster
Zwischen die Zähne geklemmt.
Als ich von der Brust aus
unter die Haut

mit einem langen Messer
Zunge und Gaumen herausschnitt,
muss ich sie angestoßen haben, denn sie glitt
in das nebenliegende Gehirn.
Ich packte sie ihm in die Bauchhöhle

zwischen die Holzwolle,
als man zunähte.
Trinke dich satt in deiner Vase!
Ruhe sanft,
kleine Aster!

Gottfried Benn

Doctor Schein und Doctor Sinn

Doctor Schein und Doctor Sinn
Gingen ins Café;
Schein bestellte Doppel-Gin,
Sinn bestellte Tee.

Seitlich von dem Plauderzweck
Nahmen sie dabei:
Schein – verlognes Schaumgebäck:
Sinn – verlornes Ei.

Dialog ward Zaubertext,
Nekromantenspiel;
Zwieseits wurde hingehext,
Was dem Geist gefiel,

Was dem Sinn Erscheinung schien,
Was der Schein ersann.
Schein gab Sinn, und dieser ihn,
Und die Zeit verrann.

Und die Stunde kam herein
Leis' des Dämmerlichts.
Sein verging zu Lampenschein,
Sinn verging zu nichts.

Ferdinand Hardekopf

Proletenelend

Vor einem Jahr waren sie plötzlich wieder da. »Die neuen Proleten« hatten es bis in den *Spiegel* geschafft. Auf den Online-Seiten des Magazins warnte Autor Gabor Steingart das Land vor »einer neuen Unterschicht der Unproduktiven und geistig Verwahrlosten«. Nicht, dass sie ihm besonders leidtäten, Steingart war in höherer Mission unterwegs: »Diese Fremdlinge im eigenen Land werden zur ernsten Gefahr für die Demokratie.« Nun lässt sich über die Frage, wer oder was in diesem Land eine Gefahr für die Demokratie darstellt, trefflich streiten, die Behauptung, dass sich eine Gruppe unproduktiver Nichtsnutze zum Staatsfeind Nummer 1 aufschwingt, klingt wirklich beängstigend. Die Generation unserer Eltern hat solche Töne noch im Ohr, aus finsteren Zeiten und mit höchst unappetitlichen Konnotationen. Doch von Stilfragen wollen wir gar nicht reden. Eher von einem gewissen Mangel an logischer Stringenz. Denn wie sich im Weiteren herausstellt, tut der Nichtstuer gar nicht nichts. Im Gegenteil. Er »isst zu viel und fettig, er raucht und trinkt gern. (...) Er ist kinderreich und in seinen familiären Bindungen eher instabil.« Das beschreibt exakt die Lebenswirklichkeit mindestens der Hälfte aller Bundestagsabgeordneten – die wird Steingart doch wohl nicht gemeint haben. Oder? Man weiß es nicht so recht, weil der Autor kopf- und heillos Sätze wie diesen aneinanderreiht: »Der heutige Prolet ist ärmer dran als sein Vorgänger zu Beginn des Industriezeitalters, obwohl es ihm besser geht.« Hingerissen vom Schwung seines dialektischen Sturzfluges fährt er fort: »Der Prolet von einst besaß vieles, was die Armen von heute nicht mehr haben: ein einheitliches und für alle gültiges Feindbild, ein Klassenbewusstsein, veritable Gegner und oft sogar eine ausgeprägte Kultur. Er sang Lieder, rief seine Parolen, er gründete Vereine, betete seine Theoretiker an, auch wenn er sie nie ganz verstand.« Auch wenn wir nicht gedacht hätten, dass der *Spiegel* dieses Idyll einmal vermissen würde, bleibt doch die Frage: Besaß der Prolet denn das nicht alles, weil es ihm ansonsten viel dreckiger ging, als ein Steingart sich das vorstellen kann? So haben wir es jedenfalls in der Schule gelernt, und auch der berühmte *Spiegel*-Faktencheck würde mit einem klaren »so ist es« antworten.

Wir erwähnen die hysterische Windmacherei auch nur, um den Hintergrund der folgenden Balladen ins rechte Licht zu rücken. Sie spielen in der Weimarer Republik, zum Beispiel im Jahr 1923, als der Dollar im November 4,2 Billionen Mark wert, ein ganzes Volk von einem Tag auf den anderen ruiniert und die Demokratie wirklich in Gefahr war, wie Sebastian Haffner in der *Geschichte eines Deutschen* berichtet: »Wir erwarteten jetzt den Staatssturz, ja die Auflösung des Reichs – irgendein entsetzliches Ereignis, das den Geschehnissen in unserem Privatleben entsprach. (...) Das Jahr 1923 machte Deutschland fertig – nicht speziell zum Nazismus, aber zu jedem fantastischen Abenteuer. Die psychologischen und machtpolitischen Wurzeln des Nazismus liegen tiefer zurück (...). Aber damals entstand das, was ihm heute seinen Wahnsinnszug gibt: die kalte Tollheit, die hochfahrend hemmungslose, blinde Entschlossenheit zum Unmöglichen.«

Oder sie spielen wie das *Stempellied 1929* im Jahr des Schwarzen Freitags, als weltweit die Börsen zusammenkrachten und in Deutschland – schlecht bezahlte Kurzarbeiter nebst kurz vor dem Ruin stehenden Kleinunternehmern eingerechnet – fast dreizehn Prozent der Bevölkerung ohne Arbeit dastanden. Den Text des Songs, eine feine Parodie des Eichendorff-Gedichtes *Des Jägers Abschied* (»Wer hat dich, du schöner Wald«) schrieb Robert Gilbert (1899–1978), die Musik komponierte Hanns Eisler, der wiederum die Vertonung des Eichendorff-Poems durch Mendelssohn Bartholdy zitiert. Eisler saß auch am Klavier, als Ernst Busch das Lied im Oktober 1929 in Werner Fincks Kabarett Die Katakombe erstmals öffentlich vortrug. Es wurde ein großer Erfolg. Wie fast alles, was Robert Gilbert anfasste. Er war einer der gefragtesten Songtexter und Filmmusikschreiber der zwanziger Jahre. Aus seiner Feder stammen Hits wie *Am Sonntag will mein Süßer mit mir segeln gehen*, *Das ist die Liebe der Matrosen* aus *Die Drei von der Tankstelle* oder *Im Salzkammergut, da kamma gut lustig sein*, das er für Benatzkys Kultsingspiel *Im weißen Rössl* schrieb. 1933 floh der jüdische Musiker nach Österreich, später nach New York, wo er Gedichte und unter dem Pseudonym Ohle Satiren veröffentlichte. 1949 kehrte Gilbert nach Europa zurück, komponierte munter weiter und lebte von Übersetzungen amerikanischer Musicals wie *My Fair Lady*, *Oklahoma!* oder *Annie Get Your Gun*.

Alfred Henschke, der unter dam Namen Klabund (1890–1928) berühmt wurde, hinterließ vierzehn Romane, unzählige Gedichte, darunter das anrührende Poem *Fünf Mark,* und fünfundzwanzig Dramen. Eines seiner erfolgreichsten Stücke hieß *Der Kreidekreis* und inspirierte Brecht zu einer kaukasischen Variante. Klabund war ein Tausendsassa, der zwischen allen Literaturgattungen »nach Herzenslust und ohne große Skrupel herumvagabundierte« (Marianne Kesting). Er schrieb für bedeutende Zeitschriften, für das Kabarett und 1917 in der *Neuen Zürcher Zeitung* einen offenen Brief an Wilhelm II., der dem abgetakelten Kaiser in aller Freundschaft den Rücktritt nahelegte. Er schrieb so viel und so gut, dass Gottfried Benn 1926 seufzte: »Ich wollte, ich wäre so fingerfertig wie Klabund, der ja heute Abend schon wieder einen *Cromwell* im Lessingtheater hervorkarnickelt.« Benn hielt auch die Grabrede, nachdem Klabund mit nur achtunddreißig Jahren an Lungentuberkulose gestorben war.

Die Ballade *Die Geschichte von Franz Biberkopf* von Alfred Döblin (1878–1957) findet sich auf dem Cover der von Georg Salter gestalteten Erstausgabe seines Romans *Berlin Alexanderplatz*, die 1929 im S. Fischer Verlag erschien. Es ist eine sehr schöne Ballade, lässt aber kaum ahnen, durch welches großstädtische Pandämonium der Dichter und Arzt seine Leser jagen wird. Die eigentliche Hauptperson ist ja auch nicht der Proletarier Biberkopf, sondern der Moloch Berlin, dessen menschliche und unmenschliche Bestandteile Döblin zu einer furchterregenden Collage zusammengebacken hat. Ganz so, wie er 1913 in einem Brief an den Futuristen Marinetti angedroht hatte: »Keine Verschönerung, keinen Schmuck, keinen Stil, nichts Äußerliches, sondern Härte, Kälte und Feuer, Weichheit, Transzendentales und Erschütterndes ohne Packpapier.«

Nicht so radikal, aber nicht minder ergreifend hat Erich Kästner das Proletendasein von *Kurt Schmidt* in Verse gesetzt. »Um diese Zeit hielt Schmidt noch halbwegs Takt. / Und dachte: Morgen kann sich alles ändern.« Von wegen. *Statt einer Ballade* heißt es im Titel, eben weil Schmidts Schicksal für dieses Genre nichts hergibt, so unspektakulär und unaufhaltsam wankt er seinem traurigen Ende entgegen.

»Eine Schlammflut von Niggerbegeisterung und Niggerkunst« sah der faschistische Chefideologe Alfred Rosenberg über Deutschland niedergehen. Und zum Glück des Publikums der zwanziger Jahre hatte er völlig recht. Die Ballade der *Seeräuber-Jenny*, der Traum eines armen, ausgebeuteten Mädchens, das für all die Demütigungen, die sie in einer schäbigen Londoner Hafenabsteige ertragen muss, Rache nimmt, ist ziemlich starker Tobak. Aber sie steckt wie die ganze *Dreigroschenoper* in einem so betörend swingigen Gewand, dass, auch wenn Brecht noch viel rabiatere Töne angeschlagen hätte, niemand wirklich böse gewesen wäre. »Alles, was wir von Amerika kannten, gefiel uns«, sagte Kurt Weill. »Wir lasen Hemingway, Dreiser, Dos Passos, wir bewunderten Hollywood-Filme, und der amerikanische Jazz hatte großen Einfluss auf unsere Musik. Für uns war Amerika ein durchweg romantisches Land.«

Für Hanns Eisler war das wohl eher die UdSSR, wie eine sehr komische Szene in Jürgen Scheberas Eisler-Biografie zeigt. Eisler trägt dem Dichter Tretjakow sein Kominternlied vor. Tretjakow erinnert sich, dass Eisler »mit unwahrscheinlich trostlos schriller Stimme« sang. »›Eisler‹, sage ich, ›steht dein Kampflied wieder in Moll?‹ – ›Ja, Moll ist bedeutungsvoller. *Komintern* ist auch in Moll, aber ist es etwa trist, hat es weniger Kraft durch dieses Moll? Es wirkt nur noch drohender.‹ Er tritt wuchtig aufs Pedal. Er haut mit der ganzen Hand auf die Tasten. Seine Stimme keucht, er atmet schluchzend ein: ›I Komsomol otwelil Domna sashena.‹« Für das *Säckeschmeißer-Lied* verwendete Eisler dennoch ein reines Jazzinstrumentarium. Er komponierte den Song 1929 für den berühmten kommunistischen Spielfilm *Kuhle Wampe*, der das trostlose Leben einer Arbeiterfamilie schildert, die aus ihrer Wohnung geworfen wird und auf den Zeltplatz Kuhle Wampe am Müggelsee zieht. Das Lied hat seinen Einsatz in der Schlussszene. Sie spielt in der S-Bahn, wo eine Meldung über brasilianischen Kaffee, der verbrannt wird, um die Preise hoch zu halten, eine Diskussion zwischen konservativen Bürgern und den jungen Proleten entfacht. Den Text der Ballade verfasste Julian Arendt, über den wir leider nichts Näheres in Erfahrung bringen konnten.

Stempellied 1929

Keenen Sechser in der Tasche,
bloß 'n Stempelschein.
Durch die Löcher der Kledaasche
kiekt die Sonne rein.
Mensch, so stehste vor der Umwelt
jänzlich ohne was;
wenn dein Leichnam plötzlich umfällt,

wird keen Ooge nass.
Keene Molle schmeißt der Olle,
wenn er dir so sieht ... – ... Tscha
die Lage sieht sehr flau aus,
bestenfalls im Leichenschauhaus
haste noch Kredit.

Stellste dir zum Stempeln an,
wird det Elend nich behoben. –
Wer hat dir, du armer Mann,
abjebaut so hoch da droben?

Ohne Arbeit, ohne Bleibe
biste null und nischt.
Wie 'ne Fliege von der Scheibe
wirste wegjewischt.
Ohne Pinke an der Panke
stehste machtlos da,
und der Burschoa sagt: Danke!
rückste ihm zu nah.
Äußerst schnell schafft
die Jesellschaft Menschen uff 'n Müll –
Wenn de hungerst, halt de Fresse;
denn sonst kriegste 'ne Kompresse –
und das mit Jebrüll.

Stellste dir zu pampich an,
setzt et jleich 'n Wink von oben –
denn es hab 'n dich armen Mann
abjebaut die hoch da droben.

Und so kieken dir de Knochen
sachte aus der Haut.
Und du bist in wen'gen Wochen
völlig abjebaut.
Und du koofst dir een paar Latten
für 'ne letzte Mark;

denn für eenen dünnen Schatten
reicht 'n dünner Sarg.
Nur nich drängeln,
zu die Engeln
kommste noch zur Zeit.
»Holde Rationalisierung«
singt dir de Jewerkschaftsführung
sinnig zum Geleit.

Stell dir vorsichtshalber dann
jleich zum Stempeln an auch oben –
denn du bleibst, als armer Mann,
abjebaut auch hoch da droben.

Robert Gilbert

Fünf Mark

In meiner Straße nachts steht eine,
immer dieselbe lause kleine
und grüßt mich krächzend mit Geplärr. –
Fünf Mark, mein Herr, fünf Mark, mein Herr,
fünf Mark, mein Herr.

Ich hab es mir mild verbeten,
da ist sie näher nur getreten,
ihr dürrer Leib schwoll schattengroß, –
fünf Mark ja bloß, fünf Mark ja bloß,
fünf Mark ja bloß.

Grüß Gott, der Leichenwagen rumpelt,
ihr Schatz und eine Vettel humpelt
stier grölend hinter ihrem Sarg.
Fünf Mark, mein Herr, fünf Mark, mein Herr,
fünf Mark, fünf Mark.

Man schmiss sie in die Armenerde,
ihr Schatz gab ihr als Reisezehrde
zur Fahrt ins Dunkel in den Sarg –
fünf Mark, mein Herr, fünf Mark, mein Herr,
fünf funkelnagelneue Mark.

KLABUND

Die Geschichte vom Franz Biberkopf

Von einem einfachen MANN wird hier erzählt, der in
BERLIN am ALEXANDERPLATZ als Straßenhändler steht.
Der MANN hat vor, anständig zu sein, da stellt ihm
das Leben hinterlistig ein Bein. Er wird betrogen,
er wird in Verbrechen reingezogen, zuletzt wird ihm
seine BRAUT genommen und auf rohe Weise umgebracht.
Ganz aus ist es mit dem MANN FRANZ BIBERKOPF. Am
Schluss aber erhält er eine sehr klare Belehrung:

MAN FÄNGT NICHT SEIN LEBEN MIT
GUTEN WORTEN UND VORSÄTZEN AN,
MIT ERKENNEN UND VERSTEHEN
FÄNGT MAN ES AN UND MIT DEM
RICHTIGEN NEBENMANN.

Ramponiert steht er zuletzt wieder am ALEXANDERPLATZ,
das Leben hat ihn mächtig angefasst.

ALFRED DÖBLIN

Kurt Schmidt, statt einer Ballade

Der Mann, von dem im weiteren Verlauf
die Rede ist, hieß Schmidt (Kurt Schm., komplett).
Er stand, nur sonntags nicht, früh 6 Uhr auf
und ging allabendlich Punkt 8 zu Bett.

10 Stunden lag er stumm und ohne Blick.
4 Stunden brauchte er für Fahrt und Essen.
9 Stunden stand er in der Glasfabrik.
1 Stündchen blieb für höhere Interessen.

Nur sonn- und feiertags schlief er sich satt.
Danach rasierte er sich, bis es brannte.
Dann tanzte er. In Sälen vor der Stadt.
Und fremde Fräuleins wurden rasch Bekannte.

Am Montag fing die nächste Strophe an.
Und war doch immerzu dasselbe Lied!
Ein Jahr starb ab. Ein andres Jahr begann.
Und was auch kam, nie kam ein Unterschied.

Um diese Zeit war Schmidt noch gut verpackt.
Er träumte nachts manchmal von fernen Ländern.
Um diese Zeit hielt Schmidt noch halbwegs Takt.
Und dachte: Morgen kann sich alles ändern.

Da schnitt er sich den Daumen von der Hand.
Ein Fräulein Brandt gebar ihm einen Sohn.
Das Kind ging ein. Trotz Pflege auf dem Land.
(Schmidt hatte 40 Mark als Wochenlohn.)

Die Zeit marschierte wie ein Grenadier.
In gleichem Schritt und Tritt. Und Schmidt lief mit.
Die Zeit verging. Und Schmidt verging mit ihr.
Er merkte eines Tages, dass er litt.

Er merkte, dass er nicht alleine stand.
Und dass er doch allein stand, bei Gefahren.
Und auf dem Globus, sah er, lag kein Land,
in dem die Schmidts nicht in der Mehrzahl waren.

So war's. Er hatte sich bis jetzt geirrt.
So war's, und es stand fest, dass es so blieb.
Und er begriff, dass es nie anders wird.
Und was er hoffte, rann ihm durch ein Sieb.

Der Mensch war auch bloß eine Art Gemüse,
das sich und dadurch andere ernährt.
Die Seele saß nicht in der Zirbeldrüse.
Falls sie vorhanden war, war sie nichts wert.

9 Stunden stand Schmidt schwitzend im Betrieb.
4 Stunden fuhr und aß er, müd und dumm.
10 Stunden lag er, ohne Blick und stumm.
Und in dem Stündchen, das ihm übrigblieb,
brachte er sich um.

Erich Kästner

Die Seeräuber-Jenny

Meine Herren, heute sehen Sie mich Gläser abwaschen
Und ich mache das Bett für jeden.
Und Sie geben mir einen Penny und ich bedanke mich schnell
Und Sie sehen meine Lumpen und dies lumpige Hotel
Und Sie wissen nicht, mit wem Sie reden.
Aber eines Abends wird ein Geschrei sein am Hafen
Und man fragt: Was ist das für ein Geschrei?
Und man wird mich lächeln sehn bei meinen Gläsern
Und man sagt: Was lächelt die dabei?
Und ein Schiff mit acht Segeln
Und mit fünfzig Kanonen
Wird liegen am Kai.

Man sagt: Geh, wisch deine Gläser, mein Kind
Und man reicht mir den Penny hin.
Und der Penny wird genommen, und das Bett wird gemacht!
(Es wird keiner mehr drin schlafen in dieser Nacht.)

Und Sie wissen immer noch nicht, wer ich bin.
Aber eines Abends wird ein Getös sein am Hafen
Und man fragt: Was ist das für ein Getös?
Und man wird mich stehen sehen hinterm Fenster
Und man sagt: Was lächelt die so bös?
Und das Schiff mit acht Segeln
Und mit fünfzig Kanonen
Wird beschießen die Stadt.

Meine Herren, da wird Ihr Lachen aufhören
Denn die Mauern werden fallen hin
Und die Stadt wird gemacht dem Erdboden gleich.
Nur ein lumpiges Hotel wird verschont von dem Streich
Und man fragt: Wer wohnt Besonderer darin?
Und in dieser Nacht wird ein Geschrei um das Hotel sein
Und man fragt: Warum wird das Hotel verschont?
Und man wird mich sehen treten aus der Tür am Morgen
Und man sagt: Die hat darin gewohnt?
Und das Schiff mit acht Segeln
Und mit fünfzig Kanonen
Wird beflaggen den Mast.

Und es werden kommen hundert gen Mittag an Land
Und werden in den Schatten treten
Und fangen einen jeglichen aus jeglicher Tür
Und legen ihn in Ketten und bringen vor mir
Und fragen: Welchen sollen wir töten?
Und an diesem Mittag wird es still sein am Hafen
Wenn man fragt, wer wohl sterben muss.
Und dann werden Sie mich sagen hören: Alle!
Und wenn dann der Kopf fällt, sag ich: Hoppla!
Und das Schiff mit acht Segeln
Und mit fünfzig Kanonen
Wird entschwinden mit mir.

Bert Brecht

Ballade von den Säckeschmeißern (Säckeschmeißer-Lied)

Oh, mich zieht's nach einem fernen Lande,
Wo die schlanke Tropenpalme prangt.
In Brasilien, am Rio Grande,
Werden Kaffeesackschmeißer verlangt.
Es gibt zu viel Kaffee auf der Welt.
Und darum pro Zentner zu wenig Geld.
Drum wird, so will es das Weltgewissen,
Die halbe Ernte ins Wasser geschmissen.

Immer rin, mein Junge!
Das hat 'n Sinn, mein Junge!
Da steckt was hinter, mein Junge!
Das wird ein Winter, mein Junge!

Ich sag allen feiernden Familien:
Marsch, marsch nach Rio in den ersten, besten Kahn!
Auf! Auf nach Brasilien!
Und rin mit dem Mokka in den Ozean!

Und hat der Menschenhai am Rio Grande
An seinen nassen Bohnen profitiert,
Werden wir aus diesem reichen Lande
Gleich nach USA hintransportiert,
Dort wächst zu viel Getreide auf dem Feld,
Und das bringt pro Tonne zu wenig Geld.
Dort wäscht man die Kartoffeln mit Petroleum rein
Und heizt mit dem Weizen die Maschinen ein.

Immer rin, mein Junge!
Das hat 'n Sinn, mein Junge!
Da steckt was hinter, mein Junge!
Das wird ein Winter, mein Junge!

Proleten, packt eure Habe!
Die reiche Ernte hat uns die Preise verhunzt!
Brotfrucht ist Teufelsgabe!
Drum rin mit die Schrippen in die Feuerbrunst!

Sie werfen den Weizen ins Feuer!
Sie werfen den Kaffee ins Meer.
Und wann werfen die Säckeschmeißer
Die fetten Räuber hinterher?

Siehst du, das hat 'n Sinn, mein Junge!
Siehst du, das wird ein Winter, mein Junge
Wie er in deinem Leben nie wiederkehrt.

JULIAN ARENDT

Eros und Ehe

Bei diesem Thema sprechen die Balladen für sich selbst. Da alle Poeten bis auf einen auf diesen Seiten schon ein- oder mehrmals in Erscheinung getreten sind, bleibt uns nichts weiter zu tun, als den Neuzugang Kurt Schwitters vorzustellen. 1919 bewarb sich der universale »Merz«künstler, Konstruktivist, Dichter und Typograph aus dem schönen Hannover um Aufnahme in den Club Dada mit folgender Selbstbeschreibung: »Ich bin Maler, ich nagle meine Bilder.« – »Das war neu und sympathisch«, erinnert sich DADAsoph Raoul Hausmann. »Es kam heraus, dass der Mann auch Gedichte machte. Er sagte einige. Sie schienen mir noch unter dem Einfluss von Stramm zu stehen, doch eins schien mir neu und gut.« Das war *An Anna Blume*. Aus der Mitgliedschaft im Club Dada wurde nichts. Aber der fiel ein Jahr später sowieso auseinander, und Schwitters (1887–1948) bildete mit Hausmann eine legendäre Auftrittsgemeinschaft. 1921 traten die beiden in Prag auf. Hausmann resümiert: »Dass Schwitters *Anna Blume* sprach, war nur natürlich. Und das *Alphabet von rückwärts gelesen*. Kurz, ein ganzer Erfolg. Nein, kein Skandal, ein Erfolg. Ein großer Erfolg. MERZ plus AntiDADA! September 1921. In

Prag.« *An Anna Blume* war das erste von Schwitters' sogenannten Merz-Gedichten, und viele Leute mochten es. Und weil das so war, nutzte er die Dame, um seine Kunst bekannt zu machen. Den größten Werbecoup landet er 1920. Schwitters ließ seinen Verleger Paul Steegemann fast sämtliche Litfaßsäulen Hannovers mit riesigen Plakaten bekleben, auf denen die zehn Gebote zu lesen waren. Eine Woche später ersetzte Steegemann Moses' Tafeln durch das Gedicht *An Anna Blume*. »Lachend, lesend, kopfschüttelnd stehen die Menschen davor. Der Mann ist verrückt, sagen die meisten, nachdem sie gelesen haben«, schildert der *Niedersächsische Volksbote* die Reaktion des Publikums. Von da an galt Schwitters in Hannover als Original, werkelte fröhlich an seinem Merzbau, schrieb die *Ursonate* und klebte Hunderte wundersamer Collagen zusammen. Die Nazis vertrieben Schwitters 1937 erst nach Norwegen, dann nach London, wo er starb. Wer mehr über diesen hochkomischen Genius wissen möchte, begebe sich in das Sprengel Museum Hannover, das sein Gesamtwerk, darunter auch eine Rekonstruktion des sagenhaften und von den Engländern zerbombten Merzbaus, hütet.

Danach

Es wird nach einem happy end
im Film jewöhnlich abjeblendt.
Man sieht bloß noch in ihre Lippen
den Helden seinen Schnurrbart stippen –
da hat sie nu den Schentelmen.
Na, un denn –?

Denn jehn die beeden brav ins Bett.
Na ja … diss is ja auch janz nett.
A manchmal möcht man doch jern wissn:
Wat tun se, wenn se sich nich kissn?
Die könn ja doch nich imma penn …!
Na, un denn –?

Denn säuselt im Kamin der Wind.
Denn kricht det junge Paar 'n Kind.
Denn kocht sie Milch. Die Milch looft üba.
Denn macht er Krach. Denn weent sie drüba.
Denn wolln sich beede jänzlich trenn …
Na, un denn –?

Denn is det Kind nich uffn Damm.
Denn bleihm die beeden doch zesamm.
Denn quäln se sich noch manche Jahre.
Er will noch wat mit blonde Haare:
vorn doof und hinten minorenn …
Na, un denn –?

Denn sind se alt.
Der Sohn haut ab.
Der Olle macht nu ooch bald schlapp.
Vajessen Kuss und Schnurrbartzeit –
Ach, Menschenskind, wie liecht det weit!
Wie der noch scharf uff Muttern war,
det is schon beinah nich mehr wahr!
Der olle Mann denkt so zurück:
wat hat er nu von seinen Jlück?
Die Ehe war zum jrößten Teile
vabrühte Milch un Langeweile.
Und darum wird beim happy end
im Film jewöhnlich abjeblendt.

Kurt Tucholsky

Brigitte B.

Ein junges Mädchen kam nach Baden,
Brigitte B. war sie genannt,
fand Stellung dort in einem Laden,
wo sie gut angeschrieben stand.

Die Dame, schon ein wenig älter,
war dem Geschäfte zugetan,
der Herr ein höherer Angestellter
der königlichen Eisenbahn.

Die Dame sagt nun eines Tages,
wie man zu Nacht gegessen hat:
Nimm dies Paket, mein Kind, und trag es,
zu der Baronin vor der Stadt.

Auf diesem Wege traf Brigitte
jedoch ein Individuum,
das hat an sie nur eine Bitte,
wenn nicht, dann bringe er sie um.

Brigitte, völlig unerfahren,
gab ihm sich mehr aus Mitleid hin,
drauf ging er fort mit ihren Waren
und ließ sie in der Lage drin.

Sie konnt es anfangs gar nicht fassen,
dann lief sie heulend und gestand,
dass sie sich hat verführen lassen,
was die Madam begreiflich fand.

Dass aber dabei die Turnüre
für die Baronin vor der Stadt
gestohlen worden sei, das schnüre
das Herz ihr ab, sie hab es satt.

Brigitte warf sich vor ihr nieder,
sie sei gewiss nicht mehr so dumm;
den Abend aber schlief sie wieder
bei ihrem Individuum.

Und als die Herrschaft dann um Pfingsten
ausflog mit dem Gesangsverein,
lud sie ihn ohne die geringsten
Bedenken abends zu sich ein.

Sofort ließ er sich alles zeigen,
den Schreibtisch und den Kassenschrank,
macht die Papiere sich zu eigen,
und zollt ihr nicht mal mehr den Dank.

Brigitte, als sie nun gesehen,
was ihr Geliebter angericht,
entwich auf unhörbaren Zehen
dem Ehepaar aus dem Gesicht.

Vorgestern hat man sie gefangen,
es lässt sich nicht erzählen, wo;
dem Jüngling, der die Tat begangen,
dem ging es gestern ebenso.

FRANK WEDEKIND

Kleiner Roman

Sie lernte Stenographin.
Er war Engros-Kommis.
Im Speisewagen traf ihn
ein Blick. Er liebte sie.

Auf einer Haltestelle
brach man die Reise ab,
woselbst er im Hotelle
sie als sein Weib ausgab.

Nicht viel, das man sich fragte.
Doch küssten sie genug.
Und als der Morgen tagte,
ging schon der nächste Zug.

Nach einer kurzen Stunde
fand ihre Fahrt den Schluss.
Er nahm von ihrem Munde
noch einen heißen Kuss.

Er sah sie schnupftuchwinkend
noch stehn zum letzten Mal,
und in sein Auge blinkend
sich eine Träne stahl.

Er soll sie heut noch lieben.
Sie war so drall und jung.
Ihr ist ein Kind geblieben
und die Erinnerung.

Erich Mühsam

An Anna Blume

O du Geliebte meiner 27 Sinne, ich liebe Dir –
Du, Deiner, Dich, Dir, ich Dir, Du mir, – – – – wir?
Das gehört (beiläufig) nicht hierher!

Wer bist du, ungezähltes Frauenzimmer, Du bist – – bist Du?
Die Leute sagen, Du wärest.
Lass sie sagen, sie wissen nicht, wie der Kirchturm steht.

Du trägst den Hut auf Deinen Füßen und wanderst auf die
Hände,
Auf den Händen wanderst Du.

Halloh, Deine roten Kleider in weiße Falten zersägt,
Rot liebe ich Anna Blume, rot liebe ich Dir.
Du, Deiner, Dich, Dir, ich Dir, Du mir, – – – – wir?
Das gehört beiläufig in die kalte Glut!
Anna Blume, rote Anna Blume, wie sagen die Leute?

Preisfrage:

1. Anna Blume hat ein Vogel.
2. Anna Blume ist rot.
3. Welche Farbe hat der Vogel.

Blau ist die Farbe Deines gelben Haares,
Rot ist das Girren Deines grünen Vogels.
Du schlichtes Mädchen im Alltagskleid,
Du liebes grünes Tier, ich liebe Dir!
Du, Deiner, Dich, Dir, ich Dir, Du mir, – – – – wir?
Das gehört beiläufig in die – – – – Glutenkiste.

Anna Blume, Anna, A – – – – N – – – – N – – – – A!
Ich träufle Deinen Namen.
Dein Name tropft wie weiches Rindertalg.

Weißt Du es Anna, weißt Du es schon?
Man kann Dich auch von hinten lesen.
Und Du, Du herrlichste von allen,
du bist von hinten wie von vorne:
A – – – – – – N – – – – – – N – – – – – – A.
Rindertalg träufelt STREICHELN über meinen Rücken.
Anna Blume,
Du tropfes Tier,
Ich – – – – – – – liebe – – – – – – Dir!

KURT SCHWITTERS

Sachliche Romanze

Als sie einander acht Jahre kannten
(und man darf sagen: sie kannten sich gut),
kam ihre Liebe plötzlich abhanden.
Wie andern Leuten ein Stock oder Hut.

Sie waren traurig, betrugen sich heiter,
versuchten Küsse, als ob nichts sei,
und sahen sich an und wussten nicht weiter.
Da weinte sie schließlich. Und er stand dabei.

Vom Fenster aus konnte man Schiffen winken.
Er sagte, es wäre schon Viertel nach vier
und Zeit, irgendwo Kaffee zu trinken.
Nebenan übte ein Mensch Klavier.

Sie gingen ins kleinste Café am Ort
und rührten in ihren Tassen.
Am Abend saßen sie immer noch dort.
Sie saßen allein, und sie sprachen kein Wort
und konnten es einfach nicht fassen.

Erich Kästner

Grotesken

Auch diese Abteilung bedarf nur einer Neuvorstellung. Der Mann heißt Christian Otto Josef Wolfgang Morgenstern (1871–1914) und gehört seit Kindertagen zu unseren Leib- und Magendichtern. Sein Leben ist schnell erzählt, es war ja nicht lang. Der frühe Tod der Mutter und die Verbringung auf ein Internat in Landshut verdunkeln dem Zehnjährigen die Kindheit, mit zweiundzwanzig wird eine Tuberkulose diagnostiziert. Morgenstern, der inzwischen begonnen hat zu schreiben, muss sein Volkswirtschaftsstudium in Breslau abbrechen und in den kommenden Jahren immer wieder Sanatorien frequentieren. 1894 geht er nach Berlin, um sich als freier Autor durchzuschlagen. Das klappt auf Anhieb. Er wird schließlich Lektor beim Bruno Cassirer Verlag. Seine ersten *Galgenlieder* verfasst er für Max Reinhardts Kabarett Die Galgenbrüder. Morgenstern übersetzt Strindberg und Ibsen, lernt Letzteren wie auch seine Frau Margareta auf ausgedehnten Reisen kennen und wird ein Jünger der Anthroposophie. 1914 ist die Tuberkulose im Endstadium. Morgenstern stirbt in Arco,

Südtirol. Den schönsten Nachruf auf diesen rätselhaften Mann hat 1999 Walter Kempowski geschrieben. Weshalb wir ihn auszugsweise vorlegen.

»Morgensterns Lyrik zerfällt in zwei Teile, in sehr merkwürdige, von Anthroposophie angeregte, etwas schwülstige Verse und in groteske. Von seiner Gedankenlyrik, die den größten Teil seines Schaffens ausmacht, will ich hier nicht reden, sie ist mir nicht zugänglich – ehrlich gesagt: ich mag sie nicht. Mich interessieren allein die grotesken Gedichte, in denen Morgenstern bis heute lebt, frisch wie der junge Tag, eine Reihe von Publikationen, die mit *Horatius Travestitus* 1897 begann, sich in den *Galgenliedern* 1905, *Palmström* 1910 fortsetzt und posthum mit den Publikationen *Palma Kunkel* 1916 und *Der Gingganz* 1919 sein Ende findet. (…) Wir sind Zeuge eines unerhörten Vorgangs: Urplötzlich, aus der Menge der ihrer Zeit verhafteten Literaten, jenseits aller Konventionen und gewöhnlichen Sensationen hat hier einer einen Weg gefunden, der in Bereiche führt, von denen sich die Menschen damals (bis dato) keine Vorstellung machten. Er hat zwar Nachahmer gefunden, aber keine Nachfolger, er hat keine Schule gegründet, weil er nichts übrig ließ. Und doch ist die moderne Dichtung ohne ihn nicht vorstellbar. Man kann ihn gar nicht überschätzen. Er steht auf einsamer Höhe.

Christian Morgenstern ist in unserer deutschen, nicht gerade von Humor beseelten Literatur eine Art Ehrenrettung, einer der seltenen Glücksfälle im Geistesleben einer Nation. Das Knie, das einsam durch die Welt geht, das Huhn in der Bahnhofshalle, das ist das Akute, mit dem wir es heute zu tun haben. Das große Lalu-la wird das Ergebnis sein.« Dem ist nichts hinzuzufügen.

Das Butterbrotpapier

Ein Butterbrotpapier im Wald, –
da es beschneit wird, fühlt sich kalt …

In seiner Angst, wiewohl es nie
an Denken vorher irgendwie

gedacht, natürlich, als ein Ding
aus Lumpen usw., fing,

aus Angst, so sagte ich, fing an
zu denken, fing, hob an, begann,

zu denken, denkt euch, was das heißt,
bekam (aus Angst, so sagt ich) – Geist,

und zwar, versteht sich, nicht bloß so
vom Himmel droben irgendwo,

vielmehr infolge einer ganz
exakt entstandnen Hirnsubstanz –

die aus Holz, Eiweiß, Mehl und Schmerz,
(durch Angst) mit Überspringen der

sonst üblichen Weltalter, an
ihm Boden und Gefäß gewann –

[(mit Überspringung) in und an
ihm Boden und Gefäß gewann].

Mit Hilfe dieser Hilfe nun
entschloss sich das Papier zum Tun, –

zum Leben, zum – gleichviel, es fing
zu gehn an – wie ein Schmetterling …

zu kriechen erst, zu fliegen drauf,
bis übers Unterholz hinauf,

dann über die Chaussee und quer
und kreuz und links und hin und her –

wie eben solch ein Tier zur Welt
(je nach dem Wind) (und sonst) sich stellt.

Doch, Freunde! werdet bleich gleich mir! –
Ein Vogel, dick und ganz voll Gier,

erblickts (wir sind im Januar …) –
und schickt sich an, mit Haut und Haar –

und schickt sich an, mit Haar und Haut –
(wer mag da endigen!) (mir graut) –

(Bedenkt, was alles nötig war!) –
und schickt sich an, mit Haut und Haar – –

Ein Butterbrotpapier im Wald
gewinnt – aus Angst – Naturgestalt …

Genug!! Der wilde Specht verschluckt
das unersetzliche Produkt …
CHRISTIAN MORGENSTERN

Lustmord

Sie stänkerte. Dennoch hab ich sie –
Weil sie käuflich war – gekauft.
Und habe, vielleicht aus Ironie,
Sie »Mucker« getauft.

Ich riss ihr gierig mit rauer Hand
Die einzelnen Kleider herunter,
Zunächst ein leichtes Flittergewand,
Dann anderen, gröberen Plunder.

Und Rock und Röckchen nach Röckchen fiel
Herab. Ich riss und zerfetzte
Mit Wollust. Ich wollte – das war mein Ziel –
Das Nackte, das Wahre, das Letzte.

Doch immer, wenn ich das rosige Glück
Der Nacktheit zu schauen vermeinte,
kam wieder noch irgendein Kleidungsstück.
Ich wütete weiter, ich weinte.

Doch als ich sie völlig enthemdet
Hatte, blieb nichts, restlos nichts.
Und in dieses Nichts bohrte befremdet
Der Stachel meines Gedichts.

Jedoch erübrigt sich jede
Kritik, jeder Kommentar,
Weil die, von der ich hier rede,
Eine Zwiebel war.

JOACHIM RINGELNATZ

Der Werwolf

Ein Werwolf eines Nachts entwich
von Weib und Kind und sich begab
an eines Dorfschullehrers Grab
und bat ihn: Bitte, beuge mich!

Der Dorfschulmeister stieg hinauf
auf seines Blechschilds Messingknauf
und sprach zum Wolf, der seine Pfoten
geduldig kreuzte vor dem Toten:

»Der Werwolf« – – sprach der gute Mann,
»des Weswolfs«, Genitiv sodann,
»dem Wemwolf«, Dativ, wie man's nennt,
»den Wenwolf«, – – »damit hat's ein End«.

Dem Werwolf schmeichelten die Fälle,
er rollte seine Augenbälle.
Indessen, bat er, füge doch
zur Einzahl auch die Mehrzahl noch!

Der Dorfschulmeister aber musste
gestehn, dass er von ihr nichts wusste.
Zwar Wölfe gäb's in großer Schar,
doch »Wer« gäb's nur im Singular.

Der Wolf erhob sich tränenblind – –
er hatte ja doch Weib und Kind!!
Doch da er kein Gelehrter eben,
so schied er dankend und ergeben.

CHRISTIAN MORGENSTERN

Kleines Gedicht für große Stotterer

Ein Fischge, Fisch, ein Fefefefefischgerippe
Lag auf der auf, lag auf der Klippe.
Wie kam es, kam, wie kam, wie kam es
Dahin,

Das Meer hat Meer, das Meer, das hat es
Dahin, dahin, dahingespület,
Da llllliegt es, liegt, da llllliegt, llliegt es
Sehr gut, sogar sehr gut!

Da kam ein Fisch, ein Fefefefefisch, ein Fefefefefefe-fefefefefefe-
(schriller Pfiff) FeFefeFefeFefeFefischer,
Der frischte, fischte frische Fische.
Der nahm es, nahm, der nahm, der nahm es
Hinweg, der nahm es weg.

Nun llllliegt die, liegt, nun llliegt die Klippe
Ganz o o o ohne Fischge Gischgerippe
Im weiten, weit, im We Weltenmeere
So nackt, so fufu furchtbar nackt.

KURT SCHWITTERS

Zwischenspiel III.

Sport

Sport und Schriftstellerei, das ging schon immer gut zusammen. Platon war Ringer, Herman Hesse lief Ski, Ludwig Thoma überquerte die Alpen jedes Jahr mit dem Rad, Günter Herburger (*Lauf und Wahn*) ist ein Marathonmann, während Stefan Zweig Schach für »das einzige Spiel« hielt, das »allen Völkern und allen Zeiten zugehört«.

Ohne dem Autor der *Schachnovelle* zu nahe treten zu wollen, dieser Status gebührt einzig und allein dem Fußball. Eine ähnliche Faszination wie das Spiel mit der unberechenbaren Kugel hat nur noch das professionelle Boxen auf die Poetenzunft ausgeübt, ob man wie Joyce Carol Oates im Boxsport die Nachtseite der modernen Gesellschaft, »Amerikas tragisches Theater«, aufscheinen sieht, ob man in beiden Berufen das existenzialistische Geworfensein wittert wie Wolf Wondratschek (»der Schriftsteller ist der einzige Bruder des Boxers, der Verbündete seiner Einsamkeit«) oder auf die ästhetischen Gemeinsamkeiten abhebt. Witalij Klitschko, Ex-Weltmeister im Schwergewicht, meint dazu: »Der Boxring ist eine Szene, wie im Theater. Ein kleines Drama, und der Boxer muss wie ein guter Schauspieler sein.«

Das könnte von Bert Brecht stammen. Als der Sport in den zwanziger Jahren zum Massenphänomen wurde und dem Theater den Rang ablief, setzte er seine Hoffnung auf das Boxpublikum, das er regelmäßig im Berliner Sportpalast beobachtete: »Unser Auge schielt, verbergen wir es nicht, nach diesen ungeheuren Zementtöpfen, gefüllt mit 15 000 Menschen aller Klassen und Gesichtsschnitte, dem klügsten und fairsten Publikum der Welt.« Anders als die »verderbten« Theatergänger wüssten die Sportfans, »was sich begeben wird, nämlich dass trainierte Leute mit feinstem Verantwortungsgefühl, aber doch so, dass man glauben muss, sie machten es hauptsächlich zu ihrem eigenen Spaß, in der ihnen angenehmsten Weise ihre besonderen Kräfte entfalten.« Ein Problem, das immer noch nicht gänzlich behoben ist.

Oft haben Boxer und Schriftsteller auch die gleichen Probleme. Jedenfalls glaubte das Ernest Hemingway. Von dem jungen William Faulkner um die Beurteilung eines Manuskriptes gebeten, antwortete er: »Warum wollen Sie in Ihrem ersten Kampf gegen Dostojewski antreten? Schlagen Sie Turgenjew. Dann nehmen Sie sich de Maupassant vor (zäher Bursche, aber immer noch für drei Runden gefährlich). Dann versuchen Sie Stendhal zu erwischen.« Hemingway war ein echter Könner, der sich zur Not auch mit Sparringsrunden über Wasser halten konnte. Zum Glück für seinen Freund James Joyce, den er des Öfteren heraushauen musste, wenn der schmalbrüstige wie kurzsichtige Ire in Pariser Bistros mal wieder auf übermächtige Gegner einteufelte.

Andere ließen sich in harten Zeiten einfach vom Stehvermögen der Boxer beeindrucken. »Wenn ich sehe«, schrieb Carl Einstein 1922, was Magen und Kiefer der Herren (Boxer) aushalten, so überträgt sich von diesen Männern ein gewisser Optimismus auf mich, ich glaube dank ihnen, dass man das Leben die nächsten acht Tage noch ertragen wird.«

Brecht, der das Zwischenspiel mit der *Gedenktafel für 12 Weltmeister* eröffnet, warnte allerdings schon damals davor, den Sport zu überhöhen und mit den zweischneidigen Segnungen der Hochkultur zu versehen, »weil ich weiß, was diese Gesellschaft mit Kulturgütern alles treibt, und der Sport dazu wirklich zu schade ist. Ich bin für den Sport, weil und solange er riskant (ungesund), unkultiviert (nicht gesellschaftsfähig) und Selbstzweck ist!«

In dieselbe Kerbe schlägt heute der spanische Romancier Javier Marias. Gefragt, ob die Literatur sich mit Fußball beschäftigen müsse, gab der glühende Real-Madrid-Afficionado zu Protokoll: »Ich denke, dass sich Literatur auch mit Fußball beschäftigen *kann*. Sie beschäftigt sich ja zum Beispiel auch mit Boxen. Aber der Fußball kümmert sich nicht um Literatur. Er braucht sie nicht. Er steht weit darüber.«

Die Zahl der Autoren, die dem Spiel verfallen sind, ist Legion. Sie reicht von Vladimir Nabokov über Albert Camus und Walter Jens bis zu Thomas Brussig, der vor ein paar Jahren eine Nationalmannschaft deutscher Dichter ins Leben gerufen hat. Vielleicht liegt es daran, dass »gerade im Fußball in schöner Regelmäßigkeit

Wunder« passieren (Jupp Heynckes). Und wenn es keine Wunder sind, dann lassen sich auf dem grünen Rasen immer noch ein paar nützliche Erkenntnisse sammeln.

Camus, Torhüter wie Nabokov, bekannte einmal: »Ich lernte (...), dass der Ball nie aus der Richtung kommt, aus der man ihn erwartet. Das hat mir in meinem Leben viel geholfen, vor allem in den großen Städten, wo die Menschen nicht so zu sein pflegen, wie sie behaupten.«

»Alles, was ich über England und Europa weiß, habe ich nicht in der Schule gelernt, sondern bei Auswärtsspielen meiner Mannschaft und im Sportteil der Zeitung. Und die Hooligans haben mir Soziologie beigebracht«, heißt es in Nick Hornbys Bestseller *Fever Pitch*, der Hybris, Kreuzweg und Katharsis eines Arsenal-Fans beschreibt.

In jedem Fall hat der Fußball die Schriftsteller zu schönsten Reflexionen inspiriert. Jean-Paul Sartre zum Beispiel bereicherte das Spiel durch dieses Theorem: »Beim Fußball verkompliziert sich alles durch die Anwesenheit der gegnerischen Mannschaft.« Die Liebe des schreibenden Gewerbes zum Sport blieb natürlich nicht ohne Einfluss auf die Profis. Schwergewichts-Champion Muhammad Ali pflegte seine Gegner mit gereimten Vorhersagen des Kampfendes zu piesacken. Diese Prophezeiung galt Archie Moore und wurde durch eine rechte Gerade wahr:

> Wenn ihr zuschaun kommt,
> lasst frei den Flur,
> lasst frei die Tür,
> denn alles ist aus nach Runde vier.

Ein Zitat der deutschen Torwartlegende Sepp Maier schaffte es auf einer französischen Website zum Thema »Métaphysique« sogar in die Spalte neben Schopenhauer, Kant und Oscar Wilde: »Die letzten zehn Minuten wollten überhaupt nicht vergehen. Vor einer Ewigkeit waren es schon zehn Minuten. (...) Dann sah es doch aus, als wären es nur noch neun Minuten. (...) Aber die neun Minuten wurden dann doch wieder zu neun Ewigkeiten.« Seine Autobiografie heißt nicht umsonst *Ich bin doch kein Tor.*

Auch Giovanni Trapattoni machte als kreativer Wortschöpfer Karriere. Von ihm ist nicht nur das legendäre »Ich habe fertig« überliefert, er stellte auch ein für alle Mal klar: »Fußball ist immer ding, dang, dong.«

Angesichts dieser Höchstleistungen ist es nicht verwunderlich, dass sich in Deutschland einige der besten Köpfe des Sports annahmen.

Ror Wolf (*1932), der auch unter dem Pseudonym Raoul Tranchirer publiziert, gebührt zweifellos der Ruhm, die Fußballdichtung salonfähig gemacht zu haben. In den sechziger Jahren begann Wolf Romane, Erzählungen, Hörspiele und Gedichte zu veröffentlichen, die mit surrealer Sprachakrobatik und feinem Witz unsere Wahrnehmung auf den Kopf stellen, durchschütteln und zurück auf den Boden der Tatsachen setzen. Diese haben danach allerdings einen leicht veränderten Aggregatzustand, was sehr angenehme Gefühle auslösen kann, weshalb wir die drei Wolf-Klassiker *Pilzer und Pelzer*, *Die Gefährlichkeit der Großen Ebene* und *Nachrichten aus der bewohnten Welt* wärmstens empfehlen können. Dasselbe Verfahren wendet er auf den Fußball an. In Hörspiel- und Buchcollagen wie *Córdoba Juni 13.45 Uhr* oder *Punkt ist Punkt*, dem das *Rammer & Brecher Sonett 2* entnommen ist, wird die ganze Großartigkeit, Schönheit, aber eben auch Hochbekloppheit dieses Sportes zu einem hochkomischen Paralleluniversum verdichtet. »Seine Fußballstücke«, sagt Wolf-Biograf Kay Sokolowsky, sind aber »weit mehr als Stücke über den Fußball«. Wolf habe »im Reden über den Fußball nicht nur eine bestimmte Welt entdeckt (…), sondern wirklich: die Welt«. Wer sich davon überzeugen möchte, der greife zu der vor Kurzem erschienenen, vier CDs umfassenden Edition der Wolfschen Fußball-Hörspiele mit tollem Booklet und einem großartigen Essay von Herausgeber Jürgen Roth.

Die Aufstellung des 1. FC Nürnberg vom 27. 1. 1968 von Peter Handke (* 1942) findet sich in dem Lyrikband *Die Innenwelt der Außenwelt der Innenwelt*. Sie ist also zwei Jahre älter als *Die Angst des Tormanns beim Elfmeter*, jener Roman, der Handke 1970 auch als Fußballdichter bekannt machte, obwohl er eigentlich gar nicht, beziehungsweise nur auf den letzten Seiten, vom

Fußball handelt. Petar Radenkovics, der damalige Torhüter von 1860 München, legte das Buch denn auch nach drei Seiten weg und befand »Is sich Unsinn«. Was aus sportlicher Sicht völlig in Ordnung geht. Handke war damals das Enfant terrible der deutschen Literatur. 1966 hatte nicht nur sein Stück *Publikumsbeschimpfung* für mächtig Ärger gesorgt, er hatte auch der Gruppe 47 das Substantiv »Beschreibungsimpotenz« in die erstaunten Gesichter gebellt. In den folgenden Jahren wandte er sich vom Fußball ab und anderen schönen Dingen wie der Rockmusik, dem Kino und den Frauen zu. Die in der Ballade aufgeführte Club-Elf trat damals in einem Spiel der 1. DFB-Pokalhauptrunde auswärts gegen den Tabellenführer der Regionalliga West, Bayer Leverkusen, an und gewann durch Tore von Strehl (3. Minute) und Starek (83. Minute) 2:0. Nürnberg schied in der dritten Runde aus, wurde aber am Ende der Saison 67/68 zum neunten und bis jetzt letzten Mal Deutscher Fußballmeister.

London 1972, EM-Viertelfinale, England-Deutschland (1:3). Dieses wunderbare Spiel haben wir zusammen mit unserem alten Schulfreund Matthias Redel (* 1956) im Farbfernsehen verfolgt und waren selbstredend aus dem Häuschen vor Begeisterung. Müller machte damals das 3:1, nachdem Hoeneß und Netzer (per Elfmeter) vorgelegt hatten. Matze Redel schrieb das Sonett Ende der 1980er Jahre anlässlich einer gemeinsamen Fußball-Lesung im Hannoverschen Künstlerhaus, wo wir Quasthoff-Brüder unter dem Rubrum »Fitzoblongshow« häufiger aufgetreten sind. Redel ist eigentlich von Haus aus Architekt und lebt heute mit Frau Jenny und drei reizenden Kindern in der Nähe von London. Das Manuskript hat Matze tagelang zwischen alten Unterlagen suchen müssen. Dafür nochmals herzlichen Dank.

Zum Fußball hat sich auch Eckhard Henscheid (* 1941) wie eigentlich zu allen wesentlichen Phänomenen oft und ausführlich geäußert. Der gefürchtete Polemiker und begnadete Prosaautor (*Trilogie des laufenden Schwachsinns*, *Dolce Madonna Bionda*, *Maria Schnee*) neigt sonst nicht gerade zur Sentimentalität, gerade auch nicht gegenüber dem Personal der deutschen Fußballindustrie. Aber nimmt man die liebevolle und kunstvolle Art, mit der seine *Hymne auf Bum Kun Cha* die barocke Odenform mit dem Sentiment des Fans verbindet, muss man davon ausgehen: Eckhard Henscheid hat den Mann aus dem fernen Osten wirklich geliebt. Er hatte auch allen Grund dazu. Saß er doch jahrelang neben Ror Wolf im Frankfurter Waldstadion und musste mit ansehen, wie die Eintracht zwar schön spielte, aber nie etwas gewann. Das änderte sich, als Bum Kun Cha 1979 von Darmstadt 98 kam. Die Eintracht wurde auf Anhieb UEFA-Cup-Sieger und holte ein Jahr später den DFB-Pokal. Der Koreaner schoss für die Frankfurter in 122 Bundesligaspielen 46 Tore, ehe er 1983 nach Leverkusen wechselte. Dort wurde er 1988 nochmals UEFA-Pokalsieger und ist somit der einzige Bundesligaprofi, der diesen Titel mit zwei Vereinen gewann.

Gedenktafel für 12 Weltmeister

Dies ist die Geschichte der Weltmeister im Mittelgewicht
Ihrer Kämpfe und Laufbahnen
Vom Jahre 1891
Bis heute.

Ich beginne die Serie im Jahre 1891 –
Der Zeit rohen Schlagens
Wo die Boxkämpfe noch über 56 und 70 Runden gingen
Und einzig beendet wurden durch den Niederschlag –
Mit BOB FITZSIMMONS, dem Vater der Boxtechnik
Inhaber der Weltmeisterschaft im Mittelgewicht
Und im Schwergewicht (durch seinen am 17. März 1897
erfochtenen Sieg über Jim Corbett).
34 Jahre seines Lebens im Ring, nur sechsmal geschlagen
So sehr gefürchtet, dass er das ganze Jahr 1889
Ohne Gegner war. Erst im Jahr 1914
Im Alter von 51 Jahren absolvierte er
Seine beiden letzten Kämpfe:
Ein Mann ohne Alter.
1905 verlor Bob Fitzsimmons seinen Titel an

Jack O'Brien genannt PHILADELPHIA JACK.
Jack O'Brien begann seine Boxerlaufbahn
Im Alter von 18 Jahren
Er bestritt über 200 Kämpfe. Niemals
Fragte Philadelphia Jack nach der Börse.
Er ging aus von dem Standpunkt
Dass man lernt durch Kämpfe
Und er siegte, solange er lernte.

Jack O'Briens Nachfolger war
STANLEY KETCHELL
Berühmt durch vier wahre Schlachten
Gegen Billie Papke
Und als rauster Kämpfer aller Zeiten
Hinterrücks erschossen mit 23 Jahren
An einem lachenden Herbsttage
Vor seiner Farm sitzend
Unbesiegt.

Ich setze meine Serie fort mit
BILLIE PAPKE
Dem ersten Genie des Infighting.
Damals wurde zum ersten Male gehört
Der Name: Menschliche Kampfmaschine.
Im Jahre 1913 zu Paris
Wurde er geschlagen
Durch einen Größeren in der Kunst des Infightings:
Frank Klaus.

FRANK KLAUS, sein Nachfolger, traf sich
Mit den berühmten Mittelgewichten seiner Zeit
Jim Gardener, Billie Berger
Willie Lewis und Jack Dillon
Und Georges Carpentier war gegen ihn schwach wie ein Kind.

Ihn schlug *GEORG CHIP*
Der unbekannte Mann aus Oklahoma
Der nie sonst Taten von Bedeutung vollbrachte
Und geschlagen wurde von

AL MACCOY, dem schlechtesten aller Mittelgewichtsmeister
Der weiter nichts konnte als einstecken
Und seiner Würde entkleidet wurde von

MIKE O'DOWD
Dem Mann mit dem eisernen Kinn
Geschlagen von

JOHNNY WILSON
Der 48 Männer k.o. schlug
Und selber k.o. geschlagen wurde von

HARRY GREBB, der menschlichen Windmühle
Dem zuverlässigsten aller Boxer
Der keinen Kampf ausschlug
Und jeden bis zu Ende kämpfte
Und wenn er verloren hatte, sagte:
Ich habe verloren.
Der den Männertöter Dempsey
Den Tigerjack, den Manassamauler
Verrückt machte, dass er beim Training
Seine Handschuhe wegwarf
Das »Phantom, das nicht stillstehen konnte«
Geschlagen 1926 nach Punkten von

TIGER FLOWERS, dem Neger und Pfarrer
Der nie k.o. ging.

Nach ihm war Weltmeister im Mittelgewicht
Der Nachfolger des boxenden Pfarrers
MICKEY WALKER, der den mutigsten Boxer Europas
Den Schotten Tommy Milligan
Am 30. Juni 1927 zu London in 30 Minuten
In Stücke schlug.

Bob Fitzsimmons
Jack O'Brien
Stanley Ketchel
Billie Papke
Frank Klaus
George Chip
Al MacCoy
Mike O'Dowd
Johnny Wilson
Harry Grebb
Tiger Flowers
Mickey Walker –

Dies sind die Namen von 12 Männern
Die auf ihrem Gebiet die besten ihrer Zeit waren
Festgestellt durch harten Kampf
Unter der Beobachtung der Spielregeln
Vor den Augen der Welt.

BERT BRECHT

Rammer & Brecher Sonett 2

Morast und Schlamm und Sturm jawohl und Regen.
Der Regen fällt herab, als es beginnt.
Das Gras ist nass. Im Kessel braust der Wind.
Die Schirme gehen auf. Die Schauer fegen.

Es knarrt am Dach. Das Regenwasser rinnt.
Der Nebel schwebt. Man sieht sich was bewegen.
Es kommt jemand und jemand geht entgegen
Und jemand patscht vorbei und stochert blind,

Und stampft und dampft und hat ihn nicht erreicht.
Das Feld ist leer. Der Weg zum Tor verstopft.
Die Pfütze spritzt und jemand ganz durchweicht,

Und jemand triefend dort und jemand tropft.
In dieser Suppe sieht man nun vielleicht,
Wie matt das Leder an den Pfosten klopft.

Ror Wolf

Die Aufstellung des 1. FC Nürnberg vom 27. 1. 1968

Wabra
Leupold Popp
Ludwig Müller Wenauer
Blankenburg
Starek
Strehl
Brungs
Heinz Müller Volkert
Spielbeginn: 15 Uhr

Peter Handke

London 1972, EM-Viertelfinale, England-Deutschland (1:3)

Sepp Maier wankt nicht, Katsche hält die Stellung,
der Terrier beißt sich wieder einmal fest,
Franz spielt enorm, the Kaiser at his best,
und vorne? Held läuft rund wie auf Bestellung.

Höttges verdrängt am Eisenfuß die Schwellung.
An diesem Tag braucht keiner ein Attest,
an diesem Tag kriegt Englands Team den Rest.
Heut kreiselt hier die Ramba-Zamba-Innung.

Netzer drängt aus Regendunst und tiefem Raum,
es reißt Grabowski wie Herrn Bohrer mit.
Breitner zu Wimmer, butterweich und wie im Traum.

Den Hoeneß sah man selten mal so fit.
Und da im Sturzflug auf dem Wembleyflaum,
macht Müller bumm, das ist ja sein Beritt.

Matthias Redel

Hymne auf Bum Kun Cha

Schön ist, Mutter Natur, deiner Erfindung Pracht,
Die den großen Gedanken vermochte, den
Knaben zu träumen, zu denken – und dann auch zu
Bilden mit den schnellen, beseelten, jauchzenden
Füßen des Jünglings: Flink, flitzend,
Flirrend und flackernd – nicht lange fackelnd,
Doch feuernd und feiernd; den fühlenden Herzen
Frankfurts zur Freude.
Bum Kun Cha! Freund aus dem Osten! Fremdling bist
Du nicht länger – nicht bitt'res Los ist Exil
Dir! Heimat, die zweite, du fandst sie.

Wunderbar ist die Gunst denn des Gottes des
Fußballs. Zwar niemand weiß, wann und von wannen
Er schenket nach Puskas und Pele und Kempes den
Neuen Erwählten – nie doch und nimmer vergisst
Er sein hoffendes Volk. Über Indien hinaus
Und den Ganges spähet sein
Forschender Blick, ins ferneste Land, da
Seit Alters Männermut blühet und hoher Sinn.
Tapf'res Korea! Du schenktest uns Cha!

Festlicher klinge mein Saitenspiel! Denn lang
Lieb ich dich, Cha, schon drei Monde –
Drei Monde schon fällt dein verjüngendes
Licht auf die scheinbar gealterte Eintracht. Wir
Sahen dich erstmals, Lieblicher, gegen Stuttgart,
– und das Herz war bezaubert, verzaubert bald
Gar. Ach! Wie du da Förster, den Holzer,
Versetztest und Martin, den Rammler, so dass selbst
Sie dein Lob dann sangen – wie du dich
Schlängeltest durch die Abwehr – um endlich,
Endlich, kurz nach der Halbzeit, hoch in die
Lüfte dich reckend, die Flanke von Borchers
Nahmst mit der Stirn, der klugen, das
Leder versenktest im rechtesten Toreck – es war
Wie ein Herzkrampf, ein schöner, in Freude und
Ahnendem Jubel in eins.

Am Abendhimmel blühte ein Frühling auf, und
Sein Name war Cha. Die Eintracht aber, jahrlang
Von Klippe
Zu Klippe
Geworfen, glühte mit dir, o mein Trauter, zu
Neuschönem Glanze. Aus dem Schlaf des
Dornröschens erwachte die alte, die beinah
Vergess'ne Primadonna sehr rasch. Vergessen das Alter
Grabowskis, vergessen der Streit mit dem Trainer.
O neues heilig' Herz der Mannschaft! Uns zur
Erhabenen Lust stürmst du, Schönster, so viel ich
Sah, seither, wie der Vogel des Waldes über die
Wipfel fliegt, schwingst du, Zierer, leichter und
Mühlos und sonder Gewalt dem Tore dich zu, dem
Beschützten – Östling unter Deutschen,
Und ihnen dennoch verwandt in der Seele,
Nah auch in Tordrang und Technik und
Teilung des Raumes in all seiner
Tiefe …

Kenntnisreicher Künstler am schwarzweißen Balle!
Der Mann aus Korea allein hat die Präzision deines
Abspiels. Trocken schlägst du die Pässe, den
Kurzpass sowie auch den raumgreifenden Vetter, den
Steilpass. Nicht fremd ist dir der
Fallrückzieher, wir sahen's. Du zeigtest, dass
Auch in Asia, dem fernen, bekannt ist der Trick
Mit dem kunstreichen Haken – doch mehr noch
Erstaunen den Gegner die nicht-orthodoxen, die
Tricks, die im Lande noch unbekannt. Freilich,
Nie ähneln sie je doch der Tücke des Panthers,
Nie schielet Verschlagenheit Asiens durch –

Fair play ist Bum Kun Chas Religion!

Ach, abermals weiden die Augen auf dir! Hurtig
Treibst du das Leder nach links, kühner umkurvst
Du den grätschenden Stopper, zaubernden Fußes
Entlässt du den Lib'ro in Scham. Leichthin,
Euphorion erinnernd, vergleichbar auch durchaus
Der zarten Gazelle, dribbelst du torwärts und
Spannst doch den Fußnerv alljetzt schon zur Bombe –
Denn kaum hinkt die Macht deines Schusses der
Pracht nach Bernd Nickels, genannt »Dr. Hammer«:
Dem du, so liest man, längst Brücken der
Freundschaft gebaut hast, auch menschlich …
Herzschöner Mann! Flutlichtumschwärmt auf den
Flügeln der Flanke, jetzt plötzlich der rechten,
Füllhorn der Technik, Fülle des Seins!
Samtschwarzen Seraphkopfs sehr schönen Scheins!
Seht nur den Doppelpass jetzo mit Nachtweih und
»Holz!« Tripelpass ewiger Klarheit!
Genius des Ostens! Sel'ges Korea!

Ein Flankengott jener Abramczik? Da lachen die
Götter des alten Olymp! Sie lachen Schorsch
Volkerts und
Lächeln ob jenem, der, unrhythmisch seltsam,
Rummenigge sich nennt! Wer kennt Okudera? Cha
Aber – ob er nun »Cha Bum Kun« heißt, so wie die
Frankfurter Rundschau es will; oder doch
»Bum Kun Cha«, wie die *FAZ* ihn besingt; oder
»Tscha Bum«, wie *Bild* ihn begrüßte – dich,
Cha, kennt Deutschland, kennt Asien, die Welt so und so – – –
Ew'ges Korea!

Im Winde klirret die Fahne zum Eckstoß. Gefahrstufe
Eins. Anläuft Cha Bum, herrlich die Flank' in die
Fluten der Zeit! Schon steht Cha Bum wieder nah
Dem Elfmeter, lauert des Zuspiels, hilft
Hinten aus. Schneisen schlägt er in Spielfeldmitte,
Schleusen öffnet sein schneller Fuß: Sammelnd der
Gegenwart hohes Vergang'nes, einend die Künste
Grabowskis mit denen des Pfaff, Kressens gedenkend
Und eingedenk Sztanis. Fußball berückend – und
Rührend selbst Toni, den treuedlen Zeugwart, der
Dir, Cha, im Air-Bus von Braunschweig nach
Frankfurt die Wange gar küsste; so stand's in der *Rundschau* …
Geh' unter, HSV! Trunken dämmerte die
Seele selbst dir (3:2)!

Ja, in den Ozean all deiner Tricks will ich mich
Stürzen, Bum, sturztrunken einfallen laut in die
Chöre des Jubels, Sohn einer fußballträumenden
Mutter. Anbeten will ich – gleich dir, der du
Betest vor Spielbeginn und auch während des
Kampfs »ständig vertieft bist im Gebet«, wie
Wieder die *Rundschau* weiß. Anbeten will ich,
Singen dein Lob all mein Lebtag und
Endlich, wenn's gut geht, warte nur balde,
Berückt in Verzückung unendlicher Schöne vergeh'n – – –

Nur, Bum, dass du, folgt man einem Bericht in
der *FAZ*, nach deiner Aktiven-Laufbahn Deutsche
Predigend zu Gott bekehren willst, das, Bum,
Muss ja wohl nicht sein.

Eckhard Henscheid

4. Moderne Balladen

In den fünfziger Jahren sah es lange so aus, als sollte die Ballade zwischen die Fronten eines Poetenstreites geraten, der mitten durch die berühmte Gruppe 47 einen tiefen Graben zog. An den Rändern beharkten sich der Experimentaldichter und der Traditionalist. Letzterem rieb Helmut Heißenbüttel unter die Nase, dass »das alte Grundmodell der Sprache von Subjekt-Objekt-Prädikat« der Nachkriegswirklichkeit nicht mehr standhalte: »Wir benutzen es noch. Aber es ist bereits starr. Es erscheint abgenutzt, bröckelt ab, verwittert«, weshalb man versuchen müsse, »ins Innere der Sprache einzudringen, sie aufzubrechen und in ihren verborgensten Zusammenhängen zu befragen«. Günter Grass, unter dessen Nase schon damals ein kraftmeiernder Walrossschnauzer hing, konnte über diesen »Labordichter« nur lachen. Der sitze doch »mit kleingeschriebenen Hausschuhen« vor seinem Schreibtisch, »die Zettelkästen griffbereit«, »montiert und verhackstückt Beliebiges und Botanisches« und »weiß nach seinem Achtstundentag – sofern man ihm, dem Zeitaufheber, von einem Achtstundentag sprechen kann –, was er getan hat; er hat experimentiert und morgen darf er weiter experimentieren«.

1955 waren Grass und Helmut Heißenbüttel erstmals von Hans Werner Richter, dem Chef der Literaten- und Kritikergruppe, eingeladen worden. Heißenbüttel fragte den Kollegen Wolfgang Weyrauch, »wie es da so zugeht und was ich da machen müsste und wie ich mich vorbereiten müsste, und hab' ihm dann auch gesagt, was ich vorlesen wollte. Das war die Gruppe ›Topographien‹ (…). Und das hat er sich angeguckt und dann gezögert und gesagt: ›Ich will nicht sagen, dass die Gruppe 47 reaktionär ist, aber sie sind an so was nicht so recht gewöhnt, haben Sie nicht mal was Gereimtes?‹« Heißenbüttel las dann aber doch seine avantgardistischen Wortlandschaften vor: »Der erste Kritiker (...) sagte: ›Wenn das Gedichte sein sollen, dann weiß ich nicht mehr, was Lyrik ist; als unser Freund Günter Eich hier las, da hat das doch ganz anders eingeschlagen.‹ Und dann sagte ein anderer: ›Halten Sie eigentlich Lyrik für eine Art Artillerie oder was?‹«

In der Nachschau haben sich diese nicht unkomischen Scharmützel als Sturm im Wasserglas entpuppt. Immerhin führten die Experimente der angeblichen »Labordichter« (und ihrer Nachfolger) zu sehr schönen Ergebnissen, wie wir anhand der Gedichte Ernst Jandls oder Ror Wolfs gesehen haben. Auch die Traditionalisten um Grass versuchten sich an der Balladenform, was nur insofern erwähnenswert ist, als das Genre ihre Bemühungen ohne größere Kollateralschäden überstanden hat. Heute herrscht auf diesem Sektor eine erfrischende »Typenvielfalt« (Karl Riha). Das ist nicht zum kleinsten Teil ein Verdienst der Neuen Frankfurter Schule, kurz NFS, deren Protagonisten der Ballade, ob gezeichnet oder gereimt, zu neuem Glanz verhalfen. Bezug nehmend auf die FS, die in Gestalt von Horkheimer, Adorno, Marcuse und Habermas die »kritische Theorie« entwickelt hatte, um das Neobiedermeier der Bonner Republik durchzulüften, entkalkte die NFS nicht nur das deutsche Humorwesen, sondern im Grunde gleich die deutsche Gegenwartsliteratur, indem sie zwischen rechter Traditionspflege und linkischem Gutmenschentum mal wieder ein paar Qualitätskriterien einführte. Gepriesen seien ihre Namen: F.W. Bernstein, Bernd Eilert, Robert Gernhardt, Eckhard Henscheid, Peter Knorr, Chlodwig Poth, Hans Traxler und F.K. Waechter. Die Mitglieder der NFS arbeiteten in den sechziger Jahren im Umkreis der Zeitschrift *Pardon*, ehe sie sich 1979 selbstständig machten und das Satiremagazin *Titanic* gründeten. Da war der Kulturkampf aber längst gewonnen. Einen entscheidenden Beitrag hatte auch der Rock 'n' Roll geleistet. Im Gefolge von Chuck Berry, Elvis, Gene Vincent und Carl Perkins gelangte die Beatnik-Literatur nach Deutschland und wurde von Dichtern wie Jörg Fauser oder Rolf Dieter Brinkmann adaptiert.

Das folgende Brevier haben wir ohne Rücksicht auf historische oder stilistische Kategorien mit Gedichten unserer Lieblingsdichter bestückt. Es erhebt keineswegs den Anspruch, die moderne Ballade zu repräsentieren. Auch die Anordnung der Themengruppen gehorcht keiner höheren Logik. Sie ergaben sich aus dem Material, das ja irgendwie sortiert werden musste. Wir finden, es tut der Lesefreude keinen Abbruch.

H.C. Artmann, Peter Hacks, Heinz Ehrhardt und Charles Bukowski wurden schon im Zwischenspiel »Künstler unter sich« vorgestellt, über Ror Wolf findet sich Näheres im Zwischenspiel »Sport«, so dass wir hier auf weitere Informationen verzichtet haben.

Brevier

Bekenntnisse

Die *Inventur* war in der Schule Pflichtlektüre. Gemeinhin nicht die beste Vorraussetzung, um Pluspunkte zu sammeln. Aber die nüchterne Poesie dieser Selbstvergewisserung – Eich verfasste das Gedicht in amerikanischer Kriegsgefangenschaft – hat uns damals genauso beeindruckt wie die Person des Dichters Günter Eich (1907–1972). Vor allem, weil er Sätze schrieb, die einem Pubertierenden runtergingen wie das erste selbst bestellte Bier: »Seid unbequem, seid Sand, nicht das Öl im Getriebe der Welt!« Dass solche Sentenzen von einem »Mann mit Vergangenheit« (Iris Radisch) kamen, machte sie nur noch glaubwürdiger. Eich, ein ständig an der Pleite entlangschlitternder Bonvivant, hatte den Goebbelsschen Rundfunk mit einigen eher harmlosen Propagandastücken beliefert, aber er gehörte zu den wenigen Gestalten, die sich in den fünfziger Jahren offen dazu bekannten. Als man ihn in einem Essay über die Autoren der inneren Emigration erwähnen wollte, lehnte Eich ab. »Ich habe dem Nationalsozialismus keinen aktiven Widerstand entgegengesetzt. Jetzt so zu tun als ob, liegt mir nicht.« Genauso sympathisch waren seine späten Bekenntnisse: »Ich habe mich vom Ernst immer mehr zum Blödsinn hin entwickelt«, sagte Eich und schrieb dann so feine Prosaminiaturen wie die *Maulwürfe*, wo es über die Sünde heißt: »Sünde: Die Versuchung des Fleisches ist mir nicht fremd. Ich gestehe, dass ich ihr fast täglich erliege (außer Freitag, wo wir Fisch haben), der Schlackwurst, dem kleinen Frühstücksgulasch.«

Damit haben wir gleich eine halbwegs elegante Überleitung zu Robert Gernhardts gezeichneter Ballade *Herr Fischer und seine Frau*, eine stilistisch vollkommene und pointensichere Umdeutung des gleichnamigen Märchens und zugleich das schlagkräftigste Argument gegen jene kulturpessimistische Tirade, die »der Alte« in Gernhardts Kunstreflexionen *Der letzte Zeichner* vom Stapel lässt: »Antonio, höre mir gut zu. Habe ich dir nicht immer gesagt, Kunst kommt von Können, käme sie von Wollen, hieße sie Wulst? Vergiss es! Die Wulst hat gesiegt, die Kunst ist am Ende; zusammen mit dem Jahrtausend, das einige ihrer glorreichsten Siege sah, räumt sie geschlagen das Feld dem, der sie seit Anbeginn gewünscht und verwünscht, verteufelt und vergöttert hat: dem ewigen Dilettanten.«

Frau Emy ist dem Gedichtband *Ein paar Schritte zurück* entnommen. Der österreichische Dramatiker, Essayist und Drehbuchautor Peter Turrini (* 1944), ansonsten ein lauter Ein- und Aufmischer, schrieb die leisen, tragikomischen Kindheitserinnerungen 1980, als er schwerkrank im Spital lag. Viele der dörflichen Kleindramen haben uns an Szenen aus der eigenen Jugend erinnert, die wir während der Ferien in den Vorharzflecken Bornum und Mahlum bei unseren Großmüttern verbrachten. Der Zyklus schließt mit einem trefflichen Bonmot über die Macht der Poesie. Am Ende sind nämlich alle Erwachsenen tot und der Dichter frohlockt. »Jetzt kann ich / damit meine sehnsuchtsvollen Rufe / nach irgendetwas klingen / schöne Lügen über sie erfinden.«

Meine blauen Wildlederschuhe von Rolf Dieter Brinkmann (1940–1975) ist eine Paraphrase des Carl-Perkins-Superhits *Blue Suede Shoes*. Glaubt man Johnny Cash, entstand er so: Nach einem gemeinsamen Auftritt klagte Perkins, er mache schon Jahrzehnte Musik, habe aber noch keine wirklich große Nummer gelandet.

Daraufhin erzählte ihm Cash die Geschichte vom schwarzen Sergeanten C. V. White, mit dem er bei der Air Force diente.

»Er war immer gut angezogen und kam nur in frisch gebügelter Uniform. (...) Wenn er in mein Zimmer kam, fragte er regelmäßig: ›Na, wie seh ich aus?‹

›Meiner Meinung nach unheimlich schick. C. V.‹

Dann sagte er: ›Tritt mir bloß nicht auf meine blauen Wildlederschuhe, Mann!‹ Dann ging er zur Tür hinaus, wobei er mit den Fingern schnippte.

›Hey C. V.!‹, schrie ich ihm nach. ›Das sind die regulären Air-Force-Schuhe und keine Wildlederschuhe!‹

›Heute Abend, wenn ich in die Stadt gehe, sind es blaue Wildlederschuhe‹, rief C. V. und lächelte zurück.«

»Das ist eine großartige Idee für einen Song«, meinte Carl dann.

»Deswegen habe ich dir die Geschichte ja auch erzählt«, antwortete Cash.

Es geht in dem Song also um Stil und Selbstbewusstsein. Eigenschaften, die für eine empfindsame Seele wie Brinkmann, der im Schweinezüchter-County Vechta aufwuchs, überlebenswichtig waren. In den späten fünfziger Jahren lernte man das am leichtesten vom Rock'n'Roll. Später nutzte Brinkmann die amerikanische Pop- und Trivialkultur, um die »alten verfluchten Trampelpfade der Literatur« zu verlassen. 1969 brachte er mit Ralf-Rainer Rygulla die US-Underground-Anthologie *Acid* heraus, schrieb mit *Westwärts 1 & 2* einen der wichtigsten Gedichtbände der siebziger Jahre und mit *Rom Blicke* das irrwitzigste Prosawerk in deutscher Sprache, nach *Zettels Traum* von Arno Schmidt, versteht sich.

Neben allem anderen ist *Aufbruch vor Morgen* der Beweis, dass ein wahrer Poet in jeder Lage, selbst kurz nach dem Aufwachen, ein Gedicht aus dem Ärmel schütteln kann, egal in welchem Zustand er sich hingelegt hat. Hans Magnus Enzensberger, der es wissen muss, hält Peter Rühmkorf (* 1929) nicht nur für einen wahren Poeten, für ihn ist er schlicht der »größte lebende Vers-Virtuose Deutschlands«. Wir möchten da nicht widersprechen. Das erste Rühmkorf-Buch, das wir Quasthoff-Brüder in der Hand hatten, war *Über das Volksvermögen*. Die Sammlung zeitgenössischer Volks- und Kinderpoesie stand im elterlichen Bücherregal und enthielt so reizvolle Reimereien wie »Meine Oma fährt Motorrad / ohne Bremse, ohne Licht / und der Schutzmann an der Ecke / dieser Döskopp sieht es nicht«. Derartiges wurde nun bei jeder passenden und unpassenden Gelegenheit in die Gegend posaunt. Zum Erstaunen unseres verbeamteten Erzeugers, der sich wunderte, wo wir die Subversionen herhatten, aber ganz im Sinne Rühmkorfs, der immer dagegen war, »dass Literatur, dass Lyrik, Poesie ein Stubenhockerdasein führt«. Deshalb tat er sich auch mit dem Pianisten Michael Naura und dem Vibraphonisten Wolfgang Schlüter zusammen und entwickelte legendäre Jazz-und-Lyrik-Programme, von denen wir zwei oder drei live erleben durften.

Mit Thomas Gsella (* 1958) haben wir zwei- oder dreimal live auf der Bühne gesessen. Deshalb sind wir ziemlich sicher, dass *Vom Schmerz des Lebens II* selbst erlitten ist. Der Berufslyriker und Chefredakteur der *Titanic* hat wahre Meisterschaft darin entwickelt, seinen und seiner Lieben Alltag in sehr komische Gedichte zu verwandeln. Davon zeugen u.a. die Bücher *Kille kuckuck dideldei. Gedichte mit Säugling* und *Kinder, so was tut man nicht. Ein pechschwarzes Brevier für die Familie*. Mittlerweile schafft es Gsella aber auch spielend, staubtrockene Materie wie die Ethnologie (*Ins Alphorn gehustet. Gedichte über Völker*) oder die Berufsberatung (*Der kleine Berufsberater*) ins Versmaß zu zwingen, weshalb einer seiner Gedichtbände völlig zu Recht *Generation Reim* betitelt ist.

Inventur

Dies ist meine Mütze,
Dies ist mein Mantel,
Hier mein Rasierzeug
Im Beutel aus Leinen.

Konservenbüchse:
Mein Teller, mein Becher,
Ich hab in das Weißblech
Den Namen geritzt.

Geritzt hier mit diesem
Kostbaren Nagel,
Den vor begehrlichen
Augen ich berge.

Im Brotbeutel sind
Ein Paar wollene Socken
Und einiges, was ich
Niemand verrate,

So dient es als Kissen
Nachts meinem Kopf.
Die Pappe hier liegt
Zwischen mir und der Erde.

Die Bleistiftmine
Lieb ich am meisten:
Tags schreibt sie mir Verse,
Die nachts ich erdacht.

Dies ist mein Notizbuch,
Dies meine Zeltbahn,
Dies ist mein Handtuch,
Dies ist mein Zwirn.

Günter Eich

Herr Fischer und seine Frau

Robert Gernhardt

Frau Emy

Frau Emy
eine Wiener Hure
zog sich im Alter
aufs Land zurück.

Sie eröffnete
das erste Café im Dorf
»Tante Emy's Nachtcafé«.
Ein übel beleumundeter Ort.

Wenn ich bei ihr
spät in der Nacht
Gin-Fizz trank
beugte sie sich vor
um die Syphonflasche
aus dem untersten Fach der Theke
hervorzuholen.

Dabei konnte ich
für einen kurzen Moment
in ihren Ausschnitt sehen.

Als ich wieder einmal
den zehnten Gin-Fizz bestellte
zog sie mit der Hand
den Ausschnitt ihres Kleides tiefer
und meinte
ich könnte diesen Einblick
auch ohne Gin-Fizz haben.

So viel Großzügigkeit
widerfährt einem
selten
im Leben.

PETER TURRINI

Meine blauen Wildlederschuhe

Im Sommer 1957 sah ich sie im Schaufenster
eines Schuhgeschäftes in Vechta ausgestellt.
Ich ging rein und kaufte sie mir.
Sie standen mir gut,

und ich sagte zu dir,

mach, was du willst,
aber tritt mir bloß nicht
auf die neuen Wildlederschuhe.

Einmal wegen des Geldes
Und dann wegen der Schau
Und schließlich sind die Schuhe so unwahrscheinlich blau;

mach, was du willst,
aber tritt mir nicht
auf die neuen
Wildlederschuhe, meine neuen, blauen Wildlederschuhe,
die blauen, blauen Wildlederschuhe,

mach, was du willst,
aber tritt mir bloß nicht
auf die neuen blauen

Wildlederschuhe, war alles
was ich denken konnte, als ich mitten
in dem Sonnenlicht langsam auf
dich zuschlenderte.

Rolf Dieter Brinkmann

Aufbruch vor Morgen

Wie viel Uhr? Es kommen auf einmal so viel
    fiepsige Vögel auf, verflucht!
Bald wird mir die Sonne ihr Zitronenlicht
    ins verkniffene Auge träufeln …
Und keine Lehre wieder mal daraus-nachhaus
    und kein Gedanke an
Bewegung/Besserung.

Aufwachen? – Wozu?
Es ist doch so, laut EMNID folgt für 44 %
    aller Bundesbürger auf den Tod das Nichts.
Von denen völlig zu schweigen, für die nach dem Nichts
    gleich der Tod kommt –
Hab leider vergessen, was ich damit eigentlich
    aussagen wollte, achja:
Wer das kapiert hat,
den versteht bald keiner mehr.

Im Verhältnis kannst du natürlich nicht klagen
    (das nebenbei) –
Man soll aber auch nicht glauben, hier läge noch derselbe rum
    wie damals im letzten Jahr.
Oder wüsstest du grad ne Idee, für die du bedenkenlos
    deinen Kopf hinhalten würdest?
Na-bong, ein Präser hängt sich aus …
Das muss aber ja nicht gleich Zustand werden.

Wie immer ich gesagt hab, in solcher Verfassung soll man
    eigentlich keine Gedichte schreiben.
Da muss der Kunde doch unvermittelt denken
    Hier wär der Ausguck verstopft,
beziehungsweise gar kein Leben mehr
    in dieser Rolle –
S o i s t e s a b e r n i c h t !
Der Tag lehnt in der Drehtür:

Wo es meine Lieblingsbouletten gibt, ist noch erleuchtet,
mein Fuß schon unterwegs …
Gleich wird – dein Telefon – im Schlaf – aufschrein!
Und dir den Aufbruch meiner Leiche
feierlich eröffnen: – : – : –

Peter Rühmkorf

Vom Schmerz des Lebens II

Im Fenster, lieber Gott, direkt mir gegenüber
steht unter Sternen eine Frau, sehr alt und wach.
Sie steht dort stets, ach lieber Gott, und läge lieber
in einem Grab, das Herz bei Dir, die Augen brach.

Doch weil die Alte lebt und hofft, des Himmels Geige
entführe sie ganz sanft, wenn sie nur starr und stur
dem Spieler, wenn er eintritt, ihren Rücken zeige,
drum steht sie da und glotzt mir auf die Tastatur.

Nun ist es Mitternacht. Noch Stunden wird sie bleiben
und dann ins leere Bett gehen. Wie ich traurig bin!
Ach, lieber Gott, tu' diese alte Schachtel halt entleiben –
und dann was bitte deutlich *Jüngeres* dorthin …

Thomas Gsella

Der Mensch im öffentlichen Raum

Richard Brautigan (1935–1984) ist uns zum ersten Mal Ende der neunziger Jahre in Eugene, Oregon, begegnet. Nicht in natura, er lag damals ja schon einige Zeit unter der Erde, aber in der großartigen Naturkulisse des Mackenzie River Valley. Der Dichter hat die Gegend während der Beatnik-Ära durchstreift und seine Erlebnisse in dem wunderbar lakonischen Roman *Forellenfischen in Amerika* festgehalten. In der Universitätsbuchhandlung von Eugene wurde dann gleich noch der Lyrikband *Japan bis zum*

30. Juni eingepackt, wo *Das Flugzeug* und auch die beiden anderen Brautigan-Gedichte dieses Breviers zu finden sind. Nach Japan ist er mehrmals gereist, fühlte sich dort aber so wie Bill Murray in Sofia Coppolas Tokio-Film *Lost in Translation*, das heißt, er war dort meistens noch einsamer und unglücklicher als zu Hause.

Als Daniil Iwanowitsch Juwatschew neun Jahre alt war, brach der Erste Weltkrieg aus, mit dreizehn erlebte er in Petrograd den Beginn der Russischen Revolution, danach fünf Jahre Bürgerkrieg. Mit siebzehn schrieb er erste futuristische Gedichte und unterzeichnete sie mit Daniil Charms (1905–1942), was Exegeten vom französischen Charme, wahlweise von Sherlock Holmes ableiten. Während des Studiums schloss sich Charms verschiedenen Gruppen an, die »Linke Flanke« oder »Vereinigung der realen Kunst« hießen und wie viele russische Avantgardisten nach neuen Ausdrucksformen suchten. Als Mitte der zwanziger Jahre die bolschewistische Kulturbürokratie auf eine realistisch volksnahe Linie umschwenkte, wurden Charms' Auftritte boykottiert. Was einen nicht verwundert. Seine Lyrik, Kurzgeschichten und Theaterstücke lesen sich wie Kreuzungen aus Kafka, Beckett, Karl Valentin und Gogol. Es folgten die Stalinschen Säuberungen, dann Weltkrieg Zwo mit dem Einmarsch der Wehrmacht. Charms' Leben sollte nie zur Ruhe kommen. Man brummte ihm drei Jahre Straflager auf wegen »Beteiligung an einer antisowjetischen illegalen Vereinigung von Literaten«, während der deutschen Belagerung warf man ihn mehrmals ins Gefängnis, wo er schließlich verhungerte. Durch dieses Jammertal schritt er im Stil eines spleenigen Gentlemans. Ausgestattet mit Pfeife, komischen Anzügen und »einem zerstörerischen Schuss von Clowneskem« (Thomas Grob). Klar, dass ein *Schwitzbad* nicht seine Kragenweite war. Die Ballade stammt wie *Kleines Lied* aus seinem Hauptwerk *Fälle*.

Horst »Hotte« Tomayer (* 1938) war laut Selbstauskunft »Bayerns jüngster Versicherungskaufmannslehrling aller Zeiten, dann Kriegsdienstverweigerer, Pflastermaler, IM ›Niete‹ beim MfS, Praktikant bei Wolfgang Neuss, mit Stefan Aust Kolumnist der *St. Pauli Nachrichten* und Darsteller in vielen TV-Soaps«. Und in drei Otto-Waalkes-Streifen, möchten wir hinzufügen. Auf das eigene Filmschaffen kann sich das volkspädagogisch wertvolle

Poem *Weint mehr im Kino, ihr Schweine!* also nicht beziehen. Seit zwei Jahrzehnten führt Tomayer ein »Ehrliches Tagebuch« in der Zeitschrift *Konkret* und würzt seine Einlassungen mit sprach- und gedankenmächtiger Lyrik. Damit hat er sich »um das deutsche Gedicht verdient gemacht«, urteilte Robert Gernhardt, was dem mittlerweile verrenteten Teilzeitpoeten leider noch keinen Büchner-Preis eingebracht hat. So muss sich Horst Tomayer regelmäßig mit *Konkret*-Chefredakteur Hermann L. Gremliza zu einem »sehr gemischten Doppel« verbinden, um die Republik mit Rezitationsabenden zu beglücken. Wie das *FAZ*-Feuilleton befand, können es der »Kleinschriftsteller« Horst Tomayer und die »empörte Heiserkeit seiner Stimme« dabei jederzeit »mit dem zornigen Gekrächze des Karl Kraus« aufnehmen.

Wenn uns die Erinnerung an ein paar Fernsehauftritte nicht trügt, rollte aus Charles Bukowskis Kehle (siehe Zwischenspiel II) ein sonores Brummen, das er stetig und konzentriert mit Weißwein begoss. Die Pferderennbahnstudie *Ich kann's nicht lassen* ist eine weitere Ballade aus dem Band *Gedichte vom südlichen Ende der Couch*.

Das Flugzeug

Eins
der unangenehmsten Dinge am Hotelleben
sind die dünnen Wände. Sie sind ein Problem,
das nicht verschwindet. Ich habe heute Nachmittag
versucht, ein bisschen Schlaf zu finden, aber die Leute
im Nebenzimmer benutzten die Gelegenheit, um sich
das Hirn aus dem Kopf zu vögeln.
Ihr Bett klang wie ein altes Flugzeug,
das vor dem Start warmläuft.
Ich lag ein paar Schritt entfernt, und versuchte
ein bisschen Schlaf zu finden, während ihr Bett die
Startbahn hinunterrollte.
(Tokio, 14. Juni 1976)

Richard Brautigan

Das Schwitzbad

Das Schwitzbad ist ein widerlicher Ort.
Im Schwitzbad geht der Mensch nackt.
Und kein Mensch kann sich nackt bewegen.
Im Schwitzbad hat er keine Zeit darüber nachzudenken,
hier muss er mit dem Bastwisch sich den Bauch reiben
und sich die Achselhöhlen seifen.
Überall nackte Fersen
und nasse Haare.
Im Schwitzbad riecht es nach Harn.
Birkenruten schlagen auf schwammige Haut.
Die Seifenschale –
ein Gegenstand des allgemeinen Neids.
Nackte Menschen, die sich treten,
versuchen, den Nachbarn mit der Ferse am Kinn zu treffen.

Im Schwitzbad sind die Menschen ohne Scham,
und niemand, der versuchte, schön zu sein.
Alles wird zur Schau gestellt:
der Hängebauch,
die krummen Beine,
die Menschen laufen gebückt,
weil sie denken, es sei anständiger so.
Nicht umsonst hielt man früher das Schwitzbad
für den Tempel des Bösen.
Ich liebe keine öffentlichen Orte,
wo Männer und Frauen getrennt werden.
Sogar die Straßenbahn ist angenehmer als das Schwitzbad.
(13. März 1934)

Daniil Charms

Weint mehr im Kino, ihr Schweine!

Oft werden wir im stockfinstern Kino
Diesem Silo der Traumfabrik
Zum Ausstoß von Thränen veranlasst
Durch ein uns rührendes Stück

Da schockt uns ein im Krieg Versehrter
Da rührt uns ein autistisches Kind
Da erschüttert uns ein Verirrter
Im Heroin oder Absinth Labyrinth

Eine schwangere Mafiosa in Moskau
Ein schwuler Präsident der USA
Sie gehen uns wie das Cinemaschicksal
Des sprechenden Pottwals nah

Wir leiden wenn wir sie sehen
Auf der Kinoleinwand uns wund
Und geben unser menschliches Mitleid
Mit diesen Kreaturen kund

Wir treten aufs Pedal des Gemütes
Und geben Thränengas
Und unser Herz läuft über
Und das Tempotuch wird nass

Ach warum nur dieses Gemetzel
An der menschlichen Lebensfront
Ach warum nur all diese Leiden
Bis weit hintern Horizont

Und wir haken uns unter mit den Opfern
Im Geiste im Parkett
Und machen unser schlechtes Gewissen
Dass wir wohlauf sind auf die Art wett

Aber es gibt im Kino auch Leute
Die lässt dies alles kalt
Die haben ein lebloses Pathos
Wie ein Beamtenruhegehalt

Die fläzen wie Kaiser Nero
Als Rom brannte im Gestühl
Und entwickeln Salzletten malmend
Nicht ein Jota von Mitgefühl

Wir haben nah am Wasser
Die haben auf Fels gebaut
Und wie sie so steinern schaun machen
Sie uns eine Gänsehaut

Am liebsten möchten wir setzen
Unsern uppercut in ihr Gesicht
Und sie auskunftsbittend anschrein
Warum warum weint ihr nicht

Ihr seid doch auch bloß Menschen
Wie Mottr Teresa oder Norbert Blüm
Mit einem denn doch eher schüttern
Als wie gepanzerten Nervenkostüm

Warum seid ihr im Kino
So entsetzlich unsentimental
Warum sind eure Augen nicht wie die unsern
Ein menschlicher Wasserfall

Schluss jetzt mit keine Regung
Schluss jetzt mit versteint
Schluss jetzt damit ihr Schweine
Los jetzt wird mitgeweint

Doch wir schaffen diese Intervention nicht
Denn unsre ganze Kraft geht drauf
Sicherzustellen unsern eignen
Kinothränenverlauf.

Horst Tomayer

Ich kann's nicht lassen

Ständig sagen mir welche:
Weißt du, du solltest
aufhören mit diesen
Gedichten vom Rennplatz
du hast ja keine *Ahnung*,
wie langweilig die sind.

Nun, vor ein paar Tagen
war ich auf dem Rennplatz
und musste reingehen zum
Pinkeln, ich zog den Reiß-
verschluss auf, stand da,
fummelte und zog und
mühte mich ab. Ich
fummelte und ich zerrte
und ich machte, und der
Kerl neben mir sagte:
»Mein Gott, Sie müssen da
wirklich ne Menge
hängen haben …« und ich
sagte zu ihm:
»Fehlanzeige, Sir, ich
habe nur die Unterhose
verkehrt rum an.«

Ich kriegte ihn unten
raus und pisste mir
die Hälfte am Bein
runter. Dann
ging ich raus und
erwischte einen Gaul,
der mit 6:1 notierte
und mit vier Längen
siegte.

Das ist wieder nur so ein
langweiliges Gedicht.
CHARLES BUKOWSKI

Mysteriös und gemein

Nach *beginn der handlung mit allen beteiligten, es ist abend* und *auf nach westen,* zwei Folgen aus Ror Wolfs Serie über den komischen Helden Hans Waldmann, »der in fallendem Versmaß und prekärem Reim als Deutscher Meister der Kunst des Scheiterns, der Malaisen, Makel und Malheure längst unsterblich geworden ist« (*FAZ*), begrüßen wir Vicco von Bülow alias Loriot (* 1923). Vorstellen muss man den Herrn wohl kaum. Sein *Advent* gehört bei Familie Quasthoff zum festen Weihnachtsritual. Nach dem Gänsebraten schiebt Vater die Kassette in den Recorder, und der Knollennasenmann erzählt die Moritat aus dem Forsthaus. Wir besitzen selbstverständlich das Gesamtwerk des Meisters auf VHS, die Bänder müssten allerdings mal durch DVDs ersetzt werden, die Wiedergabe gleicht an manchen Stellen schon einem Gazestreifen.

Kleines Lied

Einst ging ein Mensch aus seinem Haus
in Mantel Stock und Hut.
Lang ist der Weg,
lang ist der Weg,
der vor ihm auf sich tut.

Er ging und schritt geradeaus
und schaute nicht beiseit.
Nicht schlief nicht trank,
nicht trank nicht schlief
er gestern, morgen, heut.

Und eines Tags im Morgengraun
stand er im dunklen Wald,
und seit der Zeit,
und seit der Zeit
er für verschwunden galt.

Begegnet ihr ihm irgendwann
an irgendeiner Stell,
dann sagt es uns,
dann sagt es uns,
dann sagt es uns ganz schnell.

Daniil Charms

drei mohren stehn im felde

und pflücken reis und tee,
doch auf der hazienda
schlürft ein tyrann café.

er schwitzt in weißem leinen
so manchen liebestraum,
und voll von ordenssternchen
schwankt sein bananenbaum.

creolin auf veranda
mit fächer vor dem mund,
lacht ihr creolenlächeln
ins aug dem schweinehund.

der ara in den zweigen
kennt weder moll noch dur,
er lallt aus lila lunge
hinaus in die natur.

die mohren sind erschöpfet
vom heißen sonnenbrand,
sie trinken kühlen branntwein,
den flachmann in der hand.

der obrist siehts, er wütet,
wirft tassen an die wand –
ein schreckensbarbarossa
aus portugiesenland.

da, plötzlich auf der mauer,
erscheint in blanker schrift:
kreuz mene tekel pharsin,
mann, im kaffee war gift!

der obrist sehr erbleichet,
noch blasser als die wand:
soll ich denn nimmer sehen
den heimatlichen strand?

die mohren hörns und kichern
in bittrem tee und reis;
im busch erklingt die trommel,
erzählt vom paradeis.

creolin geht zum geldschrank,
sie kennt das kosewort,
der taumelnde haziendero
verschließt sich im abort.

das hat ein ara gesungen,
rebellischer papagei,
sein buntes lied der arbeit
macht alle menschen frei.

H. C. Artmann

Neue Sitten

Durch Heide führt der Weg und Moor,
Ich schlurfe behaglich im Sande,
Da hinter einem Holunder vor
Tritt eine Räuberbande.

Sie führen mich zum Hauptmann.
Der sitzt in einem Weiler.
– Ich nehme natürlich auch Schecks, mein Herr.
Die Welt war schon mal heiler.

Peter Hacks

beginn der handlung mit allen beteiligten. es ist abend

am klavier sitzt in der dämmerung
der direktor, er spielt ohne schwung.

rechts der scheich stellt seinen mokka hin.
an der hand steckt funkelnd der rubin.

knisternd liest die gräfin einen brief
und im schlaf der graf, er atmet tief.

die baronin saugt an ihrem tee.
saugend steht sie neben dem büffet.

als es plötzlich klingelt, weiß man schon:
der baron benutzt das telefon.

hier spricht der baron und wer spricht dort?
dann legt er den hörer wieder fort.

waldmann klopft sich pfeifend auf den fuß,
klopft und klopft, gebückt, aus überdruss.

der direktor spielt auf dem klavier.
waldmann öffnet eine flasche bier

und der scheich streicht über seinen bart
etwas hat geknackt und etwas knarrt.

waldmann sagt: ich höre doch geräusche,
etwas knarren, wenn ich mich nicht täusche.

waldmann hat etwas hervorgezogen,
abends, seine hand ist ganz gebogen.

jemand schwarz, der fremde, keine frage.
waldmann übersieht sofort die lage.

und reißt ihm die maske vom gesicht.
aber das gesicht erkennt man nicht.

waldmann stößt ihn in die dunkelheit.
danke, sagt man, das war höchste zeit.

ja, sagt waldmann und er hob die hand,
stieg in seinen plymouth und verschwand.
Ror Wolf

auf nach westen

wind nordwest bedeckt luft sechs grad feucht.
von den zweigen tropft es, waldmann keucht.

waldmann keucht. die landschaft völlig kahl.
wasser spült hans waldmann fort ins tal.

in den bäumen schlangen dünn und lang.
keuchend watet waldmann durch den tang.

vögel prallen gegen sein gesicht,
aber waldmann der bemerkt das nicht.

schnecken saugen feucht an seinem hals,
aber waldmann merkt das keinesfalls.

wund im mund die zunge angeschwollen.
schnäbel schnauzen schnappen. klumpen. knollen.

waldmann matt. der fremde nicht zu sehen.
schwere luft drückt ihn hinab beim gehen.

durch das scharfe harte gras der steppen
sieht man keuchend sich hans waldmann schleppen.

diese landschaft gelb und ganz verdorrt.
waldmann schweigend. waldmann sagt kein wort.

so ist waldmann schweigend ein paar wochen
westwärts weiter durch das land gekrochen.

wolken treiben oben, sonne, mond.
waldmann steht am roten horizont.

waldmann sagt: ich werde nicht mehr schweigen.
darauf sieht man ihn ein pferd besteigen.

waldmann plötzlich im galopp zu pferde,
schaukelnd über die verbrannte erde.

in der ferne schwenkt man schon die hüte.
dort kommt waldmann, sagt man, meine güte.

auch der fremde taucht am bildrand auf,
schwarz am fenster; ein pistolenlauf.

auf der straße, wirbelnd, etwas laub,
etwas blut, geronnen. etwas staub.

dort steht waldmann wie in alten tagen,
und der fremde wird davongetragen.

waldmann ist verschwunden in der nacht.
groß sind seine schritte, die er macht.

Ror Wolf

Advent

Es blaut die Nacht, die Sternlein blinken,
Schneeflöcklein leis herniedersinken.
Auf Edeltännleins grünem Wipfel
häuft sich ein kleiner weißer Zipfel.
Und dort vom Fenster her durchbricht
den dunklen Tann ein warmes Licht.
Im Forsthaus kniet bei Kerzenschimmer
die Försterin im Herrenzimmer.
In dieser wunderschönen Nacht
hat sie den Förster umgebracht.
Er war ihr bei des Heimes Pflege
seit langer Zeit schon sehr im Wege.
So kam sie mit sich überein:
am Niklasabend muss es sein.
Und als das Rehlein ging zur Ruh',

das Häslein tat die Augen zu,
erlegte sie direkt von vorn
den Gatten über Kimm und Korn.
Vom Knall geweckt rümpft nur der Hase
zwei-, drei-, viermal die Schnuppernase
und ruhet weiter süß im Dunkeln,
derweil die Sternlein traulich funkeln.
Und in der guten Stube drinnen
da läuft des Försters Blut von hinnen.
Nun muss die Försterin sich eilen,
den Gatten sauber zu zerteilen.
Schnell hat sie ihn bis auf die Knochen
nach Waidmanns Sitte aufgebrochen.
Voll Sorgfalt legt sie Glied auf Glied
(was der Gemahl bisher vermied) –,
behält ein Teil Filet zurück
als festtägliches Bratenstück
und packt zum Schluss, es geht auf vier,
die Reste in Geschenkpapier.
Da tönt's von fern wie Silberschellen,
im Dorfe hört man Hunde bellen.
Wer ist's, der in so tiefer Nacht
im Schnee noch seine Runde macht?
Knecht Ruprecht kommt mit goldnem Schlitten
auf einem Hirsch herangeritten!
He, gute Frau, habt ihr noch Sachen,
die armen Menschen Freude machen?
Des Försters Haus ist tiefverschneit,
doch seine Frau steht schon bereit:
Die sechs Pakete, heil'ger Mann,
's ist alles, was ich geben kann.
Die Silberschellen klingen leise,
Knecht Ruprecht macht sich auf die Reise.
Im Försterhaus die Kerze brennt,
ein Sternlein blinkt – es ist Advent.

Loriot

Liebe Freunde

Dieser Abschnitt verzeichnet noch einmal zwei Neuzugänge. Der erste ist Flann O'Brien (1911–1966), über den seine irischen Landsleute sagen: »So hätte Joyce geschrieben, wenn er nicht bescheuert gewesen wäre.« Der Nationalheld arbeitete in Dublin als Ministerialbeamter, was ihm genug Zeit für seine schriftstellerische Tätigkeit ließ. Neben grandiosen Romanen wie *Der dritte Polizist*, in dem Fahrräder lebendig werden und sich als Diener der Hölle entpuppen, verfasste O'Brien für die *Irish Times* eine Kolumne mit dem schönen Titel »Trost und Rat«. ... *ist ein Porter dein einziger Freund* stammt aus dem Roman *Auf Schwimmen-zwei-Vögel*. Der intimste Kenner des abgründigen O'Brienschen Werkes dürfte Harry Rowohlt sein, der alle seine Schriften ins Deutsche übertragen hat. Darum überlassen wir ihm hier gerne das Wort: »Bei Flann O'Brien hat die Meinung, nach Joyce sei kein Roman mehr möglich, zu einer So-ein-Quatsch-Reaktion beigetragen, und er schrieb *At Swim-Two-Birds*. In diesem Monumentalwerk – fast jeder, der es liest, ist danach für die Gegenwartsliteratur verloren – geht es um einen unreinlichen jungen Mann, der Bücher verschiedener Gattungen und Stilrichtungen zu schreiben beginnt und nie damit zu Rande kommt, bis die handelnden Personen die Nase voll haben und sich in einem alten Kino zu einer Protestversammlung treffen, um endlich ein geregeltes Eigenleben zu beginnen. Wem fiele da nicht Pirandello ein? Mir nicht.«

Wie Rowohlt erläutert, bezeichnet der Titel des Buches eine Ortschaft am Shannon-Fluss, die im Gälischen Snámh-dá-én, im Englischen Swim Two-Birds heißt.

Hans Magnus Enzensberger (* 1929) hat unsere Generation das ganze Leben lang begleitet. Als man lernte, politisch zu denken, las man die *Kursbücher*, die er herausgab und die den Diskurs im linksliberalen Milieu bestimmten. Später an der Universität las man seine Analyse der *Spiegel*-Sprache und amüsierte sich prächtig, als er der *FAZ* bescheinigte, ihre Aufmacher funktionierten nach denselben Prinzipien wie die »totalitärer Propaganda« in der DDR. Man abonnierte Enzensbergers Zeitschrift *Trans-*

atlantik, wo verehrte Helden wie Jörg Fauser knallharte Reportagen über Geheimdienste schrieben. Mitte der achtziger Jahre verschlang man *Mittelmaß und Wahn*, was ein treffliches Motto war für die hedonistische, selbstzufriedene Bundesrepublik in den Vorwendejahren. Später ärgerte man sich über seine Einlassungen zum Irakkrieg, als er Saddam Hussein mit Hitler verglich, weil dieser Kuwait überfiel, aber den Mund gehalten hatte, als derselbe Mann mit dem Segen der Amerikaner den Iran in ein zehnjähriges Gemetzel verwickelte, trotzdem kaufte man unverdrossen die bibliophilen Ausgaben der »Anderen Bibliothek«, die Enzensberger initiiert hatte und herausgab. Manchmal hat man bei all der Umtriebigkeit den Dichter Enzensberger vergessen, ein Versäumnis, das mit der bösen Ballade *Das kleine Hotel* behoben ist.

… ist ein Porter dein einziger Freund

Hören Sie gut zu, sagte Shanahan und ebnete sich mit leisem Hüsteln den Weg. Hören Sie zu. Er stand auf, streckte die Hand aus und stützte sich mit einem Knie auf den Stuhl neben ihm.

> Wenn alles schiefgeht, egal, was man macht,
> und gar nichts zu klappen mehr scheint,
> wenn's Leben so schwarz wie die Stunde der Nacht,
> *Ist ein Porter dein einziger Freund.*

Bei Gott, da ist Schwung drin, sagte Lamont.
Wirklich sehr gut, sagte Furriskey. Sehr hübsch.
Ich sag Ihnen ja, es ist das Wahre, sagte Shanahan. Hören Sie weiter:

> Ist das Geld dir knapp und schwer zu kriegen,
> wenn dein Pferd nur im Mittelfeld streunt
> und auf dem Konto nur Schulden liegen,
> *Ist ein Porter dein einziger Freund.*

Die Gesundheit lässt nach, du bist nicht mehr jung,
der Arzt sieht dich an, und er greint,
und er rät dir zu Luftveränderung –
Dann ist ein Porter dein einziger Freund.

Es gibt Stellen in diesem Gedicht, die haben so was, was bleiben wird. Sie wissen, was ich meine, Mr Furriskey?
Kein Zweifel, es ist großartig, sagte Furriskey. Los, Mr Shanahan, noch eine Strophe. Sagen Sie nicht, es ist schon zu Ende.
Dann hören Sie doch zu, sagte Shanahan.

Ist das Essen knapp und die Kammer leer
und kein Speck in der Pfanne sich bräunt,
wird selten gespeist und gehungert mehr,
Ist ein Porter dein einziger Freund.

Was halten Sie davon?
Es ist ein Gedicht, das weiterleben wird, rief Lamont, ein Gedicht, das noch gehört und beklatscht wird, wenn eine Menge anderer …
Aber warten Sie, bis Sie die letzte Strophe gehört haben, Mann, die gibt erst den letzten Schliff, sagte Shanahan. Er runzelte die Stirn und winkte mit der Hand.
O ja, es ist gut, elend gut, sagte Furriskey.

In Zeiten von Ärger und Pech und Verdruss
Gibt's Einen, der's gut mit dir meint,
der Eine, der stets zu dir halten muss,
Ist ein Porter: Dein einziger Freund!

Haben Sie in Ihrem Leben schon so was gehört, sagte Furriskey. Ein Glas Porter, bei Gott, so was! O ja, ich sage Ihnen, Casey war ein Mann unter Zwanzigtausend, da gibt es keinen Zweifel. Er wusste, was los war, ganz bestimmt wusste er das. Und wenn er auch sonst von nichts 'ne Ahnung gehabt hätte, er verstand, ein Gedicht zu schreiben.
Flann O'Brien

Das kleine Hotel

Angelika lebt im Altersheim
von Tabletten und Haferschleim.
Iris sitzt hinterm Fahrkartenschalter.
Susi muss kellnern, in ihrem Alter.
Marie-Claude bemitleidet sich.
Die Vera geht immer noch auf den Strich.

Aber ich hab mich nicht reinlegen lassen.
Ich habe gesagt: Das könnt euch so passen!
Mit mir nicht! Nicht mit mir!
Und deshalb sitze ich hier.
Ich habe ein kleines Hotel in der Provinz,
ich habe Gardinen aus blauem Chintz
und einen Pudel namens Prinz.
Ich habe es den Schweinehunden gegeben!
Naja, Glück muss der Mensch haben im Leben.

Putzi und Jo hab ich neulich getroffen,
die waren vormittags schon besoffen.
Die Evelyn ist sechsfache Mutter
und gibt ihren Gören Hundefutter.
Kiki kriegt Prügel von ihrem Alten.
Anita kann das Wasser nicht halten.

Aber ich hab mich nicht reinlegen lassen.
Ich habe gesagt: Das könnt euch so passen!
Mit mir nicht! Nicht mit mir!
Und deshalb sitze ich hier.
Ich habe ein kleines Hotel in der Provinz,
ich habe Gardinen aus blauem Chintz
und einen Pudel namens Prinz.
Und der Waldfriedhof liegt gleich daneben!
Naja, Glück muss der Mensch haben im Leben.

Hans Magnus Enzensberger

Carl

Carl steckt sich noch einen
Krimi in die Tasche und

will gehen. Es ist Montag
der 21. Januar 1969, null

Uhr 16. Carl sitzt auf dem
Stuhl dort in der Ecke und

will gehen. Er blättert in dem Ta-
schenbuch von Geraldine Lux Flanagan

und sieht sich Abbildungen
an. Was soll Carl auch anderes

tun als das, wenn er nicht geht.
Als es dann etwas später ist, fragt

Carl, warum eine gewöhnliche Geburt
8 Stunden dauern muss. Doch niemand

will ihm antworten. Jetzt möchte
er mal wieder gehen. Er sitzt dort

auf dem Stuhl und lächelt, bis er
aufsteht und lächelnd sagt

jetzt geh ich wirklich. Geht
Carl wirklich? Er nimmt seinen Schirm

und geht, nicht ohne am Tisch noch etwas
stehenzubleiben und im Express zu lesen.

Rolf Dieter Brinkmann

Die Kuh

Auf der saftiggrünen Wiese
weidet ausgerechnet diese
eine Kuh, eine Kuh.

Ach, ihr Herz ist voller Sehnen,
und im Auge schimmern Tränen
ab und zu, ab und zu.

Was ihr schmeckte, wiederkäut se
mit der Schnauze, dann verdaut se
und macht Muh, und macht Muh.

Träumend und das Maul bewegend
schaut sie dämlich in die Gegend
grad wie du, grad wie du.

Heinz Erhardt

Stars

Zum guten Schluss der Stargalerie darf Helmut Qualtinger (1928–1986) den »Wilden« markieren, der 1953 den lederbejackten Marlon Brando in der Rolle des halbstarken Motorradrockers über die Leinwand brausen sieht und sofort alles, auch die Freundin, stehen lässt, weil er weiß, das ist mein Mann, so will ich sein, mit so einer »Maschin« kann ich mir ein Stück Freiheit kaufen. Und wie der Wiener Kabarettist seine berühmteste Figur, den finsteren Spießer Herrn Karl, von innen nach außen stülpte, beschreibt der Text präzise die Faszination, die Brandos Rollenmodell in den dumpfen fünfziger Jahren versprüht. Unterlegt mit kompaktem Rock-'n'-Roll-Sound ist Qualtingers Gedicht dann selber noch ein Hit geworden.

Orson Welles

Orson Welles macht Whiskeywerbung im
japanischen Fernsehen. Es ist komisch, ihm
hier in Tokio im Fernsehen zu schauen, wie er
den Japanern empfiehlt, G & G Nikka Whiskey
zu kaufen.

Ich bin immer völlig von ihm hingerissen.
Letzte Nacht im Traum habe ich bei einem der Werbe-
spots Regie geführt. In dem Spot kamen sechs schwarze
Pferde vor.

Die Pferde waren so platziert, dass die Zuschauer
– kaum dass sie Orson Welles und die Tiere sahen –
gleich aus dem Haus rannten
und G & G Nikka Whiskey kauften.

Der Werbespot war nicht leicht zu drehen. Er
musste genau richtig sein. Die Szenen mussten oft
wiederholt werden. Mr. Welles war sehr geduldig
und voll nachsichtigem Humor.

»Bitte, Mr Welles«, sagte ich. »Rücken Sie ein
bisschen näher an die Pferde.«

Er lächelte dann und rückte ein bisschen näher
an die Pferde.
»Geht es so?«
»Ganz prima, Mr Welles, genau richtig.«

RICHARD BRAUTIGAN

Graham Bonney oder das komplizierte Gefühl

Es war Samstagabend so um neun
als Helmut Pieper und ich die
Straße runtergingen, ohne uns was
dabei zu denken, und plötzlich Graham

Bonney vor uns herging in schwarzem
Anzug, von niemandem erkannt. Ich er-
kannte ihn aber sofort und sagte, da
vor uns geht Graham Bonney, und Helmut

Pieper erinnerte sich sofort an das
Girl mit dem La-La-La, aber beide
wussten wir nicht, was wir machen sollten
denn Graham Bonney war uns so nah und

wir wollten kein Autogramm, obwohl so
viele in dem Augenblick wahrschein-
lich eins hätten haben wollen, aber
sie erkannten ihn ja nicht, während

er unter ihnen ging bald so wie Jesus
Christus, dachten wir, und uns tat der
leid, denn wir dachten, wie traurig es
sein muss, von so vielen geliebt zu

werden und deswegen extra in so einem
schwarzen Maßanzug mit einem extra weiten
Schlag in der Hose herumzulaufen in
Schuhen mit hohem Absatz, ohne dass man

dann erkannt wird und Zeit hat, nicht mehr
bloß zu singen für so viel Liebe auf einem
Haufen, um dann nicht mehr geliebt zu werden
wenn man nicht mehr singt und auf der Straße

herumgeht als so ein Mensch wie du und ich.
Graham Bonney, mach dir nichts draus, wir
machen uns schließlich auch nichts mehr
daraus, dass wir dich so gesehen haben, ohne

mit dir was anfangen zu können als Mensch
obwohl es ein kompliziertes Gefühl gewesen
ist für einen Augenblick, als wir dich vor
uns hatten bald so wie Jesus Christus in so
nem schwarzen Anzug und dem extra weiten Schlag in der Hose.

Rolf Dieter Brinkmann

Japanisches Popkonzert

Vergiss *nie, nie*
die Blumen
die nicht angenommen wurden,
verhöhnt wurden.

Ein sehr schüchternes Mädchen gibt dem
angehenden Popstar einen schönen,
einen wunderschönen
Blumenstrauß

Zwischen zwei Liedern. Wie viel Mut
sie gebraucht hat, zur Bühne
hinauszugehen und ihm die Blumen zu
geben.

Er legt sie wie Unrat
auf den Boden. Da liegen sie jetzt.
Sie geht zu ihrem Platz und schaut
zu ihren Blumen hinauf.
Dann hält sie es nicht mehr aus.

Sie flüchtet.
Sie ist weg.
Aber die Musik geht weiter.
Ich verspreche es.
Versprich du es auch.

Richard Brautigan

Der Halbwilde

Vor ein paar Monat geh i aus mit der Hilde,
i mit der neuchen Schal'n und sie mit'n Kostüm.
wir geh'n ins Kärntnerkino und wir sehn »Der Wilde«, ein leiwander Film.

I schick' die Hilde z' Haus und steh dann allan do,
weil dieser Film, der geht mir nicht aus dem Sinn
und ich beschließ, ich kauf mir wie der Marlon Brando a klasse Maschin.

Ich bin nämlich immer fürs Moderne, jeder muss sich heut motorisier'n,
and're reißen immer wieder Sterne, aber mir kann so was nicht passier'n!

Ich kaufe einer Witwe billig des G'wand o
und leg beim Daimler-Puch die Anzahlung hin.
Und jeder sagt, i schau jetzt aus wie Marlon Brando mit seiner Maschin.

Bis jetzt war i in uns'rer Platten der Gfüllte,
jetzt wissens alle, in mir steckt no was drinn',
in meiner Gassen nennt mi jeder jetzt »der Wilde mit seiner Maschin«.

Weil i fahr jetzt jeder Limousin' vor, schließlich liebt der Mensch von heut den Spurt, zwar hab ich ka Ahnung wo ich hinfahr, aber dafür bin i g'schwinder durt!

I hab' an Spezi und der wollt' mi verzahn do
in eine Fahrschul', aber i geh' net hin.
Des is ka Aufenthalt für einen Marlon Brando mit seiner Maschin.

Weil jeder Wachmann der mi sicht is im Bilde.
Er stellt von weiten schon die Ampel auf Grün,
weil wenn die rot is, siech i rot. Ich bin der Wilde mit meiner Maschin.

Leider gibt es immer wieder Viecher, die behandeln mich mit Spott und Hohn,
nennt mich einer »Halbstark« oder »Pülcher« kränkt er meine Generation!
Mein Vater sagt, aber dem geht der Verstand o,

ich hab für wahre Ideale kan Sinn.
Na ist des net a Ideal? Der Marlon Brando mit seiner Maschin.

Helmut Qualtinger

5. Tonträger-Balladen

»Hab soeben mit einer Membran experimentiert, die mit einer Stichelspitze versehen ist und gegen ein rasch vorbeiziehendes Wachspapier gehalten wird. Die Sprachschwingungen werden hübsch eingraviert, und es besteht kein Zweifel darüber, dass ich imstande sein werde, die menschliche Stimme in vollkommener Weise zu konservieren und zu beliebiger Zeit automatisch abzuspielen.« Was Thomas Alva Edison am 18. Juli 1877 protokollierte, war die Geburtsstunde des Walzen-Phonographen. Ein Jahr später gründete er die Edison Speaking Phonograph Company, um »den Apparat, der die Welt verrückt macht« (Werbeslogan), unter die Leute zu bringen. Einer der Ersten, die begriffen, welche Möglichkeiten in der Erfindung steckten, war Emil Berliner, ein junger Emigrant aus Hannover. Er hatte auch gleich die Schwachstelle der Konstruktion erkannt. Edisons Wachswalze ließ sich nicht vervielfältigen. Ein effektiveres Speichermedium musste her. Also erfand der Autodidakt – Berliner war bis dahin nur durch die Kreation von Milchmixgetränken hervorgetreten – die Schallplatte und erhielt dafür 1887 das US-Patent Nr. 372, 786. Damit man die Tonträger auch abspielen konnte, erfand er auch gleich noch das Grammophon.

Die ersten Schallplatten wurden aus Gummi, Zelluloid oder Zink gefertigt. Die Wiedergabequalität war so miserabel, dass man Textblätter auf die Rückseiten klebte, damit die Leute wussten, was sie hörten. Das änderte sich erst, als Berliner 1896 die Verdauungsprodukte der Lackschildlaus in Scheiben presste, eine Spezies aus der Familie der Pflanzenläuse, die durch den südamerikanischen Dschungel hüpft. Mit der Schellackplatte brachte er sein System zur Serienreife und legte die Basis für eine boomende Musikindustrie. 1914 existierten in Deutschland bereits 500 Labels, darunter die Polyphon Musikwerke AG, aus der die Deutsche Grammophon hervorgehen sollte. In den USA hatten sich neben zahlreichen regionalen Anbietern mit Columbia und Victor zwei Branchenriesen etabliert, die Schallplatten am Fließband produzierten. Als Mitte der zwanziger Jahre das Radio den Kontinent eroberte und gleichzeitig die Preise für Schallplatten wegen billiger elektronischer Aufnahmeverfahren in den Keller sanken, steigerte sich die Nachfrage im musikverrückten Amerika zu einer regelrechten Hausse. Entsprechend groß war der Bedarf an Lackschildläusen. Noch dringender benötigte man Songs und Interpreten.

Brevier

The Jazz Age

Beides fanden die Schallplattenfirmen auf den Baumwollfeldern des Südens sowie in der 28. Straße von Manhattan, der Tin Pan Alley. Die Querstraße zwischen Fünfter und Sechster Avenue war schon Ende des 19. Jahrhunderts das Zentrum der populären amerikanischen Musikindustrie gewesen. Hier residierten die großen Verleger Shapiro-Bernstein, Marks & Stern oder Witmark & Sons und schrieben Musikgeschichte. Während sie das flache Land mit gedruckten Noten versorgten, saßen in den Verlagshäusern Heerscharen von Komponisten und hatten für Nachschub zu sorgen. Weil sie dabei alle gleichzeitig ihre verstimmten Klaviere traktierten, klang das oft wie ein Orchester wild gewordener Blechpfannen (Tin Pans) – das soll jedenfalls der Journalist Monroe Rosenfeld behauptet haben, der so zum Taufpaten des Verlegerviertels wurde. Eddie Rogers, ein englischer Songhändler, bestreitet diese Version entschieden. »Eigentlich hat alles in der Denmark Street in London angefangen. Damals gab es erst zwölf Verleger, aber buchstäblich Hunderte von Künstlern auf der Suche nach Songs. Wenn sie in die Denmark Street kamen, wurden sie sofort in eines der Häuser geschleppt, wo man ihnen das neuste Lied vorführte. Die Liedermacher in den anderen Häusern griffen dann nach den Deckeln von Mülltonnen und Kochtöpfen und versuchten einen Verkauf mit ihrem Lärm zu verhindern. Deshalb nannte man die Straße ›Tin Pan Alley‹. Mit Amerika hat das gar nichts zu tun.«

Diese Art der Kundenbetreuung kannte man auch in Manhattan. Jeder Verleger hielt sich zu diesem Zweck ein Dutzend Hauspianisten. So begann auch die Karriere von George Gershwin bei Remick, ehe er zum Songplugger – eine Art Musikagent – aufstieg, der die Noten des Verlages direkt an Musikalienhändler, Orchesterchefs und Theaterleiter verkaufte. Um diese Zeit verdrängte ein neuer aufregender Stil die gängigen Operettenklänge. Komponisten wie Irving Berlin und Cole Porter besannen sich auf die amerikanische Balladentradition und mischten sie mit schwarzen Klängen aus dem Mississippi-Delta und den weiten Ebenen des Südwestens, mit Ragtime, Jazz und Blues. Blues war im 19. Jahrhundert auch unter Weißen ein gängiger Begriff. Er beschrieb eine leichte Depression. 1853 pries die Bostoner Zeitung *Yankee Blade* einen humoristischen Roman mit den Worten an: »... für alle, die zum Blues neigen oder zur Langeweile«. Wann das Wort Blues mit den stark synkopierten, über zwölf Takte gespannten Melodien der Schwarzen identifiziert wurde, weiß man nicht genau. Es muss vor 1912 gewesen sein. Denn in diesem Jahr wurden erstmals Stücke unter dieser Gattungsbezeichnung in Noten gesetzt. W.C. Handys *Memphis Blues*, Arthur Seals' *Baby Seals Blues* und der *Dallas Blues* von Hart Wand. Dass Wand seinen Song zuerst am Start hatte und ein weißer Musiker aus Oklahoma City war, zeigt, wie beliebt und verbreitet diese Spielart war. Im Überschwang der Roaring Twenties destillierte die Tin Pan Alley daraus Wunderwerke an Sophistication, Witz und swingendem Drive. Fast alles, was Gershwin, Berlin, Porter, Jerome Kern, Richard Rodgers oder Harold Arlen einfiel, fand Eingang in das *Great American Songbook*. Das ist in erster Linie ihrem Genie und brillanten Textern wie Lorenz Hart oder Johnny Mercer geschuldet. Ein Gutteil verdankt sich aber auch dem Umstand, dass die Lieder auf eine Singleseite passen mussten, die exakt drei Minuten lang war. Da blieb kein Platz für manierierte Pirouetten und Zeilenfüller. Die Botschaft musste auf den Punkt, das heißt gut organisiert in zweiunddreißig Takte gepackt werden.

Daran hatten sich auch die Bluesmusiker zu halten, deren Kompositionen von den Plattenfirmen über sogenannte Race Records vermarktet wurden. Das war die offizielle Bezeichnung für 78er Schallplatten »mit schwarzen Künstlern für schwarze Käufer«. Sie wurden 1920 eingeführt und bescherten der Firma Okeh mit dem *Crazy Blues* von Mamie Smith gleich einen Riesenhit. Daraufhin setzten die Labelchefs Talentscouts und mobile Aufnahmeteams in Marsch, die den Süden nach neuen Talenten durchkämmten und dabei so manches Mal über die Mitarbeiter der Library of Congress stolperten, die mit demselben Ansinnen, nur eben im Dienste der Wissenschaft unterwegs waren. Die kommerziellen Field-Trips wurden unternommen, bis die Große Depression den Absatz der Race Records empfindlich schmälerte. Die Glanzzeit der Tin Pan Alley reichte bis in die späten 1940er Jahre. Als sich die Unterhaltungsmusik dem Rhythm and Blues zuwandte, sorgten die Jazzer dafür, dass man die großartigen Songs und Balladen nicht vergaß. *Body And Soul*, *Out Of Nowhere*, *Don't Blame Me* oder *All the Things You Are* wurden von Be- und Hardbopern gecovert, Neutöner John Coltrane blies seine schönsten Improvisationen über den Rodgers-Hammerstein-Walzer *My Favorite Things,* und Ornette Coleman hatte auf seinen Free-Jazz-Exkursionen Gershwins *Embraceable You* im Repertoire.

Der *St. James Hospital Blues* ist kein Tin-Pan-Alley-Klassiker, dafür eine der berühmtesten Wanderballaden der populären Musik. Das Stück beruht auf einem alten irischen Folksong aus dem 18. Jahrhundert, wurde dann zu der bekannten Cowboyballade *Streets of Laredo*, um schließlich von der Prärie in die Stadt zu ziehen und sich in verschiedensten Verkleidungen unter die Leute zu mischen. Louis Armstrong hat 1928 eine Hot-Jazz-Version aufgenommen, Cab Calloway sang das Stück im Cotton Club und in einem *Betty Boop*-Cartoon, und Bing Crosby baute es in sein Musical *Birth Of The Blues* ein. Der *St. James Hospital Blues* gehörte zu den Lieblingsliedern von Billie Holiday, Dr. John machte daraus eine groovende Soulnummer, und Van Morrison adaptierte den Song für die Rockmusik. Jeder Interpret schnitzt daran herum und formt die Ballade nach seinem Gusto. Außer Bob Dylan, der für *Blind Willie McTell* nur die Melodie geklaut hat. Was aber stets unberührt bleibt, ist der Kern der Geschichte, des Erzählers abrupter Stimmungsumschwung an der Bahre der Liebsten. Eben noch verzweifelter Trauerkloß, bellt er die Tote unvermittelt an, so einen Kerl wie ihn würde sie niemals wieder finden, auch wenn sie die ganze Welt absuchte. Was sie in ihrem Zustand ja schlecht nachprüfen kann. In einer Version von Bobby Bland stapft der Stenz nun trotzig, aber ohne weitere Peinlichkeiten von dannen. Aber das ist die Ausnahme. Die meisten Fassungen ähneln unserer anonymen Folk-Blues-Ballade, das heißt, der Stenz malt sich auch noch das eigene Begräbnis aus. Im feinen Zwirn, mit Goldmünzen auf den Augen will er abtreten, damit die Jungs wissen, er starb »standing fat«, in vollem Saft. Was will man uns damit sagen? Dass ihm angesichts des Todes die Erkenntnis anspringt, wie jämmerlich das irdische Dasein ist, dass die Geliebte womöglich die besseren Karten hat und er, der »alte müde Gaul«, es wenigstens beim letzten Gang mal so richtig krachen lassen will. Oder ist es, wie die Anfangsszene vermuten lässt, einfach der Schauder vor Gevatter Hein, der auch ihm jederzeit die eiskalte Hand auf die Schulter legen kann. Hm.

Johnny Mercer (1909–1976) schrieb *One for My Baby* zusammen mit Komponist Harold Arlen für das Filmmusical *The Sky's The Limit*, das RKO im Sommer 1943 in die Kinos brachte. Der Song gehörte Fred Astaire, der die Barszene selber choreographierte und in der Rolle des liebeskranken Trinkers eine seiner schönsten Tanzeinlagen ablieferte. Klassikerstatus erreichte *One For My Baby* aber erst mit Frank Sinatra. Jahrelang hatte sich »The Voice« an dem Stück versucht, mit großem Orchester, mit einer Clubband, mit und ohne Streicher, aber nie den richtigen Dreh gefunden. Erst als der Pianist Bill Miller zu ihm stieß und ein Duett vorschlug, machte es klick. Die definitive Fassung für die Geschichtsbücher – und das sagen nicht nur wir Quasthoff-

Brüder, sondern alle (!) – wurde am 25. Juni 1958 aufgenommen und findet sich auf dem Capitol-Album *Sinatra Sings For Only The Lonely*. Nelson Riddle steuerte ein paar impressionistische Orchestertupfer bei, die aber bei der Intensität der Interpretation gar nicht auffallen.

I'll Never Get out of This World Alive sang Hank Williams (1923–1953) und hatte zweifellos recht. Es ist, nimmt man nur den Text, ein todtrauriges Lied, dennoch kann man es wochenlang im Auto rotieren lassen, ohne während der Rushhour schlechte Laune zu bekommen. Der Rockabilly-Rhythmus hüpft fröhlich aus den Boxen, und die Melodie perlt dazu, als sei das Sterben nicht schlimmer, als jeden Morgen aufzustehen. Und genau besehen stimmt das auch. Der arme Tropf, der hier seine Lebensgeschichte erzählt, ist solch ein Unglückswurm, dass es für ihn eine viel schlimmere Vorstellung wäre, diese Welt lebend zu verlassen, will sagen, auch im Jenseits noch mit seinem verheerenden Karma von einer Misere in die andere zu stolpern. Hank Williams macht aus dem pursuit of happiness, dem verfassungsmäßig verbrieften Recht des Amerikaners auf persönliches Glück, einen guten Witz und aus den Lichtern des Militärflughafens von Fort Deposit, Alabama, die ihm im Suff als Zeichen des Herrn erschienen, einen seiner größten Hits: *I saw the Light*. Nicht umsonst nennt man die Countrymusik den Blues des weißen Mannes. Williams war ihr größter Sänger und ihr größter Schmerzensmann. Er schrieb in sechs Jahren fünfunddreißig Top-Ten-Hits, er legte zehn Jahre vor Elvis einen Hüftschwung hin, der die Frauen um den Verstand brachte, und als er heiratete, kauften 14 000 Menschen eine Eintrittskarte für das öffentliche Ereignis. Das war das eine. Das andere waren psychische Probleme und eine Rückenmarkserkrankung, die ihn seit Kindertagen peinigten. Williams hielt sie mit Alkohol und Morphium in Schach und mit 500 großartigen Songs, die er zwischen zwei Auftritten auf dem Rücksitz seines Cadillacs auf Zettel und Servietten kritzelte. Und so verließ er auch diese Welt. Am 1. Januar 1953 stieg Hank Williams nach einem Gig in Montgomery, Alabama, in ein Taxi, das ihn nach Canton, Ohio, bringen sollte. Als der Fahrer in Oak Hill, West Virginia, einen Kaffeestopp einlegte, war sein Fahrgast tot.

Wer Fats Waller (1904–1943), den König des Harlem Stride Pianos, nicht kennt, sollte sich einen seiner Filmauftritte ansehen. Wie der kleine runde Mann mit dem keck ins Genick geschobenen Bowler auf seinem Hocker sitzt und unter Augenrollen die aberwitzigsten Kaskaden in die Tasten perlt, das ist eine ganz große Nummer. Seit er achtzehn war, spielte er professionell Klavier und machte sich als Komponist und geistreicher Texter von Standards wie *Honeysuckle Rose*, *Ain't Misbehavin'*, *It's A Sin To Tell A Lie* oder dem hier abgedruckten *Your Feet's Too Big* einen Namen. Sein virtuoses Spiel, seine Dynamik und sein Rhythmusgefühl sind als »Waller-Drive« sprichwörtlich geworden und haben jeden Pianisten, der nach ihm kam, beeinflusst.

St. James Hospital Blues

Ich ging runter zur Bar vom alten Joe, an der Ecke am Marktplatz. / Die bekannte Meute saß da und kippte die üblichen Drinks. / Zu meiner Linken stand Joe McKennedy, und seine Augen waren blutunterlaufen. / Als er mir diese traurige Geschichte erzählte, waren das seine Worte: »Ich ging runter zum St. James Hospital, da sah ich meine Liebste. / Sie lag ausgestreckt auf einem langen weißen Tisch, so kalt, so adrett, so schön. / Lass sie gehn, lass sie gehen, Gott segne sie, wo auch immer sie sein mag. / Sie kann die ganze Welt absuchen, niemals mehr findet sie so einen Kerl wie mich. Wenn ich sterbe, oh Herr, bitte begrabt mich mit meinem besten Stetson-Hut. / Legt Goldmünzen auf meine Augenlider, damit die Jungs wissen, ich starb im vollen Saft. / Holt sechs würfelspielende Sargträger und sechs Chormädchen, um mir ein Lied zu singen. / Stellt eine Jazz-Band hinter meinen Leichenwagen, um ordentlich Krach zu schlagen, wenn wir da langrollen. / Nehmt sechzehn kohlschwarze Pferde, um den müden, abgekämpften Gaul zu ziehen. / Dreizehn Männer werden zum Friedhof gehen, nur zwölf werden zurückkommen. / Also, nun habt ihr meine Geschichte gehört, genehmigt euch noch eine Runde. / Und wenn irgendeiner euch jemals fragen sollte: Ich hatte den St. James Hospital Blues.«

Amerikanische Jazz-Ballade

Noch einen für mein Baby (One For My Baby And One More For The Road)

Es ist Viertel vor drei,
es ist keiner mehr hier außer mir und dir.
So, setz dich her, Joe,
ich hab da eine kleine Geschichte,
die solltest du kennen.
Wir trinken, mein Freund, auf das Ende einer kurzen Episode.
Schenk einen ein für mein Baby und noch einen für den Weg.
Ich hab da Routine,
also steck noch einen Nickel in den Automaten;
ich fühle mich mies, will, dass du Musik drückst, die schön traurig ist.
Könnte 'ne Menge ausplaudern, aber das wäre nicht gentlemanlike,
also, schenk einen ein für mein Baby und noch einen für den Heimweg.

(Bridge:)
Kann ja niemand wissen, außer meinen Kumpeln, dass ich so 'ne Art Dichter bin,
Und ich habe eine Menge zu erzählen;
Und wenn ich betrübt bin, muss man zuhören,
Bis alles, was zu sagen war, gesagt ist.

Well, so geht's eben,
und Joe, ich weiß, du bist ganz hibbelig drauf zu schließen;
also, danke für die Aufmunterung,
hoffe, du denkst nicht, ich wollte dir die Ohren zuquatschen.
Dieser Brand muss gelöscht werden oder er könnte explodieren,
also, schenk einen ein für mein Baby und noch einen für den Heimweg.
Für den langen, langen Heimweg.

JOHNNY MERCER

Ich werd diese Welt nicht lebend verlassen (I'll Never Get Out Of This World Alive)

Ihr seht hier einen Mann, der ist irgendwie aus den Fugen,
Ich hatte eine Menge Glück, jetzt ist alles den Bach runter.
Ganz egal, wie ich kämpfe und mich abstrample,
Ich werde diese Welt niemals lebend verlassen.

Meine Angelrute ist gebrochen, der Fluss ist voll Sand,
Meine Frau ist abgehaun mit 'nem andern Mann.
Ganz egal, wie ich kämpfe und mich abstrample,
Ich werde diese Welt niemals lebend verlassen.

Ein entfernter Onkel kam vorbei und ließ mich zurück wie 'n Paket
Und ich lebte gut bis zu diesem fatalen Tag,
Als ein Anwalt bewies, dass ich nicht geboren wurde,
Ich wurde nur bebrütet.

All das ließ mich altern und runterkommen,
Wenn ich in den Fluss springe, würde ich wahrscheinlich absaufen.
Ganz egal, wie ich kämpfe und mich abstrample,
Ich werde diese Welt niemals lebend verlassen.

Diese schäbigen Schuhe, die ich die ganze Zeit trage,
Sind voller Löcher und Nägel.
Und Bruder, falls ich auf einen abgeschabten Groschen trete,
Wette ich einen Nickel, ich kann dir sagen, ob auf Kopf oder Zahl.

Ich mache mir keine Sorgen über die Falten auf meiner Stirn,
Weil nichts läuft mehr so wie es sollte.
Ganz egal, wie ich kämpfe und mich abstrample,
Ich werde diese Welt niemals lebend verlassen.

Ich könnte einen Sonntagsanzug kaufen, und er würde kaputtgehen,
Wenn er zwei Hosen hätte, würde ich garantiert das Jackett verbrennen.
Ganz egal, wie ich kämpfe und mich abstrample,
Ich werde diese Welt niemals lebend verlassen.

Selbst, wenn es Gold regnen würde,
Hätte ich keine Chance.
Ich würde keine Taschen in meinen geflickten Hosen haben.
Ganz egal, wie ich kämpfe und mich abstrample,
Ich werde diese Welt niemals lebend verlassen.

Hank Williams

Du hast zu große Füße (Your Feet's Too Big)

[Gesprochen]
Wer ist das, der hier rumgeht?
Gnade Gottes!
Klingt wie Baby-Getrappel!
Elefantenbaby-Getrappel, so würde ich das nennen!

Ich sag, oben in Harlem,
an einem Tisch für zwei,
saßen vier von uns,
ich, deine dicken Füße und du!
Von den Knöcheln aufwärts, das geb ich zu, bist du ein Süßer,
Unten drunter sind zu dicke Füße!
Jawohl!
Deine Füße sind zu dick!
Ich mag dich nicht, weil: deine Füße sind zu dick!
Kann nichts mit dir anfangen, deine Füße sind einfach zu dick!
Ich hasse dich, weil: deine Füße sind zu dick!
Genau!
Da-dee-do-dah! Bäng, bing, bär!
Wo hast du die bloß her?
Nyah-da-dum!
Dein Mädchen mag dich, sie denkt, du bist nett,

sie kriegt, was ihr den Eintritt ins Paradies verschafft;
Sie sagt, sie mag dein Gesicht, sie mag deine Ausrüstung,
Aber, Mann oh Mann, diese Dinger sind zu dick!
Oh, deine Füße sind zu dick!
Ich mag dich nicht, weil: deine Füße sind zu dick!
Es ist irre, deine Füße sind einfach zu dick!
Ich hasse dich, weil: deine Füße sind zu dick!
[Gesprochen]
Mein Gott, das sind Kanonenboote!
Dampf ab! Dampf ab! Dampf ab!
Oh, deine Pedal-Extremitäten sind kolossal!
Ich finde, du siehst aus wie ein Fossil!
Du bringst mich zum Flüchten, Fluchen und Schreien,
weil: deine Füße sind so dick, yeah!
[Gesprochen]
Los, stampf mal damit rum!
Oh, niemals hab ich so ein Stampfen gehört! Gnade Gottes!
Deine … deine Pedal-Extremitäten sind wirklich verboten.
So was hat man noch nicht gesehen, oder?

Fats Waller

Ramblin' Reckless Hobo: Tramp-, Zocker- und Mobster-Balladen

Woody Guthrie (1912–1967) scheint direkt aus John Steinbecks Roman *Früchte des Zorns* entsprungen. Er ist Tom Joad, der während der Großen Depression nach Westen zieht, immer auf der Suche nach einem Job, um seine Familie zu ernähren. Was er dabei gefunden hat, ist das Herz Amerikas, das niemand so eindringlich und bildermächtig beschrieben hat wie Guthrie. Es ist eine Reise durch ein faszinierendes, aber rohes Land voller Schönheit, menschlicher Größe, Gewalt und gesetzloser Willkür. Er zieht durch staubige Wüsteneien und Gebirge, er teilt sein Brot mit den Tramps und Hobos, die auf Güterzügen den Kontinent durchkreuzen, immer auf der Hut vor den Bremsern, die keine Skrupel haben, die Schwarzfahrer mit Eisenstangen vom Wagendach zu prügeln, er hungert, friert, arbeitet für Hungerlöhne und sieht, wie die Pinkerton-Detektive ungestraft überall im Land streikende Arbeiter zusammenschießen. Als Guthrie in Kalifornien ankommt, weiß er, dass in Gods Own Country einiges im Argen liegt, und beginnt, Lieder zu komponieren wie *Goin' Down the Road Feelin' Bad*, *Talking Dust Bowl Blues*, *Tom Joad* oder *Hard Travelin'*, die ihn in Los Angeles bekannt machen. Bald moderiert er eine Radiosendung und schreibt die Kolumne »Woody Sez« für die Zeitschrift *People's Daily World*. Dann geht er nach New York, wo er sich für die Gewerkschaftsbewegung engagiert. Er trifft Pete Seeger, mit dem er die berühmte Folkband Almanac Singers gründen wird, und Alan Lomax, der ihm 1940 eine Aufnahmesession beim Washingtoner Smithsonian Institute verschafft. Unter anderem bringt er *Ende gut, alles gut* auf Band. Nach dem Zweiten Weltkrieg, den er bei der Handelsmarine erlebt, versucht Guthrie sesshaft zu werden. Er heiratet dreimal, zeugt zwei Kinder, aber das Unterwegssein ist ihm zur zweiten Natur geworden. So ahasvert er ruhelos durch das Nachkriegs-Amerika, bis ihn das Chorea-Huntington-Syndrom aus der Bahn wirft. Er endet in einer New Yorker Klinik, wo ihn der junge Bob Dylan aufspürt und ihm das letzte Geleit gibt.

Aus dem *St. Louis Democrat*, Jahrgang 1895: »William Lyons,

25, ein Deichbauarbeiter, erlitt gestern Abend um zehn Uhr im Saloon von Bill Curtis an der Ecke von elfter und Morgan Street im Streit mit Lee Sheldon, einem Kutscher, einen Bauchschuss. Lyons und Sheldon waren befreundet und unterhielten sich miteinander. Beide hatten getrunken und waren in euphorischer Stimmung. Als das Gespräch auf die Politik kam, begann ein Streit, in dessen Verlauf Lyons den Hut von Sheldons Kopf nahm. Sheldon verlangte die Rückgabe des Hutes, und als Lyons diese verweigerte, zog Sheldon seinen Revolver und schoss Lyons in den Bauch. Als sein Opfer am Boden lag, nahm Sheldon seinen Hut aus der Hand des Verwundeten und ging weg. Später wurde er festgenommen (…). Lyons wurde ins Krankenhaus gebracht, wo man seine Verletzung als ernst bezeichnete. Lee Sheldon wird auch ›Stag Lee‹ genannt.«

Später starb Lyons, und Stag Lee wurde zum Mythos. Dieser verbreitete sich an den Ufern des Mississippi und wurde in zahlreichen Legenden und Balladen weitererzählt. Sie hießen *Stack O'Lee*, *Stackerlee* oder *Stagger Lee* und schafften es dreimal, unter anderem in der Version von Wilson Pickett, in die amerikanischen Hot 100. Unsere Fassung hat Bluesmann Mississippi John Hurt (1893–1966) 1928 aufgenommen. Wir haben sie ausgewählt, weil der Song sozusagen am nächsten dran ist.

Miss Otis bedauert ist einer der vielen supereleganten Tin-Pan-Alley-Klassiker aus der Feder von Cole Porter (1891–1964), die ihm den Ehrentitel »America's Great Sophisticate« eingetragen haben. Porter schrieb schon auf dem College witzige Songs, belegte in Harvard aber erst einmal juristische Seminare. 1928 verschaffte ihm Freund Irving Berlin, der schon länger in der Tin Pan Alley arbeitete, den Auftrag für das Musical *Paris*. Nach diesem Kassenschlager konnte Porter ruhigen Gewissens umsatteln. Im Laufe seiner langen Karriere schrieb er vierzig komplette Musicals, darunter Klassiker wie *Kiss Me, Kate*, *Anything Goes* oder *Silk Stockings*, in dem Hildegard Knef 1954 die Hauptrolle sang, und mindestens drei Dutzend unsterbliche Melodien vom Schlage *Night and Day*, *What Is This Thing Called Love*, *Easy To Love*, *Anything Goes*, *I Get A Kick Out Of You* oder *I've Got You Under My Skin*. 1937 kostete ihn ein schwerer Reitunfall fast beide Beine. Er kam mit einer Amputation davon und kommentierte den glücklichen Ausgang in gewohnter Manier: »Es zeigt einfach, dass sich 50 Millionen Franzosen nicht irren können. Sie essen Pferde, anstatt sie zu reiten.«

Balladen über Gefängnisse sind fast schon ein eigenes Genre, so viele gibt es davon. Die berühmteste ist der *Folsom Prison Blues* von Johnny Cash (1932–2003). Der Ton ist so gut getroffen, dass die Häftlinge Cash immer für einen Exknacki hielten und seiner Band einen triumphalen Empfang bereiteten, als er 1968 im Folsom Prison auftrat. Dabei ist der Text zum Großteil von Gordon Jenkins' *Crescent City Blues* abgekupfert, die berühmte Zeile »I shot a man in Reno, just to watch him die« entnahm er Jimmy Rodgers' *Blue Yodel Nr. 1*. Dass er einen Mann, der in Reno, Nevada, jemanden erschießt, in ein kalifornisches Gefängnis verfrachtet, zeugt auch nicht gerade von intimen Kenntnissen des amerikanischen Strafvollzugs. Aber das Stück ist klasse, und nur das zählt. Zu Cashs Ehrenrettung muss gesagt werden, dass er im Laufe seines Lebens immerhin sieben Nächte wegen Trunkenheit hinter Gittern verbracht hat. In seiner Autobiografie *Man In Black* erzählt er von der letzten dieser Nächte, die ihm den Spaß an der Sauferei ein für alle Mal verdarb. Cash musste die Zelle mit einem hünenhaften Holzfäller teilen. »Ich wurde unvermittelt nüchtern, als sich ein Arm, so groß wie der Schenkel eines Esels, um meinen Hals legte. In meinem Schreck begann ich zu singen, und er hielt einen Augenblick an. Ich sang die Songs: *Folsom Prison Blues* und *I Walk The Line*. Er setzte sich hin und versuchte aus mir klug zu werden. Dann sagte er: ›Das hört sich an wie Johnny Cash.‹

Mit einem Seufzer der Erleichterung sagte ich: ›Ich bin Johnny Cash.‹

Doch das machte ihn wütend. ›Genug, du lügst!‹, sagte er und stand auf, um mich zu testen. Jetzt war ich nicht nur nüchtern, sondern betete auch.

›Sing!‹, befahl er.

Ich sang eines der Lieder, die ich in meinen besseren Zeiten auf einer LP mit geistlichen Liedern aufgenommen hatte. (...) Der starke Holzfäller hatte jetzt Tränen in den Augen. ›Sing noch eins‹, sagte er, und ich sang ein weiteres Lied. Nach dem Lied sagte er heulend: ›Du und ich, wir sind ein paar Betrunkene, aber es hört sich tatsächlich an wie Johnny Cash. Sing noch ein Lied!‹ Er legte sich hin und machte seine Augen zu. Ich sang, bis ich davon überzeugt war, dass er schlief. Der Morgen kam und sie ließen mich raus.«

Randy Newman (*1943) ist uns Quasthoff-Brüdern ein treuer Lebensbegleiter, seit 1977 sein Album *Little Criminals* herauskam. Es enthält das schöne Stück *Short People*, eine bitterböse, aber höllisch groovende Satire auf die intoleranten Yuppies, die in der Schlusszeile gipfelt: »short people got no reason to live«. Nach der Schule jobbte Newman als Songschreiber für einen Musikverlag. Weil ihm die Art, wie andere seine Songs interpretierten, nicht gefiel, begann er selber Aufnahmen zu machen. Sein Kumpel Lenny Waronker bot ihm 1968 einen Plattenvertrag mit Reprise Records an, und er spielte sein Debüt *Randy Newman* ein.

Es wurde nicht gerade ein Renner, aber er konnte ein paar Songs an Judy Collins und Dusty Springfield verkaufen. Zwei Jahre später landeten Three Dog Night mit seinem *Mama told me not to come* einen Nr. 1-Hit. Die große Newman-Zeit begann 1972 mit *Sail Away*, dem Titelsong seines dritten Studioalbums. Das Stück erzählt von einem Sklavenhändler, der nach Afrika segelt und den Schwarzen das Land der Gerechten und Freien in so süßlichen Farben schildert, dass sie freiwillig auf die Schiffe springen. Der Text ist von grimmigem Witz und wird von der Musik und seinem knödeligen Organ großartig in Szene gesetzt. Das war stilbildend. Und so folgten ähnliche Kunststücke wie *Davy the Fat Boy* oder *Lonely At The Top*, die ihn zum »King of the Suburban Blues Singers« machten. *Rider In The Rain*, eine Ballade von fast klassischem Zuschnitt, ist eines unserer Lieblingsstücke. Aber eigentlich muss man es hören. Es findet sich auf *Little Criminals*.

Ende gut, alles gut

Ich bin ein Landstreicher, knochentrocken und verstaubt, und ich bin
durch die Ebenen von Louisiana gezogen, wo man Gumbo isst,
auf dem Dach eines Güterzuges hab ich einen 90-Meilen-Wind mitgebracht,
dann bin ich in eure Rindfleischstadt gekommen und habe es mit den
Mädels von der verpackenden Branche getrieben,
und nun entbiete ich euch ein süßes Goodbye, denn heute Nacht
nehme ich einen Zug der Seaboard Line.

Ich steh am Zaun vom Eisenbahn-Korall, und die Stiere sind spitz,
meine Mädels stehen auf der Anmacher-Straße, und der Wind ist
ebenfalls spitz,
mein Gesicht ist mit Aschengrus paniert, meine zwei Schuhe sind voller
Löcher.
Beim Wassertank schnappte ich mir einen Zug zur Küste, ans Meer.

Von Tür zu Tür hab ich mich in eurer Stadt namens Baltimore um
einen Job bemüht,
ich habe dem sonnigsten Mädchen von ganz Baltimore den Rasen
gemäht,
sie weinte und seufzte mir das ganze Hemd voll: »Bleib hier und
bleib mein Schatz!«
Ich küsste die Balto-Mieze zum Abschied, als die Weichen für meinen
Güterzug gestellt waren.

Ich schwang mich eine Eisenleiter hinauf, von Asche und Rauch umweht.
Meine Füße verließen das Güterzugdach, da wo New York anfängt;
drei Wochen lang hab ich in einer heruntergekommenen Frittenbude
euer dreckiges Geschirr gewaschen.
Dann hab ich mich in einem U-Bahn-Loch verirrt und landete in der
Bronx.

Ich wanderte durch den Bronx Park Zoo, wohl einen Monat lang,
so habe ich mich noch nie verirrt, weder mit Personen- noch mit Güterzügen,
ich bin dann in einen Käfig geklettert und eingepooft, und ein Zoomensch
hat meine Tür verriegelt,
und wenn ihr euch beeilt, könnt ihr mich bestaunen, wie ich an den Gitterstäben hochklettere.

Auf dem Schild draußen am Käfig steht: »Dies ist das fehlende Glied.«
Aber ich kriegte mein gutes Heu, auf dem ich liegen kann, und jede Menge zu fressen und zu saufen,
ich bade in meiner Sonne und singe meinen Mond an und habe richtig schön viel Platz,
neun Zehntel von euch Kriegsveteranen und Arbeitern können ein solches Zuhause nicht ihr Eigen nennen.

WOODY GUTHRIE

Stagger Lee

Wachtmeister, wie kann das sein?
Du kannst jeden einsperren, außer den grausamen Stagolee.
Diese miese Figur, oh, den grausamen Stagolee.

Billy Lyons sagte zu Stagolee,
»bitte verschone mein Leben,
ich hab zwei kleine Kinder und ein liebendes Weib«.
Diese miese Figur, oh, der grausame Stagolee,

»Was scheren mich deine kleinen Kinder
und deine liebende Frau?
Du hast meinen Stetson-Hut geklaut,
Ich hab das Recht, dir das Leben zu nehmen.«
Diese miese Figur, oh, der grausame Stagolee.

Boom-boom, boom-boom, knallte eine Vierundvierziger.
Well, als ich den alten Billy Lyons erblickte,
lag er auf dem Boden.
Diese miese Figur, oh, der grausame Stagolee.

Stagolee hing am Galgen, hatte den Kopf ziemlich hoch.
Sie killten ihn um zwölf Uhr, wir waren glücklich, ihn sterben zu sehen.
Diese miese Figur, oh, der grausamen Stagolee.

Mitglieder der Jury, was denkt ihr darüber:
Stagolee erschoss Billy Lyons wegen einem Fünf-Dollar-Stetson.
Diese miese Figur, oh, der grausame Stagolee.

Traditional, Version Mississippi John Hurt

Miss Otis bedauert (Miss Otis Regrets)

Miss Otis bedauert, dass sie heute nicht mit uns essen kann,
Madam.
Miss Otis bedauert, dass sie heute nicht mit uns essen kann.
Sie bittet um Entschuldigung, sie wurde aufgehalten,
aber letzten Abend ist sie unten in der Lover's Lane etwas auf
Abwege geraten, Madam.
Miss Otis bedauert, dass sie heute nicht mit uns essen kann.

Als sie aufwachte und bemerkte, dass ihr Liebestraum verschwunden war, Madam,
rannte sie zu dem Mann, der sie auf Abwege gebracht hatte.
Und unter ihrem samtenen Schlafrock zog sie eine Kanone hervor und schoss ihren Lover nieder, Madam.
Miss Otis bedauert, dass sie heute nicht mit uns essen kann.
Als die Meute kam und sie packte und aus dem Gefängnis schleifte,
Madam,
hängten sie sie an die alte Weide gegenüber der Straße.
Und in dem Moment, bevor sie starb, hob sie ihren hübschen Kopf
und rief,
Madam,

Miss Otis bedauert, dass sie heute nicht mit uns essen kann,
Miss Otis bedauert, dass sie heute nicht mit uns essen kann.

Cole Porter

Folsom-Knast-Blues (Folsom Prison Blues)

Ich höre den Zug kommen,
ich höre ihn um die Biegung rollen,
und ich habe den Sonnenschein nicht mehr gesehen, ich weiß nicht seit wann.
Ich brumme im Folsom-Knast, und die Zeit will einfach nicht vergehen.
Aber der Zug rollt weiter, runter nach San Antone.

Als ich noch ein Bub war, sagte meine Mama: Sohn,
sei immer ein guter Junge und spiele niemals mit Waffen.
Aber ich legte einen Mann in Reno um, nur, um zu sehen, wie er starb.
Wenn ich die Zugpfeife höre, lasse ich den Kopf hängen und weine.

Ich wette, da sitzen reiche Leute drin und essen im vornehmen Speisewagen,
sie trinken wahrscheinlich Kaffee und rauchen dicke Zigarren.
Gut, ich weiß, ich hab es verdient, ich weiß, ich kann nicht frei sein.
Aber diese Leute fahren einfach weiter und das ist es, was mich quält.

Gut, wenn sie mich aus diesem Knast rauslassen,
wenn dieser Zug mir gehören würde,
wette ich, ich würde ihn die Strecke ein bisschen weiter runter fahren,
weit weg vom Folsom-Knast, da möchte ich bleiben
und ich würde meinen Blues von dieser einsamen Pfeife wegblasen lassen.

Johnny Cash

Reiter im Regen (Rider in the Rain)

Hab ein Pferd zwischen meinen Knien
und bin auf dem Weg nach Arizona
Verzeiht mir, Jungs, bitte.

Ich war ein Desperado
zog raubend und plündernd über die Ebene
Nun gehe ich nach Arizona
Nichts weiter als ein Reiter im Regen.

Er ist ein Reiter im Regen
Er ist ein Reiter im Regen
Und ich geh nach Arizona
Er ist ein Reiter im Regen

Oh, meine Mutter ist in St. Louis
Und meine Braut in Tennessee
So, ich gehe nach Arizona
mit einem Banjo zwischen meinen Knien.

Er ist ein Reiter im Regen …

Früher arbeitete ich in Onkels Futterladen
während er im Krieg kämpfte
Nun gehe ich nach Arizona
Arbeite nicht mehr für ihn.
Ich bin der Sohn der Prärie
und der Wind fegt durch die Ebene.
So, nun gehe ich nach Arizona
Nichts weiter als ein Reiter im Regen.

Er ist ein Reiter im Regen …

Randy Newman

Keine Macht für Niemand: Rock- und Protestballaden

Strange Fruit basiert auf dem Gedicht *Bitter Fruit*, das Abel Meeropol (1903–1986) schrieb, als ihm 1939 ein Foto von dem Lynchmord an den beiden schwarzen Jungen Thomas Shipp und Abram Smith unter die Augen kam. Meeropol, ein jüdischer Lehrer aus der Bronx, der Poeme und Lieder unter dem Pseudonym Lewis Allan veröffentlichte, machte später daraus einen Song, den seine Frau auf Versammlungen der amerikanischen Linken vortrug. Einer der Veranstalter stellte Meeropol Billie Holiday vor. Ihr gefiel das Stück, aber sie hatte große Bedenken, es zu singen. Lady Day war zwar ein großer Jazz-Star, und ihre laszive, traumverhangene Stimme hatte längst auch ein weißes Publikum in Bann geschlagen, aber sie wusste, dass der einzige Ort, der sie vor dem alltäglichen Rassismus bewahrte, unter den Bühnenscheinwerfern lag. Als sie ein Engagement im Café Society bekam, dem einzigen New Yorker Club außerhalb Harlems, der Weiße und Schwarze gleichzeitig einließ, wagte sie es trotzdem. Die Reaktionen im Society waren ermutigend, anderswo wünschte man sie zum Teufel. In Mobile, Alabama, jagte man Holiday und ihre Band schon nach der ersten Strophe aus der Stadt. Auch die Manager von Columbia Records schlugen die Hände über dem Kopf zusammen, als sie *Strange Fruit* aufnehmen wollte. Commodore, ein kleines jüdisches Label, presste das Lied schließlich in Vinyl und machte damit verdientermaßen ein Vermögen. Im Laufe der Jahre wurde *Strange Fruit* Holidays größter Hit. Versöhnen konnte sie das nicht. Als sie, zermürbt vom Heroin und einem Leben voller Demütigungen, im Sterben lag und einen Titel für ihre Lebenserinnerungen wählen sollte, entschied sie sich für die letzten beiden Worte des Songs: »bitter crop« (bittere Ernte). Der Verlag ignorierte das souverän.

The Freewheelin' Bob Dylan machte den selbsternannten Woody-Guthrie-Erben 1963 zum Idol der Folk- und Protestbewegung. Das *Blowin' In The Wind*-Cover von Peter, Paul and Mary kletterte an die Spitze der US-Singlecharts, die anschießende Tournee mit Joan Baez wurde zum Triumphzug, im Juli flog er nach Mississippi, um den schwarzen Wählern bei der Registrierung zu assistieren, einen Monat später stand er neben Martin Luther King auf der Bühne, als der seinen Marsch auf Washington vor dem Weißen Haus beendete. Dass es Bob Dylan (* 1941) nicht ausreichen würde, als die Stimme seiner Generation verbucht zu werden, deutet sich aber schon in Songs wie *A Hard Rain Is Gonna Fall* an, den damals die meisten für eine Beschwörung der nuklearen Apokalypse hielten. Doch die surrealen Bilder und der biblische Ton der Ballade weisen darauf hin, dass Bob Dylan mental eigentlich weniger in der Gegenwart, sondern an der Seite der alten mythischen Sänger wandelt, und nehmen die irrwitzigen Meisterwerke von *Highway 61 Revisited* und *Bring It All Back Home* vorweg. »Das ist kein atomarer Regen, das ist kein Fall Out, das meint nur irgendeine Art von Ende, das einmal passieren wird«, hatte er allen, die nachgefragt haben, erklärt. Aber es wollte dem alten Rosstäuscher ja keiner glauben.

Vor kurzer Zeit, da hörte man im Radio mal wieder / *Spiel nicht mit den Schmuddelkindern, sing nicht ihre Lieder.* / Ein schöner Song samt klasse Text von F.J. Degenhardt, / was man recht schnell daran erkennt, wie sehr die Stimme knarrt. / So dachte man und summte gleich das Lied vom *Deutschen Wesen*, / bis einem im Refrain aufging, das ist vom Hüsch gewesen. / F. J. D. schrieb *Deutscher Sonntag*, mittendrin da spricht er, / das unvergesslich schöne Wort: »Schinkenspeckgesichter«. / Schön auch *Horsti Schmandhoff* im selb'n Buch bei rororo, / Horst Janssen hat dazu gemalt, doch das nur apropos. / Erinnerlich sind außerdem Schnaps und Bier und Wein, / die er gern in Lieder goss wie in sich selbst hinein. / Kurz gesagt, der Dichter gab, forecheckend emblematisch, / statt Klassenkampf oft den Villon, das war uns sympathisch. / Doch was bloß trieb so einen Mann dann doch zur DKP? / Riese unter Stalins Zwergen, musst' das sein? Ach, nee! / War's der Linken Standardfrage: »Wer hat uns verraten?«, / was sich stets aufs selbe reimt: »soziale Demokraten«. / Ach Väterchen, ach Väterchen, das wirkte ziemlich bieder, / und war nicht halb so elegant wie eines deiner Lieder.

Seltsame Früchte (Strange Fruit)

Die Bäume im Süden tragen seltsame Früchte,
Blut an den Blättern, Blut an den Wurzeln,
schwarze Körper schwingen im südlichen Wind,
seltsame Früchte hängen an den Pappelbäumen.

Pastorale Szenen aus dem galanten Süden.
Aus den Höhlen gequetschte Augen, verzerrte Münder,
Duft der Magnolien, süß und frisch,
dann plötzlich der Geschmack von verbranntem Fleisch.

Dies hier ist Obst für die Krähen zum Picken,
für den Regen zum Pflücken, für den Wind zum Saugen,
für die Sonne zum Verfaulen, für die Bäume zum Abwerfen,
dies ist eine seltsame und bittere Ernte.

Abel Meeropol

Es wird ein schwerer Regen fallen (A Hard Rain Is Gonna Fall)

Oh, wo bist du gewesen mein blauäugiger Sohn?
Wo bist du gewesen, mein Kleiner?
Ich bin zwölf Nebelberge entlanggestolpert
Bin über sechs krumme Highways gegangen und gekrochen
Trat mitten zwischen sieben traurige Wälder
Stand draußen vor einem Dutzend toter Ozeane
War zehntausend Meilen im Rachen eines Friedhofs
Und es wird ein schwerer Regen fallen.

Was hast du gesehen, mein blauäugiger Sohn?
Was hast du gesehen, mein lieber Kleiner?
Ich sah ein Neugeborenes, umgeben von wilden Wölfen
Sah eine Straße aus Diamanten, auf der niemand war
Sah einen schwarzen Ast, der von Blut troff
Sah einen Raum voller Männer mit blutigen Hämmern
Sah eine weiße Leiter, bedeckt von Wasser
Sah zehntausend Redner mit gebrochenen Zungen
Sah Gewehre und scharfe Schwerter in den Händen kleiner Kinder
Und es wird ein schwerer Regen fallen.

Und was hast du gehört, mein blauäugiger Sohn?
Und was hast du gehört, mein lieber Kleiner?
Ich hörte den Klang des Donners, der eine Warnung röhrte
Hörte das Brüllen einer Woge, die die ganze Welt überschwemmen
könnte
Hörte hundert Trommler mit lodernden Händen
Hörte zehntausend flüstern und niemanden lauschen
Hörte einen verhungern und viele Leute lachen
Hörte das Lied eines Dichters, der in der Gosse starb
Hörte einen Clown, der in der Gasse weint
Und es wird ein schwerer Regen fallen.

Wen hast du getroffen, mein blauäugiger Sohn?
Wen hast du getroffen, mein lieber Kleiner?
Ich traf ein kleines Kind neben einem toten Pony
Traf einen weißen Mann mit einem schwarzen Hund
Traf eine junge Frau, deren Körper brannte
Traf ein junges Mädchen, sie gab mir einen Regenbogen
Ich traf einen Mann, verwundet in seiner Liebe
Ich traf einen anderen Mann, verwundet in seinem Hass
Und es wird ein schwerer Regen fallen.

Was willst du nun tun, mein blauäugiger Sohn?
Was willst du nun tun, mein lieber Kleiner?
Ich gehe wieder zurück, ehe der Regen zu fallen beginnt
Ich gehe in die Tiefen des düstersten Waldes
Wo viele Menschen sind und ihre Hände ganz leer
Wo Giftklümpchen im Wasser treiben
Wo das Heim im Tal neben dem klammen dreckigen Gefängnis steht
Wo das Gesicht des Henkers immer gut verborgen ist
Wo Hunger hässlich ist, wo Seelen vergessen sind
Wo schwarz die Farbe ist und null die Zahl
Und ich werde es erzählen und denken und sagen und hauchen
Und vom Berg widerspiegeln, dass alle Seelen es sehen können
Dann werde ich auf dem Ozean stehen, bis ich zu sinken beginne
Aber ich werde mein Lied gut kennen, ehe ich es zu singen beginne
Und es wird ein schwerer Regen fallen.

Bob Dylan

Spiel nicht mit den Schmuddelkindern

Spiel nicht mit den Schmuddelkindern,
sing nicht ihre Lieder.
Geh doch in die Oberstadt,
mach's wie deine Brüder!

So sprach die Mutter, sprach der Vater, lehrte der Pastor.
Er schlich aber immer wieder durch das Gartentor
und in die Kaninchenställe,
wo sie Sechsundsechzig spielten
um Tabak und Rattenfelle,
Mädchen unter Röcke schielten,
wo auf alten Bretterkisten
Katzen in der Sonne dösten,
wo man, wenn der Regen rauschte,
Engelbert, dem Blöden lauschte,
der auf einen Haarkamm biss,
Rattenfängerlieder blies.
Abends, am Familientisch, nach dem Gebet zum Mahl,
hieß es dann: Du riechst schon wieder nach Kaninchenstall.

Spiel nicht mit den Schmuddelkindern,
sing nicht ihre Lieder.
Geh doch in die Oberstadt,
mach's wie deine Brüder!

Sie trieben ihn in eine Schule in der Oberstadt,
kämmten ihm die Haare und die krause Sprache glatt.
Lernte Rumpf und Wörter beugen.
Und statt Rattenfängerweisen
musste er das Largo geigen
und vor dürren Tantengreisen
unter roten Rattenwimpern
par coeur Kinderszenen klimpern –
und, verklemmt in Viererreihen,
Knochen morsch und morscher schreien –
zwischen Fahnen aufgestellt
brüllen, dass man Freundschaft hält.
Schlich er abends zum Kaninchenstall davon,
hockten da die Schmuddelkinder, sangen voller Hohn:

Spiel nicht mit den Schmuddelkindern,
sing nicht ihre Lieder.
Geh doch in die Oberstadt,
mach's wie deine Brüder!

Aus Rache ist er reich geworden. In der Oberstadt
hat er sich ein Haus gebaut, nahm jeden Tag ein Bad.
Roch, wie bessre Leute riechen,
lachte fett, wenn alle Ratten
ängstlich in die Gullys wichen,
weil sie ihn gerochen hatten.
Und Kaninchenställe riss er
ab. An ihre Stelle ließ er
Gärten für die Kinder bauen.
Liebte hochgestellte Frauen,
schnelle Wagen und Musik,
blond und laut und honigdick.
Kam sein Sohn, der Nägelbeißer, abends spät zum Mahl,
roch er an ihm, schlug ihn, schrie: Stinkst nach Kaninchenstall.

Spiel nicht mit den Schmuddelkindern,
sing nicht ihre Lieder.
Geh doch in die Oberstadt,
mach's wie deine Brüder!

Und eines Tages hat er eine Kurve glatt verfehlt.
Man hat ihn aus einem Ei von Schrott herausgepellt.
Als er später durch die Straßen
hinkte, sah man ihn an Tagen
auf 'nem Haarkamm Lieder blasen,
Rattenfell am Kragen tragen.
Hinkte hüpfend hinter Kindern,
wollte sie am Schulgang hindern
und schlich um Kaninchenställe.

Eines Tags in aller Helle
hat er dann ein Kind betört
und in einen Stall gezerrt.
Seine Leiche fand man, die im Rattenteich rumschwamm.
Drum herum die Schmuddelkinder bliesen auf dem Kamm:

Spiel nicht mit den Schmuddelkindern,
sing nicht ihre Lieder.
Geh doch in die Oberstadt,
mach's wie deine Brüder!

Franz Josef Degenhardt

A Boy Named Sue: Pech- und Pannen-Balladen

Auch wir hielten *Ein Junge namens Sue* lange für ein Stück von Johnny Cash. Er hat es auch sehr schön gesungen. Aber der Komponist heißt Shel Silverstein (1930–1999) und war, wie uns eine amerikanische Freundin versicherte, nicht nur Dichter, Karikaturist, Songwriter, Fotograf, Filmkomponist, Drehbuch- und Kinderbuchautor, sondern auch einer der verrücktesten und kreativsten Köpfe der USA. Zumindest pflegte er einen wunderbar bizarren Humor. Sein Kinderbuch *Onkel Shelbys ABZ-Buch* stellt jeden Buchstaben mit einem Verbum oder Substantiv vor. Für das W steht z.B. Waschen: »Hast Du heute Dein Gesicht gewaschen? Ja? Gut! Hast Du Deine Hände gewaschen? Ja? Gut! Hast Du Deine Ellbogen gewaschen? Das ist dumm – keiner kann sie sehen.« Seine autobiografischen Reisecartoons funktionieren so: Silverstein sitzt in der Schweiz auf einem Marktplatz und mustert die Leute. Drunter steht: »Ich gebe ihnen noch fünfzehn Minuten, wenn keiner jodelt, gehe ich zurück ins Hotel.« Sein weiteres Œuvre umfasst eine Rap-Fassung von Shakespeares *Hamlet*, jede Menge guter Songs wie *The Ballad of Lucy Jordan*, der 1979 von Marianne Faithfull aufgenommen und im Film *Thelma & Louise* verwendet wurde, oder *Queen of the Silver Dollar* von Emmylou Harris. Außerdem schrieb er die meisten Titel der Gruppe Dr. Hook & The Medicine Show sowie für Johnny Cash *25 Minutes* und eben jenes *A Boy Named Sue*, die fürchterliche Geschichte eines Jungen, dem der Vater einen Mädchennamen gegeben hat. Cash sagte, das sei »der cleverste Song, den ich je gesungen habe«. Unsere amerikanische Freundin kann darüber nur bedingt lachen. Ihr Vorname ist Jan, ohne »e«, und wird gesprochen, wie man ihn schreibt.

Über ihre Eltern erzählt Rickie Lee Jones (* 1954): »Mein Vater war ein Jack-Kerouac-Charakter. Er reiste durchs Land, suchte nach Jobs, schrieb Lieder und Geschichten und zog weiter, wenn nichts mehr ging. Das Auto war das Symbol seiner Hoffnung. Meine Mutter war ein weiblicher Kerouac, obdachlos, unzähmbar, immer unterwegs. Sie versuchte ständig, das Bett durchs Schlüsselloch ins Auto zu kriegen. Sie schaffte es.« Die Tochter ist nicht weit vom Stamm gefallen. Ständig zieht sie von der West- an die Ostküste, anschließend zurück an die Westküste, dann nach Frankreich und schließlich wieder in die USA. Mittlerweile lebt sie in Olympia, Washington. 1973 zog Rickie Lee Jones nach San Diego ins sonnige Kalifornien, um zu studieren. Dazu kam sie aber kaum, weil sie tagsüber schlief und nachts in den Clubs ihre balladesken Songs vortrug. 1977 spielte sie mit Unterstützung des Steely-Dan-Clans das Album *Rickie Lee Jones* ein und wurde über Nacht berühmt. Es enthält Perlen wie *Easy Money* (Leicht verdientes Geld), die virtuos zwischen Jazz, Folk und Westcoast-Rock pendeln. Seitdem hat sie ihren Stil noch perfektioniert und ein Dutzend CDs produziert, die eigentlich in keinem Plattenschrank fehlen dürfen.

Das Lennon / McCartney-Stück *A Day in The Life* ist einer der gewaltigsten Beatles-Songs aller Zeiten. Nicht nur wegen des 40-köpfigen Orchesters, das die Fab Four ins Studio schleppten, um zwei Lücken von je vierundzwanzig Takten zu füllen. Es existierten keine Noten, Produzent George Martin gab nur einen Tonumfang vor. Dann sagte er den Musikern: »Egal, was Sie spielen, hören Sie auf keinen Fall auf das, was Ihr Nachbar spielt, denn ich will nicht, dass Sie das Gleiche spielen.« Anschließend hämmerten die Beatles auf drei Flügeln gleichzeitig einen krachenden E-Dur-Akkord, den Martin elektronisch auf 53 Sekunden dehnte. Das war der Schluss der Ballade. Am Anfang standen zwei Geschichten, die John Lennon (1940–1980) in der Zeitung fand: »Die eine handelte vom Guinness-Erben, der sich im Auto totgefahren hatte (…). Auf der folgenden Seite sah ich eine Meldung über 4000 Schlaglöcher in den Straßen von Blackburn in Lancashire, die ausgebessert werden mussten.« Daraus machte er die Strophen. Paul McCartney (* 1942) steuerte den Mittelteil bei, die Jugenderinnerung an den Schulweg, und die Zeile »I'd love to turn you on« (Ich möchte euch gerne anmachen). Die sieben Worte gaben dem Lehrstück über die Nichtigkeit (Strophe 1) und Blödigkeit (Strophe 2) des Lebens erst die Würze. Jeder hielt sie für den Aufruf zum hemmungslosen Drogenkonsum. George Martin ebenso wie die BBC, die das Stück auf den Index setzte. Lennon und McCartney kifften damals zwar wie die Weltmeister, haben diesen Zusammenhang aber immer bestritten. Es ist auch egal. In der Gesamtschau findet sich hier das Beste der Swinging Sixties gebündelt: Aufmüpfigkeit, künstlerischer Wagemut, geniales Songwriting und ein fröhlicher Wahnsinn, der grenzenlosen Optimismus ausstrahlt.

Mit dem *Fat Girl* hat Lyle Lovett (*1957) vorexerziert, dass man eine Tragödie in vierzehn Zeilen packen kann. Er gehört mit Dwight Yoakam, Steve Earle, k.d. lang und Studienfreund Robert E. Keen zu einer neuen Generation von Countrysängern, die sich textlich und musikalisch neue Spielfelder jenseits des Mainstreams erschlossen haben. Lovett bedient sich harmonisch oft beim Jazz und hat eine so eigenwillige variable Stimme, dass man seinen Stil sofort erkennt. Was aber nicht heißt, dass er es nötig hätte, sich zu wiederholen. Von seinen acht bisher veröffentlichten Alben gleicht keines dem anderen. Gelegentlich tritt er in Filmen auf und beweist auch hier, wie als Songschreiber, Geschmack. Er spielte unter anderem in den Robert-Altman-Filmen *Short Cuts* und *The Player*.

Ein Junge namens Sue (A Boy named Sue)

Mein Vater ist abgehauen, als ich drei Jahre alt war,
und er hat Ma und mir nicht viel hinterlassen,
nur diese alte Gitarre und ’ne leere Flasche Fusel.
Nun, ich nehm’s ihm nicht krumm, dass er weg ist und sich versteckt,
aber das Gemeinste, was er je gemacht hat,
war: bevor er weg ist, taufte er mich auf den Namen Sue.

Nun, er fand wohl, dass das ein guter Witz war,
und dass es ihm ’ne Menge Lacher von ’ner Menge Leute einbringt.
Schätze, ich werde mein ganzes Leben dagegen ankämpfen müssen.
Ein Mädchen wird kichern, ich werde rot werden,
und ein Kerl wird lachen und ich werde ihm den Schädel einschlagen.
Ich sag’ euch, das Leben ist nicht leicht für einen Jungen namens Sue.

Ich bin schnell gewachsen und schnell ein scharfer Hund geworden,
meine Fäuste sind hart und ich hab ’nen scharfen Verstand,
bin von Stadt zu Stadt gezogen, um meine Schande zu verstecken.
Aber eins hab ich mir, Mond und Sterne sind meine Zeugen,
geschworen:
Ich würde alle Honky-Tonks und Bars absuchen
und den Kerl umbringen, der mir diesen schrecklichen Namen
gegeben hat.

Es war Mitte Juli in Gatlinburg,
und ich kam in die Stadt und meine Kehle war wie Sandpapier.
Ich dachte, mach ich mal halt und spendier’ mir ein Bier.
Und da, in einem alten Saloon in einer dreckigen Gasse,
an einem Tisch, beim Pokern,
saß der dreckige, räudige Hund, der mich Sue getauft hat.

Nun, ich wusste, diese Schlange war mein geliebter Vater,
ich kannte ihn von einem abgegriffenen Foto, das meine Mutter
besaß.

Und ich kannte diese Narbe auf seiner Backe und seinen bösen Blick.
Er war groß und krumm und grau und alt,
und ich sah ihn an und mir gefror das Blut in den Adern,
und ich sagte: »Mein Name ist Sue!
Wie geht's denn so?
Du wirst jetzt sterben!«
Yeah, das war's, was ich ihm sagte.

Nun, ich verpasste ihm einen sauberen Schlag zwischen die Augen,
und er ging zu Boden, aber zu meiner Überraschung
kam er wieder hoch mit 'nem Messer in der Hand und säbelte mir ein Stück vom Ohr ab.
Aber ich hab' ihm einen Stuhl querfeldein durch sein Gebiss gehauen,
und wir sind durch die Wand auf die Straße gekracht,
unentwegt aufeinander eintretend und -prügelnd in all dem Schlamm, Blut und Bier.

Ich kann euch sagen,
ich hab' schon mit härteren Brocken gekämpft,
aber ich kann mich wirklich nicht erinnern, wann.
Er trat wie ein Maulesel und biss um sich wie ein Krokodil.
Ich hörte ihn lachen und dann hörte ich ihn fluchen,
und er griff nach seinem Schießeisen, aber ich zog schneller.
Dann stand er da, schaute mich an und ich sah ihn lächeln.

Und er sagte: »Sohn, das ist eine raue Welt,
und wenn ein Mann nicht untergehen will, muss er Mumm haben,
und ich wusste, ich würde nicht da sein, um dir beizustehen.
Also hab' ich dir den Namen gegeben und verabschiedete mich.
Ich wusste, du würdest entweder ein ganzer Kerl werden oder sterben,
und es ist der Name, der dich stark gemacht hat.«

Er sagte: »Eben hast du mir einen Höllenfight geliefert,
und ich weiß, du hasst mich, und du hast jedes Recht,
mich jetzt zu töten, und ich würd's dir nicht krummnehmen.
Aber bevor ich sterbe, solltest du mir noch danken,
für den Mumm in den Knochen und das Funkeln in Deinen Augen,
weil: ich bin der Hundesohn, der dich Sue getauft hat.«

Ja, was sollte ich machen? Was sollte ich machen?

Ich stand da wie angenagelt und ich warf meine Kanone weg,
und ich nannte ihn »mein Vater« und er nannte mich »Sohn«,
und auf einmal sah ich die Sache anders.
Und nun denke ich ab und zu an ihn.
Jedes Mal, wenn ich es versuche, ist es ein Gewinn für mich.
Und sollte ich jemals einen Sohn haben,
denke ich, ich nenne ihn
Bill oder George!
Irgendwie, nur nicht Sue!

Ich hasse den Namen immer noch!
SHEL SILVERSTEIN

Leicht verdientes Geld (Easy Money)

Da war ein Joe,
er lehnte an der Hintertür,
und ein paar Jills mit ein paar Rechnungen.
Ihre Augen peilten,
sie warteten darauf,
ein bisschen leicht verdientes Geld zu machen.
Sie schnipsten mit einer Münze.
Eine sagte: »Well, ich werde mir heute ein paar Skalps holen.«
Eine ging hin,
eine ging her,
einer glitt der Träger von der Schulter.
Sie konnte nicht sprechen,

sie hatte weiche Knie.
Sie konnte das leicht verdiente Geld beinahe riechen.
Dann war da diese alte fette Katze,
sie saß in einem alten schwarzen Cadillac.
Der gute Joe roch verführerisch.
Sie rollte runter bis zu den Füßen ihres Lovers.
Sie sagte: »Ich habe einen Plan,
hör zu, Sam, wie würdest du es finden,
ein bisschen leicht verdientes Geld zu machen?«
Er sagte: »Ja klar, prima!
Musst mir nur sagen, was ich machen soll.«
Sie sagte: »Baby, du kannst mir vertrauen,
du musst dich nur in meinem Zimmer verstecken,
Baby, bis Viertel vor zwei.«
Tja, dann sagte die Katze zu Joe,
»Komm rauf in mein Zimmer und amüsier dich mit meinem Spielzeug.«
Aber nun warf auch Jill ihren Köder aus
und sie saß nicht mehr herum und wartete.
Aber dieser Typ war zu schlau für all die Lügen,
und er flitzte zur Tür raus
mit dem leicht verdienten Geld.
Leider gab es keinen Mann,
der mit Geld 'rumwarf,
der den Köder schluckte,
der langsam in der Birne war.
Was so einfach aussieht,
ist oft ein schweres Stück Arbeit.
Und das schwerste Stück Arbeit ist leicht verdientes Geld.
Wir sagen: »Ja! Genauso ist es!«
Samstag Nacht
gab es einen harten, harten Kampf
zwischen zwei Damen, die das gleiche Spiel verloren hatten.
Es war nicht ganz klar,
aber ich höre, irgendwer wollte ein bisschen leicht verdientes Geld machen.

Rickie Lee Jones

Ein Tag im Leben (A Day In The Life)

Oh Mann, ich hab heute den Bericht gelesen
von einem Glückspilz, der es geschafft hat,
und obwohl der Bericht ziemlich traurig war,
musste ich lachen.
Ich sah das Foto.
Er fuhr sich in seinem Auto um den Verstand.
Er hatte nicht bemerkt, dass die Ampel umgesprungen war.
Eine Menge Leute standen da und starrten.
Sie hatten sein Gesicht schon mal gesehen.
Keiner war sich sicher,
ob er im House of Lords saß.
Oh Mann, ich hab heute einen Film gesehen,
die englische Armee hatte eben den Krieg gewonnen.
Eine Menge Leute wandten sich ab,
aber ich hab halt hingeguckt,
während ich ein Buch las.

Ich würd' euch gerne anmachen.

Wachte auf, fiel aus dem Bett,
pflügte mit dem Kamm über meinen Kopf.
Schlurfte die Treppe runter und trank eine Tasse,
und als ich nach oben sah, merkte ich, ich war spät dran.
Fand meinen Mantel, schnappte meinen Hut.
Kriegte den Bus in letzter Sekunde,
stieg nach oben und rauchte,
irgendwer redete und ich begann zu träumen.

Oh Mann, ich hab heut den Bericht gelesen,
viertausend Löcher in Blackburn, Lancashire,
und auch wenn die Löcher sehr klein waren,
sie haben sie alle gezählt.
Nun wissen sie, wie viele Löcher es braucht,
um die Albert Hall zu füllen.

Ich würd' euch gerne anmachen.

John Lennon / Paul McCartney

Das fette Mädchen (The Fat Girl)

Das fette Mädchen
Hockte immer drinnen und spielte Klavier
Und sie sagte zu ihrer Mutter
Die Kinder bringen mich zum Weinen
Und ihre Mutter sagte zu ihr
Sie meinen es nicht so
Sie meinen es nicht so
Sie meinen es nicht so
Sie meinen es nicht so

Das fette Mädchen
ist jetzt nicht mehr fett
Und mein Gott, wie sie Klavier spielt
Und sie singt laut
Und sie singt leise
Und sie singt über Liebe
Und blinde Leidenschaft
Aber sie meint es nicht so
Sie meint es nicht so
Sie meint es nicht so
Sie meint es nicht so

LYLE LOVETT

Tante Bank: Balladen aus dem bundesdeutschen Pandämonium

Georg Kreisler (* 1922) war, wenn er den pubertierenden Quasthoff-Buben im Fernsehen erschien, immer eine große Freude. So etwas kannte man sonst nicht. Es gab Loriot, Heinz Erhardt, später Otto Waalkes, es gab ein bisschen Kabarett. Ansonsten beherrschten Schreckenskabinette wie der *Blaue Bock* den Schirm, denen man sich nicht entziehen durfte, sonst kriegte man die anschließende *Sportschau* gestrichen. Der freundliche Herr im korrekten Anzug, dem unter der Hornbrille ein etwas schmieriges Grinsen im Gesicht hing, sang *Lieder zum Fürchten*, *Seltsame Liebeslieder* oder *Nichtarische Arien*, kleine, gemeine Songs, die die Phänomene des Lebens, soweit man das beurteilen konnte, präzise umrissen. Ob es ums *Taubenvergiften im Park* ging, um *Gelsenkirchen*, die *Wanderniere* oder um den *Weihnachtsmann*. Als man älter wurde, begriff man, dass Kreisler einer der wenigen war, die es geschafft hatten, die Balladentradition Wedekinds, Morgensterns, Mehrings oder Ringelnatz' zu bewahren. Georg Kreisler machte davon kein großes Gewese. Die Sache sei »ganz einfach. Man nehme ein an und für sich grausiges Ereignis und übertreibe es maßlos, sodass es seinen Schrecken verliert und grotesk wird, dann kann man noch eine Musik dazu schreiben, die gar nicht dazu passt, und schon ist das Lied fertig.« Wir aber verneigen uns vor einem echten Meister seines Fachs.

Zur *currywurst* von Herbert Grönemeyer (* 1956) muss man nicht viel sagen. Außer dass der großartige Text von Jürgen Triebel und Diether Krebs stammt. Ist ein Evergreen und einer unserer ewigen Lieblingssongs, einen besseren hat Grönemeyer nie geschrieben. Ansonsten fällt uns zu ihm nicht viel ein. Wir haben *Das Boot* gesehen, über Wiglaf Drostes Gedicht *Grönemeyer kann nicht tanzen* herzlich gelacht und seinen WM-Song abgrundtief gehasst.

Als die Deutsche Phonoakademie Reinhard Mey (* 1942) 1999 einen Echo in der Sparte »Deutscher Schlager« verleihen wollte, platzte dem gutmütigen Gesellen der Kragen: »Solange ich hören kann, habe ich nach Auswegen aus dem Elend des deutschen Schlagers gesucht, dessen Ewiggestriges internationalen Musiktrends hinterherhinkt und dessen peinliche Anspruchslosigkeit schuld daran ist, dass deutsche Unterhaltungsmusik – wenn überhaupt – mit Spott und mitleidigem Lächeln bemerkt wird.« Also sprach Reinhard Mey, und er hatte wohlgesprochen. Denn sein Metier ist die Hege und Pflege der »seltenen, schönen, zarten Blume Chanson« (Mey). Die Frage war nur, welches dieser Pflänzchen wir pflücken sollen, um es in dieses Buch zu pressen. *Der Mörder ist immer der Gärtner*, die *Hymne an Frau Pohl*, den *Pfeifer* oder die *Diplomatenjagd*? Wir haben uns für die *Schlacht* *am kalten Buffet* entschieden, weil es ein nach wie vor äußerst drängendes Problem behandelt.

Wer Funny van Dannen (* 1958) nicht kennt, muss ihn sich wie eine Mischung aus Reinhard Mey, Georg Kreisler und Karl Valentin vorstellen. Künstlerisch! Er schreibt hauchzarte Chansons, skurrile bis hochkomische Balladen, kann aber auch, wenn's passt, mal einen gröberen Ton anschlagen und verschmäht auch die Zote nicht. Aber alles, was er singt, ist gesättigt von großer Weltkenntnis und grundsolidem Humanismus, der ihn selbst die horribelsten Abgründe des Menschseins mit mildem Spott betrachten lässt. Und so gibt es nichts, worüber Funny van Dannen keine schönen Songs schreiben könnte. *Korkenzieherlocken*, *Homebanking*, *Posex und Poesie*, *Callcenterchöre*, *Herzscheiße*, *Kleine geile Firmen*, *Evangelische Mädchen* oder *Guido Westerwelle*. Seit er 1995 sein erstes Werk *Clubsongs* herausgebracht hat, erscheint jedes Jahr eine neue CD, jedes zweite Jahr ein neues Buch, und wenn man uns fragt, kann das ruhig noch eine Weile so weitergehen.

Das gilt auch für die Aktivitäten von Danny Dziuk (* 1956). Der begabte Bub drückte fleißig Etüden in das heimische Klavier, bis er eines Tages den Blue Notes verfiel. Sie wehten herüber vom Jazzfestival in Moers, seither war Dziuk für die Fuge verloren. Er studierte zwar noch ein Semester klassisches Piano an der Musikhochschule Köln, doch dann warf er's hin, um seinen Hausgöttern Miles Davis, McCoy Tyner und Bob Dylan nachzustreben. Aber vom Jazz allein können in Deutschland die wenigsten leben. Danny Dziuk komponierte Musik für Klaus Lage und tourte als Sideman u. a. mit Albert Mangelsdorff, Champion Jack Dupree, Katie Webster und Chuck Berry durch Europa. Sein Talent als Songschreiber entdeckte er Anfang der neunziger Jahre, als er begann, mit dem Ruhrpottheroen Stefan Stoppok und dem runden Dichter Wiglaf Droste zu arbeiten. 1993 gründete er eine eigene Band, die den schönen Namen Dziuks Küche trägt und seither wunderbare Songs wie *Tante Bank* in die Welt stellt.

Den Berliner Künstler, Dichter und Galeriebetreiber (Praxis Haagen) Andi Arbeit Hahn (* 1956) kennen wir schon so lange, dass es fast nicht mehr schön ist. Das heißt, schön ist es doch, weil er ein so patenter Kopf und herzensguter Spezi ist. Die *Drogenallergie* stammt aus den frühen Tagen unserer Bekanntschaft, aus der Boheme-Zeit, als man sich zeitweise eine Wohnung teilte, seine Studientage auf Balkonen verbummelte und das Geld, das man nicht besaß, in Hopfen- und Hanfprodukte investierte. Realiter ging es mehr um Hopfen als um Hanf, das war erstens billiger und zweitens störte es nicht so, wenn doch mal eine Zwischenprüfung anstand und man seine fünf Sinne wenigstens stundenweise zusammenzuraffen hatte. Heutzutage, da das Genussmittel an sich ja schon flächendeckend am Pranger steht und bald wohl gänzlich aus unserem Kulturkreis verschwunden sein wird, heutzutage ist man froh, dass man mal probiert hat.

Tauben vergiften

Schatz, das Wetter ist wunderschön,
Da leid ich's net länger zu Haus!
Heute muss man ins Grüne gehn,
In den bunten Frühling hinaus!
Jeder Bursch und sein Mädel
Mit einem Fresspaketel
Sitzen heute im grünen Klee,
Schatz, ich hab eine Idee!
Schau, die Sonne ist warm und die Lüfte sind lau,
Geh mer Tauben vergiften im Park!
Die Bäume sind grün und der Himmel ist blau,
Geh mer Tauben vergiften im Park!
Wir sitzen zusam' in der Laube
Und a jeder vergiftet a Taube,
Der Frühling, der dringt bis ins innerste Mark
Beim Taubenvergiften im Park.
Schatz, geh bring das Arsen gschwind her,
Des tut sich am besten bewährn,
Streus auf a Graubrot kreuz über quer,
Nimms Scherzel, des fressens so gern.
Erst verjag mer die Spatzen,

Denn die tun eim alles verpatzen,
So a Spatz ist zu gschwind, der frisst's Gift auf im Nu,
Und des arme Tauberl schaut zu.
Ja, der Frühling, der Frühling, der Frühling ist hier,
Geh mer Tauben vergiften im Park!
Kann's geben im Leben ein größres Plaisier
Als das Taubenvergiften im Park?
Da Hansel geht gern mit der Mali,
Denn die Mali, die zahlt's Zynkali,
Die Herzen sind schwach und die Liebe ist stark
Beim Taubenvergiften im Park!
Nimm für uns was zu naschen
In der andern Taschen,
Geh mer Tauben vergiften im Park!

Georg Kreisler

currywurst

gehse inne stadt
wat macht dich da satt
ne currywurst

kommse vonne Schicht
wat schönret gibt et nich
als wie currywurst

mit pommes dabei
ach, dann gebense gleich zweimal currywurst

bisse richtig down
brauchse wat zu kaun
ne currywurst

willi, komm geh mit
ich krieg appetit
auf currywurst

ich brauch wat in bauch
für mein schwager hier auch noch ne currywurst

willi, is dat schön
wie wir zwei hier stehn
mit currywurst

willi, wat is mit dir
trinkse noch n bier
zur currywurst

ker scharf is die wurst
mensch dat gibtn durst, die currywurst

bisse dann richtig blau
wird dir ganz schön flau
von currywurst

rutscht dat ding dir aus
gehse dann nach haus
voll currywurst

aufm hemd auffer jacke
ker wat ist dat ne k.... alles voll currywurst

komm willi
bitte, bitte, komm geh mit nach hause
hörma, ich kriegse wenn ich so nach hause komm
willi, willi, bitte, du bisn kerl nach mein geschmack
willi, willi komm geh mit, bitte willi

Diether Krebs, Jürgen Triebel, Herbert Grönemeyer

Die heiße Schlacht am kalten Buffet

Gemurmel dröhnt drohend wie Trommelklang, gleich stürzt eine ganze Armee,
die Treppe herauf, und die Flure entlang, dort steht das kalte Buffet.
Zunächst regiert noch die Hinterlist, doch bald schon brutale Gewalt,
da spießt man, was aufzuspießen ist, die Faust um die Gabel geballt.
Mit feurigem Blick und mit Schaum vor dem Mund kämpft jeder für sich allein,
und schiebt sich in seinen gefräßigen Schlund, was immer hineinpasst, hinein.

Bei der heißen Schlacht am kalten Buffet, da zählt der Mann noch als Mann,
und Aug' um Auge, Aspik um Gelee, hier zeigt sich, wer kämpfen kann, hurra!
Hier zeigt sich wer kämpfen kann.

Da blitzen die Messer, da prallt das Geschirr mit elementarer Wucht,
auf Köpfe und Leiber, und aus dem Gewirr, versucht ein Kellner die Flucht.
Ein paar Veteranen im Hintergrund tragen Narben auf Stirn und Gesicht,
quer über die Nase und rings um den Mund, wohin halt die Gabel sticht.
Ein tosendes Schmatzen erfüllet den Raum, es rülpst und es grunzt und es quiekt.
Fast hört man des Kellners Hilferuf kaum, der machtlos am Boden liegt.

Bei der heißen Schlacht am kalten Buffet …

Da braust es noch einmal wie ein Orkan, ein Recke mit Übergewicht
wirft sich aufs Buffet im Größenwahn, worauf es dann donnernd zerbricht.
Nur leises Verdauen dringt noch an das Ohr, das Schlachtfeld wird nach und nach still.

Aus Trümmern sieht angstvoll ein Kellner hervor, der längst nicht mehr fliehen will.
Eine Dame träumt lächelnd vom Heldentod, gebettet in Kaviar und Sekt,
derweil sie, was übrigzubleiben droht, blitzschnell in die Handtasche steckt.
Das war die Schlacht am kalten Buffet, von fern tönt das Rückzugssignal.
Viel Feind, viel Ehr' und viel Frikassee, Na denn: »Prost« bis zum nächsten Mal, hurra!
Na denn: »Prost« bis zum nächsten Mal!

Das war die Schlacht am kalten Buffet, und von dem vereinnahmten Geld
gehn zehn Prozent, welch noble Idee, als Spende an »Brot für die Welt«, hurra!
Als Spende an »Brot für die Welt«.
REINHARD MEY

Homebanking

Sie hatten Liebe gemacht, und es war schön gewesen
sie lag jetzt in seinen Armen, sie waren sich ganz nah
Kann etwas zwischen uns kommen, dachte sie – Nein!
Doch sie war ängstlich, sie wollte sicher sein
Sie wollte es wissen, sie hat ihn gefragt
und anstatt sie zu küssen, hat er ihr einfach die Wahrheit gesagt

Er hat ihr so weh getan, er hat sie so verletzt
denn er sagte Homebanking, als sie ihn fragte woran denkst du jetzt

Er sagte Homebanking, und sie wollte schrein
aber es ging nicht, sie lag nur da und er schlief ein
Ihr kamen die Tränen, sie stieg aus dem Bett
sie zog sich was über und ging auf den Balkon
Sie fühlte sich elend, sie sah hoch zum Mond
sie wollte nach Hause, aber da war sie ja schon

Er hat ihr so weh getan …

Warum hat er sie nicht getröstet und gesagt, es tut mir leid
leider wissen wir es nicht, doch wir überlegen die ganze Zeit

Er hat ihr so weh getan …
Funny van Dannen

Tante Bank

guten Tag, Tante Bank
ich brauch Kredit, denn meine Firma ist krank
ich hab' Ideen, doch der Vermieter macht Punk
mehr als sonst, Tante Bank

also schön, Tante Bank
hab Außenstände, doch die träumen im Schrank
so vor sich hin, denn meine Kunden sind blank
so kann's gehen, Tante Bank

… wieso denn das, Tante Bank?
kennen wir uns denn jetzt nicht schon jahrelank?
Sie wissen ganz genau, Sie schulden mir Dank
in Ihr'm Job, Tante Bank

ich brauch 'n Schub, Tante Bank
& zwar sofort, ich mach die Firma auch schlank
schmeiß jeden raus, der auch nur *einen* Tag krank
gefeiert hat, Tante Bank

jetzt mal in echt
Tante, Tante, Tante Bank
meine Tante, deine Tante …

tut mir leid, Tante Bank
um den Champagner, den ich mit Ihnen trank

die Aktie, die Sie mir empfahlen, die sank
wie ein Stein, Tante Bank

ha'm Sie nicht gesagt, Sie wär'n immer für mich da
& wenn ich Hilfe bräucht'
dann kämen wir schon klar
nur fuhr ich damals auch 'n Jaguar
da sagt sich so was leicht
jetzt isser nicht mehr da …

wir müssen jetzt, Tante Bank
zusammenstehen wie die Gläser im Schrank
sonst zieh' ich Ihnen Ihre Hammelbeine lank
und zwar von hier bis nach Frank-

furt, ja, Tante Bank
entschuldigung, das war ein Scherz … was ist los?
wo ist denn plötzlich Ihr Humor, der so groß-
zügig schien, Tante Bank

ja, wo isser denn …
meine Tante, deine Tante …

also gut, Tante Bank
was daran witzig ist? Das wer'n Se gleich seh'n
z. B. hier: die neusten Hermes-Kopien / und
ist dieser Zwei-Mio-Scheck hier nicht schön?

und der ist nicht mal geliehen
sondern ein Vorschuss auf'n Deal, Sie versteh'n
& raten Se mal, wohin ich *damit* jetzt geh'n
werde? Genau, Tante Bank:
zur Tante Bank nebenan
die ist viel netter wie Sie
Sie selten doofe Prali-
ne, Sie!

Danny Dziuk

Neulich, da hatte ich 'ne Drogenallergie

Neulich, da hatte ich 'ne Drogenallergie
Der kleinste Krümel Hasch, schon schwoll mir das Knie

Auch nach Opas Opium –
Drehte sich mein Magen um

Muskatnuss und der Fliegenpilz
Verätzten mir die halbe Milz

Das kleinste Stäubchen Kokain
Gleich hing ich unterm Baldachin

Galanga oder Trunkelbeere –
Kein bisschen Rausch, nur tiefe Leere

Neulich, da hatte ich 'ne Drogenallergie …

Eine Winzigkeit von LSD –
Gleich wurde grün der rechte Zeh

Selbst Hustensaft für Kinder
Schaffte mich nicht minder

Die kleinste Unze Meskalin –
Schon schmiss ich alle Teller hin

Cannabisrauch, auch von ganz weit –
Erfüllte mich mit Übelkeit

Alraune, Tollkirsche oder Bilsenkraut –
Am Unterarm pellte sich die Haut

Bei Kaffee, Tee und auch Tabak –
Ritt ich beim Teufel Huckepack

Spätnachts rief ich bei Albert Hofmann an
Klingelte aus dem Bett den alten Mann
Er wusste auch keinen guten Rat
Brummte nur: Gemach – Gemach
Wasch dir die Haare, halt dich fit
Mit 60 kiffste wieder mit!

Andi Arbeit Hahn

Nachspiel: Von den letzten Dingen

Werter Leser, am Ende unseres gemeinsamen Weges durch die Welt der Ballade stellt sich die Frage, wie hält es das Genre mit den letzten Dingen zwei Jahrtausende nach der bislang einzigen irdischen Materialisation einer Himmelsmacht? Wie tritt die Ballade dem Tod, wie tritt sie Gott oder (für die Atheisten und Heiden unter uns) dem Nichts gegenüber? Was Gott betrifft, können wir sagen, nicht unfreundlich. Betrachtet man Carsten Hildebrandts (* 1956) kleine Bildgeschichte *Und SEin Wort ward Wurst geworden*, ist sogar mitfühlende Sympathie zu konstatieren. Das ist gerade in diesen gerontophoben Zeiten keine Kleinigkeit. Über den Autor wissen wir leider nur, dass er in Celle geboren ist, in Göttingen lebt und seinen Comic 1984 dem Haffmans Verlag angeboten hat, der die feine Arbeit im *Raben*, dem *Magazin für jede Art von Literatur* veröffentlichte. Peter Turrinis (siehe das Brevier der Modernen Balladen) Position ist da schon ambivalenter. Immerhin scheint er noch an eine höhere Instanz zu glauben. *Warum beklagst du* lässt allerdings auf gewisse Kommunikationsstörungen schließen, der Draht nach oben scheint unterbrochen. So etwas kann ja behoben werden, manchmal aber, wie Telekomkunden wissen, auch ewig dauern.

Wilhelm Buschs *Asket* muss die Erfahrung machen, dass eine privilegierte Standleitung zu Gott nicht so einfach zu haben ist. Zumindest nicht, wenn sich das Fleisch so anfällig zeigt. Eine ironische Spitze gegen den Hochmut des Eiferers. Natürlich können aufseiten Buschs auch grundsätzliche Zweifel am Sinn des Religiösen nicht ausgeschlossen werden, was wir jedoch für eine Überinterpretation halten würden. *Ein Zwischenfall* von F.W. Bernstein thematisiert unser Verhältnis zur Endlichkeit allen Seins. Dabei sollte man der aufdringlichen Pietätlosigkeit des Protagonisten nicht zu viel Aufmerksamkeit widmen. Mit ihrer Hilfe (und dem Alkoholnebel) tarnt der Autor nur sein eigentlich hochmoralisches Anliegen. Bernsteins Ballade ist eine Fundamentalkritik menschlicher Hybris, das heißt konkret, der Sucht nach Unsterblichkeit, die Elias Canetti in *Masse und Macht* wie folgt beschrieben hat: »Man will nicht nur immer da sein, man will da sein, wenn andere nicht mehr da sind. Jeder will der Älteste werden und es wissen, und wenn er selbst nicht mehr da ist, soll man es von seinem Namen wissen.« Darum gehen die Leute auch so gerne auf Beerdigungen: »Der Schrecken über den Anblick des Todes löst sich in Befriedigung auf, denn man ist nicht selbst der Tote.« Der Zeichner und Dichter F.W. Bernstein lehrte bis zu seiner Pensionierung »deutsche Karikatur und Bildgeschichte« an der Hochschule der Künste in Berlin. 1964 wurde er Redakteur der Zeitschrift *Pardon* und war Gründungsmitglied der Neuen Frankfurter Schule. Ihm verdankt die Bewegung den weltberühmten Satz »Die schärfsten Kritiker der Elche waren früher selber welche« neben unvergänglichen Werken wie *Die Wahrheit über Arnold Hau*, *Die Stunde der Männertränen* oder *Richard Wagners Fahrt ins Glück*.

Mit Ror Wolfs *Sieben Grabsteinen* gelingt uns zum guten Schluss noch der Nachweis, dass die Ballade nicht nur das »Urei der Dichtung« (Goethe) ist, sondern durchaus auch zur Urne taugt.

Und SEin Wort ward Wurst geworden

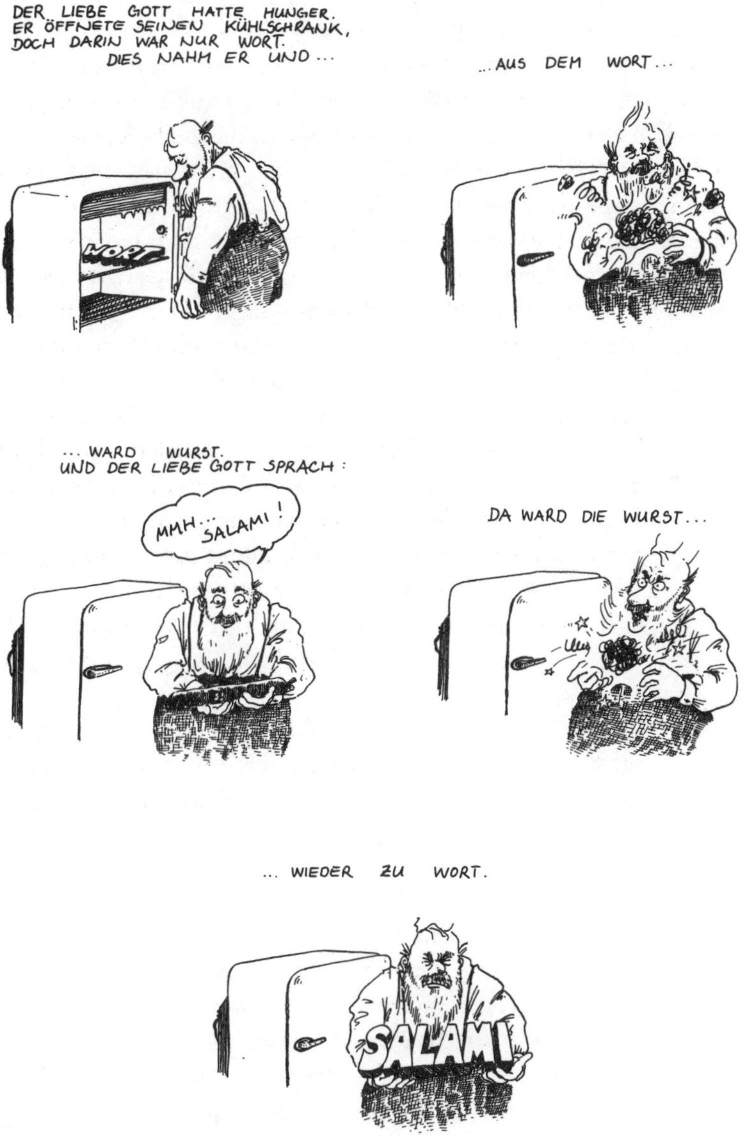

CARSTEN HILDEBRANDT

Warum beklagst du

Warum beklagst du
das Schweigen Gottes,
sagte der Religionslehrer.
Schau diese Wiese an.
Gott spricht leise zu dir.
Du hörst ihn
im Summen der Bienen.
Im Säuseln des Windes.
Du siehst ihn
im geduldigen Wachsen
der Blumen.

Heute ist
diese Wiese
ein riesiger Parkplatz.
Was ist das für ein Gott
den eine Kärntner Baufirma
zum Schweigen bringen kann?

PETER TURRINI

Der Asket

Im Hochgebirg vor seiner Höhle
Saß der Asket;
Nur noch ein Rest von Leib und Seele
Infolge äußerster Diät.
Demütig ihm zu Füßen kniet
Ein Jüngling, der sich längst bemüht,
Des strengen Büßers strenge Lehren
Nachdenklich prüfend anzuhören.
Grad schließt der Klausner den Sermon
Und spricht: Bekehre dich, mein Sohn!
Verlass das böse Weltgetriebe.
Vor allem unterlass die Liebe,

Denn grade sie erweckt aufs Neue
Das Leben und mit ihm die Reue.
Da schau mich an. Ich bin so leicht,
Fast hab ich schon das Nichts erreicht,
Und bald verschwind ich in das reine
Zeit-, raum- und traumlos Allundeine.
Als so der Meister in Ekstase,
Sticht ihn ein Bienchen in die Nase.
Oh, welch ein Schrei!
Und dann das Mienenspiel dabei.
Der Jüngling stutzt und ruft: Was seh ich?
Wer solchermaßen leidensfähig,
Wer so gefühlvoll und empfindlich,
Der, fürcht ich, lebt noch viel zu gründlich
Und stirbt noch nicht zum letzten Mal.
Mit diesem kühlen Wort empfahl
Der Jüngling sich und stieg hernieder
Ins tiefe Tal und kam nicht wieder.

Wilhelm Busch

Ein Zwischenfall

Mangolds peinlichstes Erlebnis
war ein großes Staatsbegräbnis.
Ein Professor war gestorben,
der Verdienste sich erworben.
Nach der ersten Leichenrede
trat ein Trauergast, dem jede
Würde abging, dreist nach vorn,
schnäuzte sich und roch nach Korn –
sagt': »Moment mal«, kriegt 'nen Schluckauf –
und begann dann: »Welcher Zulauf!
So viel Leben bei 'ner Leiche –
Es ist, wenn ich's mal vergleiche,
wie die Raben bei dem Aas –
nichts für Ungut – war nur Spaß!«

Darauf holt er aus der Tasche
eine flache Weinbrandflasche,
öffnet sie, sagt laut: »Hau-ruck«
und nimmt einen tiefen Schluck.
Fährt dann mit der Rede fort:
»Leichenbrüder auf ein Wort!
Diesen Schluck dem werten Toten,
dem Freund Hein den Suff verboten.
Prost! Und nehmt es mir nicht übel,
wenn ich gleich noch einen kübel.
Sterben ist schon eine Straf!
Dass es gerade diesen traf,
ist für alle hier ein Glück.
Schaun wir deshalb nicht zurück!
Prost! 's ist schön, dass wir noch leben,
darauf lasst uns einen heben!
Seht, da drin liegt kalt und starr,
was einmal Professor war.
Ich bin nur ein schlichter Mann,
aber sehr viel besser dran.
Und doch, wenn ich's überlege …«
Hier wurd' die Versammlung rege,
und zwei Männer holten stumm
den Störenfried vom Podium.
Und noch an den Ausgangsstufen
hat der Kerl zurückgerufen:
»Braucht die Witwe einen Trost –
soll sie zu mir kommen. Prost!«
Es erhob sich ein Tumult,
daran war der Redner schuld.
Vergiftet war die Atmosphäre.
Wer weiß, was noch geschehen wäre,
wenn nicht gleich ein Streichquartett
die Beisetzung gerettet hätt.

F. W. Bernstein

Sieben Grabsteine

1
Von einem kurzen Leben ist die Rede,
von Kaspar Q., er wurde nicht sehr alt.
Am Morgen blies er noch auf der Trompete
und schon am Abend war er hart und kalt.

2
Nach langem Leiden, unerwartet schnell,
ging von uns Otto Klomm, er ging dahin.
In stiller Trauer sitzen nun um ihn
die Anverwandten und verteiln sein Fell.

oder:

Nach kurzer Krankheit, plötzlich unverhofft,
verschwand Herr Klomm, er ging in Frieden
nach Goms und ist in Goms verschieden.
Nun schweigen alle Flöten, wie so oft.

3
Karl Großmann, sechstes Kind aus Neuruppin,
der hängte sich im Regen einfach hin.
Er hing ganz still, man kam und schnitt ihn ab
und legte ihn hinein in dieses Grab.

4
In München starb Professor Gustav Roth.
Tags lebte er und abends war er tot.

5
Man fand ihn unter den Kohlen,
der Leib war ganz schwarz vom Ruß,
er wollte Kartoffeln holen
mit einem geschwollenen Fuß.

6
Außer Knochen, Blut und kalten Ohren
bleibt von Robert Moll nicht viel zurück,
was er hatte, ist verloren,
nicht viel Glück.

Ganz am Anfang war sein Leben schlecht
und dann wurde es noch etwas schlimmer,
und dann wurde es noch immer
nicht so recht.

Robert Moll stellt sich hinein ins klare
schimmernd schöne wunderbare Licht.
Meine Herren, das war das Wahre
wirklich nicht.

7
Oh, Leser, warte einen Augenblick
Und mach Dich nicht so einfach aus dem Staub.
Hier liege ich, bedeckt vom faulen Laub.
Ich komme wieder, ich bin bald zurück.

Ror Wolf

Sekundärliteratur

Gerald Bisinger (Hrsg.): *Über H. C. Artmann*, Frankfurt am Main 1972.

Hans Blumenberg: *Arbeit am Mythos*, in: Wilfried Barner, Anke Detken, Jörg Wesche (Hrsg.): *Texte zur modernen Mythentheorie*, Stuttgart 2003.

Kurt Bräutigam: *Moderne deutsche Balladen. Versuche ihrer Deutung*, Frankfurt am Main, Berlin, Bonn, München 1968.

Karl Bruckmaier: *Soundcheck. Die 101 wichtigsten Platten der Popgeschichte*, München 1999.

Elias Canetti: *Masse und Macht*, Frankfurt am Main 1978.

Karl Dallas, Robin Denselow, Dave Laing, Robert Shelton: *Folk Song. Von den Volksliedern zum Folkrock*, Reinbek bei Hamburg 1985.

Götz-Lothar Darsow: *Friedrich Schiller*, Stuttgart 2000.

Reinhard Döhl: *Bänkelsang und Dichtung / Dichtung und Bänkelsang* (Vortrag, 15. 10. 87 Kansai-Universität, Osaka), Quelle: www.uni-stuttgart.de/ndl1/Dichtung und Bänkelsang.

Dietrich Fischer-Dieskau: *Franz Schubert und seine Lieder*, Frankfurt am Main, Leipzig 1999.

Jürgen Frey, Kaarel Siniveer: *Eine Geschichte der Folkmusik*, Reinbek bei Hamburg 1987.

Egon Friedell: *Kulturgeschichte der Neuzeit*, Bd. I, II & III, München 1927–1931.

Richard Friedenthal: *Goethe. Sein Leben und seine Zeit*, München 1963.

Robert Gernhardt: *Die Sau rauslassen. Bemerkungen zu Busch*, in: Wilhelm Busch: *Da grunzte das Schwein, die Englein sangen*, Frankfurt am Main 2007.

Hermann Glaser: *Literatur des 20. Jahrhunderts in Motiven*, München 1979.

Gunter E. Grimm (Hrsg.): *Gedichte und Interpretationen. Deutsche Balladen*, Stuttgart 1988.

Gunter E. Grimm, Frank Rainer Max (Hrsg): *Deutsche Dichter, Bd. I, Mittelalter*, Stuttgart 1989.

Peter Gülke: *Mönche – Bürger – Minnesänger. Musik in der Gesellschaft des europäischen Mittelalters*, Leipzig 1975.

Aaron J. Gurjewitsch: *Das Weltbild des mittelalterlichen Menschen*, München 1986.
Joe Hembus: *Der Stoff aus dem die Western sind. Die Geschichte des Wilden Westens 1540–1894. Chronologie, Mythologie, Filmographie*, München 1996.
Mark Hertsgaard: *The Beatles. Die Geschichte ihrer Musik*, München 1995.
Johan Huizinga: *Herbst des Mittelalters*, Stuttgart 1975.
Dieter Ingenschay: *Alltagswelt und Selbsterfahrung. Ballade und Testament bei Deschamps und Villon*, München 1986.
Hermann Korte: *Joseph von Eichendorff*, Reinbek bei Hamburg 2000.
Michael Kothes: *Boxen. Eine Faustschrift*, Frankfurt am Main 1999.
Eberhard Kreutzer: *Lewis Carroll: »Alice in Wonderland« und »Through the Looking Glass«*, München 1984.
Rüdiger Krohn: *Literaturbetrieb im Mittelalter*, in: Erika Wischer (Hrsg.): *Propyläen Geschichte der Literatur, Bd. II, Die mittelalterliche Welt 600–1400*, Berlin 1988.
Dieter Kühn: *Ich Wolkenstein. Eine Biographie*, Frankfurt am Main 1980.
Ders.: *Neidhart und das Reuental, Eine Lebensreise*, Frankfurt am Main 1988.
Carl Loewe: *Selbstbiographie*, Hildesheim, New York 1976.
Greil Marcus: *Mystery Train. Rock 'n' Roll und amerikanische Kultur*, Hamburg 1992.
George Martin: *Basement Blues. Bob Dylan und das alte, unheimliche Amerika*, Hamburg 1998.
Ders.: *Summer of Love. Wie Sgt. Pepper entstand*, Berlin 1997.
Burkhard Müller: *Der König hat geweint. Schiller und das Drama der Weltgeschichte*, Springe 2005.
Peter Nusser: *Deutsche Literatur von 1500 bis 1800*, Stuttgart 2002.
Leander Petzoldt: *Soziale Bedingungen des Bänkelsangs*, in: Hans Dieter Zimmermann (Hrsg.): *Lechzend nach Tyrannenblut. Ballade, Bänkelsang und Song*, Berlin 1972.
Thomas Phleps: *Hell Hound On My Trail. Robert Johnson: Mythos und Musik*, in: *Festschrift Ekkehard Jost zum 65. Geburtstag*, hrsg. v. Bernd Hoffmann, Franz Kerschbaumer, Franz Krieger u. TP, Graz 2002.
Karl Riha: *Moritat, Song, Bänkelsang. Die moderne Ballade*, Göttingen 1965.
Walter Salmen: *Der fahrende Musiker im europäischen Mittelalter*, Kassel 1960.
Friedrich Schiller: *Briefwechsel mit Goethe in den Jahren 1794 bis 1805*, in: Manfred Beetz (Hrsg.): *Johann Wolfgang von Goethe: Sämtliche Werke nach Epochen seines Schaffens*, Bd. 8, München 2006.
Georg Seeßlen, Claudius Weil: *Kino des Phantastischen. Geschichte und Mythologie des Horror-Films*, Reinbek bei Hamburg 1980.
Michael Streissguth: *Johnny Cash at Folsom Prison. The Making of a Masterpiece*, Cambridge, Massachusetts 2004.
Alexander Sydow: *Das Lied. Ursprung, Wesen und Wandel*, Göttingen 1962.
Benno von Wiese: *Friedrich Schiller*, Stuttgart 1959.
Willi Winkler: *Bob Dylan. Ein Leben*, Berlin 2001.

Walter Wiora: *Das deutsche Lied. Zur Geschichte und Ästhetik einer musikalischen Gattung*, Wolfenbüttel, Zürich 1971.
Winfried Woesler (Hrsg.): *Ballade und Historismus: Die Geschichtsballade des 19. Jahrhunderts*, Heidelberg 2001.

Quellennachweis

Die Gedichte

Julian Arendt, *Die Ballade von den Säckeschmeißern* (aus: Ernst Busch: *Die goldenen zwanziger Jahre. Aurora*. Erstmals erschienen 1964, Neuauflage 1969).

H.C. Artmann: *als des morgens wangenröte*; *drei mohren stehn im felde* (aus: H.C. Artmann: *Das poetische Werk*, 1993) © Thomas Sessler Verlag, Wien.

Gottfried Benn: *Kleine Aster* (aus: Gottfried Benn: *Sämtliche Gedichte*, 1998) © Verlag Klett-Cotta, Stuttgart.

F.W. Bernstein: *Ein Zwischenfall* (aus: *F.W Bernstein. Die Gedichte*, 2003) © Verlag Antje Kunstmann, München.

Da boarisch Hiasl (aus: Walter Scherf (Hrsg): *Räuber- und Landsknechtslieder*, 1981), © S. Fischer Verlag, Frankfurt am Main.

Braunbier, braunisch kurirt; Der arme Schwartenhals; Rewelge (aus: Achim von Arnim/Clemens Brentano: *Des Knaben Wunderhorn. Alte Deutsche Lieder*, hrsg. v. Heinz Rölleke, 2003) Insel Verlag, Frankfurt am Main.

Richard Brautigan: *Orson Welles; Das Flugzeug; Japanisches Popkonzert* (aus: Richard Brautigan: *Japan bis zum 30. Juni. Gedichte*, 1989)

Bertolt Brecht: *Gedenktafel für zwölf Weltmeister* (aus: Bertolt Brecht: *Der Kinnhaken*, hrsg. v. Günter Berg, 1998), © Suhrkamp Verlag, Frankfurt am Main.

Bertolt Brecht: *Die Seeräuber-Jenny*; *Die Moritat von Mackie Messer* (aus: Bertolt Brecht, *Die Gedichte in einem Band*, 1995) © Suhrkamp Verlag, Frankfurt am Main.

Rolf Dieter Brinkmann: *Graham Bonney oder das komplizierte Gefühl*; *Carl*; *Heute* (aus: Rolf Dieter Brinkmann: *Standphotos. Gedichte 1962–1970*, 1980) © Rowohlt Verlag, Reinbek bei Hamburg.

Rolf Dieter Brinkmann: *Meine blauen Wildlederschuhe* (aus: Rolf Dieter Brinkmann: *Westwärts 1 & 2. Gedichte*, 1975) © Rowohlt Verlag, Reinbek bei Hamburg.

Charles Bukowski: *Die Unsterblichen*; *Ich kann's nicht lassen* (aus: Charles Bukowski: *Gedichte vom südlichen Ende der Couch*, 1984) © Carl Hanser Verlag, München.

Gottfried August Bürger: *Lenore* (aus: Gottfried August Bürger: *Sämtliche Werke in vier Teilen*, hrsg. v. Wolfgang Wurzbach, 1902) © Verlag Hesse, Leipzig.

Robert Burns: *John Barleycorn. Eine Ballade* (aus: Heiko Postma (Hrsg.): *Mit Whisky trotzen wir dem Satan. Leben und Lieder des schottischen Barden Robert Burns*, 2003) © Revonnah Verlag, Hannover.

Wilhelm Busch: *Der Asket* (aus: Wilhelm Busch: *Die Bildergeschichten. Historisch-kritische Gesamtausgabe in drei Bänden*, hrsg. v. Herwig Guratzsch und Hans Joachim Neyer, 2002) Schlütersche GmbH & Co.KG Verlag u. Druckerei, Hannover.

Lewis Carroll: *Jabberwocky* (aus: Lewis Carroll: *Alice hinter dem Spiegel*, 1974) Aus dem Englischen von Christian Enzensberger © Insel Verlag, Frankfurt am Main.

Daniil Charms: *Das Schwitzbad*; *Schrecklicher Tod* (aus: Daniil Charms: *Fälle*, 1984; Neuausgabe als *Die Wanne des Archimedes* 2006, Übersetzung von Peter Urban) © Edition Korrespondenzen, Wien.

Franz Josef Degenhardt: *Spiel nicht mit den Schmuddelkindern* (aus: Franz Josef Degenhardt: *Spiel nicht mit den Schmuddelkindern*, 1969) © Rowohlt, Reinbek bei Hamburg.

Alfred Döblin: *Berlin Alexanderplatz* © Patmos Verlag, Düsseldorf.

Annette von Droste-Hülshoff: *Der Knabe im Moor*; *Loup Garou* (aus: Annette von Droste Hülshoff: *Sämtliche Werke*, hrsg. v. Günther Weydt und Winfried Woesler, 1989) Winkler Verlag, München.

Günter Eich: *Inventur* (aus: Günter Eich: *Ausgewählte Gedichte*, 1960) © Suhrkamp Verlag, Frankfurt am Main.

Joseph von Eichendorff: *Sehnsucht*; *Mondnacht* (aus: Joseph von Eichendorff: *Werke*, 1970) Winkler Verlag, München.

Hans Magnus Enzensberger: *Das kleine Hotel* (aus: Hans Magnus Enzensberger: *Die Gedichte*, 1983) © Suhrkamp Verlag, Frankfurt am Main.

Hans Magnus Enzensberger: *Middle Class Blues* (aus: Hans Magnus Enzensberger: *Der Fliegende Robert. Gedichte, Szenen, Essays*, 1989) © Suhrkamp Verlag, Frankfurt am Main.

Heinz Erhardt: *Der Schauspieler*; *Die Kuh* (aus: Heinz Erhardt: *Gesammelte Werke*, 2004) © Lappan Verlag, Oldenburg.

Theodor Fontane: *John Maynard* (aus: Theodor Fontane: *Werke, Schriften, Briefe*, hrsg. v. Walter Keitel und Helmuth Nürnberger, 1961 ff.) Carl Hanser Verlag, München.

Robert Gernhardt, *Nach der Lektüre einer Anthologie*; *Schamerfüllter Dichter* © Robert Gernhardt 1994. Alle Rechte vorbehalten. S. Fischer Verlag, Frankfurt am Main.

Robert Gilbert: *Stempellied* (aus: Ernst Busch: *Die goldenen zwanziger Jahre. Aurora*. Erstmals erschienen 1964, Neuauflage 1969).

Johann Wolfgang von Goethe: *Der Erlkönig*; *Der Zauberlehrling* (aus: Johann Wolfgang von Goethe: *Werke*, hrsg. v. Erich Trunz, 1996) C.H.Beck Verlag, München.

Thomas Gsella: *Vom Schmerz des Lebens II* (aus: Thomas Gsella: *Generation Reim*) © 2003 Haffmans bei Zweitausendeins, Frankfurt am Main.

Peter Hacks: *Mozart auf der Reise nach Paris*; *Neue Sitten* (aus: Peter Hacks: *Die Gedichte*, 1998) © Eulenspiegel Verlag, Berlin.

Andi »Arbeit« Hahn: *Neulich, da hatte ich ne Drogenallergie* © Andi »Arbeit« Hahn.

Peter Handke, *Die Aufstellung des 1. FC Nürnberg vom 27.1.1968* (aus: Peter Handkes: *Die Innenwelt der Außenwelt der Innenwelt*, 2003) © Suhrkamp Verlag, Frankfurt am Main.

Ferdinand Hardekopf: *Doctor Schein und Doctor Sinn* © 2005 by Arche Literatur Verlag, Zürich Hamburg.

Heinrich Heine: *Lorelei*; *Die Wallfahrt nach Kevlaar* (aus: Heinrich Heine: *Sämtliche Schriften*, hrsg. v. Klaus Briegleb, 1975) Carl Hanser Verlag, München.

Eckhard Henscheid: *Hymne auf Bum Kun Cha* (aus: Eckhard Henscheid: *Ein scharmanter Bauer*, 1980) © Zweitausendeins, Frankfurt am Main.

Johann Gottfried von Herder: *Edward* (aus: Johann Gottfried von Herder: *Werke in zehn Bänden*, 1990) Deutscher Klassiker Verlag, Frankfurt am Main.

Herr Oluf und die Elfen; *Das Rächerschwert*; *Die beiden Schwestern*, aus: *Skandinavische Balladen des Mittelalters*, 1963) © Rowohlt Verlag, Reinbek bei Hamburg.

Georg Heym: *Der Gott der Stadt* (aus: Georg Heym: *Dichtungen und Schriften*, hrsg. v. Karl Ludwig Schneider, 1981) © C.H. Beck Verlag, München.

Jakob van Hoddis: *Weltende* (aus: Jakob van Hoddis: *Weltende*, 1958) © Arche, Zürich.

Ludwig Christoph Heinrich Hölty: Die Nonne (aus: Ludwig Christoph Heinrich Hölty: *Sämtliche Werke*, 1914) Gesellschaft der Bibliophilen, Weimar.

Ernst Jandl: *Verstimmtes Gedicht 1*; *django reinhart, 1910–1953* (aus: Ernst Jandl: *Poetische Werke*, hrsg. v. Klaus Siblewski. Zehn Bände, 1997) © Luchterhand Literaturverlag, München.

Erich Kästner: *Kurt Schmidt, statt einer Ballade*; *Ragout fin de siècle* (aus: Erich Kästner: *Ein Mann gibt Auskunft*, 1930) © Atrium Verlag, Zürich.

Erich Kästner: *Sachliche Romanze* (aus: Erich Kästner: *Lärm im Spiegel*, 1929) © Atrium Verlag, Zürich.

Klabund: *Fünf Mark* (aus: Klabund: *Werke in acht Bänden*, 1998–2003) Elfenbein Verlag, Berlin.

Der Kurzgeschorene; *Jung-Musgrave und Lady Barnard; Die schöne Barbara Allen*; *Jesse James*; *Robin Hoods Tod*; *Totenwache für Finnegan* (aus: Gisela Hoffmann (Hrsg.): *Englische und amerikanische Balladen. Zweisprachig*, 1982) © Reclam Verlag, Stuttgart.

Alfred Lichtenstein: *Die Dämmerung; Der Fall in den Fluss* (aus: Alfred Lichtenstein, *Gesammelte Gedichte*, 1962) Arche, Zürich.

Das Lied von dem alten Hildebrand (aus: John Meier (Hrsg.): *Das deutsche Volkslied*, Band 1: *Balladen*, 1935) Reclam Verlag, Leipzig.

Loriot (Vicco von Bülow): *Advent* (aus: Loriot: *Gesammelte Prosa – Sämtliche Dramen, Geschichten, Festreden, Liebesbriefe, Kochrezepte, der legendäre Opernführer und etwa sieben Gedichte*, 2006) © Diogenes, Zürich.

Lude Lulei: *Bettizion eines brotlosen Künstlers die Zurückgenehmigung eines Gesetzes anbelanget* (ursprünglich aus: *Düsseldorfer Monatshefte 1847–1849. Unveränderter Nachdruck mit einem Nachwort von Karl Riha und Gerhard Rudolph*, Düsseldorf 1979.)

Conrad Ferdinand Meyer: *Die Füße im Feuer* (aus: Conrad Ferdinand Meyer: *Sämtliche Werke,* hrsg. v. Hans Zeller, 1963) Benteli Verlag, Bern.

Christian Morgenstern: *Das Butterbrotpapier*; *Der Werwolf* (aus: Christian Morgenstern: *Alle Galgenlieder*, 1984) Büchergilde Gutenberg, Frankfurt am Main.

Erich Mühsam: *Kleiner Roman* (aus: Erich Mühsam: *Sich fügen heißt lügen. Ein Lesebuch. Leben und Werk in Texten und Bildern*, hrsg. v. Marlies Fritzen, 2003) © Steidl Verlag, Göttingen.

Wilhelm Müller: *Der Lindenbaum*; *Das Wirtshaus* (aus: Wilhelm Müller: *Die Winterreise und andere Gedichte & Die schöne Müllerin*, 1986 bzw. 1994) Insel Verlag, Frankfurt am Main.

Friedrich Nietzsche: *Vereinsamt* (aus: Friedrich Nietzsche: *Gedichte*, hrsg. v. Jost Hermand, 1977) Reclam Verlag, Stuttgart.

Flann O'Brien: *... ist ein Porter dein einziger Freund* (aus: Flann O'Brien: *Auf Schwimmen-zwei-Vögel*, 1989) © Kein & Aber Verlag, Zürich.

Edgar Allen Poe: *Der Rabe.* Aus dem Amerikanischen von Hans Wollschläger. (Insel Verlag, Frankfurt am Main, 1982) © Niedieck Linder AG, Zürich.

Joachim Ringelnatz: *Lustmord*; *Simplicissimus-Lied*; *Raketenwagen auf der Avus* (aus Joachim Ringelnatz: *Das Gesamtwerk in sieben Bänden*, hrsg. v. Walter Pape, Band 1 & 2, 1994) Diogenes, Zürich.

Peter Rühmkorf: *Aufbruch vor Morgen* (aus: Peter Rühmkorf: *Haltbar bis Ende 1999. Gedichte*,1979) © Rowohlt, Hamburg.

Hans Sachs: *Die kurzen Bauernschwänze*, aus: Hans Sachs: *Meisterlieder, Spruchgedichte, Fastnachtsspiele*, 2003) Reclam Verlag, Stuttgart.

Friedrich Schiller: *Der Kraniche des Ibykus*; *Der Handschuh* (aus: Friedrich Schiller: *Sämtliche Werke*, 1987) Carl Hanser Verlag, München.

Kurt Schwitters: *An Anna Blume*; *Kleines Gedicht für große Stotterer* (aus: Kurt Schwitters: *Das literarische Werk,* hrsg. v. Friedhelm Lach) © 1974 DuMont Literatur und Kunst Verlag, Köln.

Jonathan Swift: *Der schlaue Tom Clinch auf dem Weg zur Hinrichtung* (aus: Gisela Hofmann (Hrsg.) *Englische und amerikanische Balladen*, 1982) © Reclam Verlag, Stuttgart.

Horst Tomayer: *Weint mehr im Kino ihr Schweine* (aus: Horst Tomayer: *German Poems*, 1999) © Horst Tomayer.

Kurt Tucholsky: *Danach*; *Augen in der Großstadt* (aus: Kurt Tucholsky: *Gesammelte Werke in 10 Bänden*, 1975) Rowohlt, Reinbek bei Hamburg.

Peter Turrini: *Frau Emy*; *Warum beklagst du* (aus: Peter Turrini: *Ein paar Schritte zurück. Gedichte*, 2002) © Suhrkamp Verlag, Frankfurt am Main.

François Villon: *Die Ballade an den Herzog von Burgund*; *Ballade von der Mäusefrau*; *Da lieg ich mit dem Bauch im Blaubeerkraut* (aus: Paul Zech: *Die lasterhaften Balladen und Lieder des François Villon*, 1962) © München, dtv.

François Villon: *Die sehr respektlosen Lieder des François Villon*. Übersetzt von K. L. Ammer. © Reclam Verlag, Leipzig, 1990.

Wahrhafte Geschichte von dem Ende eines geplagten Ehemannes, der sich zu Hamburg den letzten Jenner 1759 auf seinem Boden an der Spitze des Dachstuhls erhieng (aus: Leander Petzoldt (Hrsg.): *Bänkellieder, Moritaten aus drei Jahrhunderten*, 1982) S. Fischer Verlag, Frankfurt am Main.

Wallensteins Epitaphium (aus: Gunnar Müller-Waldeck (Hrsg.): *In des Gartens dunkler Laube. Moritaten und Bänkelsang aus vier Jahrhunderten*, 1977) Claassen, Düsseldorf.

Frank Wedekind: *Der Tantenmörder*; *Brigitte B*. (aus: Frank Wedekind: *Gesammelte Werke*, Band 1, 1912) Langen Müller Verlag, München.

Georg Weerth: *Die hundert Bergleute von Haswell* (aus: Jost Hermand (Hrsg.): *Der deutsche Vormärz*, 1967) Reclam Verlag, Stuttgart.

Ror Wolf: *beginn der Handlung mit allen beteiligten, es ist abend*; *auf nach Westen*; *Sieben Grabsteine* (aus: Ror Wolf: *Aussichten auf neue Erlebnisse*, 1996) © Frankfurter Verlagsanstalt, Frankfurt am Main.

Ror Wolf: *Rammer & Brecher Sonett 2* (aus: Ror Wolf: *Punkt ist Punkt*, 1973) © Suhrkamp Verlag, Frankfurt am Main.

Die Bildergeschichten

Wilhelm Busch: *Der Virtuos. Ein Neujahrskonzert*; *Katzenjammer am Neujahrsmorgen* (aus: Wilhelm Busch: *Da grunzte das Schwein, die Englein sangen*. Ausgewählt und mit einem Essay von Robert Gernhardt, 2007) Eichborn Verlag, Frankfurt am Main.

Robert Gernhardt, *Der Fischer und seine Frau* © Robert Gernhardt 1983. Alle Rechte vorbehalten. S. Fischer Verlag, Frankfurt am Main.

Carsten Hildebrandt, *Und SEin Wort ward Wurst geworden* (aus: *Der Rabe. Magazin für jede Art von Literatur Nr. 5, 1984*, hrsg. v. Gerd Haffmans, 1984) © Haffmans Verlag, Zürich.

Die Songs

The Beatles: *A Day in the Life* © EMI Music Germany. Übersetzung von Michael Quasthoff.

Johnny Cash: *Folsom Prison Blues* © Sun Entertainment. Übersetzung von Michael Quasthoff.

Funny van Dannen: *Homebanking* © Funny van Dannen.

Jimmy Driftwood: *A Boy named Sue* © Sun Entertainment. Übersetzung von Michael Quasthoff.

Bob Dylan: *A Hard Rain Is Gonna Fall* (aus: Bob Dylan: *Lyrics 1962–2001*) © 2004 Hoffmann und Campe, Hamburg. Übersetzung von Gisbert Haefs.

Danny Dziuk: *Tante Bank* © Danny Dziuk.

Herbert Grönemeyer: *currywurst* © EMI Music Germany, Capitol Music, Köln.

Woody Guthrie: *Ende gut, alles gut* (aus: Michael Kleff (Hrsg.): *Hard Travelin'. Das Woody Guthrie Buch. Songtexte und Essays*, 2002) © Palmyra Verlag, Heidelberg. Übersetzung von Harry Rowohlt.

Billie Holiday (Abel Meeropol): *Strange Fruit.* Übersetzung von Michael Quasthoff.

Rickie Lee Jones: *Easy Money* © Warner Brothers, Warner Music Group Germany, Hamburg. Übersetzung von Michael Quasthoff.

Lyle Lovett: *The Fat Girl* © MCA Music Entertainment, München. Übersetzung von Michael Quasthoff.

Reinhard Mey: *Die heiße Schlacht am kalten Buffet* © Maikäfer Musik, Lehrte.

Randy Newman: *Rider In The Rain* © Warner/WEA, Warner Music Group Germany, Hamburg. Übersetzung von Michael Quasthoff.

Cole Porter: *Miss Otis Regrets* © Universal Music Entertainment, Berlin. Übersetzung von Michael Quasthoff.

Helmut Qualtinger, *Der Halbwilde* (aus: *Der Qualtinger. Ein Kabarettistisches Porträt*, 1987) © Thomas Sessler Verlag, Wien.

Frank Sinatra: *One For My Baby (And One More For The Road)* © Warner/WEA, Warner Music Group Germany, Hamburg. Übersetzung von Michael Quasthoff.

Fats Waller: *Your Feet's Too Big* © Collector's Choice, Itasca, Illinois. Übersetzung von Michael Quasthoff.

Hank Williams (Irving Mills & Cliff Friend), *I'll Never Get Out of This World Alive* © Bear Family Records, Hambergen. Übersetzung von Michael Quasthoff.

Die Texte der Balladen und die Bildergeschichten drucken wir ab mit freundlicher Genehmigung der Verlage und Autoren.

Der Verlag hat sich bemüht, alle Rechteinhaber ausfindig zu machen. Leider ist dies in einigen Fällen nicht gelungen. Ansprüche werden selbstverständlich im Rahmen der üblichen Vereinbarungen abgegolten.